中国人民大学 211 工程项目
章安祺 主审

外国文学名著批评教程

梁 坤 主编

图书在版编目(CIP)数据

外国文学名著批评教程/梁坤主编. —北京：北京大学出版社，2010.4
（21世纪外国文学系列教材）
ISBN 978-7-301-16282-8

Ⅰ.外… Ⅱ.梁… Ⅲ.文学批评史－世界－高等学校－教材 Ⅳ.I109

中国版本图书馆CIP数据核字（2009）第223476号

书　　　名：外国文学名著批评教程
著作责任者：梁　坤　主编
责 任 编 辑：张　冰
标 准 书 号：ISBN 978-7-301-16282-8
出 版 发 行：北京大学出版社
地　　　址：北京市海淀区成府路205号　100871
网　　　址：http://www.pup.cn　电子信箱：zpup@pup.pku.edu.cn
电　　　话：邮购部 62752015　发行部 62750672　编辑部 62759634
　　　　　　出版部 62754962
印　刷　者：北京虎彩文化传播有限公司
经　销　者：新华书店
　　　　　　730毫米×980毫米　16开本　20.75印张　435千字
　　　　　　2010年4月第1版　2018年6月第2次印刷
定　　　价：48.00元

未经许可，不得以任何方式复制或抄袭本书之部分或全部内容。
版权所有，侵权必究
举报电话：(010)62752024　电子信箱：fd@pup.pku.edu.cn

前　　言

　　《外国文学名著批评教程》编写工作已逾五年。逾五年而不弃，是因为选题的价值使得我们不忍割舍；而定稿一再推延，则由于选题的难度为我们所始料不及。

　　"文艺理论"和"外国文学"历来是我国大学中文系学生必修的专业主干课。长期以来，那种纠缠于抽象概念演绎推导的理论课使人觉得枯燥无味，没有活气；而热衷于时代背景、故事情节的文学课又让人感到平淡如水，没有深度。史论课程教学如何才能既增强学生的审美感悟又提升学生的理论素养，一直是相关教师必须面对的课题。记得1984年，季羡林先生在"外国文学学会"的年会上致闭幕词时曾强调说：要想提高外国文学的教学质量和科研水平，必须向"理论"开拓，要认真研究马列文论、西方文论和东方文论。我想，如果"文艺理论学会"讨论提高文艺理论的教学质量和科研水平的问题，结论也许就是：必须与"实践"结合，要密切关注创作实践、鉴赏实践和批评实践。只有这样，"史"的课程才能发人深思，使人有"道"的领悟；"论"的课程才能鲜活灵动，让人有"美"的感受。

　　编写《外国文学名著批评教程》，就是试图促进外国文学史的教学关注并汲取外国文学批评史和理论史的研究成果。这不仅可以校正由时代、地域或文化心理等因素造成的读解误差，从而更准确地把握经典名著的审美底蕴，而且能够展现理论观念的演变历程和批评方法的运作规律，以便进一步深化教学的理论内涵，提高学生的实践能力。

　　编写宗旨明确之后，随之而来的关键就是要遴选名著篇目和聘请相关专家。首先，遴选名著。这或许会涉及学界争议中的"经典"问题。我们原则上按两条标准：一是"长时间""多数人"的传统评价；二是批评理论史上有较大反响。其次，聘请专家。这直接关系到本书宗旨能否实现和学术品位高低。我们实际上有两条要求：一是具有"史论兼备"的学术素养；二是长期从事相关作品的研究。值得庆幸的是，确有不少著述颇丰的资深学者应邀加盟；而且，面对这万字左右的文章，他们依然是那样认真严谨、精益求精，让人肃然起敬。此外，为了方便读者深入研究查询，本书还附设了"关键词"、"推荐阅读书目"、"参考文献"、"相关网址"和"作品推荐译本"等栏目。

目前,编写外国文学名著的批评史国内未见先例,尚无经验可循,不当乃至错讹之处必多,还请专家读者不吝赐正。

章安祺

2008 年冬于大连文萃轩

本书编写者名单

第一章:陈中梅(社科院外文所 研究员)
第二章:耿幼壮(中国人民大学文学院 教授)
第三章:朱振宇(美国波士顿大学 博士)
第四章:陈凯先(南京大学外国语学院 教授)
　　　　张伟劼(南京大学外国语学院 讲师)
　　　　张天翀(中国人民大学文学院 硕士)
第五章:杨慧林(中国人民大学文学院 教授)
第六章:刁克利(中国人民大学外国语学院 教授)
第七章:吴岳添(社科院外文所 研究员)
第八章:莫光华(四川外语学院德语系 副教授)
　　　　杨武能(四川大学欧洲研究中心 教授)
第九章:章安祺(中国人民大学文学院 教授)
第十章:郭宏安(社科院外文所 研究员)
第十一章:冯寿农(厦门大学外文学院 教授)
第十二章:张玲(社科院外文所 编审)
第十三章:王志耕(南开大学文学院 教授)
第十四章:吴泽霖(北京师范大学文学院 教授)
第十五章:王家新(中国人民大学文学院 教授)
第十六章:谢莹莹(北京外国语大学德语系 教授)
第十七章:刘象愚(北京师范大学外文学院 教授)
第十八章:梁坤(中国人民大学文学院 教授)
第十九章:杨彩霞(中国人民大学外国语学院 副教授)
第二十章:陈众议(社科院外文所 研究员)

目　录

第一章　荷马史诗：跨越时空的经典 …………………………………（1）
第二章　索福克勒斯的《俄狄浦斯王》：永远的神话 …………………（17）
第三章　但丁的《神曲》："喜剧"的沉浮 ……………………………（29）
第四章　塞万提斯的《堂吉诃德》：闪耀着理想光芒的疯癫骑士 ……（45）
第五章　莎士比亚的《哈姆莱特》：诠释和想象的空间 ………………（58）
第六章　弥尔顿的《失乐园》：经典的确立与阐释的歧义 ……………（72）
第七章　卢梭的《忏悔录》：一个争论不休的话题 ……………………（83）
第八章　歌德的《浮士德》：德意志观念与意识形态的试金石 ………（93）
第九章　华兹华斯的诗歌创作：灵视与悲曲 …………………………（111）
第十章　斯丹达尔的《红与黑》：一个时代的梦想与遗憾 ……………（125）
第十一章　福楼拜的《包法利夫人》：对艺术的艰辛追求 ……………（134）
第十二章　艾米莉·勃朗特的《呼啸山庄》：螺旋式的猜谜与破解 …（152）
第十三章　陀思妥耶夫斯基的《罪与罚》：批评的复调 ………………（167）
第十四章　托尔斯泰的《安娜·卡列宁娜》：精神世界的艺术探索 …（181）
第十五章　T.S.艾略特的《荒原》："雷声究竟说了些什么" ………（196）
第十六章　卡夫卡的《审判》：存在与现实 …………………………（210）
第十七章　乔伊斯的《尤利西斯》：从"天书"到乔伊斯产业 ………（228）
第十八章　福克纳的《喧哗与骚动》：对秩序和意义的希冀 …………（245）
第十九章　布尔加科夫的《大师和玛格丽特》：文本与阐释的多重空间 ……（259）
第二十章　加西亚·马尔克斯的《百年孤独》：美洲的魔幻与真实 …（277）
附录　关键词 …………………………………………………………（288）

第一章　荷马史诗：跨越时空的经典

荷马（Homeros）相传为古代希腊两部伟大的史诗《伊利亚特》和《奥德赛》的作者。他大约生活在公元前9—前8世纪之间，生平无从查考。他是小亚细亚一带的盲诗人，是具有高度艺术才能的民歌艺人，也是把这两部史诗初步定型的伟大诗人。

公元前12世纪末，希腊半岛上的阿开奥斯人联合进攻小亚细亚半岛上的特洛伊城，鏖战十年，特洛伊城为希腊人毁灭。战争结束后，在小亚细亚一带便流传着许多关于英雄故事和神话传说的短歌。民间歌人将这些短歌口头传授，代代相传。在长期口传的过程中，许多行吟诗人对它们进行过加工改造。荷马即以此为基础，加工整理形成了具有完整情节和统一风格的两部史诗，但那时还只是一种演唱本，直到公元前6世纪中叶，雅典执政官裴西斯忒拉托斯（即庇士特拉绥）组织编订，荷马史诗才有了文字记录。公元前3—前2世纪亚历山大城几位学者校订之后，史诗有了最后定本。这就是今天我们见到的各为24卷的两部史诗。

《伊利亚特》描写的是特洛伊战争的经过，歌颂英雄们的骁勇和业绩；《奥德赛》叙述了特洛伊战争结束后，英雄奥德修斯历经艰险，返乡后杀灭求婚人并与妻子团聚的故事，赞美了英雄的坚毅和智慧，表现人与自然的斗争。两部史诗内容上相互补充，风格上交相辉映，共同构成一幅远古时代希腊社会生活的完整画卷，表现了氏族社会时期古希腊民族的生活、斗争和思想感情。"荷马史诗"是欧洲文学史上最早、最重要的文学作品，是描述人类社会童年的百科全书。

西方人功底深厚和流派众多的作家及作品评论，实际上是从一个至今仍然有所争议和不甚牢固的基点上开始的。这听起来或许显得玄乎，有点令人难以置信，却是我们不得不勇敢面对的事实。说到西方文学的源头，人们会想到荷马。然而，荷马不是我们可以不设前提地放心追溯的文学始祖；事实上，西方文学史上或许没有哪一位重要作家比他的身世更加扑朔迷离。荷马不总是可以"实证"的，有西方学者甚至怀疑历史上是否确有荷马其人。荷马真实，却也虚缈，但无论如何，讲授西方文学史不能避开或绕过他,否则便会脱离本真,不是追根寻源。

一、荷　　马

　　历史经常是不明晰的。英国诗人兼文论家马修·阿诺德(Matthew Arnold)曾用不多的词汇概括过荷马的诗风,其中之一便是"简约"(simplicity)。然而,这位文风庄重、快捷和直朴的希腊史诗诗人却有着不明朗的身世,给后人留下了许多疑团。首先是他的名字,Homeros 不是个普通的希腊人名。至少在希腊化时期以前,史料中没有出现过第二个以此为名的人物。Homeros 被认为是 homera(中性复数形式)的同根词,可作"人质"(亦即"抵押")解。然而,以诗唱换取客地居民招待以解决生计,是古代游吟诗人的常规做法,并非荷马一人为之,荷马显然不是古希腊最早的唱诗者。既如此,何故由他一人独得此名?此外,即使有人愿意用"诨名"相称,荷马也不会乐意接受,日后会予以改变。Homeros 亦可拆解作 home (h) oron,意为"看不见(事物)的人",亦即"盲人",这一解析同样显得牵强,许是根据《奥德赛》里的盲诗人德摩道科斯所作的反推,把荷马想当然地同比为古代唱诗者中不乏其人的瞽者。细读史诗,我们会发现荷马有着极为敏锐的观察力,对色彩和光亮的分辨尤为细腻。荷马的名字还被解作短诗的合成者。有学者试图从 Homeridai(荷马的儿子们,荷马的弟子们)倒推 homeros 的成因,所作的努力值得嘉许。然而,此类研究也可能走得过远。比如,历史上曾有某位英国学者,此君突发奇想,竟将 Homeros 倒读为 Soremo,而后者是 Soromon(所罗门)的另一种叫法,由此将荷马史诗归属到了一位希伯来国王的名下。应该指出的是,从字面推导含义是西方学者惯用的符合语文学(philology)旨趣的常规做法,即便尝试倒读人名,也算不得十分荒唐,只是由此得出的结论可能与事实不符乃至南辕北辙,这是我们应该予以注意的。

　　荷马若隐若现,他的生活年代充满变数,让人难以准确定位。学者们所能做的,只是依据民间传说,提供并满足于自以为能够自圆其说的设想,然后在此基础上进行延伸评估。从特洛伊战争时期(约公元前 13—前 11 世纪)到战争结束以后不久,从伊奥尼亚人的大迁徙到公元前 9 世纪中叶或特洛伊战争之后五百年,都被古人设想为荷马生活和从艺的年代。史学家希罗多德(Herodotus)认为,荷马的在世时间"距今不超过四百年"(《历史》2.53,比较2.142),换言之,大约在公元前 850 年左右,而他的同行修昔底德(Thucydides)则倾向于前推荷马的创作时间,将其定位于特洛伊战争之后,"其间不会有太远的年隙"(《伯罗奔尼撒战争史》1.3)。荷马到底是哪个"朝代"的人氏?我们所能找到的"外部"文献资料似乎不能确切回答这个问题。另一个办法是从荷马史诗,亦即从"内部"寻找问题的答案。大量文本事实表明,荷马不是生活在迈锡尼时期,因此不可能是战争的同时代人。从史诗中众多失真以及充斥着臆想和猜测的表述来看,荷马也不像是一位生活在战争结束后不久的追述者。由此可见,希罗多德的意见或许可资参考。但是,考古发现和对文本的细读表明,希罗多德的推测或许也有追求古旧之虞。《伊利亚特》(6.302—303)所描述的塑像坐姿,似乎暗示相关诗行的创编年代不太可能早于公元前8世纪;11.19以下关于阿伽门农盾牌的细述,似乎表明这是一种公元前7世纪以后的兵器;而13.131以下的讲述更给人"后期"的感觉,因为以大规模齐整编队(phalanx)持枪阵战的打法有可能盛行于公元前7世纪末以后。然而,靠前引起质疑,后推亦需谨慎。著名学者沃尔特·布尔克特(Walter Burkert)将《伊利亚特》的成诗年代推迟到公元前660年的做法[1],似乎没有得到学界的广泛赞同。荷马史诗自有它的得之于历史和文学传统的古朴,零星出现的后世资证和著名学者的靠后评论,都不能轻易改变这一点。综观"全局",我们认为,把荷马史诗主体内容的成篇年代定设在公元前8世纪中叶或稍后比较适宜,其中《奥德赛》的成诗或许稍迟一些,可能在公元前8世纪末或前7世纪初。

　　荷马的出生地在哪? 这个问题同样不好准确回答。《伊利亚特》和《奥德赛》均没有提供现成的答案,公元前8至前7世纪也没有在这方面给我们留下任何可以作为信史引证的第一手资料。据说为了确知荷马的出生地和父母是谁,罗马皇帝哈德良(Hadrian)还专门咨询过德尔菲的神谕。[2] 在古代,至少有七个城镇竞相宣称为荷马的出生地,并且似乎都有各自的理由。它们是斯慕耳纳(现名伊兹米尔)、罗德斯、科罗丰、萨拉弥斯、基俄斯、阿耳戈斯和雅典。能够成为荷马的乡亲,自然是莫大的荣誉,尤其是在公元前6世纪以后,他名望鼎盛,如日中天。但是,荷马的出生地毕竟不可能多达七处,否则我们将很难把他当作一介凡人。希腊文化的传统倾向于把荷马的故乡划定在小亚细亚西部沿海的伊奥尼亚希腊人的移民区。任何传统都不是凭空产生的。荷马对伯罗奔尼撒的多里斯人所知甚少,表明他不是从小在那片地域土生土长的。此外,《伊利亚特》中的某些行段(9.4—5,11.305—308)暗示他的构诗位置可能"面向"希腊大陆(或本土),即以小亚细亚沿海为基点。荷马所用的明显带有埃奥利亚方言色彩的伊奥尼亚希腊语,也从一个侧面佐证着他的出生地不在希腊本土或罗德斯等地。再者,作为一个生长在小亚细亚的希腊人,荷马或许会比生活在希腊本土的同胞们更多一些"国际主义"精神,这一点我们可以从他叙事的中立态度以及不时流露出来的对敌人(特洛伊人)的同情心里看出

---

[1] M. Mueller, *The Iliad*, London: George Allen and Unwin, 1984, p.1. 不排除史诗中的极少量内容可能得之于公元前660年以后修缮增补的可能。

[2] D. B. Levine, "Poetic Justice: Homer's Death in the Biographical Tradition", *The Classical Journal* 98.2 (2002/03), p.141.

来。上述原因会有助于人们把搜寻的目光聚焦到小亚细亚沿海的斯慕耳纳和基俄斯,与传说中的主流见解相吻合。开俄斯的西蒙尼德斯(Simonides)设想基俄斯是荷马的出生地(他称荷马是一个"基俄斯人"〈Chios aner〉);事实上,那儿也被古代文论家们认为是"荷马的弟子们"发迹并长期诵诗从业的地方。在古代,荷马被认为是史诗作者(或诗人)的代名词,所有以特洛伊战争、战后英雄们的回归及相关经历为背景的系列史诗(the epic cycle,如《库普里亚》、《埃塞俄庇斯》、《小伊利亚特》和《回归》等)以及众多的颂神诗(如《阿波罗颂》、《狄俄尼索斯颂》和《赫耳墨斯颂》等),都被认为出自荷马的凭借神助的天分。基俄斯诗人库奈索斯(Kunaithos)创作了《阿波罗颂》①,却并不热衷于拥享作品的署名权。不仅如此,他似乎还有意充分利用人们对荷马的感情和"印象",宣称该诗的作者是一位"来自山石磷峋的基俄斯的盲(诗)人"(tuphlos aner,《阿波罗颂》172)。库奈索斯的做法当然可以理解,因为他不仅是基俄斯人,而且还是当地"荷马弟子们"的首领,率先(公元前504年或更早)向远方输出荷马的作品,在叙拉古吟诵"老祖宗"的史诗。哲学家阿那克西美尼(Anaximenes)相信荷马的家乡在基俄斯,但史学家欧伽昂(Eugaion)和学者斯忒新勃罗托斯(Stesimbrotos)则沿用了公元前5世纪同样流行的荷马为斯慕耳纳人的传闻。抒情诗人品达(Pindaros)的"视野"似乎更显开阔,既认为荷马是斯慕耳纳人,也愿意折中,接受荷马同时拥有基俄斯和斯慕耳纳双重"国籍"的提法。有人认为荷马出生在斯慕耳纳,但在基俄斯完成了《伊利亚特》和《奥德赛》的创作。相传荷马卒于小岛伊俄斯②,该地每年一次,在一个以荷马名字命名的月份,即Homeron里用一只山羊奠祭诗人的亡灵。

二、荷马史诗的古代境遇

希腊神话并不发轫于荷马。荷马既非它的首创,也不垄断故事的编制。在史诗的草创时期,人们对诗歌内容的重视显然甚于对它的作者。荷马的得之于传统的"历史"真实性在公元前7世纪没有受到怀疑。尽管如此,荷马的名字在成文的作品中非常罕见,这或许反映了那个时代文人们的疑虑,也可能与存世作品的稀少不无关系。公元前6世纪初以后,这种情况发生了质的改变,荷马名字的出现率有了较大幅度的提升,仿佛人们突然意识到他的重要,觉得既然可以随意复诵或引诵他的诗行,就不必忌讳提及他的名字,不必再对荷马的历史真实性存怀戒心。当然,我们亦不宜低估"荷马弟子们"的活动,他们的从业稳步扩大着荷马的影响,最

---

① 修昔底德认为此篇乃荷马所作并称其中的有关文字是荷马对自己作品的评价,《伯罗奔尼撒战争史》3.104。

② Ios,亚里士多德(Aristoteles)接受了这一提法。

终汇同其他因素,使荷马的名字进入千家万户,成功塑造了一位"诗祖"的形象。在公元前6世纪下半叶,荷马是否确有其人已经不是问题。人们热衷于关注的是他的功绩,此外便是他的过错。人们开始评论荷马。有趣的是,这一时期得以传世至今的对荷马及其诗歌的评论,不是热切的赞颂,而是无情的批评。科洛丰诗人哲学家塞诺法奈斯(Xenophanes)抨击荷马和赫西俄德的神学观,指责他们所塑造的神明是不真实、有害和不道德的(片断11、14、15)。大约三四十年之后,哲学家赫拉克利特(Heraclitus)以更严厉的措词狠批荷马,认为他应该接受鞭挞,被逐出赛诗的场所(片断42)。据传毕达戈拉斯(Pythagoras)曾在地府里目睹过荷马遭受酷刑的情景。故事的编制者显然意在告诉世人,荷马为自己对神祇的不体面描述付出了惨重的代价。此类传闻荒诞不经,自然不可信靠,这里略作提及,或许可以从一个侧面说明后世某些哲人对荷马以及由他所代表的诗歌文化的憎恨程度。公元前6世纪,新兴的逻各斯(logos)和由它所标志性地昭示的逻各斯(即理性)精神,已经在希腊学界和酷爱谈论的希腊人的智性生活中崭露头角。哲人们显然已不满于荷马史诗对世界和神人关系的解释,迫切想用能够反映科学精神的新观点,取代荷马的在他们看来已明显趋于陈旧的神学观。在逻各斯耀眼的理性光芒的映衬下,老资格的秘索思(mythos,"诗歌"、"神话"、"故事")相形见绌,逐步退居守势。

然而,希腊文学和文化需要一面旗帜。据被归于柏拉图名下的《希帕耳科斯篇》228B的记载,雅典执政裴西斯忒拉托斯(Peisistratos)之子希帕耳科斯(Hiparchos)是把荷马史诗引入雅典的第一人。无论此说是否可信,荷马史诗进入雅典似乎必定与裴氏父子的活动有关。公元前535年前后,裴西斯特拉托斯组织了一个以俄诺马克里托斯(Onomacritos)为首的诗人委员会,负责收集各种诗段并以传统成诗(或文本)为参考,基本定型了荷马史诗的受诵样本。公元前520年左右,裴西斯特拉托斯(或其子希帕耳科斯)下令,将吟诵荷马史诗定为泛雅典娜庆祭节上的保留项目,由参赛的诗人们依次接续(ex hupoēpseōs,即后继的吟诵者从前一位的停顿处续接),当众吟诵。裴西斯特拉托斯的努力,对规范吟游诗人们的诵诗和增强民族凝聚力起了很大的作用。就在少数哲人批贬荷马的同时,诗人们却继续着传统的做法,就整体而言保持并增进着对荷马的信赖和崇仰。西蒙尼德斯赞慕荷马的成就,认为是荷马的精彩描述才使古代英雄们的业绩得到了彪炳后世的传扬。在说到英雄墨勒阿格罗斯(Meleagros)在一次投枪比赛中获胜的事例时[①],他提到了荷马的名字,用以增强叙事的权威性。荷马和斯忒西科罗斯(Stesichoros)便是这样对人唱诵的(参阅《对句格诗》11.15—18,19.1—2,20.13—15)。埃斯库罗斯(Aeschylus)谦称自己的悲剧为"荷马盛宴中的小菜"(阿塞那伊俄斯〈Athenaios〉,

---

① 此事不见于今本荷马史诗。

《学问之餐》8.347E）。我们了解埃斯库罗斯对悲剧艺术的卓越贡献，认可他的作品所取得的高度的艺术成就。他之所以这么说，固然是考虑到荷马史诗的规模和数量（在当时，荷马被普遍认为不仅仅是《伊利亚特》和《奥德赛》的作者），但同时也可能是出于他对荷马的敬重。他不认为自己的成就可以与荷马相提并论，故而在用词上体现了罕见的谦逊。当然，从埃斯库罗斯的形象比喻中我们也可以看出，他愿意把自己的作品纳入荷马的"系统"（柏拉图称荷马为第一位悲剧诗人），以能够成为荷马传统的一部分而感到光荣。事实上，无论是从思想感情还是气质和行文的风格来评判，埃斯库罗斯都秉承了荷马的遗风，是极具荷马风范的悲剧诗人。喜剧诗人阿里斯托芬（Aristophanes）同样崇仰荷马。他赞赏荷马的博学，不怀疑他在希腊民族中所处的当之无愧的教师地位，誉之为"神圣的荷马"（theios Homeros，《蛙》1034）。抒情诗人品达摘引荷马，赞同当时流行的荷马是史诗《库普里亚》作者的观点（从现存的史料来看，希罗多德是把《库普里亚》删出荷马作品的第一人，《历史》2.117），并称荷马把这部史诗作为陪嫁，将女儿嫁给了库普里亚（即塞浦路斯）人斯塔西诺斯（Stasinos）。品达对荷马并非没有微词。但是，他的批评是含蓄而合乎情理的，有别于同样多次提及荷马的赫拉克利特对他的恶毒攻击。品达认为，荷马拔高了古代英雄们的形象，以他典雅和瑰美的诗句使奥德修斯受到了过多的赞扬（《奈弥亚颂》7.20—21）。① 阿里斯托芬根据需要变动引用过荷马的诗行；荷马的用语在哲学家德谟克利特（Democritus）和医学家希波克拉底（Hippocrates，或他的弟子们）的著述中亦有见例。荷马史诗是知识的库藏。公元前5世纪以降，它（或史诗的节选本）是雅典的孩子们必读的教材。

　　荷马史诗的所指经历了由宽泛到相对具体的嬗变。希罗多德引用荷马史诗计11个行次。此外，作为书名，《伊利亚特》和《奥德赛》最早见诸于他的著述（《历史》5.67）。修昔底德引《伊利亚特》仅一个行次，但引《阿波罗颂》的诗句却高达13例。值得注意的是，修昔底德是把《阿波罗颂》当作荷马史诗加以引用的。这表明他也像许多前辈文人一样，将包括《阿波罗颂》在内的我们今天称之为《荷马诗颂》的众多颂神诗全都看作是荷马的作品。这种情况在公元前4世纪发生了改变。亚里士多德似乎已不认为《阿波罗颂》是荷马的诗作，尽管他仍然把《马耳吉忒斯》归入荷马的名下。当柏拉图和塞诺芬（Xenophon）提及荷马史诗时，他们的指对一般均为《伊利亚特》和《奥德赛》，所引诗行似乎也大都出自这两部史诗。从现存的古文献来看，雷吉昂学者塞阿格奈斯（Theagenes，活动年代在公元前525年前后）是希腊历史上著述研究荷马史诗的第一人，所著《论荷马》以讨论荷马史诗的喻指功能（al-

---

① 品达三次提到荷马的名字。品达的提及客观上起到了互相"增光"的作用，使两位大诗人（即荷马和他本人）相得益彰（Cf. *A New Companion to Homer*, edited by I. Morris and B. Powell, Leiden: Koninklijke Brill, 1997, p.39）。

legoria)为主,在公元前3世纪以前即已失传。他提出的荷马史诗里的神祇皆可喻指自然界里的物质或现象的观点,对后世学者的影响甚深。斯忒新勃罗托斯(据说他能揭示作品中藏而不露的意思〈tas huponoias〉)、格劳孔(Glaucon)和阿那克萨戈拉斯等人都曾沿袭他的思路,著述或研讨过当时(即公元前5世纪)的学者们所关注的某些问题。柏拉图对荷马史诗颇有研究,但囿于自己的学观取向,他的评论往往多少带有偏见,无助于人们正确和客观公正地解读荷马。亚里士多德写过《论诗人》、《论修辞》、《论音乐》、《诗论》等著作,其中应该包括研析荷马史诗的内容。《荷马问题》是一部探讨荷马史诗里的"问题"和如何解析这些问题的专著,可惜也像他的上述文论一样早已失传。亚里士多德的《诗学》是他的论诗专著中硕果仅存的一部(当然,他的《修辞学》也间接谈到诗论问题)。在《诗学》里,针对评论家们(比如安菲波利斯的佐伊洛斯〈Zoilos〉)就荷马的用词和立意等方面的不一致所提出的有些是吹毛求疵的批评,亚里士多德分门别类地进行了辩驳,不少观点见地精当,但有时也难免矫枉过正,流露出不够客观的替尊者讳的倾向,仿佛荷马是不会、也不应该出错的。《诗学》高度评价了荷马史诗的艺术成就,赞扬荷马"不知是得力于技巧还是凭借天赋",几乎在所有有关构诗的问题上都有高人一筹的真知灼见(8.1451a22—24)。罗马文论家贺拉斯(Horatius)很可能没有直接读过《诗学》,但有理由相信他会从亚里士多德的学生塞俄弗拉斯托斯(Theophrastos)和其他亚里士多德学派的成员(如萨图罗斯〈Thaturos〉和尼俄普托勒摩斯〈Neoptolemos〉等)的著述中了解到亚里士多德的诗学观,包括对荷马以及他的史诗的评价。包括西塞罗(Cicero)在内的罗马文人,大概也会通过上述途径接触到亚里士多德学派的诗艺观,从而强化自己的理论素养,加深儿提时代即已通过家庭或学校教育获取的对荷马的美好印象。毕竟,对于罗马文人,掌握希腊语的另一种说法是"已经熟读荷马"。在意大利,荷马的影响是巨大的。公元前3世纪下半叶,罗马人已经可以读到安德罗尼科斯(Andronicus)翻译的《奥德赛》。罗马文学之父埃尼乌斯(Ennius)极度崇仰荷马的诗才,声称自己是荷马的"转世"。

荷马不仅是诗人,也被看作是学问家。校勘荷马史诗必须建立在渊博、丰广的知识基础之上,是文学批评的一种极能体现学力的表现形式。公元前4世纪末,托勒密家族在埃及建立了自己的王朝,利用雄厚的财富积累大力推动并弘扬科学文化事业,鼓励学人重视对古希腊重要文献文本的搜集和整理,在亚历山大创建了规模宏大的图书馆。至菲拉德尔福斯(Philadelphos)统治时期(公元前285—前247年),图书馆收藏的各种抄本已达40万卷(相当于当今八开本的图书4万册)。图书馆的第一任馆长是菲勒塔斯(Philetas)的学生、厄菲索斯的泽诺多托斯(Zenodotos,约出生在公元前325年)。他校勘了《伊利亚特》和《奥德赛》,并首次将这两部史诗分别节分为24卷。在此之前,学者们习惯于以内容定名或称呼其中的部分,所指不甚准确,也难以形成规范。泽诺多托斯著有《荷马词解》(Glossai)。像他的校勘一样,此举虽然功不可没,但明显带有严重的个人主观取向,对词义的解析常显不够精细,有时趋于武断。继厄拉托塞奈斯(Eratosthenes)之后,拜占庭的阿里斯托芬(Aristophanes,约公元前257—前180年)接任亚历山大图书馆馆长职务,承上启下,继续着由泽诺多托斯在那个时代参与开创的以诠释词义为中心的研究工作。阿里斯托芬是个博学的人,精通文学、修辞、语言学、语文学,擅长文本的考证研究,首创重音符和音长标记,在泽诺多托斯和雷诺斯(Rhianos)校本的基础上较大幅度地改进和完善了校勘的质量。对荷马史诗的细致辨考和注疏,促成了西方校勘学的诞生。

　　一种学术,在它的潜力没有被充分发掘之前,通常不会止步。荷马史诗的勘证工作有了厚实的资料积累,但仍需有人在既有的基础之上全面推进,辨识真伪,疏解疑难,形成治学的系统。当时的亚历山大不缺知识渊博的学者,但真正具备严格的学术意识并且能够代表亚历山大学者治学(指荷马史诗研究)水平的,是阿里斯托芬的学生、来自爱琴海北部岛屿萨摩斯拉凯的阿里斯塔耳科斯(Aristarchos,约公元前217—前145年)。阿波罗尼俄斯卸任后,阿里斯塔耳科斯接受了亚历山大图书馆馆长的荣誉,也挑起了这一重要职位所赋予的责任。他以更加严肃的态度治学,两次校订荷马史诗(换言之,完成了两套校订本),并在页边写下了大量的评语(hupomnema),其中的许多行句经后世经典注疏(scholia)学家引用而得以传世,受到近当代荷马史诗研究者们的高度重视。作为当时的顶尖学者(ho grammatikotatos〈阿塞那伊俄斯《学问之餐》15.671〉),阿里斯塔耳科斯一生写过八百余篇短文,大都与荷马及其史诗(或相关论题)的研究有关。与有时或许会夸大史诗的哲理释义,倾向于过度开发喻指的潜力以资证斯多葛学派观点的裴耳伽蒙(Pergamum)学者克拉忒斯(Crates)不同,①阿里斯塔耳科斯提倡例证的收集以及在此基础上进行分析类推(anology)的研究方法,重视文本内部提供的信息资料,避免无依据的立论,不作缺乏语法和可靠语义支持的哲学或哲理引申。阿里斯塔耳科斯创立了自己的学派,他的直接影响一直延续至罗马的帝国时代,学生中不乏后世成为著名学人的佼佼者,包括修辞学家阿波罗多罗斯和语法学家狄俄尼西俄斯·斯拉克斯(Dionysios Thrax,或色雷斯的狄俄尼西俄斯)。尽管如此,阿里斯塔耳科斯

---

①　克拉忒斯是一位享有盛誉的荷马学者(Homerikos),一位在语法和修辞方面有造诣的批评家(kritikos). Cf. J. I. Porter, "Hermeniutic Lines and Circles: Aristarchus and Crates on the Exegesis of Homer", in *Homer's Ancient Readers*, edited by R. Lamberton and J. J. Keancy, New Jersey: Princeton University Press, 1992, pp. 85—686. 最新研究表明,此君不一定完全赞同斯多葛学派的主张。对科学和天体的重视,使他拥有了研析荷马史诗的不同于阿里斯塔耳科斯的视角。阿里斯塔耳科斯提倡"以荷马解析荷马"(即从荷马史诗内部寻找解析史诗里的疑难字句)的研究方法(L. D. Reynolds and N. G. Wilson, *Scribes and Scholars: A Guide to the Transmission of Greek and Latin Literature*, Third edition, Oxford University Press, 1991, p. 13)。

及其前辈们的工作都难免带有时代赋予的局限性。他们似乎过多地折服于荷马的诗才和传统形成的权威,遇到问题时总是倾向于往"好"的方面去设想。所以,尽管阿里斯塔耳科斯的研究方法经常是"分析"的,他的治学立场却是"统一"的,亦即立足于维护荷马的威望以及他是《伊利亚特》和《奥德赛》不可分割的"统一"(或单一)作者的传统观点。尽管如此,公元前 3 至前 2 世纪的荷马史诗研究成果斐然。亚历山大学者们的研讨涉及面广泛,切入点多元,所作评注涵盖语言、格律、神话、历史和美学等诸多学科领域。与此同时,与亚历山大学者比肩而立的裴耳伽蒙学者(如塞普西斯的德米特里〈Demetrius〉和伊利昂的波勒蒙〈Ploemon〉等)则更多地采取历史研究和考古的角度,其成果同样引人瞩目,对亚历山大学者的工作形成了极有价值的补充。[①] 当时的荷马学界还出现了另一种声音。公元前 3 世纪,学者克塞农(Xenon)和赫拉尼科斯(Hellanikos)先后对《奥德赛》的作者归属提出异议,认为无论从内容还是形式上来看,它与《伊利亚特》都很不相同,因此不可能由创编《伊利亚特》的诗人所作。一般认为,克塞农和赫拉尼科斯是最早的倚重于"分析"的分辨派学者(chorizontes),他们的态度和观点或许在阿里斯塔耳科斯等正统派学者看来不很严肃,却有着不可忽视的历史意义。毕竟,他们率先就荷马是《伊利亚特》和《奥德赛》铁定作者的观点提出了挑战,提出了分辨的设想,使人们看到了解析荷马史诗的另一种可能。

三、"统一"与分辨之争

公元 3 世纪下半叶,普罗提诺(Plotinus)创立了一个研究柏拉图哲学的新学派。新柏拉图主义者们热衷于发掘荷马史诗的喻指潜力,在研究中揉入了心灵的感受。普罗提诺的学生波耳夫利(Porphyry)深化了新毕达戈拉斯主义者努墨尼乌斯(Numenius)的"洞见",以柏拉图在《国家篇》第七卷里所表述的"洞穴说"为参照,对《奥德赛》13.96—112 所描述的"仙女的洞穴"进行了深入的剖析。在波耳夫利看来,《奥德赛》深刻揭示了心灵由沉沦向"真实的家园"回返的艰难历程。柏拉图与荷马殊途同归。对于那个时代的学者,深挖荷马史诗的喻意,是研究的主要样式。波耳夫利痛恨基督教,但全力捍卫基督教义的人士,如查士丁(Justin)、克莱门(Clement)和奥里根(Origen)等,也同样心仪于希腊神话的喻指潜力,认定荷马史诗先行昭示了基督教的真理。随着中世纪的到来,曾是一门显学的荷马史诗研究(包括文学批评)经历了长时期的沉寂。教廷反对荷马史诗所宣扬的多神论,压制乃至禁止"异教"思想的传播。在漫长的一千多年时间里,西方世界没有产生过成

---

① C. A. Trypanis, *The Homeric Epic*, Warminster: Aris and Phillips, 1977, p. 105.

就可与阿里斯塔耳科斯等人比肩的学者,匿名学人的评论经常流于转述,缺少真知灼见。不过,荷马的影响没有绝迹。在知识界,多神论迟至5—6世纪仍然延续不灭,至少在亚历山大和雅典的柏拉图学校里仍有小范围的研讨,多神论者仍把《伊利亚特》和《奥德赛》看作是有能力从虚构故事的背后发现真理的高水平研究者们深研的读本。得益于《拉丁伊利亚特》(Ilias Latina,计1070行)一类作品在民间的传播,西方人了解有关特洛伊战争传闻的途径没有彻底断绝。《拉丁伊利亚特》有可能是中世纪一些学校采用的教材。诗人彼特拉克(Petrarca)酷爱古典文学,直到去世之前仍在用心注释拉丁文版的《奥德赛》。① 荷马史诗最早的印刷本于1488年在意大利问世,此后便新译迭出,成为文艺复兴时期最畅销的书籍之一。及至莎士比亚写作戏剧的时代,伦敦的绅士们已能读到查普曼(G. Chapman)英译的《伊利亚特》和《奥德赛》,人们对荷马及其史诗的了解程度有了较大的改观。莎翁写过一出取材于特洛伊战争传闻的悲喜剧《特罗伊洛斯与克瑞西达》,颇得好评,可见当时的伦敦观众已或多或少地具备了接受此类剧作的文学素养和审美情趣。

　　荷马史诗研究再度成为显学。17世纪90年代,发生在英、法两国的"书战"(The Battle of the Books)起到了某种激励的作用,汇同其他因素,把欧洲学人的目光引向对《伊利亚特》和《奥德赛》的内容孰"新"孰"旧"问题的关注,由此启动了新一轮的以荷马史诗为对象的历史批评。热奈·拉宾(René Rapin)和威廉·坦布尔(William Temple)坦言他们更愿意信靠裴西斯忒拉托斯执政时期定型的荷马史诗抄本。1684年,学者佩里卓尼俄斯(Perizonios)提请人们重视书写在文学创作中所起的作用;1713年,理查德·本特利(Richard Bentley)发现并指出了辅音F(作w音读)在荷马史诗里已经消失的"隐性"存在,提出荷马创编的很可能是一批内容上可以独立成篇的短诗(他们大概均以为荷马生活在公元前1000年左右),数百年后才由后世歌手或吟游诗人组合成长篇史诗的观点。《新科学》的作者、那不勒斯的维柯(Gimbattista Vico)语出惊人,认为历史上根本就不存在荷马其人,"荷马"只是个代表并统指古代歌手的集体名称。继托马斯·布兰克威尔(Thomas Blackwell)的卓有成效的研究之后,罗伯特·伍德(Robert Wood)于1769年发表了一篇题为《论荷马的原创天才与写作——兼论特罗阿德的古貌与现状》的文章,认为荷马"既不能阅读,也不会书写",并不比他的同时代人掌握更多艰深的天文学和宗教知识。② 这一见解直接与经由勒波苏(Le Bossu)和安德瑞·达西尔(Andre Dacier)

---

① 1354年,一位名叫西格罗斯(Sigeros)的人从君士坦丁堡给彼特拉克送去了一份荷马史诗手抄本(J. A. Scott, *Homer and His Influence*, Boston: Marshall Jones Company, 1925, p.123)。彼特拉克一生致力于复兴古典学术,在相关领域做出了具有"开创性"意义的贡献(R. Pfeiffer, *History of Classical Scholarship: From 1300 to 1850*, Oxford: Clarendon Press, 1976, p.3)。

② D. M. Foerster, *Homer in English Criticism*, Archon Books, 1969, p.107.

等法国文论家深化的新古典主义学观形成了冲突,传递了一条明确的信息,亦即荷马史诗之所以在古代得以流传,靠的不是实际上不存在的精心构组的规范文本,而是建立在博闻强记基础之上的诗人的口诵。

在既不能脱离历史,又旨在使解析符合学术情理的不懈努力中,德国人后来居上。1795 年,德国学者弗里德里希·奥古斯特·沃尔夫(Friedrich August Wolf)发表了专著《荷马史诗导论》,大致奠定了近代荷马学的理论基础。除了罗伯特·伍德的上述相关见解,促使沃尔夫写作《荷马史诗导论》的另一个因素,是法国学者维洛伊森(Villoison)于 1788 年整理发表的 *Venetus A*。此乃《伊利亚特》现存最早的全抄本,在当时是个轰动的事件。在沃尔夫看来,既然 *Venetus A* 的成文不早于公元 1 世纪(他误以为此抄本的母本是当时已受到质疑的阿里斯塔耳科斯的校勘本〈尽管校勘本本身早已失传〉)却又能成为现有最早的抄本,因此它的可靠性值得怀疑,很可能不是古代权威抄本的真传。他由此推断荷马史诗肯定以口诵的方式长期存在于成文抄本的出现之前,口头唱诵是荷马史诗流传的本源。伍德没有提及而沃尔夫则依据上述认识引申得出的另一个观点是,考虑到人的记忆力的有限,诗人不太可能完整地把长篇史诗默记在心。因此,《伊利亚特》和《奥德赛》必定只能由可供单篇唱诵的叙事诗歌的串联和组合而成,而这些短诗所涉内容有所差异,故事的风格也不尽相同。

沃尔夫的影响深远,不可低估。在整个 19 世纪,分析派(也被叫做分辨派或区分派)的学说在西方荷马研究领域强势占据着绝对的统治地位。在沃尔夫的《荷马史诗导论》以及众多响应者的著述面前,统一派的见解受到了沉重的打击。个别统一派学者的抗争顶不住基于文本事实的批驳,其论述有时显得捉襟见肘,而他们维护荷马"一统"权威的良好意愿也常常显得过于感情用事,经不起学术规则的检验。直到 19 世纪末以前,西方学界既没有推出一部高质量的维护统一派立场的专著,也没有出现过一篇学术含量高得足以与分析派观点相抗衡的论文。从 19 世纪中叶开始,英国学者逐渐加入到分析派的行列中来。尽管如此,总的说来,分析派是一个德国现象,持分析(即分辨)立场的顶尖学者集中在德国的一些高校里,从事著书立说和传授弟子的工作,成果颇丰。

分析派从来不是在任何问题上都不存在争议的铁板一块。从这个阵营里很快分裂出两个派别,一派完全秉承沃尔夫的学说,强调荷马史诗的合成(liedertheorie),而不刻意区分合成成分的主次。这派学者以卡尔·拉赫曼(Karl Lachmann)为代表,主要成员包括赫尔德(Den Herder)和斯藤萨尔(Wilfred M. Steinthall)等。值得注意的是,拉赫曼开启了一种"比较"的视野。他从分析《尼伯龙根》和《卡莱瓦拉》的情节入手,找出其中互为独立的部分,然后推而广之,认为《伊利亚特》亦具备同样的可解析属性,由 18 个可以独立成诗的故事或短歌(lays)构合而成。另一派学者以高特弗里德·赫尔曼(Gottfried Hermann)为先锋人物。在 1832 年发表的

《论荷马史诗的窜改》一书里，赫尔曼指出，荷马史诗不同于《卡莱瓦拉》和奥西恩诗歌，不由等量部分的依次排列平铺直叙地组合而成。荷马史诗有一个核心（kernel），属于它的原创成分，由荷马所作，而其他部分则为后世诗人的添续，或紧或松地围绕核心展开叙事。《伊利亚特》的核心是阿基琉斯的愤怒，其他内容来自有关特洛伊战争的众多短诗，由后世诗人（如某些 Homeridai）汇编到既有的核心情节的外延之中，形成一个规模庞大的故事组合。《伊利亚特》形成于一个不断增补，不断改动、调整和统合的汇编过程。譬如，在赫尔曼看来，《伊利亚特》1.1—347 是诗作的原初内容，而 1.430—492、348—429 则原本分属于别的故事，是后世被组合到《伊利亚特》里的内容。赫尔曼及其追随者们的主张逐渐压倒等量合成派学者的观点，获得了包托·菲克（Fick）、贝特（Bethe）、维拉莫维茨（Ulrich von Wilamowitz-Moellendorff）、格罗特（G. Grote，此君力主今本《伊利亚特》由原诗和《阿基里德》组成）、默雷（A. T. Murray）、里夫（W. Leaf）和克罗赛（Croisset）等一批德、法、英国学者程度不等的赞同。

　　分辨导向涣散，它的负面作用开始逐渐显现出来。学者们提出了不同的核心，并且无例外地全都以为自己的主张有理。此外，如何限定《伊利亚特》里作为核心的阿基琉斯的愤怒的所涉范围，也是个不好确定并容易引起争执的问题。学力的互相抵消和学派主要成员间的内讧，严重削弱了分析学派和核心论的影响力，直接促成了统一派在 20 世纪初期的东山再起，与至少在当时已呈分崩离析之状的分析学派相抗衡。新时代的统一派学者们也"装备"了当时最高水平的语言和语文学知识，学会了充分利用考古成果（包括海因里希·施里曼〈Heinrich Schliemann〉在特洛伊和迈锡尼等地卓有成效的考古发现）以强化理论分析的本领，从而得以进入长期以来为分析派学者所垄断的领域，借助同样（强调与历史"接轨"）的方法和同类型的资料实施反击，与对手展开周旋。安德鲁·兰（Andrew Lang）教授脱颖而出，先后发表了专著《荷马和史诗》（1893）、《荷马与他的时代》（1906）以及《荷马的世界》（1910），成为统一派的领军人物。分析派学者曾把某些词汇不同的词尾变化看作是确定成诗年代迟早的论据。统一派学者依据对同类资料的研析，认为此类词尾的变异表明荷马史诗从一开始就具备了充满活力的兼容性，兼采了来自不同地域的方言。特洛伊出土的文物中武器均为铜制，分析派学者曾据此将荷马史诗中出现铁制兵器的段落全部划归为后人的续貂。统一派学者对这一结论提出了不同的看法，以荷马史诗的兼采性和对社会文化现象的兼容性，解答了分辨派学者在他们的理论体系中所不能妥善回答的问题。持荷马史诗乃由同一位诗人所作观点的学者队伍持续壮大，先后吸引了罗塞（C. Rothe）、德瑞鲁普（E. Drerup）、斯各特（J. A. Scott）、阿伦（T. W. Allen）、伍德豪斯（W. J. Woodhouse）和鲍拉（C. M. Bowra）等一批饱学之士的加盟。1910 年，慕尔德（D. Mülder）明确提出并论证了《伊利亚特》是一部结构统一的诗作的观点。《伊利亚特》耸立在一个旷日持久的

"进化"过程的终结之处,而不是因根基不牢而需要大幅度修补的起点。分辨派与统一派学者的分歧不是在所有问题上都是泾渭分明的。他们也有共识,比如他们中的许多人都认为波塞冬在《奥德赛》里的作为,体现了一种更为古老的神学,与众神在史诗开篇部分举行的议事会上所表现出来的开明形成了鲜明的对比。①

四、开辟研究的新视角

有意义的理论创新,依赖于资料的积累和研究的取向启示。米尔曼·帕里(Milman Parry)抓住了历史赋予的机遇,以自己的聪明才智和辛勤劳动,在荷马研究史上竖起了另一座令人瞩目的里程碑。帕里曾表示赞同统一派的观点,但他也倾向于否认荷马史诗(指《伊利亚特》和《奥德赛》)乃由一人所作。如果说前人只是提到语言程式与格律要求之间的关系,帕里则以提供大量的例证入手,从中系统地廓清归纳出一整套颇具说服力的理论。帕里的贡献还见之于为研究口头史诗指明了"行动"的方向,提供了一套行之有效的方法。1928年,帕里发表了他的博士论文《荷马史诗里的名词短语传统》,宣告了一个成熟的、以研究口头史诗为指对的新理论的诞生。他明确指出,荷马史诗所用的是一种"人工语言",专门服务或应用于史诗的创作,它的制作者是历代口诵诗人,其表现力在长期使用中不断完善起来,逐渐形成套路后成为世代相传的唱诗或语言程式。帕里的研究表明,受前面音步的重音位置以及停顿等因素的影响,名词短语 polumetis Odusseus(足智多谋的奥德修斯)在荷马史诗里的出现高达五十次,但位置无例外地均在诗行的末尾。同样,polutlas dios Odusseus(历经磨难和神一样的奥德修斯)的出现和位置也受格律需要的节制。六音步长短短格(及其所允许的有限变化)的构诗规则在一定程度上限制着史诗的用词,使得阿伽门农以外的一些小王或者首领级的人物(如欧墨洛斯等)也有幸受到 anax andron(民众的王者)的修饰,身价倍增。在他的学生阿尔伯特·洛德(Albert Lord)的协助下,帕里对南斯拉夫口诵史诗进行了细致的实地考查。洛德继承老师的事业,以荷马史诗为"背景",在系统考察研究流行于塞尔维亚-克罗地亚地区的口头史诗的基础上,写出了《故事的唱诵者》(The Singer of Tales)一书,于1960年出版。帕里-洛德的口头史诗(或诗歌)理论,建立在他们对史诗故事从内容取舍到语言运用等方面均严重依赖于程式这一基本认识的基础之上,归纳起来大致有以下几个要点:②

(1) 口头诗歌没有作者和具体作品的个性风格,所用词汇大都承载文化和传统的负荷。口诵诗人依靠既有的语言程式构诗。

---

① E. F. Cook, "Homer and the Analysts", in *The Odyssey in Athens: Myths of Cultural Origins*, Ithaca and London: Cornell University Press, 1995, p. 173.

② M. Mueller, *The Iliad*, London: George Allen and Unwin, 1984, pp. 9—10.

(2) 口头诗歌所用的语言程式构造上由小到大,即由单词到词组,再由词组的连合形成句子甚至段落。传统并因传统的制约而定型(或划定所涉范围)的故事主题代代相传,口诵诗人可以因需变动内容,但不宜对情节进行伤筋动骨的改造。

(3) 口诵诗人利用既有的积累即兴发挥,出口成章,构诗和唱诵经常(几乎)同时进行,没有必须依循的定型文本,歌手和听众对此都有共识,形成故事理解方面的互动。

(4) "成文"是口头文学的天敌。①

不难看出,上述观点切中肯綮,可以视为研究口诵史诗的指南。帕里和洛德的工作成果卓著,贡献之大有目共睹。但是,他们有时或许过多地强调了格律的作用,对诗人的表义需要尽管有所关注,却还是略显不够充分。

持"统一"观点的学者已经成为分析的里手。这就提出了一个问题,亦即是否有必要坚持传统的"二分"。② 事实上,细致的分析已成为所有学者擅用、也必须使用的方法。持"统一"观点的学者甚至可以称自己是一位分析论者,而不必担心由此会影响他坚持"统一"的立场,尽管这里所说的"统一",经常仅指《伊利亚特》而言。20 世纪 30 年代,希腊学者卡克里底斯(J. T. Kakridis)首创"新分析"(neoanalysis)一语,尝试着采用一种全新的切入角度,旨在通过对一些"典型"场景的分析,对《伊利亚特》作出新的阐释。新分析论者确信《伊利亚特》是一部内容整一的史诗,由一位伟大的诗人所作;他们沿用了细致分析的方法,却得出了支持"统一"的结论。新分析论者重视荷马本人的思想和思维轨迹的合乎逻辑的展开,更多地站在诗人的立场考量问题,着意于发掘他的意图,尊重他的主观能动性。荷马具备宽阔的视野,显然是有意无意地进行着从既有故事中筛选可用情节的工作,而不是随意拼凑,凌乱成诗。学者们打破《伊利亚特》和系列史诗之间人为造成的界线,寻找二者"共享"的情节,目的是找出荷马构诗时的参考项,考察《伊利亚特》的故事来源和成诗年代。卡克里底斯认为,《伊利亚特》第十八卷围绕帕特罗克洛斯之死展开的描述,显然是对前《伊利亚特》年代即已为人所知的塞提斯和海仙们哭悼阿基琉斯之死的原始素材的"参照"。③ 类似取向的研究促使佩斯塔洛兹(H. Pestalozzi)大胆颠覆《伊利亚特》与史诗系列的传统排序,设想该史诗取材于先它存在的成诗,亦即《埃塞俄庇斯》。④ 恰德瓦尔特(W. Schaldewaldt)相信,《埃塞俄庇斯》本身亦

---

① 随着研究和思考的深入,洛德修正了这一观点(Cf. R. Janko, "The Homeric Poems as Oral-Dictated Texts"⟨In Memory of Albert Lord⟩, *Classical Quarterly* 48 ⟨1998⟩, p. 3)。

② A. J. B. Wace and F. H. Stubbings eds., *A Companion to Homer*, New York: The Macmillan Company, 1963, p. 246. 从 20 世纪三四十年代以来,一些业内学者已不再认为《伊利亚特》和《奥德赛》出自同一位诗人的构组。Cf. M. L. West, "The Invention of Homer", *Classical Quarterly* 49. 2(1999), p. 364. 不过,持相反观点的学者亦不在少数。

③ Cf. J. T. Kakridis, *Homeric Researches*, Lund, 1949, pp. 65—95.

④ 《埃塞俄庇斯》(共五卷)为系列史诗中的一部,描写特洛伊战争的起因,一般认为成诗于公元前 6 世纪上半叶。

可能是一个系列,其中的部分内容为《伊利亚特》提供了借鉴。20世纪下半叶,新分析论在德国学者中不乏知音,但这一学说从一开始就基本上没有得到英美学者的响应。坚持或同情新分析论的学者,容易依据自己的立论作出顺理成章的引申,由赞成《伊利亚特》乃荷马一人所作,进而怀疑荷马史诗为口头文学的主张,比如库尔曼(W. Kullmann)就持这样的观点,认为《伊利亚特》所反映的构合意识和叙事的准确性,表明诗人得到了书写的支持。① 应该看到的是,新分析论者敢于大胆设想,有自己独特的学术眼光,只是他们的分析有时仍稍欠绵密,论证流于粗疏,不够严谨。称《伊利亚特》沿用了《埃塞俄庇斯》的"原型"情节不一定非常妥当,原因显而易见——实际情况也可能恰好相反,亦即《埃塞俄庇斯》的作者套用了《伊利亚特》已经成熟使用并已广为人知的事件。新分析论者还会受到来自其他方面的质疑,而质疑者可资参考的论据是多样化的,包括:(1)至少在亚里士多德看来,系列史诗的质量相对较差;(2)阿里斯塔耳科斯称它们的作者为 neoteroi(后续者、新手);(3)系列史诗所示围绕《伊利亚特》和《奥德赛》构诗的众多"迹象",以及史诗评论界据此形成的它们的成诗年代迟于荷马史诗的定论。

【关键词】

史诗 逻各斯 喻指 统一 分辨 程式化表述 新分析论

【推荐阅读书目】

1. 赫西俄德:《工作与时日、神谱》,张竹明、蒋平译,北京:商务印书馆,1996年。
2. 《柏拉图对话集》,朱光潜译,北京:人民文学出版社,2000年。
3. 斯威布:《希腊的神话和传说》,楚图南译,北京:人民文学出版社,1958年。
4. 格雷戈里·纳吉:《荷马诸问题》,巴莫曲布嫫译,桂林:广西师范大学出版社,2008年。
5. 皮埃尔·维达尔-纳杰:《荷马的世界》,王莹译,北京:中国人民大学出版社,2007年。

【参考文献】

1. 《起源与传递》

    T. W. Allen, *Homer: The Origins and Transmission*. Oxford: Clarendon Press, 1924.

2. 《英雄诗歌》

    C. M. Bowra, *The Heroic Poetry*, London: Macmillan, 1952.

---

① W. Kullmann, "Zur Methode der Neoanalyse in der Homerforschung", *Wiener Studien* 15 (1981), pp.29—30. 这似乎又回到了亚历山大学者,尤其是阿里斯塔耳科斯的观点,因为他们相信荷马"写作"了他的史诗。阿里斯塔耳科斯显然对荷马史诗吟诵者们(即 the rhapsodes〈或 rhapsodists〉)的表演传统"不感兴趣"(详阅 G. Nagy, *Poetry as Performance: Homer and Beyond*, 1996,第 107 页以下)。

3. 《荷马：〈伊利亚特〉的作者》

   M. Edwards, *Homer: Poet of the "Iliad"*, Baltimore: Johns Hopkins University Press, 1987.

4. 《历史事件的应用与误用》

   M. I. Finley, *The Use and Abuse of History*, London: Chatto and Windus, 1975.

5. 《过去的诗篇》

   A. Ford, *Homer: The Poetry of the Past*, Ithaca and London: Cornell University Press, 1992.

6. 《荷马：生活与死亡》

   G. Griffin, *Homer on Life and Death*, Oxford: Clarendon Press, 1980.

7. 《奥德修斯的记忆》

   F. Hartog, *Memories of Odysseus* (translated by J. Lloyd), Chicago: The University of Chicago Press, 2001.

8. 《荷马的诗歌》

   G. S. Kirk, *The Songs of Homer*, Cambridge: Cambridge University Press, 1962.

9. 《希腊史诗的起源》

   G. Murray, *The Rise of the Greek Epic*, Oxford: Oxford University Press, 1934.

10. 《荷马史诗的合成：米尔曼·帕里论文汇编》

    A. Parry ed. *The Making of Homeric Verse: The Collected Papers of Milman Parry*, Oxford: Oxford University Press, 1971.

11. 《〈伊利亚特〉里的自然与文化》

    J. Redfield, *Nature and Culture in the Iliad*, Chicago: University of Chicago Press, 1975.

12. 《口头文学与程式》

    B. A. Stolz and R. S. Shannon eds. *Oral Literature and the Formula*, Ann Arbor: University of Michigan Press, 1976.

13. 《〈伊利亚特〉的作者》

    H. T. Wade-Gery, *The Poet of the Iliad*, Cambridge: Cambridge University Press, 1952.

14. 《荷马与英雄传统》

    C. Whitman, *Homer and the Heroic Tradition*, Cambridge: Harvard University Press, 1958.

【网络资源】

www.auburn.edu/~downejm/homeric.html

http://classics.mit.edu/Homer/iliad.html

【作品推荐译本】

1. 《伊利亚特》，罗念生、王焕生译，北京：人民文学出版社，1994年。
2. 《奥德赛》，陈中梅译注，南京：译林出版社，2002年。

第二章 索福克勒斯的《俄狄浦斯王》：永远的神话

索福克勒斯(Sophocles,约公元前496—前406年)是古希腊三大悲剧诗人之一,出生于雅典附近的科罗诺斯。他在约28岁就在戏剧比赛中赢了埃斯库罗斯,在那之后第27年输给了欧里庇德斯。在戏剧比赛中,他总共赢得过24次一等奖和二等奖。

索福克勒斯在60年左右的创作活动中,一共写出了约130部戏剧作品,但流传至今的只有7部完整的悲剧,按首演时间排列,它们是《埃阿斯》(约公元前442年)、《安提戈涅》(约公元前441年)、《俄狄浦斯王》(约公元前431年)、《厄勒克拉特》(公元前419—前415年)、《特剌喀斯少女》(约公元前413年)、《菲罗克忒忒斯》(公元前409年)和《俄狄浦斯在科罗诺斯》(公元前401年)。

公元前5世纪20年代,大约在柏拉图(Plato)出生的同时,索福克勒斯(Sophocles)写出了著名悲剧《俄狄浦斯王》。不过,在当时举行的戏剧比赛中,索福克勒斯却败在了一位名为菲洛克勒斯(Philocles)的戏剧家手下,未能得到一等奖。① 现在,历史已经纠正了雅典人的评判,菲洛克勒斯的作品早就无人知晓,索福克勒斯的《俄狄浦斯王》却成为西方最伟大的文学经典之一而传诵至今。

不仅如此,尽管西方文学史中取材于这同一题材的作品众多,索福克勒斯的《俄狄浦斯王》却占有不可取代的地位。如批评家卡梅隆(Alister Cameron)在《俄狄浦斯的身份》(1968)中所言:"我们知道,在古代有八部《俄狄浦斯》。从那以后,又有更多的同名作品问世,其中三部出现在过去50年间。但是,只有一部确实可以称作《俄狄浦斯》……(因为),当我们谈论其他同名作品时,我们总是说塞内加的

---

① 塞加尔在《俄狄浦斯:悲剧英雄主义和知识的限度》中提到了这一传说,但也指出这仅见之于索福克勒斯戏剧的一些中世纪手抄本的引言中,见其 *Oedipus Tyrannus: Tragic Heroism and the Limits of Knowledge*, New York: Macmillan Publishing Company, 1993, p.16, 159.

《俄狄浦斯》，伏尔泰的《俄狄浦斯》，纪德的《俄狄浦斯》，等等。"① 换言之，如果人们不加限定地提及《俄狄浦斯》，那只能是指索福克勒斯的《俄狄浦斯王》。两千五百年来，就是这一部《俄狄浦斯》，就是索福克勒斯笔下这个人物的命运，引起了人们经久不衰的兴趣，几乎所有西方著名批评家、美学家和哲学家都就其发表过自己的看法。结果，索福克勒斯的《俄狄浦斯王》不仅成为西方文学批评史中一个持久的话题，甚至成为整个西方思想史中一个永远的神话。

虽然今天人们常常将索福克勒斯的三部俄狄浦斯家族戏剧（即《安提戈涅》、《俄狄浦斯王》和《俄狄浦斯在科罗诺斯》）看作三部曲，但索福克勒斯本人应该并没有这种意图。尽管如此，若想深入理解《俄狄浦斯王》，却需要将这三部戏剧放在一起来读。对于了解《俄狄浦斯王》的批评史来说，这也必须特别加以注意。事实上，在浪漫主义时代，《安提戈涅》的地位就已经高于《俄狄浦斯王》了，荷尔德林（Friedrich Holderlin）、施莱格尔（August Wilhelm von Schlegel）和黑格尔（Friedrich Hegel）等都认为，《安提戈涅》是古今最优秀的作品。《俄狄浦斯在科罗诺斯》长期以来相对不受重视，但自尼采（Friedrich Nietzsche）以后，其地位也已经越来越高。哈罗德·布鲁姆（Harold Bloom）认为，《俄狄浦斯在科罗诺斯》"极为独特和深奥，与早先的俄狄浦斯戏剧有一种微妙的联系，会使我们对于《俄狄浦斯王》有不同的理解。"②

索福克勒斯的《俄狄浦斯王》问世后不久，就成为古代文学批评的一个主要例证。在亚里士多德（Aristotle）的《诗学》中，索福克勒斯的这部作品被视作悲剧的典范，前后一共被提到了七次。我们可以看到，亚里士多德悲剧理论的许多概念都基于《俄狄浦斯王》提出，而这一理论反过来又长时间地影响了后世对于《俄狄浦斯王》的理解。

首先，在亚里士多德看来，俄狄浦斯是一个典型的悲剧人物，因为他"不十分善良，也不十分公正，而他之所以陷于厄运，不是由于他为非作恶，而是由于他犯了错误。"③ 在这里，至关重要的是 harmartia（错误）一词，英译本通常译作 error，指"理智的错误"，而非"道德的错误"或"性格的缺陷"。但是，这个词确实可以指"缺陷"

---

① Alister Cameron, *The Identity of Oedipus the King*: *Five Essays on the Oedipus Tyrannus*, New York: New York University Press, 1968, p. vii. 卡梅隆并没有提到另外几部《俄狄浦斯》的作者，但我们知道，除了索福克勒斯，埃斯库罗斯和欧里庇德斯各有一部同名戏剧，其他 5 位写过《俄狄浦斯》的古希腊戏剧家分别为 Achaeus, Carcimus, Philocles, Theodectes, Xenocles（见 Charles Segal, *Oedipus Tyrannus*: *Tragic Heroism and the Limits of Knowledge*, p. 161, note, 8）。除了索福克勒斯的作品，其他 7 部古代作品或者完全失传，或者只有片断流传下来。

② Harold Bloom, *Sophocles's Oedipus Plays*, Chelsea House Publishers, 1996, p. 5.

③ 亚里士多德：《诗学》，罗念生译，北京：人民文学出版社，1962 年，第 38 页。

(flaw),甚至也可以指"罪恶"(sin)。事实上,这一点后来也的确引起了批评家长久的争论,并直接关系到对于俄狄浦斯这个人物和《俄狄浦斯王》这部作品的不同理解和阐释。

另外,亚里士多德还把《俄狄浦斯王》视作最好悲剧情节的范式。这是一个比较令人困惑的问题,因为亚里士多德本人对此并没有予以明确的解释。事实上,他也看到了《俄狄浦斯王》在情节上所存在的缺陷,诸如俄狄浦斯不应该在长达 20 年的时间里不去了解拉伊俄斯被杀的情况。亚里士多德所做的唯一解释是,"情节中最好不要有不近情理的事,如果有了不近情理的事,也应该把它摆在布局之外(例如在《俄狄浦斯王》中,俄狄浦斯不知道拉伊俄斯是怎么死的),而不应把它摆在剧内。"①不管怎样,就是这一点,后来被新古典主义者视作《俄狄浦斯王》的一个主要缺陷。

不过,亚里士多德最为赞赏的还是《俄狄浦斯王》中情节的发现与突转。他认为,"一切'发现'中最好的是从情节本身产生的、通过合乎可然律的事件引起观众的惊奇的发现,例如索福克勒斯的《俄狄浦斯王》。"②而《俄狄浦斯王》中的发现是所有悲剧中最好的,原因就在于它与突转是同时发生的。对此,塞加尔的解释是,亚里士多德"想到的也许是,当观众同时体验到发现的理性过程和突转的情感冲击时,悲剧的怜悯与恐惧效果便得到了加强。"③虽然亚里士多德本人的确这样说过,但考虑到古希腊思想的一般倾向,特别是亚里士多德本人对于文艺的基本认识,重视情节显然是为了强调戏剧的认识作用。就《俄狄浦斯王》来说,其情节就是对于知识的寻求,这一情节的高潮就是获取了真实的认识。在这里,亚里士多德的《诗学》已经为后世所有从哲学认识角度探讨《俄狄浦斯王》的批评奠定了基础。

在古罗马时期,索福克勒斯的《俄狄浦斯王》不断地出现在哲学家和批评家的著作中。例如,朗吉努斯(Longinus)在《论崇高》中给予《俄狄浦斯王》极高评价,称索福克勒斯这一部戏剧就抵得上其竞争对手伊昂(Ion of Chios)的全部作品。不过,较之当时的文学批评而言,更值得注意的是罗马人对于《俄狄浦斯》的再创作。它们不仅表明了罗马人对于《俄狄浦斯王》的喜爱,同时也展现了他们对于这一作品的不同理解。在罗马人创作的《俄狄浦斯》中,最重要的是出自斯多葛主义哲学家塞内加(Lucius Annaeus Seneca)之手的同名悲剧。塞内加的作品虽然在情节上与索福克勒斯的没有什么太大的不同,但在表现手法和悲剧精神上却有极大的差异。简单来说,索福克勒斯笔下那个如同哲学家一样的俄狄浦斯对于真实的理性

---

① 亚里士多德:《诗学》,罗念生译,北京:人民文学出版社,1962 年,第 90 页。
② 同上书,第 55 页。
③ Charles Segal, *Oedipus Tyrannus: Tragic Heroism and the Limits of Knowledge*, p.20.

探求和自我认识精神被淡化了,代之以一种斯多葛主义的面对命运的无奈和承受苦难的坚忍。连同对恐怖血腥场面的渲染和对罪恶感及责任感的强调,塞内加的作品深化了《俄狄浦斯》的心理内容。这一点,对于后来的人们理解和接受索福克勒斯的《俄狄浦斯王》产生了很大的影响。

  在中世纪时期的欧洲,特别是在西欧地区,索福克勒斯的戏剧作品,连同整个希腊文化,曾经被湮没了很长时间。只是通过拜占庭的手抄本,索福克勒斯的《俄狄浦斯王》和另外六部作品才得以保存下来。但是,拜占庭的学者主要将它们当作学校的语文教材来使用,而并非作为戏剧或文学作品来加以认真看待。所以,在基督教的中世纪欧洲,索福克勒斯的《俄狄浦斯王》并没有产生什么影响。有些现代批评家试图赋予索福克勒斯某种基督教色彩,如西蒙·维尔(Cimone Weil)称:"他[索福克勒斯]比过去20个世纪中的任何悲剧诗人都更富有基督教精神"[①]。但是,这种读解并不令人信服,也没有引起很多反响。

  一直到文艺复兴时期,随着对于古典文化的重新发现,索福克勒斯的《俄狄浦斯王》才重返戏剧舞台,并开始作为古代文学的典范而发挥影响。意大利学者率先向拜占庭索求索福克勒斯的手稿,并于1502年在威尼斯出版了索福克勒斯作品的希腊文本,这是近代西欧地区首次见到索福克勒斯的戏剧作品。随后,索福克勒斯的《俄狄浦斯王》于1585年在意大利北部城市威森扎(Vicenza)上演,这标志着《俄狄浦斯王》正式返回西方戏剧舞台和文学世界。不过,正像穆勒(Martin Mueller)指出的,那时,《俄狄浦斯王》的"声誉更多地来自亚里士多德《诗学》所给予这出戏剧的崇高地位,而非[人们]对于戏剧本身成就的认识。"[②]

  在17和18世纪,随着文学批评领域中"古今之争"的展开,人们对于已经确立为古代经典的《俄狄浦斯王》的兴趣越发浓厚。古典主义者在承认索福克勒斯的崇高地位的同时,也开始注意到其作品的种种不足之处。在这个时期的欧洲各国,出现了众多《俄狄浦斯王》译本和改编,其中最重要的三部出自高乃依(Pierre Corneille)、德莱顿和李(Dryden and Lee)、以及伏尔泰(F. M. A. De Voltaire)之手,分别完成于1659、1678和1718年。通过改编和连带的批评文字,几位作家表达了相同的信念:每个时代都有自己的艺术标准,由于更接近自己的时代,当代作家有可能高于古代作家。事实上,这一系列改编和重写都试图纠正索福克勒斯的某些"错误"。高乃依在《〈俄狄浦斯〉前言》中明确指出:"我意识到,在那些久远时代

---

  ① Cimone Weil, in *Sophocles: A Collection of Critical Essays*, ed. Thomas Woodard, Englewood Cliffs, New Jersey: Prentice-Hall, Inc., 1966, p.14.

  ② Martin Mueller, *Children of Oedipus, and Other Essays on the Imitation of Greek Tragedy*, 1550-1880, Toronto: University of Toronto Press, 1980, p. 105.

被看作非凡的东西对于我们来说可能是荒谬的……[为此],我已尽我所能地补救了那些缺陷。"①伏尔泰也表示,"你可以看到,在批评索福克勒斯的《俄狄浦斯王》时,我只是试图指出那些在任何时候和任何地方都会被看作是缺陷的东西:自相矛盾、荒谬不可信、无意义的雄辩……"②从这几位作家的改编中,我们可以清楚地看到他们所认为的索福克勒斯作品的缺点是什么,他们自己作品的长处又是什么。如塞加尔总结的:"这三位作家都把索福克勒斯的公民场景转换为自己时代的皇室宫廷,取消了合唱队,极大地减少了超自然的和仪式的因素,诸如德尔斐神庙、神谕、忒瑞西阿斯、诸神。戏剧行动变得更为写实,更为强调血缘关系的尊严,命运的磨难,以及责任。"③这清楚表明,新古典主义者对于索福克勒斯和他的《俄狄浦斯王》是有所保留的。

只是到了浪漫主义时代,索福克勒斯和他的作品才真正被赋予至高无上的地位,而这主要是由德国人完成的。1804年,诗人荷尔德林将索福克勒斯的《俄狄浦斯王》和《安提戈涅》译成德文,并连带发表了《关于〈俄狄浦斯王〉的说明》和《关于〈安提戈涅〉的说明》。在这两篇文章中,荷尔德林将索福克勒斯的这两部作品视作古今悲剧的最高典范。至关重要的是,这不仅在于它们在形式方面的成就,而且在于它们所表达的哲学精神。

荷尔德林在翻译了索福克勒斯的《俄狄浦斯王》和《安提戈涅》后便陷入疯狂,既无法完成翻译索福克勒斯全部作品的愿望,也无法详尽阐发自己对于索福克勒斯作品的认识。在黑格尔那里,类似的看法得到了更为系统和深入的阐发。对于黑格尔来说,俄狄浦斯是哲学认识的原型和代表,是自我反思的第一个例证,是历史上第一位"哲学家"。因为,在像《俄狄浦斯王》、《安提戈涅》和《俄狄浦斯在科罗诺斯》这样"意味比较深刻的作品"中,冲突已经超出了纯粹"自然"的范畴,上升到"精神方面的一些生命力量在他们的差异中互相对立,互相斗争"。就俄狄浦斯而言,当他无意识地做出了杀父娶母的事情,这种情况还是属于自然的范畴。但是,他后来对于自己的行动有了认识,在精神方面便被迫进入分裂和矛盾状态,冲突也就上升为"心灵性"的范畴。④ 就冲突双方皆具有合理性和片面性,因而只能通过双方的毁灭达到作为普遍存在的永恒正义的理念的实现而言,"《安提戈涅》是其中

---

① Pierre Corneille, "Preface to *Oedipus*", in R. D. Dawe, ed. *Sophocles: The Classical Heritage*, p. 33.
② F. M. A. De Voltaire, "Letters on *Oedipus*", in R. D. Dawe, ed. *Sophocles: The Classical Heritage*, p. 35.
③ Charles Segal, *Oedipus Tyrannus: Tragic Heroism and the Limits of Knowledge*, p. 23.
④ 参见黑格尔:《美学》第一卷,朱光潜译,北京:商务印书馆,1979年,第270—272页(译文略有改动,下同)。

一部最优秀最圆满的艺术作品"①。在谈及冲突的和解时,黑格尔进一步指出,俄狄浦斯戏剧也已经超出了凭借外因达到和解的层次,达到了较高的"内在的和解,(在那里)动因就是主体自己。"在这方面,"最完善的古代例证是永远令人惊赞的《俄狄浦斯在科罗诺斯》"。在认识到自己所做的事情和所带来的后果后,俄狄浦斯离开了忒拜,开始了流浪的生活,最后来到了科罗诺斯,并在那里完成了对于自我的认识。所以,黑格尔说:"这种在死亡中的大澈大悟,对于他自己和对于我们来说,都显得是在他的个性和人格本身中所达成的和解。"②对于黑格尔来说,这些才是理解希腊悲剧,特别是理解索福克勒斯的俄狄浦斯戏剧时,需要牢牢把握的东西。

从这样的角度来理解,此前经常为人(如高乃依和伏尔泰)所批评的《俄狄浦斯王》中的种种不合情理的细节都不再成为问题。在1809至1811年的著名讲演中,施莱格尔在谈到索福克勒斯的《俄狄浦斯王》时指出:"古代艺术家遵循的是与那些现代批评家完全不同的原则……古代人并不是为了精确地和如实地理解而创造他们的艺术品;一种需要仔细分析才能发现的,但对戏剧表达本身无关紧要的不可能性,对于古代人来说没有任何意义。"③这是因为,通过俄狄浦斯的故事,索福克勒斯所要传达的是一种哲学精神和自我意识,它是常人所忽视、乃至难以理解的东西,即施莱格尔在谈及索福克勒斯的《俄狄浦斯在科罗诺斯》时所说的那种"深刻和神秘的意义"④。

这样,在浪漫主义者眼中,俄狄浦斯成为一位哲学家。在《俄狄浦斯王》中,索福克勒斯不是在讲述一个人的命运,而是在谈论存在本身的意义。一直到尼采,浪漫主义者对于索福克勒斯和他的作品,特别是与俄狄浦斯有关的三部作品的推崇仍然贯穿着这种认识。在《悲剧的诞生》中,尼采将《俄狄浦斯王》中体现出来的这种精神称之为"静穆"(serenity),并特别强调指出,在《俄狄浦斯王》中呈现的这种"静穆"于《俄狄浦斯在科罗诺斯》得到复现,并进一步上升到超验的高度,成为一种"超验的静穆"(transcendent serenity)。

1900年,弗洛伊德(Sigmund Freud)在《释梦》中提出了著名的"俄狄浦斯情结"(Oedipus Complex)概念。通过这一概念的提出,弗洛伊德实际上指出了一个超验的和超历史的"事实":俄狄浦斯被呈现为所有的人,他那隐秘的欲望和狂暴的愤怒不过代表着每一个人的心理成长阶段。哈罗德·布鲁姆曾表示:"由于弗洛伊德不幸地创造了'俄狄浦斯情结',我们发现很难在不卷入更为无关的弗洛伊

---

①② 参见黑格尔:《美学》第三卷,第 312—313,314—315 页。

③④ August Wilhelm von Schlegel, "Life and Political Cahracter of Sophocles-Character of His Different Tragedies", in R. D. Dawe, ed. *Sophocles: The Classical Heritage*, p.164,165.

德观点的情况下阐释索福克勒斯的几部俄狄浦斯戏剧。弗洛伊德应该将这一概念命名为'哈姆雷特情结'。"①他在此之前还谈到:"我有时候希望,弗洛伊德应该关注埃斯库罗斯而不是索福克勒斯,给我们一个普罗米修斯情结,而不是俄狄浦斯情结。"②但事实是,弗洛伊德的心理分析理论已经成为任何文学批评家都无法回避的问题,而"俄狄浦斯情结"可能是现代最有影响的批评术语。它不仅为后来以心理分析理论为基础的文学批评方法奠定了基础,同时也标志着对于《俄狄浦斯王》的现代批评的开始。

在弗洛伊德之后,20世纪上半期的《俄狄浦斯王》批评主要由现象学的哲学阐释、新批评的文本细读和英雄人文主义的解释为主流。虽然这三种批评方法各不相同,但在一定程度上都是对弗洛伊德心理分析批评的反驳。

1933年,莱因哈特(Karl Reinhardt)发表了极有影响的《索福克勒斯》,试图从存在本身的哲学本体论角度解释索福克勒斯的俄狄浦斯戏剧。莱因哈特声称,索福克勒斯的几部俄狄浦斯戏剧表现的根本不是一个人的命运,而是存在本身的遮蔽与敞开。毫不奇怪,莱因哈特的阐释得到了海德格尔(Martin Heidegger)的赞赏。在发表于1936年的《形而上学引论》中,海德格尔表示,莱因哈特的著作"较以往所有的常识都更多地接近了希腊人的此在和存在,因为莱因哈特在存在、敞开和外表的根本关系的基础上看到并质疑了悲剧过程。"③对于海德格尔本人来说,《俄狄浦斯王》这出戏剧的展开就是"在外表(歪曲和遮蔽)和敞开(真实和存在)之间的一场斗争"。俄狄浦斯的伟大就在于,他"是古希腊的此在的体现"④。

与海德格尔的抽象哲学分析不同,新批评的文本细读试图回到作品本身,回到文学自身的语言和结构来理解《俄狄浦斯王》。在这方面,基托(H. D. Kitto)是最有影响的批评家。他在1939年出版的《希腊悲剧》是一部开创性的著作,后来的《戏剧的形式和意义》(1957)和《索福克勒斯:戏剧家和哲学家》(1958)也都极有影响。基托将包括《俄狄浦斯王》在内的每一部希腊悲剧都当作一件独特的艺术作品加以细致分析,在排除一切历史的、哲学的和心理学的内容后,力图呈现出作品自身固有的意义和诗学价值。

较之上述两种批评方法更有影响的是人文主义解释,其主要代表人物是惠特曼(Cedric Whitman)和诺克斯(Bernard Knox)。惠特曼代表作的标题《索福克勒

---

① Harold Bloom, *Sophocles' Oedipus Plays*, p. 5.
② Harold Bloom, *Sophocles' Oedipus Rex*, Chelsea House Publishers, 1988, p. 2.
③ Martin Heidegger, *An Introduction to Metaphysics*, trans. Ralph Mannheim, New York: Dobleday, 1961, p. 91.
④ Ibid., p. 90.

斯：英雄人文主义的研究》(Sophocles: A Study of Heroic Humanism, 1951)就已经显示出了这种批评的主要内容，即将俄狄浦斯看作一个充满英雄气概和无畏勇气的个人，体现着人文主义精神的最高价值，同时也象征着人的局限性。因此，尽管无意识地犯下了杀父娶母的罪过，尽管生活和诸神使他陷入严酷的境遇之中，俄狄浦斯却以毫不动摇的决心追求真相，并在真相大白之后坚定地承受命运带来的一切。

诺克斯在《英雄的勇气》(The Heroic Temper, 1964)中，进一步发展了这种思想。在诺克斯看来，"索福克勒斯的俄狄浦斯不仅是一位主要诗人的最伟大创造和他的时代的经典代表人物，而且也是作为人类希望和绝望之象征的一系列悲剧主人公之一，他们面对的是西方文明的特有困境——人的真实地位问题，人在宇宙中的恰当位置。"①所以，随着对于"谁是凶手？"这个简单问题的探索，问题竟然变成了"我是谁？"最终的答案甚至已经隐含在俄狄浦斯的名字中，因为 Oidi 不仅指"肿的"，同时也指 Oida，"我知道"。这样，"Oidipous，这个本身已经包含着教训的名字，那不仅是指他的行为和受难，同时也是指他作为一个伟大榜样的完美典范，即 Oida，使他可以掌握世界的人的知识，应该使得他永远不会认为自己等同于神，应该使他永远不会忘记自己的脚，pous，那是他的真正尺度，他的真实身份的提示。"②

结构主义兴起后，列维-斯特劳斯(Claude Levi-Strauss)从人类学的角度入手，对俄狄浦斯神话作了独特的解释。他认为，俄狄浦斯神话不过是一个更大神话结构的组成部分。从俄狄浦斯的父亲拉伊俄斯之死到俄狄浦斯的女儿安提戈涅之死，都应该从共时的角度，而不是从历时的角度加以理解。这样，无论是乱伦还是弑父，都只是神话结构的构成符码。列维-斯特劳斯本人并没有对《俄狄浦斯王》戏剧进行分析，但其理论对于理解《俄狄浦斯王》戏剧显然具有启发作用。这种结构主义分析显示出，在《俄狄浦斯王》戏剧中，如同在俄狄浦斯神话中一样，可能有一个二元对立的深层结构，一个"同一"与"他者"之间的矛盾和含糊关系。就如塞加尔所说："例如，这可以运用于在主人公与父亲的冲突和他自己作为父亲的角色之间的矛盾和含糊关系——作为父亲的他异者或作为父亲的同一者(being *other* than the father or being the *same* as the father)。"③

在拉康(Jacques Lacan)的新心理分析理论中，这一点可以看得更为清楚。在重新解释弗洛伊德的俄狄浦斯情结时，拉康不再把重心放在欲望上，而是转移到言语和语言的作用上。拉康认为，当孩子仍然同母亲的身体相连时，他不过存在于一

---

① Bernard Knox, "Sophocles' Oedipus", in Harold Bloom, ed. *Sophocles' Oedipus Rex*, p. 5.
② Ibid., p. 22.
③ Charles Segal, *Oedipus Tyrannus: Tragic Heroism and the Limits of Knowledge*, p. 64.

种镜像的同一性关系中,还没有受到语言的他异性的影响。通过与父亲的相遇,孩子便进入了语言和象征的领域。根据拉康的解释,被压抑的无意识就是作为一种他者的语言而起作用,试图使主体脱离以欲望为中心的意识,即自我的话语。在普西看来:"拉康在戏剧《俄狄浦斯王》中读解出的这种无意识的语言的他异性就是:俄狄浦斯的无意识体现在一种确实不同于他自己的话语中,即,神谕的话语中。"①

列维-斯特劳斯和拉康的理论产生了极大的影响,一个明显的例证是塞加尔的著名论文《斯芬克斯的音乐:〈俄狄浦斯王〉中的语言问题》。塞加尔认为:"在这出戏剧中,个人身份、语言和世界秩序相互联系在一起,从多种层面反映了主人公未能找到文明生活的调和与有序中介的失败过程。"②在这个过程中,谜语和神谕越来越像它们相互的镜像。在这里,斯芬克斯连同她的谜语被置于一个突出的地位,成为阿波罗和他的神谕的对立物。前者是人与兽的中介,后者是神与人的中介。俄狄浦斯就处在这二者之间的交界处。

不过,如果从政治的、意识形态的,乃至性的角度来看,这种二元对立的深层结构并非纯粹思辨的产物。就如德里达在谈及黑格尔关于《安提戈涅》一剧中体现的精神的特殊性与普遍性的冲突时所说的,在这个巨大的二元对立原则之后,隐藏着一系列具体的、历史的、性别的差异:"这一巨大的对立(特殊性的法则/普遍性的法则)决定了整个一系列其他的对立:神圣的法律/人间的法律,家庭/城邦,女人/男人,夜晚/白天,等等……人间的法律是男人的,神圣的法律是女人的。"③其实,当俄狄浦斯成为"自我"之时,斯芬克斯便已经被置于一个"他者"的位置。就像俄狄浦斯与斯芬克斯的神话已经清楚表明的,他在回答斯芬克斯之谜时所说的那个"人"字(Man)指的是一个西方的、文明的、男性的人。结果,如米切尔·格林伯格(Mitchell Greenberg)指出的:"同俄狄浦斯与那个作为混血的、祸害的和浑浊的他者的斯芬克斯的相遇联在一起的,是斯芬克斯的被打败和自城邦的被驱逐。这个他者以其异质性所代表的不仅是那种以其青春的繁盛诱惑男人的危险的女性特质,而且在更为普遍的意义上代表着全部东方的、女性的野蛮文化。以其致命的回答,俄狄浦斯确立了古典的,即男性仪式的统治。"④在《反俄狄浦斯》中,德勒兹

---

① Pietro Pucci, *Oedipus and the Fabrication of the Father: Oedipus Tyrannus in Modern Criticism and Philosophy*, p. 49.

② Charles Segal, "The Music of Sphinx: The Problem of Language in *Oedipus Tyrannus*", in Harold Bloom, ed. *Sophocles' Oedipus Rex*, p. 127.

③ Jacquez Derrida, *Glas*, trans. John P. Leacy, Jr. and Richard Rand, Lincoln: University of Nebraska Press, 1986, p. 142.

④ Mitchell Greenberg, *Canonical States, Canonical Stages*, Minneapolis: University of Minnesota Press, 1994, p. xxxiii.

(Gilles Deleuze)和瓜塔里(Felix Guattari)不但将俄狄浦斯视作一种欲望的形式，甚至视作一种殖民地化的形式。①

事实上，20世纪后半期的《俄狄浦斯王》批评越来越关注这部经典作品的意识形态性。在这方面，女性主义批评方法无疑最具有挑战性。毫不奇怪，女性主义批评一经产生，首先就将自己的矛头对准弗洛伊德的心理分析理论。在女性主义批评家看来，弗洛伊德（和拉康）心理分析的主体是男性，总是反映着男性的欲望和要求，总是在试图维护父权的秩序和统治，理所当然的需要加以置疑和批判。在这方面，史密斯和卡拉(Joseph Carman Smith and Ferstman J. Carla)的《俄狄浦斯的阉割：女性主义，心理分析和权力意志》(*The Castration of Oedipus: Femininsm, Psychoanalysis and the Will to Power*, 1996)可能是最为激进的著作。不过，这部著作并没有能够提供对于索福克勒斯《俄狄浦斯王》的具有说服力的分析。值得注意的倒是巴特勒(Judith Butler)的《安提戈涅的诉求》(*Antigone's Claim*, 2000)，其对于血缘、家庭、国家、性别关系的分析相当精彩，许多看法都有助于加深对《俄狄浦斯王》的理解。

在本文中已经多次引述的《俄狄浦斯和父亲的制造：现代批评和哲学中的俄狄浦斯王》(*Oedipus and the Fabrication of the Father: Oedipus Tyrannus in Modern Criticism and Philosophy*, 1992)也是一部值得重视的著作，作者普西在这部著作中深入分析了《俄狄浦斯王》中"父亲"角色的确立和意义。在普西看来，"父亲是逻各斯的一种象征……具有一系列的意义和功能"。②在俄狄浦斯生活的不同阶段，父亲这一角色至少呈现为四种形象：作为城邦公民的父亲的王；作为照顾和影响儿子的父亲波利布斯；作为亲生父亲的拉伊俄斯；作为神圣父亲的阿波罗。这几种形象交织在一起，构成了父亲的家庭、伦理、政治和意识形态角色。可是，俄狄浦斯是否通过有意识的行为（自残、自逐）而最终确立起了自己的父亲角色呢？普西在最后一章"俄狄浦斯的新形象及其解体"(Oedipus's New Image and Its Decomposition)中，专门讨论了这个问题。普西指出，索福克勒斯本人在戏剧中并没有给出明确的答案。相反，《俄狄浦斯王》实际上有一个开放的结尾，这给后人留下了极大的想象余地和阐释空间。事实上，大部分批评家都承认并以各自的观点支持了俄狄浦斯的父亲身份。例如，在法国著名哲学家、人类学家勒内·基拉

---

① G.illes Deleuze and Felix Guattari, *Anti-Oedipus*, trans. R. Hurley, Minneapolis: University of Minnesota Press, 1983, p.177, 170.

② Pietro Pucci, *Oedipus and the Fabrication of the Father: Oedipus Tyrannus in Modern Criticism and Philosophy*, p.3.

尔(Rene Girard)极有影响的所谓"替罪羊"理论中,①就可以引申出另一种父亲角色,即俄狄浦斯自城邦的被驱逐"构成了一种牺牲,那预示了基督牺牲的启迪作用"②。在普西本人看来,俄狄浦斯的这些新形象不过是新的幻象,在 telos(命定)和 tukhe(偶然)的争斗与演化中,不断地形成和解体。

从以上的讨论可以看到,在西方文学传统中,也许没有任何一部作品能够像《俄狄浦斯王》这样产生如此深远的影响。不仅如此,围绕着这部作品的阐释,已经超出了一般意义上的文学批评范围,而成为西方人不断寻找和认识自我的文化探寻。结果,就如塞加尔(Charles Segal)所言:"俄狄浦斯的故事不仅被视为西方个人身份的神话,而且也被视为西方文化身份的神话。"③

【关键词】

神话　经典　悲剧　俄狄浦斯情结

【推荐阅读书目】

1. 理查德·哲布:《〈索福克勒斯丛书〉引言》(节选),罗念生译,见《罗念生全集》,上海:上海人民出版社,2004 年,第 2 卷,第 416—434 页。
2. 西格蒙特·弗洛伊德:《〈俄狄浦斯王〉与〈哈姆雷特〉》,《陀思妥耶夫斯基与弑父者》,见《弗洛伊德论美文选》,张唤民、陈奇伟译,上海:上海知识出版社,1987 年,第 13—19,148—167 页。
3. 让-皮埃尔·威尔南:《〈奥狄浦斯王〉谜语结构的双重含义"逆转"模式》,杨志裳译,见《古希腊三大悲剧家研究》,陈洪文、水建馥选编,北京:中国社会科学出版社,1986 年,第 496—528 页。
4. 希利斯·米勒:《亚里士多德的俄狄浦斯情结》,申丹译,见《南方文坛》,2001 年第 1 期,第 4—10 页。

【参考文献】

1. 《俄狄浦斯:悲剧英雄主义和知识的限度》

    Charles Segal, *Oedipus Tyrannus: Tragic Heroism and the Limits of Knowledge*, New York: Macmillan Publishing Company, 1993.

---

① 勒内·基拉尔的理论主要见之于其《暴力与神圣》(*Violence and the Sacred*, Baltimore and London: Johns Hopkins University Press, 1977)和《替罪羊》(*The Scapegoat*, Baltimore: Johns Hopkins University Press, 1986)等著作。

② Pietro Pucci, *Oedipus and the Fabrication of the Father: Oedipus Tyrannus in Modern Criticism and Philosophy*, p. 171.

③ Charles Segal, *Oedipus Tyrannus: Tragic Heroism and the Limits of Knowledge*, p. 13.

2. 《索福克勒斯的俄狄浦斯：证据和自我定罪》

Frederick Ahl, *Sophocles' Oedipus: Evidence and Self-Conviction*. Ithaca: Cornell University Press, 1991.

3. 《暴力与神圣》

Rene Giard, *Violence and the Sacred*, Baltimore and London: Johns Hopkins University Press, 1977.

4. 《俄狄浦斯和父亲的制造：现代批评和哲学中的俄狄浦斯王》

Pietro Pucci, *Oedipus and the Fabrication of the Father: Oedipus Tyrannus in Modern Criticism and Philosophy*, Baltimore: The John Hopkins University Press, 1992.

5. 《索福克勒斯：古典遗产》

R. D. Dawe, ed. *Sophocles: The Classical Heritage*, New York: Garland Publishing Inc., 1996.

6. 《俄狄浦斯的孩子,及关于希腊悲剧的模仿》

Martin Mueller, *Children of Oedipus, and Other Essays on the Imitation of Greek Tragedy, 1550—1880*, Toronto: University of Toronto Press, 1980.

7. 《20世纪对于〈俄狄浦斯王〉的阐释》

Michael O'Brien, ed. *Twentieth Century Interpretations of Oedipus Rex*, New Jersey: Prentice-Hall Inc., 1968.

8. 《索福克勒斯的俄狄浦斯戏剧》

Harold Bloom, *Sophocles's Oedipus Plays*, Chelsea House Publishers, 1996.

9. 《索福克勒斯的〈俄狄浦斯王〉》

Harold Bloom, *Sophocles' Oedipus Rex*, Chelsea House Publishers, 1988.

10. 《索福克勒斯：批评论文选》

Thomas Woodard, Englewood Cliffs, ed. *Sophocles: A Collection of Critical Essays*, New Jersey: Prentice-Hall, Inc., 1966.

11. 陈洪文、水建馥选编：《古希腊三大悲剧家研究》,北京：中国社会科学出版社,1986年。

【网络资源】

http://www.users.globalnet.co.uk/~loxias/sophocles.htm

http://www.users.globalnet.co.uk/~loxias/myth.htm

http://www.quotationspage.com/quotes/Sophocles

【作品推荐译本】

《悲剧两种》(《安提戈涅》、《俄狄浦斯王》),罗念生译,北京：人民文学出版社,1979年。

第三章　但丁的《神曲》:"喜剧"的沉浮

但丁·阿利基埃里(Dante Alighieri,1265—1321)生于佛罗伦萨,幼年时结识的贝雅特丽齐成为其一生眷恋,贝雅特丽齐死后,但丁将其形象写入自己著作并不断赋予其精神寓义。但丁青年时代加入圭尔弗党,1300年当选为佛罗伦萨行政官。在任期间,秉公处理主党内部黑派和白派的纷争,抵制罗马教廷的压力。此后,在政见上向白派靠拢,1301年,黑派在教皇帮助下取得政权,次年但丁被黑派判处永久流放。诗人于1321年客死拉维纳①。

但丁主要作品包括:俗语抒情诗集《新生》(La Vita Nuova,1290),31首诗歌之间用散文连缀而成,诉说对幼年时期一见钟情的爱人贝雅特丽齐的怀念;拉丁文著作《论俗语》(De Vulgari Eloquentia,1304—1305),讲述语言和诗律;俗语著作《飨宴》(Il Convivio,1304—1307),其内容类似百科全书,作者借诠释自己的一些诗歌,把各种学问通俗地介绍给读者,作为精神食粮,故名《飨宴》,原计划写15篇论文,第一篇作为全书引言,其余14篇诠释14首诗,但只完成了4篇。拉丁文论著《帝制论》(De Monarchia,1310—1312),论述"世界帝国"理念。另有《献词集》(Epistolae),其中的"致斯加拉大亲王书"(L'Epistola a Cangrande della Scala,1312—1318)对《神曲》的主题、风格、目的和四种意义进行了解释。俗语长诗《神曲》(La Divina Comedia)是但丁最重要的作品,诗歌原名《喜剧》,后来薄伽丘根据作品的主题加上了"神圣的"一词,长诗遂称为《神曲》(意思是"神圣的喜剧")。长诗讲述朝圣者但丁先后在维吉尔和贝雅特丽齐的指引下游历地狱、炼狱、天堂,朝圣者目睹了灵魂在死后的经历,作恶的受惩戒,行善的得报酬。长诗分为《地狱篇》(Inferno)、

---

① 关于但丁生平的早期记载,除了维拉尼在《佛罗伦萨编年史》中的文字,主要来自意大利文艺复兴时期的两位人文主义者,一位是14世纪的薄伽丘(Giovanni Boccaccio,1313—1375),另一位是一个世纪之后佛罗伦萨城市人文主义者布鲁尼(Leonardo Bruni,1369—1444)。两代人文主义者的传记形成了鲜明对照,薄伽丘满怀激情记述了但丁对贝亚特丽切的爱情,而布鲁尼则强调了但丁的婚姻。薄伽丘笔下的但丁耽于神学与哲学沉思并远离日常生活,布鲁尼笔下的但丁则热衷于政治行动。如果说薄伽丘的思路有点像柏拉图《理想国》中表现的哲学家与城邦的冲突,布鲁尼的思路则接近亚里士多德《伦理学》中所说的实践哲学与沉思哲学的和谐。两位人文主义者的传记揭示出了但丁生平中复杂的各个侧面,为后世的但丁生平研究奠定了基础。

《炼狱篇》(Purgatorio)和《天国篇》(Paradiso)三部,每一部各有33歌,加上长诗序曲,共有100歌。《神曲》中延续了《新生》中对贝雅特丽齐的爱慕与怀念,践行了《论俗语》中的俗语创作理想,包含了《飨宴》中的哲学思辨,保留了《帝制论》中的世界帝国理念,是但丁一生的总结。

一、"喜剧"与俗语:《神曲》的"风格"问题

> 喜剧是一种与其他诗都不同的诗歌叙事。它与悲剧有着不同的主题,悲剧的开始是令人仰慕和宁静的,但其结尾却是邪恶和恐怖的……喜剧则开始于各种各样与之相反的环境,但结尾却是愉快的……悲剧与喜剧在语言风格上有所区别,悲剧的语言风格庄严而崇高,喜剧的语言风格自然而平易……由此可以明白,应当把当前的这部作品描述为喜剧,就主题而论,其开始是恐怖和邪恶的,这就是《地狱篇》;但在结尾处它又是快乐、令人想往和愉悦的,这就是《天堂篇》。就语言风格而论,这部用俗语写作的作品自然而平易,妇女亦能用这种语言讲话,因此,这部作品显然应被称作喜剧。
>
> ——《致斯加拉大亲王书》

> 我们声明,我们说起过的这种"高尚的、中心的、宫廷的、法庭的俗语"叫做"意大利的俗语"。
>
> ——《论俗语》XVII[①]

在进入《神曲》的语言问题之前,先对上两段引文进行一点分析。其一,从《致斯加拉大亲王书》的这段文字看,但丁用俗语写作《神曲》的原因与长诗的文类——喜剧有关。结合《神曲》的语言特点来看,这种关联也体现为《地狱篇》、《炼狱篇》和《天国篇》语言风格的差别。相比之下,《地狱篇》有较多佛罗伦萨和意大利其他地区的方言,而到了《天国篇》,则常常可以见到风格高古的拉丁语及诗人独创的词汇。语言风格的转换对应着从地狱到天堂场景的变化。在某种程度上,可以说但丁具有亚里士多德古典《诗学》式的关怀,因为按照《诗学》的标准,不同的戏剧对应着不同的语言风格。不过在亚里士多德的《诗学》中,喜剧的主人公比常人要低,其主题相对卑俗,所以喜剧语言的平易与喜剧的主题保持着一致。但对产生在基督教时代的《神曲》来说,无论是《地狱篇》中的灵魂堕落、还是《炼狱篇》中的伊甸园、还是《天堂篇》中的朝圣主题,都无法还原成希腊戏剧的主题。所以相对于古希

[①] *Translation of the Latin Works of Dante Alighieri*, London, 1904, p.95.

腊世界的喜剧,《神曲》的主题与语言之间存在着巨大的张力。其二,从《论俗语》的这段文字看,但丁所谓的"俗语"不是任何地方的方言,而是一种优美光辉的高尚语言。因此但丁的目的,是要在俗语中开辟出一种经典语言,将俗语锻造成现代人的拉丁文。可是,是否"妇女亦能用这种语言讲话"却是悬而未决的问题——雅与俗的冲突就隐含在这两段引文中间。其三,《神曲》的创作语言与《论俗语》中的标准存在一定的偏差,《地狱篇》中四处可见的方言与《天堂篇》中的拉丁文,并不符合但丁所说的那种"高尚的俗语"。由上述三点可见,长达几个世纪的但丁《神曲》的"风格问题",在但丁的喜剧—俗语创作理想中自始便存在着。

从但丁逝世到14世纪中叶,神曲注释者对《神曲》创作语言的关注主要集中在其寓意上[①],《神曲》的风格没有受到质疑。14世纪中叶,随着对古代文化热情的增长,古代拉丁语文学开始成为第一代人文主义者写作的范本,拉丁语文学与俗语文学的对立也开始形成,拉丁语与俗语哪个更接近"人的精神",成为了人文主义者们不可回避的问题。《神曲》的风格也就因此成为了人们关注的焦点。彼特拉克在致薄伽丘的一封信中隐讳地表达了对但丁的不认同,他认为拉丁语才是标准的文学语言。但薄伽丘对但丁的态度却要热情得多:"通过用俗语写作……但丁向我们展现了方言的美丽和他自己在这方面的卓越才华,他给那些先前为人们鄙弃的没有教养的人带来快乐、让他们理解他……"[②]到了15世纪,佛罗伦萨城市人文主义兴起,以布鲁尼为代表的这一代人文主义者具有更为坚定的复古倾向。布鲁尼认为,但丁用俗语写作《神曲》的原因在于:"那个时代的人丝毫不懂得用散文或拉丁文言谈,因为他们在文学方面粗鄙、笨重、缺乏技巧……"[③]如果说薄伽丘将民众力量的上升及与之相关的俗语文学的兴起看作但丁的时代高出古代的理由,布鲁尼则把但丁的时代判定为一个野蛮的、落后的时代。

到16世纪,现代政治学之父马基亚维利敏锐地指出了《论俗语》中提出的语言标准与《神曲》创作之间的冲突。他指出,《神曲》中许多被认为来自伦巴底方言、拉丁语和但丁创造的词汇其实都是佛罗伦萨语,由于这些语言写的是猥琐和丑恶的场景,"高尚的语言"只不过是但丁的谎言。他指责但丁说:"但丁,我的朋友,我希望你修正你的方式,更加仔细地想想你自己作品中的佛罗伦萨语,你会看到,应感到羞愧的是佛罗伦萨而不是你,若你仔细斟酌过你所写的,你会看到,你并不总能避免拙劣的诗句……你也未能避免粗鄙……你也未能避免污言秽语……若你不能

---

① 在这方面,但丁次子彼埃特罗(Pietro)的作品《但丁作品的七重含义》是很好的代表。
② Giovanni Boccaccio, "Life of Dante", Michael Caesar, *Dante The Critical Heritage*, Routledge, 1995, p. 166.
③ Leonardo Bruni, "Life of Dante, and Comparison with Petrach", Michael Caesar, *Dante The Critical Heritage*, p. 207.

避免这些令你的整部作品不光彩的东西,你便不能避免无数只有在佛罗伦萨才能用到的词语,因为艺术不能超越自然。"① 在这位现代政治哲学之父眼中,与但丁的艺术——高尚的、宫廷的语言——对应的"自然",是古罗马帝国时代的高尚政治秩序。但面对现代政治败坏的"自然",高尚的语言理想与对古老帝国的回忆一样,都是虚浮的谎言。马基亚维利的批判揭示出了现代俗语文学与生俱来的尴尬:如果古代高尚的政治已经无法恢复,那么立足于现代败坏政治的俗语文学,怎能拥有与古典文学一样的"高尚"?

马基亚维利写作上述这篇《关于我们语言的话语或对话》(*Discorso o Dialogo intorno alla nostra lingua*)的时代,也是"俗语人文主义"(vernacular humanism)的兴起的时期,在这段时期,俗语文学已经取得了正当性,语言问题的重心已经不再是拉丁语与俗语的冲突,而是选择什么样的俗语作为意大利的母语。人文主义者、修辞学家彼埃特罗·本博(Pietro Bembo)奠定了俗语人文主义的风格标准,他提倡贵族式的、建立在高尚、优美、雅致、柔和、均衡、流畅、恰当的修辞之上的俗语文学。16世纪20年代,本博发表了《关于俗语的散文》(*Prose della Volgar Lingua*),他在书中指出,优美的言辞比宏伟的主题更为重要:"如果但丁所写的不是本质那么高贵与丰沛的题材,如果他能……在书中永远保持平常的格调,他将远为值得称赞。由于采用了如此广阔和宏伟的题材,他时常令自己陷入描写最为低俗和卑贱的事物的境地。""也许有些时候无法用恰当的语词来表达我们要写的东西,我们必须诉诸低微、刺耳或带有侮辱意味的词……但若有这种事发生,我会说,对那些不能以体面的方式表达出来的事物要保持沉默,不能由于表达这样的事物而伤害其他的写作。"② 本博将主题与言辞分离的做法意味着将古代的精神(高尚与优雅)嵌入现代的形式(俗语),他怀着古典诗学的理想,对马基亚维利看到的无法逃避的"现代"——"低俗和卑贱的事物",保持了"沉默"。但正是他的沉默,开辟了一种颇具"现代"意味的形式主义—美学但丁批评。

本博的文艺批评具有柏拉图主义的倾向,在本博那里,丑陋的东西不能表达为文学语言,一如在柏拉图那里,丑陋的东西没有"理式(ιδεα)"。在本博身后的16世纪,亚里士多德主义重新兴起,亚氏的《诗学》作为神圣的诗学标准笼罩着但丁批评。由于《神曲》的主题与古典诗学原则存在着本质的冲突,批评家们对《神曲》的文类归属莫衷一是。

在诸多西方经典中,恐怕没有别的经典拥有比《神曲》更为丰富和自成一统的注释史,这是但丁批评史的一个独特之处。最早的《神曲》注释是但丁之子雅各布

---

① J. R. Hale, *The Literary Works of Machiavelli*, Greenwood Press, 1979, pp. 184—185.

② Pietro Bembo, "the Models for Literary Italian are Petrarch and Boccaccio, not Dante", Michael Caesar, *Dante The Critical Heritage*, pp. 231—39.

(Jacopo)的评注,而第一部完整的注释则出自拉纳(Lana)之手。从 14 世纪到 16 世纪,著名的《神曲》注释家有:本维努托(Benvenuto)、布蒂(Buti)、兰蒂诺(Landino)、维鲁特罗(Vellutello)、丹尼埃罗(Daniello)与卡斯特尔维特罗(Lodovico Castelvetro)等。批评史上一般将这些人的注释称为《神曲》的古代注释[①]。

从史实来看,本博的批评给《神曲》在海外的命运带来晦气,在 16 世纪的法国和英国,很大程度上由于本博评论的影响,彼特拉克都比但丁受到更高的青睐,希德尼、斯宾塞、莎士比亚的诗作中都难以找到《神曲》和《新生》的印记。这种寂寞在 17 世纪达到了顶峰,在这个世纪,《神曲》至多出现了三个版本,而且都集中在 17 世纪的前 30 年,但丁的关注者大大减少,弥尔顿、哈灵顿等人只言片语的评价显得潦草而肤浅。在这个新古典主义诗学盛行的世纪里,诗歌的道德教化意义得到了空前的强调,而要实现这样的教化,就要格外注重诗歌的外在美。按照这种标准,但丁的诗歌显得粗陋而蛮气十足。不过在诗学理想的变化之外[②],来自天主教会的敌意也是 17 世纪但丁作品遭到冷遇的重要原因,这种敌意的起源是 16 世纪宗教改革者对《帝制论》和《神曲》的援引。在此,有必要对但丁的"信仰问题"进行一番追溯。

二、朝圣者还是敌基督:但丁的信仰问题

> 罗马曾把世道造就良好/它通常有两个太阳,它们世人看到/两条大道:一条是世俗之道,另一条是上帝之道。
>
> ——《炼狱篇》XVI,106—108

《炼狱篇》的这三行引文中所谓的"两个太阳",一个是指的作为"世俗之道"的"世界帝国",一个是作为"上帝之道"的教会。而这几行诗也是《帝制论》的主题。正是这样的主题使得但丁的信仰问题成为了但丁批评史的另一条重要线索。

大约在 14 世纪 20 年代末,多明我派修士、教皇世俗权力的支持者弗拉·圭多·维尔纳尼写作了《驳斥〈帝制论〉》,全文对《帝制论》逐卷进行了批判。依据《帝制论》中的看法,人类社会的目的不同于个人的目的,需要考察的是"整个人类社会

[①] Robert Hollander, "Dante and his commentators", Rachel Jacoff, *The Cambridge Companion to Dante*, Cambridge University Press, 1993, p. 229.

[②] 如果将视野放宽一些,那么现代理性主义精神的发展才是 17 世纪但丁遭到冷遇的更深刻的原因,在 16 世纪末,现代物理学创始人伽利略曾发表过关于《神曲》中地形的天才演说。在 17 世纪,已经取得独立地位的现代自然科学似乎不必再从古典文学中寻求证据为自己辩护,在这个属于笛卡尔和牛顿的世纪里,《神曲》所代表的世界已经属于一个逝去的时代。有意味的是,1922 年,俄国物理学家、哲学家巴维尔·弗洛连斯基发表《几何学中的幻想之物》,其中一章专为但丁逝世 600 周年而作。作者探讨了《神曲》中的地形,并断言但丁所创造的这个幻想世界从科学角度而言完全不过时,事实上它超越了 20 世纪的物理学。

的目的是什么"①；维尔纳尼引用奥古斯丁和亚里士多德批驳道："一个人的幸福与整个城邦的幸福是相同的……由于快乐是最高的目的，人与人类的目的并无不同"②，而这种快乐只能是对最高真理与至善——也就是上帝——的静观③。在但丁看来，在造物主的意图中，一切造物的终极目的都是实现他们"自然独特的活力"，人类的独特活力就是其最高潜能——理智的潜能。在此，但丁援引阿维洛伊的《论灵魂》评注，指出"任何个体……都不能骤然实现这种潜力，因此人类要有大量的民族，藉着他们，整个人类的潜力得以实现"，"整个人类独有的活力，就是不断实现人类全部理智的潜能。"为了实现人类的最高潜能，就需要有世界帝国④。维尔纳尼认为，但丁援引阿维洛伊的观点，其必然推论是：全人类有一个共同的理智（intellect），但这种结论不符合亚里士多德的灵魂学说，因为按照后者，理智是灵魂的一种功能而不是一种独立于个体灵魂之外的实体，此外，这种看法还与亚里士多德在《尼各马可伦理学》中的说法相悖，因为依据该书说法，知识、智慧、理智和技艺都是个人的美德。而这些美德都根植在个体的理智之中，所以如果有独立于个体之外的理智，那么这些个人的美德便不复存在⑤。但丁以亚里士多德《政治学》的名义，指出"理智强有力的人自然地统治别人"⑥，具有最高哲学智慧的人应当作为世界帝国的君主。维尔纳尼则指出："……找到这么一位正义的人却是不可能的，那么根据但丁的哲学论证，真正的君主除我主耶稣基督之外再无他人。"由于耶稣已经"带着肉身升入天国；他的肉身便是教会，由于身体不能没有头颅而存在，于是他将他的全权代理留在世间，这便是使徒彼得，无论谁成为他的合法的继承者，都是真正的、合法的君主，所有人都当顺从他，就像顺从我主耶稣基督。"⑦维尔纳尼对但丁的批判揭示出了但丁的阿维洛伊主义倾向，而这篇批判本身也是但丁批评史上阿维洛伊主义与托马斯主义的第一次交锋。很可能是在维尔那尼这篇文章的攻击影响下，1329年，大主教贝尔朗脱·德·普热（Bertrand de Pouget）下令焚烧《帝制论》。

1459年，多明我会修士，佛罗伦萨大主教安东尼努斯（St. Antoninus）撰文对《地狱篇》和《帝制论》中的异端因素进行抨击。他指出，《地狱篇》中的"林勃"（Limbo）不符合天主教的信仰："在他笔下，古代异教的智者、哲学家、诗人、演说家……都居住在埃吕西亚乐土（Elysian fields），即使没有荣耀，至少也不受惩罚，可是根据

---

① *De Monarchia* I, 3, Anthony K. Cassell, *The Monarchia Controversy*, The Catholic University of America Press, 2004, p. 113.
② Ibid., p. 176.
③ Ibid., p. 177.
④ Ibid., pp. 113—14.
⑤ Ibid., p. 178.
⑥ Ibid., p. 114.
⑦ Ibid., p. 180.

天主教信仰，这样的来世生活状态，不能给予这些在离开此世时便已经利用理性的人。这些人要么在死亡中清洗了一切罪过、直接步入天堂，要么在接受惩罚、洗清罪过以后升入天堂。而其他灵魂则降入地狱，那里没有秩序，只有对永无休止的惩罚永恒的恐惧，那惩罚没有宽恕、减轻或缓和。在这片有着最惨烈折磨的地方，住着蒙受祝福的古代学者哲罗姆、奥古斯都和其他人，这些古代异教世界的智者，由于他们以其所犯的错误为傲，由于他们缺乏信仰而住在那里，可是，但丁把他们安排在埃吕西亚乐土。同样是关于这些人，保罗在其致罗马人的第一篇献词开篇说道'他们虽然知道上帝，却不将他当作上帝使他尊荣，也不感谢他'，而是'自称为聪明'……为了这个缘故，上帝离弃他们，让他们成了异端。"对于《帝制论》，安东尼努斯指出，但丁所说的"两个太阳"不过是教会的两种权柄，而教皇为帝王的加冕正是帝国权力受教会约束、教权高于世俗政治权力的证据，"因为平等的人没有支配对方的权力"。安东尼努斯认为，但丁在此犯的错误是威廉·奥卡姆的前奏，而后者"在这个谬误中走得更远，这个少数派把教皇和主教的权力削弱殆尽，令他们服从世俗权力"①。在安东尼努斯看来，但丁对"林勃"中古代智者的描写意味着对"人"的智慧的过分推崇，这和他的世界帝国理念一样，都是追求"地上之国"。

维尔纳尼与安东尼努斯的神学批判使《神曲》和《帝制论》中隐藏的哲学与信仰的冲突变得明朗起来。从思想史角度看，这两位天主教思想者，一个指出了但丁的阿维洛伊主义倾向，一个发现了奥卡姆的影子，他们揭示出了但丁作品中由于对古代智慧的崇尚而带来的哲学与信仰之间的紧张。②

到新教改革时期，《帝制论》中对教皇世俗权力的批判与《神曲》中对教会罪恶的控诉成为新教主义者们攻击教廷的工具。16世纪50到60年代，英国神学家们引用《帝制论》，以反对天主教会的干涉。在欧洲大陆，马提阿斯·弗莱修斯（Mathias Flacius）在其1556年发表的《真理见证录》(*Catalogus testium veritatis*)中引用《帝制论》和《神曲》批判教会，为后来的抗议宗埋下了伏笔。1559年，约翰·赫伯斯特（Johan Herbst）翻译的《帝制论》在巴塞尔出版。同年，马提阿斯的友人、法学家和宗教改革家皮埃尔·保罗·维尔吉里奥（Pier Paolo Vergerio）借用《帝制论》对罗马教廷进行抨击。在1570年出版的新教徒约翰·福克斯（John Foxe,1516—1587）的《殉教者书》(The Book of Martyrs)中，出现了引用《帝制论》

---

① St. Antonnius, "the Florentine Poet Dante and his Errors", Michael Caesar, *Dante The Critical Heritage*, pp. 213—15.

② 与这两位多明我会修士形成对比的，是14世纪晚期兴起的新柏拉图主义但丁批评。1467—1468年间，新柏拉图主义者斐奇诺（Marsilio Ficino）将《帝制论》翻译为意大利文并为全书写了序言，在其中，斐奇诺将但丁的创作本源推回到政治哲学的开端——柏拉图，将但丁的旅行推回到《理想国》第十卷——厄尔神话，斐奇诺企图以柏拉图为基点，重新融合自人文主义开端以来彼此分立的诗与神学，重新建立信仰与哲学的和谐。

和《神曲》来批判教皇的段落。

三、历史与自然：维柯,19世纪

18世纪对但丁的接受充满矛盾。一方面,亚里士多德、贺拉斯传统的批评观由于法国新古典主义而得到加强,以往时代对《神曲》形式的批判汇聚在一起:思想艰深晦涩、语言粗俗、笔法不雅致、不恰当地混合了不同的文类等等。另一方面,18世纪对"自然"的强调与爱戴和对百科全书式知识的渴求却使但丁成最符合为"自然"精神的诗人。虽然如此,18世纪的但丁批评仍然是片断性的,从整体上对《但丁》和《神曲》进行赞颂的文章并不多见。这个世纪有两位重要的《神曲》注释者,文图里(Jesuit Pompeo Venturi)和隆巴第(Lombardi),批评史上将这两位注释家之后的《神曲》注释称为现代注释①。

在这样的18世纪里,扬巴蒂斯塔·维柯的两篇但丁批评——《论但丁与真正诗歌的本性》与《发现真正的但丁》就显得独树一帜。在前一篇中,维柯指出:"那个诗人对于当代精致的风尚来说似乎显得太不开化、太简陋,对于被轻软丝竹弱化了的耳朵来说,他的作品只是粗朴刺耳的和声"。但是,来自野蛮时代的但丁恰恰能使人凭借自然性情成为"才情勃发的诗人,而不是一个徒然依靠理性的二流模仿者"。在第二篇文章中,维柯指出了阅读但丁的三个理由:作为意大利野蛮时代的历史;作为托斯卡那美妙俗语的源泉;作为崇高诗歌的范例。维柯指出:"《神曲》所展示的野蛮时代史符合自然的安排和秩序。当各民族在其野蛮性被驯化之前,他们都服从一种由共同的自然本性所形成的同一性的指导,那就是开放、坦诚,因为他们没有反思的能力,这种能力一旦被误用就将成为一切谬误之母。与之相较,不事反思的诗人则吟唱真正的历史。"②正是维柯对野蛮时代的向往和对历史的激情,使人们看到了但丁天才的创造力与自然秩序的和谐,也听到了但丁思想与其生活时代的撞击。

浪漫派在18世纪末的兴起在某种意义上促成了但丁精神的复活。18世纪末到19世纪初,德国和英国的浪漫主义者施莱格尔、雪莱、拜伦、麦考雷、哈兹列特等都撰写过精彩的但丁评论③。1818年,深受施莱格尔影响的柯勒律治写了《关于但丁的演讲》,这篇典型的浪漫主义批评成了但丁接受史上的名作,柯勒律治在文章中指出了《神曲》的情感因素:"诗歌与情感的结合……是通过心灵向内转向自己

---

① Robert Hollander, "Dante and his commentators", Rachel Jacoff, *The Cambridge Companion to Dante*, Cambridge University Press, 1993, p.231.

② Giambattista Vico, "Dante's 'Barbarousness'; Three Reasons for Reading Him", Michael Caesar, *Dante The Critical Heritage*, pp.348—55.

③ Percy Bysshe Sheley, "Defence of Poetry"; Thomas Babington Macaulay, "Dante and Milton"; Willam Hazlitt, "Dante as 'self-will personified'".

的本质,而并非仅仅让其作用于外部的环境与社会。正是这种内倾性或主体性,成为一切古典诗歌与现代诗歌主要和最为根本的区别"。但丁有着生动连贯的风格,充满浪漫主义激情的语言;"但丁笔下的形象……与来源于自然的普遍情感结合在一起,而这些形象也因此触动了一切人的普遍情感";但丁作品中有"……一种关于无限的总体印象";但丁诗歌的绘画特征超过了历史上的其他诗人;《神曲》中描绘的图景有强烈的地理真实感①。在浪漫派的但丁评论中,《神曲》中人类的普遍自然的激情被发掘出来,但那却是《地狱》中的爱欲与激情,柯勒律治的一语道出了浪漫派独特的关怀:"但丁将你的思想抬高的程度,并不像他将你的思想送到更低的地方那么深远。"②被浪漫派屡屡运用的《神曲》片段,如地狱之门的铭刻、弗朗切斯卡与保罗的爱情、尤利西斯的旅行、乌哥利诺的食子,都出自《地狱篇》。在浪漫派眼中,在但丁那里受到质疑的《地狱篇》中的激情,比起《神曲》的其他两部分更具有"现代"精神。但丁从地狱到天堂的精神旅程在浪漫派那里发生了倒转。

　　如果说《神曲》的激情因素在雪莱等诗人的作品中得到了回应②,那么其"整全"色彩则被德国古典哲学纳入了其思想的"大全"。把基督教看作浪漫主义开端的黑格尔,将《神曲》称为浪漫派艺术的宗教史诗③。他指出:"关于宗教史诗,我们要研究的主要是但丁的《神曲》。这里的基本冲突仍然是导源于战争,即恶魔背叛上帝那场原始的斗争,由此在人世现实里便派生出反抗上帝和崇敬上帝两种势力之间的不断的内外战争,其结果是惩罚,净化和降福三种报应,也就是地狱,炼狱和天堂。""但丁的《神曲》是……表现中世纪天主教特色这一伟大题材的最伟大的史诗……它的对象不是某一个特殊事迹,而是永恒的动作,绝对的目的,显现于不朽事迹的上帝的慈爱;它的场所是地狱、炼狱和天堂,人类的行动和遭遇的世界,特别是个别人物的行动和命运,都沉没在这个永恒不变的客观存在里。"④黑格尔以历史哲学为依据,将宗教主题安排进了现代的诗学谱系,但丁的《致斯加拉大亲书王》中隐含的主题与语言的矛盾被依照现代的方式进行了调和。

　　无论是强调《神曲》的感伤,还是强调《神曲》的"整全"色彩,英、德浪漫派及在此之后的德国古典哲学都带着一种与以往时代决裂的冲动,在但丁作品里发现了

---

①② Samuel Taylor Coleridge, "Lecture on Dante", Michael Caesar, *Dante The Critical Heritage*, pp. 440—47.

② 雪莱的《西风颂》明显受到了《地狱篇》第五曲的影响。

③ 谢林对《神曲》的看法与黑格尔不同,他认为,"这神圣的作品不是雕塑、绘画或音乐,但却又同时是所有这些,并且成为和谐的一体。它不是戏剧性、史诗性、或抒情性的,它是独特和唯一的,是所有这些东西空前的混合。"Cf. Friedrich Schellinig, "Dante in relation to philosophy", Michael Caesar, *Dante The Critical Heritage*, p. 419.

④ 本段中黑格尔观点,分别见其《美学》第三卷下,朱光潜译,北京:商务印书馆,1996 年,第 126,179 页。

"浪漫主义"精神,他们将但丁看作现代诗歌之父,但丁成了现代的第一人。

在浪漫派之后的19世纪,"历史"再次成为了但丁研究的主题。抛开黑格尔的历史哲学不论,还有很大一部分但丁批评转向了但丁的"政治—历史"维度。首当其冲的两位学者是英国的弗斯科洛(Ugo Foscolo)和流亡英国的意大利人罗塞蒂(Cabriele Rossetti)。此后,虽然欧洲学者们由于所属的思想传统不同而对历史的理解有差异,但对历史的关注却成为了但丁批评的基调。历史学派的学者们将但丁放到其生活的时代背景中进行分析,但丁的生平背景及其生活时代的风貌得到了细致的考察。但对历史的过分倚重也造成了对《神曲》"寓意"的忽视。从19世纪中期开始,在《神曲》变成畅销书的同时,但丁研究也迅速学院化,在欧洲各国形成了稳定的但丁学术圈。19世纪中晚期,意大利"新语言学"研究中米歇尔·巴尔比(Michele Barbi)、古典学家桑提斯(Francesco De Sanctis)、美学研究的克罗齐(Benedetto Croce)等,都做过著名的但丁研究。19世纪真正成了但丁的世纪,《神曲》中的生动形象成了19世纪各种艺术的不朽主题,罗丹的雕塑、德拉克罗瓦的绘画和李斯特的《但丁交响曲》,都重写着《神曲》中的永恒艺术片断。19世纪,出现了277个《神曲》的新版本,超出18世纪十倍多。在这个世纪里,《神曲》传遍欧美各国,成了畅销书。

四、古代与现代:对现代的反思与但丁在20世纪

1929年,艾略特(T. S. Eliot)发表了以《但丁》(Dante)为题目的研究,贯穿全书的是艾略特具有"新批评"意味的主张:"你没有必要去信仰但丁所信仰的东西……如果你将诗当作诗来阅读,那么你对但丁神学的'信',就会像你信其精神旅程的自然真实性一般;就是说,你悬置了'信'与'不信'。"[1]按照这种原则,艾略特抛开但丁的神学信仰、哲学知识、历史背景,展开了对《神曲》的"文本细读"。他指出,《神曲》的"寓意"(allegory)应当被解释为鲜明的形象。"对一个优秀的诗人而言,寓意(allegory)意味着清晰的视觉形象……当我们意识到形象之时,我们必须明白意义也在那里"[2]。1950年,艾略特写了题为"但丁对我意味着什么"(What Dante Means to Me)的文章,在其中,艾略特写到了波德莱尔——自己所处时代与但丁时代的之间的巨大距离。在艾略特的时代,"诗人的事业就是要从那未经探索的没有诗意的源泉中造出诗来,事实上,诗人的注定的天职就是要将那没有诗意的

---

[1] T. S. Eliot, *Dante*, Haskell House Publishers LID. 1974, p. 42.
[2] Ibid., pp. 22—23, 56.

变成诗。"①艾略特的视野分为两半,一半是"没有诗意"的现实世界绝对的恶,一半是由"清晰视觉形象的寓意"构成的作为绝对的善的"诗的世界"。对艾略特而言,但丁就是那个与现实世界对立的"视觉形象"世界的典范②。

与艾略特相比,同一时期俄罗斯阿克梅派诗人曼德尔施塔姆(Осип Мандельштам)《关于但丁的谈话》对"寓意"的破除显得更为彻底。在曼德尔施塔姆笔下,《神曲》成了一个管弦乐队、画家五彩缤纷的调色板、晶体学的物体、化合物、航海旅行。他没有分析《地狱篇》第十曲中伊壁鸠鲁主义者法里纳塔(Farinata)和卡瓦尔坎蒂(Cavalcanti)的无神论哲学,却将他们看作管乐器的交替演奏;《地狱篇》第十六曲开头蜜蜂的比喻没有令他关注《神曲》中蜜蜂形象数次出现之间的关联,而是联想到蜂房的立体几何学结构……简言之,他通过《神曲》与各种现代"科学"的共通性来挖掘作品的意义,从而开辟了一种在指向"古代"的历史、哲学、宗教、文学、甚至是在欧洲思想传统之外阅读但丁的思路。他说:"但丁是变形与混合的战略家;他是一位最不具有'普遍欧洲'意义的、最不受制于文化术语习惯的诗人。"③"选择但丁作为这次谈话的主题,并非是因为我想要通过关注他来研究经典、将他与莎士比亚和列夫·托尔斯泰并列……而是因为他是那可幻化和变形的诗意素材最为伟大的、无与伦比的大师,他是最早的、同时也是最强有力的诗意混合物的化学工程师……"④

艾略特与曼德尔施塔姆⑤形式主义色彩浓重的解读在很大程度上代表了20世纪诗人与作家对但丁的解读方式,如果说在诗人为世界立法的浪漫主义时代,《神曲》为柯勒律治、雪莱等诗人树立了一个"大全"的典范,那么到了20世纪,随着诗人从政治与历史现实领域的逃离,他们的视野也随之变得狭窄,19世纪诗人们那种创造一个时代的勇气已荡然无存。

---

① T. S. Eliot, "What Dante Means to Me", Peter, S, Hawkins & Jacoff Rachel, *The Poet's Dante, Twentieth Century Responses*, Farrar Straus Giroux, 2001, p. 30.

② 值得注意的是,声称"你没有必要去信仰但丁所信仰的东西"的艾略特,其批评之中也有很深的基督教意味,如果将艾略特的"诗的世界"置换成基督教的上帝,基督教中此岸与彼岸世界的对立便重新浮现在我们眼前,一面是彼岸的上帝——诗,一面是此岸的恶魔——现代资本主义文明。

③④ Osip Mandelstam, "Conversation about Dante", cf. *The Poet's Dante, Twentieth Century Responses*, pp. 40—41,74.

⑤ 曼德尔施塔姆在西欧传统之外解读但丁的思路背后,包含着一种俄罗斯知识分子普遍具有的对西方现代文明的警惕。不过他与同时代的象征主义诗人如索洛维约夫和勃洛克等不同,后者从俄罗斯东正教信仰来理解《神曲》,将贝雅特丽齐与东正教信仰中的圣女索菲亚的形象结合在一起。在某种意义上,象征主义的关怀仍是"耶路撒冷"式(虽然是俄国东正教理解的耶路撒冷的),而曼德尔施塔姆等阿克梅派诗人的关怀是"雅典"式的。

曼德尔施塔姆的同胞、俄国宗教哲学大师梅列日科夫斯基（Д. С. Мережковский）的但丁分析则带着强烈的思想史关怀，他从灵知主义角度分析但丁基督教信仰中的异端因素及其与现代社会的关系。在其绝笔遗作《但丁传》中，梅列日科夫斯基以"'三'还是'二'"为主题，对但丁"世界帝国"理念隐含的问题进行了深刻反思："'上帝给人提出两个目标：被称作人间天堂的……尘世生活的幸福和在上帝的静观中被称作天上的天堂的……永恒的幸福。为了达到这两个目标，必须走两条不同的道路：达到第一个目标——通过哲学，达到第二个目标——通过宗教知识'（《帝制论》III, 16）。这里主要的是这两条道路各不相同（diversa）；尽管是并排而行，但永远不能走到一起，如同两条平行线……"①。在梅列日科夫斯基看来，正是这两条道路的分裂造就了整个的现代社会。在《但丁传》末尾，梅列日科夫斯基指出，但丁调和哲学与宗教的出路在于"圣灵王国"的降临，也就是，教会所代表的基督教信仰只是人类社会的第二阶段"圣子"王国，真正的基督宗教——灵的未来宗教仍在来临的过程中。由于"圣灵王国"的学说来自中世纪末的异端约阿西姆（Joachim），但丁的思想渊源便被推到了中世纪末的"历史三一论"。

在德裔学者沃格林（Eric Voegelin）那里，梅列日科夫斯基的这种灵知主义思路被推广到对整个现代性的反思。这种反思所针对的对象之一便是 19 世纪黑格尔以来的"历史哲学"，与尼采以批判基督教来反思历史哲学的思路②不同的是，沃格林认为，不是基督教本身，而是约阿西姆给历史赋予内在意义的这种"历史三一论"，造成了现代的"历史哲学"。在这种背景下，沃格林将深受约阿西姆影响的但丁作为现代政治思想的开端，写入了其《政治观念史》。沃格林写道："从但丁时代开始，精神现实主义者必须面对下述问题，西方世界的政治现实不再能把精神恰当地吸收到公共制度中去……我们可以分辨出精神与政治分离过程的三个主要阶

---

① 梅烈日科夫斯基：《但丁传》，刁绍华译，沈阳：辽宁教育出版社，2001 年，第 354—358 页。
② 尼采以其对基督教与历史哲学的批判开启了对基督教以来的整个现代性的反思。他以前苏格拉底世界的"永恒复归"来对抗基督教历史哲学。在《论道德的谱系》中他写道："信仰什么？爱什么？期望什么？无疑，这些软弱者也希望有朝一日他们能成为强者，有朝一日他们的'王国'也能来临，他们就把这个王国称为'上帝的王国'——他们事事处处都如此谦卑！可是为了获得在这个王国生活的经历，人必须活很长的时间，必须越过死亡，是的，必须获得永生才能够永久地在'上帝的王国'里使自己那'在信仰、爱、期望中'度过的尘世生活得到补偿。可是补偿什么？用什么来补偿……我觉得但丁在这里犯了一个大错误，他凭着一种能唤起恐惧感的机灵在通往他的地域的大门上写下了'我也是被永恒的爱创造的'，——不管怎么说，在通往基督教的天堂和'永恒的极乐'的大门上应当更有理由写上'我也是被永恒的仇恨创造的'，让真理站在通往谎言的大门上！'"（尼采：《论道德的谱系》，周红译，北京：三联书店，1992 年）在尼采眼中，实质为"奴隶道德"——弱者的道德的基督教精神，其"永恒的爱"不过是弱者的"怨恨"。在尼采眼中，基督教开辟的"现代"是高贵"古代"——古希腊前苏格拉底时代"主人道德"的沦丧。虽然不应把尼采归入但丁批评史，但不能忽视的是，他对基督教的批判构成了但丁 20 世纪命运的另一重要背景——20 世纪与尼采一脉相承的思想者如海德格尔等，不会对但丁进行很多思考，属于基督教思想谱系的但丁，注定部分地从 20 世纪"时代精神"中隐退。虽然 20 世纪但丁评论很多并且不乏出色作品，但相比起来，19 世纪无疑更有资格被称为"但丁的世纪"。

段。第一阶段开始的标志,是但丁和他揭示出来的新的精神孤独……第二阶段的标志是宗教改革者和世俗精神现实主义者的出现。以路德和加尔文为代表的宗教改革者,想要从日见衰落的宗教要义里再次创造出由精神来作决断的政治制度……世俗的精神现实主义者——马基亚维利、博丹、霍布斯、斯宾诺莎——都依靠他们个人的人格力量,想要在由个别政治组织组成的世界里为精神找到位置……第三阶段把这两类思想者带到了新的层次,其代表是马克思。他试图通过对现存社会的革命性破坏,重新结合精神与社会制度,从而为无罪的新人——无产阶级——留出空间。与16和17世纪的精神现实主义者(the spiritual realists)相应的,是尼采彻底孤立的自由精神,他对欧洲虚无主义的分析是对中世纪后西方世界的最后审判——第一个审判正是《神曲》。"①

沃格林对现代思想史的批判犀利独到,但真正对20世纪,特别是二战之后但丁研究重要影响的却是另一位来自德国的学者,埃利希·奥尔巴赫(Erich Auerbach)。他的《论模仿》(*Mimesis*)与《但丁,世俗世界的诗人》(*Dante: Als Dichter Der Irdischen Welt*)成为了战后但丁批评的必读书目。沃格林将但丁的思想来源推回中世纪末的异端——约阿西姆,奥尔巴赫则试图从天主教正统思想——托马斯主义对《神曲》进行解释。他认为:"正如托马斯·阿奎那想要把亚里士多德与奥古斯丁的基督教柏拉图主义结合起来一样,但丁试图将托马斯体系与异教的(cor gentile)神秘主义思想调和起来……爱欲对于但丁就像对于他的那些诗友们一样,成了一种对于智慧或哲学的理性的热爱(appetitus rationalis)。"②但丁与阿奎那的差别在于,后者"在一个圆满的体系之中建立亚里士多德式的、天主教的世界……不过……他却没有让这个世界充满具有名字和不同品质的个体。但丁则不然,他令其中住上了他诗性幻想的人物,每一个人物都来自某一具体时刻的非理性的灵感,借着哲学思想的帮助,他便能规定适合于每一个人物的自然、处所、地位与活动。"③创作于基督教传统下的《神曲》与古希腊悲剧的不同之处在于,希腊悲剧中的最终命运"是死亡或某种近似死亡的东西……《神曲》中的但丁……通过将人的最终命运等同于其人格的此世完整而超越了悲剧的死亡……有着这样广度与深度的模仿很显然已经不再受亚里士多德法则的约束,它不符合任何古典的文学风格。在这方面,它与所有中世纪的基督教艺术类似,但它却更为丰富与明确,因为

---

① Eric Voegelin, "Dante", *History of Political Ideas*; Vol. Ⅲ. The Later Middle Ages, University of Missouri Press, 1998.

② Auerbach Erich, *Dante: Poet of the Secular World*, the University of Chicago Press, 1961, pp. 71—72.

③ Ibid., p. 73.

它是一个囊括整个宇宙的伟大而系统的创造……如果从最广泛的意义来解释亚里士多德的定义……我们就可以说,根据亚里士多德的定义,但丁的梦幻是个悲剧。"①从这种托马斯主义式的阐释出发,奥尔巴赫从另一个角度看待但丁与"现代"的关联:"在现代欧洲文化史上,确实有一种持续不变的东西……在但丁那里它初露端倪;那就是这样一种理念……个人的命运不是无意义的,它必然是悲剧性的并具有重要意义,整个世界都在个体命运中得到了揭示……在但丁那里,个体在由其身体与灵魂组成的鲜明的整一之中再生了……虽然孕生了这种新的人的视野的基督教末世论即将失去其整一和活力,但人类命运的理念是如此浸润着欧洲精神,即使是在非常缺乏基督教色彩的艺术家那里也保存着基督教式的力量与紧张,那就是但丁给后世的礼物。现代模仿将人建立在他的个体命运上;它把人从那遥远的、梦想与哲学抽象的二维非现实中擢升出来,将其移送到他实实在在处身其中的历史领域中。"②在奥尔巴赫影响下,20世纪但丁学界——尤其是美国的但丁解释开始向但丁的神学寓意回归,至今,奥尔巴赫开创的研究思路仍是主流的但丁研究方法。

在20世纪意大利但丁学界,《神曲》的优秀注释本不断产生,其中,萨佩纽注释本和波斯科-雷吉奥注本成为当代《神曲》注释的经典之作,其中后者被当作《神曲》的标准注释。在意大利以外,德国的格美林(Hermann Gmelin)的注释(1954)和法国的佩匝德(Andre Pezard)的注释(1965)都是名作。70年代,在北美学界,辛格尔顿(Singleton)的英语注释取得较大成功。杜灵(Robert M. Durling)尚未出全的注释(《地狱篇》1996、《炼狱篇》2003)则是当前美国最为详细和全面的注释。皓首穷经的学者们透过久远的年代与深奥的文本,搜索和收集着《神曲》在漫长的岁月里积累出来的多重含义。

【关键词】

人文主义 阿维洛伊主义 奥卡姆的威廉 新柏拉图主义 浪漫主义 新批评 阿克梅派 灵知主义 三一论 托马斯主义

【推荐阅读书目】

1.《但丁批评传统》

   Michael Caesar edited, *Dante The Critical Heritage*, First Published in 1989, Reprinted in 1995 by Routledge.

2.《但丁:世俗世界的诗人》

---

① Auerbach Erich, *Dante: Poet of the Secular World*, the University of Chicago Press, 1961, pp. 91—93.

② Auerbach Erich, *Dante: Poet of the secular world*, pp. 177—78.

Erich Auerbach, *Dante: Poet of the Secular World*. Translated by Ralph Manheim, the University of Chicago Press, 1961.

3. 《剑桥但丁指南》

Rachel Jacoff edited, *The Cambridge Companion to Dante*, Cambridge University Press, 1993.

4. 梅烈日科夫斯基：《但丁传》，刁绍华译，辽宁教育出版社，2001 年。

【参考文献】

1. 《地狱篇》、《炼狱篇》、《天堂篇》

   Dante Alighieri, *Inferno*, Edited and Translated by Robert M. Durling, Oxford University Press, 1996.

   Dante Alighieri, *Purgatorio*, Edited and Translated by Robert M. Durling, Oxford University Press, 2003.

   Dante Alighieri, *Paradiso*, a Verse Translation by Allen Mandelbaum, Bantom Books, 1984.

2. 《但丁·阿利基埃里拉丁文作品译本》

   Translation of the Latin Works of Dante Alighieri, London, 1904.

3. 《但丁批评传统》

   Michael Caesar edited, *Dante The Critical Heritage*, First Published in 1989, Reprinted in 1995 by Routledge.

4. 《但丁》

   T. S. Eliot, *Dante*, Haskell House Publishers LID. 1974.

5. 《但丁：世俗世界的诗人》

   Erich Auerbach, *Dante: Poet of the Secular World*. Translated by Ralph Manheim, the University of Chicago Press, 1961.

6. 《政治观念史：中世纪晚期》

   Eric Voegelin, *History of Political Ideas: the Later Middle Ages*, University of Missouri Press, 1998.

7. 《剑桥但丁指南》

   Rachel Jacoff edited, *The Cambridge Companion to Dante*, Cambridge University Press, 1993.

8. 《马基亚维利文学作品集》

   Niccolo Machiavelli, *The Literary Works of Machiavelli*, ed. and trans. J. R. Hale, London, 1961.

9. 《关于〈帝制论〉的论争》

   Anthony K. Cassell translated & edited, *The Monarchia Controversy*, The Catholic Univerisity of America Press, 2004.

10. 《诗人的但丁》

    Peter S, Hawkins & Jacoff Rachel edited, *The Poet's Dante, Twentieth Century Response*, Farrar Straus Giroux, 2001.

11. 黑格尔:《美学》卷三下,朱光潜译,北京:商务印书馆,1996年。

【网络资源】
http://www.greatdante.net/
http://dante.dartmouth.edu/
http://etcweb.princeton.edu/dante/index.html

【作品推荐译本】
1.《地狱篇》、《炼狱篇》、《天国篇》,田德望译,北京:人民文学出版社,2005年。
2.《地狱篇》、《炼狱篇》、《天堂篇》,黄文捷译,广州:花城出版社,2000年。

第四章 塞万提斯的《堂吉诃德》：
闪耀着理想光芒的疯癫骑士

米盖尔·德·塞万提斯·萨阿维德拉(Miguel de Cervantes Saavedra, 1547—1616)出生在西班牙马德里附近的阿尔卡拉的一个普通家庭里。

塞万提斯的一生经历了无数沧桑：他当过兵，打过仗，受过伤，获得过荣誉；他还当过奴隶，并几次预谋越狱，但均遭失败；他为了糊口，当过粮油征收员和税吏，写过诗歌、剧本和小说；由于无妄之灾他还数度入狱；即使在他的小说《堂吉诃德》发表、并获得成功以后，他的生活依然穷困潦倒。

塞万提斯的创作涉及多种文学体裁：诗歌、戏剧和小说。除了长篇小说《堂吉诃德》上下两卷(1605、1616)外，还有：田园诗体小说《伽拉苔亚》(1585)、短篇小说集《警世典范小说集》(1613)、长诗《帕尔纳索斯山之旅》(1614)、《八部喜剧和八出幕间短剧》(1615)和长篇小说《贝雪莱斯和西吉斯蒙达历险记》(1616)。

四百年来塞万提斯的作品，特别是《堂吉诃德》，在世界各地广为流传。这部作品已被译成五十四种文字，出了两千多个版本，是世界上翻译最多、出版最多、评论最多的图书之一，是具有强大生命力的文学经典。

塞万提斯在《堂吉诃德》和其他几部作品中，以其独特的视角和令人耳目一新的文学理论和创作实践，从小说的结构，作者与读者的关系，创作与批评的关系，语言的运用等诸多方面进行了创新，为小说的发展注入了新的活力，他不仅被狄更斯、福楼拜、陀思妥耶夫斯基等传统作家誉为现代小说之父，也被现当代作家海明威、福克纳、博尔赫斯和加西亚·马尔克斯视为楷模。

《堂吉诃德》揭示了人的基本感情特征，不同时代、不同经历、不同年龄的读者对《堂吉诃德》虽然都有各自的理解，但从中体味出的各种不同的含义却反映出人对自身基本特性的认识，即对人类所具有的本质特征的认识。

一、19 世纪前：经典的确立

1605 年,《堂吉诃德》上卷发表后即受到普遍的赞誉，塞万提斯所具有的创作才能得到公认。但是，人们仅仅把这部小说看作一部逗笑的以讽刺为目的的天才作品，把堂吉诃德看作一个疯癫可笑的骑士。根据记载，西班牙国王费利佩三世在王宫的阳台上看到一个少年一面看书一面大笑，就说这个学生肯定是在看《堂吉诃德》，事实果然如此。在那个时代，人们只把这部小说看作令人发笑的通俗读物，而塞万提斯只是一个善于逗乐的作家。在《堂吉诃德》上卷发表获得成功后，一个署名阿维亚内达的人写出了冒牌的《堂吉诃德》的下卷，对塞万提斯本人及其作品进行了攻击，这部赝品的风格代表了那个时代文学的主流，但它失去了塞万提斯的作品的幽默，没有了塞万提斯杜撰的熙德·阿梅德·贝南赫利这个原始作者，没有了日常生活和人物心理的描写，而最明显的败笔是主仆二人在性格上的光彩荡然无存，桑丘成了16世纪喜剧中流行的可笑庸俗的小丑。正是因为塞万提斯的《堂吉诃德》所蕴涵的丰富的现代性还不为同时代的人所理解和赏识，他的作品在那个时代并没有得到应有的重视。

　　同样是在17世纪，《堂吉诃德》引起了法国文学学院派的关注，开始获得较高的声誉。1614年法国戏剧家、翻译家塞萨尔·奥丁（Cesar Oudin，1560—1625）完整地翻译了《堂吉诃德》的上卷。下卷由洛赛（Franois de Rosset，1570—1619）翻译，于1618年出版。接着的几个《堂吉诃德》的译本把堂吉诃德改装成法国绅士，让其适合法国的文化和风尚，如圣马丁（Filleau de Saint-Martin，1632—1695）的译本。而弗洛利安（Jean-Pierre Claris de Florian，1755—1794）的译本则更加迎合法国人的喜好，不惜牺牲原文。弗洛利安笔下的堂吉诃德是一位有理性、讲道德的法国绅士。这个译本由于不忠实原文而早已被人遗忘，但经译者改装的堂吉诃德却在当时的欧洲很受欢迎，1682年德国的《堂吉诃德》的译本就是从圣马丁的法语译本转译的。法国小说家、诗人斯卡龙（Paul Scarron，1610—1660）在他的作品《滑稽小说》中对塞万提斯的写作手法身体力行，对法国文学创作产生了很大的影响。塞万提斯的崇拜者、法国作家圣埃维蒙德（Saint Evremond，1610—1703）把《堂吉诃德》与意大利诗人塔索（Torquato Tasso）的《阿明塔》和孟德斯鸠（Charles Louis de Secondat，Baron de Montesquieu，1689—1755）的散文集相提并论。

　　18世纪，人们对塞万提斯的评价有了较大的改观。首先是英国人看到了塞万提斯的真正价值。英国是第一个把《堂吉诃德》译成本国文字的国家，也是第一个肯定堂吉诃德的正面品质的国家。尽管英国早期的读者也把堂吉诃德看作可笑的疯子，但英国小说家菲尔丁（Henry Fielding，1707—1754）在他的剧本《咖啡店里的政治家》中说，世人多半是疯子，他们和堂吉诃德的不同之处只是疯的种类不同而已。菲尔丁在《堂吉诃德在英国》的剧中，表示世人比堂吉诃德还疯得厉害。戏里的堂吉诃德对桑丘说："桑丘，让他们管我叫疯子吧，我还疯得不够，所以得不到他们的赞许。"这个时期在英国文坛出现了许多堂吉诃德式的人物：菲尔丁的小说模仿塞万提斯的方式写的《约瑟·安德鲁斯和他的朋友阿伯拉罕·亚当斯历险记》中的亚当斯牧师;斯特恩(Laurence Sterne,1713—1768)的托贝叔叔,狄更斯创造的匹克威克先生,萨克雷(William Makepeace Thackeray,1811—1863)塑造的牛肯上校等。这些以堂吉诃德为蓝本的人物形象虽然可笑,同时又叫人同情敬爱,体现了英国人对堂吉诃德的理解。一些英国作家一方面创作了像堂吉诃德那样和蔼的古怪离奇的人物,另一方面也借用了塞万提斯的创作手法,进一步探究了文学虚构和对常见文学现象的讥讽。

尽管英国人对塞万提斯的偏爱在一定程度上改变了西班牙人对塞万提斯的看法,但西班牙的启蒙运动是让西班牙人重新认识塞万提斯的重要原因之一,因为当时的时代精神与引发塞万提斯写《堂吉诃德》的创作情愫是一致的。西班牙文艺评论家格雷戈里奥·马阳斯(Gregorio Mayans,1699—1781)在他的《西班牙修辞学》(1757)和安东尼奥·德·卡布玛尼(Antonio de Capmany,1742—1812)在他的《西班牙语语言的历史批评剧》(1786)等著作中多次引用塞万提斯的论述,把他当作典范。他们对塞万提斯的评价具有划时代的意义。马阳斯曾任皇家图书馆馆员,他为1738年英文本《堂吉诃德》写的前言《米盖尔·德·塞万提斯·萨阿维德拉的生活》奠定了研究塞万提斯生平和作品的基础。他把塞万提斯的作品看作是一个有机的艺术体系,认为托雷多教长和神甫在谈话中表述出的理论相互一致,并和塞万提斯的文学实践相一致。马阳斯在论述中将塞万提斯的作品(指叙述文体的作品)视为新古典主义的代表,可以与古典名著相媲美,与《伊利亚特》相媲美。"如果愤怒是一种疯狂的话,那我就不能将怒气冲天的阿基琉斯与疯狂的堂吉诃德区分开来。如果说《伊利亚特》是一部用诗句写成的英雄传说故事,那么《堂吉诃德》就是一部用散文写成的小说。(正如塞万提斯本人所说)史诗既可以用诗句、也可以用散文写成。"[①]

在马阳斯对塞万提斯评价的基础上,博学的维森特·德·洛斯·里奥斯(Vicente de los Ríos,1736—1779)为发表于1780年西班牙皇家语言文学院出版的精装本《堂吉诃德》撰写了前言《〈堂吉诃德〉析》。他认为,《堂吉诃德》是一部建立在现实和想象基础上的小说,即含有英雄史诗成分的现实主义小说。小说是通过既相互对立又十分和谐的两个层面的叙述实现的,作品自始至终都贯穿着这两个层面的叙述。第一个层面,主人公由于他的疯狂,把周围的一切都看成与骑士的业绩相关的事情,而第二个层面则是我们的现实,即读者的日常生活的现实,在它的对照下,第一个层面的描述就非常可笑了,而且,各种不相同的(如偶发的、平庸的、却十分真实可信的)现实情况都融进了想象的事件中去。这样,塞万提斯用真实可信的心

---

① Antonio Mestre, *La vida de Miguel Cervantes de Saavedra*, Madrid: Espasa-Calpe, 1972, p.158.

理描写塑造了堂吉诃德的怪癖,将两个艺术层面融会在一起,在不完全失去真实性的情况下,达到了骑士小说的神奇效果。换言之,骑士小说的荒诞不经,以及毫无真实可言的特点,曾受到人们的批评,但是,骑士小说的丰富想象力却受到人们的普遍欢迎和喜好。塞万提斯独具创造性的创作将荒诞离奇的想象融入到虚构的文学现实中,使之变得真实可信起来。这就为小说这个新的文学品种展示出广阔的前景。西班牙著名文学评论家梅嫩德斯·依·贝拉约(Menéndez y Pelayo,1856—1912)曾在他的《美学思想史》中对这篇文章作出了高度评价,认为在19世纪中叶前还没有任何文章能像这篇文章那样深刻地分析《堂吉诃德》。

二、浪漫主义者的发现:一部理想小说

1800年左右,德国浪漫主义者改变了对《堂吉诃德》的新古典主义的理解,他们把这部作品看作是小说创作的样本,并把它当成他们重建美学和文学史的基石之一。他们的这种看法对《堂吉诃德》的理解产生了很大的影响。那个时代的文学家,如弗·施莱格尔(F. Schlegel,1772—1829)、奥·施莱格尔(A. W. Schlegel,1767—1845)、谢林(F. W. J. Schelling,1755—1854)、蒂克(J. L. Tieck,1773—1853)、让·保尔(Jean Paul,1763—1825)等,都认为塞万提斯的《堂吉诃德》和莎士比亚的作品一样处在艺术的巅峰,具备一部理想小说的条件。他们认为这是一部对生活有多方神奇理解的散文诗,他们对这部作品的文体和丰富多彩的创作手法,对幽默风趣的笔触,对骑士小说采取的既贬又褒的态度,都加以赞赏,并用他们对人的历史使命的观点来理解这一切。对他们来说,这部作品典型地反映了所谓的浪漫主义的讥讽,理想与现实的对立,反映了塞万提斯对他最钟情的幻想艺术所采取的怀疑主义。这些看法与18世纪的观点有很大的不同,人们既不像里奥斯那样认为《堂吉诃德》是"嘲讽的史诗",也与伏尔泰(Voltaire,1694—1778)等欧洲文艺评论家认为《堂吉诃德》是对神的启示和对极端主义的讽刺的看法不同,认为这不是一部供人在茶余饭后消遣的闹剧,而是一部在讽刺中包含深刻寓意的作品。对《堂吉诃德》的这种全新的理解以哲学家谢林的《昆斯特的哲学》一文中有关小说的论述为代表,他认为《堂吉诃德》和歌德的小说《威廉·麦斯特的学习年代和漫游年代》是现代小说的典范,并认为塞万提斯通过堂吉诃德这个人物(在第一部中采用了滑稽和写实并进的手法与在第二部中刻意求真的透视法)展示出理想与现实之间象征性的矛盾冲突。

然而,浪漫主义的创新思想是对启蒙世纪运动最基本的主张的反思,启蒙主义者认为欧洲文明代表了逐渐摆脱神秘和原始思想的过程。浪漫主义者接受了这种主张,但他们却得出了完全相反的结论,认为远离自己的根基的城市人所感受的心

灵孤寂就是这个过程的副效应。哥特式的风格,神话和中世纪的粗犷简洁都引起人们对过去的思恋。他们认为自然界就像一个受生命力操纵的庞大的机构,当它向外扩张的时候就会不断变化,自然和精神就会在某一天融为一体。这种看法是具有革命性的,它改变了新古典主义对兴趣规律的普遍性的看法,更加看重文化的多样性。

海涅(H. Heine, 1797—1856)在1837年的论述中提出"塞万提斯是现代小说的创建者",从而揭开了对《堂吉诃德》的划时代的阅读。海涅认为,以前的骑士小说都是贵族的小说,毫无人民的影踪。"塞万提斯在骑士小说里安插了对下层阶级的真实描画,搀和了人民的生活,开创了现代小说……他把高超的事物和平常的事物合在一起,互相烘染衬托……《堂吉诃德》里那种美妙的配比匀称使人惊叹。"[①]他还对《堂吉诃德》的布局和安排两个中心人物的创造性写法赞叹不已。

在俄国,屠格涅夫(И. С. Тургенев, 1818—1883)将堂吉诃德与莎士比亚笔下的哈姆雷特作了一番有趣的比较。他认为,这两个文学经典人物身上分别体现着人类的两种对待自己理想的态度。堂吉诃德的身上体现的是对真理的信仰,"信仰外在于个别人的、为人所不能轻易获致的、需要服务和牺牲的、但又是靠服务的恒心和牺牲的力量可获得的那个真理。……堂吉诃德有时可能显得是个十足的疯子,因为最显而易见的实在的东西会在他眼前消失,……但他却既不改变自己的信念,也不会从这一个目标转到另一个目标去……他闪耀着理想的光辉。"而哈姆雷特则没有信仰,永远对自身和这个世界充满怀疑,因而他比堂吉诃德更加痛苦。屠格涅夫还敏锐地指出,桑丘·潘沙是大众对待堂吉诃德的代表,他的忠心"恐怕是植根于群众的最好的属性,植根于幸福的和真诚的盲从的能力之中。"[②]

三、19世纪以来西班牙人的解读:民族精神的象征

同样是在19世纪,堂吉诃德的故乡西班牙在经济文化上已明显落后于欧美诸强,但对《堂吉诃德》的思考却未曾中断。

在18世纪许多杰出的出版家对塞万提斯进行了赞颂以后,19世纪出现了一个相反的声音,那就是克莱门兴(Diego Clemencín, 1765—1834)的版本(1833—1839)。他的看法源于新古典主义的美学,他认为《堂吉诃德》原版书上之所以会存在那些不足,如语法和文体上的一些错误,时间顺序和地理上的前后矛盾,是因为

[①] 海涅:《精印本〈堂吉诃德〉引言》,钱钟书译,见张玉书选编:《海涅文集·批评卷》,北京:人民文学出版社,2002年,第422—424页。

[②] 屠格涅夫:《哈姆雷特和堂吉诃德》,伊信译,见《屠格涅夫选集·散文诗 文论》,巴金、卢永、伊信译,北京:人民文学出版社,1993年,第246—247页。

塞万提斯是个"无知的天才"。这个自《堂吉诃德》出版后便曾有过的争论又一次呈现在人们面前,而且从那时起至 1925 年(即《塞万提斯的思想》发表的那一年),最权威的评论界都认为塞万提斯是个不自觉的天才。

西班牙浪漫主义文论家对《堂吉诃德》的评价,肯定了塞万提斯的民族主义倾向,否定了自 17 世纪中叶以来人们强加在他身上的所谓的不爱国的罪名。最有影响的文艺评论家是奥古斯丁·杜兰(A. Durán,1793—1862)、胡安·瓦莱拉(J. Valera,18267—1905)、梅嫩德斯·依·贝拉约和梅嫩德斯·皮达尔(M. Pidal,1869—1968)。杜兰在他编的《西班牙谣曲》一书的前言中,用翔实的论据说明塞万提斯不仅没有结束西班牙的骑士精神,而是清除了在西班牙天主教国王王后的专制统治以后由法国传入的有害的骑士形式,使西班牙的骑士精神更加纯洁。杜兰把塞万提斯变成了反对文化法国化和专制统治的具有爱国主义思想的自由主义作家,驳斥了英国诗人拜伦对塞万提斯作出的"用微笑摧毁了西班牙的骑士传统"①的指责。这些作家通过他们的著述,把西班牙的中世纪骑士和堂吉诃德的性格理想化了。他们几乎一致地将堂吉诃德这个人物一分为二:一半高雅,一半可笑,再不把《堂吉诃德》看作是不合时宜的作品,而是适合于现代社会的现代小说。

在 20 世纪初,作家米盖尔·德·乌纳穆诺(M. Unamuno,1864—1936)继承了德国文艺理论家赫尔德(J. G. Herder,1744—1803)的观点,后者认为每一个民族都有一个历史的精神指导他的行为方式,在其伟大的民族作品中会有最热烈的表现。以此为出发点,乌纳穆诺认为不论塞万提斯是否了解他的作品的深意,他所塑造的堂吉诃德代表了西班牙精神。乌纳穆诺的《堂吉诃德和桑丘·潘沙的生活》(1905)是对堂吉诃德的神秘的再创造,他把用现代人的观点理解古典作品的方法发展到了极至,他塑造的堂吉诃德是 20 世纪初的信仰天主教的神秘英雄,他力图让读者也把堂吉诃德理解为基督一样的英雄。乌纳穆诺的看法代表了九八代作家②的普遍态度,与 19 世纪关心语言的准确性和文学作品的历史性的实证主义大相径庭,他们想用一种典型形象的切身感受来理解古典作家,在他们身上发掘出一个新西班牙的理想的典型。换句话说,他们如同实证主义批评家们一样,把文学作品当作创作那个作品的时代的真实的反映。显然,乌纳穆诺对塞万提斯的评价因为过于偏激,并未得到广泛的认同。

20 世纪初的西班牙文论家何塞·奥尔特加·依·加塞特(José Ortega y Gasset,1883—1955)在《吉诃德之思》(1914)一书中,对《堂吉诃德》作出进一步的理解。他

---

① Miguel de Cervantes, *Don Quijote de la Mancha*, Barcelona: Edición del Instituto Cervantes, 1998, p.160.

② 1898 年西班牙失去了最后几块殖民地(菲律宾、古巴和波多黎各),西班牙作家深感西班牙所处的危机,便努力发扬西班牙的民族精神。文学界称这一代作家为"九八代作家"。

第四章 塞万提斯的《堂吉诃德》：闪耀着理想光芒的疯癫骑士

在这部论文集的前言中提出要把人物和文体区分开来，"如果我们忽略一下堂吉诃德这个人物，那么我们就能更广泛深入地认识塞万提斯的文风。"① 奥尔特加认为，古典作家的作品的结构是由自身的内在规律决定的，而这些美学规律是符合作家的创作灵感，符合他看待世界的独特方式的。他宣称，"世界上决定性的东西既不是物质或精神，也不是任何确定的东西，而是一种可能性。"② 奥尔特加的这种看法不仅是他的哲学的基础，也奠定了现代塞万提斯研究的基础。尽管奥尔特加为现代塞万提斯的研究开拓出新的前景，但他的论述仍保留了德国浪漫主义时期的一些主张：相信一个民族的精神，艺术的理想化是一个时代的思想的象征性概括等。奥尔特加还认为，《堂吉诃德》是要号召西班牙人控制住对自己的文化的无政府主义的冲动，以重新获得自己固有的文化传统。他批驳了乌纳穆诺的非理性的活力论，主张充满活力的理性主义。堂吉诃德把风车当作巨人的疯癫象征了人在其存在的混沌中所做的坚持不懈的努力。吉诃德式的错误是英雄行为，具有典型意义。塞万提斯的功绩在于，他将史诗中的虚幻的层面植于粗俗的现实之中，确定了文化在现代社会的任务，也就是现代小说的任务，即表明了有别于绝对真理的传统伦理的新的价值观：生根于"我"和每一个人的生活。

在奥尔特加之后，语言学家阿梅利科·卡斯特罗（A. Castro, 1885—1972）的《塞万提斯的思想》一书揭开了现代塞万提斯研究的崭新的一页。卡斯特罗认为要了解塞万提斯和文艺复兴思想的关系，就首先要弄清从塞万提斯的作品中表露出来的基本思想，并依据这些思想找出塞万提斯创作的思想体系。他最富新意的论点是，塞万提斯很熟悉文艺复兴时期的诗歌理论，《堂吉诃德》中有关诗歌与历史的争论反映了塞万提斯在对待文艺复兴思想的主张时所怀有的矛盾心理，一方面他同意文艺复兴的绝对真理和价值观，但另一方面他又以嘲讽的态度对待这些抽象的概念。为了解决这些矛盾，塞万提斯采用了十分机敏的方式：塑造了堂吉诃德和桑丘·潘沙这样两个相辅相成的人物，并借事物的两重性，用两分法来探究事物的真实性。卡斯特罗的论述将一个崭新的塞万提斯呈现在 20 世纪读者的面前，这是一个与 20 世纪的西班牙相吻合的塞万提斯。他就像是西班牙的孟德斯鸠：一个深沉的具有怀疑主义的小说家，他受他所处的那个时代的革新思想的哺育，在当时的种种反对声中，有意识地通过充满激情的艺术手法将自己的对"我"的主张巧妙地表达出来。

也有当代学者们得出结论：这部小说对当时西班牙所执行的宗教压迫政策以较为隐秘的方式进行了控诉，其原因部分来自于塞万提斯身上可能存在的穆斯林

---

① Miguel de Cervantes, *Don Quijote de la Mancha*, Barcelona: Edición del Instituto Cervantes, 1998, p.157.

② Ibid., p.160.

血统。诗人兼评论家比森特·高斯(Vicente Gaos, 1919—1980)指出,塞万提斯通过隐秘的细节和精湛的讽刺笔法表现了思想的巨大连贯性,《堂吉诃德》中没有一处是随意或偶然的,它的作者很可能是"新基督徒"(即被迫改信天主教的原穆斯林或犹太教徒)。①

四、20世纪的域外批评:方法与观点的多元化

自1925年至今,世界各国的学者对《堂吉诃德》的理解更加多元化,人们对塞万提斯的作品从各个角度进行更加深入的分析,有的从存在主义的批评入手,有的从社会人类学或叙述学的角度出发,有的分析作品的美学,有的分析塞万提斯的思想来源,有的还从各种角度反对卡斯特罗的论点。从现代文艺批评的观点来看,文艺批评本身也是一种再创作,是作者作品创作的延伸。不断深入地对经典作家的经典作品的研究,构成了整个文学创作的不可分的组成部分。

苏联思想家、文艺理论家米哈伊尔·巴赫金(М. Бахтин,1895—1975)在阐释"怪诞现实主义"时,曾以《堂吉诃德》为例。在拉伯雷等文艺复兴时代作家那里,物质和肉体因素的形象是为民间诙谐文化所特有的一种关于存在的特殊审美观念的遗产,这种审美观念即为怪诞现实主义。一方面,"在塞万提斯的作品中,戏仿性贬低化的主线具有世俗化、向大地和肉体的再生生产力靠拢的性质。"②桑丘是这一方面的典型代表。"桑丘的唯物主义——他的肚子、食欲,他的大量排泄——就是怪诞现实主义的绝对生产下层,对堂吉诃德那种孤立、抽象而又僵化的理想主义来说,这就是为它挖掘的一座快活的肉体墓穴。'愁容骑士'仿佛必须在这个墓穴中死去才能再生。"③另一方面,"在塞万提斯的作品中,肉体和物质开始具有个人的、私人的性质,变得庸俗化、家常化,成为个人日常生活静止的因素,成为私欲和占有的对象。"④绝对下部已经不再具有生育与更新的积极力量,而是成为了一切理想追求的僵死障碍,它们与大地和宇宙脱离了联系,萎缩为日常情欲的自然主义形象。这两方面交织为一个复杂矛盾的统一体,形成"物质—肉体"因素在文艺复兴时期文学中发生的独特的戏剧性变化,即将二者矛盾地结合在一起的怪诞现实主义。

当代法国哲学家、人类学家勒内·基拉尔(René Girard,1923—)超越了浪

---

① 参见索飒:《挑战风车的巨人是谁:塞万提斯再研究》,载《回族研究》2005年第2期。
② 米哈伊尔·巴赫金:《巴赫金全集 第六卷 拉伯雷研究》,李兆林、夏忠宪等译,石家庄:河北教育出版社,1998年,第26页。
③ М.巴赫金:《弗朗索瓦·拉伯雷的创作与中世纪和文艺复兴时代的民间文化导言》,见《巴赫金文论选》,佟景韩译,北京:中国社会科学出版社,1996年,第121页。
④ 米哈伊尔·巴赫金:《巴赫金全集 第六卷 拉伯雷研究》,李兆林、夏忠宪等译,石家庄:河北教育出版社,1998年,第28页。

漫主义者仅看到的理想主义者堂吉诃德和现实主义者桑丘之间的对立,提出了"三角欲望"的崭新观点:主体的欲望产生于介体,介体的存在使主体摹仿了介体对于客体的欲望。堂吉诃德所崇拜的骑士阿马迪斯是他的"欲望介体",他将成为一个"十全十美的游侠骑士"的欲望传递给堂吉诃德;客体的角色可以由理发师的铜盆、风车或者是佩德罗大师的木偶来扮演,但由于堂吉诃德的欲望始终未曾真正实现,介体的位置始终由阿马迪斯牢牢占据着。堂吉诃德并非是三角欲望的唯一牺牲品,成为海岛总督是他暗示给桑丘的一个欲望。海岛、堂吉诃德、桑丘构成一个新的欲望三角,堂吉诃德成为了桑丘欲望的介体。这种欲望三角在小说中随处可见。然而,由介体产生的欲望三角的结局无一例外地都只能是一种"皈依"。堂吉诃德在临终前复归为现实世界里的吉哈那,由他者产生的欲望让位于由自我产生的欲望,主体在最后一刻否定了他的介体。①

法国哲学家和"思想系统的历史学家"米歇尔·福柯(Michel Foucault,1926—1984)认为堂吉诃德的存在标志着相似性与符号之间的古老作用的结束。福柯在其著作《词与物——人文科学考古学》中揭示了17世纪中叶和19世纪初发生在西方文化认识型中的两大断裂,两次断裂分别预示了古典时代和现时代的开启。堂吉诃德的历险是从书本中倾听到的古老职责,他必须在现实中找到可供参考的证据,以此来证明关于骑士的书写的确是世界的真实语言。然而,他每次不合时宜的行动都更加确证了意义与符号的脱离,他的荒谬更突显出现实中的畜群、女仆、客栈与书本中的军队、夫人、城堡的巨大差异。因此,以堂吉诃德为标志,词与物从同一走向分裂,从而终结了整个文艺复兴时代,开启了古典时代。"《堂吉诃德》勾勒了对文艺复兴世界的否定;书写不再是世界的散文;相似性已靠不住了,变成了幻想或妄想;物仍然牢固地处于自己的嘲笑人的同一性中:物除了成为自己所是的一切以外,不再成为其他任何东西;词独自漫游,却没有内容,没有相似性可以填满它们的空白;词不再是物的标记;而是沉睡在布满灰尘的书本中。"②

捷克著名小说家米兰·昆德拉(Milan Kundera,1929—)在其《小说的艺术》一书开篇就谈到了《堂吉诃德》,题为《被诋毁的塞万提斯的遗产》。他认为,自伽利略、笛卡尔的发现以来,欧洲科学便倾向于把世界缩小为一个简单的技术与算术勘探的对象,而把具体的生活的世界排除在其视线之外。这种片面性使人类陷入只关注自己的学问,而看不到整个世界及人类自身的危机之中,即海德格尔所说的"存在的被遗忘"中。昆德拉因此反对将《堂吉诃德》的主题定义为对吉诃德式的理想主义的批判或歌颂。在他看来,小说突出的不是一种道德信念,而是一个疑问,是对被人遗忘的存在所进行的勘探。"塞万提斯使我们把世界理解为一种模

---

① 见勒内·基拉尔:《浪漫的谎言与小说的真实》,罗芃译,北京:三联书店,1998年。
② 米歇尔·福柯:《词与物:人文科学考古学》,莫伟民译,上海:上海三联书店,2001年,第63页。

糊，人面临的不是一个绝对真理，而是一堆相对的互为对立的真理（被并入人们称为人物的想象的自我 ego imaginares 的真理中），因而唯一具备的把握便是无把握的智慧（sagesse de l'incertitude），这同样需要一种伟大的力量。"①

美国文学理论家、批评家哈罗德·布鲁姆（Harold Bloom，1930—　）这样评价《堂吉诃德》："假如在最伟大的文学之中仍能找到人世游戏，那么舍此无他。"②布鲁姆不赞同将堂吉诃德理解为"疯子"或"傻瓜"，因为这种说法在书中找不到任何依据。在他看来，荷兰历史学家、语言学家约翰·赫伊津哈（Johan Huizinga，1872—1945）的游戏理论更适合对此做出解释，其概括的游戏的四大特征"自由、无功利性、排他性或限定性、秩序"完全适用于堂吉诃德的游侠经历。"堂吉诃德把自己提升到理想的时空，忠于自由、忠于非功利性和独善其身、遵从限制，直到最后他被击败，于是就放弃游戏，重新恢复基督徒的'清醒'，然后死去。"③桑丘虽然投入游戏比堂吉诃德迟钝得多，但他显然也对"游戏之道"怀有一种痴迷。"桑丘有时在断绝关系的边缘上徘徊，但他终未走出这一步；部分原因在于他着了迷，最终则是因为他和堂吉诃德之间的相互友爱。这种友爱也许和游戏之道难以区分，但这是理应如此。"④

而在1966年，美国小说家、文学批评家弗拉基米尔·纳博科夫（V. Nabokov，1899—1977）却这样说，"我很高兴地记得，在纪念大厅当着六百个学生的面彻底批判了《堂吉诃德》，一部残酷而粗糙的老书，弄得我几个比较保守的同事非常震惊、非常难堪。"⑤为了还原塞万提斯文本的本来面目，纳博科夫首先一章接一章地写下了每一章的内容梗概，从中寻找讨论该书发生的时代和地点、堂吉诃德和桑丘的体貌特征、胜利与失败、主线与穿插的故事等问题的线索。在此过程中，纳博科夫发现，《堂吉诃德》已被人们美化成一个"关于外表与现实的时尚高雅、随心所欲的神话"，它本身只是一部"残酷而粗糙的老书"，它的残酷诱使一个像孩子般游戏的老人以肉体的受折磨来博得读者的开怀。"《堂吉诃德》上下两部书构成了一部以残酷性为主题的货真价实的百科全书。从这一个角度来考察，这部书是有史以来写下的最难以容忍、最缺乏人性的书之一。"⑥

自拉丁美洲文学在60年代以"爆炸"的态势引起世界文坛瞩目后，许多评论家对魔幻现实主义的作品追根溯源，认为这些受到读者广泛欢迎的作品是对塞万提斯及其《堂吉诃德》的回归，因为在塞万提斯的作品中存在许多神奇魔幻的成分，具

---

① 米兰·昆德拉：《小说的艺术》，孟湄译，北京：三联书店，1992年，第5页。
② 哈罗德·布鲁姆：《西方正典》，江宁康译，南京：译林出版社，2005年，第109页。
③ 同上书，第99页。
④ 同上书，第106页。
⑤ 弗拉基米尔·纳博科夫：《〈堂吉诃德〉讲稿·前言》，金绍禹译，上海：上海三联书店，2007年。
⑥ 同上书，第63页。

有魔幻现实主义的特点。塞万提斯的这种把神奇的现实当作人生游戏的创作态度可以在许多拉美作家的作品中看到,这里既有博尔赫斯(J. L. Borges,1899—1986)的神秘的分叉小径中迷宫式的时间,鲁尔福(J. Rulfo,1918—1986)的阴曹地府里栩栩如生的农村众生,奥内蒂(J.C. Onetti,1909—1994)的令人恍惚的时空观和复杂的心理描写,巴尔加斯·略萨(Mario Vargas Llosa,1938—)的"教堂"中前后跳跃的对话,富恩特斯(C. Fuentes,1928—)充满了痛苦和欢乐的"最明净的地区",也有多诺索(J. Donoso,1924—1996)的那位自以为换上了鬼怪器官、神情颓丧的翁伯特,卡彭铁尔(A. Carpentier,1904—1980)的加勒比地区巴洛克式的异彩纷呈的传说,巴斯托斯(R. Bastos,1917—)那超越时空、集善恶于一身的独裁者,阿尔特(Roberto Arlt)的穷困潦倒的七个疯子,科塔萨尔(J. Cortázar,1914—)的结构奇特、有数种阅读方法的"掷钱游戏",还有哥伦比亚著名作家加西亚·马尔克斯(García Márquez,1936—)令人深思的百年的孤独迷宫。

　　阿根廷作家博尔赫斯在文论《吉河德的部分魔术》中谈到了《堂吉诃德》对"可能的真实性"的探讨。博尔赫斯认为,塞万提斯用古怪的手法将原本分离的读者的世界与书的天地奇妙地混淆在一起。如,神父和理发师检查堂吉诃德的藏书时,竟然发现一本塞万提斯写的《伽拉苔亚》,理发师还是作者的老友。又如,小说第九章出现了购买阿拉伯文手稿的作者和摩尔人翻译家。这种混淆魔术的顶点是"书中的主人公看过了第一部,《堂吉诃德》的主人公成了《堂吉诃德》的读者。"[①]博尔赫斯认为,这一情节同《哈姆雷特》的"戏中戏"、《一千零一夜》的"故事里的故事"以及乔赛亚·罗伊斯在《世界与个人》的第一卷中描述的"图中之图"一样,都令我们感到困惑与不安。"如果虚构作品中的人物能成为读者或观众,反过来说,作为读者或观众的我们就有可能成为虚构的人物。卡莱尔在1833年写道:世界历史是一部无限的神圣的书,所有的人写下这部历史,阅读它,并且试图理解它,同时它也写了所有的人。"[②]

　　在20世纪末21世纪初,人们更加深入地从不同的角度对《堂吉诃德》进行评述,1998年西班牙塞万提斯学院出的《堂吉诃德》版本是由西班牙皇家文学院院士弗朗西斯科·利科主持下校正、并配以注释和评论的权威版本,收集了当代各国研究《堂吉诃德》的最新成果。2005年是《堂吉诃德》上卷出版400周年纪念,世界各地都举行了纪念活动。四百年来,人们对塞万提斯及《堂吉诃德》的兴趣并未因时间的流逝而淡漠,相反,随着人类社会和各门涉及人类本身特性的学科的发展,对这部作品的批评也必定会更加充满朝气。

---

　　① 豪·路·博尔赫斯:《博尔赫斯文集·文论自述卷》,王永年、陈众议等译,海口:海南国际新闻出版中心,1996年,第31页。

　　② 同上书,第33页。

【关键词】

现代小说　骑士小说　骑士精神　实证主义　浪漫主义　现实主义　怀疑主义　新古典主义　讥讽　疯癫　理性

【推荐阅读书目】

1. 弗拉基米尔·纳博科夫：《〈堂吉诃德〉讲稿》，金绍禹译，上海：三联书店，2007年。
2. 米兰·昆德拉：《帷幕》，董强译，上海：上海译文出版社，2006年。
3. 哈罗德·布鲁姆：《西方正典》，江宁康译，南京：译林出版社，2005年。
4. 勒内·基拉尔：《浪漫的谎言与小说的真实》，罗芃译，北京：三联书店，1998年。

【参考文献】

1. 《堂吉诃德》
   Miguel de Cervantes, *Don Quijote de la Mancha*, Barcelona：Edición del Instituto Cervantes, 1998.
2. 《堂吉诃德》
   Avalle-Arce, *DQ de la Mancha*, Madrid：Alhambra, 1979.
3. 《塞万提斯的思想》
   Américo Castro, *Pensamiento de Cervantes*, Barcelona：Noguera, 1972.
4. 《塞万提斯和自由》
   Luis Rosales, *Miguel de Cervantes y la libertad*, Madrid：Barrera, 1960.
5. 《塞万提斯的小说理论》
   Edward Riley, *La teoría de novela de Cervantes*, Madrid：Taures, 1981.
6. 《黄金世纪时期西班牙文学研究》
   Ignacio Arellano, *Estudios de literatura española del Siglo de Oro*, Madrid：Castalia, 1992.
7. 《塞万提斯百科全书》
   Avalle-Arce, *Enciclopedia Cervantina*, Universidad de Guanajuato, 1997.
8. 《塞万提斯》
   Melveena MacKendrick, *Cervantes*, Barcelona：Salvat, 1986.
9. 《西班牙文学史》
   José García López, *Historia de la literatura española*, Barcelona：Vicens-Vives, 1983.
10. 《西班牙文学史》
    Jesús Menéndez Peláez & Ignacio Arellano：*Historia de la literatura española*, León：Everest, 1993.
11. 《堂吉诃德在瓜纳华托》（1—11卷）
    Guanajuato en la Geografía del Quijote, Consejo Editorial del Gobierno del Estado de Guanajuato, 1988—1999.
12. 《塞万提斯全集》，北京：人民文学出版社，1996年。
13. 《塞万提斯戏剧全集》
    Teatro completo de Miguel de Cervantes, Barcelona：Planeta, 1987.

【网络资源】

http://www.donquixote.com

http://cvc.cervantes.es/obref/quijote

http://www.elquijote.com

【作品推荐译本】

1.《堂吉诃德》,杨绛译,北京:人民文学出版社,1978年。
2.《堂吉诃德》,董燕生译,杭州:浙江文艺出版社,1995年。
3.《堂吉诃德》,屠孟超译,南京:译林出版社,1996年。

第五章 莎士比亚的《哈姆莱特》：诠释和想象的空间

威廉·莎士比亚(William Shakespeare，1564—1616)是欧洲文艺复兴时期最伟大的戏剧家和诗人。他出生于英国中部埃文河畔的斯特拉福镇，1585年前后前往伦敦，起初在剧院里打杂、跑龙套，后来为剧院改编戏剧脚本，并成了剧团的股东。

莎士比亚的作品包括37个剧本、2部长篇叙事诗和154首十四行诗。其戏剧创作通常被分为三个时期：早期(1590—1600)为历史剧、喜剧时期，主要作品有历史剧《亨利四世》上、下篇(1597、1598)，《亨利五世》(1599)；喜剧《仲夏夜之梦》(1596)、《第十二夜》(1600)、《威尼斯商人》(1597)以及早期悲剧《罗密欧与朱丽叶》(1595)、《裘力斯·凯撒》(1601)等；中期(1601—1607)为悲剧时期，主要作品有《哈姆莱特》(1601)、《奥赛罗》(1604)、《李尔王》(1606)、《麦克白》(1606)和《雅典的泰门》(1605)；晚期(1608—1613)为传奇剧时期，3部传奇剧包括《辛白林》(1609)、《冬天的故事》(1610)、《暴风雨》(1611)。

四百年来，莎士比亚的作品在世界各地不断被整理、翻译、上演、评论；据统计，它们所涉及的语种和发行数量仅次于《圣经》。莎士比亚的一些剧作还被多次搬上银幕，甚至被改编成百老汇的轻歌剧、中国的京剧或地方戏等等。然而后世的许多作家，都对莎士比亚怀有一种高不可及的感叹。比如歌德(Goeth)就曾经告诫他的追随者：我们还是不要讨论莎士比亚，因为任何讨论都是"不恰当"的，"对于他的伟大心灵来说，舞台太狭隘了，甚至……世界也太狭窄了"。[①] 艾略特(T. S. Eliot)也认为："你很难说莎士比亚究竟是否相信文艺复兴的含混的怀疑主义"，因而"要谈论莎士比亚，也许我们永远也不可能正确"。[②]

莎士比亚的确常常是语出惊人、匪夷所思。就连被诗人齐声赞美的爱人，在他笔下也另有一番模样：

[①] 爱克曼辑录：《歌德谈话录》，朱光潜译，北京：人民文学出版社，1978年，第93页。
[②] Helen Gardner, *Religion and literature*, London : Faber and Faber, 1971, pp. 13—14, 69—76.

我情人的眼睛绝不像太阳，	My mistress' eyes are nothing like the sun,
红珊瑚远远胜过她嘴唇的红色。	Coral is far more red than her lip' red.
如果雪算白，她的胸就是黄褐；	If snow be white, why then her breasts are dun;
如果发如丝，铁丝就生在她头额。	If hairs be wires, black wires grow on her head.

——莎士比亚《十四行诗》第 130 首

要谈论这样一位"说不尽的莎士比亚"，"正确"与否其实很难有什么定论。更需要我们做的，倒是跟随历代批评家对莎士比亚的读解，去体会其中不断变换的"错误"的方式。

一、"莎士比亚问题"及其批评线索

莎士比亚的作品得到了比较完整的保存，早在 1623 年出版的"第一对开本"(the First Folio)，就已经基本上是其剧作的全集，其中还包括了一些重要作家关于莎士比亚的献辞。但是关于他的生平和创作活动，却没有太多的记载。也许正是因此，始终有人怀疑莎士比亚是否真的存在过。从而构成了所谓的"莎士比亚问题"。

比如有研究者将《爱的徒劳》中的一个长字拆开，以拉丁文的顺序重排后，破译为"这是培根的作品"[①]。还有许多人相信莎士比亚其实就是"大学才子派"的马洛(Marlowe)，直至 20 世纪 90 年代还曾有好事者申请挖开马洛的坟墓，以寻找证据。另据 1996 年 3 月报载：美国一学者用计算机分析了莎士比亚和伊丽莎白一世的画像，认为他们是同一个人。

与此相应，研究者也找出了一些确有莎士比亚其人的证据。1942 年由美国史密斯学院的两位学者编订的《莎士比亚戏剧与诗歌全集》，原样引用了"第一对开本"中的前言和献辞等等。在首页的莎士比亚画像下有几行"致读者"，大意如下："这是为优雅的莎士比亚所刻之像……如果他脸上的智慧也能留在这肖像上，这肖像将无与伦比。然而这不可能。所以读者们啊，不要看他的肖像，还是去看他的作品。"另有本·琼生(Ben Jonson)的献辞："纪念我所热爱的威廉·莎士比亚先生，以及他留给我们的一切。"还有一献辞题为"纪念已故作者威廉·莎士比亚大师"，其中说到："青铜、象牙都可以朽坏，这部书却会使你万世常新。"在其他文字中，本·琼生曾经批评莎士比亚"缺少艺术"，但是他在这里却将莎士比亚的成功归之于"艺术与天才的结合"。最有意思的是："第一对开本"附有所收剧作的 26 位主要

[①] 杨周翰选编：《莎士比亚评论汇编》下卷，北京：中国社会科学出版社，1981 年，第 315 页注释。

演员名单,而第一位正是莎士比亚本人。①

此外也有研究者引证罗伯特·格林(Robert Green)临终前的一封信,信中提到"有个暴发户……写了几句虚夸的无韵诗,就以为……能震撼舞台"云云;"震撼舞台"(shake-scene)被认为是对莎士比亚之名的影射。② 更有人根据莎士比亚家乡的"教区登记簿",考证出莎士比亚对一位女士"始乱而终弃",由此追索其十四行诗里的那位神秘女郎。③

关于这一问题,专家们的考据对文学史本身的影响似已不大,因为无论考据的结果如何,莎士比亚的名字都是英国文艺复兴文学的象征。正如卡莱尔(Thomas Carlyle)所言:"如果有人问英国人愿意抛弃东印度帝国还是莎士比亚,我们会说——有没有东印度帝国,我们都不能没有莎士比亚。"④

而在文学批评的领域里,似乎还可以追溯出另一种"莎士比亚问题"。从莎士比亚的同代人本·琼生开始,关于莎士比亚的评论和研究就层出不穷,几乎覆盖了西方文艺理论史的所有阶段。至20世纪,莎士比亚及其作品更是成为不同批评方法的聚讼之地。除去弗洛伊德(Sigmund Freud)、琼斯(Ernest Jones)对莎剧人物的心理分析,弗莱(Northrop Frye)对莎剧情节的神话—原型考察,以及新批评派的文本细读、意象派批评的语义还原之外,我们还可以看到:

西方马克思主义借他进行文化的反省,比如伊格尔顿(Terry Eagleton)的著作《威廉·莎士比亚》(1986)、卫曼(Robert Weimann)的著作《莎士比亚与剧场中的通俗传统:戏剧形式及其功能的社会研究》(1978)。

女性主义从中发掘"言说的权力",比如詹妮·阿德曼(Janet Adelman)的著作《窒息母亲:莎士比亚作品中母系根源的幻想》(1992)、肖瓦尔特(Elaine Showalter)的论文《阐说奥菲丽亚:女性、疯癫和女性主义批评的责任》(1977)。

文化唯物主义对其进行政治性的读解,比如德利谟尔(Jonathan Dollimore)的著作《革命性的悲剧:莎士比亚戏剧及其同代人的宗教、意识形态和权力》(1984)以及他与辛非尔德(Alan Sinfield)合编的《政治的莎士比亚》(1985)等等。

新历史主义更是常常将莎士比亚作为基本的理论出发点,比如斯蒂芬·格林布拉特(Stephen Greenblatt)的著作《莎士比亚的"共谋":文艺复兴时期英国社会能量的循环》(1985)、《莎士比亚如何成为了莎士比亚》(2004)、及其主编的《文艺复兴时期的权力形式与形式的权力》(1982),蒙特罗斯(Louis Adrian Montrose)的论

---

① W. A. Neilson and C. J. Hill ed., *The Complete Plays and Poems of William Shakespeare*, Cambridge: The Riverside Press Cambridge, 1942, pp. xix—xxvi.
② 赵澧:《莎士比亚传论》,北京:中国人民大学出版社,1991年,第16页。
③ Angela Pitt, *Shakespeare's Women*, New York: Rowman & Littlefield, 1981, p.6.
④ 赵澧:《莎士比亚传论》,第16页。

文《表演的目的:对一种莎士比亚人类学的反思》(1980)等等。

倾向于基督教的学者则在挖掘中世纪材料之基础上,逐渐形成对于莎士比亚与宗教之关系的系统研究,比如考格希尔(Nevill Coghill)《莎士比亚喜剧的基础》(1950)、米尔沃德(Peter Milward)《莎士比亚的宗教背景》(1973);最具代表性的成果,当属罗伊·巴腾豪斯(Roy Battenhouse)主编的《莎士比亚戏剧的基督教维度》(1995)。

另外,近些年还有学者将莎士比亚研究不断关联于最时尚的话题,比如威廉斯(Gordon Williams)的《莎士比亚、性及印刷革命》(1996)、布里车斯(Stephen Brezius)的《理论中的莎士比亚:后现代的学术与早期现代的戏剧》(1997)、卢姆巴(Ania Loomba)的《莎士比亚、种族与后殖民主义》(2002)等等。其中从"文化多元主义"、"核子批评"、莎士比亚与"披头士"①,直到"宗教、肤色和种族差异"②,无所不有。

这一切不能不使我们想到哈罗德·布鲁姆的一个著名论题:"重新阅读莎士比亚的最大困难就是我们不会感到任何困难",因为莎士比亚已经深深融入了西方人的心理结构、表达方式和阅读习惯,没有莎士比亚根本无法理解西方文学,故而"在上帝之后,莎士比亚决定了一切"。③

二、《哈姆莱特》的批评历史与焦点转换

对莎士比亚及其作品的评说甚至评说的方法,从来都反映着不同时代自身的关注和价值取向。莎士比亚的魅力之所以能够历久而弥新,确实在于他的作品不断为后人提供了展开和印证自身想象的空间。以莎士比亚最著名的剧作《哈姆莱特》为例,可能特别能使我们感受到这一点。

20世纪90年代初,美国迈阿密大学的学者罗丝·默芬(Ross C. Murfin)主编了一套丛书"当代文学批评中的个案研究",其中苏姗·伍福德(Susanne L. Wofford)专门就莎士比亚的《哈姆莱特》撰写了一卷④。该卷不仅选编了女性主义批评、心理分析批评、解构批评、马克思主义批评和新历史主义批评有关《哈姆莱特》的代表

---

① Stephen Bretzius, *Shakespeare in Theory: the Postmodern Academy and the Early Modern Theater*, Michigan: The University of Michigan Press, 1997, chapter 1, 8 and 9.

② Ania Loomba, *Shakespeare, Race and Colonialism*, Oxford: Oxford University Press, 2002, chapter 2 and 6.

③ Harold Bloom, *Ruin the Sacred Truths: Poetry and Belief from the Bible to the Present*, Cambridge: Harvard University Press, 1989, see the chapter of "Shakespeare", p. 72,53.

④ Susanne L. Wofford ed. *Case Studies in Contemporary Criticism: William Shakespeare "Hamlet"*, New York: St. Martin's Press, Inc., 1994.

性论述,而且还简要梳理了《哈姆莱特》的批评历史。从该书所收集的一些零散材料可以看出,即便只是关于舞台演出史的挖掘,对我们理解"一千个观众"心中的"一千个哈姆莱特",也会有意味深长的启发。

比如在 17 世纪晚期,哈姆莱特通常被理解为"富于生气、勇敢和英雄气概";而到了 18 世纪中叶,作为英雄的哈姆莱特却消失了。1736 年的一篇批评文章,居然将哈姆莱特的犹豫解释为"诗人展开情节的必要技巧","否则剧情会结束得太快"。至 1765 年,约翰逊(Dr. Johnson)开始赞扬哈姆莱特的"丰富性"(variety);1770 年,弗朗西斯·简特曼(Francis Gentleman)也欣赏哈姆莱特的"丰富性",但是同时又批评他的"不一致性"(in-consistency)。与所谓的"感性时代"(Age of Sensibility)相呼应,亨利·麦肯基(Henry Mackenzie)提出"哈姆莱特'特别敏感的心灵',是剧中贯穿始终的原则"。歌德 1795 年的小说《威廉·迈斯特的学习时代》,也"让一个脆弱、敏感的哈姆莱特更为出名"。①

短短一个世纪,哈姆莱特的形象从"英雄"变得日益"脆弱";而中国读者的不幸,又在于所有这些说法都像是似曾相识。因此要真正理解西方人眼中的《哈姆莱特》,必须首先将那些只言片语还原到当时的语境之中,否则任何引用或者借鉴都会似是而非。

在上述过程中还应当提到,莎士比亚的作品始终是黑格尔美学理论的主要实证。而通过 18 世纪晚期的上述论说,我们甚至会感到黑格尔的"丰富性"(variety)、"一致性"(consistency)等概念模型,或许就是以此为背景。黑格尔在关于"冲突"的讨论中特别提到《哈姆莱特》、《奥塞罗》、《罗密欧与朱丽叶》等多部莎士比亚的作品,虽未作详细的解说,但是我们确实可以从黑格尔的描述中感受哈姆莱特所面对的道德悖论:"……冲突中对立的双方各有它那一方面的辩护理由,而同时每一方拿来作为自己所坚持的那种目的和性格的真正内容的,却只能是把同样有辩护理由的对方否定掉或破坏掉。因此,双方都在维护伦理理想之中,而且就通过实现这种伦理理想而陷入罪过……"②

至浪漫主义时代,奥古斯特·施莱格尔(A. W. Schlegel)的《论戏剧艺术与文学》(1808)又提出:是哈姆莱特的思辨倾向使他无法行动。这一观点可能影响到英国诗人柯勒律治(Coleridge)③,使其不再强调哈姆莱特的敏感,却突出其"智性的力量"(intellectual power)。柯勒律治认为:在"对外在对象的关注"和"对内在观念的沉思"之间,通常会达成一种平衡,但是哈姆莱特却没有这种平衡,只有"强

---

① Susanne L. Wofford ed. *Case Studies in Contemporary Criticism*: *William Shakespeare "Hamlet"*, p. 185.
② 黑格尔:《美学》第三卷下册,朱光潜译,北京:商务印书馆,1981 年,第 286 页。
③ 柯勒律治的《关于莎士比亚的演讲》写于施莱格尔的《论戏剧艺术与文学》之后。

烈非凡的智性活动"以及"对真实行动的厌恶"。所以他看到一个作为哲学家的哈姆莱特,一个"存在于'生存还是毁灭'之独白中的哈姆莱特";"他那永无终结的思辨和犹豫,导致了他对行为的逃避"。① 柯勒律治与施莱格尔的不同,在于他通过这一"思"的性质,提炼出一种关联于整个阅读过程的积极因素,即:莎士比亚最伟大的成就,就是将读者也带入这种"智性活动";"你感到他是个诗人,是因为他已经使你暂时成了诗人,成了一个积极的、富于创造性的人"②。后来赫兹里特(William Hazlitt)对哈姆莱特的描述,也有与柯勒律治相近之处;不过他更多地是从读者的想象性参与转向理想在现实中的真实处境:哈姆莱特"将他自己的烦恼转移给了整个人类","其所言所想如同我们自己的所言所想,我们就是哈姆莱特"。在赫兹里特以后,苏姗·伍福德认为19世纪的哈姆莱特越来越"带有浪漫派的性格,反叛政治法律制度,与堕落的社会格格不入"。③

　　20世纪到来之前,关于莎士比亚的研究已经相当丰富,但是从后世的观点看,真正成系统的研究应当是始于布拉德雷(A. C. Bradley)。布拉德雷的名著《莎士比亚的悲剧》出版于1904年,其中有专章谈及哈姆莱特。他的基本命题,是要"从剧中重构哈姆莱特的敏感"。他提出:哈姆莱特的过度忧郁阻碍了他的行动,"这忧郁是一种疾病,而不是一种情绪,由此造成的病态,是哈姆莱特本人也没有完全理解的"。至于导致忧郁病的原因,布拉德雷认为是"突然发现母亲的真相所带来的道德震撼"④。这样,布拉德雷为我们留下了一个"分裂的哈姆莱特",在苏姗·伍福德看来"这与弗洛伊德只有一步之遥"。

　　弗洛伊德是将《哈姆莱特》和索福克勒斯的《俄狄浦斯王》用于他的心理分析。他对《哈姆莱特》极为推崇,据说在其正式出版的文字中共提及《哈姆莱特》20多次。从《梦的解析》(1900)一书可以看出:弗洛伊德对《哈姆莱特》的阅读,甚至成为其自我分析的一个核心事件。弗洛伊德关于《哈姆莱特》的最著名分析,本来见于1900年版《梦的解析》中的一个注脚,后来他把这移作正文。他以所谓的"俄狄浦斯情结"(Oedipus complex)为焦点,发现文明的发展使索福克勒斯和莎士比亚对"俄狄浦斯情结"的表达大不相同:"在《俄狄浦斯王》之中,(欲望)背后的童年幻想被带到明处,而且像它在梦中那样地实现。这在《哈姆莱特》之中却始终被压抑着……我们只能依据这种压抑的结果,看到它的存在……哈姆莱特可以做任何事,

---

① Susanne L. Wofford ed. *Case Studies in Contemporary Criticism*: *William Shakespeare* "*Hamlet*", p. 186.

② 柯勒律治:《关于莎士比亚的演讲》,转引自泰伦斯·霍克斯:《隐喻》,穆南译,太原:北岳文艺出版社,1990年,第88页。

③ Susanne L. Wofford ed. *Case Studies in Contemporary Criticism*: *William Shakespeare* "*Hamlet*", p. 187.

④ Ibid., pp. 188—89.

就是无法向那个杀了他的父亲、娶了他的母亲的人复仇,因为正是这个人展示了他自己被压抑的童年的幻想"①。

弗洛伊德和布拉德雷的批评,都是要还原或者理解《哈姆莱特》当中的潜在情感。而在他们看来,激发这种情感的并非父亲之死,却是"恋母情结"。乃至弗洛伊德的论文《悲伤与忧郁》,被认为是"将哈姆莱特视为一种原型的忧郁"(the archetypal melancholy)②。恩斯特·琼斯追随这一思路,于 1910 年发表《俄狄浦斯情结:对哈姆莱特奥秘的一种解释》,1923 年又发表《对〈哈姆莱特〉的心理分析研究》,最终是在 1949 年出版《俄狄浦斯与哈姆莱特》一书。由劳伦斯·奥利弗(Laurence Olivier)主演的经典电影《哈姆莱特》(1947),明显受到这种精神分析理论的影响,据说还特别挑选了一位 27 岁的女演员为 40 岁的奥利弗扮演母亲,以烘托"恋母"的气氛。③

1919 年,诗人艾略特也曾撰写了《哈姆莱特》一文,并以之作为"客观对应物"(objective correlative)理论的实例。他坚信:"用艺术形式表现情感的唯一方法,就是寻找'客观对应物';换言之,是寻找能够展示独特情感的一些对象、一种环境、一串事件。"在一定程度上,苏姗·伍福德认为艾略特"促使批评离开了对心理因素的过分强调";但是按照她的分析,"对艾略特来说,《哈姆莱特》是一个美学上的失败,因为其中并没有为哈姆莱特的情感提供充分的客观对应物"。她引用杰奎琳·罗丝(Jacqueline Ross)《哈姆莱特:文学中的〈蒙娜·丽莎〉》(1986)一文对艾略特的批评:"艾略特的客观对应物逻辑",使他"不恰当地"认为哈姆莱特母亲的形象"在心理上不够坏,从而在美学上不够好"。言外之意,如果哈姆莱特的母亲"有更明显的性堕落或者罪恶(比如参与谋杀)",哈姆莱特的情感才能得到足够的"客观对应物"。后来则有人考证说:哈姆莱特的母亲早在谋杀之前就与克劳狄斯通奸,所以哈姆莱特的激烈反映是可以理解的,这部戏也是成功的等等。④

另外在 1935 年还有过一部重要的研究著作,即斯珀津(Caroline Spurgeon)的《莎士比亚的比喻》⑤。她发现《哈姆莱特》一剧最突出的隐喻是同死亡和腐烂有关,认为这绝不仅仅关系到哈姆莱特个人,而是象征着整个丹麦身患疾病,正在腐烂。斯珀津的语义分析,又一次标志了特定时代对《哈姆莱特》的不同兴趣和独特视角,同时可能也正是通过这种实证的方式,使莎士比亚及《哈姆莱特》的意义空间

---

① Susanne L. Wofford ed. *Case Studies in Contemporary Criticism: William Shakespeare "Hamlet"*, p. 190.

② Ibid., p. 191.

③ Ibid., pp. 192—93.

④ Ibid., pp. 193—94.

⑤ Caroline Spurgeon, *Shakespeare's Imagery and What It Tells Us*, Cambridge: Cambridge University Press, 1935.

进一步转向当代人对历史语境的回溯,转向当代人关于"历史"和"语言"两大神话的探究。因此德里达(Jacques Derrida)的名字最终也加入到"莎士比亚批评"的行列之中,他甚至相信莎士比亚戏剧所表现的正是他"想要探讨的东西",正是"贯穿整个西方文化史的……家喻户晓、无尽流通的偶像……"①

三、读解《哈姆莱特》的当代模式

有研究者指出:当代批评对《哈姆莱特》的大多数分析,都是"要使这部作品摆脱浪漫主义的联想",如同布拉德雷在世纪之初所做过的一样;只是后人与布拉德雷的理论前提及其关注已经不同。② 如果必须作一种简要的归纳,或许可以从"意识形态"、"性别身份"和"宗教观念"三个方面入手。

对意识形态的关注,有时可能表现为关于戏剧形式的讨论。布莱希特(Bertolt Brecht)就是一个典型的例子。在他的戏剧理论中,"间离效果"(alienation effect)差不多是作为最基本的"元戏剧"(meta-theatrical)要素,而在他看来,伊丽莎白时代的戏剧正是"充满了间离效果"。③ 布莱希特所谓的"间离效果",是强调表演者与角色之间的距离感,从而观众不至于被动地沉迷于剧中的世界,不至于完全听凭"戏剧幻觉"的引导,却能始终保持自己的思考。《哈姆莱特》的"戏中戏"(play-within-the-play)、"戏中戏"演员的对话以及哈姆莱特本人的大段独白,也许都具有中断情节、让观众冷眼旁观的作用。就戏剧本身而言,这当然意味着单一的叙事主体让位于接受者的参与,乃至布莱希特主张建立一种无法被观众幻想为真的"史诗剧"(epic theatre),取代更容易使观众难以自拔的"情节剧"(dramatic theatre)。然而为什么要这样?为什么现代人要打破以"怜悯和恐惧"的心情直接接受戏剧教化的西方传统?就此,利奥塔德(Jean-Francois Lyotard)对现代艺术的分析恰好为"间离效果"提供了互文:"在我们的科技工业世界中,真、善、正义、无限等,并没有连贯一致的象征……19 世纪末的资产阶级现实主义……企图……给公众提供可以看懂的艺术品,使公众能与具体观念(民族、社会主义、国家等)产生认同……而先锋派的作法,正是不遗余力地……完全无视通过视觉象征手段统一趣味……的责任。"④沿着这样的思路,对单一叙事的中断,正是使公众与"统一"的观念相"间离";这种艺术形式本身就必然带有挑战主流意识形态的意味。

---

① 德里达:《文学行动》,赵兴国等译,北京:中国社会科学出版社,1998 年,第 304 页。
② Susanne L. Wofford ed. *Case Studies in Contemporary Criticism*: *William Shakespeare "Hamlet"*, pp. 195—202.
③ Ibid., p. 199.
④ 利奥塔德:《呈现无法显示的东西——崇高》,李淑言译,见《世界文论》第二辑《后现代主义》,北京:社会科学文献出版社,1993 年,第 76 页。

关于《哈姆莱特》的意识形态批评，可以有多种不同的角度。比如在《莎士比亚与理论问题》[①]一书中选有两篇重要的论文：玛格丽特·弗格森(Margaret Ferguson)的《哈姆莱特：字句与精义》、卫曼(Robert Weimann)的《摹仿与〈哈姆莱特〉》。前者被视为后结构主义的批评成果，后者则是西方马克思主义批评的代表作之一。然而实际上，他们切入问题的方式、读解作品的指向及其理论兴趣，都与某种对意识形态问题的追索有关。被收入同一本文集的还有新历史主义代表人物格林布拉特的《莎士比亚与驱魔者》，也大体持有相似的态度。如果将这一类研究视为意识形态批评，那么凯林·柯顿(Karin S. Coddon)的一篇文章似可以为例，即《"如此荒诞的计划"：〈哈姆莱特〉与伊丽莎白时代文化中的疯癫、主体和叛逆》[②]。

柯顿从 1601 年爱塞克斯伯爵(Robert Devereux, the second earl of Essex)的叛逆案谈起。锡德尼(Sir Philip Sidney)曾认为爱塞克斯伯爵是哈姆莱特等文学形象的"历史灵感"。哈林顿(John Harington)在是次叛乱前几个月的日记中，写道野心如何促使爱塞克斯伯爵疯狂，乃至"丧失了健全的理性和正确的判断"，"在最后一次谈话中，他说到那如此荒诞的计划……女王非常想知道如何让傲慢变得谦卑，傲慢却不懂得如何退让……"按照这样的描述，爱塞克斯伯爵之所以被视为"疯癫"，并不是由于非理性，却是由于他的"计划"过于"荒诞"，因此柯顿提出：这首先是指"疯癫中的理性或者叛逆"。因而即使哈姆莱特的形象未必直接"受到那位历史上的伯爵的启发"，爱塞克斯伯爵也"完全像哈姆莱特一样"，是一个"自我分裂的主体"。柯顿从中看到的共同实质在于："疯癫是一种同自我控制的意识形态相对立的力量，或者说……是同'顺从的内化'(internalization of obedience)相对立……疯癫使一个主体仅仅成为他自己，从而这是'不顺从的内化'。"这就是为什么有论者将"大人物的野心"视为"疯癫"，将"叛逆"视为"政治疯癫的行为"。而作为王子的哈姆莱特，其"忧郁性的疯癫"同样可疑。正如克劳狄斯所说："大人物是不能疯癫的"(第三幕第一场 187 行)；波洛涅斯也质疑说："什么是纯粹的疯癫呢？"(第二幕第二场 94 行)总之，在都铎王朝末期和斯图亚特王朝早期的英国，反抗和挑战那种"形成并控制了个人身份的秩序、顺从和权威"，可能就意味着疯癫。由此联系到哈姆莱特——这个"莎士比亚笔下最缺乏连贯性的英雄"，柯顿认为他那些"疯话，无论是装疯、真疯还是二者兼而有之……都同样体现着……'荒诞的计划'……而理想化的疯癫，正是对物质现实的形而上的自主超越"，有如文中所引的波德莱尔(Baudelaire)的诗句："守护你的梦吧，疯子的梦比智者的梦更美。"于是，

[①] Patricia Parker and Geoffrey Hartman ed. *Shakespeare and the Questions of Theory*, New York: Methuen, 1985.

[②] Susanne L. Wofford ed. *Case Studies in Contemporary Criticism: William Shakespeare "Hamlet"*, pp. 380—402.

哈姆莱特的"延宕"也被解释为"内在性与权威的对抗"或者"对归顺意识形态控制的内在拒绝"。

在1601年2月8日将反叛诉诸行动之后,爱塞克斯伯爵于2月25日被处以死刑。临刑前他准备了一篇"庄严的演讲"(a noble set speech),"承认自己在精神上和政治上的僭越,并且……肯定了宣判其有罪的权威之绝对正义"。有趣的是,当哈姆莱特发现母亲无法控制其情欲的时候,也有一段相当理性的说辞(high-minded lecture);最后一场更有"像爱塞克斯伯爵在断头台上一样的……演讲":那"雄辩"、"优雅"的"忏悔"(an eloquent ... stylized confession),"肯定了他所破坏的秩序",否认那是"故意而为的罪恶",从疯癫重新回复到自己——这就是冲突的解决。在柯顿看来,无论莎士比亚对哈姆莱特的描写是否同爱塞克斯伯爵有关,"叛逆与疯癫之间的歧义,都表明了一种主体的政治化",这被视为"读解哈姆莱特的基础、读解'自我'之历史的基础"。

关于《哈姆莱特》所体现的性别身份,肖瓦尔特(Elaine Showalter)的论文《阐说奥菲丽亚:女性、疯癫和女性主义批评的责任》[①]影响较大。她首先提到拉康(Jacques Lacan)的论文《欲望以及对〈哈姆莱特〉中的欲望之诠释》(1959),认为其中的奥菲丽亚"只不过是拉康所说的'对象奥菲丽亚'(the object Ophelia),即作为哈姆莱特男性欲望的对象"。肖瓦尔特还注意到:在莎士比亚的《哈姆雷特》当中,"女人"和"弱者"最初是哈姆莱特之母亲的称谓,但是从第三幕第一场开始,奥菲丽亚也被包括在内:

哈姆莱特起初想躺在奥菲丽亚的腿上,奥菲丽亚拒绝了;于是他问是否可以"把头枕在你腿上"?如愿以偿之后,哈姆莱特又说:"你以为我是在动什么坏主意吗?"当奥菲丽亚表示"我什么也没想过"的时候,回答她的居然是这样几句残酷的调侃:

> 哈姆莱特:"想想吧,躺在姑娘的大腿中间,倒是挺有意思呢。"
> 奥菲丽亚:"你说什么,殿下?"
> 哈姆莱特:"没说什么。"(Nothing)

在伊丽莎白时代的俚语中,据说"nothing"是指女性生殖器。肖瓦尔特认为:表达和欲望的"男性视野"就是如此,所以"奥菲丽亚的故事变成了'O'的故事,这是等待女性批评予以解码的'零'、空洞的圆圈、女性差异的奥秘、女性性别的密码"。

在这样的背景下,有的女性主义批评声称"必须'讲述'奥菲丽亚的故事"。但

[①] Susanne L. Wofford ed. *Case Studies in Contemporary Criticism: William Shakespeare "Hamlet"*, pp. 220—40.

是肖瓦尔特意识到:"奥菲丽亚……在二十场戏中只出现了五场……她并没有像哈姆莱特那样挣扎于道德的选择……她的故事对于我们能意味着什么呢?她的生活故事?她被父亲、兄弟、情人、法庭和社会出卖的故事?她被莎士比亚戏剧的男性批评抛弃和边缘化的故事?"所以肖瓦尔特试图重新"阐说"奥菲丽亚时,突出分析了奥菲丽亚的象征意义:

"如果说哈姆莱特的疯癫是形而上的……那么奥菲丽亚的疯癫就是女性身体和女性特质的结果,这也许是女性特质的最纯粹形式。在伊丽莎白时代的舞台上,对女疯子的表现是有严格规定的。比如奥菲丽亚一袭白色的衣裙,头戴用野花编成的'奇异的花环'……披散着长发随音乐舞动……言语中充满夸饰的隐喻和抒情性的自由联想……而所有这些都包含着女性和'性'的明确信息。那些花作为不和谐的双重意象,既暗示着女性的天真烂漫,又暗示着女性被玷污……她丢掉那些野花野草,则是象征性的自我摧残。"

另外,肖瓦尔特还引证其他材料,说明在奥菲丽亚溺水而亡的描写中,女性、水和死亡之间也有象征性的联系:溺水是真正的女性之死,是一种"美丽的投入和淹没";水象征着"水做的女性"(the liquid women)①;女性的自杀则使男性自身的女性因素暂时被唤醒,比如剧中雷奥提斯也流下眼泪。至于奥菲丽亚的疯癫,据说在伊丽莎白时代被视为"女性之爱的忧郁症"或者"情痴",这并非生理的,却是情感的。乃至奥菲丽亚所代表的"失恋"或者忧郁,竟能成为时尚。借此,肖瓦尔特特别追溯了奥菲丽亚这一形象被演出和理解的历史,直到 1970 年代以后人们开始用女性批评的话语,将奥菲丽亚看作反叛的象征和英雄。在 1979 年美丽莎·默雷(Melissa Murray)重写的剧作《奥菲丽亚》中,女主人公甚至和一个女佣人一同出逃,加入了游击队。肖瓦尔特认为:"在舞台上强化或者弱化奥菲丽亚,艺术作品表现纯洁的或者诱惑的奥菲丽亚,以及文学批评忽略或者突出奥菲丽亚,都告诉我们这些阐说是如何淹没了文本,如何反映了各个时代自身的意识形态特征……"而对女性批评来说,并不存在什么"必须没有歧义地加以言说的……真正的奥菲丽亚,却可能只有一个……立体主义的奥菲丽亚"。

关于《哈姆莱特》的宗教观念,比较完整的参考文献可见于罗伊·巴腾豪斯(Roy Battenhouse)主编的《莎士比亚戏剧的基督教维度》②。从非信仰者的角度看,其中有些内容也许会有"过度诠释"之嫌,但是作为一种对西方文化语境的根本

---

① 关于这一点,西方人同中国人的理解完全不同。按照肖瓦尔特引用的材料,所谓"水做的女性"是因为"女性的眼睛那么容易泪水涟涟,女性的身体又饱含着热血、爱汁和乳液"。Susanne L. Wofford ed. *Case Studies in Contemporary Criticism*: *William Shakespeare "Hamlet"*, p.225.

② Roy Battenhouse ed. *"Shakespeare's Christian Dimension"*, Bloomington: Indiana University Press, 1994.

性界说和还原,这一类研究确实具有独特的价值。

比如斯佩特(Robert Speaight)《莎剧中的基督教精神》一文,认为"哈姆莱特的悲剧,并非直到最后一刻才把克劳狄斯杀掉,却在于他那仁爱的天性终于被扭曲为仇恨……哈姆莱特面对的诱惑和挑战,并非如何不背弃父亲亡魂的复仇意愿,却是如何放下仇恨"。他由此引入基督教对人类处境的看法,并在这一基础上为莎士比亚及《哈姆莱特》的深层意蕴定位:"复仇的题材受到伊丽莎白时代观众的普遍欢迎,莎士比亚却一眼看穿了复仇的本质;无论哈姆莱特的'延宕'还是雷奥提斯的矢志不移,结果都是尸横遍野。"至于《哈姆莱特》对后世的长久魅力,在斯佩特看来乃是因为"人人都意识到内心大有哈姆莱特的影子"。[①]

巴滕豪斯《莎士比亚戏剧中的奥古斯丁思想及其艺术技巧》一文,着重于莎士比亚悲剧意象同《圣经》背景的关联,但他的意思绝非我们通常看到的那些表面的类比,而是要指出《哈姆莱特》对于《圣经》的反讽式摹拟:

首先是"鬼魂"。《哈姆莱特》第一场老国王亡灵的出现,显然是"摹拟基督诞生剧中的天使探访";后来描述的战士鬼魂,也摹拟着基督的复活,而那鬼魂又"像《圣经》中的法利那,居于硫磺火焰之中,骄横、傲慢……恐怖地动摇着哈姆莱特的性情"。按照基督教的观念,他将这解释为"到处浪游的有罪的灵魂"。但是这怎么又能同"天使探访"、"基督复活"相互并置呢? 及至哈姆莱特见到父亲的亡魂,"要来石版写下'命令'",好象是在摹拟"摩西的誓词";但是他为了复仇要除去"一切书本上的格言",恰好同摩西从上帝领受"除了我以外,你不可有别的神"等诫命相反。接着哈姆莱特又三次要求朋友在他的剑柄上立誓保密,而他提起剑柄时说到的"恩惠和慈悲",可能暗示着他将这把剑用作了十字架;其中同样带有一层明显的反讽。[②]

巴滕豪斯的结论在于:如果《哈姆莱特》中的鬼魂、受命和起誓,都是在摹仿《圣经》的形式,请求的内容却并非基督教信仰的"恩惠和慈悲",那么只能将之归纳为一种"降格的摹拟"。《哈姆莱特》结尾同样是对圣礼的"降格":"酒杯涂上……毒药,象征着并不神圣的杀戮和并不神圣的'圣餐'……好像一场'戏仿'的弥撒,施行者则是……相互敌对的克劳迪斯和哈姆莱特"。巴滕豪斯注意到:"原本传留下来的故事中本没有这种象征性的意象",因此莎士比亚的添加似乎是要让我们明白:人永远不可能摹仿上帝。这是"神圣的秩序"与"放荡的人彼此争斗地上的权力"之别,也是《哈姆莱特》潜在的宗教意味。[③]

上述几种关于《哈姆莱特》的读解模式,比较普遍地代表了莎士比亚戏剧在当

[①] Roy Battenhouse ed. *"Shakespeare's Christian Dimension"*, Bloomington: Indiana University Press, 1994, pp. 21—22.

[②][③] Ibid., pp. 44—50, 395—405.

代西方的意义延展。这不仅可以深化我们对莎士比亚的理解,也会有助于我们对当代批评方法的直接感受。

【关键词】

莎士比亚问题　心理分析　文本细读　马克思主义批评　女性主义批评
新历史主义批评　文化唯物主义　丰富性　不一致性　隐喻　间离效果　反讽

【推荐阅读书目】

1. 基托:《哈姆莱特》,殷宝书译,见杨周翰选编《莎士比亚评论汇编》下卷,北京:中国社会科学出版社,第 427—450 页。
2. 布拉德雷:《莎士比亚悲剧的实质》,曹葆华译,同上书,第 19—53 页。
3. 艾略特:《莎士比亚和塞内加的苦修主义》,方平译,同上书,第 106—121 页。
4. 多利莫尔:《莎士比亚、文化唯物主义和新历史主义》,张玲译,见《世界文论》第二辑《文艺学和新历史主义》,北京:社会科学文献出版社,1993 年,第 140—160 页。
5. 哈罗德·布鲁姆:《弗洛伊德:一种莎士比亚式的读解》,吴琼译,见《批评、正典结构与预言》,北京:中国社会科学出版社,2000 年,第 120—146 页。
6. 廖炳惠:《新历史观与莎士比亚研究》,见张京媛主编:《新历史主义与文学批评》,北京:北京大学出版社,1993 年,第 253—281 页。

【参考文献】

1. 《莎士比亚与〈哈姆莱特〉》
   Susanne L. Wofford ed. *William Shakespeare*, *Hamlet* (*Case Studies in Contemporary Criticism*), Boston & New York: St. Martin's Press, 1994.
2. 《莎士比亚与理论问题》
   Patricia Parker and Geoffrey Hartman ed. *Shakespeare and the Questions of Theory*, New York: Methuen, 1985.
3. 《莎士比亚与意识形态的运用》
   Sidney Shanker, *Shakespeare and the Uses of Ideology*, Netherlands: Mouton & Co. N. V. Publishers, 1975.
4. 《理论中的莎士比亚:后现代的学术与早期现代的戏剧》
   Stephen Bretzius, *Shakespeare in Theory: the Postmodern Academy and the Early Modern Theater*, Michigan: The University of Michigan Press, 1997.
5. 《莎士比亚如何成为了莎士比亚》
   Stephen Greenblatt, *Will in the World: How Shakespeare Became Shakespeare*, New York: W. W. Norton & Company, 2004.
6. 《莎士比亚、种族和殖民主义》

Ania Loomba, *Shakespeare, Race and Colonialism*, Oxford: Oxford University Press, 2002.

7.《莎士比亚戏剧的基督教维度》

Roy Battenhouse ed. "*Shakespeare's Christian Dimension*", Bloomington: Indiana University Press, 1994.

8.《摧毁神圣的真理》

Harold Bloom, *Ruin the Sacred Truths: Poetry and Belief from the Bible to the Present*, Cambridge: Harvard University Press, 1989.

9.《莎士比亚的比喻》

Caroline Spurgeon, *Shakespeare's Imagery and What It Tells Us*, Cambridge: Cambridge University Press, 1935.

10.《莎士比亚、性及印刷革命》

Gordon Williams, *Shakespeare, Sex and the Print Revolution*, Atlantic Highlands: the Athlone Press Ltd., 1996.

11. 杨周翰选编:《莎士比亚评论汇编》,北京:中国社会科学出版社,1981年。

12. 赵澧:《莎士比亚传论》,北京:中国人民大学出版社,1991年。

【网络资源】

www.shakespeare.org.uk/homepage

www.strangenewworlds.com/shakespeare-study-guides.html

http://www.english.emory.edu/classes/Shakespeare_Illustrated/Shakespeare.html

【作品推荐译本】

1.《哈姆莱特》,《莎士比亚全集》第九卷,朱生豪译,北京:人民文学出版社,1978年。

2.《哈姆莱特》,《新莎士比亚全集》第四卷,方平译,石家庄:河北教育出版社,2000年。

第六章　弥尔顿的《失乐园》：
经典的确立与阐释的歧义

约翰·弥尔顿(John Milton, 1608—1674)在英国诗人中的地位仅次于莎士比亚,他的著作及其影响是英国文学史、文化史、自由思想史中一个重要部分。诗人青少年时期读书异常勤奋。中年时期(1641—1660)投身革命,在克伦威尔的新政府内任拉丁文秘书。他早年用英文、拉丁文、希腊文和意大利文撰写的诗篇出版于1646年。诗人43岁时双目完全失明。他晚年的三大史诗都完成于革命失败之后。他的长篇史诗《失乐园》(1667)最为著名,他在诗中非常成功地运用了"庄重文体",而他对撒旦形象的塑造是世界文学最高成就之一。《复乐园》(1671)是《失乐园》的自然续篇。剧诗《力士参孙》(1671)是弥尔顿最为有力、十分满意之作,是按照希腊模式写的最伟大的英国戏剧。弥尔顿的十四行诗也很著名。

弥尔顿的政论文章主要是为英国资产阶级革命做辩护,对近代政治与宗教思想史影响深远。他的这类著作是他诗作数量的4倍,是他成长、梦想和幻灭的记录,也是理解他史诗的重要参照。其中,《论出版自由》(1644)已经成为英国民族的经典与精神财富。《论基督教义》(1825)在他的思想与作品中占有中心地位。

文学史中有不同评价的作品不少,但对弥尔顿的《失乐园》的争议仍然是个令人瞩目的现象。无论在诗体、主题,还是形象塑造方面,对《失乐园》几乎都有过差异很大的评价。

歧义首先来自对《失乐园》所采用的诗体的不同理解。弥尔顿喜欢用生僻词,又善用典,在史诗中糅杂了古希腊的句法结构,他书写的是一种不同于日常语言的庄重文体。历代批评家对弥尔顿的诗体褒贬不一,毁誉互见。积极的评价是:弥尔顿的《失乐园》读来富于乐感,气势磅礴,不仅让人感觉其主题伟大,语言也精美绝伦,有其独特的韵味和魅力。这是文学史中的"定论"。负面的意见认为:弥尔顿的语言表达与人们活生生的感觉脱节,破坏了英语的生动鲜活,其影响之恶劣以至成为从18世纪到19世纪英国诗歌发展的障碍。① 这是著名批评家兼诗人艾略

---

① 保罗·麦钱特:《史诗论》,金惠敏、张颖译,太原:北岳文艺出版社,1989年,第91页。

特的看法,接受这种观点的也大多是专业批评家。

歧义其次来自对《失乐园》主题的理解。史诗的内容直接取材于《圣经》。弥尔顿声称,他创作这部史诗的目的是"向世人昭示天道的公正"①。而有人发现,史诗中的上帝由于说话太多而失去威严和神秘性。所以,上帝不像人们所期待的那样令人敬仰,倒是向上帝权威挑战的撒旦形象被描写得绘声绘色,反而像是史诗的主人公。有人因此推断,弥尔顿将很大的同情寄予了撒旦。还有意见认为,如果按照人物形象丰富生动而论,亚当和夏娃的形象确实反映了人类复杂性的原型。也有人按照弥尔顿在英国资产阶级大革命中的个人经历将史诗主题阐释为"政治之道","反叛与革命之道"。还有的观点认为"诗作中所表现的不是从前的对人对运动的革命信念,而是对上帝、对个人灵魂复苏力的净化了的信念"②。

《失乐园》带来的另一个争论是对撒旦形象的不同理解。由于对弥尔顿政治倾向的不同理解,也由于撒旦形象本身的复杂性,再加上批评家自己的思想需要不同,以及诗人的叙事手法等种种原因,自《失乐园》问世以来,撒旦形象的阐释一直是一个由来已久而难有定论的话题。另外,随着女性主义批评的兴起,史诗中的夏娃形象也是人们关注的一个新焦点。

一、史诗产生的时代与对其诗风诗体的肯定

作品出版的第一个阶段是诗人形象的转变和诗名的奠定的阶段。《失乐园》出版于1667年。当时,政治形势复杂。资产阶级大革命之后,王室复辟,对议会和新闻思想界控制严格。弥尔顿的《失乐园》面世时,正值大规模瘟疫和伦敦大火刚刚停息,一种忏悔的情绪笼罩全国。在这种背景下,出版审查者虽然怀疑弥尔顿还可能会写反对君主的内容,但史诗所谓"向世人昭示天道的公正"这一主题的复杂性使作品在审查中过关。在史诗印刷期间,英国在第二次英荷之战中的失利再次损害了君主政体的声誉,不同的政见开始重新出现,主张对英国非国教教徒采取稍微宽松的宗教政策的呼声时有耳闻。《失乐园》所包含的宽容与忍耐,以及道德更新的需要等思想适逢其时,被广泛接受。

早期的评论集中在弥尔顿的诗体上,尤其他对无韵诗(blank verse)的应用。弥尔顿对作品的诗体结构进行了专门的探索。他不久就在第一版之后的版本里加了一篇文章,专门论述自己选择无韵诗作为史诗主要诗体的原因:"所以本诗不用韵不仅不是缺陷,像普通读者可能会以为的,而应该被称赞为在英文中第一次树立

---

① 弥尔顿:《失乐园》(第1卷,第26行),朱维之译,上海:上海译文出版社,1984年。
② Encyclopædia Britannica International Chinese Edition(《不列颠百科全书》)11卷,北京:中国大百科全书出版社,2002年,第213页。

了范例,表明英雄诗篇已从用韵的现代束缚里解放出来,恢复了它古昔的自由权利。"①当时,弥尔顿心仪的无韵诗在1642年伦敦戏院被封之后已经绝迹于舞台二十余年了。弥尔顿坚持恢复了莎士比亚用无韵诗写诗剧的传统,并在他的英雄史诗中开创了用无韵诗的先例。无韵诗因为弥尔顿的努力而大放光芒,也因此成为以后英诗的主要诗体之一。

弥尔顿的艺术风格得到了普遍的承认。风格崇高被公认是弥尔顿的最突出的艺术特征。批评家德莱顿(John Dryden,1631—1700)评价道:我们在描述荷马时,可以用"思想崇高"(loftiness),对于维吉尔,则说他艺术手法绝妙(majesty),而弥尔顿的作品则是荷马的思想崇高和维吉尔艺术手法绝妙的结合。② 18世纪推崇弥尔顿的还有著名散文家艾狄生(Joseph Addison,1672—1719)和蒲柏(Alexander Pope,1688—1744)等人。蒲柏是《奥德赛》的英译者,他在翻译中借用了弥尔顿典雅庄重的用词风格。

二、经典地位的确立与歧义的出现

客观地讲,弥尔顿作为诗人以及他的作品作为史诗被公众接受有一个过程。这一过程得益于卓有见识的批评家们的不懈努力。艾狄生在《旁观者》(*The Spectator*,1712)发表了有影响力的评介文章,为弥尔顿赢得了更多的读者,也指导了读者如何欣赏弥尔顿。自1750年始,各种文学选本开始收入弥尔顿,各种选编本、简写本、改写本和注释本开始不断出现。根据史诗改编的其他形式也繁荣起来。

当时,英国在海外的殖民地迅速扩大。随着英国统治版图的扩大,也需要地道的英语作品推广本土文化。《失乐园》适逢其时。弥尔顿逐步被提升为伟大的民族诗人。可以说,英国统治版图的扩大见证了弥尔顿的声名远扬。到18世纪中期,弥尔顿诗歌在教学中被广泛采用。因此,托马斯·谢利丹(Thomas Sheridan)指出:"弥尔顿的诗作……可以被看作真正的经典,正像维吉尔之于罗马一样;没有任何理由说明,他不应该同样地被代代相传,直到永远。"③到18世纪末,弥尔顿的史诗有了更广泛的读者,被人们充满愉快和崇敬地阅读着。在以后的两个世纪,《失乐园》不断用于教学,成为定义英国新教文化的标尺,也成为更广泛意义上"传统的西方文化"的组成部分。④

---

① 王佐良:《英国诗史》,南京:译林出版社,1997年,第166页。
② Nicholas Von Maltzahn, "Milton's Readers", in *The Cambridge Companion to Milton*, ed., Dennis Danielson, Shanghai: Shanghai Foreign Language Education Press, 2000, p. 243.
③ John Guillory, *Cultural Capital: The Problem of Literary Canon Formation*, Chicago, 1993, pp. 100—101.
④ John Rumrich, *Milton Unbound: Controversy and Reinterpretation*, Cambridge, 1996, p. 146.

第六章　弥尔顿的《失乐园》：经典的确立与阐释的歧义

19世纪是弥尔顿在文学史中地位持续稳固的时期。浪漫派诗人威廉·布莱克(William Blake, 1757—1817)、华兹华斯(William Wordsworth, 1770—1850)和雪莱(Percy Bysshe Shelley, 1792—1822)都高度赞扬弥尔顿的民主精神，普遍推崇他崇高的诗风，而且不约而同地将弥尔顿的诗作尊崇为诗歌的最高典范。华兹华斯对弥尔顿的想象力尤为钦佩。他说："热情和沉思的想象力，即诗的想象力，是跟人的和戏剧的想象力不同的；这种想象力的巨大宝库就是《圣经》的预言和抒情的部分，就是弥尔顿的作品。""在他身上一切东西都倾向于宏伟。"① 在阐发自己诗学主张的《抒情诗歌谣序言》中，华兹华斯多次引用《失乐园》中的诗行，表示自己对"这位伟大的诗人"的敬仰。

浪漫主义理论家和大诗人柯尔律治(Samuel Taylor Coleridge, 1772—1834)说，弥尔顿有高度的想象力。他用"想象"定义他认为的弥尔顿所具有的特殊才能。

雪莱在《诗辩》中也多处引用弥尔顿的作品阐述自己的诗学主张。当他论证诗人天生是哲学家这一主张时，他说："莎士比亚、但丁和弥尔顿都是力量最为崇高的哲学家。弥尔顿的《失乐园》本身就含有哲学的论证。"② 雪莱认为，弥尔顿完全是按照诗的规律塑造人物形象："他仿佛是把人性的若干因素，当作一块调色板上的颜色，混合在一起，然后，根据史诗的真实所含的规律，搭配这些颜色，构成一幅伟大的图画，也就是根据下面这个原则的规律：指望以一连串外界宇宙的活动和有才有德的人物的行为，来唤起千秋百世人类的同情。《神曲》和《失乐园》使得近代神话具有系统的形式。"③ 按照雪莱对诗的理解和诗人的标准，弥尔顿是位具有代表意义的真正的诗人。

济慈(John Keats, 1795—1821)因为受弥尔顿诗风影响过大，为了摆脱他，开辟自己的道路，曾说"对他是生命的对我便是死亡"④。由此可以看出弥尔顿对他的影响。同时，济慈对其思想深度却不以为然。他认为，弥尔顿《失乐园》中的人生和宗教哲学是年纪不很大的人所能理解的，弥尔顿在探索人的心灵方面不如华兹华斯。

如果说《失乐园》出版之后的两个世纪是其经典地位逐渐确立的时期，18和19世纪则是对其推崇备至同时也是歧义开始的时期。到了20世纪，对弥尔顿的评价有了更大的起伏。庞德(Ezra Pound, 1885—1972)和艾略特(T. S. Eliot, 1888—1965)等纷纷起来向弥尔顿发起责难。最有影响的是艾略特发表的两篇论弥尔顿的文章。艾略特在文章一开始就指出："虽然必须承认弥尔顿确实是一个非常伟

---

① 刘若端编：《十九世纪英国诗人论诗》，北京：人民文学出版社，1984年，第47页。
② 同上书，第127页。
③ 同上书，第146页。
④ 王恩衷编译：《艾略特诗学文集》，北京：国际文化出版公司，1989年，第151页。

大的诗人,但他到底伟大在什么方面,这一点却多少是个迷……作为一个人,他令人反感。不论是从道德家、神学家、心理学家、政治哲学家的观点看,或者按判断人类是否可爱的普通标准来看,弥尔顿都不能令人满意。然而,我想表示的对他的疑问要比上面这些更加严重。他作为诗人的伟大性已经受到了人们足够的赞扬,虽然我认为这些赞扬主要是出于错误的原因,并且没有作恰当的保留……在承认他伟大的同时……有必要严肃地指责他使英国语言受到了败坏———一种特殊性质的败坏。"①艾略特把弥尔顿和玄学派诗人邓恩(John Donne,1572—1631)相比较,得出的结论是:邓恩的语言有活生生的感觉,而弥尔顿在诗歌中采用的语言与感觉脱节。弥尔顿阻隔了诗与感觉的结合,从而造成了恶劣影响。他使 17 世纪英国诗歌出现了"感受力的涣散",把后来的诗人都引向了错误的道路。在艾略特看来,弥尔顿是一个伟大但同时却带来不良影响的艺术家。

三、关于撒旦:歧义的另一个焦点

在《失乐园》的人物中,历来受赞扬最多、同时也受争议最大的莫过于弥尔顿所塑造的撒旦形象。《圣经》中撒旦的内容很少。在《失乐园》中,弥尔顿将邪恶具象化为一个真实的有迹可寻的魔头。如果从诗人创作意图上说,弥尔顿的目的是将所有的邪恶集中浓缩在撒旦身上,并通过对其惩罚以"昭示天道的公正",向世人说明上帝为什么要将亚当和夏娃逐出伊甸园,并解释其这样做的正确性。

早期的许多批评家都倾向于在撒旦身上找作者的影子。《失乐园》出版前,弥尔顿以写宣传自由和革命等的政论性小册子闻名。在大多数人的心目中,弥尔顿是个激进的反对王权的人,一个失败的政客,一个大逆不道、鼓吹离婚合理的清教徒。按照对诗人的这种个人印象,一些批评家可以轻而易举地在史诗中找到诗人相应的政治观点。弥尔顿因此饱受攻击。约翰·比勒(John Beale)认为,弥尔顿"使魔鬼说话的方式和他自己一样"②。弥尔顿在大革命时代对斯图亚特王朝猛烈的批判态度加剧了人们对他史诗意图的这种推测。人们对《失乐园》中撒旦形象的理解总是和弥尔顿的自传成分联系在一起。那些在史诗中寻找弥尔顿政治见解的读者可以把史诗读成对撒旦的不自觉的颂扬,也可以把作品看成是对反叛的悔恨。

在整个 18 世纪直至 20 世纪,由于对英国革命的看法不同而导致对《失乐园》主题的评判不同一直是个普遍的现象。大批评家约翰逊博士、麦考利爵士以及后来的艾略特对弥尔顿的批判大致与此相关。塞缪尔·约翰逊(Samuel Johnson,1709—1784)说弥尔顿是"乖戾刻毒的共和派,嫉恨伟绩,妄求独立,倨傲无束,妄自

---

① 王恩衷编译:《艾略特诗学文集》,北京:国际文化出版公司,1989 年,第 139 页。
② Nicholas von Maltzahn, "Laureate, Republican, Calvinist", *Milton Studies* 29 (1992), p.181.

尊大"①，也主要攻击他的政治观点。可以说，对撒旦的不同评价部分原因是史诗本身的主题思想的多义性，部分原因则是人们对弥尔顿本人政治观点的不确定或不赞同。

从文学形象的角度考虑，人们也很难认为撒旦是纯粹邪恶的化身。有些杰出的批评家甚至声称撒旦形象在性格塑造上比上帝更为生动。早在浪漫主义之前，德莱顿就把撒旦看成是史诗的真正的英雄，他认为弥尔顿史诗的"主人公是撒旦，而不是亚当"②。威廉·布莱克在《天堂与地狱的联姻》（1793年）中对此观点作了慷慨激昂的陈述："弥尔顿写起天使和上帝来谨小慎微，写起魔鬼和地狱来却挥洒自如。这是因为他是一位真正的诗人，而且，他不自觉地同魔鬼站到了一边。"③

这在19世纪法国和英国的文学界更是个普遍的看法，称赞弥尔顿作品风格崇高的批评家也大多赞扬撒旦高超的性格。浪漫主义诗人拜伦、雪莱、亨兹利特等都对撒旦形象的塑造十分推崇。雪莱更对弥尔顿塑造的撒旦形象赞美有加："《失乐园》所表现的撒旦，在性格上有万不可及的魄力与庄严……在道德方面来说，弥尔顿的魔鬼就远胜于他的上帝，正如一个人百折不回地坚持他所认为最好的一个目的，而不顾逆境与折磨……弥尔顿已经把通俗的信念破坏到这样的程度，以至他并不认为他的上帝在德行上必须高于他的魔鬼。弥尔顿如此大胆忽视一个直接的道德目的，最足以证明他极其卓越的天才。"④以至后来弥尔顿批评史上称以雪莱为代表的这些浪漫主义诗人为"撒旦派"（Satanic School）。

持不同意见者当然不乏其人。他们觉得"简直不可想象弥尔顿会把撒旦写成英雄"⑤。他们因而甚至怀疑这些浪漫派诗人是否读完了这部史诗。的确，在史诗的后面各卷中，撒旦形象越来越渺小、猥琐，由一个伟岸的天使军统领变成了一个卑鄙的窥视者，一只丑陋的蟾蜍，一条令人厌恶的、在火海中"满嘴里嚼着苦灰"（第十卷，第566行）的蛇。他放弃了与上帝的正面交锋，转而引诱无辜的人类始祖堕落。

约翰·凯利（John Carey）提出，对撒旦形象争议的正确的批评态度不在于判定孰对孰错，而是认识到史诗包含了正反感情并存这一事实。⑥ 这只能说明撒旦形象塑造的深刻。相比而言，《失乐园》中其他形象的塑造如亚当和夏娃，甚至上

---

① 王佐良：《英国诗史》，南京：译林出版社，1997年，第177页。
② Roger Sharrock, "Godwin on Milton's Satan", New Series 9, 1962, pp. 463—365.
③ William Blake, *Marriage of Heaven and Hell*, plate 6, in *William Blake's Writing*, ed. G. E. Bentley, Jr. Oxford, 1978.
④ 刘若端编：《十九世纪英国诗人论诗》，北京：人民文学出版社，1984年，第146页。
⑤ F. H. Hutchingson, *Milton and the English Mind*, New York, 1962, p. 102.
⑥ John Carey, Milton's Satan, in *The Cambridge Companion to Milton*, ed., Dennis Danielson, Shanghai: Shanghai Foreign Language Education Press, 2000, p. 161.

帝,他们的性格都比较单一明晰,通过他们的言语就能觉察出他们的性格。撒旦却不是这样。传统的撒旦故事中撒旦有三种各不相同的角色:他曾经是天堂里的天使长,地狱议会里的魔王,伊甸园里引诱人类始祖的蛇。撒旦因而不是一个概念,而是三重身份。对撒旦形象的正反感情并存部分原因在于他的三重角色:支持撒旦者大多强调他的前两个角色,反感者更注重他的第三个角色。赞同撒旦形象的批评家普遍强调撒旦的勇气,反对撒旦形象的批评家竭力抨击他的自私或放肆。

在20世纪,反对撒旦形象的人阵营强大,比如查尔斯·威廉斯(Charles Williams)、C. S. 路易斯(C. S. Lewis)、斯坦利·费什(Stanley Fish)等。对弥尔顿是魔鬼一党的说法既有附和,又引入新的批评手段,对撒旦形象有了更多的解读视角,出现了许多值得关注的新观点。按照弗洛伊德的精神分析理论,撒旦既是弥尔顿心理的直接产物,又同样是读者心理的产物。如果压抑我们自己内心的冲动,我们就可以摆脱撒旦,但同时我们感到我们内心却有那一部分不得不压抑的力量。也就是说,每个人心里大概都有撒旦一样的冲动。

有些批评家由此推断,正是撒旦的这种性格造成了西方意识的分裂或人类的意识分裂。莫瑞特·休斯(Merritt Hughes)说,弥尔顿创造撒旦是"自欺又欺人的例子,对让理性屈从于激情的人这是容易发生的"[1]。沃勃罗斯基(Werblowsky)把撒旦和西方文化中对科学和理性主义的追求联系起来。[2] 伊莎贝拉·麦考利(Isabel MacCaffrey)认为,就《失乐园》而言,所有关于我们应该同情和赞同哪一方的争论都是徒劳的,我们既同情堕落者,也坚决支持严格的约束,这对我们作为理性的存在是必要的。[3]

四、夏娃形象及其他:20世纪新的批评热点

《失乐园》中除了开始两卷讲述上帝和撒旦之间的惊心动魄的战争之外,第三卷讲撒旦只身前往人间,同时上帝之子为拯救必定堕落的人类准备自愿献身,之后史诗的重点便由撒旦转向了亚当和夏娃。讲述他们在伊甸园的生活,直到他们受到诱惑失去乐园。后两卷讲天使向他们传达关于人类赎罪得救的预言。可以说,史诗更多的部分是关于伊甸园的创造和人类始祖的描写。所以,亚当和夏娃才是史诗后来的重点。传统的观点认为,亚当是夏娃的父亲,也是她的母亲,因为夏娃是从亚当的肋骨中被创造出来的。没有亚当就没有夏娃。上帝取亚当的肋骨创造

---

[1] Merritt Y. Hughes, *Ten Perspectives on Milton*, New Haven and London, 1965, p.177.

[2] Zwi R. J. Werblowsky, *Lucifer and Prometheus: A Study of Milton's Satan*, with an introduction by C. G. Jung, London, 1952, p.53.

[3] Isabel Gamble MacCaffrey, "*Paradise Lost*" as "*Myth*", Cambridge, MA, 1959.

夏娃只是为了给亚当一个伴儿,让她服从亚当的指令。

可以说,对夏娃的批评史是两种观点针锋相对的历史。约瑟夫·威特瑞奇(Joseph Wittreich)指出,18 和 19 世纪早期,《失乐园》受到女性读者的欢迎,因为她们在史诗中找到了有益于她们尊严和荣誉的证明。① 大卫·布克(David Boocker)的观点是,19 世纪后期,开始有女性指责弥尔顿维护父权制,因为他对婚姻赐福的描写是要让女人服从她们的地位,在《失乐园》中没有证据说明夏娃的适当位置不是温顺的服从。② 到了 20 世纪 70 年代,男性主义者(masculinist)普遍认为,弥尔顿塑造的夏娃和《圣经》中夏娃的传统形象是一致的,夏娃是一个微不足道的、愚蠢自负、虚荣而容易堕落的角色。随即就有很多人证明,弥尔顿的努力正是想要动摇这种已成为定见的看法。③

戴安娜·麦考利(Diane K. McColley)对弥尔顿的夏娃形象持积极肯定的态度。她认为,自史诗问世三个多世纪以来,弥尔顿本人使这种性别差距缩小了。他打破了夏娃本质上是诱惑者这样一个已经成为定见的替罪羊形象,而是匠心独运地挖掘了她对自己独立行动负责的动机。在堕落的那天早上,她要求和亚当分开在花园里单独走走,显示了她对花园的责任意识。在她充满母爱的注目而不是管理下,整个大自然显得生机勃勃。这不是人类堕落的寓言,而是对人类社会和地球富于责任心的体现。弥尔顿因而赋予了未堕落的夏娃一种史无前例的角色:寻找个体生命存在的和谐,而不是自私的利己主义;寻找可信的社会,以及在整个生态系统中人与其他生物的关系,而不是暴君专制的政体。这种寻找过程由于人类的堕落而中断了。夏娃对服从的吁求和亚当的理性反思使这一过程得以重新继续。④

如果不考虑性别主义的因素,艾略特对亚当和夏娃形象的评价也许是比较公允的。他说:"亚当和夏娃并不是我们所熟悉的那种男人和女人……他们是初始的男人和女人,不是类型,而是原型。他们具有男人和女人的一般特征,因此我们可以在他们的受惑以及堕落中看到他们所有后人的错误和德性、卑鄙和高贵的最初动机。他们具有恰当而普遍的人性"⑤。

20 世纪对《失乐园》的研究视角几乎触及到了史诗的各个方面,对史诗涉及到的宗教、政治、女性各方面都有论及。值得一提的是,克利斯多弗·希尔(Christo-

---

① Joseph Wittreich, *Feminist Milton*, Ithaca, NY, 1987.
② David Boocker, "Women Are Indebted to Milton: Milton and Woman's Rights in the Nineteen Century", in *Arenas of Conflict*, eds., McColgan and Durham, pp. 51—64.
③ James G. Turner, *One Flesh: Paradisal Marriage and Sexual Relations in the Age of Milton*, Oxford, 1987.
④ Diane K. McColley, Milton and the Sexes, in *The Cambridge Companion to Milton*, ed., Dennis Danielson, Shanghai: Shanghai Foreign Language Education Press, 2000, pp. 179—80.
⑤ 王恩衷编译:《艾略特诗学文集》,第 157 页。

pher Hill)所著的《弥尔顿与英国革命》一书,从马克思主义观点出发,对诗人的社会和政治思想做出了新的阐释,确立了他与同代激进思想的密切关系,并且证明了弥尔顿不但是一位熟读古希腊罗马著作的人文主义者,还是一个关心和吸收新思潮的思想家。[1] 希尔还指出,弥尔顿创作《失乐园》的目的是探索革命失败的原因:"弥尔顿是采用人类堕落的故事,来说明一场革命失败原因的第一人。"[2]马丁·德尔泽尼斯(Martin Dzelzainis)则认为:"事实上,在他的有生之年,弥尔顿从来没有生活在一个他全身心赞同的政权下。"[3]在他眼里,没有任何一种政体是完美的,包括他服务过的资产阶级革命政权和他抨击过的王权统治。

五、研究方法与批评视角的转换

纵观弥尔顿《失乐园》的批评历程,可以说,早期批评家的最大挑战是分离弥尔顿的诗歌和他的政论文章,尽量改变人们对他反对王权的小册子的印象,把《失乐园》从诽谤中伤中拯救出来,以建立他的诗名。现代学者的最大努力是重新将二者联系起来,从弥尔顿的政治信仰方面理解这部杰出的史诗。从研究方法上,弥尔顿《失乐园》批评史的轨迹是一个先从对诗人政治身份的关注到诗人身份的转化,又由诗人身份转而关注其作为人的多方面存在的过程。初期的弥尔顿批评都竭力强调他的诗人身份,有意淡化或特意使人回避他的政治生涯,以此奠定他的诗人地位和作品的诗名,使作品得到了普遍的认可。或者说,对作品的重视和对诗人政治身份的淡化成就了《失乐园》在文学史中的经典地位。

后来的批评及至19世纪的批评都在致力于多方面地解读经典,为我所用。不同的批评者看出了作品不同的认识价值,开始将诗人研究和作品研究并重,深化了弥尔顿研究和作品阐释的丰富性。20世纪初,庞德和艾略特所倡导的新批评强烈地贬低弥尔顿而推崇多恩。但40和50年代批评界态度发生转变,探讨作为思想家、政论家及诗人的弥尔顿的思想和信仰,从而为其诗歌的美学研究带来全新的理解和细致的分析。

如果不把《失乐园》单纯看作是一部宗教史诗,也不把它单纯看作一部革命史诗,而是把它看作一部伟大的触及人类心灵的作品,一部探索人类最深层的道德、精神和信仰的史诗,那么,对作品的多角度的阐释就变得容易接受了。弥尔顿是真正的诗人。他以诗人的视角反映他认识的世界,反映他领悟的人与神的关系。

---

[1] Christopher Hill, *Milton and the English Revolution*, London, 1977.
[2] 希尔:《人类的堕落》,见殷宝书选编:《弥尔顿评论集》,上海:上海译文出版社,1992年,第550页。
[3] Martin Dzelzainis, "Milton's Politics", in *The Cambridge Companion to Milton*, ed., Dennis Danielson, Shanghai: Shanghai Foreign Language Education Press, 2000, p.82.

总之，弥尔顿的《失乐园》给人留下的最初印象是：堂皇的主题，恢弘的结构，庄重的文体，人类原型的叙事。它给人的最深刻的思考是：如何处理人世与神性的关系。① 无论得出的结论是什么，这都是一个令人生畏的问题，也是一个最好不要回避的问题，就像作品本身一样，一方面让人望而却步，一方面又不由自主欲置身其中。

【关键词】

《圣经》 无韵诗 新教 魔鬼 伊甸园 原型

【推荐阅读书目】

1. 殷宝书选编：《弥尔顿评论集》，上海：上海译文出版社，1992年。
2. 保罗·麦钱特：《史诗论》，金惠敏、张颖译，太原：北岳文艺出版社，1989年，第83—95页。
3. 王佐良：《英国诗史》，南京：译林出版社，1997年，第153—183页。
4. 鲁宾斯坦：《英国文学的伟大传统》（第一卷），北京：外语教学与研究出版社，1988年，第121—163页。

【参考文献】

1. 《剑桥文学指南·弥尔顿》
   Dennis Danielson ed. *The Cambridge Companion to Milton*. Shanghai: Shanghai Foreign Language Education Press, 2000.
2. 《〈失乐园〉：理想与悲剧史诗》
   Francis C. Blessington, *"Paradise Lost": Ideal and Tragic Epic*. Boston, 1988.
3. 《〈失乐园〉与创世纪传统》
   J. Martin Evans, *"Paradise Lost" and the Genesis Tradition*. Oxford, 1968.
4. 《弥尔顿与上帝之子：弥尔顿史诗中的神性形象》
   Hugh Mac Callum, *Milton and the Sons of God: The Divine Image in Milton's Epic Poetry*. Toronto, 1986.
5. 《弥尔顿的史诗声音：〈失乐园〉中的叙述者》
   Anne Ferry, *Milton's Epic Voice: The Narrator in "Paradise Lost"*. 2nd, Cambridge, 1998.
6. 《〈失乐园〉中的基督教诗人》
   William G. Riggs, *The Christian Poet in "Paradise Lost"*. Berkeley, 1972.
7. 《天堂之战：〈失乐园〉与撒旦的反叛传统》
   Stella P. Revard, *The War in Heaven: "Paradise Lost" and the Tradition of Satan's Rebellion*. Ithaca, 1980.

---

① Nicholas von Maltzahn, "Milton's Readers", in *The Cambridge Companion to Milton*, ed., Dennis Danielson, Shanghai: Shanghai Foreign Language Education Press, 2000, pp. 249—50.

8. 《〈失乐园〉的主题：人的堕落》
Esmond Marilla, *The Central Problem of "Paradise Lost"*: *The Fall of Man*. Philadelphia, 1979.

9. 《乐园里的命名：弥尔顿与亚当和夏娃的语言》
John Leonard, *Naming in Paradise*: *Milton and the Language of Adam and Eve*. Oxford, 1990.

【网络资源】

http://www.luminarium.org/sevenlit/milton/

http://facultystaff.richmond.edu/~creamer/milton/

http://www.online-literature.com/milton/

【作品推荐译本】

《失乐园》，朱维之译，上海：上海译文出版社，1984年。

第七章　卢梭的《忏悔录》：一个争论不休的话题

让-雅克·卢梭(Jean-Jacques Rousseau，1712—1778)是法国伟大的启蒙思想家，现代民主政治的奠基者，法国浪漫主义文学运动的先驱。他出生于日内瓦的一个钟表匠家庭，当过学徒，自学成才，29 岁时到巴黎，先后发表了政论《论科学与艺术》(1749)、《论人类不平等的起源和基础》(1855)和《社会契约论》(1762)，小说《新爱洛伊丝》(1761)、《爱弥儿》(1762)，同时经历了与百科全书派从合作到反目成仇的过程。晚年他遭到政府和教会的迫害，在流亡英国期间开始写作《忏悔录》(1782，1789)，在他去世后才得以出版。法国大革命爆发后，他的遗骸在 1794 年 10 月 11 日被迁入了巴黎的先贤祠。

一、研究综述

法国 17 世纪的古典主义崇尚理性，压制感情，认为作品只能歌颂丰功伟绩，人物必须高尚完美，因此回忆录历来是只适用于王公贵族的体裁。而卢梭的《忏悔录》却开门见山地宣称："我要把一个人的真实面目赤裸裸地揭露在世人的面前。这个人就是我。"① 这就表明它要记述的不是功勋伟业，而是一个公民真实的一生，包括坦白一些为人所不齿的事情，因此就体裁而言是一种大胆的革新，既是回忆录，也是日记；既是自传，也是小说，是文学史上的一部奇书，是传记文学中史无前例的杰作。

卢梭的《忏悔录》并非无本之木和无源之水，它与罗马基督教思想家奥古斯丁(Aurélius Augustinus，约 354—430)的 13 卷《忏悔录》(397—401)相比，从书名、结构到内容都有许多相似之处。法国文艺复兴时期的散文家蒙田(Michel de Montaigne，1533—1592)的《随笔集》，叙述的也是自己"普通而且缺乏光彩的一生"②。另外，《忏悔录》前四章里描写的流浪生涯，显然受到了源自西班牙的流浪

---

① 卢梭：《忏悔录》第 1 部，黎星译，北京：人民文学出版社，1980 年，第 1 页。
② 蒙田：《蒙田随笔全集》下卷，陆秉慧、刘方译，南京：译林出版社，1996 年，第 20 页。

汉小说的影响。

《忏悔录》分为两部,是卢梭对自己生平的反思。他在第一部里怀着天真和热情,回忆自己的童年和青少年时代,坦白哪怕幼年时的缺点和错误,笔调坦率明快。他在第二部里主要叙述到巴黎后的经历,以及自己遭受的排挤和迫害,因此情绪比较阴郁和压抑。不过他在撰写《忏悔录》的时候,还相信能以自己的坦白和真诚来获得人们的理解和同情,所以他无比坦率地回忆了自己的一生。

卢梭天性善良,热爱自然和崇尚自由,具有丰富的感情和坚强的性格。然而在社会环境的影响下,他也曾说过谎话、偷过东西,与不少女人有过不正当的关系,对自己的子女也没有尽到养育的责任。他的忏悔既是在解剖自己的灵魂,向世人作自我辩护,同时也是在揭露和控诉社会的黑暗和不平。所以他的《忏悔录》与众不同,他不是向上帝忏悔,向别人认罪,而是相反地为自己辩护,以维护自己的人格和尊严。他深信自己不比任何人坏,因此敢于一开始就表明自己光明磊落的态度:

> 不管末日审判的号角什么时候吹响,我都敢拿着这本书走到至高无上的审判者面前,果敢地大声说:"请看!这就是我所做过的,这就是我所想过的,我当时就是那样的人……请你把那无数众生叫到我跟前来!让他们听听我的忏悔,让他们为我的种种堕落而叹息,让他们为我的种种恶行而羞愧。然后,让他们每一个人在您的宝座面前,同样真诚地披露自己的心灵,看看有谁敢于对您说:'我比这个人好!'"①

在《论人类不平等的起源和基础》里,卢梭指出是文明社会使人变坏和堕落,《忏悔录》继续发挥了这一观点:他尽管认为自己就本性而言是一个好人,但也要把自己作为一个社会人、一个文明人的卑鄙想法和丑恶行为都公诸于世。坦白自己的所作所为以及内心的真实思想:"我在《忏悔录》中所表现的真诚、真实和坦率,没有一个人能够做到,至少我是这样认为的。我感到我的善多于恶,所以我乐于把一切都说出来,我也说出了一切。"②正是这种坦荡宽阔的胸襟,使这部自传成了他所说的"世界上绝无仅有、也许永远不会再有的一幅完全依照本来面目和全部事实描绘出来的人像"③。

《忏悔录》在艺术上具有浪漫主义的特色,卢梭生动地描绘大自然的风光,表明只有在优美的田园风光和大自然的山光水色之中,他备受痛苦的心灵才能够得到净化和升华:

---

① 卢梭:《忏悔录》第1部,黎星译,第2页。
② 卢梭:《一个孤独的散步者的遐想》,张驰译,长沙:湖南人民出版社,1985年,第73页。
③ 卢梭:《忏悔录》第1部,作者卷首题词。

第七章　卢梭的《忏悔录》：一个争论不休的话题

我太厌恶那些沙龙、喷水池、人工树丛、花坛,尤其是夸耀这一切的那些讨厌鬼了。我太恨那些织花、钢琴、三人牌、织丝结、愚蠢的隽语、乏味的撒娇、无聊的小故事和盛大的晚宴。以至于当我瞥见一个普普通通的小荆棘丛、一行疏篱、一座谷仓、一片草地的时候,当我走过一个村子,闻到炒鸡蛋的那种香气的时候,当我远远听到那种带有乡土风的牧女之歌的叠句的时候,我就把那些什么胭脂呀,粉黛呀,珊瑚玛瑙呀都一股脑儿叫它们见鬼去了。①

从这些随处可见的夹叙夹议之中,不难看出他对文明的憎恶绝非做作,而是出自他的天性。但尽管如此,卢梭却从生前到身后都备受争议,尤其是从19世纪到20世纪初,他始终是百科全书派和批评家们攻击的目标。

1890年,著名的文学批评家费迪南·布吕纳介(Ferdinand Brunetière,1849—1906)在名为《让-雅克·卢梭的疯狂》的文章中对卢梭进行了尖刻的抨击:"说实话,他之所以要忏悔,是为了按照他的意思修改事实,用流畅的法语来对它进行歪曲。"他甚至认为《忏悔录》"不是他本人的、甚至不是他想成为的那个人的回忆录,而只是他要人相信的小说"②。布吕纳介的评论以苛刻著称,他推崇古典主义,贬低启蒙文学和浪漫主义文学。按照他的看法,卢梭不止是一个疯子或病人,而是比真正的疯子还要可恶和狡猾,这种观点无疑是过分夸张了。卢梭确实患有被迫害妄想症,但只是在晚年受迫害的情况下才越来越严重,如果因此就把这位成果丰硕的思想家说成是"疯子"的话,那显然是恶意的攻击了。

拿破仑(Napoléon Bonaparte,1769—1821)年轻时是个热情的卢梭主义者,可是他上台之后,却说"卢梭是个疯子,是他把我们带到了现在这个地步。"③在复辟时期,天主教会对卢梭进行疯狂反扑,在1821年把他的骨灰放进了先贤祠的地下室。1848年革命期间,卢梭的思想和著作受到重视,后来被巴黎公社所推崇,但在巴黎公社被镇压以后又随之受到冷遇,所以在1878年,法兰西第三共和国拒绝纪念卢梭逝世100周年,直到1884年,先贤祠的广场上才竖立了卢梭的塑像。

即使是深受卢梭影响的夏多布里昂(Chateaubriand,1768—1848)也认为不应该像卢梭那样把什么都说出来,因为忏悔不一定要把内心的隐秘暴露无遗:"卢梭认为由于他的真诚,或者为了教育人,他才忏悔他一生中那些可疑的快乐;他甚至以为别人是郑重其事地询问他,要求他坦白他和威尼斯的那些危险女人所犯下的

---

① 卢梭:《忏悔录》第1部,作者卷首题词,第509—510页。

② Bernard Gagnebin, *Vérité et véracité dans 〈Les Confessions〉*, dans *Jean-Jacque Rousseau et son oeuvre*, Commémoration et Colloque de Paris, organisés par le Comité national pour la commémoration de J.-J. Rousseau, Klincksieck, 1962. p.19.

③ Jean-Louis Lecercle: *Jean-Jacques Rousseau: modernité d'un classique*. Paris: Larousse,1973. pp. 237—38.

罪孽。假如我混迹于巴黎的娼妓队里,我不认为我必须以此教育后人。"①因为与娼妓为伍的生活,与他少年时偷丝带这类并非故意的错误是不一样的。无心的错误会给人留下真诚的遗憾,忏悔出来对人有教育作用;而作为成人的不良行径,只要在内心忏悔即可,硬要坦白出来似乎就有虚伪之嫌了。正如法朗士(Anatole France,1844—1924)讽刺的那样,一个人的罪孽越大,在临终时忏悔的内容也就越多、越生动,因而也就越能够成为圣徒和升入天国。

不过卢梭也有他的道理,他认为坦白这些丑事是最不容易做到的:"如若谁公正地读了我的《忏悔录》(有朝一日它会见天日)的话,那就一定会感到,我承认的一切是比承认一桩更大的恶行还要丢人和难以做到的,因为承认一个更大的恶行,是不会有这么羞于出口的。从而可以感到,我没有说出恶行,是因为我不曾做过。"②实际上,卢梭的坦白往往可能言过其实,例如他以丰富的想象力谈论爱情,给人以风流才子的印象,其实"他的目光跟他的兴趣一样,同样是有节制的。他从来不凝神注视一个女人,不管这个女人多么漂亮。"甚至"他让我确实相信一件许多人必定难以相信的事,那就是世界上的一个女子,不管她多么漂亮,从来没有使得他产生过半点欲望。"③

1912年6月30日,法国政府隆重纪念卢梭诞生200周年,法利埃(Armand Fallières,1841—1931)总统亲自出席,为卢梭纪念碑揭幕,但以巴雷斯④为代表的右翼政党,却指责政府在颂扬一个叛逆者、一个不道德的作家。1929年,美国以"有伤风化"为由禁止发行《忏悔录》,希特勒和苏联在30年代都查禁过卢梭的作品。

卢梭的《忏悔录》促进了回忆录、内心日记和自传体小说等体裁的繁荣,影响了法国和世界上的无数作家。托尔斯泰自称是卢梭的门徒,"《忏悔录》是列夫·托尔斯泰爱读的作品之一。他赞赏卢梭的诚挚与真实,他感到十分亲切的是卢梭的坦率,是卢梭对社会不公平的憎恨和对人的热爱。"⑤巴金始终把卢梭尊为启蒙老师:"我写小说,第一位老师就是卢骚,从《忏悔录》作者那里我学到诚实,不讲假话。"⑥他在晚年的《随想录》里,无情地解剖自己在十年浩劫中被扭曲和伤害的灵魂,显示了他真诚的良心和崇高的人格,可以说就是对卢梭《忏悔录》的讲真话、不讲假话的精神的继承和发扬。

---

① 夏多布里昂:《墓中回忆录》,郭宏安选译,北京:三联书店,1997年,第58页。
② 卢梭:《一个孤独的散步者的遐想》,张驰译,第77页。
③ 贝纳丹·德·圣皮埃尔:《让-雅克·卢梭生平》,张驰译,载《一个孤独的散步者的遐想》,第200,204页。
④ 莫里斯·巴雷斯(Maurice Barrès,1862—1923),法国作家,曾在德雷福斯事件中与左拉抗衡。
⑤ 雅洪托娃(М.А.Яхонтова)等《法国文学简史》,郭家申译,沈阳:辽宁教育出版社,1986年,第227页。
⑥ 巴金:《探索集·后记》,《中国当代文学研究资料,巴金专集》I,南京:江苏人民出版社,1981年,第671页。

二、重要评论介绍

后人关于《忏悔录》争论的关键，在于它所叙述的是不是事实，这也是衡量一切传记是否有价值、传记作者是否诚实的标准。1962 年，在纪念卢梭诞生 250 周年的时候，贝尔纳·加涅班(bernard Gagnebin)发表了论文《〈忏悔录〉里的真理和真实》，对这个问题进行了详细的论证。

加涅班认为总的来说，卢梭具有惊人的记忆力，对于他生活过的地方和结识的人都能记得一清二楚，例如在全书提到的大约有 600 个名字中，只有五六个名字的字母拼写得不完全正确。但是加涅班也列举了《忏悔录》中的一些明显的错误，并且对此做了合理的解释和推论。

例如卢梭说他的母亲是贝纳尔牧师的女儿，实际上她是牧师的侄女，她的父亲是个钟表匠，她在九岁时失去父亲之后由贝纳尔牧师抚养成人，而且继承了牧师的图书，所以卢梭才会有这样的印象。卢梭说他的舅舅嘉伯利·贝纳尔是与他的父母在同一天结婚的，舅舅还在贝尔格莱德建立过卓越的功勋，这些说法并不准确，原因在于卢梭出生时母亲就已去世，没有人向他详细地讲述童年的事情。

卢梭在事件的日期方面也有记错的时候。例如他说在日内瓦的舅舅家里住了两三年，在威尼斯生活了两年，对乌德托夫人的爱情持续了几个月。其实他在舅舅家里只呆了几个星期就去做学徒了，在威尼斯也只有九个月，对乌德托夫人的爱情更是一时冲动、非常短暂。他之所以记忆有误，是因为他的一生充满了痛苦和不幸，那些难得的幸福时光就给他留下了特别深刻的印象，他在回忆时也就不由自主地留连忘返，延长了实际经历的时间。何况他写作《忏悔录》时年事已高，健康状况和精神状态都每况愈下，而且十分孤独，没有任何可以咨询的亲友或资料，所以记述中的不确切的地方也情有可原：

> 我写《忏悔录》时，人已经老了。那些无谓的人生乐趣，我都经历过了，而心灵则感到空空如也，对它们我已经厌倦了。我凭记忆去写，但这种记忆又常常不足，或者只给我提供一些不完整的回忆。我便用我想象的、但又不与事实相违的细节去弥补回忆的不足。我爱在我一生的那些幸福时辰上留连忘返，深情的眷恋常常叫我用华丽的辞藻去美化它们。对我忘却了的事情，我就把它们说成我觉得应该是或者实际上可能是的那样，但绝不走失我记忆中的样子。我有时给事实赋予各种奇特魅力，但我从未用谎言取代事实以掩盖罪过或欺世盗名。①

---

① 卢梭：《一个孤独的散步者的遐想》，张驰译，第 73—74 页。

关于卢梭美化自己的事例,加涅班认为要根据资料进行具体分析。例如他说在都灵的教养院里,曾长时间地抗拒那些要他改宗天主教的神甫,由此显示了他的勇气和对新教的留恋;但是在本世纪初发现的教养院的登记簿上,通常的"志愿领洗者"要住上三至六个星期,有的甚至要几个月,而卢梭却只呆了11天,时间之短打破了记录,似乎卢梭是在凭空吹嘘自己。但是这本登记簿已经在第二次世界大战的一次轰炸中被毁,现在只有登记卢梭改宗日期的那一页,而这一页也只是后人手写的一份摘要。卢梭是否在改宗后又回到教养院过了一段时间,人们不得而知,而且写摘要的这个人也可能记忆有误,所以单凭这一份资料就断定卢梭说谎,仍然是不足为信的。

法国作家安德烈·莫洛亚(André Maurois,1885—1967)为法国、英国和俄国的许多作家写过传记,也写过一些卷帙浩繁的历史著作,都以资料翔实和立论公允而著称,因此在1938年当选为法兰西学士院院士。他在小说创作和文学批评方面也卓有成就,他为再版的《忏悔录》(1949)所写的序言,就是一篇精彩的评论。

莫洛亚以文学史家的宏观眼光,肯定卢梭是个决定法国文学发展方向的人物,而且以夏多布里昂、斯丹达尔(Stendhal,1783—1842)、纪德(André Gide,1869—1951)等作家的作品为例,证明了他对于后世法国文学的重要影响。关于《忏悔录》,莫洛亚同意卢梭是一个诚实的人,不过他也从精神分析的角度出发,认为卢梭坦率地承认自己对女人的感情,从幼年时被朗贝西埃小姐打屁股时的快感,到与华伦夫人半乱伦式的爱情,只是他在性方面的一种暴露癖,把这些都写出来,"这就使他的放纵行为有了成千上万的观众,他也因而感到分外快乐。"他所承认的偷盗行为都是小偷小摸,而且都有值得宽恕的理由,"他知道读者会原谅他";他对读者不会原谅的事情,例如抛弃自己的孩子等则一笔带过。归根结底,卢梭"只暴露一些可爱的缺点"。[①]

应该承认,卢梭的坦白是有限度的,他只坦白自己认识到的缺点和错误。实际上,一方面由于受迫害妄想症的折磨,或者由于思想、性格和感情等方面的原因,他可能过多地归咎于人,而并未看到自己的缺点;另一方面,《忏悔录》追求的坦白只是一种理想,人要做到完全的坦白是不可能的。

卢梭确实有许多缺点,例如落落寡合、喜欢猜疑、用情不专等,不过从他的一生和《忏悔录》的全书来看,应该说他并非故意讳疾忌医或文过饰非,而是在事过境迁、岁月沧桑之后,人们都会本能地美化自己的过去,而感情尤其是想象的结果。莫洛亚对于《忏悔录》中与事实出入的内容表示充分的理解,他正确地指出"在所有

[①] 安德烈·莫洛亚:《〈忏悔录〉(法国1949年博尔达斯版)序言》,远方译,载卢梭:《忏悔录》第二部,范希衡译,徐继增校,北京:商务印书馆,1986年,第825—826页。

的人身上,都有装假的一面……事实上一种忏悔只能是一本小说。"①莫洛亚认为卢梭在性欲方面直言不讳,表明他在这方面有点疯狂,然而他的疯狂几乎都是想象出来的。正因为"卢梭过多地谈论爱情,他就这样激怒了他的朋友们,因为他向他们宣扬了他所信奉而从不付诸实践的道德说教。"②

卢梭在《忏悔录》的卷首题词中两次使用了"敌人"这个词,表明自己已经被逼得走投无路,陷入了茕茕孑立、形影相吊的困境。莫洛亚对此表示赞同,认为"卢梭是有不共戴天的仇人的,他们为了种种不同的理由,齐心协力,非置他于死地不可。"③归根结底,他认为"卢梭在人类思想存在的缺点所允许的限度里说出了真话——他的真话。"④

让-路易·勒赛克尔(Jean-Louis Lecercle)是法国当代的马克思主义文学批评家,他评注的《论人类不平等的起源和基础》(1954)里收入了他的评论《让-雅克·卢梭》。勒赛克尔认为马克思主义批评的任务,在于使人们对卢梭的思想有全面的了解。文章介绍了卢梭的生平和作品,肯定了卢梭在政治上对法国大革命的重要影响,认为说卢梭是疯子的人都是在进行愚蠢的诽谤,因为他的各种弱点和短处都是他遭受迫害的结果。

勒赛克尔从阶级斗争的角度出发,分析了卢梭与百科全书派的矛盾:"资产阶级批评家一般都把卢梭和百科全书派的决裂说成是由于个人的原因。他们认为卢梭的多疑、敏感和自寻烦恼的怪癖,狄德罗的疏忽,格里姆⑤的阴险都是造成决裂的原因。这些无关紧要的原因,很可能而掩盖了存在于双方思想意识本身中的更深的原因。但是批评家的职责正在于抛开一切流言,一直追溯到冲突的根源。因为这本来是阶级的冲突。百科全书派中的前进派狄德罗、霍尔巴赫(Paul-Henri Holbach,1723—1789)同中间派伏尔泰一样,都是发展资产阶级进步纲领的,而卢梭则代表民主大众的利益。民主大众虽更富有革命性,却没有积极的经济纲领,所以只好逃避到乌托邦内。"⑥

勒赛克尔进一步指出:"《忏悔录》并不完全是卢梭生活的历史,而主要是他的精神和情感的历史。这是心理分析的杰作;是动人的论辩;是对他的论敌慷慨激昂的责难(虽然这种责难往往有失公正);同时也是一首抒情的诗歌,一首世界文学中

---

① 安德烈·莫洛亚:《〈忏悔录〉(法国1949年博而达斯版)序言》,远方译,同上书,第827页。
② 同上书,第831—832页。
③ 同上书,第833页。
④ 同上书,第835页。
⑤ 格里姆男爵(Friedrich Melchior Grimm,1723—1807),德国作家,文学评论家。
⑥ 让-路易·勒赛克尔:《让-雅克·卢梭》,李常山译,东林校,载《论人类不平等的起源和基础》,北京:商务印书馆,1997年,第14页。

最美的诗。卢梭是在浪漫主义时代行将大放异彩的抒情文学的大师。"①他的评价无疑是非常中肯的。

美国解构主义批评家保尔·德曼(Paul de Man)在他的《托词〈忏悔录〉》里,从语言的寓意性出发,认为卢梭越是用自传为自己辩解,就越是被别人误解,对自己的看法也就越不真实。因为忏悔就是承认自己的罪过,是不为自己辩护的,而卢梭却在忏悔的同时要说出自己内心的想法,所以他的《忏悔录》不是真正的忏悔,实际上就是为自己辩护,例如他在偷丝带时诬陷了无辜的姑娘玛丽永,但是经过他为自己辩解之后,反而成了他对她的爱情的见证。

卢梭所说的真实想法即使是真诚的,也只是他的一面之词,因而是无法证实的。德曼甚至认为卢梭是为了写《忏悔录》而故意要暴露自己,捏造一些罪行以打动人心。不过德曼的这些看法也只是猜疑,也是无法证实的。所以归根结底,德曼还是认为卢梭并没有撒谎,而是语言迷惑了人对自身的认识。因为人类的语言有机械性,它的认识功能和行为功能是分裂的,有些话人们往往未经思考就会下意识地脱口而出。正如卢梭后来在《一个孤独的散步者的遐想》承认的那样,他在偷丝带时头脑中只想着玛丽永,在被查问时才不由自主地说出了她的名字,因而只是一个误会,尽管它造成了伤害他人的后果。

兹韦坦·托多罗夫(Tzvetan Todorov,1939—　)是法国当代结构主义批评家和符号学家,他认为在当代,日常的语言与例如哲学家、心理学家和经济学家等使用的专门语言之间已经产生了裂痕,读经典作家的作品倒会令人神清气爽,所以他要用普通的语言来论述难以说清楚的事情。1985年,他发表了《短暂的幸福,论卢梭》,在这部论著中分析了卢梭政治学说的结构,即从自然状态到社会状态,从公民到个人的过程,并且专门论述了"孤独的个人",从"有限交流"、"失去个性"和"寻找自我"等哲学概念出发,分析了卢梭与其他人的关系,论述了他为什么要写自传的原因。

当卢梭独居在"退隐庐"的时候,狄德罗把自己的剧本《私生子》(1757)寄给他,里面有这样一句话:"好人都生活在社会里,只有恶人才是孤零零的。"卢梭勃然大怒,立刻写信与狄德罗绝交。他后来多次反驳了狄德罗的看法,认为恶人为了加害于人,才需要和别人生活在一起,而孤独的人不可能加害于人,所以也不可能是恶人。托多罗夫指出卢梭珍视友谊和交往,但最后却落得孤独的境地,因此"这种孤独的原因就不在他的身上,而是来自于其他人的敌对态度,或者是他们不配得到他的爱。"②

托多罗夫认为自传重在真实:"无论要说些什么,诚实都是自传作者首要的品

---

① 让-路易·勒赛克尔:《让-雅克·卢梭》,李常山译,东林校,载《论人类不平等的起源和基础》,北京:商务印书馆,1997年,第22页。
② Tzvetan Todorov, *Frêle bonheur*, *Essai sur Rousseau*, Hachette, Paris, 1985. p.43.

质……《忏悔录》经常叙述自传作者在谈论自己——尤其在写自己——时感到的这种内心的乐趣，所以卢梭才醉心于自传的写作。"①卢梭喜爱写自传，因为他是个孤独的人，人越是孤独就越是需要谈论自己，因此托多罗夫指出："写作政治论著决不是公民的一种义务，而编撰自传却是孤独的个人的极其自然的、几乎是不可避免的行为。卢梭最后15年的生活，是和他对自传的写作融合在一起的。"②

在这类作品里，作者要谈的是自己，"我"是唯一的主体。不过孤独的人并非真正独自生活，所以他也要写其他人，但其他人都是需要认识的对象，只有在主体需要的情况下才会涉及；如果没有足够的他人，就用对大自然的描绘来加以弥补。所以这类作品与19世纪塑造典型人物的小说截然不同，读者印象最深的不是其中的人物，而是卢梭本人的激情和思想。正因为如此，卢梭写作的就不是严格意义上的小说，而是带有某些小说特征的自传，也可以说他发明的是具有现代形式的自传。

【关键词】

自传　真实　马克思主义批评　解构主义　结构主义　符号学

【推荐阅读书目】

1. 让-路易·勒赛克尔：《让-雅克·卢梭》，李常山译，东林校，载《论人类不平等的起源和基础》，北京：商务印书馆，1997年。
2. 雷蒙·特鲁松：《卢梭传》，李平沤、何三雅译，北京：商务印书馆，1998年。
3. 卢梭：《一个孤独的散步者的遐想》，张驰译，长沙：湖南人民出版社，1985年。

【参考文献】

1. 《让-雅克》第1卷：《在〈忏悔录〉之外，1712—1750》；第2卷：《小说与真实，1750—1758》；第3卷：《一位才子的崇高与不幸，1758—1778》。
   Jean Guehenno, *Jean-Jacques I. En marge de Confessions, 1712—1750; II. Roman et vérité, 1750—1758; III. Grandeur et misère d'un esprit, 1758—1778*. Grasset, 1948—1950; Gallimard, 1952.
2. 《〈忏悔录〉里的真理和真实》，载《让-雅克·卢梭和他的作品》
   Bernard Gagnebin, *Vérité et véracité dans 〈Les Confessions〉*, dans *Jean-Jacque Rousseau et son oeuvre*, Commémoration et Colloque de Paris, organisés par le Comité national pour la commémoration de J.-J. Rousseau, Klincksieck, 1962.

---

① Tzvetan Todorov, *Frêle bonheur*, *Essai sur Rousseau*, Hachette, Paris, 1985. p.58.
② Ibid.

3. 《让-雅克·卢梭,透明与障碍》

   Jean Starobinski, *J.-J. Rousseau, la transparence et l'obstacle*, Gallimard, 1971.

4. 《让-雅克·卢梭在大革命以后的法国,1795—1830》

   Jean Roussel, *J.-J. Rousseau en France après la Révolution, 1795—1830*, Colin, 1972.

5. 《自传的契约》

   Philippe Lejeune, *le Pacte autobiographique*, Le Seuil, 1975.

6. 《卢梭,一位经典作家的现代性》

   Jean Louis Lecercle, *Rousseau. Modernité d'un classique*, Larousse, 1973.

7. 《托词:〈忏悔录〉》,载《阅读的寓意:卢梭、尼采、里尔克和普鲁斯特作品中的形象语言》

   Paul de Man, *Excuxes (Confession), in Allegories of Reading: Figural Language in Rousseau, Nietzsche, Rilke, and Proust*, New Hawen and London: Yale University Press, 1979.

8. 《卢梭全集》一至四卷

   Bernard Gagnebin et Marcel Raymond, *Les Oeuvres complètes de Jean-Jacques Rousseau, I—IV*, la Pléade, Gallimard, 1978—1981.

9. 《短暂的幸福,论卢梭》

   Tzvetan Todorov, *Frêle bonheur, Essai sur Rousseau*, Hachette, Paris, 1985.

10. 《卢梭,罗贝尔·马尔克评注》

    Rousseau, note par Roberd Marc, Hachette, 1997.

【网络资源】

http://www.iep.utm.edu/r/rousseau.htm

http://www.rousseauassociation.org/default.htm

【作品推荐译本】

1. 《忏悔录》第一部,黎星译,北京:人民文学出版社,1980年。
2. 《忏悔录》第二部,范希衡译,北京:商务印书馆,1986年。

第八章 歌德的《浮士德》：
德意志观念与意识形态的试金石

约翰·沃尔夫冈·封·歌德(Johann Wolfgang von Goethe,1749—1832),德国最伟大的诗人、戏剧家、小说家、美学家和思想家。生于德国莱茵河畔法兰克福的一个富裕市民家庭。早年为德国狂飙突进运动的主要代表。1775—1786年任魏玛公国枢密顾问,主管公国政务,力推改革。1786—1788年避走意大利。后长期任魏玛宫廷剧院的总监,与席勒共同开创了德国文学的古典时期(1795—1805)。写有2500多首诗歌和大量戏剧、小说、散文及文艺理论作品,终生从事自然科学研究并有大量著述。

重要著作:剧作《铁手骑士葛兹·封·贝利欣根》(1773)、《哀格蒙特》(1787)、《托夸多·塔索》(1789)、《浮士德》①(第1部1808,第2部1832);小说《少年维特的烦恼》(1774)、《威廉·迈斯特的学习时代》(1796)、《威廉·迈斯特的漫游时代》(1829)、《亲和力》(1809);抒情诗《塞森海姆之歌》、《罗马哀歌》(1790)、《西东合集》(1819)及叙事诗《赫尔曼与窦绿苔》(1797);《意大利游记》(1817)、《诗与真》(1831)等自传性作品,以及艾克曼辑录的《歌德谈话录》(1823—1832)。

早在1874年,赫尔曼·格林(Hermann Grimm)谈到歌德时就说:"有关他的书籍已经成了一个图书馆,数量每天还在增多……然而研究歌德的工作还仅仅是开始,这一事业必将持续到遥远的未来。"②如今看来,无论是就歌德本人,还是就《浮士德》这部影响广泛、既有"戏剧"之名、又采取诗歌形式、兼具哲学奥义的不朽巨著来讲,格林的预言都已成现实:跟"红学"、"莎学"一样,"在世界范围内研究《浮士德》业已形成文学领域里的一个独立学科,被称为'浮学'"③。对《浮士德》的

---

① 据不完全统计,国内迄今已有郭沫若(1928,1947)、周学普(1938)、钱春绮(1982)、梁宗岱(1986)、董问樵(1987)、樊修章(1993)、绿原(1994)、杨武能(1998)等人的《浮士德》译本。因篇幅所限,本文不述及国内学者研究《浮士德》的成果,请读者参阅篇末所列书籍。
② 赫尔曼·格林(1828—1901),艺术和文学史家,著名的"格林兄弟"之一威廉·格林之子。见彼得·伯尔内尔:《歌德》(德汉双语版),Inter Nationes, Bonn, 1983. p.189.
③ 歌德:《浮士德》,杨武能译,北京:燕山出版社,2000年,第1页。

研究、阐释与批评两百多年来绵延不绝,构成了一部可以想象却难以完全把握的"浮士德批评史"①。有关著述和文献浩如烟海,甚至连研究《浮士德》接受史的德国学者也深切地感到,要全面周详地描述对《浮士德》阐释与批评的历史景观,如今乃是"一项单凭个别学者之力已无法完成的重任"②。因而本文只拟撷其要者,勾画轮廓。为此,有必要首先指出《浮士德》发生史③方面的特点:这部共计12111行的诗剧,其创作过程跨越18、19两个世纪,历经作者人生的所有重要阶段,断断续续长达60多年。它不像多数经典作品那样一开始就内容完整、形式统一、版本单纯。这种特殊的创作史,在很大程度上决定了《浮士德》本身在内容和形式上独一无二的特殊性、难点和问题,也决定了其错综复杂的阐释与批评史。

一、歌德时代对《浮士德》第一部的批评

(一)最初的反响

从歌德(1772—1775)开始构思和草拟后来被称为《原浮士德》④(Urfaust)的初稿起,伴随歌德一生的《浮士德》创作就已在作者的朋友当中引起热烈的关注和评论。随着《浮士德。一个片断》(Faust. Ein Fragment)于1790年出版,《浮士德》的阐释与批评史也正式开始。

在歌德时代,《浮士德》第2部(简称第2部,下同)尚未出版,《原浮士德》还未被发现。当时,《浮士德》研究的文本基础主要是《浮士德,一个片断》和《浮士德,一部悲剧》(Faust. Eine Tragödie)。阐释者和评论家们力图寻求作为"红线"贯穿于作品的某种观念(Idee)。在此过程中,逐渐形成了《浮士德》阐释和批评的最初格局,亦即语文学家(Philologe)与哲学家之间的"竞争"。当时的著名美学家维舍尔

---

① 关于《浮士德》的阐释与批评,《歌德手册》(Goethe-Handbuch,卷2,1997年德文版)已有比较系统的概述。本文关于浮士德批评史的描述主要依据该书有关内容和1997年以来的《歌德年鉴》(Goethe-Jahrbuch)及高中甫先生的《歌德接受史》(1773—1945)等文献。为便于读者查找有关文献,对于转引自《歌德手册》(GHB)的部分引文,注中直接标明了引文出处。

② Th. Buck(Hrsg.), Goethe-Handbuch, Bd. 2., Stuttgart & Weimar: Verlag J. B. Metzler, 1997. S. 478.

③ 歌德先后创作了《原浮士德》(1768—1775年产生,1887年出版)、《浮士德。一个片断》(1790)、《浮士德。一部悲剧》(1808)和《浮士德。第二部》(1832)。后两者合在一起就是通常所说的《浮士德》。《浮士德》第1部发表时反响强烈,好评如潮;而24年之后发表的第2部却因读者无法理解而遭到拒绝——这种情况持续了数十年。关于《浮士德》的创作经过,参阅 Anne Bohnenkamp, Goethes Arbeit am "Faust", In: Jb. 1997, S. 199—211.

④ 《原浮士德》只是一些零散的戏剧场景,大约产生于1772—1775年,歌德生前未曾发表,仅在法兰克福和魏玛宫廷给一些朋友朗读过其中的某些部分。1887年,日耳曼学家施密特(Erich Schmidt)从一位当年听过歌德朗诵的魏玛宫廷女官的遗物中发现了记录朗诵内容的笔记本。"原浮士德"这一标题为出版者所加。

第八章　歌德的《浮士德》：德意志观念与意识形态的试金石

(Friedrich Theodor von Vischer)把这两大阵营分别概括为热衷于文献考据的"材料搜寻派"(Stoffhuber)和强调作品哲学内涵的"意义搜寻派"(Sinnhuber)。①

席勒(Friedrich Schiller,1759—1805)最先指出"象征手法"(Symbolik)在这部作品中的重要性。他认为,正是象征使歌德对"人性的二重性和那种旨在把神性和生物性统一在人身上的徒劳追求"的描述成为可能(参 1797 年 6 月 23 日致歌德的书信)。早在 1796 年,弗里德里希·施莱格尔(Karl Wilhelm Friedrich von Schlegel,1772—1829)就相信,歌德这部作品一旦完成,"就将远远超过《哈姆雷特》"②。他在 1797 年的《断片集》(*Fragmente*)中,把《浮士德》称作"理性诗"(Vernunftgedicht)③。当《浮士德》第 1 部出版后,他认为歌德未能穷尽浮士德素材蕴含的可能性。④ 他坚信《浮士德》属于歌德的传世之作;同时也指出,歌德这部作品在美学上存在瑕疵。他认为,这部作品显示出,歌德所具备的主要不是剧作家的素质,倒是更具有"浪漫"的而非"史诗"作家的品质。⑤ 其兄奥古斯特·施莱格尔(August Wilhelm von Schlegel,1767—1845)也把这部"迷宫般的、无限的"作品视为歌德"最独到的创造"⑥,不仅如此,他还肯定了作品在"哲学上的深刻性"⑦。谢林(Friedrich Joseph von Schelling,1775—1854)在他《关于艺术的讲稿》(*Vorlesungen zur Kunst*,1802/03)中,把当时还只是一个"片断"的《浮士德》誉为继但丁、莎士比亚、塞万提斯的杰作之后的又一巨著。谢林从早期浪漫主义哲学角度出发,认为《浮士德》"加工并且也形成了神话(Mythos)",是对现实中生活"绝对事物"的表达,说它是一种介于存在的永恒真理和世界的终极性之间、历史的素材和永恒的概念之间、民族的神话和人类理念之间的艺术,从而达到了一种美学启示的高度。⑧ 黑格尔(Georg Wilhelm Friedrich Hegel,1770—1831)在其《精神现象学》(Phänomenlogie des Geistes,1807)等论著中大量引用《浮士德》。其本意当然不是要诠释作品本身,而是相反,他用歌德塑造的许多戏剧形象和场景来阐释他的哲学观念和思想。尽管如此,黑格尔对《浮士德》的批评和接受产生了不可低估的作

---

① F. Th. Vischer, *Die Literatur über Goethes Faust*. In: Kritische Gänge. Bd. 2. 2. München, 1922. S. 135.

② K. R. Mandelkow, *Goethe im Urteil seiner Kritiker*, 4Bd., München,1974—1985. Bd. 1, S. 126.

③ E. Behler(Hrsg.), *Kritische Friedrich-Schlegel-Ausgabe*, München, Paderborn, Wien, 1979ff. Bd. 16, Fragmt. V, S. 315.

④ Ibid.,XVII, S. 229.

⑤ K. R. Mandelkow, *Goethe im Urteil seiner Kritiker*, 4Bd., München,1974—1985. Bd. 1, S. 294f.

⑥ Ibid., S. 282.

⑦ A.W. Schlegel, *Sämtliche Werke*, Bd.10. hg. von Böking,Eduard. Leibig, 1846, S. 17f.

⑧ F. W. J. Schelling, *Ausgewählte Schriften II*. 1801—1803. 1995, Frankfurt am Main: Suhrkamp. In: GHB. S. 480.

用。在其著名的《美学》(Ästhetik. 1835—1838)中,《浮士德》被看作"绝对的哲学悲剧"①。此后,《浮士德》的"寓意"(Allegorie)便得益于黑格尔的强调而备受重视。与黑格尔相反,著名的施泰尔夫人(Anne Germaine von Staël,1766—1817)却不把《浮士德》视为某一世界观或哲学理念的传声筒,而是强调了这部作品本身的无限丰富性,她认为,作品所蕴含的"思想"通过其"丰富性"在形式和内容上"超越并突破了艺术的所有界线"。②

(二)"寓意派"的《浮士德》阐释

黑格尔的学生亨利克斯(Hermann Friedrich Wilhelm Hinrichs)是最早诠释《浮士德》的"寓意派"(Allgeoristen)代表人物之一。他对《浮士德》第1部(简称第1部,下同)的"辩证"阐释是对《精神现象学》思维模式的实践。普拉滕(August von Platen)则讽刺亨里克斯把《浮士德》"经院哲学化"了。③ 有的黑格尔主义者直接把歌德这部诗剧概括为"对精神现象所有阶段"的描述④;也有论者判定《浮士德》是一部"世界悲剧",并依黑格尔的哲学体系宣布作品体现了"基督教意义上的普遍的真理观"。⑤ 这类阐释的出发点是:只有借助哲学才能阐明第1部要表达的基本观念。因而"寓意派"在这一时期专指某些哲学家出身的《浮士德》阐释者。这些人力求把整部作品概括为某个"观念"。

除上述崇奉黑格尔主义的"寓意派"之外,当时还有一批并非哲学家的"寓意派"。他们也试图把《浮士德》归结为某种观念(某种生活观、道德伦理观、宗教观等),并把作品中的人物解释为这种观念的体现。其代表人物舒巴特(Carl Ernst Schubarth)认为,歌德在《浮士德》中"为上帝做了一次真正的辩护"⑥;法尔克(Johann Falk)把《浮士德》看作一个"神话",说它实现了一个"值得庆贺的突破",因为它表达了上帝和自然"在本质上是统一体,尽管其作用各不相同"这一见解。⑦ 这一派的特点是:阐释活动受宗教狂热驱动,往往把作品神秘化,对作者无限崇拜,阐释者个人的世界观与阐释对象之间缺乏应有的距离。

对于旨在从作品中搜寻某种"观念"这一阐释倾向,歌德生前明确表示反对。他在1827年的一次谈话中说:"观念?……我可不知什么观念!"随后他又说:"德

---

① Hegel, Georg Wilhelm Friedrich, *Vorlesungen zur Ästhetik*, hg. von F. Bassenge, Bd. 2. Berlin&Weimar, 1976, S. 574.
② A.G. v. Staël, *Über Deutschland*, Monika Bosse, Frankfurt am Main, 1985, S. 385.
③ A. v. Platen, *Die Verhängnisvolle GabelF. Der romantische Ödipus*. Neudruck der ersten Ausgabe. Stuttgart, 1979. S. 80.
④ C.F. Göschel, *Über Goethes Faust und dessen Fortsetzungen*. Leipzig, 1824. S. 38.
⑤ F. A. Rausch, *Vorlesungen über Goethes Faust*, Büdingen, 1830. S. 22.
⑥ C.E. Schubarth, *Über Goethes Faust*, Berlin, 1830. S. 82.
⑦ J. Falk, *Goethe aus näherem Umgang dargestellt*, Leipzig, 1832. S. 217.

国人啊真是些怪人！他们到处寻找深刻的思想和观念……给什么都塞进深刻的思想和观念，因而把生活搞得难上加难……你来问我，我想要在《浮士德》中体现什么观念，好像我自己对此真的心中有数，并且讲得出来似的……我作为诗人的特点，不是力求去体现什么抽象的东西。"①值得一提的是，著名意大利哲学家克罗齐(Benedetto Croce，1866—1952)也反对把《浮士德》看作对哲学观念的"寓意化"。他认为，这种研究倾向会遮蔽对文学文本的美学层面的理解。他把作品置于歌德的精神发展历程中，借助人物分析阐释了第1部。他指出了第1部的"断裂"特征。他特别关注第1部里"瓦格纳"形象，认为他并非浮士德的一个可笑的"反面形象"，相反，应将他理解为歌德独具匠心的人物设计。②

简言之，黑格尔主义者及"寓意派"总是把《浮士德》里的每一处场景和人物都看作别有"寓意"的描写。他们那种非历史的阅读视角和对作品文本特点的有缺陷的分析，标示着19世纪初期《浮士德》阐释与批评的总体特征。

二、基于文本语文学的《浮士德》研究

歌德死后，《浮士德》第2部出版。文本语文学(Textphilologie)开始对《浮士德》研究产生深刻影响，并逐渐形成独具特色的"《浮士德》语文学"(Faust-Philologie)。从19世纪80年代到第一次世界大战前后，随着《原浮士德》的发现及魏玛版"歌德作品集"的问世(1887—1919)，歌德研究进入一个新的历史时期。随后，"青年歌德作品集"(1909—1912)、"歌德谈话全编"(1909—1911)、"歌德创作言论集"(1901—1914)等大量基于作者手稿的文本首度刊印，保证了《浮士德》研究所需原著文本的精确性和可检验性，从而为阐释与批评活动开辟了巨大的空间。在上述大型作品集的编辑过程中，在对《浮士德》进行全面评注与阐释的同时，还产生了大批为《浮士德》中诸多问题的阐释提供资源的研究文献。这一切连同当时那些涉及无数细节问题的争论，都为"《浮士德》语文学"的发展打下了坚实基础。

随着语文学的发展，《浮士德》研究步入了深化和拓展的时期。人们开始探讨第1、2部在戏剧和美学上的统一性(Einheit)。围绕这个问题，"完整派"(Unitarier)以歌德本人的世界观为依据，主张诗剧结构的统一性和完整性；而"断片派"(Fragmentisten)则以其创作过程的间断性或剧中某些场景的断片特征为论据，把《浮士德》视为一部断片性作品。关于作品结构的统一性问题的争论，必然涉及到歌德的文艺美学观。这个问题，或许可以从巴赫金(Mikhail-Bakhtin，1859—1975)对歌德审美观的理解中找到答案："歌德的审美论述是十分矛盾的，而且这一矛盾不仅存

---

① 艾克曼辑：《歌德谈话录》，杨武能选译，成都：四川文艺出版社，2008年，第151—152页。
② B. Croce, *Goethe*. Übers. von Schlosser, Johann. Zürich, Leiptig, Wien, 1920. S. 114.

在于他创作道路上的不同时期,也存在于同一时期内部……"之所以如此,是因为"不同的时代和流派都在歌德的审美观中留下了自己的印记",并且"歌德并不想调和所有这些矛盾,而把它们构筑成某种完善的体系",至于"一些研究者试图这么做,这在某种程度上是违背歌德愿意的"①。

同样,围绕对浮士德这一主要形象的理解和阐释,"完美派"(Perfektibilisten)认为,浮士德的一生是一个奋发有为、始于自新、终于自我赎救的过程,因而他是人生奋斗的"楷模",是一个完美的人;而"反完美派"(Antiperfektibilisten)则坚持,浮士德是一个永恒的迷途者,是一个自我欺骗的被欺骗者。

此外,人们也越来越多地认识到,歌德对自然的执著研究以及他的思维方式和相应的结论,都对他的文学创作产生了重要影响。② 在这方面,对理解《浮士德》有指导意义的是威廉·赫兹(Wilhelm Hertz)的研究成果。③

20 世纪上半叶,"《浮士德》语文学"在以精神史(Geistesgeschichte)或观念史(Ideengeschichte)和文本内部分析(textimmanente Analyse)为导向的阐释实践中得到了继承和延续。可尔夫(Hermann August Korff)在其影响甚广的《歌德时代的精神》一书中视《浮士德》为歌德受惠于"狂飙突进"(Sturm und Drang)精神的佐证④,在其《浮士德的信仰》里又把它理解为"对圣经和基督教信仰的现代反诘",因为它高扬了"人道主义的人"这一主题。⑤ 第二次世界大战后,后起学者穆勒(Joachim Müller)等人在原东德仍然坚持《浮士德》文本语文学的阐释传统。在原西德,埃姆利希(Wilhelm Emrich)的《浮士德第二部的象征》⑥对战后关于《浮士德》的争论产生过重要影响。作者结合歌德的世界观,通过考察诗人其余著作中的平行本文和对剧作本身的分析,试图揭示诗剧的历史动机以及象征手法对于作品所描述的诸多问题的意义。他这部著作受到了同时代的本体论哲学思潮的启发,是几乎所有后来对《浮士德》的"象征手法"等问题作进一步研究的必备参考书。

继埃姆利希之后,特隆茨(Erich Trunz)基于文本语文学的《浮士德评注》⑦是战后另一部对后续研究影响深远的著作。特隆茨内容丰富翔实的评注,以及始于

---

① 巴赫金:《小说理论》,白春仁、晓河译,石家庄:河北教育出版社,1998 年,第 550 页。
② 歌德最有争议的自然科学著作是其企图挑战牛顿机械论宇宙观的《色彩学》(Zur Farbenlehre, 1811)。关于歌德自然研究对其文学创作之影响的概论参阅莫光华:《自然研究对于诗人歌德的意义》,见《国外文学》,2009 年第 2 期,第 45—52 页。
③ W. Hertz, *Natur und Geist in Goethes Faust*. Frankfurt/Main, 1931.
④ H. A. Korff, *Geist der Goethezeit*. Bd. 1.: *Sturm und Drang*. Leipzig, 1954. S. 287f.
⑤ H. A. Korff, *Fausts Glauben*. Leipzig, 1938. S. 3.
⑥ W. Emrich, *Die Symbolik von Faust II.*, Königstein/Ts.⁵ 1981. S. 262.
⑦ E. Trunz, *Faust-Kommentar*, In: Goethe Werke(14 Bd). Hg. von Trunz, Erich. Bd. 3. Harmburg, 1948—1964.

塞特豪尔(Lothar J. Scheithauer)、后由弗里德里希(Theodor Friedrich)修订的《浮士德评注》①,至今仍然是《浮士德》阐释领域影响最广的工具书之一。二战以后,这种基于"作品内部分析"(werktimmanente Analyse)的阐释传统,首先在施泰格尔(Emil Staiger)的多卷本《歌德述评》②中得到了继承和发展。他把歌德作品的诸多文本和《浮士德》的一些情节织入歌德的传记,对歌德及其作品进行设身处地的研究,并以存在主义哲学(Existenzphilosophie)的视角解读作品。属于这一阐释传统的,还有同时受特隆茨和基督教影响的存在主义哲学动机的阐释:施特莱希尔(Wolfgang Streicher)借鉴了施泰格尔等人的研究成果,认为《浮士德》这部诗剧抛弃时间结构,对于描述"主人公的自我实现及其认识世界的全过程的诸阶段"来说是必要的。③ 洛迈尔(Dorothea Lohmeyer)的《浮士德与世界》④立足于严谨的语文学分析,把歌德对当时自然科学的见解视为解读《浮士德》里大量象征的基础。此书对其后《浮士德》第 2 部的研究颇有影响。"歌德协会"⑤前会长凯勒(Werner Keller)则是继承紧扣文本及其历史—文学语境的阐释传统的代表人物之一。到了 20 世纪 80 年代末,又先后有阿伦(Hans Aren)和盖尔(Ulrich Gaier)各具特色的《浮士德评注》问世。后者在其著作的"引言"里,对《原浮士德》里空间对于诗学结构的意义有所论述。

三、从民族主义到纳粹主义的浮士德形象

拿破仑战争期间及维也纳会议后,民族意识受到刺激的德国评论家们热衷于争论歌德的政治立场问题。人们一致抨击歌德对"浮士德题材"的处理:有的说它民族化不够,有的说它缺乏社会批判意识。在这一背景下,罗森克朗茨(Karl Rosenkranz)跳出前人按《精神现象学》图解《浮士德》的局限,率先把它置于歌德全部作品所构成的语境来考察。他对歌德著作及生平的总体论述《歌德及其著作》⑥对歌德充满敬意,同时,他也以批评的眼光探讨了一些重要问题。与这类有所保留但对作者表示崇敬的《浮士德》阐释相反,自第 2 部发表以后,批评、曲解和拒斥之声就不绝于耳。在当时,这主要缘于批评家们不能容忍歌德在第 2 部里表达的政

---

① L. J. Scheithaür, Th. Friedrich, *Kommetar zu Goethes Faust*. Stuttgart, 1959.
② E. Staiger, *Goethe-Darstellung*, Bd. 1. Frankfurt/Main, 1952—1959.
③ W. Streicher, *Die dramatische Einhait von Goethes Faust*. Tübingen, 1966. S. 209.
④ D. Lohmeyer, *Faust und die Welt. Der 2. Teil der Dichtung. Eine Anleitung zum Lesen des Textes*. München, 1975.
⑤ 歌德协会(Goethe-Gesellschaft),以促进歌德研究为己任的国际学术团体,成立于 1885 年,总部在魏玛,负责编辑出版《歌德年鉴》(至 2008 年已出 125 期),组织有关国际学术会议,设有"歌德奖学金"。
⑥ K. Rosenkranz, *Goethe und seine Werke*. Könisberg, 1847.

治、民族和宗教见解。维舍尔既盛赞第 1 部充沛的诗人创造力,也抨击第 2 部的晦涩难懂和形式笨拙;他还明确反对同时代其他论者对歌德的盲目崇拜。① 针对批评家们对第 2 部的抨击,克罗齐认为,歌德思想上虽然是以严肃的态度在写作第 2 部,但具体写作却有一种游戏性质。因此,对于第 2 部,哲学家们惯用的那种"条分缕析式的方法"是完全不合适的:"真正的艺术统一性恰好寓于那种半戏谑的特质中,这种特点一贯而又全面地主宰着作品的各个部分"②。

还在 1847 年,就有人窥见《浮士德》"在源头上受德意志民族传说深刻而清晰的影响的德意志性格"③。也有人指出,"德国人的个性,他们的深刻与思辨,他们对精神美的把握,对人的尊严的敬重,德国人的毅力与活力,乃至整个德意志的生活",都集中体现在《浮士德》里。④ 随着德意志帝国的建立(1871),以民族主义(Nationalismus)视角评判《浮士德》的趋势在德国愈益明显。还有人以回顾历史的目光,把这部诗剧的情节称作"德意志精神和生命史的决定性转折点"⑤。而赫尔曼·格林则把浮士德这一形象称作"德意志生命和历史的不可或缺的产物"⑥。甚至有人相信,歌德在浮士德这个素材里找到了"德意志的全部精神属性,以及这种属性在世界史上的全部意义"。到后来,浮士德就变成了"德意志精神"的一种超历史的楷模,歌德的诗剧就变成了"我们民族的著作中最最神圣的"经典⑦,它预示着"上帝还要赋予这个民族更伟大的事业"⑧。

如此这般,浮士德作为文学形象的个体性逐渐被削弱,转而被奉为特定社会制度与文化的代表,甚至被阐释成一个克服了个人主义的"真正领袖人物"⑨。在尼采(Friedrich Wilhelm Nietzsche,1844—1900)"超人"(Übermensch)学说的影响下,有论者说浮士德就是那种"超人"或"巨人"(Titan)。⑩ 这样的阐释张扬浮士德的行动主义,刻意为浮士德的罪行辩护。这类批评家不顾历史和语文学上的事实,常常把浮士德等同于歌德本人,同时又把浮士德这个形象理解为"对我们全部民族

---

① F. Th. Vischer, *Die Literatur über Goethes Faust*. In: Kritische Gönge. Bd. 2. 2. München, 1922. S. 199—319.

② B. Croce, *Goethe*. Übers. Von Johann Schlosser. Zürich, Leiptig, Wien, 1920. S. 114.

③ E. Meyer, *Studien zu Goethes Faust*. Altona, 1847. S. 32.

④ H. Düntzer, *Goethess Faust*. ²Leipzig, 1857. S. 117.

⑤ J. Sengler, *Goethe's Faust*, erster und zweiter Theil. Berlin, 1873. S. 28.

⑥ H. Grimm, *Goethe*. Vorlesungen. Bd. 2. Berlin, ⁷1873. S. 218f.

⑦ F. v. Dingelstedt, *Eine Faust-Trilogie: Dramaturgische Studie*. In: Deutsche Rundschau. 7(1876) S. 383f.

⑧ H. v. Treitschke, *Deutsche Geschichte im 19. Jahrhundert*. Bd. 1. Leipzig, 1879. S. 317.

⑨ J.E. Grotthuß, Probleme und Charakterköpfe, Stuttgart, 1897. S. 9f.

⑩ L. Bethold, *Goethes Faust*. Berlin, 1904. S. 164.

第八章 歌德的《浮士德》：德意志观念与意识形态的试金石

特质的表达"①。

到了20世纪30年代，以纳粹（Nationalsozialismus）意识形态为准绳的阐释风气渐成主流。既有人宣布，"世界主义者"歌德"对整个民族的贡献"甚微；②也有人主张，正是歌德使那种被视为"日耳曼民族特有的浮士德文化"直到20世纪仍然清晰可辨。③一些宣扬纳粹思想的评论者赤裸裸地表示，歌德通过抒写"浮士德式的追求"描绘了真正的"德国人"形象，并且正是这种追求才使希特勒（Adolf Hitler, 1889—1945）"重新唤醒民族"并使其迈向"德意志民族存在的新时代"这一"壮举"成为可能。④ 接着有人便把《浮士德》颂扬为"德意志天才的、伟大的德国形态"⑤。随后，"浮士德式的人物"又被改称为具有"自由之荣耀"的"德意志人的原型"⑥。不仅如此，某些忠于纳粹路线的阐释者还刻意突出作品最后几幕里那种"具有伟大风范的元首般的统治"⑦。伴随这一阐释潮流，为满足特定意识形态的需要，就产生了一种非历史的批评方式和服务于现实目的的曲解：《浮士德》变成了一部描述悲剧性的伟人命运的"神话"，并成为替这个"伟人"开脱罪责的辩护词。在这个时期，无论浮士德，还是歌德本人，事实上都已被"法西斯化"了。

四、战后对浮士德形象的反思及再反思

与上述对《浮士德》及其主人公的肯定性阐释唱反调的，是另一种阐释传统。它也着眼于作品的意识形态含义，却拒绝把浮士德视为"楷模"。哈特曼（Edudard von Hartmann）1872年已告诫批评家们，不要"误导"读者，不应"在浮士德面前蔑视自我"⑧。针对那些旨在把浮士德奉为"超人"、"巨人"或人生"楷模"并为浮士德的罪行辩护的趋势，也一直有反对意见。不少有学者撰文拒斥对歌德的神化，反对把歌德本人的生活观等同于浮士德的世界观。伯默（Wilhelm Böhm）等人指出，歌德笔下的浮士德恰好"不是一个追求更高意义的领袖"，而"仅仅"是作者用以"警示所有盲目行为"的一个例子。⑨

---

① A. M. v. d. Bruck, *Goethe*. Minden, 1907. S. 188.
② E. Rost, *Goethe Faust. Eine Freimaurertragödie*. München, 1936. S. 13.
③ GHB S. 489.
④ K. Gabler, *Faust-Mephisto der deutsche Mensch*. Berlin, 1938. S. 9.
⑤ K. Hildbrandt, *Goethe*. Leipzig, 1941. S. 561.
⑥ H. Pongs, *Faust und Ehre*. In: Dichtung und Volkstum. 44(1944). S. 105.
⑦ H. Volkelt, "*Auf freiem Grund mit freiem Volke Stehen*"—*Goethes Faust und Deutschlands Lebensanspruch*. Leipzig, 1944. S. 1.
⑧ E. v. Hartmann, *Der Ideengehalt des Goethe'schen Faust*. In: Im neün Reich. 2(1872). S. 445—46 und S. 498—508.
⑨ W. Böhm, *Faust der Nichtfaustische*. Halle, 1933. S. 81.

第二次世界大战结束后不久,这种"反巨人主义"(Antititanismus)的批评成为主流,伯默等人的著作同时开始产生影响。此时的德国正处于物质和道德支柱双重崩溃的境地,对人道主义传统和文化价值的反思便显得尤为迫切,而歌德的作品正好为这种思考提供了文本基础。于是,人们希望借助对浮士德形象的阐释来拷问德国的历史。一些批评家把法西斯在德国的胜利看作邪恶对"德意志精神"的胜利,看作靡非斯托对浮士德的胜利。① 另一些则肯定了《浮士德》的现实意义,鉴于现代人类面临坠入"虚空"的险境,他们认为,在此意义上,可以说歌德的诗剧探讨的是"关于人的问题",这个人像浮士德一样"寻求上帝",追求"至善"和"存在之充实",但却最终失败了。② 这类具有宗教色彩的阐释在战后为数不少,这时的"浮士德式的人"不再是纳粹时期的"楷模"或"领袖",而是被打上了消极的标志。同时,这类阐释往往受到海德格尔(Martin Heidegger,1889—1976)等人的存在主义哲学的影响。雅斯贝尔斯(Karl Jaspers,1883—1969)就曾在其题为"歌德的人性"的讲演中,把《浮士德》视为"不受限制的行为的悲剧",他指出,"歌德的人性"正是由于《浮士德》对现实的不存幻想的揭露和对获救与赎罪的希望,才清晰可辨。③

物极必反,上述"反巨人主义"的批评到后来日趋绝对化,因此很快也招致反对。这种反对的声音首先来自英美国家的学者。在他们那里,对《浮士德》的阐释与批评未受意识形态的拖累,"巨人"浮士德的事业及其"超人"行径一直都能得到积极的评价。

在原西德,学者们也开始重新审视《浮士德》的"巨人"题旨。有人认为,最后一幕不存在任何戏剧的讽刺,浮士德在倒地前那一瞬间幡然醒悟了,然后在一个关于整治乌托邦的纯真幻觉中死去;有人把浮士德解释为"德国人"从而也是"德意志民族"命运的象征,并认为浮士德"不断进取的渴求"不是"我们民族的罪恶",而是"人类与生俱来的秉性"。④ 著名语文学家施特里希(Fritz Strich)不仅很早就把具有诗剧主人公那种天性的德意志人和歌德本人称作"浮士德式的德国人"⑤,而且,他还把《浮士德》看作"对一个带有作者个人特征的神秘主义的民族形象之崩溃"的描述。他认为,最后一幕里浮士德在死亡瞬间的情感是矛盾而复杂的。⑥

五、受生命哲学影响的《浮士德》研究

19世纪下半叶,以柏格森(Henri Bergson,1859—1941)、狄尔泰(Wilhelm

---

① R. Schneider, *Fausts Rettung*. Berlin, 1946. S. 6.
② J. Pfeifer, *Goethes Faust*. Bremen, 1946. S. 7f., S. 62.
③ K. Jaspers, *Goethes Menschlichkeit*. Rede. In: Basler Universitötsreden. 26. (1949). S. 16.
④ A. Daur, *Die Tragödie Fausts*. Heidelberg, 1948. S. 61.
⑤ F. Strich, *Goethe und die Antike*. In: Dichtung und Zivilisation. (1928) S. 81.
⑥ F. Strich, *Goethes Faust*. Bern, München, 1964. S. 20.

第八章　歌德的《浮士德》：德意志观念与意识形态的试金石

Dilthey，1833—1911)、齐美尔(Georg Simmel，1858—1918)等人为代表的生命哲学①(Lebensphilosophie)的思维方式，对于理解文学文本产生了重要影响。在这种观照方式下，艺术作品中会"闪现出意义"和"生命的内在关联"。② 狄尔泰对歌德有过深入的研究。他认为歌德在《浮士德》里"满怀感动地通过一个情节的巨大寓意"，描述了"这种穿着美丽外衣的情节允许表达的一切深刻的个人体验"，从而歌德就成了"他那个时代的理想的化身，而浮士德则是那个包罗万象的象征——歌德的整个人生都寓于其中"③。齐美尔也从文化与社会批评的角度，撰写了不少分析歌德及其作品的论文。④

此后，在生命哲学的方法论指导下，不断有人试图从精神史角度，在《浮士德》中寻求关于作品的创作动机、戏剧结构、美学形式乃至作者的世界观等问题的答案。

沿着狄尔泰的思路，赫菲勒(Hermann Hefele)主张把这部诗剧"仅仅作为一部艺术作品"，把它作为"歌德内在历史的表现"来理解。⑤ 著名文化哲学家李凯尔特(Heinrich Rickert)把《浮士德》解读为现代欧洲的"最后一部真正'包罗万象'的文学作品"，说它描述了"我们的存在的全部"。⑥ 他借助歌德的"极性"(Polarität)⑦概念阐释作品主人公在善、恶两极之间历经考验的人生状态。他强调了作品的象征特点，并从情节和世界观的统一性得出结论：《浮士德》全剧具有"有机的"统一性。他把剧末的独白解释为浮士德从利己主义走向为大众谋福利的道路的转折点，从而认为，作品的结束部分预示着一种"超越尘世的继续追求"⑧。科梅勒尔(Max Kommerell)试图从歌德的视角贴近文本，把《浮士德》置于它所处的精神史语境里去解读。跟歌德本人一样，他也激烈反对那种把诗剧的意义归结为对某一核心理念的演绎，进而把整部作品归结为特定世界观的做法。他断定，不能够给《浮士德》"强加任何贯穿始终的内容"。他借助对文本全面而仔细的考察，揭示了它的内在关联和精微结构。他的结论是：第1部"主要处理的是心灵的生活"，第2部"主要处理的是精神的作为"。⑨ 科梅勒尔的创新之处在于，他对《浮士德》里生命与存在

---

① 参阅费迪南·费尔曼：《生命哲学》，李健鸣译，北京：华夏出版社，2000年。
② W. Dilthey, *Das Erlebnis der Dichtung*. Göttingen, 1970. S. 139.
③ Ibid., S. 186.
④ G. Simmel, *Geamtausgabe*. hg. von Otthein, Rammstedt, Bd. 1.: Aufsätze und Abhandlungen. Frankfurt/Main, 2001. S. 162—69.
⑤ H. Hefele, *Goethes Faust*³ Stuttgart, 1946. S. 206.
⑥ H. Rickert, *Goethes Faust*. Die dramatische Einheit der Dichtung. S. 4.
⑦ 关于歌德的"极性"概念，参阅 GHB. Bd. 4—2. S. 863—65. 或：Degner, Hoerst. G, *Polarität, Steigerung und Goethes und Metamorphose Naturanschauung*. Berlin, 1984.
⑧ H. Rickert, *Goethes Faust*. Die dramatische Einheit der Dichtung. Tübingen, 1932. S. 499.
⑨ M. Kommerell, *Faust. Zweiter Teil. Zum Verständnis der Form*. In: Geist und Buchstabe. Frankfurt/Main, 1956. S. 17.

的内容作了一种常常是诗意化的阐释。

六、宗教和神话视角

《浮士德》自问世起就引起不少神学阐释家的浓厚兴趣。在19世纪,它常常是他们对歌德进行基督教批判的文本基础。这类阐释者很少具备历史眼光,也不注重文本语文学分析。他们大都赞成"浮士德式"有作为的人应得到拯救。这一派阐释者其实是借诠释《浮士德》来批判歌德的宗教观和世界观。直到20世纪初期,这类批评家才懂得把浮士德那种值得批判的伦理观与歌德本人的态度的区别开来。到了三四十年代,他们才开始把第2部第5幕的悲剧性讽刺作为论题进行探讨,并把行将失败的"理想主义"看作歌德本人的意图。

战后,科尔施密特(Werner Kohlschmidt)本着基督教—人道主义的立场,把第2部第2、3幕中对非基督教的古代时期的描述与最后一幕对基督教的形象化联系起来理解,认为歌德力图寻找这两个阶段在"世界远古史上的共同根源",并"从存在和存在理解的深度"探寻其意义。他指出,"在那个源头,基督教和古代尚未在对立中分道扬镳"①。继承这种阐释传统的批评家有里希特(Gottfried Richter)等人。里希特把《浮士德》看作"现代第一部基督教神秘剧"②,认为它开启了重新加强人类信仰的一个视角。奥贝瑙尔(Karl Justus Obenauer)以个人对第一次世界大战后欧洲价值观普遍崩溃的体验为基础展开思考,从基督教世界观出发,认为浮士德这一形象寄寓着一个对"近代人"及其悲剧命运的譬喻,"浮士德式"罪恶深重、急需救赎的人就面临这样的命运。③

布尔达赫(Konrad Burdach)把浮士德题材与摩西神话联系起来考察,尝试在神话及宗教史的语境里解释《浮士德》。他从基督教价值观和"悲剧命运"概念出发展开分析,其基本见解是:浮士德并非巨人式的英雄,而是失败者。在阐释浮士德与忧愁相遇的时候,他区分了"歌德的诗意神话学"、"文学和民间神话学"以及"戏剧神话学"等层面。④ 这种考察歌德宗教观和世界观的新视角,旨在澄清歌德的"象征"概念;研究者既不刻意批判亦不粉饰作者,而是抱着一种比较客观而同情的阐释态度,在精神史范围内探究歌德的《浮士德》对神话题材的处理。为此,有人通过对第2部第2幕里"古典的瓦普几斯之夜"对希腊神话的运用,研究神话的生命力在歌德作品里的复苏,并试图由此证明其意义。与此相反,也有人试图通过考证

---

① W. Kohlschmidt, *Form und Innerlichkeit*. München, 1955. S. 117.
② G. Richter, *Faust. Ein christliches Mysterium*. Stuttgart, 1973.
③ K. J. Obernaur, *Der faustische Mensch*. Jena, 1922.
④ K. Burdach, *Faust und Sorge*. In: DVjs. 1(1923) S. 12.

歌德所采用神话素材的来源并分析他对这些素材有目的的改造,来消解那种意义。①

然而此前,《浮士德》已被解释成"改头换面的、德意志民族关于诸神和精灵的神话"②。20世纪30年代,纳粹政治家罗森贝格(Alfred Rosenberg)在其有关著述中确定了纳粹种族主义视角的《浮士德》阐释方向,主张把它理解为英雄的德意志民族的神话。③ 这一时期,人们普遍把《浮士德》作为"新的神话"来处理,不仅在以纳粹意识形态为指归的阐释中如此,而且在以精神史和以文本内部分析为导向的阐释中同样如此。例如,有人把《浮士德》称作"我们至关重要的世界观之书",并表示要"建立一个新的德意志神话",但这种"神话"概念与罗森贝格的无关,而是德国浪漫派所说的那种"神话"。④ 由于受到纳粹意识形态的歪曲,"神话"这一概念迫切需要人们冷静地思考和定义,但这一任务直到战后很长一段时期都未能完成。20世纪60年代,有人曾借助荣格(Carl Gustav Jung,1875—1961)的"原型理论"(Archetyplehre)分析《浮士德》;⑤这种阐释虽然有意识地与先前的阐释所依据的不无问题的"神话"概念保持了距离,但仍想寻求某种超历史的、神秘主义的因素作为阐释基础。

七、马克思主义的《浮士德》批评⑥

原东德的歌德专家格尔茨(H. J. Gölz)指出:"早在科学社会主义诞生时期,在马克思、恩格斯的影响下,歌德的遗产就得到了创造性的研究",后来"弗兰茨·梅林(Franz Mehring,1846—1919)的研究虽未达到恩格斯那样的深度,但他坚决地保卫了歌德的民族意义"⑦。

20世纪以来,马克思主义的《浮士德》批评则为上述阐释传统注入了强大的活

---

① K. Kerényi, *Das egäische Fest. Eine mythologische Studie*. In: ders.: Humanistische Seelenforschung. Darmstadt, 1966. S. 116—49.

② J. S. Esch(Hg. u. a.), *Allgemeine Encyklopödie der Wissenschaft und Künste*. Bd. I, 42. Leipzig, 1845. S. 105.

③ GHB. S. 489. 罗森贝格(1893—1946)曾在希特勒手下担任主管意识形态的高官,后被纽伦堡军事法庭以战争罪判处极刑。

④ R. Buchwald, *Führer durch Goethes Faustdichtung*. Stuttgart, 1944. S. 21, S. 23.

⑤ G. Diener, *Faust Weg zur Helena*. Stuttgart, 1961.

⑥ 本文不单独描述马克思主义经典作家对《浮士德》及其作者的理解与批评。有关论述参阅恩格斯的《诗歌和散文中的德国社会主义》(第2节:卡尔·格律恩《从"人"的观点论歌德》),见《马克思、恩格斯、列宁、斯大林论文艺》(第3版),北京大学中文系文艺理论教研室编,北京:人民文学出版社,1999年,第52—74页。

⑦ 汉斯·尤尔根·格尔茨:《歌德传》,伊德、赵其昌、任立译,北京:商务印书馆,1997年,第212页。

力。特别是第二次世界大战以后,马克思主义对《浮士德》的阐释与批评发生了巨大影响。它力求从作品本身所处的社会和历史语境出发解释文艺作品。卢卡契(Georg Lukács,1885—1971)首先在其《浮士德研究》①中从文学作品反映社会意识的角度阐释《浮士德》。他把浮士德视为封建主义向资本主义过渡的诗意的见证,并从"异化"问题的角度审视作品的美学问题。在他看来,歌德是"人道主义者"和"现实主义者",浮士德因受制于靡非斯托而不可避免地"陷入了魔鬼那魔法般的资本主义罗网"②。西方马克思主义美学的重要代表布洛赫(Ernst Bloch,1885—1977)把《浮士德》与黑格尔的《精神现象学》并置起来解读。他认为,《浮士德》描述了"人及其世界通过运动和劳动构成的生产史",展示了资产阶级意识形态的一种新方向和宗教观念的世俗化过程。③

原东德学者也大都以卢卡契的观点为基础阐释《浮士德》。他们的目的在于借此澄清歌德"文化遗产"的性质和现实价值。这方面的争论首先涉及对作者的"定性":有人认为他不是革命者,但又遵从了资产阶级时期的革命原则;也有人说他是进步的保守主义者;还有人说他是"解放者"(Befreier)。实际上,这类争议已超出作品本身,涉到如何在一种新的意识形态框架内评价作为文化遗产的歌德及其作品。于是,歌德逐渐被诠释成马克思和恩格斯的有关思想在文学上的先驱,诗剧第2部第5幕里浮士德的幻觉则被解释为对社会主义在东德最终胜利的预示。这类思想由于东德官方的认可而获得正统认识的地位。随后,"殖民主义者"浮士德的罪行被宣布为历史的必然,并且得到了谅解。这种阐释模式逐渐经典化,并在一些学者的著作中获得总结性的表述。与此呼应,出现了一大批著作对诸多细节问题展开论证。奥地利学者费舍尔(Ernst Fischer)承袭卢卡契的观点,把歌德偶像化,颂扬他是具有远见卓识的"世界诗人"和"人道主义者",把浮士德视为所谓进步的"浮士德原则"的化身。④ 费迈尔(Edmond Vermeil)甚至说,学者悲剧反映了"认识的革命",格莉琴悲剧反映了"爱情"的革命,而作品中那些幸福场景则体现了"欧洲社会制度"的革命。⑤

从70年代起,当时的东西两个德国之间的学术交流逐渐增多。不断有西方马克思主义的《浮士德》阐释理念和著述被介绍到东德。原东德学者积极吸收其中的合理因素,并结合本国实际开辟新的《浮士德》阐释局面。例如,梅彻尔(Thomas Metscher)沿着卢卡契的思路,结合严谨的文本分析解读《浮士德》。⑥ 多纳尔(Rai-

---

① G. Lukács, *Faust-Studien*, 1940, In: Goethe und seine Zeit, Berlin, 1950, S. 200—329.
② 张首映:《西方二十世纪文论史》,北京:北京大学出版社,1999年,第309页。
③ E. Bloch, Das *Faustmotiv in der "Phänomenlogie des Geistes"*. In: Neü Welt, 4—16(1949), S. 86.
④ E. Fischer, *Dichtung und Deutung*. Wien, 1953. S. 78.
⑤ E. Vermeil, *Revolutionäre Hintergründe in Goethes "Faust"*. In: Heute und Morgen. 1955, S. 110.
⑥ Th. Metscher, *Faust und die Ökonomie*. In: Das Argument. Sonderband 3(1976), S. 28—155.

ner Dorner)则以恩格斯关于"德意志的不幸遭遇"的论述作为阐释背景,把浮士德的幻觉理解为"受到封建等级制国家束缚的资本主义"图景。① 施拉斐尔(Heinz Schlaffer)根据本雅明(Walter Benjamin,1892—1940)的"寓意"概念,把第 2 部解释为对即将来临的经济和社会转型的预示。②

八、其他视角及当代概况

借助传记材料从心理学角度分析《浮士德》的尝试在 19 世纪就已出现。在弗洛伊德(Sigmund Freud,1856—1939)思想的影响下,开始出现借助精神分析(Psychoanalyse)的性欲象征和俄狄浦斯情结来解读《浮士德》的尝试。有的论者仅仅把《浮士德》用作理解青年歌德的精神世界的材料。有的阐释者将荷蒙库鲁斯这一形象说成歌德对浪漫派理论家奥·施莱格尔的讽刺性影射。本雅明则认为,《浮士德》(第 2 部)是歌德"戴面具的忏悔"③。有的阐释既采用了精神分析法,又结合了马克思主义的社会理论。④ 也有论者按照拉康(Jacques Lacan,1901—1981)的新精神分析理论,把《浮士德》的文本结构与一种病理治疗过程进行对照,从而在浮士德与靡非斯托的耦合结构中重现精神分析师和患者之间的关系。尽管如此,从总体上讲,精神或心理分析视角的《浮士德》诠释对于作品的接受和影响不大。

20 世纪下半叶至今,对《浮士德》的总体研究逐渐让位于诸多深入探讨《浮士德》的某一方面的专题性研究。这类研究成果多为学术论文,方法论上受到了战后英美国家的文本语文学传统的影响。例如,有的学者分析了第 2 部里源于阿拉伯的童话和传说因素;⑤有的学者探讨了剧中"光"的象征性;有人试图从"田园性"(idyllisch)角度解读作品;也有人借助文本分析途径诠释"永恒女性"及其相应的形态;还有人透过《原浮士德》的思路重构诗剧的全部发生史。

至于"现代性"(Modernität)等所谓当代文论话语,对《浮士德》的阐释者们也并不陌生。阿多诺(Theodor W. Adorno,1903—1969)直接从第 2 部在其出版后被拒斥和不合时宜的历史现象中,引申出作品本身的现代性,并认为浮士德之得救象征着人可以通过爱的途径从社会的置换逻辑中获得拯救。但他并没有把这种置

---

① R. Dorner, *"Doktor" Faust, Zur Sozialgeschichte des deutschen Intellektüllen zwischen frühbürgerlicher Revolution und Reichsgründung* [1525—1871], Kronberg, 1976. S. 80.
② H. Schlaffer, *Faust Zweiter Teil, Die Allegorie des 19. Jahrhunderts*. Stuttgart, 1981.
③ 本雅明:《经验与贫乏》,王炳均、杨劲译,天津,百花文艺出版社,1999 年,第 191 页。
④ R. Scholz, *Goethes "Faust" in der wissenschaftlichen Interpretation von Schelling und Hegel bis heute*. Rheinfelden, 1983.
⑤ K. Mommsen, *Natur und Fabelreich in Faust II*. Berlin, 1968; *Goethe und 1001 Nacht*. Frankfurt/Main, 1981.

换与特定的社会历史语境相联系,而是视其为社会历史的普遍现象。① 新近,更有论者从进化论角度探讨荷蒙库鲁斯的现代性②,或者把诗剧《浮士德》纳入欧洲文学史上的"教育诗"(Lehrgedicht)传统来考察③。但这类研究多属个别尝试。

最后必须指出,歌德是一位名副其实的自然研究家(Naturforscher)。他熟悉他所处时代的自然科学中除数学以外的几乎所有领域。④他毕生坚持的自然研究与文学创作活动之间具有密切的互动关系。故有论者指出,真正了解歌德的人都会承认,歌德的思想大厦,就其基础和形成而言,大部分都源于歌德关于自然的思想,源于歌德与自然的关系,源于歌德的自然研究(Naturforschung)。⑤与此相应,在新的科学文化语境里,随着人们对自然研究家歌德的发现与重估,德语国家和全世界的歌德学者产生了丰富多样的研究成果。在此语境中,《浮士德》被视为集中体现了歌德自然观的作品。

尽管如此,总的来讲,对于多数阐释者和批评家而言,"《浮士德》语文学"一直是立论的基础,而对作品内涵和主人公形象的种种诠释和理解,则和歌德时代以来德国社会历史文化语境的冷暖炎凉息息相关,亦和相应的、与时代精神互为表里的意识形态的变迁密切相关。就批评视角来说,大多数现当代的文学批评视角对于"浮学"都既不新鲜,也不陈旧。之所以如此,是由于《浮士德》本身独具的文学性、哲学性、神秘性、象征性、寓意性、多义性等诸多特征。这些侧面彼此交织、互相辉映,"诱使每一个时代都像是在其中看到了它的世界图像和人的图像,它的镜子"⑥。

【关键词】

浮士德 《原浮士德》 《浮士德》-语文学 自然研究

---

① GHB. S. 498.

② M. Osten, *Goethes evolutionäre Reise—zur Modernität des Goetheschen Homonculus*. In: Jochen Golz, Bernd Leistner und Edith Zehm(Hrgs.), Goethe-Jahrbuch(Bd. 120. 2003) Weimar, 2004, S. 216—227.

③ G. Böhme, *Kann mann Goethes "Faust" in der Tradition des Lehrgedichts lesen?* In: Goethe-Jahrbuch (Bd. 117. 2000), Weimar, 2001. S. 67—77.

④ 参Fischer, Hans, *Goethes Naturwissenschaft*. Zürich: Artemis Verlag, 1950. 亦参莫光华:《发现歌德:德国学者对自然研究家歌德的研究》,见《同济大学学报》(社科版),2009年第4期,第6—13页。

⑤ Andreas Bruno Wachsmuth, *Geeinte Zwienatur. Beiträge zu Goethes naturwissenschaftlichem Denken*. Berlin und Weimar: Aufbau Verlag, 1966. S. 6.

⑥ 转引自高中甫:《歌德接受史(1773—1945)》,北京:社会科学文献出版社,1993年,第167页。

第八章　歌德的《浮士德》：德意志观念与意识形态的试金石

【推荐阅读书目】

1. 《论〈浮士德〉的最后一场》
   Theodor W. Adorno, *Zur Schlußszene des Faust*. In：Goethe im XX. Jahrhundert. hg. von Hans Mayer. Hamburg：Christian Wegner Verlag 1967. S. 330—38.

2. 《〈浮士德〉第二部中的寓意性形象》
   Curt Hoff, *Allegorische Figuren in Faust II*. In：ders. Goethe. München：Wilhelm Heyne Verlag 1999. S. 514—23.

3. 《进化之旅——论歌德的荷蒙库努斯的现代性》
   Osten, Manfred, Die *evolutionäre Reise—zur Modernität des Goetheschen Homonculus*. In：Jochen Golz, Bernd Leistner und Edith Zehm（Hrsg.）, *Goethe-Jahrbuch*（Band 120. 2003），Weimar：Verlag Hermann Böhlhaus Nachfolger Weimar GmbH&Co. 2004，S. 216—27.

4. 《深层心理学视角下的〈浮士德〉》
   Rattner, Josef, *Goethes "Faust" im Lichte der Tiefenpsychologie*. In：ders.：*Goethe：Leben, Werke und Wirkung in tiefenpsychologischer Sicht*. Würzburg：Königshausen und Neumann 1999. S. 217—34.

5. 《浮士德的升天——论〈浮士德〉的最后一场》
   Schöner, Albrecht, *Fausts Himmelfahrt. Zur letzten Szene der Tragödie*. München：Carl Friedrich von Siemens Stiftung, 1994. S. 1—35.

【参考文献】

1. 《歌德手册》
   Buck, Theo(Hrsg.), *Goethe-Handbuch*, Stuttgart & Weimar：Verlag J. B. Metzler, 1996—1998.

2. 《〈浮士德〉第二部中的象征》
   Emrich, Wilhelm, *Die Symbolik von Faust II*., Königstein/Ts.[5] 1981.

3. 《浮士德》评注
   Gaier, Ulrich, *Kommentar zu Goethes Faust*. Stuttgart：Reclam, 2002.

4. 《歌德年鉴》(2000—2003)
   Golz, Jochen, Leistner, Bernd und Zehm, Edith（Hrsg.）, *Goethe-Jahrbuch*（Band 117—120. 2000—2003），Weimar：Verlag Hermann Böhlhaus Nachfolger Weimar GmbH&Co. 2001—2004.

5. 《深层心理学视角下的歌德作品及其影响》
   Josef, Rattner, Goethe：*Leben, Werke und Wirkung in tiefenpsychologiscger Sicht*. Würzburg：Königshausen und Neumann, 1999.

6. 《歌德年鉴》(1997—2000)
   Keller, Werner(Hrsg.), *Goethe-Jahrbuch*（Bd. 112—116. 1995—1999），Weimar：Verlag Hermann Böhlhaus Nachfolger Weimar GmbH&Co. 1996—2000.

7. 《浮士德与世界》
   Lohmeyer, Dorothea, *Faust und die Welt. Der 2. Teil der Dichtung. Eine Anleitung zum Lesen des Textes*. München：Verlag C. H. Beck. 1975.

8. 《歌德在 20 世纪》

   Mayer, Hans (Hrg.), *Goethe im XX. Jahrhundert*. Hamburg: Christian Wegner Verlag. 1967.

9. 艾克曼辑录：《歌德谈话录》，杨武能译，成都：四川文艺出版社，2008 年。
10. 伯尔纳：《歌德》（德汉双语版），波恩：Inter Nationes 出版社，1983 年。
11. 格尔茨：《歌德传》，伊德、赵其昌、任立译，北京：商务印书馆，1997 年。
12. 程代熙主编：《歌德席勒文学书简》，张荣昌、张玉书译，合肥：安徽文艺出版社，1991 年。
13. 董问樵：《浮士德研究》，上海：复旦大学出版社，1987 年。
14. 冯至：《论歌德》，上海：上海文艺出版社，1986 年。
15. 高中甫：《歌德接受史》（1773—1945），北京：社会科学文献出版社，1993 年。
16. 杨武能：Goethe in China，1889—1999，Frankfurt/Main：Peter Lang. 2000。
17. 杨武能：《歌德与中国》，北京：三联书店，1991 年。
18. 杨武能：《走近歌德》，石家庄：河北教育出版社，1999 年。
19. 余匡复：《〈浮士德〉——歌德的精神自传》，上海：上海外语教育出版社，1999 年。

【网络资源】

http://faust.odysseetheater.com/

http://gutenberg.spiegel.de/?id=19&autor=Goethe,%20%20Johann%20Wolfgang%20von&autor_vorname=%20Johann%20Wolfgang%20von&autor_nachname=Goethe

http://www.biblint.de/goethe.html

http://www.zum.de/Faecher/D/BW/gym/faust/index.htm

【作品推荐译本】

1. 《浮士德》，杨武能译，收入杨武能、刘硕良主编：《歌德文集》(14 卷本，第 2 卷)，石家庄：河北教育出版社，1999 年。
2. 《浮士德》，绿原译，北京：人民文学出版社，1994 年。

第九章 华兹华斯的诗歌创作:灵视与悲曲

华兹华斯(William Wordsworth,1770—1850)是英国伟大的浪漫主义诗人。他出生于英格兰北部湖区,早年熟读英国名家诗篇,领受家乡湖光山色的陶冶;1787—1791年,就读于剑桥大学圣约翰学院。1795年,与柯尔律治相识并结为挚友,人称"湖畔派";1798年,二人共同出版《抒情歌谣集》;两年后再版时,华兹华斯补写序言。由此,为英国文学增添了新题材,引进了新语言,创立了新风格,开辟了新时代,即浪漫主义时代。1843年,华兹华斯被封为"桂冠诗人"。

华兹华斯自1793年发表诗作,但是他的主要作品都写于其创作盛期,即1797—1807年这"伟大的十年"。1798年出版的《抒情歌谣集》中有《丁登寺》(1798)、《写于早春》(1798)等佳作;1800年再版时,收入了优秀抒情诗《露西》组诗(1798—1799)。1807年,两卷本的诗集问世,收有《不朽的征兆》(1802—1804)和《孤独的收割者》(1803)等名篇,以及他大部分最好的十四行诗,如《西敏寺桥上作》(1802)等。华兹华斯最重要的作品是长诗《序曲》(1799—1805,1850年死后发表),这是一部心灵自传,也是他计划中的哲理长诗《隐士》的第一部,第二部是《漫游》(1814),第三部未完成。

华兹华斯的诗歌理论集中体现在他的《〈抒情歌谣集〉序言》和《附录》(1800),以及《〈抒情歌谣集〉一八一五年版序言》中。

一、19世纪前期:浪漫主义者柯尔律治等论华兹华斯

19世纪前期,英国浪漫主义的第一代诗人布莱克(William Blake,1757—1827)和柯尔律治(Samuel Taylor Coleridge,1772—1834),第二代诗人拜伦(George Gordon Byron,1788—1824)和雪莱(Percy Bysshe Shelley,1792—1822),以及19世纪后期,维多利亚时代的勃朗宁(Robert Browning,1812—1889)和阿诺德(Matthew Arnold,1822—1888),都关注过华兹华斯的诗歌创作。布莱克和雪莱曾称他为"自然诗人";拜伦则把他看作"放弃革命理想"的"变节者",而且认为他

的诗歌神秘难懂,是矫揉造作地追求朴素。后来,勃朗宁对其政治倾向仍然颇有微词;不过,阿诺德却认为他是英国文学史上继莎士比亚和弥尔顿之后的第三大诗人。其中柯尔律治对华兹华斯的评论影响最大。

英国浪漫主义诗人柯尔律治,24岁与华兹华斯结识时,华兹华斯背诵诗稿的情形令他记忆犹新,永生难忘。在他看来,"这首诗里没有搜索枯肠的痕迹、没有牵强附会的词汇、没有成群汹涌的意象";但那种"深刻的感觉与深奥的思想的结合",那种在观察中所见到的真实与想象力修改事物的能力二者之间的平衡,"尤其是那种具有独创性的才能"①,给他留下了不寻常的印象。

不久之后,华兹华斯兄妹迁居与柯尔律治为邻,他们的谈话经常聚焦于"诗的两个基本点":写超自然的事物,通过信守自然的真实而激起读者的同情,使其"甘愿暂停不相信"②;选日常生活为题,通过变幻事物的色彩而赋予事物以奇趣,激起一种超自然的感觉。于是就形成了《抒情歌谣集》的写作计划:前者,是柯尔律治努力的方向;后者,是华兹华斯尝试的目标。

柯尔律治认为,尽管《抒情歌谣集》出版后备受攻击诋毁,但是崇拜者的人数与年俱增,并"主要是那些具有强烈的敏感和沉思的头脑的青年人"③。而且,"不仅在那些赞美他的天才的人的诗中,就是在那些因反对他的理论,贬低他的作品而出名的人的诗中,他的原则的影响都是显而易见的。"④但是,华兹华斯的诗歌理论却"有原则上的错误,而且既和这篇序言的其他部分相矛盾,又和作者在大部分诗中的实践相矛盾"⑤:一、关于诗的题材。华兹华斯诗中的"人物绝不是由低微的田园生活中选出来的!"⑥这些山谷中的牧民,具有独立的社会地位,超脱奴役但脱不出家庭生活的勤劳和节俭;他们还有踏实的宗教教育,经常阅读《圣经》、祈祷书或赞美诗而不熟悉其他什么书籍。"他们的举止和感情是他们阶级的共有环境的自然产物"⑦。二、关于诗的语言。必须用"普通的"或"共同语言"来代替"真正的"这个模棱两可的词;华兹华斯作品中的"这种语言不可能在低微的田园生活的用语中找到,正如不可能在其他任何阶级的用语中找到一样"⑧。肯定地说,乡下人的语言在应用于诗歌以前必须进行删改。而华兹华斯主张,"格律是诗的正当形式,诗如果不具格律,就是不完全的、有缺陷的"。因此,"在散文的语言与具有格律的

---

① 刘若端编:《十九世纪英国诗人论诗》,北京:人民文学出版社,1984年,第59—60页。
② 同上书,第62—63页。
③ 同上书,第64页。
④ 同上书,第77页。
⑤ 同上书,第65页。
⑥ 同上书,第79页。
⑦ 同上书,第81页。
⑧ 同上书,第85页。

作品的语言之间可能存在着、确实存在着、也应该存在着一种本质的区别"①。三、关于"想象"与"幻想"。华兹华斯只是根据"想象"与"幻想"在诗中的影响和作用来区分它们；而他则从创作心理上来说明二者的本质区别。

二、19世纪后期："社会学派"勃兰兑斯论华兹华斯

丹麦文学史家格奥尔格·勃兰兑斯（George Brandes，1842—1927）承袭了泰纳和圣伯夫的文艺观，评论作家作品时，"一般都能充分地联系历史传统、社会生活、时代思潮、文化背景、各国流派间的关系，以及作者个人的经历和他的其他作品，进行综合分析"②。他在该书《引言》中说："文学史，就其最深刻的意义来说，是一种心理学，研究人的灵魂，是灵魂的历史。"③勃兰兑斯凝聚18年的心血写出了《十九世纪文学主流》（1872—1890）这部巨著，阐述了19世纪上半叶法、德、英等国浪漫主义的发展历程。《十九世纪文学主流》共分六册，第四分册是《英国的自然主义》。

勃兰兑斯先从时代精神、民族气质和政治境遇入手，指出19世纪上半叶英国诗歌的独具特色：其"侧重点不在超自然的或幻想的那一方面，而在于现实主义的因素。于是，在这种情况下，浪漫主义也就成了自然主义的一种形式"④。开"自然主义"之端的华兹华斯和柯尔律治一致认为，诗歌创作的两大要素是："忠实坚持大自然的真实以唤起读者同情的能力和借助于想象的色彩变化以新颖异常引人入胜的能力"，即要写出"大自然的诗意"。这种诗可分两大类：一类是用自然主义的手法来写超自然的题材，由柯尔律治来承担；一类是赋予最自然的题材近乎超自然的色彩，如华兹华斯之所为。在二人结识时，柯尔律治最为关注的是华兹华斯"给常人心目中已经被习惯剥蚀尽光彩的形体、事件和情景笼罩上一层理想世界的色调和气氛的特异才能"⑤。

在勃兰兑斯看来，华兹华斯的真正出发点，是认为城市生活及其烦嚣使人背弃了自然，丧失了灵性。他在一首十四行诗中写道："人世的负担过分沉重，起早赶晚，收入支出，浪费着我们的才能，在属于我们的自然界，我们竟一无所见，啊，蝇营狗苟使我们舍弃了自己的性灵！"这种自然主义实质上近似于古希腊的自然观，浸透了泛神论精神，即相信"人在自我忘却和近乎无意识的状态下，作为宇宙伟大和

---

① 刘若端编：《十九世纪英国诗人论诗》，第93页。
② 勃兰兑斯：《十九世纪文学主流》第一分册，张道真译，北京：人民文学出版社，1980年，《出版前言》第3页。
③ 同上书，"引言"第2页。
④ 勃兰兑斯：《十九世纪文学主流》第四分册，徐式谷等译，北京：人民文学出版社，1984年，第66页。
⑤ 同上书，第65页。

声中的一个音符和自然融为一体"①。华兹华斯对自然的虔敬,表现为"对于处在无意识状态因而最接近于自然的那种人的尊崇",如对婴孩。② 他对自然的挚爱,表现为对于自然那种"内在的敏感"和"长久的深思","他的宏伟抱负就是做一个真正的英国写景诗人。"③华兹华斯独特的"创作方法在于不断积累自然印象,以便加以深思和完全吸收。以后,再把这类印象从灵魂的库存中取出,重新审视和欣赏"④。"熟悉的地方景色在他心中产生的并不只是转瞬即逝的快感,而且是未来岁月的食粮和支柱。"⑤

勃兰兑斯还认为,华兹华斯家境优裕,经历顺达,"他个人的内心生活从不曾炽热到足以吸引他的诗思,或是激发他的吟咏;倒反而是驱使他关注的目光外向"⑥,转向他置身其中的田园生活和相与交往的平凡人物。他具有"厌恶显赫与杰出而喜爱平易与单纯"⑦的个性特征,从而把这文学上的自然崇拜贯彻到了极端。首先,华兹华斯几乎总是从下层阶级的乡村生活中选取题材,相信人类心灵的基本感情在这种状态下能变得更纯洁更坚强。尽管他诗中以"仁慈然而生硬的微笑"取代了英国式的幽默,但那源于深切同情的凄恻之词却纯正而真挚,仍然令人感动;即使他那伴有福音劝世成分的说教诗,也"常含有独特的庄严",闪耀着"崇高的光辉"。其次,华兹华斯还认为下层阶级"所受社会虚荣影响较小,他们用以传情达意的语言也就较为朴实而少雕饰","只要剔除其糟粕,就是最美的语言"。他甚至宣布了这样一个"怪论":"在散文和诗歌的语言之间不存在也不可能存在任何实质性差别。"⑧虽然"这种信念的出发点是对于诗歌语言矫揉造作的厌恶"⑨,但仍旧引发了勃兰兑斯的多重反驳,"被认为是精确而毫不含糊地表现了英国自然主义所达到的第一个文学极端"⑩。

三、20世纪前期:"新批评派"艾略特和韦勒克等论华兹华斯

20世纪前半期,"新批评派"是西方文论的主导潮流。其奠基者T.S.艾略特(T.S. Eliot,1888—1965),以及"南方集团"和"耶鲁集团"的核心人物克林思·布

---

① 勃兰兑斯:《十九世纪文学主流》第四分册,第43页。
② 同上书,第44页。
③ 同上书,第71页。
④ 同上书,第52页。
⑤ 同上书,第55页。
⑥ 同上书,第61页。
⑦ 同上书,第70页。
⑧ 同上书,第78—79页。
⑨ 同上书,第80页。
⑩ 同上书,第83页。

鲁克斯(Cleanth Brooks,1906—1994)和雷纳·韦勒克(René Wellek,1903—1995)等人都对华兹华斯有过评论。

T.S.艾略特在《传统与个人才能》(1917)中,针对华兹华斯关于"诗是强烈情感的自然流露,它起源于在平静中回忆起来的情感"的观点,提出了"非个性化"的理论,他说:这"是一个不精确的公式。因为诗不是感情,也不是回忆,也不是宁静(如不曲解字义)。诗是许多经验的集中,集中后所发生的新东西……诗不是放纵感情,而是逃避感情,不是表现个性,而是逃避个性。"①莱昂内尔·特里林(Lionel Trilling,1905—1975)也曾谈到T.S.艾略特的看法,他认为:华兹华斯的才华本来很伟大,却滑落到"沉静而柔弱的悲曲"。西方文化的倾向是信奉行动崇尚强力,要想在精神的或诗意的生活中获得成功,"必须有一只雄鹰",而华兹华斯的问题是他没有这样的鹰。布鲁克斯在《精制的瓮》(1947)中,通过对华兹华斯诗作的解读,阐释"新批评"的核心观念和细读方法;直到20世纪后期,他还在《新批评》(1979)中,借助对华兹华斯诗作的评析,为新批评派辩护。这里主要介绍韦勒克的评论。

韦勒克在《近代文学批评史》第二卷(1955)中指出:"一般认为威廉·华兹华斯(1770—1850)的文学批评是英国浪漫主义运动的宣言,和新古典主义时代决裂的信号。"人们强调的是他摹仿乡间言语的"自然主义"想法和诗即感情流溢的"情感主义"观念;但实际上,华兹华斯已大大修正了这些思想,而其中却有他理论中"最为独特最有价值的东西"②。

华兹华斯所谓的"乡间言语",实则是按照"指导各个民族各种语言中一流作家的通则","经过确实的和审慎的筛选",既摈弃华靡浮艳的辞藻,也排除粗俗鄙俚的土语,从而具备"自然性"、"普遍性"、"生动性",成为"庄重而多彩","为一切人所共有所理解的语言"。他既关注民间诗歌,也仰慕古典传统。所以,韦勒克说:"乍看起来华兹华斯俨如一位捍卫民谣摹仿和乡间言语的自然主义者;或者起码是赫尔德一类的原始主义者,赞成朴素的和充满激情的'自然'诗而斥责'艺术'诗和人工诗。不过实际上华兹华斯在其'自然'的观念上融合了斯宾塞、弥尔顿、乔叟和莎士比亚的艺术成分,而未将之转变为原始主义的东西。""所谓人们说的语言则是意味着与自然主义大不相同的一种语言。终究指的还是弥尔顿和莎士比亚的语言,即大诗人的满腔热情的语言。"③

华兹华斯所谓的"感情流溢",似乎是主张"诗为自我表现、个人情绪宣泄"。但是,韦勒克认为:"华兹华斯不能算作赤裸裸的情感主义的提倡者。"④首先,华兹

---

① 赵毅衡编选:《"新批评"文集》,北京:中国社会科学出版社,1988年,第32页。
② 雷纳·韦勒克:《近代文学批评史》第二卷,杨自伍译,上海:上海译文出版社,1997年,第161页。
③ 同上书,第168页。
④ 同上书,第171页。

华斯承认诗歌创作中的"意识作用"。他曾断言诗本源于宁静中的情感追忆。在他列举的诗才能力中就有"反思"和"判断"。他也承认"作诗是一门永无止境的艺术",有"规则和功夫"。所以,韦勒克说:"在华兹华斯的头脑里,承认修改和技巧的重要性与凭借最初的灵感即'内心冲动'是完全并行不悖的。"①其次,华兹华斯宣称诗的存在是为着驾御人类感情,为着人的精神健康。诗歌唤起道德同情,引发感情共鸣,涤除虚情假意,宣泄邪恶情绪,使人受到净化而得以升华,进而团结人类社会,乃至"重新铸造世界"。因此,韦勒克说:"在这些早期言论中,诗歌大多仍被看作感情的驾御,而非道德主张或真理的传达。然而,随着年事增长,华兹华斯的观点日愈变成了简单的说教和训导。"②

华兹华斯重视想象。在他看来,"想象力似乎既是统一又是分解的一种力量。"也就是说,它既把众多合为单一,又把单一分为众多,是塑造和创造的能力。所以,韦勒克说:"华兹华斯好像没有逾越想象力是分解、赋予、修改、抽绎这一看法"③。至于想象与幻想的区别,韦勒克说:华兹华斯与柯尔律治观点十分吻合;"两人唯一重要的差别在于,华兹华斯没有清楚地看到柯尔律治把想象视为'统摄整体的'能力,而把幻想当成联合力量,也没有在柯尔律治所想确立的先验论与联想论之间划出泾渭分明的界限。"④

总之,韦勒克认为:华兹华斯"继承新古典主义的摹仿自然说,然而,他又给予某特殊的社会意义;他沿袭18世纪诗歌为激情和情感表现的诗歌观,而又加以修改,把作诗过程说成'宁静中的追忆'。他接受有关诗歌效果的修辞学观念,并将此扩充为一种关于文学的社会效果的理论,即用博爱精神团结社会。"就其理论的"继往开来、启发新义和个人卓见而论,却有着丰富的内容"⑤。

四、20世纪中期:人文主义者艾布拉姆斯论华兹华斯

艾布拉姆斯(M. H. Abrams,1912—)在《镜与灯:浪漫主义文论及批评传统》(1953)中指出,艺术作品和艺术理论总要涉及四个要素——世界、欣赏者、艺术家和作品,相应地则构成四种批评理论——模仿说、实用说、表现说和客观说。1800年,华兹华斯为《抒情歌谣集》新版写的《序言》,可看作是英国批评理论中的表现说取代实用说而成为主流的标志。华兹华斯说:"诗是强烈情感的自然流露。"⑥情感源于

---

① 雷纳·韦勒克:《近代文学批评史》第二卷,第172页。
② 同上书,第174页。
③ 同上书,第180页。
④ 同上书,第181页。
⑤ 同上书,第183页。
⑥ M. H. 艾布拉姆斯:《镜与灯》,郦稚牛等译,北京:北京大学出版社,1989年,第25页。

心灵；而心灵与自然有着"亲缘纽带"。所以，华兹华斯也和雪莱一样，以竖琴比喻诗人心灵，认为诗是内外因素交互作用所产生的和音，"使外在的变内在，内在变外在"①，既是感知也是创造。同时，华兹华斯还像哈兹里特那样，以灯光比喻诗人心灵，认为诗人所感知和创造的世界，都沐浴和闪耀着他心灵投射的情感光芒，心灵光芒赋予自然事物以真正的生命。正如艾布拉姆斯所说："浪漫主义时期大多数主要的诗篇，同几乎所有的主要批评一样，都是以诗人为圆心而画出的圆。"②

艾布拉姆斯认为，华兹华斯的《〈抒情歌谣集〉序言》，"在某种意义上确实是浪漫主义的一个宣言……它提出了有关诗歌本质和标准的一套命题，这套命题被华兹华斯的同代人广泛采用"。其要点是："（1）诗歌是情感的表现或流露，或是情感起关键作用的想象过程的产物……（2）诗歌是情感心境的传载工具，它的对立面不是散文，而是非情感性的事实断想，或称'科学'……（3）诗起源于原始的情感吐露，并因机体之故而自然地富于韵律和形象……（4）诗歌能够主要地通过修辞手法和韵律来表现情感，语词也因此能自然地体现并传达作者的情感……（5）诗歌的根本就在于，它的语言必须是诗人心境的自然真挚的表现，绝不允许造作和虚伪……（6）生就的诗人与一般人的不同之处，尤其在于他具有与生俱来的强烈情感，极易动情……（7）诗歌最重要的功用，是凭借它令人愉快的各种手段，使读者的感受性、情感和同情心进一步发展并变得敏锐。"③

艾布拉姆斯还说："华兹华斯是第一个伟大的浪漫主义诗人。"④他的批评理论具有文化原始主义倾向。"华兹华斯权衡诗歌价值的最重要的标准是'自然'，而他所说的自然则有着三重的原始主义涵义"：自然是超越时空的共同人性；它表现在"按照自然"生活的人身上；它主要包括质朴的思想感情及其自然的表达方式。⑤所以，华兹华斯主张：（1）诗歌的题材。诗人要表现"过去的和将来的人性"，他应该"选择微贱的田园生活作题材"；（2）诗人的本质。诗人是"以一个人的身份向众多的人讲话"，他必须"以人的热情去思考和感受"；（3）诗歌欣赏者。诗人要"矫正人们的情感"，使其"更加合于自然"，他应该"尊重人民的判断"、"人民的心声"，不能听从"公众""一时的欢叫，一地的呼喊"；（4）诗歌的词汇。诗人要采用人们在真情实感驱使下使用的"真实的自然语言"，这种语言是"整个人类的语言"，是纯朴无华的表达，是热情自动的流露。⑥艾布拉姆斯认为："任何理论，只要认为诗歌表现

---

① M. H. 艾布拉姆斯：《镜与灯》，第83页。
② 同上书，第144—145页。
③ 同上书，第156—159页。
④ 同上书，第160页。
⑤ 同上书，第162页。
⑥ 同上书，第163—169页。

情感,词汇问题便常常成其为首要问题。"①华兹华斯在《论墓志铭》中声称:"我愿为自然的权益和尊严辩护。"他说,自德莱顿和蒲柏以来,韵文作品中充斥着"虚伪的技巧"。那种故意舞弄文辞和滥用修辞手法的"艺术",违背"自然",只能败坏"真正的"诗歌。当然,在创作过程中"长时间的深沉思索"和"辛勤修改"是必要的;但是,关键在于"情感的流露必须顺乎自然"。他还认为,民间口头流传的歌谣故事,具有成为文学样式的潜力;散发泥土气息的生活方式,具有成为文学题材的可能。华兹华斯"不论从主张上还是实践上都给文学界带来了大量宝藏,从托马斯·哈代直到威廉·福克纳一直都在开掘它,并取得了丰硕的成果。"②

此外,关于华兹华斯与柯尔律治的分歧,艾布拉姆斯认为:华兹华斯强调"自然"与"艺术"之间的基本对立;柯尔律治把诗歌创作明确视为一种有意识的艺术,而不是情感的自发流露。诗歌必须有情感和意志的互相渗透,自发性和有意性的互相贯穿,自然和艺术之间各种对立的互相调和。关于韵律:华兹华斯把韵律说成是语言的附加之物;柯尔律治公然称韵律是诗歌的基本属性。关于想象和幻想:华兹华斯认为,这两种能力都同样具有"修改、创造和联想"的作用;柯尔律治把想象解作"塑造的修改的能力",而幻想则是"聚合的联想的能力"。③

20世纪后期,艾布拉姆斯仍就华兹华斯评论。他于1971年出版《自然的超自然主义:浪漫主义文学中的传统与革新》一书,以"获取—丧失—重获"三段式的迂回史观,追溯诗人作为"漫游者—朝圣者—回归者"的心灵旅程,提供了一种阐释华兹华斯的思维框架;1977年发表《解构的安琪儿》一文,批驳德里达(Jacques Derrida, 1930—2004)和希利斯·米勒(J. Hillis Miller, 1928—)等解构主义者;1989年发表《论〈抒情歌谣集〉的政治性解读》一文,批驳芭特勒(Marilyn Butler)和列文森(Marjorie Levinson)等新历史主义者。他坚守人文主义的信念,认同文学的普遍意义,倡导诗歌的开放阅读,认为华兹华斯的《丁登寺》无非是自然场景中的"抒情沉思",能体悟出人生意味,能感受到人间悲情,能聆听到人性悲曲;而新历史主义的评论是"一种封闭的、思路单一的读法……全无欢乐,铺撒开一片评论的暮霭,让所有诗歌变成灰色"④。此外,他还著有《相似的微风:英国浪漫主义文学论集》(1984),长期担任不断修订、扩充、再版的权威性《诺顿英国文学选读》的总主编和浪漫主义分卷的主编。

---

① M. H. 艾布拉姆斯:《镜与灯》,第168页。
② 同上书,第170—173页。
③ 同上书,第277页。
④ M. H. Abrams, *On Political Readings of Lyrical Ballads*, Doing Things with Texts, New York: Norton, 1989, p. 370.

五、20世纪后期:"耶鲁学派"哈特曼和布鲁姆论华兹华斯

过去,华兹华斯曾被称作"自然诗人"(poet of nature);20世纪后期,杰弗里·哈特曼(Geoffrey Hartman,1929—)和哈洛德·布鲁姆(Harold Bloom,1930—)则认为华兹华斯是"心灵诗人"(poet of mind)。他们着力探索诗人的内心世界,注重发掘诗中的心理因素,"心灵"和"想象"是其聚焦的核心范畴。

哈特曼在《华兹华斯1787—1814年的诗》中指出,实体性大自然会将人的心灵引向非实体因素,使之进入超验状态;人的心灵也对实体性大自然进行改造,使之虚化为中介物。正如华兹华斯在《序曲》中所说:"这类画面虽建筑在外在事物的基础上,但主要体现灵魂为自己建造的结构。"①诗人凭借"强烈的情感"和"深刻的思考",凝神静观"上帝的作品",在零杂琐屑中意识到无上的宏伟,在局部细节中感觉到整体的存在,从而使凝视的对象转化为"灵视的画面",并奏响"人性的悲曲"。布鲁姆在《灵视的一族》中认为,现实境况里可能蕴含着美的能量。"实在之物"之所以能成为"美妙景象","是因为它既是一个简单的事实,而这事实本身又是一种升华之形"②。

哈特曼和布鲁姆特别关注华兹华斯"心灵的成长"。华兹华斯自述犯过两次"幼稚的错误":一是1792年初卷入法国大革命;二是1794年初追随葛德汶理念。自1796年,诗人弃绝抽象、机械、功利的异类思维,转向人的心灵,转向人间悲情,转向"沉静而永在的人性悲曲",进入创作的"多产期";于1798年,到达创作的"高峰期"。哈特曼认为,华兹华斯摆脱唯理哲学的精神磨难,"像尼采、易卜生和19世纪许多思想家一样,他醒悟到,热衷于理论分析的行为是一种现代类型的狂热,它表面上似要推进社会改革,骨子里却都是唯我式的思维"③。哈特曼指出,"华兹华斯进入了一个哲学与艺术结盟的时代,结盟是为抵抗政治对心灵的占有或盗用。席勒论美学教育的信件(1795)中已经约略地暗示了这种结盟,而只有它才能恢复静思,使其成为这个越来越工业化、注重行动、非私人化的世界所应有的'绿化带'","它同时拥含历史现实和心灵自由"。④但在自然和想象之间,哈特曼和布鲁姆都更注重诗人心灵那种"不受感官和环境制约","自我上升到启示高度的意识"⑤,也即灵视性想象力。

---

① 威廉·华兹华斯:《序曲——或一位诗人心灵的成长》(1850),丁宏为译,中国对外翻译出版公司,1999年,第七卷,第624—626行。
② Harold Bloom, *The Visionary Company*. Ithaca and London: Cornell UP, 1971, p.179.
③ Geoffrey Hartman, *The Unremarkable Wordsworth*. London: Methuen, 1987, p.6.
④ Ibid., p.186.
⑤ Geoffrey Hartman, *Wordsworth's Poetry*, 1787—1814. New Haven: Yale UP, 1964, p.17.

20世纪后期华兹华斯评论的另一倾向是关注其诗歌的感情张力。1980年,埃弗里尔(James H. Averill)出版专著《华兹华斯与人类苦难诗》,着重探讨其诗中的悲情。埃弗里尔指出:华兹华斯所作"关于人"的诗,写的都是"人类苦难";对于"人类苦难",华兹华斯不仅是"敏感",而且是"沉迷"。他认为,诗人将苦难与平静并置,构成了诗人想象活动的重要模式。诗人面对人类的苦难,在凝视悲苦的情景并经历悲情的过程中达致心灵的净化,生成心灵的平静。1798年后,诗人在思想上还表现出"提高自我觉悟的努力",以丰富其诗歌艺术感受中的道德内涵。

埃弗里尔强调华兹华斯与18世纪后期英国感伤主义的继承关系。他说:"在涉及人类生活的诗作中,华兹华斯表现出他是斯梯尔(Sir Richard Steele,1672—1729)、理查逊(Samuel Richardson,1689—1761)、斯特恩(Laurence Sterne,1713—1768)和哥尔德斯密斯(Oliver Goldsmith,1730—1774)的传人。处于感伤时代中心位置的文学常规就是对令人悲叹之事物的描述,并借此教化读者,或使他兴奋。即便在其成熟期的作品中,华兹华斯仍然比英国其他任何主要浪漫诗人都更多地获益于感伤主义运动。"[①]虽然他也声称,18世纪感伤主义并非"只知没完没了地描写困境中的美德,滥情有余,理性不足","并非天真、简单或浅薄"[②];但是尽管如此,单从感伤视角读解华兹华斯写人类苦难的诗歌显然是不行的。可见,埃弗里尔过分看重文学风格自身的源流沿袭,而忽略了时代风云变幻和个人精神磨难对诗人心灵的猛烈冲击。对于由革命狂热造成的精神创伤和由葛德汶主义导致的"一场大病",埃弗里尔只是在"后记"中一笔带过,忽略了华兹华斯诗歌创作与感伤主义诗歌风格的本质差别,掩盖了浪漫主义文学革命的深刻意义。他所概括的感伤主义的本质特征,也不符合华兹华斯诗歌那种于静默中凝视并洞见平凡事物内在的"宏伟"和"尊严"的独具特色。

六、20世纪末期:新历史主义者芭特勒和列文森等论华兹华斯

20世纪80年代,华兹华斯评论进入了"政治性转向",新历史主义登上了文学批评的舞台,代表人物是玛丽琳·芭特勒(Marilyn Butler)、玛杰莉·列文森和艾伦·刘(Alan Liu)。

芭特勒于1981年发表了《浪漫派,叛逆者及反动派》。她开篇就指出:发生在1790—1830年代之间的文学思潮,并非是"单一而连贯的浪漫运动",尤其是第一

---

① James H. Averill, *Wordsworth and the Poetry of Human Suffering*. Ithaca: Cornell University Press, 1980, p.10.

② Ibid., p.22.

代浪漫诗人,代表了保守主义的一股潜流。他们对 17 世纪 60—90 年代之间"激进政治"的思想线索虽有某些认同,但在同情社会底层苦难和呼应政治改革运动方面却有相当的保留。①

芭特勒不赞成艾布拉姆斯和布鲁姆对华兹华斯的评论。她指出:艾布拉姆斯发展了韦勒克的思想,以"镜"与"灯"的对比,强调了古典主义与浪漫主义的对立。在她看来,古典主义的基本精神,就是"艺术家应该模仿自然——不是模仿复杂的生活……而是简单而本质的人类生存状况。同时,被模仿的客体并非一系列细致入微的个人肖像,而是风格化的和具有普遍意义的事物。"②所以,华兹华斯就属于古典主义诗人。由此可见,华兹华斯并非是开创了新的艺术传统,他不过是加入到现有的传统中而已。而布鲁姆则过分注重艺术的心理因素,主要探索诗人的内心世界,以为"诗人之作为诗人,主要存在于他们自己内化了的想象世界中,存在于他们的相互关系中"③。于是,就导致了"一种危险倾向,即把作者和文本之间的关系看作是封闭的系统,而实际上文学生产过程的两端肯定都是开放的……像所有艺术一样,像语言一样,文学是一种集体活动,受到各种社会因素强有力的支配;在特定的时间和特定的社区内必须说什么和能够说什么,这对文学有制约作用。因此,或可说文学是人类学家的领域,而非心理学家的地盘。"④总之,文学史家更应注重作家和作品的"文化语境"。

芭特勒断言,社会经验与艺术表达之间的确存在着一个链环。"当代艺术的阴暗气质与社会生活中那些影响了几乎所有人的各种因素有关"⑤。芭特勒将华兹华斯植入社会语境中,认为《抒情歌谣集》在某种意义上可以与葛德汶(William Godwin, 1756—1836)的《政治正义论》(1793)和托马斯·潘恩(Thomas Paine, 1737—1809)的《人权论》(1791—1792)放在一起,因为它们都以公众为作用对象,都可能搅乱民众的心。

列文森在 1986 年出版了《华兹华斯创作盛期的诗歌》。她认为芭特勒还应建立一种"虚在喻比理论",即评论家评析作品时,要揭示文本中实在的字词和修辞格如何以喻比的方式,指涉文本外对应或相关的而文本内虚在或缺席的具体社会因素。通过这种文本细读,审视诗人如何运用修辞手法,"将社会学的话语方式转化为文学的话语方式","进而发现什么是被替换的,或被掩盖。这就是列文森为当代学人确立的历史使命"⑥。

---

① See Marilyn Butler, *Romantics, Rebels and Reactionaries*. Oxford UP, 1981, pp. 30—31.
② Marilyn Butler, *Romantics, Rebels and Reactionaries*. Oxford UP, 1981, p. 59.
③ Ibid., p. 185.
④ Ibid., p. 9.
⑤ Ibid., p. 27.
⑥ 丁宏为:《理念与悲曲》,北京:北京大学出版社,2002 年,第 48 页。

列文森在书中还评析了华兹华斯的《丁登寺》等四首诗。以《丁登寺》为例，列文森发现：题目中所标明的时间——"1798年7月13日"，会引发重大历史事件的联想，但诗中却没有任何交代；题目中所提及的地点——韦伊河畔，实际上是个脏乱破败的工矿区，而诗中却描绘成一片田园美景。列文森把诗中由缺席物或替代物造成的不清楚或不相符称为"失明"，诗人的失明是给自己"授予能力的一种机制"。《丁登寺》的作者"通过运用选择性的失明功能而达到其具有穿透力的灵视"[1]，"形象化而又高度抽象化地表现一个充满思想含义的对象"[2]。列文森的批评实践以寻找文本内外的"对应物"为基本内容。她主张，在对华兹华斯的诗做评论性解读时，应该有语境意识和政治意识，直接探索诗人从历史中创造自然、从社会现实中看到艺术形体的真实脉络。通过全方位、近距离的文本审视，揭示作品的丰富确切的意义，"分享诗人心醉神秘的情绪"[3]。

艾伦·刘在1989年出版了《华兹华斯的历史感》。他要"以更大的力度探讨：文学文本不仅仅是对历史参照物的替换，更是对它过于坚决和直接的否认"[4]。文学文本正是凭借这种"否认"，而不去将历史语境表现清楚；不过，他仍然力求辨认出华兹华斯所否弃的语境参照物或背景材料。

艾伦·刘断言，所谓华兹华斯是"自然诗人"的说法纯属神话。华兹华斯大自然的漫游之所以有意义，完全是因为"历史背景组构成总体的意义轨道，而游人旅程只不过占用了这一轨道而已"[5]。没有"历史"作背景，"自然"成不了景色，它只能是片荒野："自然并不存在"，"'存在'的是历史"[6]。"自然"只是个名义，是个"中介调和物"(mediation)，是个"临时替代物"(stopgap)。他认为："华兹华斯的游览应该被展示出三个层面，而不是两个：历史标示出背景，自然站在中央的位置，而前景则是旅游者本人的舞台，或属于那个叙述中的'我'。"[7]无论诗人在与自然灵交的过程中如何得到启示或者产生想象，其背后都隐藏着诗人基本的历史感。这就是艾伦·刘对于历史、自然和自我三点分立及其关系的阐释。他指出："总的说来，自然、时间、情感、自我、心灵、想象以及所有这类华兹华斯式的意念，全部都是意识形态的临时替代物(ideological stopgaps)。"[8]所以，批评家要揭示在诗人与自

---

[1] Marjorie Levinson, *Wordsworth's Great Period Poems: Four Essays*, Cambridge: Cambridge UP, 1986, p. 25.

[2] Ibid., p. 90.

[3] Ibid., p. 100.

[4] Alan Liu, *Wordsworth: The Sense of History*. Stanford UP, 1989, p. 47.

[5] Ibid., p. 10.

[6] Ibid., p. 38—39.

[7] Ibid., p. 11.

[8] Ibid., p. 48.

然灵交过程中被否认的一切历史参照物,使其由原来"虚在"于文本变成现在的"实在"。艾伦·刘所关注的最终还是何种具体的语境产生了某篇具体的作品。不过,他不主张在超验因素和政治因素之间做非此即彼的选择。他说:"我一直有自己的解读意图,就是要说明对历史的强烈否认恰恰是对它的最深层意义上的体现:启示性想象力正是'将现实表述为历史过程'这一行为的开端,也是该行为升华的极致。"① 这倒是一种辩证的思维方式。

【关键词】

十四行诗　非个性化　模仿说　实用说　表现说　客观说　浪漫主义　新批评　新历史主义批评

【推荐阅读书目】

1. 刘若端编:《十九世纪英国诗人论诗》,北京:人民文学出版社,1984年。
2. 勃兰兑斯:《十九世纪文学主流》第一分册,张道真译,北京:人民文学出版社,1980年。
3. 雷纳·韦勒克:《近代文学批评史》第二卷,杨自伍译,上海:上海译文出版社,1997年。
4. M. H. 艾布拉姆斯:《镜与灯》,郦稚牛等译,北京:北京大学出版社,1989年。
5. 丁宏为:《理念与悲曲》,北京:北京大学出版社,2002年。
6. 威廉·华兹华斯:《序曲——或一位诗人心灵的成长》(1850),丁宏为译,北京:中国对外翻译出版公司,1999年。

【参考文献】

1. 《论〈抒情歌谣集〉的政治性解读》
   M. H. Abrams, *On Political Readings of Lyrical Ballads*, *Doing Things with Texts: Essays in Criticism and Critical Theory*. New York: Norton, 1989.
2. 《华兹华斯与人类苦难诗》
   James H. Averill, *Wordsworth and the Poetry of Human Suffering*. Ithaca: Cornell University Press, 1980.
3. 《华兹华斯1787—1814年的诗》
   Geoffrey Hartman, *Wordsworth's Poetry*, 1787—1814. New Haven: Yale UP, 1964.
4. 《平凡的华兹华斯》
   Geoffrey Hartman, *The Unremarkable Wordsworth*. London: Methuen, 1987.
5. 《灵视的一族》
   Harold Bloom, *The Visionary Company*. Ithaca and London: Cornell UP, 1971.
6. 《浪漫派,叛逆者及反动派》
   Marilyn Butler, *Romantics Rebels and Reactionaries*. Oxford UP, 1981.

---

① Alan Liu, *Wordsworth: The Sense of History*. Stanford UP, 1989, p. 32.

7. 《华兹华斯创作盛期的诗歌》

Marjorie Levinson, *Wordsworth's Great Period Poems: Four Essays*, Cambridge: Cambridge UP, 1986.

8. 《华兹华斯的历史感》

Alan Liu, *Wordsworth: The Sense of History*. Stanford UP, 1989.

【网络资源】

http://www.online-literature.com/wordsworth/

http://directory.google.com/Top/Arts/Literature/Authors/W/Wordsworth,_William/

www.blupete.com/Literature/Biographies/Literary/Wordsworth.htm

【作品推荐译本】

《华兹华斯,柯尔律治诗选》,杨德豫译,北京：人民文学出版社,2001年。

《湖畔诗魂——华兹华斯诗选》,杨德豫译,北京：人民文学出版社,1990年。

第十章 斯丹达尔的《红与黑》：
一个时代的梦想与遗憾

斯丹达尔(Stendhal，1783—1842)，原名亨利·贝尔(Henri Beyle)，法国19世纪批判现实主义文学的奠基人。出身于法国南部一个富裕的律师家庭。7岁丧母，从小跟着外祖父生活。1799年中学一毕业就到巴黎参加了拿破仑部队。他跟随拿破仑到过意大利、德国、俄国，并一直打到莫斯科城下。1807—1811年，曾先后担任拿破仑帝国的皇室领地总管和军事委员会专员。拿破仑垮台以后，因不愿向复辟王朝屈膝投降，到意大利米兰居住了七年。他一生与意大利有着不解之缘，曾自命为米兰人，他的墓碑上刻着："亨利·贝尔，米兰人；写作过，恋爱过，生活过"。七月革命后，担任意大利一个小城市的领事，这次他在意大利断断续续地居住了12年。教皇和密探的监视使他郁郁不乐，于是埋头奋力写作。1823年出版《拉辛与莎士比亚》，对墨守成规的古典主义戏剧痛下针砭，为浪漫主义下了这样的定义："浪漫主义是为人民提供符合当前的习惯和信仰，因而能带来最大愉悦的文学作品的艺术。"随即他发表了传记《罗西尼的生平》(1823)、小说《阿尔芒斯》(1827)和游记《罗马漫步》(1829)，直到他的第一部杰作《红与黑》(1830)出版。此后，他陆续发表了《一个旅游者的回忆录》(1838)、《帕尔玛修道院》(1839)和《意大利遗事》(1840)，去世后出版了《拿破仑的生平》、《吕西安·勒万》、《拉米埃尔》、《日记》、《亨利·布吕拉尔的生平》和《一个自我中心主义者的回忆》等。

一、《红与黑》的命运

1829年10月25日夜，斯丹达尔萌发了写作《于连》的欲望，通过一个出身微贱的青年的浮沉来"描绘1830年的法国"。次年5月，小说的题目改成了《红与黑》，11月6日，他离开法国前往意大利的的里亚斯特，等待奥地利政府颁发的领事证书，一个星期后，两卷本的《红与黑》出版。斯丹达尔坚信50年后才会有读者，他说："我将在1880年为人理解。""我看重的仅仅是1900年被重新印刷。"或者做一个"在 1935 年为人阅读"①的作家。他的预见既对也不对。对,是说他当时并未被人理解;不对,是说他被人理解的时间大大地提前了。

《红与黑》出版的时候,并不被看好,大部分评论在是与否之间游移,即使是赞扬也被指责冲淡了。《文学报》反应很快,于 1830 年 9 月 4 日刊登了小说开头几章的节录,并且说"题目引人注目,全书亦如此。"但是,它同时指责作者"前后不连贯";"我从未见过一本在风格、性情、情节、描写和趣味上如此不一致的书。一切都很怪,我什么都不能预见。一句话,几乎所有事变的理由都源自作者的心血来潮。"文章的作者根本没有分析小说,说明他并没有仔细地阅读。根据他的看法,斯丹达尔不该"追求独特性",不该"机智地描写风俗和激情",于是他结论道:"很少有人写出这样一本书……如果斯丹达尔先生愿意的话,他可以写出一本好得多的书。"

1830 年 11 月号的《巴黎评论》同样地肤浅,文章的作者指责斯丹达尔在心理的分析上和风气的嘲讽上"都有某些夸张":"也许他想使描绘更生动更突出,结果使我们不堪其负。"但是,读者"首先需要的是愉悦,是趣味",而读者"未被诱惑"乃是小说最大的失败。②

《辩论报》于 1830 年 12 月 26 日发表了著名评论家于勒·雅南的一篇文章,文章为德·莱纳夫人画了一幅相当准确的肖像,对玛蒂尔德小姐却不大理解,可以看出,他是仔细地阅读了小说,也给予了一个相当生动的分析,但是,道德的偏见却破坏了文章的结论:"他是一个冷静的观察家,残忍的嘲笑者,恶毒的怀疑论者,他很高兴什么都不相信,由于没有信仰,他有权什么都不尊重,践踏他碰到的一切。一个身心如此这般的作者来来往往,既无不安,也无悔恨,把毒液喷在他所碰到的一切东西上,例如青春、美、优雅和生命的幻象;甚至原野、森林和花草,他也除去饰物,毁之灭之。"

1831 年 2 月号的《艺术家》杂志稍许公正,说:"这本书也许有一天会走红,它已经出版了整整三个月了……毫无疑问,它会流传下去,但是当代人将会忽视它。"文章的作者不知道如何在理性的基础上建立他的预测,他甚至建议读者只读上卷,不读下卷,因为下卷"没有趣味,更为虚假",于连是一个"顽固的年轻人","整天梦想着成为教皇",玛蒂尔德则"冰冷地抄袭她心中牢牢记住的故事"。总之,读者会"后悔浪费了一半的时间,只因为听信作者而一直把他的书看到尾"。其他的报纸杂志则对小说的文学价值弃置不顾,而代之以他们的意识形态偏见。

1831 年 2 月 16 日,墨守成规的《法兰西报》说:"斯丹达尔先生不是一个愚蠢的人,虽然他写了一本愚蠢的书"。文章的作者"不能原谅斯丹达尔,因为他在我们

---

① Stendhal: *Vie de Henry Brulard*, Gallimard, Folio, 1973, p.225.
② 以上资料来自 Pierre-Georges Castex 所编《红与黑》的附录,Bordas, 1989.

文学议论纷纷的时代里发现了引起纷纷议论的秘密"。

1831年2月号的《百科评论》竭力找出小说的社会意义,也只不过是反映出当时的所谓资产阶级的自由主义。它指出,小说的主人公因阅读和教育而走上歧途,他提供的榜样,如果一个富裕阶级的年轻人学了,其害尚可"救药","如果孩子出身于农民或工匠家庭,他要生活,就必然变成一个大人物或一个大骗子。无论如何,这将是一个很可悲的、很危险的人"。

能够给予《红与黑》以富有洞察力的评论的,是斯丹达尔的朋友们,例如阿莱克西·德·圣-普里艾斯特伯爵,他指出小说准确地描绘了巴黎的风气,感觉到小说的人物应有所本。他说:"您想要有一个上流社会的忠实画面吗,读一读《红与黑》吧;认识一下玛蒂尔德小姐吧,她是圣日耳曼区的大家闺秀的典型。这就是真实!这就是准确!说到底,这是一个熟悉情况的作者和一本出自良心的书!"巴尔扎克曾经给予《帕尔玛修道院》极高的评价,对《红与黑》也表现出"清醒的好感",指出了"风气研究的精确性",这种精确性证明了一个社会正在解体:"斯丹达尔先生撕碎了我们仅存的最后一块人性和信仰的破布片,试图向我们证明感激是一个与爱情、上帝、王政相类似的词。《婚姻生理学》、《忏悔》、《波希米亚王》和《红与黑》都是等待着返老还童的古老民族的隐秘思想的再现;这是令人扼腕的讽刺;而最后一部作品则是魔鬼的笑,他高兴地在每一个人的身上发现了人格的深渊,所有的善举都在那里消失。"

总之,《红与黑》出版的时候,读者很少,评价也不高,直到十五年后,才引起了较多的注意,出现了深思熟虑之论。1846年11月1日,著名的文学评论家希波利特·巴布在《新评论》上发表文章《论亨利·贝尔的性格和作品》,对《红与黑》大加赞扬:"依作者看,所有的人物都是真实的。外省贵族德·莱纳先生,小城的资产者瓦勒诺先生,两个神甫彼拉尔和卡斯塔奈德,上流社会人物德·克鲁瓦泽努瓦先生,异教地区的部长德·拉莫尔先生,都是大师的笔描绘出来的面貌。还不提德·莱纳夫人和德·拉莫尔小姐,我真怕我的赞赏显得夸张。"

但是,极富盛誉的批评家圣伯夫则略有不同,对赞赏的词句颇有保留,他在1854年1月份的《箴言报》上撰文称:"(《红与黑》的人物)并不是一些活着的人,而是一些精巧打造的木头人,人们几乎在每一个动作中都能看到由技师从外部引入和摆弄的弹簧……作者试图描绘的当时党派和集团的画面在其发展中缺乏连贯和节制,而只有这种连贯和节制才可以使人想象出一种风俗画。"埃勒姆·卡罗于1855年在《当代评论》第20卷上发表文章,几乎全面地否定了《红与黑》:"随着人们的阅读,这本书的色彩逐渐夸张,背景逐渐模糊,性格逐渐超载;一切都变得虚假、荒谬和过分。难以置信与可憎可恨相继激怒读者,排斥了他的精神。"

直到1864年3月1日出版的《巴黎新评论》发表了希波利特·泰纳的文章,才一举奠定了斯丹达尔在法国文学史上的地位。他是斯丹达尔的捍卫者和赞赏者,称斯丹达尔的精神为一种"卓越的精神","需要攀登才能达到它"。他说,斯丹达尔看得见"衣服、房屋、风景",但是他"只关注内在的事物、思想和感情的后果","他是一个心理学家,他的书只是心灵的历史。他避免用戏剧性的手法来叙述戏剧性的事件。"总之,"每一个天才都是只对一种色彩敏感的眼睛。在无限的世界中,艺术家选择他的世界。贝尔的世界只包括感情、性格、激情的变化,一句话,灵魂的生命。""他的人物非常真实,非常独特,距离大众非常遥远,如他本人一样。"自泰纳以后,斯丹达尔被视为法国文学史上一位独特而深刻的作家。

保尔·布尔杰在1901年出版的《论当代心理》一书中赞扬了斯丹达尔的洞察力和分析能力,关于《红与黑》,他写道:"这是一幅腐蚀铜版画,它具有无限的细节,方寸之间有着一个完整的世界。"他把于连称为"改换了阶级的平民"。

在1903年出版的《19世纪的政治家和道学家》一书中,埃米尔·法盖高度评价了《红与黑》,他说:"就总的思想、就其意义来说,《红与黑》是一部非常伟大的作品。它有一个很明确的题目:红与黑,就是说,士兵和教士,军事的野心和教会的野心,一个接着另一个,战斗的精力和阴谋的圆滑,后者试图实现前者所孕育的统治的梦想……细节比总的构思还要美。在其简洁、清晰枯瘦的描绘、有力而多少有些紧张的准确上,某些场面是心理分析和道德解剖的奇迹……《红与黑》是一部伟大的作品,像几乎所有伟大的作品一样,在其新颖程度上差不多为人所忽略,而像所有建立在普遍真理巨大背景上的作品一样,引起后人的注意。"总之,整个19世纪在《红与黑》中看到的是普遍的价值和人物的预见性:"所有的年轻人在某一时刻都或多或少地是一个于连·索莱尔"。

进入20世纪,保尔·瓦莱里注意到斯丹达尔作品中的"口吻":"在斯丹达尔的作品中给人印象最深的,暴露了他、系住或刺激精神的,是口吻。他拥有或者装作拥有文学上最具个性的口吻。"他说:"斯丹达尔无论是什么样子,无论怎么样,他都不由自主地、不顾缪斯、不顾手中的笔地成了我们的文学的一个半神,成了这个比任何文学都要枯涩和热情的文学的一个大师,这种文学是法国的一大特色。这是一种只讲究行动和思想的种类,它不屑于装饰,嘲笑形式的协调和平衡。它的一切都存在于线条、口吻、格言和讽刺之中,它不吝啬精神的概括和激烈的反应。"[1]

1945年,著名的文学批评家亨利·马尔蒂诺在《斯丹达尔的作品》一书中说:"斯丹达尔的《红与黑》是一部风俗小说和一幅政治画面,同时也是一部心理小说。"作者在于连的身上倾注了他的"思想、感觉和在生活中的种种反应",在他的所有主人公之中,"于连无疑和他最相像"[2]。

法国当代著名哲学家勒内·基拉尔于1961年发表了《浪漫的谎言与小说的真

---

[1] 以上资料来自 Jean-Jacques Hamm 所著《斯丹达尔的〈红与黑〉》,Gallimard, Foliothèque, 1992.
[2] Henri Martineau: L'oeuvre de Stendhal, Le Divin, 1945, pp. 334—36.

实》一书,提出斯丹达尔的全部创作只为了回答一个根本的问题:"现代社会的人为什么不幸福?"他认为,依照斯丹达尔的看法,"我们不幸福,原因是我们虚荣"。而"虚荣的各种价值,无论贵族、金钱、权势、声望,好像很具体,其实是表面如此"。他指出,"为了理解这位经常谈论政治的小说家,必须首先摆脱政治思维的模式"①。

法国著名的文学史家彼埃尔-乔治·卡斯代克斯在1989年版的《红与黑》中写有长篇导言,全面地论述了《红与黑》,可以被视为近年来《红与黑》研究的一个总结。导言分为八个部分:一、来源及写作;二、景物和背景;三、历史框架;四、1830年的形势;五、社会的浮沉;六、凶手的经历;七、爱情小说;八、斯丹达尔的创造。这八个部分对小说的创作过程、历史背景、性质、人物分析、艺术特色等问题给予了相当全面的回答。

二、众说纷纭论于连

斯丹达尔动手写作小说《红与黑》的时候,定名为《于连》,小说将近完成时,才改做《红与黑》。这说明小说讲的是一个叫做于连的年轻农民的命运,在"红"与"黑"两种前途的斗争中挣扎的命运。所以,自小说出版以来,一个核心问题就是如何评价于连,如何评价他在社会这个阶梯上的攀登和他的爱情。

1830年11月28日《地球报》刊登文章说:"对德·莱纳夫人的爱情的描绘是甜蜜而动人的。于连的性格有一些矛盾,令人难以置信。"《费加罗报》在小说出版后一个月即载文称赞小说是"七月革命之后最引人注目的一本书",说:"作者的思想创造了两个人物:于连和玛蒂尔德·德·拉莫尔小姐……举凡谈话、概要、肖像、讽刺、哲学、亵渎等等,在德·斯丹达尔先生的小说中都得到了卓越的处理。"儒勒·雅南在《政治和文学论争报》(1830年12月26日)上把于连称作"小野人"、"卑鄙的"、"可憎的年轻人"。《百科杂志》1831年2月份上刊登了一篇文章,对于连进行了全面的分析,文章说:"……德·斯丹达尔先生的主人公索莱尔从不犹豫;这是一个强有力的人,自童年起就受到周围的人粗暴的折磨。由于体力虚弱,他受到那些冷酷的人的恶劣对待,对于那些人,他由于精神上的优越而充满了深深的蔑视,他很快就明白,为了实现他的野心勃勃的巨大计划,他首先需要耐心,然后是机灵,是虚伪,也就是说,需要牢牢控制他的激情。他感觉到他的任务是利用别人的激情,而自己则不要有激情。于是,他年纪轻轻就进入了这个漫长的、艰苦的道路,研究世界,研究自己,永远不被自己的本性暴露,分析自己的感觉,只在确定的目标

---

① 勒内·基拉尔:《浪漫的谎言与小说的真实》,罗芃译,北京:三联书店,1998年,第121,122,137页。

下发展，并当作一件影响他人的工具。人们认为这个性格不真实，不可能，因此对德·斯丹达尔先生多有指责。我却把它看作是一个深刻、独特、真实的构思，我把它大胆地说出来了，并不惧怕任何解释。谁要是了解世界，愿意真诚，就会承认更加确切地描绘当代青年的特点是困难的。关于这一点，我要提出所有出身低微而到达高位的人作为例证，这些人并未得到非常的、偶然性的帮助。"

1843年1月15日，在《两世界评论》，奥古斯特·布西埃尔撰文称，斯丹达尔的小说要"表现性格的优越"，而性格的原动力"来自激情"，"来自虚荣，或其他动机，例如责任的观念"，他从于连的性格中提取了"阴郁的梦想和不明原因的忧郁"。布西埃尔说："当索莱尔变得阴郁的时候，他的激情是碰到了刺激它的目标；他所以阴郁，是因为无能为力的仇恨，是因为嫉妒，是因为受伤的虚荣，是因为野心，是因为所有那些作者当作19世纪的命运的激情。为什么德·斯丹达尔先生又在这些不幸福的因素之上增加了责任的观念？……于连·索莱尔刚刚到德·莱纳先生的家里，某一天，他把夜里十点钟的时候抓住德·莱纳夫人的手作为自己的责任，否则就打碎自己的脑袋。这里，我们应当承认，作者和我们说的不是同一种语言，我们不能理解他说的是什么……于连的性格是虚假而矛盾的，某些地方是不可理解的。"

希波利特·巴布于1846年11月1日在新评论上发表文章说："他（斯丹达尔）写了《红与黑》，创造了于连这个恶毒的典型，仅仅这个形象就证明了人们的指责：贝尔是恶毒的。的确，魔鬼的启示把生命给了于连这个特殊的创造，但是我们要明白：贝尔的这个魔鬼绝不是那种黑暗中的庸俗之鬼……我们是在一个现实的世界中，我们的魔鬼具有人的形状，完整到我不相信最具洞察力的眼睛能够看出在一双漆皮靴下有一对分岔的脚、在优雅的丝帽下有一对角……于连的永远的虚伪掩盖着他最细微的印象，他的怀疑具有骄傲的形式，他智力的冷静计算与他灵魂的有力运动相对立，这些特点贝尔都有，与他的主人公是共同的；于连比贝尔多的是一种永不枯竭的意志力。"

圣伯夫对同代的作家大多不能给予正确的评价，斯丹达尔再一次成为他的偏见的牺牲品，他在1854年1月号的《箴言报》上说："眼下，在《红与黑》中，于连怀着作者赋予他的两三个固定观念很快就变成了一个丑恶的、讨厌的小魔鬼，一个像被扔进公民生活和家庭阴谋中的罗伯斯庇尔那样的恶棍；他终于上了断头台。"埃尔默·卡罗在1855年的《当代评论》（第20卷）上撰文，只肯定了小说的开头，然后笔锋一转，几乎全面地否定了小说，他说："……斯丹达尔用上了他全部的艺术把刑具变成他的主人公的真正宝座。于连死的时候夸夸其谈，这本奇特的书留给我们最后的印象是绞刑架变得浪漫、断头台充满诗意。"

伊波利特·泰纳的文章奠定了小说文学经典的地位,其中于连的评价问题是个关键。泰纳称:"小说是于连的故事,而于连最后被绞死了;但是斯丹达尔厌恶像一个情节剧作者那样写作;他是一个好的伴侣,不会把我们引到断头台下,不会向我们展示流血;据他说,这类景象只适于屠夫。"①

在 1881 年出版的《自然主义的小说家》中,埃米尔·左拉视斯丹达尔为自然主义的先驱之一,给予《红与黑》高度的评价,把拿破仑作为理解这部小说的钥匙,他说:"他(斯丹达尔)不直接说话,但人们总是感觉到他身上有一种旧有的赞赏之情,巨人的垮台在他身上及周围造成的震动。从这个角度看,应该把他的于连·索莱尔视为整整一个时代的梦想和遗憾的人格化。"左拉认为,斯丹达尔在于连的身上寄托了自己的许多理想,当复辟王朝取代了拿破仑的英雄时代之后,沙龙取代了战场,虚伪成了新贵们的灵魂,因此,"虚伪就成为解读于连性格的钥匙"。

保尔·布尔杰在分析了复辟时代给"有才能的人"造成的种种障碍之后指出:"斯丹达尔的于连·索莱尔有着同样的怀念之情,但是他知道其中深刻的原因。暴发户残酷而冰冷的激情折磨着他的心,而且他也承认。他承认他有受到犯罪诱惑的、没有社会地位的人的难以平息的热情。无尽的悲哀和隐约的绝望在他身上变成了毁灭的乐趣和狂热的欲望。"

埃米尔·法盖对于连有着微温的热情,"不是"的说法中隐藏着他的保守:"这就是世纪之人,或者起码是于连·索莱尔。野心,意志,仇恨,完全没有道德感。这并不是一颗恶毒的灵魂。他爱他同阶级的人,只要他们不是完全的粗野之人。他爱他的伙伴,那个木材商。在和他聊天的时候,他走向了平庸的幸福,并感到受到了吸引——这并不是一颗庸俗的灵魂:在山里,在白日将尽的时候,他陶醉于孤独的沁人心脾的魅力,这种美妙的狂喜不是别的,正是灵魂的自由,不多不少,他当了一刻钟美洲的夏多布里昂。"(《19 世纪的政治家和道学家》,1903)

亨利·马尔蒂诺这样评价于连·索莱尔:"至于他(斯丹达尔)的主人公,那个卑微的农民,他具有火热的灵魂和冰冷的外表,对他的评价却是五花八门。很多人认为他有一颗恶毒的灵魂。作者说,他是'一个与社会作战的不幸的人'。人们说他是个伪君子、贪婪的野心家和肉食动物。但是,他没有瓦尔蒙冷酷的背信弃义,没有拉斯蒂涅或玛赛的硬心肠,没有罗伯特·格莱斯鲁残忍冷酷的好奇心,没有漂亮朋友丑陋无耻的行为。这是一个年轻人,他过于激动的感觉不再受到他认为毫无价值的道德控制。无论如何,他始终是一个多愁善感的年轻人,环境和野心使他成为一个不择手段的人。他喜欢冒险,试图摆脱社会阶级和金钱力量的控制。他很自然地为他不能赢得的赌注付出了他的生命。然而,我们不应该对他寄予同情

---

① 见 1864 年 3 月 1 日《巴黎新评论》。

吗？同情他，并且感谢他告诉我们在激情中要自我控制、在行动中要始终清醒。"①

《红与黑》出版后不久，希波利特·巴布就指出：作者与主人公之间的"相像不止一次抓住读者的精神"，将近150年之后，彼埃尔-乔治·卡斯代克斯重提这个话题，说："为了刻画于连·索莱尔，他（斯丹达尔）调动了无数他个人的回忆。他给予于连他自己的性格的许多特点：尖锐的敏感性，伟大的榜样所激起的想象力，对于学习、认识和理解的不疲倦的热情。如果主人公具有'一颗火一样的灵魂'，那是他的创造者的。"不过，他们的社会遭遇不同，斯丹达尔以长者的身份、带着一种嘲讽的微笑看着、观察着于连的行动，因为他已不把社会的成功看作生活的目的了。"于连始终忠于他自己，直到犯罪，他以此为光荣……他无所动摇，无论是他的智力，还是他的意志。他确认他的失败；但是，他报复了使他信誉扫地的、他认为是可咒的社会等级集团，他的骄傲最终获胜了。"②批评界对于连的评价，从全盘否定到局部肯定，从一笔抹倒到给予理解，可以看出时代和历史在其中所起的作用。

斯丹达尔在给巴尔扎克的一封信中说："我从未考虑过写小说的艺术……我不曾想到规则。"但是，自《红与黑》出版以来，历代批评家对于这本书在艺术上的成就，例如环境的"准确"、描写的"自然"、细节的"真实"、对话切合人物的"性格"、人物的"心理刻画"等等，都不乏评论，尽管有人指责斯丹达尔"不会写作"，例如雨果就说他"不知写作为何物"。

自20世纪50年代以来，对斯丹达尔的作品的评论主要集中在"小说的叙述角度"、"人物的内心独白"、"主观现实主义"、人物对话的"戏剧性"等问题上，例如让·普雷沃的《斯丹达尔的创造》(1951)、乔治·布兰的《斯丹达尔与小说问题》(1954)、多米尼克·特鲁耶的《〈红与黑〉中的内心独白》(1969)、贝阿特里丝·迪迪埃的《自传作家斯丹达尔》(1983)、米歇尔·克鲁泽的《斯丹达尔与语言》(1981)、《斯丹达尔的诗学，兼论浪漫主义的起源》(1983)、《斯丹达尔与意大利色彩，兼论浪漫主义的神话学》(1982)、《斯丹达尔作品中的自然和社会》(1985)、让·穆罗的《斯丹达尔与小说》(1987)，等等，社会学、精神分析学、现象学等哲学社会科学学科成了解读作品的根据。彼埃尔-乔治·卡斯代克斯指出："《红与黑》是一部充满了激情的、热烈的、自由的作品，而不是一部出于偶然的作品。"③

【关键词】

真实　魔鬼　心理小说　讽刺　内心独白　戏剧性　自然主义

---

① 以上资料来自Jean-Jacques Hamm所著《斯丹达尔的〈红与黑〉》,Galliamard, Foliothèque, 1992.
② 以上资料来自彼埃尔-乔治·卡斯代克斯所编《红与黑》附录,Bordas, 1989.
③ Pierre-Georges Castex: *Le rouge et le noir*, Introduction, Bordas, 1979, p. LXXIV.

第十章 斯丹达尔的《红与黑》：一个时代的梦想与遗憾

【推荐阅读书目】

1. 勒内·基拉尔：《浪漫的谎言与小说的真实》，罗芃译，北京：三联书店，1998年。
2. 维诺格拉多夫：《红与黑：司汤达传》，天津：天津人民出版社，1987年。
3. 马修·约瑟夫森：《司汤达传》，包承吉译，南昌：江西人民出版社，1989年。
4. 巴尔扎克：《司汤达研究》，李健吾译，上海：平明出版社，1950年。

【参考文献】

1. 《斯丹达尔的作品》
   Henri Matineau, *L'oeuvre de Stendhal*, Paris: Le Divan, 1945.
2. 《小说家斯丹达尔》
   Maurice Bardèche, *Stendhal romancier*, Paris: La table ronde, 1947.
3. 《斯丹达尔的创造》
   Jean Prévost, *La Création chez Stendhal*, Mercure de France, 1951.
4. 《斯丹达尔论斯丹达尔》
   Claude Roy, *Sendhal par lui-même*, Paris: Seuil, 1951.
5. 《斯丹达尔的中篇小说》
   Francine Marill Albérès, *Le naturel chez Stendhal*, Paris: Librairie Nizet, 1956.
6. 《斯丹达尔与小说问题》
   Georges Blin, *Stendhal et le problème de roman*, José Corti, Paris, 1958.
7. 《斯丹达尔的精神生活》
   Victor del Litto, *La vie intellectuelle de Stendhal*, Paris: Presses Universitaires de France, 1959.
8. 《斯丹达尔，巴尔扎克与浪漫派的女性主义》
   Richard Bolster, *Stendhal, Balzac et le féminisme romantique*, Paris: Minard, 1970.
9. 《自传作家斯丹达尔》
   Béatrice Didier, *Stendhal autobiographe*, P. U. F. 1983.
10. 《斯丹达尔与小说》
    Jean Mourot, *Stendhal et le roman*, Presses Universitaires de Nancy, 1987.

【网络资源】

1. http://www.stendhalforever.com/biography.html
2. http://www.encyclopedia.com/doc/1O142-Stendhal.html
3. http://en.wikipedia.org/wiki/Stendhal

【作品推荐译本】

《红与黑》，郭宏安译，南京：译林出版社，1993年。
《红与黑》，罗新璋译，杭州：浙江文艺出版社，1994年。

第十一章 福楼拜的《包法利夫人》：对艺术的艰辛追求

居斯塔夫·福楼拜(Gustave Flaubert，1821—1880)出生于法国鲁昂的一个医生世家。年轻时酷爱阅读浪漫派作品。15岁时遇见爱丽莎·施莱辛格，长期默默地崇拜她。她成为后来小说《情感教育》(1869)中的女主人的原型。35年之后，她的丈夫去世，福楼拜才给她寄出了第一封情书。福楼拜年轻时患神经疾病，被迫放弃学习法律，搬到鲁昂附近的克鲁瓦塞居住，并结识了日后成为他女友的路易丝·柯莱，和她保持了近十年的书信往来。1856年，福楼拜发表《包法利夫人》，随后因作品有伤风化遭受起诉，虽被判无罪，却从此闻名。福楼拜作品不多，都是经过精雕细琢而成。他花了20多年的时间写了一部寓意深邃的作品《圣安东的诱惑》(初稿1849年，最后一稿1872年)。其他作品还有《萨朗波》(1862)、《三故事》(1877)。1880年福楼拜猝然去世。《布瓦尔和佩居谢》在他死后出版(1881)。为了写这部未竟的作品，他查阅了1500部书籍；为了描写爱玛·包法利服毒自尽，他声称亲口尝过砒霜。这样的确切还不够，他希望他小说的句子像诗歌里的诗句那样准确、精当和必不可少。"对美的这种关注，在我看来是一种方法。"①他到处揭露资产阶级的愚蠢，塑造的人物平庸，"失败"这个主题反复出现在他所有的小说中。他的通信集证明了写作给他带来的痛苦和欢乐，他写道："很少有人为了文学像我这样受那么多的苦。"②

福楼拜是世界小说史上独树一帜的大作家。如果说，巴尔扎克卷帙浩繁的《人间喜剧》犹如矗立在地平线上的喜马拉雅山，雄伟壮观，那么，福楼拜屈指可数的作品，尤其是他的代表作《包法利夫人》，就像群峰环绕下的西湖一样，湖光山色，将天然美与人工美熔于一炉。②

---

①② 弗朗索瓦兹·普罗刊登编著：《法国文学大手笔》，钱培鑫等译注，上海：上海译文出版社，2002年，第100页。

② 见郑克鲁：《包法利夫人·序》，冯寿农译，福州：海峡文艺出版社，1992年。

第十一章　福楼拜的《包法利夫人》：对艺术的艰辛追求

福楼拜小说的多样性一直是批评家关注的问题。它之所以成为福楼拜评论的热点，一是因为它本身就是一个需要解释和说明的问题，二是因为它不断地被不同的批评家用来阐发和佐证一些文学以外的历史、心理、文化或社会学理论。

李健吾先生在《福楼拜评传》中提供的书目（不完全统计）表明，仅在1935年以前，就已有近百位著作家（120余种著作）对其进行过研究，这些著作家既包括波德莱尔、法朗士、莫泊桑、普鲁斯特、纪德、莫里亚克、左拉这样的大作家，又有诸如圣伯夫、丹纳、朗松、亨利·詹姆斯、阿尔贝·蒂博岱（Albert Thibaudet）、珀西·卢伯克（Percy Lubbock）、安东尼·阿尔巴拉特（Antoine Albalat）、保尔·布尔热（Paul Bourget）等渊博的学者-批评家，甚至哲人尼采也研究过福楼拜。李健吾先生1980年对这个书目又作了说明，提到了萨特研究福楼拜的专著《家庭的白痴》。我们只能挂一漏万，举其大端。

一

《包法利夫人》在发表的第二年（1857）被当局告上法庭，以有伤风化、诽谤宗教等罪名，由检察官提出公诉。检察官列举书中四个段落为佐证。第一，爱玛在树林里委身于罗多尔夫，她因奸情而变得更加美丽：这是对通奸的颂扬。第二，爱玛病后去领圣体，她用对情人的语言向天主倾诉。第三，爱玛与莱昂在奔驰的马车里做爱（《巴黎杂志》的编辑删掉了这一段），然后是对他们幽会的旅馆房间的"淫荡描写"。第四，对爱玛临终场面的描写违背宗教和道德原则，夹杂肉欲的联想。

幸亏福楼拜请出一位地位显赫、能言善辩的大律师，法庭最后判福楼拜无罪。

这场官司的结果，反而使小说声名大振，《包法利夫人》成为畅销书，两万册很快一售而空。此后，《包法利夫人》的盛名历久不衰。后代尤其对福楼拜在艺术上的探索众口一词地称赞。由于这部小说多层次的、丰富的内涵，更使持不同美学观点的小说家和批评家们各取所需，给予不同的评价。

福楼拜上承巴尔扎克，下接左拉、莫泊桑。与他同时代的小说家，没有一个能与他比肩。《包法利夫人》一问世，批评家圣伯夫便慧眼识英雄，敏锐地指出："在许多地方，在不同的形式之下，我似乎发现新的文学标志：科学、观察精神、成熟、力量、有点严厉。这是新的特点，未来几代人的领袖们会追求这些特点。"[①]圣伯夫大声赞扬这部杰作。维克多·雨果从盖纳西岛寄来一封热情洋溢的信："《包法利夫人》是一部杰作……"米什莱、朱尔·雅南、尚弗勒里向作者表示祝贺。波德莱尔在一份发行范围很窄的杂志《艺术家》上热烈欢呼杰作的问世。他十分欣赏包法

[①] 见发表于1857年3月4日《世界导报》上的文章，转自拉罗斯书局出版"拉罗斯古典丛书"《包法利夫人》，1987年，第174页。

利夫人这一形象："包法利夫人沉湎于想入非非的浪漫爱情的遐想中，她像男性一样痴心地、慷慨地委身于那些卑劣的家伙，也如同一些诗人醉心于女人一样……其实，这个女人在她的同类中、在她狭窄的世界里和她局限的视野中是很崇高的……总之，这个女人是真正的伟大，她特别令人同情。作家努力不在作品中出现，如同一个耍木偶的演员，表现系统的冷酷。尽管如此，所有知识女性都应该感谢他把女人提高到具有高度力量、远离野蛮动物、接近理想男性的地位，感谢他使女人具有一个工于心计、富有幻想的完人的双重性格。"①

《包法利夫人》在艺术美方面达到了相当高的境界。福楼拜对形式美极为重视，他刻意求工，字斟句酌。他对挚友乔治·桑诉苦说："您不知道我整天双手捧着头，挤压我可怜的脑袋，为的是找到一个字，那是怎么一回事？思想在您身上像河一样广阔地、不断地流动，而在我身上这却是一涓细流。我必须经过巨大的艺术劳动，才能获得一条瀑布。啊！我多么了解文体的痛苦啊！"②乔治·桑赞叹福楼拜对艺术的艰辛追求："居斯塔夫·福楼拜是一个伟大的探索者。"但她也毫不留情地责备他"写伤人心的东西"，"把丑恶指给人看"，"对人生缺乏一种明确的和广大的视野"③。有的评论家把福楼拜说成"文学的基督"，意思是他为文学创作而受尽了千辛万苦："他在二十年里为文字而斗争，在句子面前奄奄一息。"④屠格涅夫认为"在任何语言的任何作家身上，都没有这样精益求精。"⑤《包法利夫人》的作者强迫自己严格训练，令他的同行吃惊，甚至那些自诩文笔优美的作家，如龚古尔兄弟、泰奥菲尔·戈捷都感到意外："像诗句一样有节奏，像科学语言一样明晰，有大提琴的雄浑，有火红的羽毛似的热情。"⑥

左拉说的更明确："《包法利夫人》问世后，产生了文学上的整整一场革命。现代小说的格式在巴尔扎克的巨型小说中是分散存在的，似乎刚刚经过压缩，明确地在这部400页的小说中提了出来。新艺术的法典写成了。《包法利夫人》具有一种明晰和完美，这种完美使这部小说成为典范小说和小说的最终典范。"⑦从某种意义上说，福楼拜开创了新的流派。尽管福楼拜本人对现实主义和自然主义等等颇有微词，左拉却对《包法利夫人》推崇备至："以《包法利夫人》为典型的自然主义小

---

① Charles Baudelaire, "Madame Bovary par Gustave Flaubert", *L'Artiste*, 18 octobre 1857.
② 《1866年11月27日给乔治·桑的信》，巴黎，"有教养者俱乐部"出版社，《通信集》第3卷，1975年，第308页。
③ 《文学艺术问题》，巴黎：卡尔曼-莱维出版社，1878年，第415页。
④ 安托万·阿尔巴拉：《大作家手稿修改对文体修饰的启迪》，转自拉罗斯书局出版"拉罗斯古典丛书"《包法利夫人》1987年，保尔·若拉斯的《简介》，第25页。
⑤ 左拉：《自然主义小说家·福楼拜》，巴黎，法斯盖尔出版社，第475页。
⑥④ 雅克·苏弗尔为《包法利夫人》巴黎弗拉马里翁出版社1979年原版写的"序"，参见冯寿农译本第13页。
⑦ 同⑤，第413页。

说的首要特征,是准确复制生活,排除任何故事性成分。作品的结构仅在于选择场景以及某种和谐的展开程序……最终是小说家杀死主人公,如果他只接受普通生活的平常进程。"①

19世纪已有论者强调这部小说的心理学和哲学层面。福楼拜基本上把爱玛看作受侮辱受损害的女性。因为爱玛爱做不切实际的幻想,内心充满激情,法国评论家于勒·德·戈尔蒂埃提出"包法利主义"的概念,把它定义为"人所具有的把自己设想成另一个样子的能力":即一个人幻想过一种与现实完全两样的生活,像爱玛一样幻想去改变这种生活强加给人的命运,迷恋于另一种完全不同的命运。这种人所犯的心病就叫做"包法利主义"。

早在19世纪末,法国批评家法盖(Emile Faguet)就曾用文学创作本身所包含的浪漫主义和现实主义的交替趋势来解释福楼拜创作的多重性。法盖把浪漫主义的第一特征描述为"讨厌和逃避现实主义",把它的第二特征归结为"喜好悲怆和神秘,哀伤和怪异"。法盖认为福楼拜的独特性在于他既能创作像《萨朗波》和《圣·安东尼的诱惑》这样的浪漫主义作品,又能创作像《包法利夫人》和《情感教育》这样的现实主义作品,而福楼拜本人则代表着浪漫主义向现实主义的过渡。法盖幽默地评论道:"在他(福楼拜)身上有一种觉得现实平庸的浪漫派气质,又有一种觉得浪漫主义空洞的现实主义气质;有一种觉得资产者可笑的艺术家气质,又有一种觉得艺术家自负的资产者气质。所有一切都裹上一种觉得世界荒谬的愤世嫉俗。"②

法国批评家朗松(G. Lanson)称福楼拜是一个"对资产阶级怀有浪漫式憎恨,但生活却极为资产阶级化的作家。"他认为这是福楼拜创作内容极具暧昧性的关键所在。但由于19世纪科学模式(尤其是生理学)的影响,福楼拜在创作中所体现的是科学说明(自然主义)而非逼真表述(现实主义),因此,对于福楼拜文学风格的形成,时代科学模式的影响要比文学史的浪漫主义、现实主义交替作用更为重要。朗松还指出,《包法利夫人》"是一部观察细致而紧凑,形式辉煌而简洁的作品。"他在教材中肯定了这一判断:"《包法利夫人》有幸成为当代小说的一部代表作。"③布吕内蒂埃断定说,"人们可以认为《包法利夫人》在当代文学史上是一部重要著作。"④

---

①④ 雅克·苏弗尔为《包法利夫人》巴黎弗拉马里翁出版社1979年原版写的"序",参见冯寿农译本第15页。

② Derek Robbins, *Bourdieu and Culture*, London: SAGE Publications, 2000, p. 68.

③ 《法国文学史》,巴黎:阿舍特出版社,1906年,第1056—1057页。

二

　　20世纪前期,批评家用传统的批评方法从各个角度研究福楼拜,注重文学史的博学批评家旨在厘清作家的生平,寻找作品的渊源和作家受到的影响,诠释作品的各个场景和作品的哲学思想和宗教意图。勒内·迪梅尼(René Dumesnil)、勒内·德沙尔梅(René Descharmes)、路易·贝特朗(Louis Bertrand)等批评家主要研究作家与作品的关系,编撰福楼拜的传记,公开发表福楼拜尚未发表的作品以及信札。也有人热衷于在福楼拜的作品里寻找他本人私生活的写照,但这种研究受到人们的责难。福楼拜在塑造人物时"东采西摘",他的人物来自现实,高于现实。因此,在作品的人物或故事情节中寻找作家的生平痕迹是不可取的。

　　此外,普鲁斯特、阿尔贝·蒂博岱和保尔·瓦莱里(Paul Valéry)等批评家采用美学方法,注重语言形式和写作风格等方面的研究。

　　被人们称为继圣伯夫之后法国最重要批评家的阿尔贝·蒂博岱用伯格森(Henry Bergson)的生命哲学来淡化福楼拜创作的不和谐现象。伯格森的哲学强调记忆维系生命的延续,生命不能分割为断裂的片刻。在此基础上,蒂博岱认为,福楼拜的创作和他的本我一样具有一致性,其基础正是生命的延续性。针对一般人认为《包法利夫人》不像福楼拜作品的说法,他指出,所谓像不像福楼拜,指的无非是一个停滞、固化了的本我,只有当生命结束的时候,才会有这样的本我:"我们生活在生命过程之中,也就是生活在现刻之中。"①在任何现刻中,本质都在变化,只有成为过去的本质才是绝对不变的。福楼拜小说的多样性,反映了作者极具变化的个性本我。

　　蒂博岱在1919年11月份的《新法兰西评论》上发表的文章《关于福楼拜风格的一场文学争论》启发了马塞尔·普鲁斯特,后者于1920年1月在同一刊物上发表《论福楼拜的"风格"》一文,指出:"语法上的独到之处实际上反映了一种新的视觉,这种视觉不必经过实践的固定,就能从无意识过渡到有意识,最后插入文字的各个部分"②。普鲁斯特以他独有的艺术敏感发现了福楼拜作品中除句型以外更为重要的东西,即作品里那些没有转折痕迹的"空白",指出福楼拜第一个使"时代变化摆脱了对历史上的趣闻逸事和渣滓糟粕的依附。他第一个为它们谱上了乐

---

① Derek Robbins, *Bourdieu and Culture*. London: SAGE Publications, 2000, p.71.
② 普鲁斯特:《论福楼拜的"风格"》,见《普鲁斯特随笔集》,张小鲁译,深圳:海天出版社,1993年,第221—238页。

曲"①。普鲁斯特指出福楼拜安插每一个动词、形容词和连词的位置都有其意义。他风趣地摹仿福楼拜的风格,毫不惧怕地断言:这位克鲁瓦塞的隐士几乎像康德一样以他各种各样的手法更新了我们事物观,他善于运用确指过去时,泛指过去时和现在分词——以及"永恒的未完成时",后者用来以间接引语的形式转述人物的对话。至于连词"和",大家知道福楼拜抽去了它传统的作用,它不再放在列举词的后面,而巧妙地成为一种节奏的停顿,作家从这一技巧中获得满意的效果。说了这话后,普鲁斯特形容福楼拜的句子像挖掘机一样举起土块,又扔下去,发出断断续续的声音。

批评家们从不同角度对《包法利夫人》的艺术性作了高度评价。蒂博岱认为:"就小说而言,《包法利夫人》的技巧,几乎就像《安德洛玛刻》(拉辛的作品)在悲剧中的地位那样,是部典范作品。"②沙尔·杜博斯指出:"《包法利夫人》不仅是小说中的经典作品,也许这是从严格、紧凑和狭义上来说成为艺术品的唯一小说。"③当代评论家巴尔德什认为:"必须重读《包法利夫人》:它达到人为的完美境地,人们不会倦于欣赏它。"④

在 20 世纪的福楼拜研究中,瓦莱里、让·普雷沃(Jean Prévost)、马尔罗等著名理论家、批评家都有极重要的著述。瓦莱里的批评观点实际上契合了结构主义的视界,但他对于福楼拜的理解又几乎超出了风格层次。他认为,福楼拜的作品"在增加附件方面失控",以至于牺牲了作品的"关键点"⑤。具体地说,就是福楼拜大量的微小细节描写危及了作品的结构、行动、性格等关键的方面。在风格问题上还有很多论说。让·普雷沃和马尔罗尽管没有采用结构主义的方法,但在某种程度上却露出了新批评的端倪。

20 世纪中叶,法国出现文学批评的新浪潮。"新批评"的特点主要是集中精力在文本内部的批评。有人称:以前的批评是一种离心的运动(mouvement centrifuge),而新批评是一种向心的运动(mouvement centripète)。精神分析、社会学、语言学、文学语义学、马克思的文学生产理论等等许多批评思潮都拿福楼拜的作品,特别是《包法利夫人》作为试验样品进行批评实践,阐述理论家的元批评方法。日内瓦学派几位著名的主题批评家乔治·普莱(Georges Poulet)、让-皮埃尔·理查尔(Jean-Pierre Richard)、让·鲁塞(Jean Rousset)等都以福楼拜的《包法利夫人》为样本用他们的理论和方法进行研究。

---

① 普鲁斯特:《论福楼拜的"风格"》,见《普鲁斯特随笔集》,张小鲁译,深圳:海天出版社,1993年,第221—238页。
② 《福楼拜》,巴黎:加里玛出版社,1935年,第93页。
③ 《近似集》,巴黎:法亚尔出版社,1965年,第181页。
④ 《福楼拜的作品》,巴黎:七色出版社,1974年,第204页。
⑤ 萨特:《什么是文学》,见《萨特文论选》,施康强译,北京:人民文学出版社,1991年,第183页。

让-皮埃尔·理查尔在《文学与感觉》(1954)中列出专章:"福楼拜作品中的形态创造"。"一切都始于感觉"是理查尔批评的出发点。他的文学批评着重于人物对他的第一空间(肉体、物、气候等)的感觉,作家在可感物的深处从各个方面寻求他的真实面貌。在作家的"现实生活的各个领域(时间的、空间的、物的、与他人的关系或与自我的关系的体验)中,再次发现和肯定了某些确定的……内在结构以及生活态度的恒常性。"①理查尔首先在《包法利夫人》里从作家对丰盛的餐桌、食欲旺盛的宾客的描写,揭示作家与女主人公的欲望和兴致。"随兴致接踵而来的是满足"。"爱玛的爱就像吞食一般。'她像一个饥不择食的人那样扑向快活'"②。然后是"吸收"、"反刍"、"消融"、"酥软的爱情"、"肉体的渗透"……理查尔指出:福楼拜的"天才最吸引人之处就是把内在经验、具体经验和隐喻的表达始终集于一身的那种完全和谐"③。水作为一种吞没和溶解的力量,是爱情的隐喻,"如果女人像水一样具有吸引力,那么海洋就像女人一样抚摸着人。"水滴、汗珠、液珠"仿效欲望的行为,还有欲望的意识本身。""水像鸦片一样让人麻醉"。从而揭示了福楼拜的"水系"。随即,水"汇合"、"顺流而下"。变化,就是"随波逐浪"④。福楼拜认为:"真正的包法利主义"就是"一个由于无法找到平衡而决定在持续的不平衡中生活的人的运动"⑤。作家本人"陶醉于永久的灵活多变,他感受着自身,并要使自己保持纯净的可塑性。"⑥理查尔从作家与笔下人物的自身感觉、自我意识,即从作家及其人物本身迸发出的激情与外部世界发生的碰撞处探索作家深邃的内心,追寻作品的内在价值。

三

福楼拜研究在20世纪蔚为显学。60年代兴起的法国"新小说"作家和理论家们视福楼拜为先驱。让·鲁塞主要研究《包法利夫人》的叙述技巧和叙述视角,他说,这部"什么也不涉及的书"是现代反小说的祖先。小说中对物体的刻画越是精细,这个物体就越是孤立于它从属的那个整体,除了它作为物体存在在那里,失去其他任何意义,如小说中夏尔的那顶帽子。

热拉尔·热奈特(Gérard Genette)、罗兰·巴尔特(Roland Barthe)等结构主义者

---

① 让-皮埃尔·理查尔:《文学与感觉》,顾嘉琛译:北京:三联书店,1992年,第11页。
② 同上书,第168—170页。
③ 同上书,第190页。
④ 同上书,第199—200页。
⑤ 同上书,第212页。在这里福楼拜重新诠释了儒勒·德·戈吉耶(1858—1942,法国批评家,以"包法利主义"的理论著称)原话"人所具有的把自己设想成另一个样子的能力"这个"包法利主义"定义。
⑥ 同上书,第215页。

和符号学家在对福楼拜作品的探究中遇到了前所未有的磨难,经历了愤怒、惊奇、困惑、喜悦,而原因竟在于他们发现了几乎同样的问题——"福楼拜问题",即福楼拜作品的"无意义"问题,其内涵为:"整部作品意义的缺失或暂时缺失。"①事实上"福楼拜问题"已成为文学史、文学批评史及福楼拜研究中一个重要的专有名词了。

1965年,结构主义叙事学和文学符号学的代表人物之一热奈特撰写了《福楼拜的沉寂》一文,此文收入于次年出版的专著《辞格I》中。热奈特以探讨福楼拜描写中的细节问题为中心,发现了福楼拜作品的下述特点:一是从人物的梦幻到人物回到现实中来的过渡环节没有经过叙述指示上的变化,即由于话语方面的不足,导致了梦幻与现实之间的分界不清。人物的幻想、想象、回忆并不比他们的真实生活更多或更少主观性。从效果上看,出现在爱玛想象中的吊床或扁舟,与她身边毕毕剥剥的油灯、包法利的鼾声出现在同样真实的层面上。这种介于主观和客观之间的东西、这种假想的客观秩序从功能上看,"没有别的目的,也许,这时它不过打断并且拖延了叙述的进程而已"。二是福楼拜对于狂喜的美学凝视的契机的沉迷。大量的描写投合了他对于"美学凝视"的喜爱,但与情节的戏剧性要求相悖。三是在更多的时候,描写具有自律性(即"为了自身的缘故才存在"),它以牺牲行动为代价,从不试图解释什么,"甚至于它的目的就是悬而不决或间隔"。叙述因之落入了谜一般的沉寂中。此外,大量琐碎的具有自律性的描写被视为"附件",专断地插入,毁灭了叙述以及叙述话语,最终导致"意义的逃亡"②。

热奈特牢牢抓住了福楼拜作品中那些自身没有目的但专门破坏叙述、行动和结构的东西,那些"无缘无故的和无意义的细节"。福楼拜增添了大量的细节,自然不能说全都没有意义。事实上热奈特也辩证地作了区分,他认为有些细节是有意义的,而有些则无。"但更多的时候,描写是为自身的缘故而被精心制造出来的"③,这样的描写由于无目的因而没有意义,《包法利夫人》不断地为那些极妙的无缘无故的描写所打断。这就是热奈特所理解到的"福楼拜问题"的实质③。

罗兰·巴尔特在1968年围绕福楼拜发表了两篇文章,一是《福楼拜与句子》,专门研究福楼拜在手稿上的修改,另一篇是《真实的效果》,主要研究福楼拜的细节。在《福楼拜与句子》中,巴尔特提出了他所谓"修改语言学"的东西,认为"作家们在其手稿上所作的修改可以根据他们所用纸张的两根轴线轻易地被加

---

① Graham Falconer, "Flaubert, James and the Problem of Undecidsbility", in *Comparative Literature*, Vol. 39, No. 1, Winter 1987.

②③ Gérard Genette, "Flaubert's Silences," in *At Figura Poesis: The Work of Gérard Genette*, Columbia University Press, 1982, pp. 183—202.

③ 王钦峰:《论福楼拜问题》,《外国文学评论》1994年第4期,第5页。

以分类。他对水平轴线上的修改又分为增和删两种可能性。这样作家就拥有三种主要的修改方式：替换性的、删减性的和增添性的。那么福楼拜的修改到底有什么特点呢？这一点关系到福楼拜作品中那命运攸关的描写问题。巴尔特把福楼拜与传统修辞学所规定的修改作了比较，认为他在水平轴上的修改突破了古典修辞学的要求："福楼拜重新发现了聚合段修改的问题：好的聚合段是紧缩与膨胀的两种极端力量之间的一种平衡；然而省略通常却受到句子单位本身结构的限制，福楼拜重新将一种无限的自由引入其中：一旦达到了省略，他又反过来将省略引向一次新的扩展，即不断地将过于紧凑的地方'拆松'。于是，在第二个阶段中，省略又重新变成了令人眩晕的扩展"①。我们几乎都知道福楼拜风格"简练"，但鲜有知其"扩展"者。

在《真实的效果》开篇，巴尔特提到福楼拜《纯朴的心》中的一个细节描写：全福的女主人奥班太太的房间里，"晴雨表下方的一架老钢琴上，有一个用盒子和纸板堆积而成的金字塔"，他展示给我们的是一些标记（notations），一种琐屑的细节描写。巴尔特实质上并不赞成用解释巴尔扎克的方式来解释福楼拜，因为巴尔扎克的细节描写具有说明人物性格的功能，但福楼拜的细节就不同了，巴尔特并非有意贬低福楼拜的那些无用的细节，正相反，他与热奈特一样是把这一点当作福楼拜的革新来看的。关于意义问题，巴尔特写道："叙述作品中的独特描写（或'无用的细节'），它的独立性，给叙事结构分析带来了一个头等重要的问题。这个问题是：叙述中的一切都是有意义有内涵的吗？如果不是，如果存在一种无意义的部分，那么什么是（姑且这么说吧）这种无意义的终极意义呢？"②他依据福楼拜的描写认为，并非所有的细节都能经得起功能的分析，对于一系列无功能的细节的描写必将会破坏意指作用（signification），即破坏能指与所指之间的会面、结合，这种破坏，也就是巴尔特所谓的"无意义的终极意义"了。他后来总结说，"福楼拜的晴雨表，米什莱的小门，最后可以这样分析，它们不过在说，我们是真实的东西"，这里面当然是不包括所指的，于是也就不包涵意义，而"正是所指的不在场（这对所指物有利），也只有所指的不在场，才能与现实主义的真正能指相称"。由于福楼拜的无意义细节"改变了符号的三重组合（即能指＋所指＋所指物）的意向"，具备了一种与传统逼真法则相冲突的"真实的效果"（l'effet de réel）③，破坏了叙述与结构，倒获取某种终极意义了。

---

①②③ Roland Barthes, "The Reality Effect", in *French Literary Theory Today*, ed. by Tzvetan Todorov, Cambridge University Press. 1982, pp. 11—16.

四

萨特的《家庭的白痴》(1971)是他最后一部扛鼎之作,一部整整两千页的大书、奇书。既是一部严谨的研究著作,又是一部独具特色的文学作品,萨特称之为真实的小说。写这部作品时,萨特不断地发挥着自己的想象,通过想象力把那些支离破碎的零星的毫无联系的事实组合成一个总体,再现当年那个真实的活生生的福楼拜。整部作品在总体上充满悬念,即"福楼拜是怎样成为他自己的",直到全书终结,这个问题的答案才最终呈现出来。因此,也可以说这书是在讲述故事,说明一个人的终生失败是怎样导致了他的成功。它完全可以当作一部小说来读。萨特在其中紧紧把握住那作为个人和历史遭遇冲突的契合点,也是作为总体化的东西。这里福楼拜不是一个抽象的个体,他同时完全成为时代的表现。

萨特认为"被动性"在福楼拜身上非常重要。福楼拜爱用被动语态造句,也是被动性的体现。他的父亲是鲁昂的名医,在家庭里滥用权力,母亲对他没有感情。继承父业,也成为名医的兄长引起他的嫉妒心。凡此种种,造成他的孤僻倾向,使他成为一个曾经是不幸的,后来又把神经官能症作为摆脱不幸的办法的人。艺术或文学不一定是神经官能症患者的事情,但是在他看来,为艺术而艺术,对艺术的艰辛的劳作能够像神经官能症一样摆脱不幸。

萨特不同意蒂博岱的连续个性本我说。在萨特看来,福楼拜的矛盾性需要一个社会的而非个性的解释,而这种解释必须从作者和读者的主体间关系来寻找。萨特认为,作者的写作离不开臆想中的读者,作者选择谁为其读者,这里面已经隐含着他会选择什么题材。萨特指出,18世纪的作家一方面受贵族阶级的保护,一方面又逐渐接受资产阶级这一历史性的读者公众。他们只得用宣扬超阶级的普遍价值来解脱自己面临的读者分裂的窘境。19世纪的福楼拜面临着工人阶级这一历史性的读者公众的崛起。他在选择资产阶级或工人阶级为读者时,也面临着与18世纪作家同样的窘境。福楼拜不愿面对无产阶级的崛起。他既看不起资产阶级,也看不起工人阶级,因此在读者对象上陷入了无所适从的困境。萨特认为,缺乏读者确定性才是福楼拜所谓的创作多重性的本质所在。萨特试图通过精神心理分析把社会分析从庸俗马克思主义中解脱出来,他从剖析福楼拜这个"资产阶级家庭里的白痴"来说明福楼拜因其青少年时期的经历而对资产阶级既鄙视又不舍的写作态度。[①]

[①] Thumerel, Fabrice, *La critique littéraire*, Paris, édi. Armand Collin/VUEF, 2002, pp.142—44.

法国社会学家布迪厄(Pierre Bourdieu)①批评萨特的社会学分析只是落在表面,其实并未与以前种种独尊作家主体的理论划清界线。布迪厄认为,在福楼拜研究中,无论是谈浪漫主义和现实主义的交替作用,还是谈作品表现作者个性,或者强调作者生命潜意识,其关注点始终都落在作者个人的主观选择上。真正的社会学分析决不等于作者传记分析。布迪厄特别针对萨特的马克思主义社会学分析指出,萨特所用来说明福楼拜个人创作过程的那些因素(儿童成长和阶级特性)其实可以适用于任何其他作家。社会文化分析要解释的不是一个作家独自的形成过程,而是他如何在特定时代和环境中通过与他者的区分以达到自我定位的目的。

布迪厄在对福楼拜的文化社会学分析中,运用了两个至为关键的概念,那就是"场域"和"惯习"。场域是现代社会中具有相对独立自主性的社会活动领域。文学场域则是由文学创作领域中客观存在的可能位置所形成的一种关系结构。在文学场域中,"惯习"指的是对客观可能的主观选用,强调客观环境的机遇和限制与行为者的倾向和选择之间的相互作用。布迪厄从三个层次来逐渐剖析福楼拜的小说艺术:一、福楼拜时代文学场域在权力场域中的位置;二、福楼拜时代文学场域的结构,尤其是文学创作者在争夺文学合法性过程中形成的区分关系;三、福楼拜的个人创作特性。

在布迪厄看来,为福楼拜提供区分和定位选择的是当时法国文学场域的两个已经得到确定的艺术定位,一个是"社会艺术",另一个是"资产阶级艺术",福楼拜自己的"为艺术而艺术"是在与这二者的区分中才得到确定。在19世纪30—50年代的法国文化场域中,"资产阶级艺术"和"社会艺术"与社会权力场域的关系不同,前者亲,后者疏。它们之间的关系也因此呈现出前者统治、后者被统治的定位区别。为艺术而艺术是在社会艺术和资产阶级艺术这两种对立定位之外逐渐形成的位置。它不仅是一种文艺新位置,而且更包含着一种特立独行、献身艺术和超凡脱俗的文艺家的人格形象。

福楼拜提出为艺术而艺术,与社会文艺的现实主义和资产阶级文艺的浪漫理想主义皆不合流。布迪厄称为艺术而艺术是处于后面这两个位置之间的一个"自相矛盾的中间位置",它"注定要反对(这两个)既定的位置",但同时又试图对它们"作不可能的妥协"。为艺术而艺术的最明显也是最重要的特征就是反对资产阶级

---

① 徐贲:"布迪厄的文化社会学和福楼拜研究",http://www.tecn.cn/data/detail.php?id=5559,布迪厄的社会学批评理论,可参见 Pierre Bourdieu, *The Field of Cultural Production*, ed., by Randal Johnson, New York: Columbia University Press, 1993.在此文集里,他写了关于福楼拜的三篇专论和关于马内的两篇专论。这五篇专论分别是:《《情感教育》的结构是社会自我分析之例吗?》《权力场域,文学场域和惯习》《福楼拜的视点》《马内和反常状态的制度化》和《纯粹审美的历史发生》。

艺术所代表的主流倾向。它强调艺术应享有伦理的自由,艺术应逾越主流价值,疏远权力体制。

在福楼拜这样的为艺术而艺术者看来,主流资产阶级文艺的弊病尚不在于它宣扬何种假理想主义价值,而在于它那种自以为是的卫道士态度。这是福楼拜在反对资产阶级艺术的同时也反对社会艺术的根本原因。他认为,社会艺术和资产阶级艺术一样,总是以某种卫道士的口吻训诫大众。他毫不讳言地表明自己既憎恨"穿礼服的资产阶级",也憎恨"穿工装的资产阶级"。[①] 他说:"我写《包法利夫人》就是出于痛恨现实主义。但我也同样鄙视假理想主义",因为二者都在蒙骗人们。[②] 布迪厄在福楼拜的作品中看到的是对任何终结道德意义的拒绝:"(他)拒绝建造金字塔,拒绝那种向某一个思想信念和结论的攀升集中。"[③]

布迪厄发现,除了在政治和审美上互相投契,福楼拜时代的为艺术而艺术者大多有相似的富裕家庭背景。福楼拜的父亲是医生,波德莱尔的父亲是议会办公室主管,道里维利(Barbey d'Aurevilly)和龚古尔兄弟出身贵族。布迪厄对他们经济背景和条件的关注,体现了他的文化社会学的一个重要特点,即先由观察文学场域内的定位区分入手,然后再讨论具体的作家和个人经济状况和背景。对福楼拜这样主张和实行为艺术而艺术的作家来说,有经济条件不是决定条件,而是便利条件。

布迪厄认为,福楼拜在小说中发明了"纯艺术",其重大意义可以媲美马奈在绘画中发明"纯注视"。[④] 这种审美的革命要从根本上消除题材等级的实际意义。以同样精致的艺术形式好好表现任何对象,这使得形式成为一种造就艺术的力量,而不是仅仅处理艺术对象的手段。写作(形式艺术)能将任何对象转变为具有文学美和文学价值的东西,"正是因为这个缘故,题材并没有美丑之别;从纯艺术的角度来看,我们甚至可以相信,根本就没有什么题材可言。"[⑤]

彻底淡化题材内容的意义,使得福楼拜不仅与那些运用不同题材的作家有所区别,而且也与那些运用相同或相似题材的作家有所不同。福楼拜的好友波耶告诉他尚弗勒里正在写一部连载小说,题材是外省婚外情,和《包法利夫人》颇为相似。这成为福楼拜觉得特别需要强调区分,特别明确纯艺术根本特质的时刻。这

---

① Oeuvres complète de Gustave Flaubert: *Correspondence*, nouvelle édition augmentée, 14 vols (Paris: L. Conard, 1926—54) vol. 5, p. 300.

② G. Flaubert, *Correspandance*, ed., Jean Bruneau, 2 vols (Paris: Gallimard, 1980), vol. 2, 643—644.

③④⑤ Pierre Bourdieu, *The Field of Cultural Production*, ed., by Randal Johnson, New York: Columbia University Press, 1993. p. 210, 208, 209.

个特质就是"精致地写平庸"①。彻底搁置对题材内容的评价,精致地对待任何平庸,这种纯注视强调纯粹的审美,主张割裂美与伦理的关系。对此布迪厄曾指出,"可以肯定的是,纯注视的发明……不能不以打破艺术和道德的联系为代价,它要求保持一种冷淡、漠然、超然,甚至是犬儒式的肆行。尽管这里面有不少是故作姿态(如波德莱尔),但这种态度的立场和倾向往往都会疏离社会世界。"②

为艺术而艺术的作品开始只是在文艺界有限的小场域内才被接受,它所提倡的纯艺术和纯注视逐渐成为文艺界的共识规范和价值,这是有限的文艺生产通过其象征价值对于大规模文艺生产的物质价值的优势而逐渐取得合法性的结果。

五

20世纪80年代,法国国立科研中心(CNRS)和巴黎高等师范学院(ENS)联合建立"现代文学手稿文本研究所(ITEM)",同时,巴黎第八大学一些文学批评家在手稿试验室里对福楼拜、雨果等作家的手稿进行艰辛的探讨,在不到20年的短短时间里,形成了一个新的批评流派:文学渊源批评或称文学手稿批评。渊源批评雄心勃勃:要充分利用和开发欧洲各大图书馆近200年来收藏的现代手稿这批宝贵的文化遗产;通过分析手稿了解前文本产生的机制,澄清作家的创作行为和作品产生的程序;并确定这种批评的概念、方法和技术。渊源批评非常重视证据,重视第一手的材料,即使是创作念头,也要以手稿(即使只有寥寥数语)为据。福楼拜写作是一丝不苟、精益求精的。在他的手稿档案中同一段落有时可找到12、15甚至20个不同的写法。福楼拜的写作阶段分三个时期:一、情节扩展时期;二、初样或草稿时期;三、修改时期。各个时期都留有手稿,福楼拜在修改这个"预加工"的初样时,总是删除比添加多,平均删去初稿的三分之一,这样使草稿更加浓缩、更加精悍。这正是他写作缓慢的原因。二十多万字的《包法利夫人》写了6年。真是"为人性僻耽佳句,语不惊人死不休"。

90年代,随着计算机技术的飞速发展,因特网的出现,法国学者J. B. 纪诺(J. B. Guinot)建立福楼拜作品语料库(http://abu.cnam.fr/),储藏了作家的所有的作品,并且作了频率的统计,给研究者提供了第一手宝贵资料。与此同时,D. 纪拉尔(D. Girard)和伊万·勒克乐尔(Yvan Leclerc)在因特网上公布了福楼拜的所有书信,这个语料库以年为单位,收集了福楼拜从1830到1880年40多年的来往信函。书信和作品结合起来研究对于了解作家的思想变化和创作历程是非常重要的。请看下图"福楼拜语料库的主菜单":

---

①② G. Flaubert, *Correspondance*, ed., Jean Bruneau, 2 vols, Paris: Gallimard, 1980, vol. 2, p. 31.

第十一章 福楼拜的《包法利夫人》：对艺术的艰辛追求

这个表格的横向是选择（资料的）功能，纵向是统计功能，可以在这个丰富的词条化的超文本里找到你所需的东西。高科技的发展开辟了新的研究天地。

2003年，法国批评家罗贝尔·F·阿里安（Robert F. Allien）发表了《〈包法利夫人〉的性象征》[①]。他意图研究福楼拜的文风，用统计学的方法统计了《包法利夫人》里具有潜在的性象征意义的关键词：

词汇	绝对频率	标准频率	偏差	词汇	绝对频率	标准频率	偏差
doigt 手指	60	12	13.3	cheval 马	68	31	6.4
fenêtre 窗	68	21	10.1	tête 头	135	82	5.8
bras 手臂	92	41	8.0	porte 门	99	58	5.2
table 桌子	63	26	7.1	maison 房子	98	62	4.6
main 手	171	102	6.7	chambre 卧室	74	45	4.2

注：绝对频率：指该词在文本中出现的次数。
　　标准频率：指该词相对于文本中的频率计算出的"规范"频率。
　　偏差：该词与规范的偏离数。

阿里安整理出这些在作品中出现频率特别高、偏离特别大的词汇，又根据弗洛伊德的释梦方法——通常"doigt（手指）"、"bras（手臂）"、"main（手）"、"cheval（马）"、"tête（头）"等词象征着男性的阴茎，"fenêtre（窗）"、"porte（门）"、"maison

---

① http://www.univ-rouen.fr/flaubert《福楼拜评论》2003年第3期

(房子)"、"chambre(卧室)"等词象征着女性的阴户——从而研究作家和小说主人公包法利夫人的潜意识。这样分析难免牵强附会,难以令人信服,不过一家之说而已。不过,阿里安的风格统计学方法是值得参考的。

从1984—1994年的10年间,米纳尔现代文学出版社连续出版了四卷的《福楼拜系列批评丛书》,莱蒙·德布雷-热内特(Raymonde Debray-Genette)在第一卷《福楼拜及后来……》的序言里高度评价福楼拜在文学史上的重要地位。她写道:随着时间的推移,福楼拜对现代文学的影响越来越大,从今天20世纪下半叶的角度看,他无疑是现代文学的奠基人。《福楼拜系列批评丛书》出版的目的是要推动新一轮的福楼拜研究和批评。《丛书》计划要使读者全方位地了解福楼拜,使读者读到一些鲜为人知的作品,以便更好地了解一个自相矛盾的福楼拜。《丛书》力图反映近几年福楼拜研究的前沿论点,特别是现代文学手稿文本研究所对"前文本"的最新研究成果,还留出一定的篇幅登载后来发现的手稿。但遗憾的是,到1994年《丛书》只出了四卷就停止了。

尽管如此,现代文学手稿文本研究所常年举办福楼拜讲座。此外,一个新的福楼拜研究中心在鲁昂大学蓬勃发展,专门的福楼拜网站建立起来,随时发布福楼拜的最新研究动态、福楼拜的手稿、关于福楼拜的博士论文,出版网上杂志,等等。2001年,"七星社图书馆"出版社出版了克洛蒂纳·戈度-梅茨(Claudine Gothot-Mersch)领衔主编的《福楼拜全集》,2003年出版了由让·布鲁诺(Jean Bruneau)和伊万·勒克乐尔(Yvan Leclerc)任主编的福楼拜通信集。

2005年,米纳尔现代文学出版社停刊10年的《福楼拜系列批评丛书》第五卷再度面世。出版商意欲打开一个新的研究和争鸣的空间,聆听各种声音的批评;试图深入研究的福楼拜的其他作品,并开拓新的研究主题:福楼拜与政治、与哲学的关系等。第五卷的题目是《十年的批评》,有十多位批评家如克洛蒂纳·戈度-梅茨、雅克·聂福(Jacques Neefs)等撰文,除了对《包法利夫人》的研究外,还有对《情感教育》、《萨朗波》等作品的研究。此外,还特别登载了外国研究的现状,如"英语国家对福楼拜的研究"和"日本的福楼拜批评"。本卷评论集还让出一定的空间发表从未刊行过的文献:《福楼拜对黑格尔的〈美学〉的注释》[1],从中可以研究福楼拜的美学观。在最后的"批评日志"里,登载十年间法国出版的福楼拜研究专著的摘要。

---

[1] Gisèle Séginger, *Gustave Flaubert 5, dix ans de critique*, Paris-Caen, Lettre modernes mimard, 2005. pp. 261—331.

第十一章　福楼拜的《包法利夫人》：对艺术的艰辛追求

【关键词】

现实主义　包法利主义　为艺术而艺术/纯艺术　日内瓦学派　新小说　"福楼拜问题"　叙事学　符号学批评　新批评　社会学批评　文学渊源批评/文学手稿批评

【推荐阅读书目】

1. 李健吾：《福楼拜评传》，长沙：湖南人民出版社，1980 年。
2. 弗朗索瓦兹·普罗刊登编著：《法国文学大手笔》，钱培鑫等译注，上海：上海译文出版社，2002 年。
3. 让-皮埃尔·理查尔：《文学与感觉》，顾嘉琛译，北京：三联书店，1992 年。
4. 张寅德编选：《叙述学研究》，北京：中国社会科学出版社，1989 年。
5. 萨特：《什么是文学》，见《萨特文论选》，施康强译，北京：人民文学出版社，1991 年。
6. 王钦峰：《论福楼拜问题》，《外国文学评论》1994 年第 4 期。
7. 徐贲：《布迪厄的文化社会学和福楼拜研究》，http://www.tecn.cn/data/detail.php?id=5559
8. Etienne Brunet, *Flaubert traité par* HYPERBASE, http://www.univ-rouen.fr/flaubert
9. Robert F. ALLEN, *LE SYMBOLISME SEXUEL DANS MADAME BOVARY*,《REVUE FLAUBERT》2003.3，http://www.univ-rouen.fr/flaubert

【参考文献】

1. 《福楼拜作品中的心理学，包法利主义》

   Jules de Gaultier, *le Bovarysme, la psychologie dans l'oeuvre de Flaubert*, Paris, Cerf, 1892 (repris dans *le Génie de Flaubert*, Paris, Mercure, 1913).

2. 《论福楼拜的风格》

   Marcel Proust, "A propos du style de Flaubert", *Chroniques*, Paris, Éditions de la Nouvelle Revue française, 1927.

3. 《福楼拜作品中的形态创造》

   Jean-Pierre Richard, "la Création de la forme chez Flaubert". *Littérature et Sensation*, Paris, Seuil, 1954.

4. 《福楼拜的〈包法利夫人〉：分析与研究》

   René Dumesnil, *Madame Bovary de Gustave Flaubert: étude et analyse*, Paris, Mellottée, 1958.

5. 《〈包法利夫人〉中的鲁昂情结》

   André Dubuc, *L'âme de Rouen dans Madame Bovary*, Yvetot, Imprimeries Bretteville, 1958.

6. 《〈包法利夫人〉的真正起源》

   René Herval, *Les véritables origines de Madame Bovary*, Paris, France, Nizet, 1958.

7. 《福楼拜作品丛书〈包法利夫人〉》

   Charles Baudelaire, "Madame Bovary", *Œuvres complètes*, Paris, Pléiade, 1963.

8. 《福楼拜：〈包法利夫人〉》

   Alison Fairlie, *Flaubert: Madame Bovary*, London, Arnold, 1962.

9. 《福楼拜的沉寂，辞格》

Gérard Genette, *Silences de Flaubert*, *Figures*, Paris, Seuil, 1966.

10. 《浪漫的谎言与小说的真实》

René Girard, *Mensonge romantique et Vérité romanesque*, Paris, Grasset, 1961.

11. 《真实的效果》

Roland Barthes, "l'Effet de réel", *Communications II*, Paris, Ed. Du Seuil. 1964, pp. 84-89.

12. 《〈包法利夫人〉的渊源》

Claudine Gothot-Mersch, *la Genèse de Madame Bovary*, Paris, Corti, 1966.

13. 《福楼拜》

Harry Levin, *Flaubert*, New York, Oxford University Press, 1963.

14. 《作家福楼拜》

Maurice Nadeau, *Gustave Flaubert écrivain*, Paris, Denoël, 1969.

15. 《〈包法利夫人〉与无题材的书》

Jean Roussel, "Madame Bovary ou le livre sur rien", *Forme et signification*, Paris Corti, 1962.

16. 《家庭的白痴——1827—1857年的居斯塔夫·福楼拜》

Jean-Paul Sartre, *l'Idiot de la famille. Gustave Flaubert de 1821 à 1857*, Paris, Gallimard, 1971—72. 3 vol.

17. 《福楼拜》

Victor Brombert, *Flaubert*, Paris, Seuil, 1971.

18. 《无休止的狂欢：福楼拜与〈包法利夫人〉》

Mario Vargas Llosa, *L'Orgie perpétuelle：Flaubert et Madame Bovary*, Paris, Gallimard, 1978.

19. 《爱玛·包法利的蠢事》

Alain de Lattre, *La Bêtise d'Emma Bovary*, Paris, Corti, 1981.

20. 《福楼拜的〈包法利夫人〉中的真实与批评》

Jean-Claude Lafay, *Le Réel et la critique dans Madame Bovary de Flaubert*, Paris, Minard, 1987.

21. 《论福楼拜的〈包法利夫人〉中的滑稽：高与矮》

Michèle Breut, *Le Haut et le bas：essai sur le grotesque dans Madame Bovary de Gustave Flaubert*, Amsterdam, Rodopi, 1994.

22. 《虚构与失败：〈包法利夫人〉中的经济与隐喻》

Patricia Reynaud, *Fiction et Faillite：économie et métaphores dans Madame Bovary*, New York, Peter Lang, 1994.

23. 《〈包法利夫人〉的文本化》

Matthew MacNamara, *La Textualisation de Madame Bovary*, Amsterdam, Rodopi, 2003.

24. 《〈包法利夫人〉，命运之神与波纹织物》

Henri Raczymow, *Madame Bovary, la Moïra et les moires*, *Les Temps modernes* n°629, novembre 2004/février 2005.

25. 《令人难忘的文本：福楼拜的〈包法利夫人〉与莫里亚克的〈黛蕾丝·德斯盖鲁〉比较研究》Edward J. Gallagher, *Textual Hauntings：Studies in Flaubert's Madame Bovary and Mauriac's Thérèse Desqueyroux*, University Press of America，2005.

【网络资源】

http://www.univ-rouen.fr/flaubert/

http://pagesperso-orange.fr/jb.guinot/pages/accueil.html

http://www.alalettre.com/flaubert.php

http://fr.wikipedia.org/wiki/Gustave_Flaubert

http://fr.wikipedia.org/wiki/Madame_Bovary

【作品推荐译本】

《包法利夫人》，李健吾译，北京：人民文学出版社，2003年。

《包法利夫人》，冯寿农译，福州：海峡文艺出版社，1992年。

第十二章 艾米莉·勃朗特的《呼啸山庄》：
螺旋式的猜谜与破解

艾米莉·勃朗特(Emily Brontë,1818—1848),英国19世纪中期最富独特风格和神秘色彩的女小说家和诗人。她出生于英格兰北部约克郡山村桑顿,一年半后移居并终生居于同郡更为苦寒的山村哈沃斯。父亲是一位清贫而赋诗才的教区牧师,原籍爱尔兰。母亲亦颇通文墨,康沃尔郡人。姐夏洛特(Charlotte,1816—1855)和妹安(Anne,1820—1849)都有小说、诗歌传诸后世。艾米莉未满三周岁时丧母,幼年受教于其父。在她短暂的一生当中,先后曾去本地区二三个市镇及比利时布鲁塞尔求学、任教,总共十余月,其余时间大多隐居故乡,以自学成材。她终生未婚,据迄今掌握的史料所知,也从未有实质性的恋情,读书、写作、操持家务和在住宅外荒原漫步遐想,构成了她的主要生活经历。

艾米莉·勃朗特十岁前就与夏洛特、安以及日后颇不成器的哥哥勃兰威尔(Branwell,1817—1848)在家中相伴习作诗文,第一部正式出版的作品是与夏洛特和安三人的诗选合集,分别采用了三个男性的笔名,题名《柯勒、埃利斯、阿克顿·贝尔诗集》(*Poems by Currer, Ellis, and Acton Bell*),其中有艾米莉(即埃利斯)的诗21首。《呼啸山庄》(*Wuthering Heights*, 1847)是艾米莉·勃朗特创作出版的唯一一部小说。她的诗歌全集首次出版于1910年,克莱蒙特·肖特(Clement Shorter)编;另一部重要诗歌全集出版于1941年,C. W. 哈特菲德(C. W. Hatfield)编。

一、批评在螺旋式的猜谜——破解——深入中运行

任何一部文学作品从问世之初开始,不论对其称颂还是贬损,千篇一律众口一词通常均属反常。人称英国维多利亚时代一部奇书的《呼啸山庄》连同其作者,更是一个极端的例证。

这部小说大约成书于1845年下半年至1846年上半年,其时作者约二十七八

第十二章 艾米莉·勃朗特的《呼啸山庄》：螺旋式的猜谜与破解

岁；出版于 1847 年，至今已 150 余年。其间，它被解读、接受的过程，大体上经历了起初的贬胜于褒，到褒贬并峙，再到褒胜于贬而跻列世界经典的过程。整个过程并非直线运作，其中各派批评的焦点是在几经重复中不断扩展、推进。又由于这部小说的思想艺术独特，或谓超前，而且作者起初出版此书隐去真名，生前身后遗留的生平资料寥寥无几，自然使对这部书及其作者的批评形成了几经反复的猜谜——破解——深入的螺旋模式。解谜在不断探索与点滴发现中渐次完成，深度也随之不断进展，至今其终端仍呈开放型。在过去的 150 年间，大体可分为三个阶段：第一阶段，从小说问世至 19 世纪末；第二阶段，20 世纪前期；第三阶段，20 世纪后期。

在 19 世纪后期这第一阶段，批评话语的主要来源，是维多利亚时代已成定式的阅读接受趣味，这仿佛是用一套标准化的成衣去套穿一副构架、风格独特的体型，无论怎样拉扯整合，总不见妥帖合身。但是，文学欣赏的品味，毕竟古今总有共同之处，《呼啸山庄》问世之初，批评家们在咄咄指摘的同时，也还是读出了它的独创性与震撼力以及其作者的天才，特别是在此时期的中后阶段，一些具有远见卓识的批评家和独创性的作家加盟评说，推进了对这部作品的关注。不过此一时期对这部小说的批评，始终处于褒贬并峙，各不相让的局面，而这些批评的历史作用则在于：它们所关注的焦点，诸如对男女主人公的激情描写的力度、他们性格的非传统非道德评价、人物的心理分析和文学原型的追索以及这部小说的创作与其作者本人气质、经历的关系等方面，都已定格为留给后世继续深入评说的话题。

20 世纪前期《呼啸山庄》批评螺旋的推进主要有赖于三种力量：第一，通过艾米莉·勃朗特传记作者坚忍的努力，给对这部作品的批评研究提供了事实上是任何批评方法都不可无视的小说背景和作者本人历史的可靠资料；第二，文明的进步与社会的发展所促成的文学批评界流派纷呈的局面及各流派批评向《呼啸山庄》的介入，其中特别是"新批评"派方法的运用，取得了大量具有说服力的批评成果，心理分析的实践加强了对主人公及主要人物的鉴赏与理解，马克思主义的批评初步开拓了批评研究的新领域；第三，日益增多的与艾米莉·勃朗特气质、风格相类的作家批评家，以所谓印象批评或谓感受批评的方式发言，使《呼啸山庄》的经典地位得到确定无疑的认可，其中一些精彩文章阐发这部小说主题之淋漓，赏析其美学价值之精妙，堪称作家作品与读者批评者互动之榜样。

20 世纪后期，心理分析批评、女权主义批评、西方马克思主义批评、结构主义批评、读者反映批评、文化批评等流派方法的继续或介入及其发展，又大大拓展了艾米莉·勃朗特及《呼啸山庄》研究批评的空间，这不仅深化了此前一百年间解谜的深度与领域，也大大推进了曾经大大推进批评进程与效果的艾米莉·勃朗特传记研究与写作以及艾米莉诗歌的研究；反之，艾米莉·勃朗特生平资料及作品的新发现，又给对这位小说家及其作品的研究批评增添了翔实可靠的依据。如此相辅相成、多元互动，更使艾米莉·勃朗特和《呼啸山庄》的批评研究至今意犹未尽。

二、批评在误解与猜谜中诞生、成长

　　《呼啸山庄》问世之初，尽管在英国本土和大西洋彼岸美国的一些重要报刊立即有所反映，其实那只不过是他们对待几乎每一部出版作品的通例。大体看来，当时的批评界对这部陌生作者的新书的态度，是冷落与误解。小说出版的第二个月份，一篇发表在《旁观者》报上的未署名短评，已包罗了早期贬抑这部作品的主要说词："故事情节过于粗俗不雅而难以动人，那些最好的又是不大可能的，其本身就带有道德败坏的性质，邪恶行为所导致的种种结果，没有充分证明作者用以竭尽全力描述它的良苦用心。不过，技巧是好的，保证了作者一切相关素材的必要性，而且描写令人信服，真实无误。""我们不知道写在这部书扉页上的埃利斯·贝尔……和柯勒·贝尔有没有关系……但是这些作品具有某种相似之处。"[1]当时见诸报刊与此类似的印象式总体批评，或长或短，几乎是异口同声地指斥这部小说的粗俗野蛮、离奇失真、混乱庞杂、阴森恐怖。诸如："这是一部生涩的书。从整体看，它是狂野、混乱、支离破碎、不大可能的，而且从效果看，那些构成堪称悲剧的戏剧性人物是比生活在荷马时代以前的人更加不开化的野蛮人。""在我们整个虚构文学领域里，我们从未见对人性中最恶劣的那些形式做过如此令人胆战心惊的描绘。"[2]但是，批评家们在低估、挑剔、指摘的同时，也还是被这部所谓不老到的、缺乏艺术性的作品所吸引，感受到其中蕴含的粗犷的力量，天生的想象力和独创性，还有人已经在印象批评之外，以追索文学原型的方法，发觉了希思克利夫身上那种"集一种美德和千重罪恶于一身的"[3]拜伦式主人公的影子。当时一位代表传统保守派的女批评家伊丽莎白·瑞格比（Elizabeth Rigby, 1809—1893）认为，《呼啸山庄》与《简·爱》具有"一家人似的相像"之处，而《简·爱》恰正是一部"名噪一时的反基督教作品"，"简·爱和罗切斯特就其天生状态的兽性一面而言，像凯瑟琳和希思克利夫一样，也是令人作呕和厌恶的异教徒，即使英国读者中最腐败的阶层，也会感到不对胃口。"它所表现出的那种拜伦式的颠覆威胁，与曾经发生在欧洲大陆的"推翻政权、打乱一切世俗与神圣法规习俗的运动，以及在英国本土孕育出的

---

[1][2][3] Miriam Allott ed. *The Critical Heritage 'The Brontës'*, Routledge & Kegan Paul Ltd. London and Boston, 1974, pp. 217—18, 220, 230.

第十二章 艾米莉·勃朗特的《呼啸山庄》：螺旋式的猜谜与破解

宪章运动和反叛骚动,在精神上和思想上可谓如出一辙"[①]。

与这些批评明显不同的,是锡德尼·多贝尔(Sydney Dobell,1824—1874)的文章(1850),其对《呼啸山庄》的作者在塑造人物、构思情节、景物描写、气氛渲染等方面的才能给予了高度评价,认为这部小说中有些篇章中那种"天生的力度在直到他们那个时代的现代散文中还很难找到出其右者"。从小说开篇起的很多章节,"是诗人的杰作,而非小说家的混血儿。""那种美妙的天真坦率、那种信息强烈毫无装腔做势的神态、那种极端的真实可信与最为珍稀的独出心裁的绝佳结合,甚至对那些给人印象最强烈的超自然事物发生的可能性的精心设计,那种将旁枝末节组合在一起的挥洒自如的力量和本能,那种安排整幅作品中明暗对比时所运用的精妙绝伦而又毫无卖弄之意的技艺,还有那种令人毛骨悚然的地点、时间、天气和人物,都加强了那场难以抑制的情感爆发的悲怆莫名。"多贝尔对女主人公凯瑟琳·恩肖的评价是"惊人的鲜活"、"特别的自然",男主人公希思克利夫则是"无与伦比的创造物",而且"小说中那些次要的地点和人物无不带有高超天才的印记"。[②] 对于20世纪才越来越成为关注焦点的第二代凯瑟琳、迪恩太太和约瑟夫,已都有所涉及,在分析这些人物时,也牵涉了心理学和医学研究的命题。

不言而喻,多贝尔文章大量最高级形容词和副词的运用,说明他代表了《呼啸山庄》批评史早期对作品充分肯定的一方。此时期著名批评家刘易斯(George Henry Lewes,1817—1878)在附合各家贬抑之词后,又对作者处理爱情题材中表现的天才及高超的语感大加赞赏(1850)。

《呼啸山庄》初始批评阶段有三个有趣现象:一是对其作者本人身份及身世的认知、揣测与破解。这本来属于传记批评的范畴,但是由于这部书的女作家远离主流社会和文坛而鲜为人知,出版作品时为避免时俗的女性歧视又采用了男性的笔名,而这部作品在当时又甚是惊世骇俗,即使在她与共同采用各自男性笔名的姐妹已经站出来亮相之后,围绕着作者究竟是男是女,他(她)的创作意图及可能性等,批评家仍然争论不休。上述多贝尔的文章题名《柯勒·贝尔与〈呼啸山庄〉》,就是因为他错认三个贝尔实为一位"先生";瑞格比则坚持认为必是男性无疑;在刘易斯的文章中才确认埃利斯是一个乡间牧师的女儿。但是在将作者身份与这样一部雄健刚毅风格的奇书相联系之后,一些批评家又对埃利斯—艾米莉的著作权问题置疑,甚至认为此书,至少是其中部分章节,是其兄勃兰威尔的手笔。第二是,由于勃朗特三姐妹起初共同出版诗集,随后出版小说时她们三个人的笔名也常常联袂出现,批评界从一开始就常以此三人为一整体进行评说,久而久之,甚至画地为牢地只做三姐妹高下之分的比较品评,在一定程度上限制了对她们各自及其作品批评

[①][②] Miriam Allott ed. *The Critical Heritage 'The Brontës'*, Routledge & Kegan Paul Ltd. London and Boston,1974, pp.109—10,278—80.

的视野。第三个有趣现象是,由于三姐妹中夏洛特岁寿较长又居于长姐地位,而且文学活动的时间较长范围较大作品较多,她对其妹这部小说的理解,在早期批评中无意间的低定调,也在一段时期、一定程度上起到了限制其评价的作用。夏洛特在她两次为艾米莉诗及小说出版所写的著名前言中将这部小说定格于具有"不成熟但却真实的才能"之作,作家本人则是具有"独创性的头脑(尽管尚嫌青涩,尽管尚未得到充分的培养),而且在发展中有失偏斜。"①她认为艾米莉·勃朗特对小说中所描述的约克郡乡间民情特征的理解主观片面,根据这样的理解所创作出的希思克利夫、凯瑟琳、欣德利·恩肖这一系列人物也有失偏颇,而对于迪恩、埃德加·林顿等人物,她则视为慈爱、忠实、爱情专一的典型。对于希思克利夫,她给予了全盘否定,称他是一个因为有"恶魔的生命钻了进去才活了起来的人的皮囊。"②

从早期《呼啸山庄》批评开始至19世纪七八十年代,这部小说大致处于贬过于褒的批评状况,但无疑在欧美文坛也日益受人瞩目。许多著名作家、诗人、批评家如罗塞蒂(D. G. Rossetti,1828—1882)、阿诺德(Mathew Arnold,1822—1888)等都对这部作品发生兴趣或好感。但是当时声震文坛的批评家莱斯利·斯蒂芬(Leslie Stephen,1832—1904)以其冷静客观的立场、理性科学的态度进行评论,分析艾米莉和夏洛特个人气质与创作风格的明显差异,肯定艾米莉的善于表达激情,认同《呼啸山庄》确为一部奇书之余,仍说"在我们的文学中,几乎难以找到一部作品堪与类比,除非是那些诸如《复仇悲剧》之类粗俗而又惊怵的伊丽莎白时代的戏剧产品。"③这位大批评家还认为,艾米莉那种自我的思想方式使得她感觉胜于观察,把握外在事物的能力很差,"以致使她这部作品成了一桩无缘无故的恶梦,我们读它的时候,如果不是说感到痛苦大于愉悦的得益,那也是心怀惊诧和令人烦恼的好奇。"④(1877)

凭依这些批评活动所处的时代和环境,它们都是在自由地各抒己见和针锋相对地展开论争中进行的,也正是在这种褒贬互动中,对艾米莉·勃朗特的研究批评得以深入。斯蒂芬的这篇文章,就是为批驳诗人斯温伯恩(A. C. Swinburne,1837—1909)的一篇长文《简论夏洛特·勃朗特》(1877)而作。在这篇作者自称为短文的近百页的文章中,斯温伯恩认为,作家有"天才"(genius)和"才智"(intellect)之分,前者以乔治·艾略特(George Eliot,1819—1880)为例,后者以夏洛特·勃朗特为例;艾米莉·勃朗特那种拥有巨大热情的天才当中,则隐含着一种不知不觉的本能,这是在她姐姐夏洛特和妹妹安的天才中所不具备的一种素质,一

---

① Emily Brontë, *Wuthering Heights* 'Biographical Notice of Ellis and Acton Bell' by Charlotte Brontë, Oxford University Press, 1976, pp. 361—62.

② Emily Brontë, *Wuthering Heights* "Editor's Preface to New Edition of Wuthering Heights, 1850" by Charlott Brontë, Oxford University Press, 1976, p. 368.

③④ Miriam Allot ed. *Critical Heritage* "The Brontës". p. 421.

个人要想充分领略她的这部小说,就必须多少具有一些像她的那种本能。她正是以这种本能"在对自然景物做悲凉凄怆的处理时,也比夏洛特所做的更有劲、更显著。"①在斯蒂芬发表了那篇驳文之后,斯温伯恩又再详作专文(1883),阐发对艾米莉的盛赞。这位具有艾米莉那种天生本能的诗人将《呼啸山庄》与《李尔王》、《巴黎圣母院》等作品类比,认为它"就诗的最充分最肯定的意义而言,在本质上不折不扣地是一部诗",也是一部悲剧;小说中"最精彩的部分,梦境和发疯的章节,就其出自想象的真情实景所表现的那种充满激情和栩栩如生之美而言,还从来没有哪一个诗人胜过她或者说堪与伦比"。而且"弥漫全书的气氛是那样高昂、雄浑",甚至使得那些"活灵活现、令人毛骨悚然的场景最终也几乎给那种高尚的纯洁与冲动的率真这一总的印象所冲和了"②。

与斯温伯恩同时代或稍后还有一批有影响的批评家和作家对《呼啸山庄》从不同角度加以肯定。彼得·贝恩(Peter Bayne,1830—1896),这位作家与报刊人从1857年就开始撰写有关三位"贝尔"身世及其作品的批评文章,晚年又从艾米莉·勃朗特的诗《哲学家》入手,详细研讨她的超验的信仰及《呼啸山庄》中的哲学思想(1881)。他认为"艾米莉·勃朗特的身世之谜可以从这部小说的字里行间参透。这首诗的主旨是艾米莉·勃朗特已经穷索寰宇搜寻上帝,而上帝却始终未向她一展真容,哪怕只是瞬间一瞥。《呼啸山庄》的要点则是恶的势力,这种势力将善引入歧途"③。贝恩据此解释了老恩肖收养希思克利夫及老林顿夫妇庇护凯瑟琳·恩肖引来的家破人亡的祸灾。另一位著名的文人瓦尔特·佩特(Walter Pater,1839—1894)以其美学家的眼光盛赞这部小说高妙的浪漫主义精神。批评家安格斯·麦凯(Angus Mackay)则看到了这部书戏剧性的力量和其中自然主义与非自然主义的融合,称"艾米莉是莎士比亚的小妹妹毫不为过……故事中的光棍村夫约瑟夫是莎士比亚那些小丑的血亲,还是他们中相当显赫的一员。"④(1892)与这些英国本土的名家一样,欧美大陆其他国家的批评家也对《呼啸山庄》倍加关注。比利时优秀的剧作家、散文家梅特林克(Maeterlinck,1862—1949)像斯温伯恩等诗人评论家一样,以一颗与艾米莉·勃朗特灵犀相通的心着重探微这位早夭女作家孤凄简短的一生和她的内心世界,认为"《呼啸山庄》是表现作者感情、愿望、创造、思索和理想的一幅图画","是她的真实的历史"⑤,书中那些前无古人的爱情表白都是从她内心流淌出来的。

---

① Miriam, Allot ed. *The Critical Heritage 'The Brontës'*, p. 411.
② Ibid., pp. 441—43.
③ Ibid., p. 426.
④ Ibid., p. 446.
⑤ 杨静远编:《勃朗特姐妹研究》,北京:中国社会科学出版社,1983年,第214—215页。

此时期联系作家身世、气质、背景的批评研究无疑也与《艾米莉·勃朗特》传记的出版(1883)不无干系。其作者是多产女作家玛丽·罗宾森(Mary Robinson, 1857—1944)。这第一部详尽成书的艾米莉传记中,罗宾森将传主生前过从较多的女友提供的资料披露,在一定程度上打破了女作家的神秘感,消除了包括盖斯凯尔太太写的夏洛特传记中对艾米莉及其作品的不解和误解,指出这位深居简出性格孤僻的牧师之女虽然生活简单而又短促,但那却正是她创作灵感的源泉;并非由于她不谙世事缺乏经验才使她将小说写成《呼啸山庄》那种样子,相反正是她那虽然有限而且反常但却精确真实的经验,而且是由于她的气质而变得特殊的经验,才使她将《呼啸山庄》写成了那种样子。① 她的想象是受生活环境的激发而生,她的人物的极端化甚至变态,都是从她那有限的生活中所提取的。这位女诗人兼评论家也以她那种直觉的本能对这部小说的独创性、想象力和描写的功力都做出高度评价,从而巩固了艾米莉·勃朗特及其小说的文学地位,同时也进而掀起了批评家对这位作家及其作品更深切的关注。斯温伯恩1883年的那篇批评,首先就是响应这部传记之作。另一位多产的女小说家玛丽·沃德(Mary Ward, 1851—1920)于1900年为《呼啸山庄》所写的《导言》全面触及作家出身、教育、所受文学影响以及小说人物、语言、情节、风格等艺术技巧的诸多方面,认为《呼啸山庄》是作家所属凯尔特民族气质、英国现实生活和文学传统以及欧洲大陆浪漫主义文学影响诸多因素相融合的产物。文中列举小说中公认的精彩片断,诸如洛克伍德的噩梦,希思克利夫偶然偷听到的凯瑟琳对迪恩的一番肺腑之言,希思克利夫归来后与林顿的激烈冲突,凯瑟琳的绝食、发疯、临终前后的种种激情场景以及希思克利夫和凯瑟琳之间的剧烈冲突,都具有浪漫主义文学这一类型(genre)和欧洲人情感的典型特征。关于小说艺术手法的总评价,沃德说:"就大胆的诗情和轻松自如地掌握地方真实感的结合而言,就行文的凌厉和措词的恰当而言,就细节的新颖独创而言,英国小说中少有能与之匹敌……无疑,《简·爱》的第一卷纵令人钦慕,都很难达到《呼啸山庄》那种随兴之所至的挥洒自如和毫不费力的雄浑刚劲的水平。"② 沃德也提到小说中的缺点:夸张和恐怖怪诞,结构上的一些笨拙。这位女批评家似乎也想为艾米莉就此再行辩解,但又未能像畅谈其长处时那样尽情表达出自己的说服力。

三、经典地位在深度交锋中确定无疑

玛丽·沃德的《导言》对《呼啸山庄》提纲挈领式的全面评论发表于世纪之交,

---

① Miriam Allot ed. *The Critical Heritage*, "The Brontës", p. 443.
② 杨静选编:《勃朗特姐妹研究》,第244页。

第十二章 艾米莉·勃朗特的《呼啸山庄》:螺旋式的猜谜与破解

恰恰起到承前启后的作用。随着20世纪社会的发展,观念的演变,文学创作、理论、批评方法的多元化以及传记资料挖掘、整理、撰写取得的新成果,《呼啸山庄》的批评也深入地、多元化地发展。沿袭上个世纪著名批评家、尤其是创作家,侧重于印象式批评的作家,可以列出一长串的名字:切斯特顿(G. K. Chesterton, 1874—1936)、赫伯特·里德(Herbert Read, 1893—1968)、弗吉尼亚·伍尔夫(Virginia Woolf, 1882—1941)、毛姆(William Somerset Maugham, 1874—1965)等都异口同声地肯定这部小说及其女作家的非凡天才,而且以自己实际创作的经验之谈生发了这部小说想象的空间。不过,由于他们的风格各不相同,批评阐释也是各执其词,流派纷呈。在切斯特顿重社会学和传统道德批评的视野中,艾米莉虽然是"伟大的作者",她的想象力有时却是"超人性",甚至"非人性"的。她把男人想象为怪物,如"希思克利夫,将他看作人,是创作上的败笔;而将他看作魔鬼,才是成功的"①。以切斯特顿男性中心的眼光来看,这位女作家"像午夜的风暴一样毫不亲切宜人"。不过,他还是看出了日后女权批评中所关注的"艾米莉这类伟大的维多利亚女性内心都有某种躁动不安的成分"②。

切斯特顿这类传统的批评在一战过后受到了现代主义浪潮的强烈挑战。属于这类新浪潮的各派批评受新批评派方法的影响,无一不更加重视文本本身的细读与分析。心理学派小说家、批评家梅·辛克莱(May Sinclair, 1863—1946)在1912年就出版的批评作品《勃朗特姐妹》及据她们生平写的小说《三姐妹》(1914),是较早以弗洛伊德精神分析学说运用于研究《呼啸山庄》的成果。先于辛克莱的梅特林克,也应属于此列。他们已经初步涉及艾米莉·勃朗特的神秘主义问题。赫伯特·里德发表在《耶鲁评论》(1925年7月)上的论文《夏洛特和艾米莉·勃朗特》是该派批评开始时期的代表作。他从作家早年丧母的情结出发,引申出精神疾患导致她与文学结缘,进而以文学战胜这种疾患,精神得以升华,才创作了《呼啸山庄》这样一部"健康和谐的佳作",才造就了艾米莉·勃朗特这样一位英国文坛上类似波德莱尔(Baudelaire, 1821—1867)和爱伦·坡(Allan Poe, 1809—1849)的最奇特的女才子。里德还"认出"了艾米莉精神上两性人的典型症状,认为这种集男性刚硬与女性沉默寡言内向腼腆于一身的特点,与小说中那种刚柔相济的风格恰相吻合。这种性别或者说性征探讨,较后发展到毛姆的笔下则达到了极端。这位趣味独特的小说家将《呼啸山庄》列入世界十大文学名著加以评述说:"我想不出

---

①② G. K. Chesterton, *The Victorian Age in Literature* 'The Great Victorian Novelists', Oxford University Press, 1955, p. 71.

还有哪本书把爱情的痛苦、迷醉和狠毒表现得如此淋漓尽致"①。其作者则被他形容为"奇异、神秘、朦胧的人"②，早年可能有过同性恋情感受挫的创伤。她写这部书是为满足自己迫切但又受压抑的性渴望。她是将自我投入了两个男女主人公，在他们身上关注了自己的狂怒、欲火、未得满足的爱的激情、对人的嫉恨、轻蔑以至残忍和淫虐狂。这派研究，包括下文提到的多萝西·凡·根特（Dorothy Van Ghent），套用精神分析的公式，甚至推论出希思克利夫与凯瑟琳实为同父异母兄妹，而这部书也暗含有乱伦的冲动。

此时期批评的流派纷呈也推出了另一部特殊的批评作品，就是桑格（Charles Percy Sanger）的《〈呼啸山庄〉的结构》（1926）。作者按照小说故事情节所提供的蛛丝马迹，编制了恩肖、林顿及希思克利夫家祖上几代人的编年史，一一说明其间发生的具体事件，其中所包含的错综复杂关系和时间进程以至法律程序的细节，都由这位作者做了精心安排。这种考据索隐式的方法，在20世纪甚至本世纪开始仍在继续，虽然未入批评的主流，也从一个侧面推动着艾米莉·勃朗特及《呼啸山庄》之谜的深层破解。特别是美国女学者芬妮·拉契福德（Fannie Ratchford）和1941年版艾米莉·勃朗特诗歌全集的编者哈特菲尔德对艾米莉逸诗的发现及研究，也给她的传记作者和小说批评家增添了珍稀资料。

20世纪30年代堪称年轻的批评家大卫·塞西尔（David Cecil，1902——　）的专论（1934）是新批评派评这部小说及其作者的代表作，在细读文本的基础上提出了一系列新见，认为"在维多利亚时代的小说当中，《呼啸山庄》是唯一一部即使是部分地，没有被时间的灰尘遮没光辉的"。它的作者"已经徐徐跻入了维多利亚时代第一流小说家的行列"；但她是用与维多利亚时代小说"不同的方式、从不同的观点写不同的主题，而明显地独立于19世纪小说主流之外"，她"仅仅关心不受时间地点影响的生活根本方面"，她将人置于他们"与时间和永恒，与死亡和命运和万物的本质的关系中看待"③。塞西尔还认为艾米莉是神秘主义者，她根据自己偶然看到的瞬间幻觉设想人类社会并以此描绘生活。通过分析小说的人物、情节、构思，他给艾米莉的宇宙观以一种近似宇宙意志论哲学的解释：宇宙万物都同样具有生命，包含着风暴与宁静两种精神元素，它们原本虽然对立，并不互相冲突，只在它们所赋形的世俗的拘束下改变了原来运行的轨迹，一旦摆脱了尘世的束缚，就会归于平衡。基于这种观点，艾米莉独立于人类社会的道德之外。她的人物的破坏性情欲和行为并非出于破坏性本性，而只是由于被拘，离开了原本自然的轨道，因此也无所谓恶。艾米莉的这种观点不是不道德而是前道德（pre-moral）的；她的小说中

---

①② Maugham, *Ten Novels and Their Authors*, William Heinemann Ltd, Melbourne · London · Toronto, 1954, pp. 229—33.

③ David Cecil, *Early Victorian Novelists*, London Constable Co Ltd, 1934. pp. 147—50.

所表现的冲突,也不是善与恶,正与误,而是同类与非类的冲突。小说人物之间感情的亲疏,正是决定于这种同类与非类的性质。凯瑟琳与希思克利夫之间强烈爱情的基础,就在于他们同为风暴之子,而林顿作为宁静之子,则属异类。"这类感情的性质和它的本源一样,是和普通恋人的情欲大相径庭。凯瑟琳的爱尽管强烈,却是没有性感的,就和潮水被月、铁被磁石吸引一样毫不包含肉欲。"① 同样基于这种观点,《呼啸山庄》中的生死观念也与众不同:个人的生命是一种精神元素的体现,仅仅肉体躯壳消亡显然不会使它毁灭,灵魂在这一个世界,而非基督教观念中的另一个世界也会永远存活。依照宁静与风暴对立、宇宙的平衡——打破——再平衡的规律,塞西尔认出《呼啸山庄》的故事背景,就是作家本人心目中宇宙的缩影。他又进而以此规律,针对已往认为这部小说结构笨拙、臃肿的批评,肯定它的流畅自然和谐完整。对已往否定桑格的结构说的批评,也做了反批评。

几乎可以说是响应塞西尔的批评,美国批评家根特在她的《论〈呼啸山庄〉》(1953)中以泛灵论的观点对塞西尔的论点又加以阐发。她认为这部小说中的人物具有祈祷者那种超然无我的特点,他们并不关注人类社会种种价值与非价值观念,而是以一种虔敬之心冥思宇宙。这种生活态度有如中国古代山水画的那种虚无缥缈,神秘莫测。小说整个文本贯串着超然空灵的大自然的精力,这种原始状态的非人性的现实与文明的习俗、风尚和规范这种带约束性的现实的紧张冲突。根特据此分析了两代男女主人公的言行、原始模型、与周围人物的关系以及所置身其中的小说结构布局和其中种种意象的内涵,这又从另外的角度反驳了此前的见解:即小说人物不可理喻和结构笨拙臃肿。

四、广汇百川,意犹未尽

从19世纪后期开始至20世纪前期共约一百年的时间里,对《呼啸山庄》及其作者思想艺术多视角多流派的批评与交锋循环往复,推进了对这部作品的逐步深入解读与鉴赏,它在文学史上的地位也得到日益恰当的确认,这自然也给二次世界大战后的20世纪后五十余年的批评完成了极好的铺设。由于这部小说本身涉及阶级对立、阶级冲突的内容,马克思主义批评家拉尔夫·福克斯(Ralph Fox,1900—1937)早先在他的论著《小说与人民》(1937)中就反驳过塞西尔、根特等人的超验、泛灵、纯粹的诗趣之说,提出这部小说之所以不同凡响,是由于它是从作者内心发出的对生活绝望的痛苦呻吟。另一位更年轻的批评家克里斯托夫·考德威尔(Christopher Caudwell,1907—1937)则盛赞《呼啸山庄》粗犷的阳刚之气和作为这

---

① David Cecil, *Early Victorian Novelists*, p.157.

种气概化身的希思克利夫(1937)。这两位批评家的论点,都在苏联女学者格拉日丹斯卡娅(З. Гражданская)参与编写的《英国文学史》(1955)《勃朗特姐妹》一章中得到响应,这位女学者还认为艾米莉是倾向于革命浪漫主义传统的作家,希思克利夫代表了资本主义社会中渴望爱情、友谊和知识的人所受到的摧残、扭曲而导致的孤独与道德沦丧。另一位早期马克思主义批评家杰克森(T. A. Jackson)表示,艾米莉突出之点是她的人道主义,她善于用现实主义来表现善与恶以及被压迫者与压迫者之间的斗争。

第二次世界大战之后,西方马克思主义批评家相继评论艾米莉·勃朗特和她的小说。大卫·威尔森(David Wilson)发表《艾米莉·勃朗特:最初的现代派》(1947),补充发挥了福克斯的时代性的观点,将希思克利夫定位于19世纪40年代,即宪章运动时期反叛的工人阶级;凯瑟琳则属于意识到自己必须与这些工人联合的那一部分受过教育的阶级;对19世纪早期—二十年间的西方思潮和社会心理浪潮做了寻微探幽式的发掘,指出小说的地理背景,即约克郡山区工业地区艾米莉生活其间既有地方特色又具典型意义的哈沃斯一带,在工业革命及其后的社会动荡中的重要地位。阿诺德·凯特尔(Arnold Kettle, 1916—　)在《英国小说概论》(1951)中明确应和了威尔森以社会批评及阶级分析对这部小说时代、地理背景的批评,又进而通过文本分析,补充了威尔森的著述,批驳了塞西尔等人认为此书不属于艾米莉的时代而属于永恒之说:"《呼啸山庄》写的是1847年的英国,书里的人物不是生活在虚无缥缈的世界里,而是生活在约克郡。希思克利夫并非产生自拜伦的作品,而是诞生在利物浦的一个贫民窟里,奈丽、约瑟夫、哈顿所说的是约克郡人民的语言。《呼啸山庄》的故事讲的不是抽象的爱情,而是活着的人们的激情,是产业所有权、社会享受的吸引力、婚姻安排、教育的重要性、宗教的合法性、富人和穷人的关系。"[①]希思克利夫这个人"是站在人性一边的","是一个自觉的反抗者。他和凯瑟琳的关系的特殊性质正产生于他和凯瑟琳在反抗中的联合。"[②]"希思克利夫的反抗……是那些在肉体上和精神上被这个社会的条件和社会关系贬低了的工人的反抗……后来他采用了资产阶级的标准(一种甚至连统治阶级本身也害怕的残酷无情的手段),于是他在早期的反抗中和他对凯瑟琳的爱情中所暗含的人性价值也就消失了。"[③]凯特尔及其后的雷蒙·威廉斯(Raymond Williams, 1921—1988)都对日后所称的"感情结构"给予关注。凯特尔对照英国奇诗人布莱克(William Blake, 1757—1827)的诗句,分析希思克利夫驳斥迪恩夸奖埃德加·林顿所表示的对维多利亚时代虚伪道德的轻蔑和反抗,是更高尚的道德情感。威廉斯认为,艾米莉·勃朗特对维多利亚时代资本主义人性危机问题的解决办法

[①②③] 杨静远编:《勃朗特姐妹研究》,第374,381,392页。

是，将一个人对另一个人的爱置于一种具有至高无上价值的地位，这凌厉得就像以新生制度和种种新生优势向物质财富所做的某种冲击似的冲突。(1973)

20世纪西方马克思主义批评年轻一代的代表人物伊格尔顿(Terry Eagleton, 1943—)在《权力的神话：对〈呼啸山庄〉的马克思主义研究》中说，这部小说就神话"这个词的更为传统的意义来说，是神话性的：一个显然无限的、高度浑然一体的、神秘独立自主而又象征性的世界。"但是"本文的大部分篇幅正是要力求予以非神话化。《呼啸山庄》的世界既非外在的，也非自我封闭的；它也丝毫未被内部的种种矛盾所分裂……这部书谱系式的结构在此也恰当贴切：家族关系立即就设定成了对抗性的实体，而且把这种实体铸造成错综复杂的样貌，从争斗倾轧、分崩离析的材料里沉淀凝固出紧密结合的形式。"①伊格尔顿通过对这部小说的结构、人物关系以及各具表征的意象、符号的详尽分析和论述顺理成章地得出这样的结论："希思克利夫对老门户自耕农恩肖一家和农业资产阶级林顿一家的侵犯，是工业资产阶级的作用的一种隐晦曲折的表征。不过，由于希思克利夫也是企图再现一种惨无人道的社会的种种罪恶，他就体现了一个在精神上拒绝，在行动上合作的自相矛盾的统一体；而这确实就是希思克利夫这个人物的悲剧。"②他对现存秩序的挑战，既因他的跻入其间而被扭曲，又因他拒绝接受强加于其身的自我约束的限制而变得卑鄙。

70年代前后还有两种深入文本的研究，就是利维斯太太(Q. D. Leavis, 1906—1981)的《初涉〈呼啸山庄〉》(1969)和弗兰克·科莫德(Frank Kermode)的《经典》(1975)。利维斯太太的文章重点放在以往大多数批评视为不重要的人物身上，将第二代凯瑟琳和林顿·希思克利夫与第一代凯瑟琳和希思克利夫做了精细的比较分析，对迪恩和约瑟夫两个仆人做了肯定性评价。科莫德的文章着重指出这部小说开放式的结尾，从而扩大了利维斯太太所缩小了的对文本的阐释范围。他认为在小说中读者所要分担的任务并不一定是非得要竭尽努力认知艾米莉·勃朗特的意图，而是创造性地应答文本本身所固有的、随着时间推移而可能扩展了的不确定的含意。在这里科莫德实际上已经以读者反映批评的方法，指出这部书对不同的读者会有不同的意义。若德·蒙安(Rod Mengham)则认为"将注意力从这部书产生的时刻——这正是马克思主义批评家们专注的所在——转移到它被接受的时刻，科莫德就是这样效法着艾米莉·勃朗特本人，因为她已经通过《呼啸山庄》的那些叙事人的一段段讲述提供了各式各样的阐释。"③

柯莫德的这一先见，确实也在当代女权主义批评家的笔下得到实践。她们正

---

①② Linda H. Peterson ed. *Case Studies in Contemporary Criticism*, 'Emily Brontë, *Wuthering Heights*', New York, St. Martin's Press, 1992. pp. 339—400, 412.

③ Rod Mengham ed. '*Emily Brontë, Wuthering Heights*', Penguin Books, 1988, p.108.

是从与以往截然不同的角度为《呼啸山庄》的批评开辟了新层面。桑德拉·M·吉尔伯特(Sandra M. Gilbert)和苏珊·古巴(Susan Gubar)合写的《阁楼上的疯女人：女性作家与19世纪文学的想象力》(1979)一书中，以特殊的女性经验揭示了更多的过去梅特林克、根特、毛姆等人猜测但尚待证实的有关凯瑟琳性方面的奋争。她们以早期女权主义者那种已成公认的偏激和颠覆性观点，坚持将批评集聚于女性人物，而将希思克利夫这个人物的作用贬低到只是凯瑟琳情欲的复制品。她们又以带有后结构主义那种在文本中强行纳入固定阅读程式所组成的程式化语言去表达某种象征意义的方法，进行分析，例如在希思克利夫携伊莎贝拉私奔前把她的爱犬吊在了花园墙壁拴缰绳的钩子上，就被解释为是对婚姻状况的隐喻。她们之后的美国女权主义批评家玛格丽特·霍门斯(Margaret Homans)在《〈呼啸山庄〉中母亲的名义》(1992)一文推论这部小说对父权制话语的种种应答。例如"选择男性做叙事人就像选择(男性——笔者加)笔名一样，使勃朗特有可能作为儿子来写作，也就是说，她就有可能跻身19世纪小说所必须在其中来写的那种话语领域。"[①]这正体现了美国女权主义批评注重女性写作的特点。

20世纪最后的四分之一阶段，多元化批评的发展不仅在各个批评家各抒己见中继续，而且也在一些批评个案的兼收并蓄中有所体现。大卫·马色怀特(David Musselwhite)的文章《〈呼啸山庄〉：不可接受的文本》(1985)和詹姆斯·科维纳什(James Kavanash)的《艾米莉·勃朗特》(1985)一书都将后结构主义方法与知觉性别政治以及西方马克思主义的各种派别批评同时收纳。根据这两位批评家的见解，洛克伍德和迪恩这两个主要叙事者都有控制他们的叙事材料的意图，这样就大大提高了这两个被以往的批评完全忽略或置于次要地位的人物。科维纳什在书中揭示了大量迪恩操纵摆布她那两家主子情事和婚事的事实，从而证明这位女管家实为恶人。对照50年代詹姆斯·哈弗雷(James Hafley)《〈呼啸山庄〉中的恶人》(1958)一书中曾遭时人诟病的观点又可见《呼啸山庄》批评螺旋式推进的一例。

80年代末到90年代的文化批评更加体现了《呼啸山庄》批评向新领域的开拓与深入。美国批评家南希·阿姆斯特朗(Nancy Armstrong)在《帝国主义的怀旧与〈呼啸山庄〉(1998)》一文中一反过去西塞尔等认为这部小说是比其他很多作品都更少受到有关政治事务思想污染之作的观点，否认任何一部作品能够完全独立于包括政治在内的文化渊源之外，认为这部小说也表现或谓再现了维多利亚时代中期所发生的很多事情，不管作品有多么村野原始的环境背景，多么罗曼蒂克的主题内容，它都无法脱离那个既被其权利结构所造就，同时也造就了其权利结构的社会，我们只有在悟出艾米莉·勃朗特写这部小说是源自19世纪三四十年代的那些

---

① Linda H. Peterson ed. *Case Studies in Contemporary Criticism*, 'Emily Brontë, *Wuthering Heights*', p. 345.

素材，而且只有用这些素材才能展开一个故事，才能意识到《呼啸山庄》这样的一种文本是在做着一种"文化工作"①。对这部小说的所谓中国套盒式的叙事结构的自我封闭性，阿姆斯特朗提出相反的看法："小说中每个人都至少强行潜越了一道门槛，而且强占了神圣的领地。"她认为这部小说本身正像它那些人物一样都是一种入侵者，它以文化沟通了正统文学与民俗学之间的疆界。这种民俗学的研究，恰恰起自 19 世纪 40 年代中期《呼啸山庄》写作之前不久。她把这部小说看作像是民俗学者洛克伍德到约克郡偏远地区考察所得的记录；洛克伍德在很大程度上又像个摄影师，特别是"为观光者提供那种偏远的、异国情调的、看出去极其凝滞的乡间景物"②的摄影师。阿姆斯特朗还列举了艾米莉·勃朗特生活的那个民俗学走红的年代，一些摄影迷在英国偏远地区实地拍摄的景物、风俗和居民的图片作品，用以对照洛克伍德的描述，强调自己的论证：《呼啸山庄》作为一部小说，同时也是民间传说和图片，是一种文化的产品，而文化本身正是意识形态的产品，是观察世界的一种方式。关于小说中鲜明的地方色彩，这位批评家解读为：作家对约克郡偏远山区独特自然环境、民俗民性的描写，正是帝国主义时代面对这种自然单纯的风貌遭到文明破坏而生的怀旧情绪的反映。

【关键词】

维多利亚时代文学　勃朗特三姐妹　凯尔特人　传记批评　宇宙意志论　泛灵论/泛神论　超验　读者反映批评　女权主义批评

【推荐阅读书目】

杨静远编：《勃朗特姐妹研究》，北京：中国社会科学出版社，1983 年。

【参考文献】

1. 《批评传统：〈勃朗特姐妹〉》

   Miriam Allott ed. *The Critical Heritage 'The Brontës'*, London and Boston: Routledge & Kegan Paul, Ltd, 1974.

2. 《艾米莉·勃朗特的〈呼啸山庄〉》

   Rod Mengham ed. *Emily Bronte, Wuthering Heights*, Penguin Books Ltd, 1988.

3. 《艾米莉·勃朗特的〈呼啸山庄〉，当代批评中的案例研究》

   Linda H. Peterson ed. *Case Studies in Contemporary Criticism* 'Emily Brontë, Wuthering Heights', Boston: St. Martin's-Bedford; Basingstoke: Macmillan, 1992.

---

①② Linda H. Peterson ed. *Case Studies in Contemporary Criticism*, 'Emily Brontë, Wuthering Heights', p. 429,437.

4. 《艾米莉·勃朗特传》

   Edward Chitham，*A Life of Emily Brontë*，Blackwell，1987.

5. 《艾米莉·勃朗特，无拘无束的人》

   Katherine Frank，*Emily Brontë*，*A Chainless Soul*，Penguin Book，1992.

6. 《勃朗特姐妹阅读指南》

   Barbara and Garech Lloyd Evans，*Everyman's Companion to the Brontës*，London，Melbourne and Toronto，J. M. & Sons Ltd，1982.

7. 《文学中的维多利亚时代：伟大的维多利亚小说家》

   G. K. Chesterton，*The Victorian Age in Literature*，'The Great Victorian Novelists'，Oxford University Press，1955.

8. 《十部小说及其作者》

   W. S. Maugham，*Ten Novels and Their Authors*，Melbourne，London，Toronto，William Heinemann Ltd，1954.

9. 《维多利亚早期小说家》

   David Cecil，*Early Victorian Novelists*，London，Constable & Co Ltd. 1934.

10. 《呼啸山庄》

    Emily Brontë，*Wuthering Heights*，Oxford University Press，1982.

【网络资源】

http://www.haworth-village.org.uk/brontes/emily/emily.asp

http://www.bronte.info/

http://www.online-literature.com/bronte/

http://www.poetsgraves.co.uk/bronte.htm

ttp://www.wuthering-heights.co.uk/

【作品推荐译本】

《呼啸山庄》，张玲、张扬译，北京：人民文学出版社，1999年。

《呼啸山庄》，杨苡译，南京：译林出版社，2005年。

第十三章 陀思妥耶夫斯基的《罪与罚》：批评的复调

费多尔·米哈依洛维奇·陀思妥耶夫斯基（Федор Михайлович Достоевский，1821—1881），俄罗斯19世纪的伟大小说家，被视为现代主义文学鼻祖之一。实际上，陀思妥耶夫斯基具有鲜明的斯拉夫派倾向，对西方的理性主义传统持否定立场，而一生致力于探讨人性在基督教信仰上的复归。陀思妥耶夫斯基出生于医生家庭，有着明显的市民背景，1843年毕业于彼得堡军事工程学校，但仅在工程局绘图处工作一年，便离职从事文学创作。1849年因参与社会主义小组活动遭到逮捕，被流放西伯利亚，10年后返回彼得堡，并逝世于此。

陀思妥耶夫斯基的成名作为长篇小说《穷人》(1845)，在流放前还写过一些中短篇小说，如《同貌人》(或译《双重人格》，1846)、《白夜》(1847)等，回彼得堡后以创作长篇小说为主，写下了一系列堪称世界名著的作品，如《被侮辱与被损害的》(1861)、《死屋手记》(1862)、《地下室手记》(1864)、《罪与罚》(1866)、《白痴》(1868)、《群魔》(1872)、《卡拉马佐夫兄弟》(1880)等。

一、社会批评视野中的陀思妥耶夫斯基

陀思妥耶夫斯基在俄国是以他的长篇小说《穷人》一夜成名的。作家晚年时曾回忆起这篇小说是如何引起当时俄国文学界巨擘涅克拉索夫和别林斯基关注的，那时作为一个24岁的年轻人，陀思妥耶夫斯基对主编《祖国纪事》的涅克拉索夫和著名批评家别林斯基十分景仰，甚至害怕他们嘲笑自己。但当他把稿子送给涅克拉索夫的当天夜里4点钟，后者敲开了他的门，含着眼泪拥抱着他，感叹着一个新的果戈理出现了。而别林斯基这位"可怕的、严酷的批评家"对这篇小说给予了他所能够给予的高度评价，他"睁着燃烧般的眼睛"对陀思妥耶夫斯基说："这是一出悲剧！您触到了事物的本质，一下子就把最主要的东西写出来了。我们这些政论家和批评家，只是议论，力图用言辞去说明这件事，而您作为一位艺术家，一笔就在形象里把最本质的东西表现出来，让人可以用手去触摸，让最不善于判断的读者也

一下子就可以把一切都明白过来！这便是艺术的奥秘,这便是艺术中的真理！这便是艺术家对真实的臣服！真理在作为艺术家的您面前呈现和宣告,像一种天赋被您所得到,您得珍视您的天赋,对它忠贞不渝,您就会成为一个伟大的作家！"①

尽管别林斯基对陀思妥耶夫斯基的艺术表现给予了很高评价,但以他为代表的19世纪俄国批评家们的理解都是建立在社会学理论基础之上的。在别林斯基看来,陀思妥耶夫斯基小说的主旨就是描写小人物的悲剧以及在其身上揭示人性的尊严。在《穷人》和《同貌人》中,在人道主义和幽默风格之下,隐藏着"充满激情的深刻的悲剧性色调"。而在这些小人物身上,"他的智力越是浅薄,理解越是偏狭和粗陋,他的心就仿佛越是宽大、仁慈和细致;可以说,他的全部智能从头脑移到了心灵。许多人可能认为,作者想通过杰符施金来描写一个智力和能力被生活所压榨、轧瘪的人。这样想,是极大的错误。作者的思想要深刻和人性得多;他通过马卡尔·亚列克谢维奇,告诉我们,在一个最浅薄的人类天性里面有着多么美丽的、高贵的和神圣的东西。"②在这一点上,陀思妥耶夫斯基所继承的更多的是俄罗斯"自然派"(现实主义)创始人果戈理的传统,后者把自己创作的焦点始终集中在下层民众的生活上,揭示了在沙皇专制时代小人物悲惨的生存境遇。而陀思妥耶夫斯基则不仅描写了小人物的悲剧,而且通过对这些生活在下层社会的形象的描写,建立了一个"人"的尺度,即无论他们地位如何卑微,但就人性而言却同样是高贵的。在这一点上,陀思妥耶夫斯基超越了他的前辈。对这一问题,另一位民主主义批评家杜勃罗留波夫持同样的观点,他于1861年所写的《逆来顺受的人》一文认同了陀思妥耶夫斯基"根本不是果戈理的模仿者,而是独立的、巨大的天才"这一说法,他说:"我们特地研究了四个多少是作者描写得成功的人物,发觉,这些人正活着,他们的灵魂也活着。他们变得浑浑噩噩,沉潜在半兽性的梦里,失去个性,磨灭自己,似乎连思想、连意志都失去了,而且自己还竭力故意这样做,他把一切思想的蛊惑从身上赶走,说服自己,这不是他们的事情……然而神圣的火花还是在他们的心里冒烟燃烧,只要这个人还活着,随便用什么手段都不能把它扑灭。你可以抹煞一个人,把他变成一块肮脏的抹布,然而在这块抹布最肮脏的褶缝里,还是保持着感情和思想——虽然是沉默而不易察觉的,然而这到底是感情、思想……"③

当然,并不是所有当时的批评家都会肯定陀思妥耶夫斯基创作的正面社会意义,因为在他的作品中,除了对美好人性的发掘之外,也对人的恶欲进行了更为深

---

① Достоевский Ф. М. Дневник писателя, за 1877 г. См. *Ф. М. Достоевский. Полное Собрание Сочинений*. Т. 25. Л.: Наука, 1983, с. 30—31. 另可参见叶尔米洛夫:《陀思妥耶夫斯基论》,满涛译,上海:上海译文出版社,1985年,第28—30页。

② 《别林斯基选集》第二卷,满涛译,上海:时代出版社,1953年,第192,196页。

③ 杜勃罗留波夫:《逆来顺受的人》,辛未艾译,《杜勃罗留波夫选集》第二卷,上海:上海译文出版社,1983年,第441—442,504—505页。

人的探寻,把现实中许多人们视而不见的悖谬以艺术的形态呈现给世人。

米哈依洛夫斯基在陀思妥耶夫斯基去世后即作了《残酷的天才》一文,他认为,除了早期的小说,陀思妥耶夫斯基所有作品都证明着作者是一个"残酷的天才"。当时的宗教哲学家索洛维约夫把陀思妥耶夫斯基称为"上帝的先知",而米哈依洛夫斯基则认为,他根本看不到什么"先知","陀思妥耶夫斯基只是一个有独创性的,以精致的研究见长,体现着巨大文学兴趣的大作家","有三种因素深深吸引着他:对整个现存制度的敬奉、个人说教的渴望和天才的残酷性"。① 米哈依洛夫斯基的说法后来被高尔基于1913年再度提出,他说:"这是无可争辩的、毫无疑问的:陀思妥耶夫斯基是天才,但他是我们的恶毒的天才。他非常深刻地感觉了、理解了、并且津津有味地描写了被丑恶的历史、艰苦而屈辱的生活所培养起来的俄国人身上的两种病症:彻底绝望的虚无主义者的残酷的淫虐狂,以及——和这相反——被压溃的、被吓坏的、能够欣赏自己的苦难、幸灾乐祸地在自己面前和大家面前津津乐道这种苦难的一种人的被虐待狂。"②我们说,高尔基是一个温和的理想主义者,他在其许多伟大作品中表现了对美好社会的向往,但同时也回避了严酷现实中恶的存在。因此,陀思妥耶夫斯基深入到人的内心深处去揭示恶欲与良知的悖谬性,这种艺术表现形态是高尔基所无法认同的。

苏联政权建立后,批评界对陀思妥耶夫斯基的态度是相对暧昧的,一个很重要的原因是列宁在批判世纪初的宗教哲学家们的时候,同时也批判了陀思妥耶夫斯基的反民主主义立场。因此,在苏联时期的许多教科书中,陀思妥耶夫斯基都不被列为专章来讲述。而在研究著作中,也往往都要首先强调陀思妥耶夫斯基立场的反动性,如叶尔米洛夫的《陀思妥耶夫斯基论》(1956年)就认为:"陀思妥耶夫斯基否认在现实的客观历史发展道路上能够找到出路,看不见前途有一线希望,于是开始在当时国内社会政治的与经济的落后状态的理想化中寻求解脱。他达到了斯拉夫派的说教,宣扬俄国的'特殊道路',佐西马式的'神圣的平静',这种说教是用来拯救世界免于资本主义的恐怖和革命的震荡的。他对资本主义脓疮的揭露,是一种从反动的空想的立场出发的批评:实质上,这是一种把历史拉向后退的企图。"由这样的立场出发,作者对陀思妥耶夫斯基的意义进行了归纳:"陀思妥耶夫斯基创作中的矛盾,从美学和诗学的观点看来,就是现实主义和反现实主义倾向之间的矛盾。一方面是对一切主题作社会的解决及社会的说明的意图,另一方面是离开社会的解决及说明而遁入形而上学的领域里去,或者遁入孤独的病态的灵魂的'地

---

① Н. К. Михайловский, Жестокий талант, см. Ф. М. Достоевский. Полное Собрание Сочинений. М.: Международный Центр Фантастики. 1999, CD-ROM (HTML).
② 高尔基:《论"卡拉马佐夫气质"》,满涛译,见《高尔基论文学(续集)》,北京:人民文学出版社,1983年,第178页。

下室'里去的意图,这二者不得不促成作家的作品现实主义和反现实主义的倾向之间的斗争。"①

当然,研究者们对陀思妥耶夫斯基的艺术成就还是持充分肯定态度的,20世纪的研究对作家的社会意义作出了系统的阐述。这方面重要著作有别列维尔采夫的《陀思妥耶夫斯基的创作》(1912)、格罗斯曼的《陀思妥耶夫斯基的诗学》(1925)及《陀思妥耶夫斯基的生活与著述》(1935)、叶尔米洛夫的《陀思妥耶夫斯基论》(1956)、弗里德连捷尔的《陀思妥耶夫斯基的现实主义》(1964)等。在今天看来,社会学的评价对陀思妥耶夫斯基而言是一种有效的批评路径,因为它确实揭示出了作家针对现实做出的深刻思考,比如下层民众的生存问题、俄罗斯社会出路的问题、人际关系的危机问题等。从这样的角度尽管可以否定陀思妥耶夫斯基的宗教探索,但也证明着作家巨大的社会关怀和人道主义精神。

二、现代性视野中的陀思妥耶夫斯基

对陀思妥耶夫斯基的研究在20世纪初期形成一个高潮,这其实正说明着陀思妥耶夫斯基的意义并不仅限于其当时的社会批判意义,还在于他对于资本主义时代人类生存问题的探究,即在他的作品中存在着一个现代性的维度。当整个欧洲历史进入到神权被颠覆的时代,上帝死去了,人应当如何生存,就成为现代性视野中最引人注目的问题。

就俄国而言,其在19世纪末20世纪初所面临的现代性的一个集中问题就是重建上帝。有一批哲学家在这一时期从不同的领域转入对宗教意义的关注。于是,他们从陀思妥耶夫斯基那里找到了对宗教问题探讨的重要资源。1881年作家刚刚去世,弗谢沃洛德·索洛维约夫(宗教哲学家弗拉基米尔·索洛维约夫之兄)便写了《回忆陀思妥耶夫斯基》一文,指出,陀思妥耶夫斯基的作品的主要意义就在于净化人的心灵,并宣称:"如今在这黑暗的日子里,他显得是如此不可或缺。当然,他不可能靠自己一个人的力量来驱散这笼罩着我们的阴霾,但他为我们指明了一条笔直的道路。"②当然,这条道路就是弗拉基米尔·索洛维约夫所说的"通向上帝之国的道路"。像他的兄长一样,弗拉基米尔·索洛维约夫也在1881、1882和1883年连续写了三篇纪念文章,着重阐述了陀思妥耶夫斯基的宗教意义,他说:"他所爱的首先是人类活生生的无处不在的灵魂,他所信仰的是,我们都是上帝的人类,他相信的是人类灵魂的无限力量,这个力量将战胜一切外在的暴力和一切内

---

① 叶尔米洛夫:《陀思妥耶夫斯基论》,第6—7,20页。

② В. С. Соловьев, Воспоминания о Ф. М. Достоевском. См. *Ф. М. Достоевский в воспоминаниях современников*. Т. 2. М.: Художественная литература, 1990. с. 230.

在的堕落。他在自己的心灵里接受了生命中的全部的仇恨,生命的全部重负和卑鄙,并用无限的爱的力量战胜了这一切,陀思妥耶夫斯基在所有的作品里都预言了这个胜利。在灵魂里,他看到了能够冲破人的任何无能的神性力量,因此,他认识的是上帝和基督。上帝和基督的现实对他来说就在内在的爱和宽恕一切之中,他把这个宽恕一切的天赐力量当作在人间外在地实现真理的王国的基础来宣传,他一生都在等待这个王国,一生都在追求这个王国。"① 在索洛维约夫兄弟看来,陀思妥耶夫斯基的作品正是作家本人所宣称的"美能拯救世界"的形象写照。在他们的批评中,作家对恶的描写被淡化了,而作家的基督理想则被强化和突出出来。

从此之后,由索洛维约夫所定的基调开始,陀思妥耶夫斯基就几乎成为了所有19世纪末至20世纪初俄国宗教哲学家及神学家借以阐释其思想的资源。尽管他们彼此间的论点千差万别,但对陀思妥耶夫斯基的基本理解可以概括为两点:一、对上帝存在及人类神性的肯定,即人类只要皈依上帝就能激发起自身所固有的神圣本质,从而在"神人"耶稣的感召下走向天国;二、对西方理性主义、个人主义及"人神"化倾向的否定,即人试图靠其理性能力自我成神而背弃上帝的行为,是导致这个世界陷于危机的根源。这方面的重要著作有罗赞诺夫的《陀思妥耶夫斯基的"宗教大法官传奇"》(1894)、梅列日科夫斯基的《托尔斯泰与陀思妥耶夫斯基》(1902)、别尔嘉耶夫的《陀思妥耶夫斯基的世界观》(1923)、洛斯基的《陀思妥耶夫斯基及其基督教世界观》(1945)等。

如果说俄国人当时是因为现代性体验的发生而赋予陀思妥耶夫斯基以特殊的宗教意义,那么西方人则是基于对现代性的反思而发现陀思妥耶夫斯基的。也就是说,西方人是从另一个角度来看陀思妥耶夫斯基笔下的衰败景象的,他们认为,作家是在极度失望的情形下描绘了一幅上帝死亡的图画,即陀思妥耶夫斯基的世界是一个丧失了本质的世界,尽管他充满了宗教情愫,但并不妨碍他对这个世界持"存在主义"的态度。如德国著名作家托马斯·曼就把陀思妥耶夫斯基与尼采相提并论:"'罪恶的'——我重复这个词,为的是指明尼采和陀思妥耶夫斯基这两个人所患疾病的心理相似之处。前者为后者所深深地吸引,称后者是自己的'伟大的导师',这不是没有理由的。放荡不羁,狂热的、不加节制的求知欲,以及宗教的、亦及凶恶的道德主义——它被尼采称为反道德主义——都是他们俩的共同之处。"② 而法国的存在主义者加缪则认为,陀思妥耶夫斯基描绘了一个存在主义的世界:"他坚信人的存在是彻头彻尾的荒谬,这荒谬并不崇信永生。""大概没有人能像陀思妥

---

① 弗拉基米尔·索洛维约夫:《纪念陀思妥耶夫斯基的三篇讲话》,张百春译,见《神人类讲座》,北京:华夏出版社,2000年,第213页。

② 托马斯·曼:《评陀思妥耶夫斯基——应恰如其分》,张东书译,见《世界文论[4]——陀思妥耶夫斯基的上帝》,北京:社会科学文献出版社,1994年,第92页。

耶夫斯基那样能赋予荒谬的世界如此令人可亲又如此令人肝胆欲裂的幻象。"[1]美国人考夫曼所编的《存在主义：从陀斯妥也夫斯基到沙特》一书将陀思妥耶夫斯基的《地下室手记》列为第一篇，并加以评述，可见是将其视为存在主义的源头。他说："陀斯妥也夫斯基在书中所创造的角色是传统基督教里所谓的那种罪恶的人物，但是他既不相信原罪也不相信上帝。在他看来，人的自我意志并不是罪恶的，它只是偏离了理性论者的看法，以及那些把匀整结构估价得比丰富的个性内涵更高的人的看法而已。诚然，陀斯妥也夫斯基自己是一个基督徒……我找不出什么理由把陀斯妥也夫斯基看作存在主义者。但是我认为《地下室手记》的第一章是历来所写过的最好的存在主义序曲。"[2]

其实在西方人的此类评述之前，俄国的哲学家舍斯托夫早已在其《陀思妥耶夫斯基与尼采》(1903)以及后来的《在约伯的天平上》(1929)等著作中做出过存在主义立场的论断，这也为西方人对人类现代生存境遇荒谬性的思考带来了启迪，但也正如韦勒克所说的，他们"只看到陀思妥耶夫斯基关于灾难和衰败的启示录式的幻象而忽视了他的乌托邦思想和乐观主义"[3]。

三、《罪与罚》的社会及文化意义

如果说《穷人》为陀思妥耶夫斯基奠定了他在俄罗斯文学中的地位，那么《罪与罚》则足以使其跻身世界一流文学家之林。围绕着对这部作品的阐释，一个半世纪以来，其关注的焦点有多次转化，概括起来有这样几个方面：作品的社会意义、宗教意义、心理描写的艺术成就、对话意义和现代性意义等。

《罪与罚》出版之后，皮萨列夫随即于1867年写了《为生存而斗争》的长篇论文专门进行评论。皮萨列夫是别林斯基批评立场的继承人，并且其艺术为社会的倾向表现得尤为明显，他的一个著名论断就是"艺术不应以其自身为目的"，而是要服务于现实生活。因此，他对《罪与罚》的批评也是集中于其社会政治意义的揭示，如他自己所说的："我所关注的只是这部小说中描写的社会生活现象。"尽管他认为《罪与罚》中作家的政治立场是错误的，表现出反抗性的缺乏，但这并不妨碍他对作家的巨大艺术才能给予高度评价，并且认为，作品客观地反映了俄罗斯社会的苦难现实。皮萨列夫详细分析了拉斯柯尔尼科夫的犯罪过程及其"犯罪有理"的理论，尖锐地指出："这种理论无论如何不能被看成是犯罪的根源，正如不能将病态的幻

---

[1] 加缪：《西西弗的神话》，杜小真译，北京：三联书店，1998年，第124,130页。
[2] 考夫曼：《存在主义：从陀斯妥也夫斯基到沙特》，陈鼓应等译，北京：商务印书馆，1987年，第4页。
[3] 韦勒克：《陀思妥耶夫斯基评论史概述》，邵殿生译，见《波佩的面纱——世界文论[5]》，北京：社会科学文献出版社，1995年，第146页。

觉看成疾病的根源一样。这种理论仅仅是构成表现拉斯柯尔尼科夫的软弱和智能歪曲的形式而已。这种理论乃是当时苦难现状的直接产物,拉斯柯尔尼科夫不得已要和这种令他忍无可忍的现状进行斗争。归根结底,真正的唯一的原因就是苦难的现状,它令易怒而缺乏忍耐力的主人公无法承受,在他看来,与其成年累月地忍受与各种各样的苦难进行压抑的、昏昏然的和筋疲力尽的斗争,不如孤注一掷。犯罪的发生不是因为拉斯柯尔尼科夫利用种种抽象的思辨战胜了自身的守法意识、理智和需求。相反,拉斯柯尔尼科夫用这种哲理思辨战胜了自己,仅仅是因为社会现状驱使他去犯罪。"[1]可见,当时皮萨列夫的理解还仅限于对作品中犯罪现象的社会原因的揭示。但他的观点深深影响了苏联时期批评家们的立场。如叶尔米洛夫也同样认为:"长篇小说的客观内容是这样:如果停留在这个社会的基础上,停留在它的现实和意识的界限内,就完全不可能找到任何人类的出路。在描绘赤贫,对人的凌辱,孤独,不可忍受的生活苦闷的骇人听闻的画面里,整个人间的痛苦好像在呼吸着,直对你脸上谛视着。人不可能在这样的社会里活下去!"[2]

比较而言,弗里德连杰尔的社会批评有了进一步的拓进,他已将对犯罪的社会现状原因的分析转入对人物思想意识形成的深度原因的探讨。他没有像皮萨列夫和叶尔米洛夫等人那样,将拉斯柯尔尼科夫的理论视为作家本人的反动立场的证据,而是深入分析了这种理论的内在成因,认为恰恰是作者看似超然于人物的描写,客观揭示了拉斯柯尔尼科夫悲剧的根源,因此,他说:"陀思妥耶夫斯基的这部小说的全部内容就是在艺术上证明,拉斯柯尔尼科夫关于强者有权奉行自己特殊的道德准则的无政府主义'思想'在理论上和实践中都是站不住脚的。陀思妥耶夫斯基一步步地迫使他的主人公终于确信自己所选择的道路是错误的。作家表明,拉斯柯尔尼科夫关于强者有权迈过客观道德准则的一系列思想实际上不是使人变得崇高,而是戕害了个人,使个人身心俱毁。"当然,弗里德连杰尔作为社会学批评家,仍然强调了作品最本质的社会内容:"陀思妥耶夫斯基在这部小说中以巨大的艺术力量和思想深度阐明了与资本主义对人的命运和心理所产生的影响有关的、广泛综合各个方面的种种问题,表明了资本主义个人主义是既有害于社会又有害于个人的破坏力。"[3]

显然,《罪与罚》并不是陀思妥耶夫斯基最富有宗教意味的作品,但这并不妨碍俄罗斯的宗教哲学家们发现其中对"上帝"与人这一问题的探讨。对《罪与罚》的宗

---

[1] Писарев, Борьба за жизнь. См. Ф. М. Достоевский. Полное Собрание Сочинений. М.: Международный Центр Фантастики. 1999, CD-ROM (HTML).

[2] 叶尔米洛夫:《陀思妥耶夫斯基论》,第156页。

[3] 弗里德连杰尔:《陀思妥耶夫斯基的现实主义》,陆人豪译,合肥:安徽文艺出版社,1994年,第139,141页。

教批评主要集中于拉斯柯尔尼科夫的"人神"倾向——背弃上帝的欲望——与最后的皈依。

梅列日科夫斯基是从人类神性的角度来看待拉斯柯尔尼科夫这一形象的,在他看来,拉斯柯尔尼科夫的行为自始至终是一种向着精神世界的超越性努力,尽管这种努力有着背弃神灵的倾向,但同时也是陀思妥耶夫斯基探索人类舍弃肉体皈依灵魂的途径。也就是说,"拉斯柯尔尼科夫杀死老太婆,要向自己证明,自己已经'超越善与恶',自己不是'颤抖的造物',而是'君主'。"拉斯柯尔尼科夫在杀死放高利贷老太婆时已超越了人的肉体性,正如小说中说的,他的心跳越来越厉害,"而自己的肉体,他却几乎没感觉到还在自己身上"。梅列日科夫斯基认为,小说主人公当然并非没有血肉,并非是透明的存在物,但他总是处在失去肉体感觉的状态之中,即"精神生活的极度上扬,极度紧张,不是感情和感觉,而是智慧、意识、良知的最为炽烈的激荡,使他们脱离了肉体,似乎感受到了肉体的超自然轻盈、轻快和精神性质。他们所具有的正是使徒保罗所谈到的精神的肉体。"①正因为拉斯柯尔尼科夫始终向往着精神升华,才可能在杀人之后进入心灵的惩罚,并最终皈依福音书。显然,梅列日科夫斯基的理解与皮萨列夫的社会学理解是大相径庭的,他放弃了犯罪的社会性成因推断,而直接进入作家本人对人的宗教性理解,并且对拉斯柯尔尼科夫这一形象做出了正面评价。也可以说,是梅列日科夫斯基本人在陀思妥耶夫斯基作品中意向性地找到了对人的理解,从而把自己的思想赋予了陀思妥耶夫斯基。

可以说,对《罪与罚》的宗教阐释都沿袭了梅列日科夫斯基的思路,不过别尔嘉耶夫的论述则更具有神学的色彩。他是从人与上帝的关系这一角度来评价拉斯柯尔尼科夫的。他说:"'混沌的'拉斯柯尔尼科夫并不像斯塔夫罗金或伊万·卡拉马佐夫那样是个'谜'。他所处的还是'人'的命运的阶段,在斯塔夫罗金和伊万·卡拉马佐夫之前的人妄用自我意志的过程中,相对并不复杂。拉斯柯尔尼科夫本身不是谜,他的犯罪才是谜。人跨越了其界限。但妄用自我意志尚未背离人类本性的根本形态。《地下室手记》的主人公和拉斯柯尔尼科夫只是提出了问题和谜。"别尔嘉耶夫所破解的正是拉斯柯尔尼科夫犯罪之谜,根据别尔嘉耶夫的理论,每个人均由上帝赋予了"自由",但人既可以利用这自由选择善,也可以选择恶,而拉斯柯尔尼科夫显然还处在人对自由的选择阶段,不幸的是他妄用了上帝赋予的自由,夸大了自我意志,因而走向了犯罪。因此,自由对于他而言就成为"奴役","他们的悲剧就是自由的颂歌。"②他忽视与他人平等的权利,而自认为是天赋异禀的特殊

---

① 梅列日科夫斯基:《托尔斯泰与陀思妥耶夫斯基》,杨德友译,沈阳:辽宁教育出版社,2000年,第258,260页。

② Н. А. Бердяев, *Миросозерцание Достоевского*. Прага, The YMCA PREES Ltd. 1923. с. 41, 75.

人类,有权跨越现实的规约,甚至有终止他人生命的权力,从而走向犯罪。但当他杀死他人的时候,他其实同时也杀死了作为具有神性自由的自我,因而给他自身带来了灵魂的惩罚。这也就是《罪与罚》这部小说的根本要义。

在现代主义对陀思妥耶夫斯基的阐释中,存在着一种倾向,即把作品中人物的思想等同于作者的立场,因而往往得出结论:陀思妥耶夫斯基对上帝意志表示怀疑,而认定以权力意志为主导的现实荒谬性是既有的存在,人在这种荒谬的现实中无法坚守上帝的准则。这也就是西欧存在主义哲学的理解。《罪与罚》尽管仍带有陀思妥耶夫斯基前期作品的特点,如对"穷人"的神性的肯定、犯罪者对上帝的皈依等,但西方的许多批评家仍然将其与《地下室手记》视为具有同样的性质。如德国的赖因哈德·劳特就说:"陀思妥耶夫斯基是如何看待'权力意志'的?我们知道他的论点:个人或集体的利益追求,在通常手段不起作用时,便会诉诸暴力。在这种情况下,弱者能够联合起来反对这个世界的强者,并在斗争中实现自己的目的。当利益原则得到普遍承认时,必然会出现阐释权力思想的哲学。洛赫维茨基曾经指出,在拉斯柯尔尼科夫创立其理论之前,《罪与罚》的其他主人公——卢任、斯维德里盖洛夫等——已经根据这个理论的原则行事了。"劳特对拉斯柯尔尼科夫的理论作出了细致的划分:"最初他表现为以暴力觊觎超人的特性,而后又本着半调和论精神把这一概念同历史的进步联系起来,最后则以深刻的洞察力仅把该概念同摆脱道德法则相联系。"但不管他怎样划分,仍然是把这些思想同陀思妥耶夫斯基本人的哲学立场相提并论,因此,劳特虽然肯定了陀思妥耶夫斯基的宗教立场,但仍然得出带有明显存在主义色彩的解释:把陀思妥耶夫斯基与克尔凯郭尔、尼采等人归于一体的原因是:"他对一向已被公认为毋庸置疑的一切都提出质疑。同样,他还提出了人的存在及其可能性这一根本性问题。他从存在之无可变异的严酷性中发现其无意义性。"①

实际上,西方的许多批评家并非都是从存在主义立场来解读《罪与罚》的,俄罗斯相异于西方理性主义文化的特定宗教文化,对所有西方理论家都发散出诱人的光芒。所以,在文化研究思潮兴盛的20世纪后期,文化批判也成为他们阐释这部作品的一个有效视角。美国人莉莎·克纳普的《根除惯性:陀思妥耶夫斯基与形而上学》(1996)可称是这方面的代表作。作者认为,俄国的近代文化从18世纪以来就受到西方科学体系的影响,而这一科学体系所建立的法则则与俄国文化中的宗教法则形成对立,它在整个欧洲19世纪的技术理性统治时代在俄国的年轻一代身上打下了深深的印记。陀思妥耶夫斯基自己也称是那个时代怀疑论的产儿,但

---

① Райнхард Лаут, *Философия Достоевского в систематическом изложении*. Перев. И. С. Андреевой, М.: Республика, 1996. c. 222, 223, 410. 中译本可参见赖因哈德·劳特:《陀思妥耶夫斯基哲学》,沈真等译,北京:东方出版社,1996年,第227,228,435页。

克纳普指出,陀思妥耶夫斯基是把科学法则视为对永恒生命的毁灭性力量,而"《罪与罚》以艺术的形式表现了同样的冲突——功利主义的社会物理学与传统基督教价值之间的冲突"。拉斯柯尔尼科夫就是在这样的科学法则或曰社会物理学的支配下杀人的。在克纳普看来,拉斯柯尔尼科夫的行为不过是一系列窒息生命的机械行为的一环而已,它既不是源于所谓的社会环境,也不是源于拉本人的超人理论,他的谋杀犯罪早在其设想出来之前已经开始运作了。因为,他是在西方"这些社会理论魔力一般的驱动下"制订杀人计划的,而这些理论所形成的"惯性"是难以克服的。或者说,拉斯柯尔尼科夫是被纳入到了一部强大的机器之中,当这部机器随着西方理论涌入俄国之时已经启动,它将所有受到其诱惑的人都卷入其中,从而将这些生命变成机械化和数学化的死物。①

由此可见,克纳普对《罪与罚》的阐释带有明显的文化批判的立场。另外,还应该看到,克纳普的著作还进一步肯定了拉斯柯尔尼科夫复活的意义。她说:"在《罪与罚》中,世俗生命对自然法则的颠覆以及对惯性的灭绝,是通过信仰和爱心这种启示性力量实现的。"而小说中的爱心和启示性力量是由女主人公索尼娅体现的。索尼娅因其妓女的身份、纯洁的心灵及"爱多"的品质而具有了福音书中目睹耶稣复活的抹大拉的马利亚的功能,在她的身上"体现了另外一种观念:自然的法则是可以逆转的,肉体的复活是完全可行的……索尼娅的爱把她与肉体复活的承诺联系到了一起。在陀思妥耶夫斯基看来,像索尼娅那样的无私之爱意味着对自然法则的征服,甚至意味着惯性的根除。"当然,作者也指出,拉斯柯尔尼科夫的复活是一种奇迹的产物,也就是说陀思妥耶夫斯基的拯救之途是启示性的,或许他只能在艺术作品中来终止"自然法则"在小说世界中的统治。②

四、《罪与罚》艺术形式的意义

陀思妥耶夫斯基不仅在其作品的思想内蕴中留下了广阔的阐释空间,在艺术形式上也展示出其特殊的魅力。尽管其作品并非美文的典范,但其心理描写的精确与深刻、复调形态的确立等方面,在文学史上具有重要的意义。

尼采在读到陀思妥耶夫斯基的《地下室手记》和《罪与罚》后,曾感慨道:"陀思妥耶夫斯基的发现对于我来说远比斯丹达尔的更为重要。他是唯一一个让我在心

---

① 莉莎·克纳普:《根除惯性:陀思妥耶夫斯基与形而上学》,季广茂译,长春:吉林人民出版社,2003年,第77,71页。
② 同上书,第64,83页。

理学方面学到东西的人。"①可见，人们对《罪与罚》的关注往往从其细腻的心理分析着手，即使如皮萨列夫这样的社会学批评家，也承认："虽然我和他的信念有重大的分歧，但不能不承认他具有巨大的才能，善于将人们日常生活及其心理发展过程中最细腻而不易察觉的特征再现出来。"②此后的批评家，无论是否赞同作家本人的社会理念，对其在心理刻画方面所达到的深度都给予充分肯定。如梅列日科夫斯基认为："托尔斯泰从肉体走向灵魂，从外部走向内心。陀思妥耶夫斯基以相反的途径所取得的躯体外貌的明晰性也同样显然：他从内心走向外貌，从意识和人性走向自发的动物性。"也就是说，陀思妥耶夫斯基的人物始终是处在心灵生存的状态，拉斯柯尔尼科夫的肉体性在其犯罪前后都是被遮蔽的，他被作者置于一个灵魂实验的过程之中，而"所谓的陀思妥耶夫斯基'心理学'，像是一间巨大的实验室，实验室装配有最精密、最准确的仪器、机器，用以测量、研究、实验人的灵魂。"③

当然，对陀思妥耶夫斯基艺术形态最重要的发现是巴赫金的"复调理论"。这一理论也为我们解读《罪与罚》中作者声音与人物声音的归属问题提供了有效的方法。所谓"复调"是巴赫金借用音乐术语来说明小说的多声部对话形态的概念，其理论内容可归纳为以下几点：

一、复调小说的主人公是具有独立意识的主体，它固然是作者所描写的客体，但并不受作者立场的左右，因为它的思想与作者的思想具有同等的价值，因此，复调小说的主人公应当是思想者。

二、复调小说是全面对话型的文体样式，即包括人物与人物的对话，作者与人物的对话，以及人物与缺席者的对话等。

三、复调小说的对话始终处于未完成之中，即它没有作者的统一意识，或者说，作者的意识就体现在未完成性的对话这一形式上。

如果从复调理论来看《罪与罚》，我们就可以看到，拉斯柯尔尼科夫的思想并不是作者本人的思想，因为"陀思妥耶夫斯基擅长的，却正是描绘他人的思想，但又能保持其作为思想的全部价值；同时自己也保持一定的距离，不肯定他人的思想，更不把他人思想同已经表现出来的自己的思想观点融为一体。"以往的批评家之所以把拉斯柯尔尼科夫的思想等同于作者的思想，正是没有意识到小说的复调性质，而巴赫金基于其复调理论来分析拉斯柯尔尼科夫的论辩，便发现其在对话中"展示出了自己的各个方面、各种色调、各种潜力，并同其他的生活立场形成了各种各样的

---

① 纪德：《关于陀思妥耶夫斯基的几次谈话》，余中先译，见《世界文论[4]——陀思妥耶夫斯基的上帝》，北京：社会科学文献出版社，1994年，第102页。

② Писарев, Борьба за жизнь. См. Ф. М. Достоевский. *Полное Собрание Сочинений*. М.：Международный Центр Фантастики. 1999, CD-ROM（HTML）.

③ 梅列日科夫斯基：《托尔斯泰与陀思妥耶夫斯基》，第257，266页。

相互关系。思想失去了自己在独白型中那种抽象的理论上的完成性（即只限于满足一个意识的需要），同时它却变成了一种握有力量的思想，获得了这种思想特有的自我矛盾的复杂性和生气勃勃的多面性。这种握有力量的思想，出现、生活、作用于一个时代的大型对话中，与其他时代相近的各种思想遥相呼应。于是在我们眼前，便出现一个思想的形象"①。根据巴赫金的论述可以看出，尽管陀思妥耶夫斯基并非赞同拉斯柯尔尼科夫的思想，但却是将其作为一种重要的对话内容置于文本之中，所谓"与其他时代相近的各种思想遥相呼应"，说明这种思想是那个时代的典型思想之一，作者尊重并关注这种思想，借此展现出由这种思想所揭示的社会及人类自身的问题。因此，从一方面说，陀思妥耶夫斯基在《罪与罚》中对背弃上帝的"超人"理论给予强烈关注，从另一方面说，陀思妥耶夫斯基通过复调的艺术形式表达了他的平等对话的哲学理念。

通过复调理论，我们也就可以看清克纳普所无法理解的主人公的启示性转变。即作者本人的思想在《罪与罚》中同样成为思想性的形象，成为某个主人公（如索尼娅）的思想，并与拉斯柯尔尼科夫等人的思想构成对话，从而成为大型对话中的平等参与者。"如果说作为政论家的陀思妥耶夫斯基对个别思想和形象有所偏好，而这也偶尔反映到他的小说中去，那末这种偏好也只表现在表面的因素上（如《罪与罚》中带有假定性的独白型尾声），却不会破坏复调小说的强大的艺术逻辑。"②也就是说，陀思妥耶夫斯基本人的思想是要让拉斯柯尔尼科夫走出超人逻辑而皈依上帝，但他却不能把这种意识以强大的独白声音置于作品之中，不能破坏整体的对话形态，他必须保持每一种声音的平等性，因此，只能采取"假定性"方式表明人对上帝的皈依，即只有结局，没有过程，看上去没有前提，而只是对未来的一种设定。

由上可见，巴赫金的理论终结了许多关于陀思妥耶夫斯基的争论，但同时也留下了许多空白，因为他在政治高压的时代不能谈论俄罗斯的宗教文化对作家诗学的影响，因此，无法从本体论层面充分揭示陀思妥耶夫斯基的诗学原则，这也为以后的文化诗学的研究留下了阐释空间。此外，从20世纪后期形成的文化研究语境也为陀思妥耶夫斯基研究提供了更多的阐释视角，如女性主义批评、精神分析、原型批评等，这方面的著作在俄国有别洛波尔斯基《陀思妥耶夫斯基及其同时代的哲学思想：人的概念》(1987)、加林《多面的陀思妥耶夫斯基》(1997)、塔拉索夫《未被阅读的恰达耶夫，未曾与闻的陀思妥耶夫斯基——基督教思想与当代意识》(1997)等，而由彼得堡科学出版社出版的《陀思妥耶夫斯基——资料与研究》丛刊至2004年已出到第17辑，其研究角度也多在我们所说的这些领域之内。在西方有英国的马尔科姆·琼斯的《巴赫金之后的陀思妥耶夫斯基——陀思妥耶夫斯基幻想现实

---

① 巴赫金：《陀思妥耶夫斯基诗学问题》，白春仁、顾亚铃译，北京：三联书店，1988年，第128,134页。
② 同上书，第139页。

主义解读》(1990)、美国的哈里特·穆拉夫的《圣愚：陀思妥耶夫斯基小说与文化批评的诗学》(1992)、尼娜·珀利堪·斯特劳斯的《陀思妥耶夫斯基与女性问题》(1994)、伊琳娜·帕佩尔诺的《陀思妥耶夫斯基论作为文化机制的俄国自杀问题》(1994)等。巴赫金当年倡导的对话精神在今天的陀思妥耶夫斯基研究领域得到了弘扬，而陀思妥耶夫斯基作为俄罗斯文化的精神财富也将在多元的阐释空间中被越来越多的民族所共享，一个文化叙事的复调时代正在到来。

【关键词】

自然派　社会学批评　东正教　宗教哲学批评　神人与人神　恶　人身上的人　复调小说　对话　时空体　双重人格　基督的理想

【推荐阅读书目】

1. 弗里德连杰尔：《陀思妥耶夫斯基的现实主义》，陆人豪译，合肥：安徽文艺出版社，1994年，第106—212页。
2. 梅列日科夫斯基：《托尔斯泰与陀思妥耶夫斯基》，杨德友译，沈阳：辽宁教育出版社，2000年，第253—284页。
3. 赖因哈德·劳特：《陀思妥耶夫斯基哲学》，沈真等译，北京：东方出版社，1996年，第227—236页。
4. 莉莎·克纳普：《根除惯性：陀思妥耶夫斯基与形而上学》，季广茂译，长春：吉林人民出版社，2003年，第64—97页。
5. 巴赫金：《陀思妥耶夫斯基诗学问题》，白春仁、顾亚铃译，北京：三联书店，1988年，第120—149页。

【参考文献】

1. 光盘版《陀思妥耶夫斯基全集》
   Ф. М. Достоевский. *Полное Собрание Сочинений*. М.：Международный Центр Фантастики. 1999，CD-ROM（HTML）.
2. 《同时代人回忆中的陀思妥耶夫斯基》
   Достоевский в воспоминаниях современников. М.：Художественная литература，1990.
3. 《陀思妥耶夫斯基的世界观》
   Н. А. Бердяев. *Миросозерцание Достоевского*. Прага，The YMCA PREES Ltd. 1923.
4. 梅列日科夫斯基：《托尔斯泰与陀思妥耶夫斯基》，杨德友译，沈阳：辽宁教育出版社，2000年。
5. 弗里德连杰尔：《陀思妥耶夫斯基的现实主义》，陆人豪译，合肥：安徽文艺出版社，1994年。
6. 《世界文论[4]——陀思妥耶夫斯基的上帝》，北京：社会科学文献出版社，1994年。
7. 《世界文论[5]——波佩的面纱》，北京：社会科学文献出版社，1995年。

8. Райнхард Лаут. *Философия Достоевского в систематическом изложении*. Перев. И. С. Андреевой，М.：Республика，1996.

   中译本可参见赖因哈德·劳特：《陀思妥耶夫斯基哲学》，沈真等译，北京：东方出版社，1996年。
9. 莉莎·克纳普：《根除惯性：陀思妥耶夫斯基与形而上学》，季广茂译，长春：吉林人民出版社，2003年。
10. 尼娜·珀利堪·斯特劳斯：《陀思妥耶夫斯基与女性问题》，宋庆文、温哲仙译，长春：吉林人民出版社，2003年。
11. 马尔科姆·琼斯：《巴赫金之后的陀思妥耶夫斯基——陀思妥耶夫斯基幻想现实主义解读》，赵亚莉等译，长春：吉林人民出版社，2004年。
12. 巴赫金：《陀思妥耶夫斯基诗学问题》，白春仁、顾亚铃译，北京：三联书店，1988年。

【网络资源】

http://az.lib.ru/d/dostoewskij_f_m/

http://www.vehi.net/dostoevsky/

http://dostoevsky.df.ru/

http://www.karelia.ru/~Dostoevsky/

http://community.middlebury.edu/~beyer/courses/previous/ru351/studentpapers/dostpapers.shtml

【作品推荐译本】

1. 《罪与罚》，岳麟译，上海：上海译文出版社，1996年。
2. 《罪与罚》，朱海观、王汶译，北京：人民文学出版社，1986年。
3. 《罪与罚》，张铁夫译，海口：海南国际新闻出版中心，1997年。

第十四章 托尔斯泰的《安娜·卡列宁娜》：精神世界的艺术探索

列夫·尼古拉耶维奇·托尔斯泰(Лев Николаевич Толстой，1828—1910)，俄国19世纪伟大的批判现实主义作家。1828年诞生在图拉省雅斯纳雅·波良纳的古老贵族之家。1844年考入喀山大学。1847年辍学返乡，在自己的领地上进行改革而终于失败，后写成《一个地主的早晨》(1856)。1851—1854年自愿赴高加索从戎，写有《塞瓦斯托波尔故事集》(1855—1856)、三部曲：《童年》(1852)、《少年》(1854)、《青年》(1857)，显示出其注重心灵探索和道德自我完善的创作特色。1857年出访西欧，写有小说《卢赛恩》，以亲身经历怒斥西方的"进步"和"文明"。小说《哥萨克》(1852—1862)提出平民化的追求。1863—1869年完成长篇史诗《战争与和平》，在俄法交战的历史背景下，思索俄罗斯民族的命运和贵族的历史使命问题。长篇小说《安娜·卡列宁娜》(1873—1878)写于精神危机的年代。在都市文明和宗法庄园文明对照的背景下，继续探索贵族阶级的命运。《忏悔录》(1880—1882)标志着他的世界观从贵族到宗法制农民立场的巨变。80年代以后，他开始自觉地向东方，特别是向中国古典文化思想寻求俄国和人类的出路，著有《那么我们应该怎么办》(1885)、《论生命》(1888)、《天国在你的心中》(1890—1893)等政论作品，并为农民创作了大量故事和寓言，著有《黑暗势力》(1886)等剧本及中篇小说《伊凡·伊里奇之死》(1886)、《克莱采奏鸣曲》(1889)、《哈吉·穆拉特》(1886—1904)。长篇小说《复活》(1889—1899)对俄国沙皇制度进行全面激烈的批判。1910年，托尔斯泰具有象征意义地离家出走，逝于途中小站。

一、托尔斯泰研究的焦点问题

托尔斯泰是举世公认的伟大文学家，被誉为19世纪俄国批判现实主义文学的顶峰。他在近60年的创作生涯中，跨越了俄国贵族革命、资产阶级民主革命和无产阶级革命三个时期，经历了俄国农奴制改革、1905年革命等社会剧变。他以天才的艺术成就反映了这一伟大时代和自己在这一时代的精神探索,并提出"博爱"、"不以暴力抗恶"、"道德的自我完善"等主张,对20世纪世界文学的发展,乃至20世纪整个世界文明都产生了巨大的影响。

这位天才的文学家刚一崭露头角,在众口盛赞其绝世的艺术成就的同时,国内外各界人士就围绕他的宗教观、世界观、人生观、艺术观乃至整个社会的政治观念,展开了旷日持久的、热烈的探讨和论争。作为思想家的托尔斯泰和作为艺术家的托尔斯泰两者之间的矛盾关系成为争论的焦点。

革命民主主义者车尔尼雪夫斯基(Н. Г. Чернышевский,1828—1889)最先发现托尔斯泰创作中展现的"心灵辩证法"和纯洁的道德感的特征,实际上已经指出托尔斯泰的现实主义艺术特征和他思想追求之间的内在关系。而自由派文学批评家德鲁日宁(1824—1864)则从另一角度描述这一关系,把托尔斯泰勾画成一位"像一面明亮的镜子反映放在它面前的物体"的"纯艺术论"者。

此后,科罗连科(В. Г. Короленко,1853—1921)站在民主主义立场上,指出托尔斯泰是一位穿农夫粗衣布衫的俄国伯爵;思想家托尔斯泰完全依附于艺术家托尔斯泰。他在理论上的缺陷,几乎完全是从他在艺术观察方面的空白生长出来的。也就是说,托尔斯泰的现实主义艺术战胜了他理论上的缺陷。

高尔基(М. Горький,1868—1936)在他未完成的俄国文学史写作中,特别重视托尔斯泰在科学、教育方面的反动思想,指出哲学家托尔斯泰的思想对我们的国家显然是有害的,并指出托尔斯泰艺术创作基本主题的贵族立场,这就是如何在混乱的俄国生活中为这位良善的俄罗斯贵族少爷涅赫留朵夫找到一个合适的位置。

革命家普列汉诺夫(Г. В. Плеханов,1856—1918)更把思想家托尔斯泰和艺术家托尔斯泰相对立,在其几篇论述托尔斯泰的文章中,指出托尔斯泰是一个天才的艺术家和极端低能的思想家,是典型的形而上学者、唯心主义者,假如他能够认真地对社会生活发生兴趣,积极地参与其中,那么他无疑会着手扭转历史的车轮。然而他的"人世间"的同情倾向过去,而不是未来。

卢那察尔斯基(А. В. Луначарский,1875—1933)也指出,托尔斯泰的批判并不是新的,如果托尔斯泰表述他的批判时没有这份热情的力量,他便不能给文化增添什么东西了。

而在国外,把思想家托尔斯泰和艺术家托尔斯泰绝然对立起来的现象也很普遍。

法国作家法国科学院院士布尔热(P. Bourget,1852—1935)认为托尔斯泰的哲学毫无意义,仅仅是他作为作家才华和声望,才使我们对他的胡言乱语洗耳恭听。

甚至深爱托尔斯泰的罗曼·罗兰(R. Rolland,1866—1944)也认为托尔斯泰的思想平淡无奇,就像是从旧布片上随便地剪下来的。他的哲学思想和创作天才如此不相称:"我爱托尔斯泰,只是因为他和他的学说毫无相像之处"。①

英国作家高尔斯华绥(J. Galsworthy,1867—1933)也表示,他想不出别人有如此奇特地集艺术家和改革家于一身的。在他的作品中经常令人感到精神的二重性。托尔斯泰的主要特点是始终一贯的真诚,至于他在艺术家和道德家之间的来回摇摆,正是他的长处和弱点之所在。

美国作家海明威(E. Hemingway,1899—1961)也说他从来没有相信过这位伟大伯爵的议论,而且希望当初有一位具有足够权威的人忠告他,让他放弃最笨重、最没有说服力的议论,实现真实的构思。

德国著名作家托马斯·曼(Thomas Mann,1875—1955)一方面认为这位具有上下求索精神的"自然人"在从原始状态走向精神上大彻大悟的半途中,悲剧性地陷入了荒唐的境地。同时把托尔斯泰比为安泰,说他每一接触他的祖国的土地,他的艺术家的力量就陡然增长。这自然是指托尔斯泰现实主义艺术的力量使他避免思想上陷入"荒唐"。

不过,也有一些人注意到思想家托尔斯泰的意义。德国文学史家、文学批评家汉斯·麦耶尔(H. H. Mayer,1907—   )看到艺术家托尔斯泰和思想家的共生关系。他指出,托尔斯泰的史诗首先是一种学说;它总是不断地提出这样的问题:如何正确的生活?它试图影响行动、带来转变,而不愿意成为"无意义的消遣"。托尔斯泰的结论完全在于一种人类团结和共同欢乐的精神,其最终目的是用集体取代没有信仰、没有友爱的社会。

在如何看待思想家托尔斯泰和艺术家托尔斯泰两者之间的关系的问题上,列宁的观点更具有普遍意义。列宁不同意把思想家托尔斯泰和艺术家托尔斯泰两者对立起来,而把二者视为一个统一的整体。他认为托尔斯泰的矛盾不在思想家和艺术家两者之间,而在托尔斯泰的世界观本身之中。在 1908—1911 年间,他先后写了 7 篇论述托尔斯泰的文章,站在无产阶级革命家的立场,用阶级斗争和社会革命的社会历史观点,把托尔斯泰和 1905 年俄国资产阶级革命联系起来,指出托尔斯泰是俄国革命的一面镜子。他一方面是一个天才的艺术家,另一方面,是一个发狂地笃信基督的地主。托尔斯泰观点和学说中的矛盾,是 19 世纪后三十几年俄国实际生活所处矛盾条件的表现,是俄国千百万农民在俄国资产阶级革命快要到来时的思想和情绪的表现。

和这一问题相联系的另一个重要问题是托尔斯泰和社会主义文化、和社会主义现实主义的关系问题。实际上,列宁在指出托尔斯泰的学说就其内容来说是反

---

① 罗曼·罗兰致帕里亚宁信(1924.2.14),转引自陈燊编选:《欧美作家论列夫·托尔斯泰》,北京:中国社会科学出版社,1983 年,第 92 页。

动的同时又指出,绝不应该因此得出结论说,这个学说不是社会主义的,这个学说里没有可以为启发先进阶级提供宝贵材料的批判成分。在他的遗产里,有着没有成为过去而属于未来的东西。

德国马克思主义理论家,文艺批评家罗莎·卢森堡(R. Luxemburg,1871—1919)也指出,托尔斯泰的社会理想是一种社会主义。资产阶级流行的看法总是把艺术家托尔斯泰和道德家托尔斯泰截然分开。而谁不深入到他的思想领域中去,谁就不可能理解他的艺术,或者至少不可能理解他的真正艺术源泉。托尔斯泰的力量及其学说的重心不在于正面的纲领,而在于对现存制度的批判。

奥地利作家斯蒂芬·茨威格(S. Zweig,1881—1942)在《作为宗教思想家和社会思想家的托尔斯泰》(1937)一文中,把托尔斯泰直接和俄国社会主义革命联系起来。他指出,托尔斯泰的目的不是一次暴力革命,而是一次道德上的革命,这种革命能尽快地完成社会的"划一化",借此使人类得以避免流血的叛乱。他指出,托尔斯泰的思想以一种奇怪的方式,孕育了20世纪的各种极端相互敌对的精神运动。甚至提出,应该在红场上为他树立一座纪念碑,因为"托尔斯泰是俄国革命、世界革命的'先行者',是真正的祖先"。[①]

意大利作家阿·莫拉维亚(A. Moravia,1907—1990)也提出"托尔斯泰是所谓社会主义现实主义派的典范"。匈牙利文学理论家乔治·卢卡契(G. Lukács,1885—1971)在《托尔斯泰和现实主义的发展》(1936)一文中更从托尔斯泰现实主义的发展的角度阐述了托尔斯泰的现实主义对当代文学的重要性。他指出托尔斯泰的现实主义跟社会主义现实主义有着千丝万缕的联系,对社会主义现实主义具有决定性的影响。卢卡契把托尔斯泰的创作放到世界文学发展运动中去考察,指出社会主义现实主义文学,正是通过托尔斯泰本人的个性和杰作,跟资产阶级现实主义的伟大传统保持着直接的、活生生的联系。

托尔斯泰研究的另一个重要问题——对托尔斯泰的宗教世界观的探讨——也是一个多世纪中人们关注的对象。

托尔斯泰在世界观巨变的过程中,对俄罗斯东正教的教义和全部神学进行了批判。1901年2月22日,神圣宗教会议发布了开除托尔斯泰教籍的文告。

宗教哲学家С. Н. 布尔加科夫(С. Н. Булгаков,1871—1944)基本上概括了托尔斯泰宗教世界观的特征:"托尔斯泰自己的宗教世界观,我不是咬文嚼字地说,也很难称为是基督教的。他顽强地执意否认的,不仅仅是基督教的基本信仰——基督是上帝的儿子,而且还有基督教的全部宗教形而上学,否认关于上帝、关于灵魂、关于救赎的内容,这使托尔斯泰与基督教格格不入,而愈到晚年,他就愈

[①] 斯蒂芬·茨威格:《作为宗教思想家和社会思想家的托尔斯泰》,转引自陈燊编选:《欧美作家论列夫·托尔斯泰》,北京:中国社会科学出版社,1983年,第470页。

和基督教分道扬镳了。""只有在伦理方面,使他和基督教相接近。当然也是在其独特而极简化的解释之中……"①

而别尔嘉耶夫(Н. А. Бердяев,1874—1948)更着重指出托尔斯泰对基督教神恩和救赎说的背叛:"托尔斯泰的高傲在于,为了执行神的意志,他不需要神恩的帮助。""其根源在于他不需要救赎,因为他不知道罪,没有看到在自然的途径中恶的不可战胜。他不需要救赎者和救世主,没有什么人像他这样,与救赎和拯救格格不入。"别尔嘉耶夫尖锐地指出:"托尔斯泰是和个性的意识格格不入的……他感觉不到各个人的唯一性和不可重复性,及他的命运的永恒的秘密。对他来说,存在的只有一个世界灵魂,而没有个别的个性。"②于是别尔嘉耶夫断定托尔斯泰的反人格论在最大的程度上把他和基督教区分开来。

俄国象征主义开创者梅列日科夫斯基(Д. С. Мережковский,1866—1941)从文学家的视角描述了托尔斯泰的宗教观念的特征。他认为,托尔斯泰既非肉又非灵,是介乎两者之间的人,即所谓"灵魂的人"的最大的阐释者,他描写肉的向着灵的一面,灵的向着肉的一面。那是一个神秘的领域,兽与神就在其间交战。而他本人生活中的斗争和悲剧即在于,他自己首先是一个灵魂的人,既非彻底的异教徒,又不是彻底的基督徒,他是一个经常重生的人,经常被引导改变信仰,然而却不能重生,该宗基督教;他半是异教徒,半是基督徒。他也正是据此对托尔斯泰作品进行宗教意义的阐释。

苏联文艺学家米·赫拉普钦科(М. Б. Храпченко,1904—1986)则进一步意识到列夫·托尔斯泰作品里所显示的对于同人民结合的探索和他的宗教思想的联系。指出在托尔斯泰那里,人的复生的概念是和人民复生的概念融合在一起的。③

2000年圣彼得堡俄罗斯基督教人文学院出版社出版的《托尔斯泰》一书中收集了百年来诸多学者从宗教文化角度研究托尔斯泰生平活动的重要著述,标志着当今从宗教文化角度研究托尔斯泰受到关注。

托尔斯泰和东方文化思想的关系也是托尔斯泰研究的一个重要话题。在举世公认托尔斯泰的世界影响的同时,也有一些人实际上否定托尔斯泰对西方文学的影响。如意大利作家皮奥维涅(G. Piovene,1907—1974)就指出现代派尽管承认托尔斯泰艺术的伟大,但对他的尊敬是空洞的,并无实际意义。要在[西方]新的一代小说家中找到托尔斯泰的文学传人,就不那么容易了。另一位意大利作家阿·莫拉维亚也说,托尔斯泰对于当代文学的影响也许是最小的。而同时,托尔斯

---

①② С. Н. Булгаков. Толстой и Церков//*О религии Льва Толстого*. сборник. М.: Путь,1912. с. 10,177。

③ 米·赫拉普钦科:《作家的创作个性和文学的发展》,上海人民出版社编译室译,上海:上海人民出版社,1977年,第333页。

泰同东方文学文化的联系和影响被突出出来，受到重视。早在托尔斯泰生前，人们就指出他是"东方因素的最充分的表达者"。几位最早为托尔斯泰作传的人，如罗曼·罗兰、比留科夫(П. Бирюков, 1860—1931)，都指出他和东方，特别是中国文化思想的密切关系。列宁也多次谈到托尔斯泰和东方的问题。俄国学者比留科夫的专著《托尔斯泰与东方》(1925)收集了托尔斯泰有关中国的言论和交往资料。美国学者鲍德(Derk Bodde)的《托尔斯泰与中国》(1950)更详细地从托尔斯泰的道德精神探索的角度记述了托尔斯泰和中国古典哲学思想的关系。苏联学者希夫曼(А. И. Шифман)的专著《列夫·托尔斯泰与东方》(1960)以更加丰富的资料论述了托尔斯泰与中国先秦诸子学说及中国古代民间文化的关系，还记述托尔斯泰作品在中国传播的一些情况。我国学者在这方面的研究也有较大进展，在倪蕊琴主编的《列夫·托尔斯泰比较研究》(华东师范大学出版社,1989)、刘文荣的《托尔斯泰与中国》(见《俄国文学与中国》，华东师范大学出版社,1991)、吴泽霖的《托尔斯泰和中国古典文化思想》(北京师范大学出版社,2000)等诸多著述中，从中国文化的视角探索托尔斯泰思想的东方走向和对中国文化思想的认同。

二、关于《安娜·卡列宁娜》的批评

在《安娜·卡列宁娜》(1873—1878)中，托尔斯泰通过"一个不忠实的妻子以及由此而发生的全部悲剧"(《托尔斯泰妻子日记》,1870.2.24)这一题材思考他关注的社会问题——妇女和家庭问题、贵族的命运问题。由于写作于托尔斯泰从贵族立场向宗法制农民立场转变的精神危机的年代，所以对俄国社会问题充满矛盾的思索和自己阶级立场的探索矛盾都扭结在全书的写作之中。从托尔斯泰当时的书信可以看出，他是十分费力地、在疑惑和混乱的心境中写完这一著作的。

《安娜·卡列宁娜》从一发表就伴随着一场具有尖锐意识形态色彩的斗争。不论是具有保守主义倾向的，还是具有自由主义倾向的批评家，乃至具有民主主义倾向的批评家，都没有认识到这部小说的社会价值。保守主义者说《安娜·卡列宁娜》是建立在歌颂传统文化遗产的基础上的，将其和70年代俄国社会现实对立起来，把小说的全部意义缩减到好像仅仅只是其中女主角的一部私生活史。自由派批评家也把托尔斯泰形容成是"没有任何崇高理想，为生活而生活的歌颂者"[①]，不承认小说有任何社会意义。

屠格涅夫(И. С. Тургенев, 1818—1883)也激烈否定这部小说。他在给波隆斯基(Л. А. Полонский, 1833—1913)的信中写道："我不喜欢《安娜·卡列宁娜》，尽

[①] 见贝奇科夫：《托尔斯泰评传》，吴均燮译，北京：人民文学出版社，第366页。

管偶尔也有一些确实出色的章页。但整个说来是不愉快的,一股莫斯科味道,古色古香味道,老处女味道,还有斯拉夫主义、贵族主义以及其他诸如此类的东西的味道。"①

一些民粹派批评家们也同样企图贬低这部小说的社会意义。阿·斯·斯卡比契夫斯基(А. С. Скабичевский)认为小说刻画的是那些"大半属于人类天性中感官成分"方面的生命现象,会在读者心里引起"极端厌恶"的感觉。另一位民粹派理论家尼·特卡乔夫(Н. Ткачев)认定《安娜·卡列宁娜》是"沙龙艺术"的代表作,是"最新的贵族风流韵事的史诗","可耻的内容空虚"。②

一般民主派也对小说十分冷漠。马·安东诺维奇(М. Антонович)认为《安娜·卡列宁娜》是"无倾向性和无为主义"③的典型作品。

随着时间的推移,百余年来国内外对这部作品的评论更趋成熟而纷杂多样。实际上,对于《安娜·卡列宁娜》的评论主要集中于对两个主人公——安娜和列文的评价及与之相联系的小说独特的结构上。女主人公安娜·卡列宁娜当然地成为关注的重点。安娜有没有罪,有什么罪,对她是如何惩罚的,惩罚来自何方,就此出现了各种观点。这首先就涉及到小说扉页题词"伸冤在我,我必报应"的用意。

实际上,托尔斯泰之婿苏霍金(М. С. Сухотин)在致魏列萨也夫(В. Вересаев, 1867—1945)的一封信(1907.5.23.)中曾转述托尔斯泰对小说扉页题词用意的自述:"是啊,这很机智,很俏皮。不过我应该再说一下,我选用这个题词(指"伸冤在我,我必报应"),用意很简单,我已经解释过,是为了表达这样一种思想:一个人做出了坏事,这个坏事总要有自己的后果的,这就是种种苦果。这苦果不是来自人们,而是来自上帝。而安娜·卡列宁娜就是尝到了这苦果。是的,我记得,我正是想表达这个意思。"④

托尔斯泰的友人格罗梅卡(М. С. Громека)早在1877年小说刚连载完,就撰文从宗教观点出发,指出三个主人公(安娜、渥伦斯基、卡列宁)都置身于错误的生活处境中,他们三人在各自的不幸中都罪有应得,因此他并不去追究这一悲剧的社会原因。这大体上就是他对托尔斯泰所谓"苦果不是来自人们,而是来自上帝"的一种超前的诠释。他指责安娜是在错误的基础上追求新的家庭,"违背了人的本性的规律"。他认为:"艺术家向我们证明,在这一领域[争取爱情的自由]中,没有绝对的自由,但存在着规律,是否与规律一致而取得幸福,或者违反这些规律而遭受不幸,都取决于人的意志。"在相当长的时期内,许多人持这种观点。

---

① 贝奇科夫:《托尔斯泰评传》,吴均燮译,北京:人民文学出版社,1981年,第366页。
②③ 同上书,第367页。
④ Б. М. Эйхенбаум. *Лев Толстой. Семидесятые годы*. Л., 1960. с. 197.

陀思妥耶夫斯基(Ф. М. Достоевский, 1821—1881)站在斯拉夫主义立场上，从基督教的原罪思想出发，不仅认为安娜有罪，而且认为安娜的犯罪根源在于人的恶的本性。他认为《安娜·卡列宁娜》贯穿了对人的罪孽和犯罪的一种观点，它描写的是处于非正常条件下的人。而在他们之前罪已经存在。进而他引出其固有的社会观点：隐藏在人性深处的恶，比包治百病的社会主义者所想象的要深得多。没有一种社会制度能避免恶；人的心灵不会改变，不合理和罪恶源自人的心灵本身。他认为，那个说过"伸冤在我，我必报应"的上帝，才洞悉这个世界上的全部奥秘和人的终极命运。因此，陀思妥耶夫斯基并不注意《安娜·卡列宁娜》的社会批判意义。

不过，最先把《安娜·卡列宁娜》介绍给国人的英国文学批评家马修·安诺德(Matthew Arnold, 1822—1888)对安娜要宽容得多。他一方面指出，上帝使人得救的教义在很大程度上可从小说《安娜·卡列宁娜》中得到，并承认安娜走上了"悖逆者的道路，崎岖难行"，遗憾为什么以安娜这样一个女人，甚至不曾想到要克服她的狂热的爱情，逃脱这种致命的力量。但同时又指出，最重要的还是安娜的魅力的胜利；在她这段有失败、有错误、有苦楚的经历中，她的开朗、清新、丰富、宽厚、令人喜爱的天性所造成的印象始终不曾离开我们，赚得我们的同情，我甚至几乎要说，赚得我们的尊敬。

而梅列日科夫斯基在20世纪初就抓住安娜在热病的垂死中的呓语，详细分析了安娜整个生命的二重化，灵与肉的分裂。指出她的身上有两个"我"，她的全部悲剧的可怕性就在于，对于她的意识、她的良心来说，如何分辨哪个是真正的"我"。他认为，像陀氏一样，托尔斯泰也认为，安娜应该为母性的责任而牺牲自己的情欲，为灵魂牺牲肉体，因为灵魂是神圣的，肉体是罪恶的。灵魂的安娜是真正的安娜，而肉体的是虚假的。实际上他的分析仍是基于基督教思想。[①]

也由此，梅列日科夫斯基指出，在托尔斯泰的作品里，无意识的、夜的灵魂中，那种兽性的东西在人身上成长为一种超人的、神性的东西。从兽—人变为兽—神。由此可以解释安娜动人的魅力。他指出，《安娜·卡列宁娜》是当今时代欧洲文学中无与伦比的至美之作。它的思想中有某些"我们的"、祖国的，正构成我们民族特性的东西。

罗曼·罗兰也倾向于把安娜身上精神的东西和肉欲的东西相区分、对立。他强调指出《安娜·卡列宁娜》里的爱情所具有的激烈的、肉感的、专横的性质成为她犯罪和毁灭的原因。他说，笼罩全书的命运，是爱的疯狂，是"完整的维纳斯"。而正是这爱神使安娜脸上燃起红光，这红光"使人想起黑夜中的大火的可怕的红光"。

---

① См. Д. С. Мережковский. Л. Толстой и Достоевский. Вечные спутники. М.：Республика, 1995. с. 323—36.

第十四章 托尔斯泰的《安娜·卡列宁娜》：精神世界的艺术探索

凡是接近安娜的人无不感受到隐藏在她身上的恶魔的吸引力……而正是这种无法抑制的情欲逐步蛀蚀着这个高傲女子的整个精神大厦。她身上优秀的东西，她勇敢真诚的心被瓦解了，毁灭了。[1]

托尔斯泰的手稿收藏者和研究家维·日丹诺夫（В. Жданов）在20世纪20年代仍继续宗教道德角度的批评。他指出《安娜·卡列宁娜》是一个宏伟的悲剧，其间人类的两种力量——作为手段的爱和作为目的的爱——在上帝的无情审判面前进行着一场争执。安娜把重心转到个人的圈子。她把个人情感作为目的，而不是仅仅作为手段。

安娜破坏了基本的生活规律，既为人母，她在寻求快乐之中，拒绝了唯一真正的快乐［即像杜丽那样以为人母为幸福］，最后时刻她才明白了自己的错误。维·日丹诺夫倾向于认为，个人情感和自由爱情不应成为人生的至高追求。[2]

同时也一直存在另一种观点，即认为应该把安娜的悲剧诉诸社会而不是道德命运的观点。

俄国无政府主义理论家克鲁泡特金（П. А. Кропоткин，1842—1921）在《俄国文学中的理想和现实》（1905）一书中就认为，如果《安娜·卡列宁娜》必须以悲剧告终，那么这并不是最高审判裁夺的结果。正是培脱西之流妇女的意见，而绝不是上天的裁判，驱使安娜走上了自杀的绝路。悲剧的真正原因是安娜和渥伦斯基不能坚持到底。无论是安娜还是渥伦斯基都没有勇气和那个社会断然决裂。

俄国文学评论家魏列萨耶夫在专著《活跃的生命》（1910）一书中以直觉主义和生命哲学的观点来分析安娜的悲剧，得出和克鲁泡特金一致的结论。和基督教的罪与罚的观点相反对，他说："对托尔斯泰来说，活跃的生命是不会犯错误的。她富于怜悯，十分伟大。强大的、本能的力量依赖它才能在人身上牢固地确立并引他走向幸福。谁反对这种力量谁不服从自己的心灵，谁就会受到惩罚。'报应'必然落到他的头上。"和卡列宁的生活缺乏爱情而变得虚伪可耻，"活跃的生命不能容忍这一点。"于是一种似乎是超然于她的力量把她从她的反常的生活中拯救出来并引向新的爱情。如果安娜完全并真诚地服从这种力量，那么她会获得崭新的、和谐的生命。可是安娜害怕了，她由于患得患失，担心人们的谴责，失去上流社会的地位而感到害怕。于是，深刻而明朗的感情被虚伪玷污了，她转化为一种见不得人的享乐，变得猥琐而混浊。活跃的生命对此同样不能容忍。

高尔斯华绥（J. Galsworthy，1867—1933）也认为，像安娜那样热情洋溢、生命力非常旺盛的人是不会像她那样结束自己的生命的。一方面他认为安娜是一个始终一贯的人物，而另一方面又说，作品开头几部分写得有力，而后面部分不能使我

---

[1] 罗曼·罗兰：《托尔斯泰传》，见《傅雷全集》第11卷，沈阳：辽宁教育出版社，2002年，第274—275页。
[2] См. В. Жданов. *Любовь в жизни Льва Толстого*, М.：Планета，1993，c. 149.

们相信安娜在他描写的那种情况下竟以自杀来结束生命。所以他设想托尔斯泰在开始写这本书的时候是无拘无束的。是在以开朗的眼光看问题。而在写作这部小说的岁月,他的世界观起了变化,结果说教者压倒了艺术家。也就是说,是道德家托尔斯泰置安娜于死地的。表现了对安娜的爱情追求的肯定倾向。

而在20年代以后的苏联,对《安娜·卡列宁娜》的批评更加肯定安娜的爱情追求。卢那察尔斯基在《托尔斯泰和我们的时代》(1928)一文中分析了小说《安娜·卡列宁娜》中托尔斯泰的宗法观念,指出托尔斯泰对安娜所代表的争取女性解放的进步思想的否定态度。他指出,小说扉页上的题词"伸冤在我,我必报应"证明托尔斯泰是把安娜当作罪犯来看待的。而这正是全篇的宗旨。安娜的肉体要求、对男人的需要,像一条红线贯穿在她的身上。正由于她胆敢这样做,她才死在火车轮子下。这里含有一种内在的玄学意义,如果你希望幸福,你便不免一死,因为幸福完全不是人命中注定的东西。要关心的不是幸福和爱情,而是责任。假如你是妻子,你就应该干你那份乏味的工作;假如你有子女,你就必须尽到你为母者的责任。你没有权利改变自己的命运,要求改变是自私和罪过。

卢那察尔斯基设问,为什么如此热爱生活的托尔斯泰竟要这般践踏爱情。为什么他要那样憎恨这个幸福?他用阶级观点分析了托尔斯泰70年代精神危机和阶级立场的转变。他指出,托尔斯泰写《安娜·卡列宁娜》时,他已经是把贵族描写成一个瓦解中的阶级。他们心里充满的各种欲念已经不是以前存在过的那朵香花,而是惶惑、罪过,是部分地放弃本阶级的阵地。

布罗茨基(Броцкий)主编的《俄国文学史》指出托尔斯泰在小说中对妇女和家庭、对贵族的命运这两个问题的思考,是在虚伪矫饰的都市文明和宗法制庄园生活的对照、对立的双重性结构中进行的,从而突出了安娜抗议贵族社会的积极意义。《俄国文学史》引用《安娜·卡列宁娜》中安娜为自己的辩护:

"我不是尽了力了我不是试图去爱他,而在我实在不能爱我的丈夫的时候,就试图去爱我的儿子吗?但是时候到来了,我知道了我不能再欺骗自己,我是活人,罪不在我,上帝生就我这样一个人,我要爱情,我要生活……"

《俄国文学史》指出安娜性格的积极意义,认为安娜的悲剧罪在社会:"安娜把她对社会偏见的抗议坚持到底,甚至不惜一死。""安娜的一切都和贵族阶级联系在一起,现在贵族阶级摒弃了她,安娜变成了这个环境的牺牲品。"《俄国文学史》还指出托尔斯泰对安娜的矛盾态度,"托尔斯泰谴责安娜不是由于她向伪善的上流社会的挑战,而是由于她胆敢为了个人的情感去破坏家庭。"[①]

著名的托尔斯泰传记作家贝奇科夫(И. А. Бычков,1858—1944)更进一步认

[①] 布罗茨基主编,塞昌宁诺夫、赖亭、斯特拉舍夫合著:《俄国文学史》下册,蒋路、刘辽逸译,北京:作家出版社,1962年,第1114页。

为托尔斯泰批判现实主义思想在小说创作中对安娜美好形象的塑造起到了积极的作用。他指出,尽管托尔斯泰竭力想从宗教、道德的立场来解释安娜的命运,但实际上他却以她悲惨的死亡揭示了极深刻的社会原因。作为一位天才的艺术家,他不能漠然无视俄国批判现实主义关注妇女解放问题的传统,即敏锐和完全地反映俄国革命浪潮的增长、俄国社会中最受压迫的"阶层"——妇女——对暴力的正义反抗的增长的客观历史过程。这位愈来愈无情地反对现有秩序的正直的艺术家,在创作这部小说的过程中,不得不改变自己对小说里那位中心人物的态度。一反他原来想要惩罚安娜、把她刻画成一个破坏家庭的妇女的愿望,他最后反而为她辩护,表明有罪的乃是那种剥夺妇女的人类权利、使她精神上遭受奴役的制度本身。①

和这一思想相一致,苏联科学院院士米·赫拉普钦科(М. Б. Храпченко,1904—1986)甚至反对把"伸冤在我,我必报应"题词和安娜的形象联系起来,他认为:"这个题词是在小说写作的初期阶段出现的。当故事围绕着三个人物的相互关系展开,而遭到毁灭的女主人公又是一切不幸的罪魁祸首时,这个题词无疑首先是针对她的。"而后来"小说的内容发生了根本改变","这个题词已不能'安到'安娜身上了。"因为:"一个简单的原因就是:对安娜的描写,整个来说,是与题词的谴责性思想完全抵触的。"对于"这个题词在小说的最后完稿里保留下来",他认为仅仅"需要把它看作是作家创作中的一个事实"。②

而苏联文艺学家巴赫金在 20 年代将安娜的悲剧诉诸沙皇社会的流行思潮中,并不着重于安娜悲剧的社会原因,而是依据其独特的伦理哲学,思考主人公的存在的基础,即其行为的事件性,由此产生的主体的参与性、积极性,道德上的责任性和应分性。他指出,不应当把安娜看成是一种性格(她是什么样的人),而应当把她视为一种状态(她遭遇了什么,她做了什么)。她以一位有夫之妇的身份爱上了渥伦斯基,这就是她那主要的过失所在。托尔斯泰展示的是,一种状态怎样掌握住心灵,并不去丰富它,而是预示命中注定,成为恣意支配它的劫运。她与渥伦斯基的关系乃是一种不可避免地走向灭亡的罪孽。她的生活具有一种绝对无望的不正常的性质,对她来说,只剩下一条道儿,这就是中止罪孽,熄灭蜡烛。

他指出,安娜悲剧的整个事情的关键并不在于上流社会的裁断,而是在于那审视自身的内在的裁断。对法则的任何破坏都要遭到内在的惩罚。人一旦偏离本真的道路,毁灭便不可避免,一切旨在拯救的试图均属徒劳无益。这是与人的本性内在地相应着的法则。托尔斯泰"对过失的理解是基督教式的:人的意志是自由的,他可以去犯下过失,也可以不去犯下过失。过失,这是一种罪孽,已犯下罪孽者就应当对罪孽负责。"

---

① 贝奇科夫:《托尔斯泰评传》,吴均燮译,北京:人民文学出版社,1981 年,第 332 页。
② 米·赫拉普钦科:《艺术家托尔斯泰》,刘逢祺译,上海:上海译文出版社,1987 年,第 203 页。

所以他认为,卷首题词所指的上帝,乃是天然的、犹太人的上帝,这是威严无比、严惩不贷、就活在人的身心之中的上帝。安娜梦境中的小老头儿,就是会复仇、会报应的天然。[①]

而什克洛夫斯基则从其形式主义理论出发,着力用延宕的理论分析安娜临死前的情节。并指出安娜悲剧的不可避免性:"托尔斯泰有过多种设想,换过不少方案和假设,还是没能让安娜免于惨死轮下。托尔斯泰不知如何才能拯救安娜免于死亡。"但是对其死因并不做更具体的分析。[②]

近年来活跃的女权主义批评不再注重过去一直探讨的关于安娜的罪与罚的问题,而特别注重对托尔斯泰小说中有关性的诠释。这些批评都认为,托尔斯泰的妇女观点是极为保守的,安娜堕落的历程是被男性批评解读所概括的和简单化了的。其中一种类型的女权主义批评仍基于弗洛伊德的模式,即所谓每一个父亲都幻想着诱惑自己的女儿,托尔斯泰对安娜的爱表现着自己的情欲。托尔斯泰对安娜的无意识的爱赋予了她以传奇性主人公的力量和意义。而另一种女权主义批评阐释则否认安娜的英雄地位。他们把安娜或视为社会的牺牲品,或视为性欲解构性力量的体现,或视为渥伦斯基的幻想,而指出安娜道德情感的双重性质和她性格中的自我毁灭倾向。

在用洛特曼的文化符号学理论研究托尔斯泰的著述中,普柳哈诺娃(М. Б. Плюханова)的《托尔斯泰的创作》(1995)是近年来值得注意的研究论文。她分析了《安娜·卡列宁娜》叙事结构乃至各种文本细节间的联系所形成的意义。她指出,《安娜·卡列宁娜》叙事的规模较之《战争与和平》缩小而深入到个人生活领域。如果说《战争与和平》里托尔斯泰的上帝是善和爱之本原,那么现在,在人的内心,他看出某些和死、和恶联系的力量。于是把注意力转到只是部分地取决于外在条件的极为复杂的过程。它一步步地改变着整个心理活动和个性的本质,其间主人公们的生活之路也失去了幸福的单向性。主人公的灭亡是为生活所碾压的结果。

她认为,在托尔斯泰对真理和人的本质的锲而不舍的探索过程中,《安娜·卡列宁娜》追问到了生存的终极问题:罪与死。罪的根源在哪里?是在人的本性之中,抑或是在外在于人的力量中。托尔斯泰看来,罪与罚是分不开的,惩罚就和堕落同时。

普柳哈诺娃以具体实例分析了《安娜·卡列宁娜》中的各种细节,指出各种因素如此巧妙地相互联系,相互制约,从而获得了不仅是象征性的,甚至是神秘主义的意义。情欲一开始就和死连在一起。铁路工人之死和安娜与渥伦斯基的相遇在女主人公的意识里,也在小说的结构中融为一种统一的预兆。暴风雪、铁路、列车

---

① 巴赫金:《巴赫金全集》第四卷,白春仁、顾亚铃译,石家庄:河北教育出版社,1998年,第439—446页。
② 维·什克洛夫斯基:《散文理论》,刘宗次译,南昌:百花洲文艺出版社,1994年,第295—330页。

员或是那个敲打铁道的人幻入他们的梦中,成为小说中钳制和统治安娜命运的基本因素的象征。

普柳哈诺娃指出,在小说的情节结构上,那些或紧密胶着、或相互分离的部分以平行的关系、以隐喻性和判然的对比、以各种象征的统一体等等联系在一起。如安娜和渥伦斯基爱情史的类比:渥伦斯基跨上他那温柔的骏马,不意折断了它的脊梁骨而使其丧命。在《安娜·卡列宁娜》里,细节不仅作为现实主义写人状物的通常工具,更成为情感的刺激物和标志。细节的突出是由情感的需求所造成的。这细节起到呼唤、强化和确定这一情感,使其客观化的作用,成为它的象征。比如,对卡列宁那对支楞支棱着的大耳朵的发现,表现出安娜对卡列宁的郁积的反感,也成为卡列宁死气沉沉的性格的象征。爆燃而又熄灭的蜡烛成为安娜生与死的象征。

普柳哈诺娃还阐明《安娜·卡列宁娜》的文学史意义,指出它和《战争与和平》的自由的史诗形式不同而具有极富意味的细节的抒情结构。承接普希金,与丘特切夫相影响,承上启下而形成俄罗斯文学不间断的抒情性传统。①

《安娜·卡列宁娜》的平行结构及其相联系的小说另一主人公列文的意义,是人们关注的又一个问题。

小说从刚一发表,就有人指摘小说两条情节线索缺乏联系,甚至在小说情节发展中,两位主人公之间也是迟迟才发生那么一次不一定非有不可的见面。托尔斯泰则对这一指摘全然否定。他说,相反,我以建筑术自豪——拱顶镶合得那样好,简直看不出嵌接的地方在哪里。我在这方面费力也最多。结构上的联系,既不在情节。也不在人物间的关系(交往),而在内部的联系。② 而实际上,这类指摘一直存在。如罗曼·罗兰就指出过,这些平行发展的故事穿插得有点平板,有点不够自然,没有达到《战争与和平》这部交响乐的有机统一。

而鲍·艾亨鲍姆从俄国形式主义理论出发了这样解说:"这样的结构是一种创举。因为在其他的人物的命运尚未确定之前就使主要人物死去了。""结构的平行类似帮了托尔斯泰的忙,因为从一开始,列文就和安娜争夺首位。"③他看到了列文所代表的主题在《安娜·卡列宁娜》里的构思意义。

布罗茨基主编的《俄国文学史》对小说布局的双重性进行了肯定。指出正是在把虚伪矫饰的都市文明和宗法庄园生活加以对照的双重性结构中,两位主人公的

---

① Л. Н. Толстой: pro et contra: Личность и творчество Льва Толстого в оценке русских мыслителей и исслдоваателей: Антология/Составление, вступительная статья, комментарии и библиография К. Г. Исупова. СПб.: Издательство Русского Христианского гуманитарного университета. 2000.
② 布罗茨基主编:《俄国文学史》下卷,第1100页。
③ 托多罗夫编选:《俄苏形式主义文论选》,蔡鸿滨译,北京:中国社会科学出版社,1989年,第171页。

生命求索所代表的意义被鲜明地揭示出来了。

正如高尔斯华绥等许多研究者所说，列文的形象是托尔斯泰的一幅自画像。普柳哈诺娃也指出，托尔斯泰把自己的体验赋予列文。两个线索看似外在几乎没有交叉，而内在地则共存于一个主题之中。列文和安娜同样真诚无畏、顽强而紧张地生活着、求索着。而在小说中托尔斯泰的宗法理想和他不懈的精神求索的不相容性在这两个主人公的精神探索中无时不在，既成为小说的主题，也构成小说的矛盾。他认为，列文最后的结论是停止自己对生存本质的求索，皈依农民半无意识的信仰，从而完成了两条线索所应共同实现的主题——否定被现代化所污染的都市贵族生活，皈依宗法制农民的思想和生活。

《安娜·卡列宁娜》被公认为托尔斯泰的代表作。对安娜和列文两位主人公的评价，及其在两条平行线索的结构中所表现的主题一直成为研究托尔斯泰思想艺术的经典课题。

【关键词】

生命哲学　俄国形式主义理论　女权主义批评　弗洛伊德模式　洛特曼的文化符号学　社会主义现实主义　马克思主义　反人格论　中国文化思想

【推荐阅读书目】

1. 罗曼·罗兰：《托尔斯泰传》，傅雷译，北京：商务印书馆，1995年。
2. 米·赫拉普钦科：《艺术家托尔斯泰》，刘逢祺等译，上海：上海译文出版社，1987年。
3. 莫德：《托尔斯泰传》，宋蜀碧等译，北京：北京十月文艺出版社，1984年。
4. 陈燊编选：《欧美作家论列夫·托尔斯泰》，北京：中国社会科学出版社，1983年。
5. 倪蕊琴编选：《俄国作家批评家论列夫·托尔斯泰》，北京：中国社会科学出版社，1982年。
6. 倪蕊琴主编：《列夫·托尔斯泰比较研究》，上海：华东师范大学出版社，1988年。
7. 《同时代人回忆托尔斯泰》，冯连驸等译，上海：上海译文出版社，1984年。

【参考文献】

1. 《列夫·托尔斯泰与东方》

   А. И. Шифман. *Лев Толстой и Восток* / АН СССР, Институт. Народов Азии. М.: ИВЛ, 1960.

2. 《列夫·尼古拉耶维奇·托尔斯泰：传记资料》

   Н. Н. Гусев. *Лев Николаевич Толстой. Материалы к биографии с 1828 по 1855 год.* М.: Изд. АН СССР. 1954, То же. *С 1870 по 1881*, М., 1963.

3. 《列·尼·托尔斯泰：赞成与反对——俄罗斯思想家和研究者评论中的列夫·托尔斯泰的个性与创作》

Л. Н. Толстой: pro et contra: Личность и творчество Льва Толстого в оценке русских мыслителей и исследователей: Антология/Составление, вступительная статья, комментарии и библиография К. Г. Исупова. СПб.: Издательство Русского Христианского гуманитарного университета. 2000.

4.《作为思想家和人道主义者的列夫·托尔斯泰》

Н. С. Козлов. *Лев Толстой как мыслитель и гуманист*, М., 1985.

5.《列夫·托尔斯泰:思想探索和创作方法(1847—1862)》

Б. И. Бурсов. *Лев Толстой. Идейные искания и творческий метод (1847—1862)*. М.: Гослитиздат, 1960.

6.《列夫·托尔斯泰在70年代》

Б. М. Эйхенбаум. *Лев Толстой. Семидесятые годы*. Л., 1960.

7.《列·尼·托尔斯泰:艺术—伦理探索》

Г. Я. Галаган. *Л. Н. Толстой. Художественно-этические искания*. Л.: Наука. 1981.

8.《托尔斯泰与教会》

С. Н. Булгаков. *Толстой и Церковь //О религии Льва Толстого. Сборник*. М.: Путь, 1912.

9.《列夫·托尔斯泰的美学》

К. Л. Ломунов. *Эстетика Льва Толстого*. М., 1972.

10.《列·尼·托尔斯泰的美学》

Е. Н. Купреянова. *Эстетика Л. Н. Толстого*. АН СССР. Ин-т рус. лит. (Пушкин. Дом). М.; Л., Наука, 1966.

11.《俄罗斯知识分子的历史:托尔斯泰的革命》

Архиепископ Иоанна (Шаховского). *К истории русской интеллигенции. Революция Толстого*, Нью Йорк, 1975 (первое издание: *Толстой и Церковь*, Берлин, 1939)

【网络资源】

http://www.levtolstoy.org.ru/

http://tolstoy.lit-info.ru/

http://www.peoples.ru/art/literature/prose/belletristika/tolstoy/

http://www.magister.msk.ru/library/tolstoy/

【作品推荐译本】

1.《安娜·卡列宁娜》,智量译,南京:译林出版社,1996年。

2.《安娜·卡列宁娜》,周扬、谢素台译,北京:人民文学出版社,1997年。

3.《安娜·卡列尼娜》,草婴译,上海:上海文艺出版社,2007年。

第十五章　T.S. 艾略特的《荒原》：
"雷声究竟说了些什么"

　　T.S. 艾略特(T.S. Eliot, 1888—1965)，20世纪英美现代主义诗歌代表诗人，生于美国新英格兰名门望族，就学于哈佛，后在巴黎、牛津深造，主修哲学和文学，选修法、德、拉丁、希腊语和梵文，这为他以后成为"当代最博学的英语诗人"奠定了基础。1914年定居英国，1927年加入英国籍。1917年发表《杰·阿尔弗莱特·普鲁弗洛克的情歌》(The Love Song of J. Afred Prufrock)，引起注意，1922年发表长诗《荒原》(The Waste Land)，为西方现代诗歌和文学掀开新的一页。此后出版的主要诗歌作品有《空心人》(The Hollow Men, 1925)、《阿丽尔组诗》(Ariel Poems, 1927)、《圣灰星期三》(Ash Wednesday, 1930)、《岩石的合唱》(Choruses from 'the Rock', 1934)、长诗《四个四重奏》(Four Quartets, 1935—1942)、《诗选》(Collected Poems, 1909—1962)，创作的诗剧有《大教堂谋杀案》(Murder in the Cathedral, 1935)、《合家团聚》(The Family Reunion, 1939)、《鸡尾酒会》(The Cocktail Party, 1949)等。1948年获诺贝尔文学奖。诗之外，艾略特的文学评论也对西方现代文学产生过广泛影响。

一、作为时代的象征

　　《荒原》是艾略特1921年秋冬在瑞士休假期间完成的。在这之前，他发表了《杰·阿尔弗莱特·普鲁弗洛克的情歌》(1917)，出版了评论集《圣林》(The Sacred Wood, 1920)，已经开始在英美文学界产生影响。据多种资料显示，自1919年起艾略特就开始酝酿这部作品，并在1921年初写出了初稿。1921年3月，艾略特和女作家弗吉尼亚·伍尔夫一起看济慈的诗剧，伍尔夫感叹济慈难以超越，"不，我们比得过他"，艾略特答到，"我们正努力写出一些更艰难的东西。"[①]到了该年夏秋，艾

---

①　彼得·阿克罗伊德：《艾略特传》，刘长缨、张筱强译，北京：国际文化出版公司，1989年，第100页。

略特由于工作极度疲劳和妻子的精神失常,几近处于崩溃的边缘,经医生劝告,他向他工作的银行请假,于10月份来到瑞士洛桑一家疗养院,并在那里修改、完成了这部作品。作品完成后,他在回伦敦的途中经过巴黎,请在那里的庞德就《荒原》提具体意见。经庞德大刀阔斧的删减,全诗由800多行压缩成433行。1922年10月,《荒原》在艾略特自己主办的《标准》(The Criterion)第1期上首次刊出,同年11月在美国《日晷》杂志发表,同年12月,《荒原》单行本在美国出版发行。

《荒原》一出现,就对英美文坛造成了强烈的冲击。它和乔依斯同年出版的《尤利西斯》一起,为西方现代文学和诗歌掀开了新的一页。虽然对威廉斯(William Carlos Williams,1883—1963)这样的强调美国本土风格的诗人来说,《荒原》的问世是一场"灾难"[1],但在当时的大学生和青年作家诗人中"对《荒原》的崇拜发展成为一种狂热",它的问世引起了"最时兴的巨大轰动",[2]《荒原》成为英美现代诗歌一座具有划时代意义的里程碑,批评家盛赞它为英语诗歌开辟了"新方向",自由地表达了一个生活在现时代的诗人的"现代敏感、感觉方式和经验模式",是现代诗歌的一个"新的开端"。[3]

《荒原》问世后,许多批评家把它与第一次世界大战给欧洲带来的巨大劫难和西方社会的危机联系起来,认为它"令人吃惊"地揭示了大战后欧洲毁灭性的景象,物质的和精神的荒凉。美国艾略特研究者迈克尔·特鲁说:"对本世纪20年代的许多作家来说,对其中参加过残酷的一次大战的复员军人来说,'荒原'成了这个时代的代名词。艾略特在内容与形式水乳交融的《荒原》里,传达了一次大战所引起的心理、道德和宗教上的困惑。在诗人看来,一次大战象征着西方两千年文化到头来同自己作对而后果严重的一件头等大事。(它)摧毁了英、法、德等国的房屋建筑,消灭了三分之一的18—40岁的这一代人。《荒原》的开头便奠定了哀歌的调子:'四月是最残酷的月份'。"[4]艾略特自己一直对评论界的反响持低调态度,否认他有意识地表现"一代人的幻灭感",说这首诗仅仅是个人对人生所发的无足轻重的牢骚,"只不过是一首带有韵味的牢骚"[5]。但英美文学界普遍认为这是一篇写出了一代人的危机感的划时代的巨作,是战后精神状态的最凝练、深刻的概括。长诗发表后,"荒原"这个词本身就成为时代的一个象征。这一切,正如艾略特本人在《叶芝》一文中所说的,那些伟大的诗人,"他们自己的历史就是他们所处的时代的

---

[1] 威廉斯:《自传·荒原》,《命运与岁月:外国著名诗人传记、回忆》,北京:北京出版社,2003年,第193页。

[2] 彼特·阿克罗伊德:《艾略特传》,第118页。

[3] F. R. Leavis, *New Bearings in English Poetry* (1932), Graham Clarke: *T. S. Eliot: Critical Assessments*, London, Christopher Helm Ltd, 1990.

[4] 迈克尔·特鲁:《T. S. 艾略特诗选·译本前言》,成都:四川文艺出版社,1988年。

[5] 转引自张子清:《二十世纪美国诗歌史》,长春:吉林教育出版社,1995年,第133页。

历史,他们是时代意识的一部分,没有他们就无从理解那个时代"①。

不过,《荒原》并不是时代的简单反映,它的意义远远超越了时间空间的限制。随着时间的推移,人们并不仅仅把"荒原"看作是一个特定时代的状况,而是对整个西方文明和现代人精神危机的透视。"荒原"成为神性消失后人类生活本身的一个隐喻。伴随着对枯竭和危机的认识,艾略特的读者发现他们都成了现代荒原上的居民,正如1948年诺贝尔文学奖授奖辞所云:"《荒原》——当它晦涩然而娴熟的文字形式最终显示出它的秘密时,没有人会不感受到这个标题的可怕含义。这篇凄凉而低沉的叙事诗意在描写现代文明的枯燥和无力,在一系列时而现实时而神化的插曲中,景象相互撞击,却又产生了难以形容的整体效果……《荒原》问世已有四分之一个世纪了,但不幸的是,在原子时代的阴影下,它灾难性的预见在现实中仍有着同样的力量。"②

二、"破碎的完整性":《荒原》的形式结构

《荒原》问世后,它那和传统英诗迥然相异、看上去相当破碎和无序的形式给人们造成了强烈的刺激和困惑,对它的争论往往首先集中在全诗是否有一个潜在的统一的结构上。持否定意见者指责它缺乏连续性、条理性,混乱无章,完全不知所云;持保留意见者欣赏《荒原》的局部和一些片断,但认为它在整体上仍缺乏一种有机的统一性;持肯定意见者则认为《荒原》的残片后面存在着一个完整的构架,它的形式恰好适合于表达现代世界破碎混乱的经验,《荒原》体现了一种"破碎的完整性"(A Fragmentary Wholeness)③;还有人从艾略特自己在《玄学派诗人》中提出的诗的经验"总是在形成新的统一体"这一说法出发,认为艾略特在《荒原》中尝试的,正是"形成新的整体","不仅将个体融合在一起,而且将不同文化与不同历史时刻融合在一起"。④

美国著名诗人、艾略特在哈佛时的同学康拉德·艾肯(Conrad Aiken,1889—1973)的《抑郁的解释》("An Anatomy of Melancholy",1923),是一篇较早出现的、有影响的评论《荒原》的文章,他在回应人们对《荒原》的非逻辑性跳跃、"缺乏条理"的指责时说,他也承认《荒原》在叙述上的不连贯性,但他认为艾略特把这一不连贯性变成了一个优势,一个"象征秩序":"这首诗曾被人评论为'一艘建在瓶子里健

---

① 艾略特:《叶芝》,王恩衷译,《艾略特诗学论文集》,北京:国际文化出版公司,1989年,第174页。
② 艾略特:《四个四重奏·附录"授奖辞"》,裘小龙译,南宁:漓江出版社,1985年。
③ Thormahlen Marianne, *The Waste Land: A Fragmentary Wholeness*, Lund: C. W. K. Gleerup, 1978.
④ 詹姆斯·龙根巴赫:《现代诗歌》,迈克尔·莱文森编:《现代主义》,田智译,沈阳:辽宁教育出版社,2002年,第163页。

第十五章　T.S. 艾略特的《荒原》："雷声究竟说了些什么"

全齐备的船',言下之意说它是一件完美的建构作品……它成功之处何在？它是一种形式上的理智整合复合体,类似显微镜里的但丁的《神曲》；抑或这首诗的整体性——假使有的话——是另一种形式？"最后他肯定性地说："这首诗成功之处,如它杰出完成的,是其不和谐性,而非计划性；它的优秀便在于其不可解释的模棱两可。它的不和谐性是其杰出之处……它隐约发光,它暗示,它赋予期望的陌生感。""当我们保留所有的批评,我们接受《荒原》不愧为我们时代最新颖和感人的诗歌作品。它紧紧抓住我们。它令我们感叹。"①

对于《荒原》的形式结构和表现方法,我们来看《荒原》的第一章《死者葬仪》②：

"四月是最残忍的一个月",《荒原》的第一句十分突兀,它一下子逆转了人们对"四月"(春天)的认知,也为全诗定下了基调。接下来的六句,通过荒地上的"丁香"等一系列意象,隐喻大自然与人类的生与死。丁香并不仅仅是生命复苏的象征,而是在苦风凄雨中"把回忆和欲望掺合在一起"；由春天回想起刚刚过去的冬季,倒是带来了某种温暖感。

接着,"夏天来得出人意外",诗人运用"场景急转"的手法,由春、冬转向了夏,由大自然的隐喻转向对人类生活的叙述。这里,诗人选择慕尼黑一带作为场景,诗的叙述取自一位伯爵夫人的回忆录：在下阵雨的时候在柱廊下躲避,等太阳出来后又进入御花园里喝咖啡、闲聊,一种典型的有闲阶级的社交生活。"我不是俄国人,我是立陶宛来的,是地道的德国人",这一句在原诗中以黑体排出,显示出叙述人对其"身份"的刻意强调。接下来的回忆流露出几分对早年生活的温情,在枯燥、无聊、虚伪的现实生活中,这一段回忆指向了一个失去的乐园。

接下来的叙述和意象大都取自《旧约》："什么树根在抓紧,什么树枝在从/这堆乱石块里长出？人子啊,你说不出,也猜不到,因为你只知道/一堆破碎的偶像,承受着太阳的鞭打。"诗人以这些古老的意象,暗示着现代人的信仰危机和经受的磨难；接下来,以"枯死的树",干枯的"焦石",暗示出全诗所一再指向的主题"水"(在《荒原》中,干旱时想象的泉水声,淹死水手的海水,伦敦桥下黑暗的水,水面下降的恒河,隆隆雷声预示的雨水……"水"成为一种元素般的存在,并被赋予了多重含义)。在这一节里,"水"的匮乏,暗示了人们已丧失了与本源的接触,生活在枯竭和空虚之中。正因为"水"的匮乏,"我要给你看恐惧在一把尘土里"。

接下来是由民歌、人物对话、心理独白和瓦格纳歌剧片断构成的一幅拼贴画,其中一些用词和意象仍和"水"有关。"你的臂膊抱满(风信子),你的头发湿漉",这里的"风信子女郎"据说出自诗人早期的情诗,她的头发"湿漉",这和自然与性爱的

---

① Conrad Aiken: An Anatomy of Melancholy, *New Republic*, 1923. No. 33.
② 文中《荒原》引诗,均引自赵萝蕤译本,选自袁可嘉等选编：《外国现代派作品选》第一册(上),上海：上海文艺出版社,1980年,第88—121页。

湿润有关；但接下来的诗句却对这一切构成了极大的反讽，"望着光亮的中心看时，是一片寂静。/荒凉而空虚是那大海。"这几句诗取自瓦格纳歌剧《特利斯坦和绮索尔德》。大海的荒凉和空虚，源于人的灵魂的荒凉和空虚。

接下来，引用赫胥黎小说中的女相士马丹梭梭屈里士来上演现代人凶险而多变的命运，她带来一套泰洛纸牌，纸牌的图像据说来源于生殖崇拜的一套古老征象，"患了重感冒，可仍然是欧罗巴知名的最有智慧的女人"；下面的"淹死了的腓尼基水手"出自莎士比亚的《暴风雨》，它喻示了一种"水里的死亡"——人类由于对命运的盲目和对欲望的沉溺而导致的死亡。"我看见成群的人，在绕着圈子走"，人们不能认识自己和命运，只能把侥幸的希望寄托在一张"天宫图"上。

接下来的一节是《荒原》最著名的段落之一，它以古老的伦敦城为"荒原"的中心，而这是一个"并无实体的城"，对这一句，艾略特在原注中建议读者参见波德莱尔描写巴黎的诗："这拥挤的城，充满了迷梦的城，/鬼魂在大白天也抓过路的人！"城市的虚幻性，透出的是人类的迷思和文明的病症，人们像在梦中或地狱中穿行一样，完全丧失了现实感。

"在冬日破晓时的黄雾下，/一群人鱼贯地流过伦敦桥，人数是那么多，/我没想到死亡毁坏了这许多人。"艾略特在原注中又请读者参见但丁《地狱》的第三节："这样长的/一队人，我没想到/死亡竟毁了这许多人。"这样，诗人通过引用但丁，把中世纪的地狱同现代社会建立起联系。接下来的"叹息，短促而稀少，吐了出来……"对现代大都市里人们的生存状态作了讽刺性描述，当教堂钟声敲响，"在那里我看见一个熟人，拦住他叫道：'斯代真！'"这里出现的人，又变成为一个出自古罗马人与迦太基人之战的幽灵，"你从前在迈里的船上是和我在一起的！/去年你种在你花园里的尸首，/它发芽了吗？"这里，诗人以非逻辑性的时空切换，写出一种古今相续的罪孽感，一种生与死的古老轮回。它显现了一种令人震惊的"挖掘"的深度。

最后一句"你！虚伪的读者！——我的同类——我的兄弟"，原为波德莱尔诗集《恶之花》序诗中的一句，艾略特借它来结束《荒原》的第一章。这与其说是对读者的拒斥，不如说是邀请读者一起来认识文明的堕落和人类自身的虚伪。

《荒原》就这样将不同的场景、典故、引语、独白、片断、对话组合在一起，构成了它"新颖"的形式和秩序。英国诗人、批评家 Ronald Tamplin 在《艾略特导读》中指出"艾略特发明了一种形式以模仿和开发现代世界破碎的不完整性质"，"它的叙述不像传统，而是像电影镜头的切换一样完成，读者对它的进展的觉悟至关重要"[①]。

美国著名新批评派批评家布鲁克斯（Cleanth Brooks）和华伦（Robert Penn Warren）在其合著的影响甚广的《理解诗歌》（*Understanding Poetry*，1950）中十分

---

① Ronald Tamplim, *A Preface to T. S. Eliot*,《艾略特导读》，英国文学名家导读丛书（影印本），北京：北京大学出版社，2005 年，第 148 页。

赞赏诗人在《荒原》中所创造的这种在引用、拼贴、对照和出人意表的转换中不断产生诗歌含义的结构和叙述方式,认为读者能"从表面凑合起来的材料得到一种启示感","其效果是给人以经验的统一感,各时代的统一感;与此同时,还会感到总的主题是从诗里逐渐产生出来,它不是强加的,而是逐渐呈现的"[①]。

英国批评家 M. 贝尔吉翁也这样指出:人生的本来状态是错综纷杂的,但以艾略特为代表的"新诗歌"却能通过不同经验的并置,"在多种印象的纷乱错杂之间作有效果的联想","在我们内心建立一个更进一步的新秩序,使得我们可以在一首诗促使'人生共同的琴弦'发出音响来的时候……捕捉迄今为止从未梦想到的'遥远而微弱的和声'。"[②]

艾略特在《荒原》中所开创的这种"现代主义"式的诗歌方法对西方现代诗歌产生了广泛的影响。墨西哥诗人、诺贝尔文学奖获得者帕斯(Octavio Paz,1914—1998)在一次访谈中这样说:"《荒原》要复杂得多。它被说成是一幅拼贴画,但我倒认为它是拆卸零件的一个汇总。一台通过一部分与另一部分之间以及各个部分与读者之间的旋转与摩擦而发射诗歌含义的奇妙的语言机器。坦率地讲,我喜欢《荒原》胜过我自己的《太阳石》。"[③]

三、"雷声究竟说了些什么":关于《荒原》的主题

《荒原》十分阴郁、暧昧、复杂,仿佛是但丁《地狱》篇的现代版。只有在诗的最后一章"雷霆的话"里,有一点希望的迹象:"刷地来了一柱闪电。然后是一阵湿风/带来了雨",大雨将临这片干涸的、只有岩石的荒原,而雷霆却说着一般西方读者所不懂的梵文:"datta,dayadhavam,damyatta",全诗以这三个梵文词结束:它引自《吠陀经》,意思是"舍予,慈悲,克制"。

这个结尾不仅出人意外,也给读者带来了更多的困惑。雷霆的话包含了走出"荒原"的秘密,但人们并不能因此得出结论《荒原》是一首充满希望的诗。"雷霆的话"只能结合全诗来读解,而全诗到最后依然保有了它那暧昧复杂的性质。因此,"雷声究竟说了些什么"亦即《荒原》究竟表达了些什么,就成为《荒原》问世以来人们不断探讨、追索的重心所在。安·C·博根(Anne C. Bolgan)在 1973 年编选出版的《关于〈荒原〉的回顾性文选》就以"雷声究竟说了些什么"(*What the Thunder Really*

[①] 布鲁克斯、华伦:《T. S. 艾略特的〈荒原〉》,穆旦译,见《穆旦译文集》第 4 卷,北京:人民文学出版社,2005 年,第 406 页。

[②] M. 贝尔吉翁:《'新'诗歌》,其翔译,《外国诗》第 1 辑,北京:外国文学出版社,1983 年,第 333—334 页。

[③] 奥·帕斯:《批评的激情:奥·帕斯谈创作》,赵振江编译,昆明:云南人民出版社,1995 年,第 108 页。

Said)为其书名。①

《荒原》是"多声部"的,也是极其隐晦的,艾略特也一再声称他在写作时并没有什么明确的"意图","在写《荒原》时,我甚至不曾想过我是否了解自己在说什么"②,这就给这部作品带来了多种读解和"误读"的可能性,正如彼得·阿克罗伊德(Peter Ackroyd)在 1984 年出版的《艾略特传》中所说:"《荒原》为人们提供了一个可供建立自己理论的框架,正因为如此,对它才会产生个人自传说、对崩溃社会的描绘说、圣杯与精神再生的寓言说和佛教徒的冥想说等如此之多的解释。这样,《荒原》开创了一种新历程,在这个历程中艾略特既是受益者又是受害者。在哲学和宗教信仰匮乏的情况下,他的诗被赋予至理名言和道德准则的力量,其实这些诗本身很难说带有这种意思。"③

自《荒原》问世以来,除了把它和时代、社会、文化联系起来外,更多的批评家则从基督教传统和宗教信仰的角度来解读《荒原》,甚至把艾略特的诗看作是一个信仰的过程,一个皈依宗教、或由精神贫瘠和危机转向可能的再生和宁静的过程。英国基督教神学家、牛津大学教授麦格拉思(Alister E. McGrath)就把《荒原》第一章选入了他编选的《基督教文学经典选读》,在编选前言中还特意提到《荒原》原注中艾略特提到的奥古斯丁《忏悔录》第二章结束时的话:"我徘徊,我的上帝啊,在我年轻的时候,我走失了,离你是那么的遥远,我自己已变成了一片荒原。"④

威勒德·索普(Willard Thorp)在《二十世纪美国文学》中也认为艾略特一方面是写作形式的先锋,全面革新当代诗风的开拓者,另一方面又是一位善于掩饰内心宗教情感的"现代的但丁":"他的叛逆是一位基督教诗人的叛逆";"艾略特使他的荒原变成了整个西方现代文明(以伦敦为其中心),在这里宗教信仰消逝了,爱情也堕落为不孕的淫欲……在《雷霆的话》(第五章)中说出了三个词——给与、同情和控制——如果听信的话,它们很可能带来赐予生命的甘霖。《荒原》的宗教意味也许要比艾略特原意要写的、或者读者所知道的浓厚得多。"⑤

英国著名批评家瑞恰慈(I. A. Richards,1893—1979)在他的《托·斯·艾略特的诗歌》中,则避开了宗教术语,他作为诗人的同时代人,更注重从人类的生存状况和经验去解读《荒原》,他认为诗人在《荒原》中提供的不是任何说教和神秘的象

---

① Anne C. Bolgan, *What the Thunder Really Said: A Retrospective Essay on the Making of "The Waste Land"*, Mcgill-Queen's University Press, 1973.
② Donald A. Hall, *The Art of Poetry: T. S. Eliot: A Interview*, Paris Review, No. 21. spring-summer, 1959.
③ 彼特·阿克罗伊德:《艾略特传》,第 111 页。
④ 麦格拉思编:《基督教文学经典选读》,苏欲晓等译,北京:北京大学出版社,2004 年。
⑤ 威勒德·索普:《二十世纪美国文学》,濮阳翔、李成秀译,北京:北京师范大学出版社,1984 年,第 221—222 页。

第十五章　T. S. 艾略特的《荒原》："雷声究竟说了些什么"

征,而是"思想的音乐"(music of ideas),"思想置于诗中旨在读者对它们做出反应,而非供人思考或明白道理";"某些人无疑是由于《荒原》来源于一个神秘传说而受到蒙蔽,于是力求从象征意义上来读解全诗。但是《荒原》的象征并无神秘意味,而是寄寓着情感。换言之,它们代表的……是正常的人类经验。"但是同时,瑞恰慈又指出《荒原》中有一种内在的"拯救心灵的激情":"苦涩与悲凉都是艾略特先生诗歌的皮相表面。有些人则认为他只是把读者带进荒原后就不管了,认为他在新作里承认自己无能为力去释放使人康复的圣水。答案就是某些读者发现,比起别的作品,他的诗歌不仅使人更加清楚、更加充分地认识到他们的困境,而且通过这种认识所释放的活力又发现了拯救心灵的激情。"①

布鲁克斯和华伦在《理解诗歌》中,也提醒读者对《荒原》的暧昧性、多义性和不确定性给予更充分的留意,认为《荒原》中的一些象征都不是单义的,如水、岩石,等等:"这篇诗中每个象征如果只有一个确定意义,它会'清楚'一些;但它也就会粗浅些,忠实得差些",这种被人指责的"晦涩",恰恰表明了"诗人忠实于经验的复杂性"。因此,布鲁克斯和华伦赞赏诗人故意写得含糊:"本诗不是以令人复苏的降雨而告终。它的主旨在于使现代荒原的经验得以印证,因此把荒原保持到底。叙述人获知了古代的智慧,这件事并不能消除普遍的灾祸。不过,即使世俗化已经或可能摧毁现代文明,叙述人还有他自己的个人义务要履行。即使伦敦桥坍了,'是否我至少把我的园地整理好?'""再换一个说法:对诗人来说,基督教的术语已是一堆陈词滥调……而他的办法是一个使它们重新获得生命的过程。"②

英美新批评派对《荒原》的解读产生了广泛影响,但它们并不是"眺望大海的最后一道海岬"。20世纪后半期以来,不断有人试图从新的角度来读解、阐释《荒原》。比如有人从弗洛伊德精神分析学的角度解读《荒原》,认为它是一首关于适当与不适当的性欲的诗;有人则把对《荒原》的解读与对现代主义的反思联系在一起,詹姆斯·龙根巴赫在《现代诗歌》中着力揭示了以反浪漫派姿态走上诗坛的艾略特等诗人与浪漫主义诗歌传统的联系,认为现代主义欠了浪漫主义"巨大的债",因为"与现代诗歌相联系的一切特征——暴力、瓦解、晦涩——本身都是浪漫主义的现象"③;而随着由艾略特的遗孀瓦莱丽·艾略特编辑、庞德注释的《荒原》原稿复制本的出版(1971)和其他艾略特生平创作资料的发现,从诗人个人精神自传的角度来解读《荒原》也再次成为热门。

因此,"雷声究竟说了些什么",至今仍是众说纷纭,这恰好表明了《荒原》作为

---

① 艾·阿·瑞恰慈:《文学批评原理》,杨自伍译,南昌:百花洲文艺出版社,1992年,第267,270页。
② 布鲁克斯、华伦:《T. S. 艾略特的〈荒原〉》,见穆旦译,见《穆旦译文集》第4卷,第403,408页。
③ 詹姆斯·龙根巴赫:《现代诗歌》,迈克尔·莱文森编:《现代主义》,田智译,沈阳:辽宁教育出版社,2002年,第137,134页。

一部经典作品所具有的丰富性、复杂性和启示性。英国批评家皮特·琼斯（Peter Jones）这样说："毫无疑问，艾略特的杰作《荒原》可以有许多不同的读法，既可以当作一首追求的诗，也可当作一部社会记录，一次在微弱希望光照下对无望枯竭的生动召唤，一次对于心灵深处景象的探索，一种思想。"①

对《荒原》的解读，和大半个世纪以来艾略特批评史密切联系在一起。曾担任美国"艾略特研究学会"会长的 J. 布鲁克（Jewel Spears Brooker）在《艾略特研究：评论和书籍选目》中这样描述了艾略特批评史："从 20 年代到现在的艾略特批评史可以辩证地制图。第一代（20—50 年代）主要的批评家把艾略特确立为经典，视他为他那个时代最伟大的诗人；下一代的批评家（60—80 年代）中的许多人拒斥他并藐视他的艺术、他的文学理论、他的信仰和政治观念；在现在的批评家中，那些更年轻的、在哲学和文学上都受到很好训练的批评家，则带着很新鲜的评价和理解力回到艾略特。否定性的评论属于反对现代主义和新批评的思潮，但是对艾略特的抨击已远远超出了把他历史化的企图，评判他用的远不是他自己的标准。对艾略特和现代主义的抨击在 80 年代减弱，他作为现代文学正面的参照系回返，他赢得了作为 20 世纪最优秀的诗人的位置"。②

四、"以文学历史之舌说话"：《荒原》对神话和其他文本的引用

由于艾略特本人在《荒原》的第一条原注中满怀感激地提到了他从杰西·韦斯顿（Jessie L. Weston）女士的《从祭仪到罗曼司》（*From Ritual to Romance*）和弗雷泽（James Frazer）《金枝》（*The Golden Bough*）这两部人类学著作中受到的启发，《荒原》对神话的应用一直是《荒原》研究的一个重点。

威勒德·索普在《二十世纪美国文学》指出："《荒原》的几乎每一行诗都值得引用，而且不久确实被引用了。诗的广度和深度，就像它的新颖的结构一样，非同一般。主要的结构骨架是艾略特取自……《从祭仪到神话》中鱼王的神话……神话把四季循环，一年里的死亡和春天的再生等常规现象诗化了。艾略特使他的荒原变成了整个现代西方文明……"③

布鲁克斯和华伦在《理解诗歌》中则具体分析了艾略特在《荒原》中对神话的应用：一片干旱的土地被一个残废而不能生育的渔王统治着，除非渔王的病得到治

---

① 皮特·琼斯：《美国诗人 50 家》，汤潮译，成都：四川文艺出版社，1989 年，第 208 页。
② Jewel Spears Brooker, *Eliot Studies: A Review and a Select Booklist*，剑桥文学指南丛书，T. S. 艾略特卷，David Moody 编，上海：上海外语教育出版社，2000 年。
③ 威勒德·索普：《二十世纪美国文学》，濮阳翔等译，北京：北京师范大学出版社，1984 年，第 221 页。

第十五章 T.S. 艾略特的《荒原》："雷声究竟说了些什么"

愈，这片土地便只有受到诅咒。唯有一个骑士能够使他死而复生，使他的家园恢复丰饶，但这位骑士必须经受种种考验，他必须前往"风险教堂"，那里好像有一群恶魔在呼号。而且，当他到达那里，他必须获取关于圣杯的答案才能解救他。

杰西·韦斯顿女士认为渔王原来是植物神，在岁末时人们哀悼他的死亡，在春天到来时则庆祝其复活，以后这传说被基督教转化为圣杯的故事。艾略特在《荒原》中就套用了干旱土地上渔王的古老传说和寻求圣杯的"神话结构"，以把现代人的生活纳入到古老神话的视野下来观照。布鲁克斯和华伦认为神话的应用为《荒原》提供了一整套象征性语言，"荒原的象征回荡在全诗的许多事件里"，这为全诗设置了意义的构架，"否则，我们将看到的只是一堆零乱的碎片"。①

美籍华人学者叶维廉在《〈荒原〉与神话的应用》一文中，认为艾略特的用意是借助于这个古老的神话构架，让现代经验有秩序地展露出来："渔王"被一支矛伤害而变得性无能，他的国土要等到他治愈后始可回复肥沃，而他的治愈又有待于一个追寻圣杯的武士（追索者）的出现。追寻圣杯必经历艰苦的考验⋯⋯他认为只有把诗的各部分放在这个结构中才能得到很好的理解。②

《荒原》对神话的应用显示了艾略特富有历史感的文学意识，在《尤利西斯：秩序与神话》一文中，他高度评价了乔伊斯在《尤利西斯》中对荷马史诗《奥德修》的"平行利用"，认为乔伊斯这样做"具有巨大的重要性。它具有相同于一项科学发现的重要意义"。他还指出这种平行结构，"它只是一种控制的方式，一种构造秩序的方式，一种赋予庞大、无效、混乱的景象，即当代历史，以形状和意义的方式"。③

而艾略特自己，在《荒原》中做着与乔伊斯完全同样的尝试。

除了套用神话传说的结构外，《荒原》中至少引用或改动性地引用了三十五位不同作家和诗人的作品及《圣经》和流行歌曲，插入了六种外文，包括梵文，这使《荒原》看上去就像是用大量引文构成蒙太奇组合。在这部作品中，处处或隐或显地包含着对文学史和过去时代文本的回应。德国著名思想家本雅明（Walter Benjamin, 1892—1940）曾宣称他"最大的野心"是"用摘引构成一部伟大的书"④，在他之前，艾略特就已这样做了。

这使艾略特在人们心目中成为一个广征博引、用引语写作的诗人。《荒原》问世后，对它的争论也集中在这一点，反感者讥之为"掉书袋"、"卖弄"、"学究气"，更多的批评家则发现了艾略特的用心：引用过去时代的文本，作为对现实的对照。

---

① 布鲁克斯、华伦：《T.S. 艾略特的〈荒原〉》，见《穆旦译文集》第4卷，第396页。
② 叶维廉：《〈荒原〉与神话的应用》，见陈映真主编：《诺贝尔文学奖全集》第24卷，台北：台湾远景出版公司，1983年。
③ 艾略特：《尤利西斯：秩序与神话》，见王恩衷译：《艾略特诗学论文集》，北京：国际文化出版公司，1989年，第285页。
④ 本雅明：《发达资本主义时代的抒情诗人·译序》，张旭东译，北京：三联书店，1989年，第3页。

瑞恰慈在他的《T.S.艾略特的诗歌》中,也从艺术表现的角度肯定了这种"引语写作":"艾略特先生笔下的典故是追求凝练的一个技巧手法。《荒原》在内容上相当于一首史诗。倘若不用这个手法,就需要12卷的篇幅。"①

彼特·阿克罗伊德在《艾略特传》中认为乔伊斯的《尤利西斯》包容了从荷马以来的整个欧洲的文学传统,艾略特也具有这种语言的历史意识和整合能力,《荒原》是"运用戏剧性的非个人化方式引喻文体自由地发挥自己创造天才的结果"。他还更深入地指出:"艾略特通过再现其他人的声音才找到了自己的声音,似乎他只有通过阅读文学作品,并对之产生反应才能牢靠地把握'现实'"。《荒原》的主题与意象既是他自己的,又不是他自己的,它们在他引用的与记忆的东西之间连续不断地震颤……这既可以说明他诗歌中的那种奇特的共鸣效果,也可以解释他的诗歌何以没有特别强调什么。这样,如果一位读者要使这首诗产生某种意义,他就不得不加入自己的声音。"②

艾略特的写作是一种博学的写作,也是一种富有历史感的写作,从中透出了一种高度自觉的文学意识。作为诗人和艾略特的朋友,艾肯在《抑郁的解释》中早就很透彻地指出:"他本人,超过任何其他诗人,更清醒警觉他诗性的根源……最终,在《荒原》里,艾略特先生对文学历史性的触觉达到如此超乎寻常的程度,几乎足以构成这首巨作的动机。好像和庞德先生的《诗章》一样,他企图构架一个'文学的文学'——诗歌文本,不能再被生活本身驱动,而更应被诗歌文本驱动;似乎他已经得出结论,20世纪的诗人的特征不可避免地,或理想化地,应是一种非常复杂的和丰富的文学自觉性,能够只会、或出色地,以文学历史之舌说话。"③

"以文学历史之舌说话",艾肯一语道出了《荒原》的写作的实质。

五、"等候着雨":《荒原》在中国

在中国,第一个大力介绍艾略特诗与诗论的人,是叶公超(1904—1981)。他对艾略特的鼓吹,不仅在当时中国新诗界促成了一轮"《荒原》冲击波"(孙玉石语),现在看来,他对艾略特的评论仍具有相当的敏锐性和深刻性。叶公超早年曾留学美英,并在英国时与艾略特本人相识,曾出版英文诗集,为新月派主要批评家。30年代他在清华任教期间写出《爱略特的诗》,刊于1934年4月出版的《清华学报》第9卷第2期,《再论爱略特的诗》,刊于1937年4月5日《北平晨报·文艺》第13期,后来又作为中国第一个《荒原》译本(赵萝蕤译,上海新诗社1937年初版)的序言。

---

① 艾·阿·瑞恰慈:《文学批评原理》,第267页。
② 彼特·阿克罗伊德:《艾略特传》,第108—111页。
③ Conrad Aiken, An Anatomy of Melancholy, *New Republic*, 1923, No. 33.

第十五章　T.S. 艾略特的《荒原》："雷声究竟说了些什么"

《爱略特的诗》主要结合两位英国评论家对艾略特的研究,对艾略特这位"现代的形而上学派诗人"和他的《荒原》进行评述。他主要评介的是马克格里非(Tomas McGreevy)的《T. S. 艾略特研究》(*Thomas Stearns Eliot：A study*, London: Chatto & Windus, 1931),全书共 71 页,叶公超认为"其实扼要的话有五六页就很够他说的了",他从中找出了"书的精华":"《荒原》是他成熟的伟作,这时他已彻底地看穿了自己,同时也领悟到人类的痛苦,简单地说,他已得着相当的题目了,这题目就是'死'与'复活'。"这是叶公超用自己的语言对一位英国评论家的转述,但也是他自己对《荒原》的认识。在下文中他认为"等候着雨"就是《荒原》的最 serious (严肃)的主题,并认为和艾略特的其他早期诗作一样,诗的背后"乃是一个受着现代社会的酷刑的、清醒的、虔诚的自白者"。

"在技术方面",叶公超称《荒原》为"诗中最伟大的实验",因为它"是综合以前所有的形式和方法而成的"。他不满于马克格里非过于从宗教信仰的角度来阐释《荒原》,"有太过于为天主教的上帝争功的嫌疑",因此而"抹煞了爱略特在诗的技术上的地位"。值得注意的是,叶公超并没有就技术谈技术,而是以一种历史的眼光,把艾略特的诗艺放在一个更大的文明背景下来考察:"爱略特的诗所以令人注意者,不在他的宗教信仰,而在他有进一步的深刻表现法,有扩大错综的意识,有为整个人类文明前途设想的情绪";"爱略特的方法,上面已提到,是要造成一种扩大错综的知觉,要表现整个文明的心灵,要理解过去的存在性……""他的重要正在他不屑拟摹一家或一时期的作风,而是要造成一个古今错综的意识。"

"要表现整个文明的心灵",叶公超深刻把握了艾略特诗艺的性质,他还进一步引用了艾略特自己文选(*Selected Essays*, 1917—1932)中的话来说明这一点:"在《选集》二七五页,他自己说:'大概我们文明里的诗人,尤其是现阶段中的诗人,必然是不容易了解的。我们的文明包括极端的参差与复杂的成分,这些参差与复杂的现象戏弄着一个精敏的知觉,自然会产生差异的与复杂的结果。以后的诗人必要一天比一天的包括广大,必要更多用引喻的方法,必要更加间接,为的是要强迫文字,甚至使它脱榫,去就他的意思。'"他认为艾略特诗的"晦涩"与"技术上的贡献"就完全出于这种创作意识。

在《再论爱略特的诗》一文中,叶公超认为艾略特"他的诗和他的诗的理论却已造成一种新传统的基础"。在该文中,他对艾略特的诗艺,比如"古今的知觉和情绪溶混为一"、"置观念于意向(象)中"(the presence of the idea in the image)、文字的隐喻性(metaphorical)和张力(intensified)等等做了进一步的分析,他尤其赞赏艾略特的"运用比较的艺术","就是用两种性质极端相反的东西或印象来对较……这种对较的功用是要产生一种惊奇的反应,打破我们习惯上的知觉,使我们从惊奇而转移到新的觉悟上。"

最引人注意的,是叶公超认为"爱略特之主张用事和用旧句和中国宋人夺胎换骨之说颇有相似之点",为此他特意译出了艾略特在《菲力普·马生格》("Philip Massinger")一文中的一段话:"未成熟的诗人摹仿;成熟的诗人剽窃;手低的诗人遮盖他所抄袭的,真正高明的诗人用人家的东西来改造成更好的东西,或至少不同的东西……"并这样说:"这几句话假使译成诗话式的文言很可以冒充北宋人的论调"。

叶公超对艾略特及《荒原》的大力鼓吹影响了当时许多的中国年轻诗人和学者,在中国新诗坛上引起了第一次"艾略特热"。在叶公超的推动下,《诗与批评》1934 年连载了宏告译的英国批评家、诗人瑞恰慈的《哀略特底诗》,叶公超还亲自指导曹葆华、卞之琳等人相继译出了艾略特《传统与个人才能》等重要文论。

《荒原》的第一个中译者是女诗人、学者赵萝蕤,她应戴望舒之邀开始翻译,于 1937 年出版了《荒原》中译本,并把叶公超的《再论爱略特的诗》作为其序言。后来她在回忆文章中曾这样说到:"我翻译《荒原》曾有一种类似的盼望:我们生活在一个不平常的大时代里,这其中的喜怒哀乐,失望与盼望,悲观与信仰,能有谁将活的语言来一泄数百年来我们这民族的灵魂里至痛至深的创伤与不变不屈的信心。"① 她的话,道出了《荒原》在中国之所以产生影响的内在原因。

《荒原》的中译本,除了赵萝蕤译本外,后来尚有查良铮(穆旦)、叶维廉、裘小龙、汤永宽、赵毅衡、张子清等人的译本。

【关键词】

历史意识/历史感　非个性化　客观对应物　思想知觉化　反讽　悖论

【推荐阅读书目】

1. David Moody 编:《特·斯·艾略特》,剑桥文学指南丛书,上海:上海外语教育出版社,2000 年。
2. Ronald Tamplin: *A Preface to T. S. Eliot*,《艾略特导读》,英国文学名家导读丛书,影印本,北京:北京大学出版社,2005 年。
3. M. L. Rosenthal 著《现代诗歌评介》,英美文学文库,北京:外语教学与研究出版社,2004 年。
4. 郑敏:《从〈荒原〉看艾略特的诗艺》,郑敏著《诗歌与哲学是近邻:结构—解构诗论》,北京:北京大学出版社,1999 年。
5. 《艾略特诗学论文集》,王恩衷编,北京:国际文化出版公司,1989 年。

---

① 赵萝蕤:《〈荒原〉浅说》,《国外文学》1986 年第 4 期。

【参考文献】

1. 《解读〈荒原〉：现代主义与阐释的限制》
   Jewel Spears Brooker and Joseph Bentley: *Reading "The Waste Land": Modernism and the Limits of Interpretation*, Amherst: University of Massachusetts press, 1990.
2. 《不同声音中的〈荒原〉》
   A. D. Moody (ed.): *"The Waste Land" in Different Voices*. London, Edward Arnold, 1974.
3. 《艾略特〈荒原〉批评文集》
   Lois A. Cuddy and David Hirsch (ed.): *Critical Essays on T. S. Eliot's "The Waste Land."* Boston: G. K. Hall, 1991.
4. 《诗歌的艺术：T. S. 艾略特访谈》
   Donald A. Hall: "*The Art of Poetry: T. S. Eliot: An Interview.*" Paris Review NO. 21 (Spring Summer 1959).
5. 《〈荒原〉：破碎的完整性》
   Thormahlen Marianne: *"The Waste Land": A Fragmentary Wholeness.* Lund: C. W. K. Gleerup, 1978.
6. 《雷声究竟说了些什么：关于〈荒原〉的回顾性文选》
   Anne C. Bolgan, *What the Thunder Really Said: A Retrospective Eassy on the Making of "The Waste Land"*. Montreal: McGill Queen's University Press, 1973.
7. 彼特·阿克罗伊德：《艾略特传》，刘长缨 张筱强译，国际文化出版公司，1989年。
8. 《T. S. 艾略特的艺术》
   Helen Gardner, *The Art of T. S. Eliot.* New York: Dutton, 1959.

【网络资源】

http://www.english.uiuc.edu/maps/poets/a_f/eliot/eliot.htm

http://www.whatthethundersaid.org/

【作品推荐译本】

《荒原》，赵萝蕤译，见袁可嘉等选编：《外国现代派作品选》第一册（上），上海：上海文艺出版社，1980年。

第十六章 卡夫卡的《审判》：存在与现实

弗兰茨·卡夫卡(Franz Kafka, 1873—1924)是 20 世纪文学史上影响最大的作家之一，他那真实与梦幻交织在一起、荒诞悖理、抽象隐晦、没有前因后果令人莫名其所以然的作品打动着世界上无数读者，让许许多多读者在内心深处隐隐约约感受到、让他们惊奇地发现，原来世界的真实就是这样。然而他的写作环境是什么样的呢？出生于当时属于奥匈帝国的布拉格，父亲靠自己的劳力逐渐成为中上富裕的商人，行事专断，希望儿子继承父业，而儿子性格敏感，爱好文学。出身犹太家庭，受德语教育，用德文写作，生活在捷克环境中，卡夫卡在多种文化背景中成长，欠缺归属感。他在大学攻读德国文学和艺术史，后来服从父亲的意愿，改读法律。1906 年卡夫卡获得法学博士学位，1908 年起在工伤事故保险公司任职，直至 1920 年因肺病需要休养而退职，1924 年病故。卡夫卡一生居住于布拉格，离开的时间都很短暂，生活没有大的起伏，而内心世界广阔而复杂，需要表达，他觉得文学就是他的生命，甚至于他本人就是文学，他靠着写作维持生命的需求，但是他只能利用业余和夜晚的时间写作，经常睡眠不足。短暂的生命中短暂的可利用的写作时间里，卡夫卡写出了惊世之作。在他生前发表的作品只有为数不多的短篇小说，其他的短篇和三个长篇小说以及格言，在他去世后由好友布洛德整理出版。现在通行的校勘本在布洛德整理的基础上由各国学者通力合作，在卡夫卡去世半个多世纪后陆续出版。主要作品为长篇小说：《审判》（又译《诉讼》写于 1914/15 年，1925 年出版）,《城堡》（写于 1922 年，1926 年出版）,《失踪的人》（另名：《美国》，写于 1912/1914 年，1927 年出版），中、短篇小说《判决》、《变形记》、《在流放地》、《乡村医生》、《一份致某科学院的报告》、《饥饿艺术家》、《中国长城建造时》、《地洞》、《乡村婚礼筹备》、《致父亲的信》，以及《日记》和书信集。

一

卡夫卡是 20 世纪世界文学史上举足轻重的一位作家，然而他的作品的接受过程并不总是顺利和正面的。肯定或否定以及接受过程中采取的角度和方法每每受制于各个国家和地区在特定时代的政治状况、社会发展、文化取向、思想潮流。接受过程反过来又反映出特定时代特定社会的接受能力、意识形态、思维方式。卡夫卡生前只在少数行家当中享有声誉,在第一次世界大战之后知名度有所提高。而开始研究卡夫卡的气候是在两次世界大战之间形成的。第一次世界大战之后的欧洲,精神物质两乏,特别是前者更为明显。神的死亡带给人的后果是精神的空虚和混乱,在这种背景下,卡夫卡的同时代人在他的作品中便自然地读出了寻求精神家园的寓意,宗教意义上的阐释应运而生,认为他作品中的人物追求的是最终的家园、神的恩赐。1933年纳粹当权之后,欧洲卡夫卡研究逐渐停顿,当奥地利也纳粹化之后,卡夫卡的作品便在所有纳粹统治地区被禁止了。这时,随着德国知识分子,特别是犹太知识分子大批流亡海外,卡夫卡的作品也被介绍到海外。英美法的读者开始认识到这位作家的重要性,掀起了研究的热潮。因着纳粹的镇压和战争的残酷,被迫颠簸逃亡、流离失所的人,这时在卡夫卡的小说中读出了恐惧感、危机感,读出了自己的命运,因而自然而然地赋予卡夫卡的作品以现实意义。第二次世界大战成为欧美卡夫卡热的共同历史背景。自此之后,世界各国的卡夫卡研究者花了极大的精力寻找卡夫卡作品的意义,他们的成绩十分可观。许多专家都是饱学之士,拥有扎实丰富的哲学、神学、心理学、社会学、语言学、文学理论研究方法以及政治、历史的知识,以这些知识为背景研究卡夫卡的作品,以各自的理论和意识形态联系作品内容而对作品做出解释,成一家之言。研究上有总体和单篇作品的阐释和评论,也有比较研究、影响研究,如卡夫卡与克莱斯特、与尼采、与狄更斯、与克尔凯郭尔、与黑格尔等,或卡夫卡对后来作家的影响;也有就某一现象、某一主题横向研究作品的,譬如异化、权力、犹太教、妇女、孤独、疾病、动物、幽默、讽刺、写作等等。许多研究从世界观和内容入手,寻找作品中象征、比喻所代表的事物和意义,找出作品中符合自己的观点和理论的部分,都颇能言之成理。卡夫卡的作品本身包含着极多空白位置,因而提供了多种解释的可能性。[①]

围绕着卡夫卡作品有众多不同的见解:有人奉他为荒诞派文学的始祖,有人予他以现实主义作家的桂冠,有人批评他是虚无主义者,有人尊他为圣人先知;有人认为他表达了存在主义的思想,有人认为他做了社会批判的工作;有人考证出他所描写的多为有根有据的人、事、物、地,有人则认为他叙述的完全是梦幻,并且是噩梦;有人认为他有预言的天才,他所描写的,在后来真实的历史上一一重现,有人则认为他的作品完全超出时空,没有历史和社会的定位点;有人指责他未见到生活中的细枝末节,有人则认为他的作品直指人类生存的基态;有人从他作品中探索出许多意义,但也有人提出可解与不可解的质疑。世界上有不少国家曾经禁止他的

---

① 见谢莹莹:《卡夫卡作品在世界各地的接受》,《外国文学》1996年第1期,第48—49页。

作品出版,然而他的作品仍以各种语言在世界各地出现,至今不衰。在所有关于作品内容上、意义上的争执背后,有一点是为读者和研究者、评论者公认的,那就是作品的高超的艺术性和美学上的震撼力。①

二

《审判》出版 80 年来的批评史多彩多姿。总结起来,可有以下几个线索,不过,批评的视角并非总是单一,不少批评者结合几个视角探讨作品。

(一) 宗教批评角度

最早的关于《审判》批评出自神学的批评角度。始作俑者是卡夫卡的至交布洛德(Max Brod,1884—1968),他有关卡夫卡的许多文章以及他的卡夫卡传(*Franz Kafka. Eine Biographie.* Prag 1937) 和卡夫卡专著(*Verzweiflung und Erloesung im Werk Franz Kafkas*, Baslei, 1974)神化了卡夫卡和他的作品,卡夫卡在他笔下成为一位神学家和哲学家。他无视卡夫卡对宗教的模棱两可倾向,将正面的宗教观强加给卡夫卡,在布洛德眼里卡夫卡简直就是现代圣徒,是位指路者,他所指的道路通向人间的犹太国,他把卡夫卡的小说当作某种宗教寓言。布洛德看出《审判》中的 K 对不知踪影何在的法庭做着无谓且无望的斗争,不过他把法庭当成崇高尊严不可反抗的统治者。1927 年《美国》(即《失踪的人》)出版时,布洛德在后记中写道,这部小说与《审判》和《城堡》显然有密切的关系,它们是卡夫卡遗留下来的孤独三部曲……三部长篇小说的主要内容都是有关个体如何纳入人类社会秩序的问题,又因为所要讨论的是最高的正义问题,所以也是个体如何纳入天国秩序的问题。在《城堡》第一版的后记中他写道,《城堡》和《审判》关系密切,不但两部小说的主人公的名字都叫 K,更重要的是《审判》里的主人公被不可见的最高法庭追捕,他们让他上法庭,他想逃脱审判,而《城堡》的主人公则被同一主管当局所拒绝。《城堡》里的城堡和《审判》里的法庭代表神的两种表现形式,在犹太教的意义上,城堡代表神的恩赐,法庭代表神的审判,神的手一直控制着人的命运。布洛德的观点虽然有断章取义之嫌,但是由于他是卡夫卡的挚友,又管理着卡夫卡的遗著,人们觉得他对卡夫卡的作品肯定有深入的理解,当时很少人敢于怀疑他的观点。所以,神学观的批评长期盛行,只不过观点与布洛德不尽相同。

值得一提的是 20 世纪 20 年代另一位评论家威利·哈斯(Willi Haas),他虽然也同样从神学观出发批评卡夫卡的作品,但他对布洛德肯定性的宗教观提出质疑,认为卡夫卡是一位宗教怀疑论者。在他的作品中,即使神本身再不公义,人也不可

---

① 见谢莹莹:《Kafkaesque—卡夫卡的作品与现实》,《外国文学》1996 年第 1 期,第 41 页。

能是正确的。这一传统可以在但丁的《神曲》和旧约圣经中找到根源。小说表现了日常生活中事物的真实,不过其中带有形而上的维度,令人感到陌生怪异,人类社会的形成是个长期而恐怖的过程,小说描写的是这个过程最早的阶段的灾难,近乎史前阶段的灾难。《审判》代表形而上的惩罚性过程,《城堡》代表恩典,不过这恩典同样残忍,它同它的牺牲品玩着大欺小的游戏,宗教的母题应该追溯到古老的圣经前的观点。①

20世纪30年代,出生于维也纳的犹太宗教哲学家马丁·布伯尔(Martin Buber,1878—1965)在他的论文《两种信仰方式》中以卡夫卡的作品作为救世论的例子。1957年布伯尔在华盛顿心理治疗学院做题为《罪与负罪感》的报告,指出《审判》中不可见的法庭世界及其表现出来的杂乱无章其实是有序的,不能称之为混乱,因为混乱中隐藏着一个将要脱胎而出的新世界,虽然新生世界还没有能够被觉察到,不过法庭、被告、周围的人等等可以称为迷宫,这奇异荒诞的紊乱事实上指出,隐隐约约之间存在着一种秩序,只是它无迹可寻,在一种情况下,并且只有在这种情况下,才会出现,即约瑟夫·K按照被要求的那样坦白认罪。在小说中我们找不到能够引人走出迷宫的线索,这条线索只能在认罪之后出现,而小说中恰恰没有认罪一事。②

宗教性诠释很容易被运用到卡夫卡的作品中去,连卢卡契这样一位学问渊博的马克思主义文艺理论家在批判卡夫卡脱离现实时,也无可奈何地使用了宗教词汇,他认为卡夫卡的神,《审判》中最高一级的法官,《城堡》中真正的主管者,代表着卡夫卡寓言的超验性,所有事物都指向它,只有在它那儿,事物才具有意义,每一个人都相信它的存在和它的力量,但是没有人认识它,没人知道在何处可以找到接近它的道路,如果说,在这里神是存在的,那么这是宗教上无神论的神,是隐藏着的非神。③

如今宗教批评已经转为研究卡夫卡与犹太教的关系。

(二) 哲学批评角度

第二次世界大战之后,法国的存在主义盛行于世界各国,对卡夫卡作品的批评产生了很大的影响。卡夫卡的作品被用以证实存在主义的思想,海因茨·伊达(Heinz Ida)1957年的文章就表明:"只有用存在主义哲学的概念才有可能显明卡夫卡作品的意义"④。他指出卡夫卡作品和海德格尔哲学之间许多对应之处,并且认为二者都源于20世纪令人不安的经历。

阿尔贝·加缪(Albert Camus,1913—1960)非常著名的批评文章《卡夫卡作

---

① Willi Haas, Ueber Franz kafka in Gestalten. p. 208—228。参见 Peter Beicken, *Franz Kafka. Eine kritische Einführung in die Forschung*. Frankfurt am Main, 1974. p. 29.

②③ 参见叶廷芳编:《论卡夫卡》,北京:中国社会科学出版社,1988年,第617—618,618—619页。

④ *Text ＋Kritik*, Sonderband., *Franz Kafka*. Herausgeber Heinz Ludwig Arnold. VII/94. p. 35.

品中的希望与荒谬》用卡夫卡的《审判》来说明现代人身处的荒谬矛盾的境况，他开宗明义地说："卡夫卡的全部艺术在于使读者不得不一再读，它的结局和非结局，都容许有种种解释，这些解释含而不露……对于一个天真的读者，第一眼看到的就是令人不安的奇闻。这些奇闻涉及一些人物，他们颤栗而固执地琢磨一些无法讲清楚的问题。《审判》中，约瑟夫·K被控诉了，但他不知道为什么，他坚持为自己辩护，但也不知道为什么。后来他被审判了，但法庭很阴暗，他有点莫名其妙，也不知道是不是判刑了。他继续生活工作下去，很久以后才来了两个衣冠楚楚的人，他们极有礼貌地把他引到一个荒凉的郊外，将他处了死刑。约瑟夫·K死前只说了半句话'像一条狗'。"加缪认为对于一篇小说而言，如果它最明显的特征是自然性，那么它就谈不上象征了。自然性是个难以理解的范畴。奇特而悖谬的事是：主人公的遭遇越是不寻常，故事便显得越自然。这似乎就是卡夫卡的自然性。正是这样，才让我们准确感受到《审判》要说的是什么。人们说，这部小说模拟了人类的境遇。这没有错，不过事情远比这简单，同时也比这复杂。对卡夫卡来说，这小说有更加特殊、更加个人的意义。加缪把叙述者和作者混为一谈，认为在一定的程度上，卡夫卡在说话，而同时替我们忏悔了，他活着，同时他被判决了。卡夫卡自己在这个世界上经历了这部小说，每当他设法救治自己时，没有一次是令人惊讶的。对于这种惊讶的缺失他一定惊讶无比，就是这种矛盾让人看出荒诞艺术的倪端。天才把精神上的悲剧投射到具体的事物上，而他只能通过连续的悖谬来表达，悖谬发明的颜色能够重现空虚，能够予日常活动以力量，能够表达对无穷不朽的追求。加缪把K的活动看作西绪弗斯的徒劳的努力，虽然徒劳，但不乏希望，像西绪弗斯一样，完全不是英雄的K，无权而具有反叛性，他的胜利就是他的领悟。所有苦难都能够被克服，只要人们藐视它。约瑟夫·K最后像一条狗一样地死去，然而他到最终都一直保持着冷静与理智，没有放弃自我意识。他拒绝自杀，因而迫使他的刽子手成为杀人凶手，这样他就保持了他人性的尊严。《审判》的成就是圆满的。肉体胜利了。这里什么也不缺少，不缺少尽在不言中的反抗，也不缺少看得透、说不出的绝望，更不缺少不可思议的行为自由，小说中的人物一直到死都生活在这种自由中。"希望"一词并不可笑，相反，卡夫卡描写的状况越具悲剧性，希望便越强也越具有挑战性。克尔凯郭尔所说的话："人必须先扼杀尘世的希望，才能在真正的希望中得救"，我也可以翻译成：得先写了《审判》才能够开始写《城堡》。《审判》诊断病情，《城堡》开出药方。①

美国女作家欧茨（Joyce Czrol Oates，1938— ）对中国文化颇感兴趣，她以道

---

① Albert Camus, Die Hoffnung und Das Absurde im Werk von Franz Kafka. In: *Der Mythos von Sisyphos. Ein Versuch üeber das Absurde.* Hamburg, 1959. pp. 102—12.《卡夫卡作品中的希望与荒谬》（原为法文版，最初发表于1942年，后来收入《西绪弗斯的神话》）。

家的无和空的概念结合心理学考察卡夫卡的作品,认为卡夫卡知道丧失自我是通向深渊的唯一途径,而这个深渊,用东方的语言说就是"空",它不一定就是梦魇,而是未经区别的原始天堂境界。在那儿,善与恶还没有分裂为对立的力量。意识是从先前的无意识产生的,总有一天要回到无意识中去,当意识陷入睡眠状态,这个原始世界便得意洋洋地崛起。自我的活动,无论多么机智巧妙,多么飞扬跋扈,总是无法从记忆中抹去储存在一个原始的、未经区别的头脑中的知识。卡夫卡的全部作品表达了向灵魂转变的必要性。约瑟夫·K 在三十岁生日那天早晨被捕,一年之后遭处决。最初失败之后的每一次失败只不过用时间来加强层次感,而人的境况变得越来越糟。约瑟夫·K 始终没有认识到,他的裁决、他的宣判和行刑,都是他自己,除此之外,没有自我,没有约瑟夫·K。他无法发现他自己,因为他不愿就范,不愿丧失自己,由于拒绝做个像样的人去消灭自我,他死得像条狗。一个人绝对不能靠别人的努力获得拯救,因为拯救只能来自内心,它只能是一种心理上的经历。①

除了存在主义哲学,也有论者以康德的哲学阐释《审判》。德国克劳斯·叶济奥可夫斯基教授(Klaus Jeziorkowski,1935—)得出的结论是,小说中法庭和卧室不分,办公的地方和睡觉的地方不分,床的作用实际消解了理性的认知和知识体系,并且是康德的认知和知识体系。《审判》中的法和最高法庭是人无法到达的地方,可以猜测它代表康德哲学的中不可认识的"自在物"(Ding an sich)。各种官僚体制如办公室、法官、律师以及银行领域和住家领域等等可以看作现象世界,这些是用理性和推断解释得通的社会生活的结构,无法被认识的最高法庭是这些现象的根基,同"自在物"一样,它是引导行为的唯一道德原则,是审美体验的基础。根据康德的理论,理念的王国只有通过实践理性、通过道德行为和道德要求,在审美和目的性的判断中与人发生关系,而这样的道德关系等同于人一生中的全部道德义务。道德法则一方面不断要求人们去实践;另一方面,它又因为其严格性而难以接近,在实践理性的戒律下,生命在原则上是负有罪责的,人的一生无法达到道德法则要求的标准。理念世界和意识之间的关系,无上命令的道德实践准则凝聚成约瑟夫·K 的罪,一种无名的完全而无所不在的罪,它不能够具体化,那是一种完全而持续不断的压力,是约瑟夫·K 和任何人一样无法完成的义务。

康德的审美哲学也在《审判》中留下踪迹,比如法官的画像、画家的风景画、被告变得美丽等等。《审判》和《城堡》从这一角度看,可以说是卡夫卡的超验小说,它们反思人类认知上、行为上和判断上的条件,同时反思说话与书写的问题。②

---

① 乔伊斯·欧茨:《卡夫卡的天堂》,见叶廷芳编《论卡夫卡》,北京:中国社会科学出版社,1988 年,第 678—706 页。

② Klaus Jeziorkowski, 〉Bei dieser sinnlosigkeit des ganzen. Zu Franz Kafkas Roman *Der Process*〈. In: *Text ＋Kritik*, *Sonderband*. , *Franz Kafka*. Herausgeber Heinz Ludwig Arnold. VII/94. pp. 200—17.

(三) 社会学批评角度

瓦尔特·本雅明(Walter Benjamin,1982—1940)借用唯物主义的观点,认为卡夫卡塑造了异化的世界。法庭有法律,但是人们读不到它,对法无所知也受到判决。这种情况可以追溯到史前时期,那时人们不知不觉就犯了罪,毫无所知的人犯罪,虽然不幸,但是从法的角度看,犯罪是命数。对约瑟夫·K提出审判的法也是如此。本雅明指出父权与法的密切关系,父亲们是有权势的人物,他们是巨大的寄生虫,也是惩罚者,他们的统治让人无法逃脱,官僚统治的世界也是父权统治的世界,和法庭一样,父亲被罪所吸引。卡夫卡将史前世界的历史事件中最底下的一面揭示出来,因而揭露了现代社会扭曲的状态,揭露了当今人与人之间极端异化的现象。史前时期的暴力也可看作当今的暴力。史前时期罪责的形态让卡夫卡看到未来法庭的形象。小说拖延将要来到的判决,拖延是《审判》中被告的希望。本雅明认为分析卡夫卡的作品应当从作品中的图像世界着手,《审判》中对K的审判出现在后院或阁楼,在意想不到的地方,审判庭上的群众弯着腰顶着枕头的形象像是镜子,照出未来。本雅明还指出,卡夫卡作品有寓言(预言)性,准确的稀奇古怪的现象充斥在被描写的生活中,这是卡夫卡处处感受到的,对读者而言是尚未来到的延宕的信号和征兆,精确的描写的真实意义在于推迟延宕。卡夫卡描写的唯一对象存在着扭曲变形,他表达的中心问题是人类社会的生活和劳动问题。① 本雅明的观点直至今日仍然能够给后来的批评者许多启发。

汉娜·阿伦特(Hannah Arendt,1906—1975)在20世纪40年代从犹太教角度读《审判》及《城堡》,认为主人公的命运就是犹太民族的贱民命运。后来她将批评角度扩展到社会和政治层面,认为作品是对奥匈帝国官僚统治形式的批判,并认为卡夫卡是为自由和人权而战的斗士,他试图建构一个符合人类需要和人类尊严的世界,希望人自己决定自己的行动,受自己的法规统治,而不受从上面和从下面涌出的秘密力量统治。只要一个社会的统治者自封为神的代表,卡夫卡作品中呈现出的虚伪世界便会在这个现实社会中出现,神化恰恰揭露了社会的邪恶和扭曲。她认为卡夫卡通过揭露社会隐藏着的可怕结构来摧毁这样的世界。对照纳粹政权的残暴和恶劣行径,她认为卡夫卡有先见之明,预先分析了一个将要没落的世界的基本结构。②

第二次世界大战后,原先在德国本土被禁的卡夫卡的作品逐渐被转回德国,人

---

① 综述自 Walter Benjamin,〉Franz Kafka. Zur zehnten Wiederkehr seines Todestages〈,〉Franz kafka: Baim Bau der Chinesischen Mauer〈. In: *Benjamin ueber Kafka*. Herausgegeben von Hermann Schweppenhaeuser. Frankfurt/M: Suhrkamp, 1981. pp. 9—38, 39—46.

② Peter Beicken, *Franz Kafka. Eine kritische Einführung in die Forschung*. Frankfurt am Main, 1974. pp. 55—56, 215.

们惊讶地读到《审判》,认为其中描写的正是后来纳粹的极权统治机制以及人在这种统治下的可悲命运。1947年《呐喊》杂志刊出的一篇文章是个很好的例证:"弗兰茨·卡夫卡,一位1924年出生在布拉格英年早逝的犹太人,一位伟大的作家,在他的小说《审判》里,预言式地描写了我们时代人们所处的状态……个人在机构巨大威力前面的无助,对其神秘的过程的无知,明知其无力却只有顺服。这都是我们今天熟悉的"。①

阿多诺(Th. W. Adorno,1903—1969)在1942至1953之间写下的《关于卡夫卡的笔记》在1953年发表。他认为卡夫卡是启蒙传统中的一员,卡夫卡批判了晚期资本主义,将现实的反面复制出来,反而揭示出被损害了的社会的真面目。卡夫卡构思的人属于没有主体的范畴,在极端的异化中,失去一切的内在行为和灵魂的活力,主体的个体性被剥夺,任那不可知的可怕力量摆布,完全失去判别和坚守自我的能力。卡夫卡的预言成为事实,《审判》的恐怖和刑罚在现实中出现了,法官在阁楼办公,官员在旅馆居住,到处是逮捕,法庭等同暴力行为,主体性物化了,人性的和物性的界线模糊不清,连性在小说中也完全失去个体性,妇女物化成为达到目的的手段,一方面是性的对象,一方面是与官方交往的手段。卡夫卡的封闭式写作看起来似乎与历史扯不上关系,然而卡夫卡写作的环境是第一次世界大战期间的布拉格,那是世界大事的中心地带,事实上封闭原则是完全异化了的主体的原则。②

柏林自由大学教授威廉·埃姆利希(Wilhelm Emrich,1909—1998)初版于1958年的《弗兰茨·卡夫卡》是第一部全面评论卡夫卡作品的专著,主要的批评角度是社会学和哲学。他认为卡夫卡《审判》和其他作品描写的是人类所处的普遍状态。卡夫卡打破人类存在的秩序,自然和历史的具体世界似乎不存在。卡夫卡在小说中以庞大的法庭塑造的是不被人知的法,一切正常的、安全的生活方式和思想范畴在这官僚体系中显得苍白无力。小说中,一切隶属于法庭,表示人的整体生命的真实本身就是法庭。从被逮捕开始,约瑟夫·K的感性生命和意识或下意识就分开了,当一个人忽然感觉有必要审视自己的生命、为生命寻找合法性时,正常的生命秩序就会被打破,人的整体存在变得不可理解,法庭和它的官员们的作为正是约瑟夫·K身上这一过程的外在反映,法庭的不可理解,其根源在于约瑟夫·K自己。法庭的组织无所谓好和坏,它其实就是世界本身。约瑟夫·K被逮捕是无可避免而真实的,并非梦。被逮捕时常规秩序被打乱了,人开始思考生命和死亡。小说中,约瑟夫·K觉得这种思考是一种外来的干扰力量,一种客观的事件,而不是

---

① Michael Mueller, 〉So viele Meinungen! Ausdruck der Verzweiflung? Zur Kadka-Forschung〈. In: Text+Kritik. Sonderband. Franz Kafka. p. 33.

② Theodor W. Adorno, Aufzeichnungen zu kafka. In: *Prismen*. Frankfurt: Suhrkamp, 1976. pp. 302—42.

内在的反省。包容万物的精神世界在现代劳动世界中物化了，约瑟夫·K 最初也对它不以为然。然而只有寻回自己，才是救赎。①

捷克布拉格卡尔大学教授斯特姆斯克(Jiri Stromsik)认为，在集权国家生活过的人们，一定会把自身的经历和《审判》中约瑟夫·K 的经历联系起来。他们明白约瑟夫·K 虽然能够照常生活和工作，但他并无自由，任何时候他都有可能无需任何理由被逮捕关押起来，书中人物如房东、邻居以及 K 的叔叔对约瑟夫·K 被宣称逮捕并不感到奇怪，他们把它当成真实的事件看，那是某一天早晨可能发生在任何人身上的事件。约瑟夫·K 想为自己辩护，却不知道该针对什么事情去辩护。其他被告想尽各种办法贿赂，对有权人士卑躬屈膝，或者想通过女人减轻一些刑罚，这样的事情在现代集权国家是常事。这样的读者无法摆脱现实而在卡夫卡的小说中寻找"正确"的意义。小说中法庭等级森严及其庞大机构工作的无效率也可在现代集权国家中找到例子。官员的权力之大与官员人格和人性的丧失之间的悖谬、无实质并且抽象的权力却能够产生那么可怕而真实的后果。《审判》中神甫对约瑟夫·K 说："事情不必是真的，而是必要的"，这句话的实质以及小说中许多细节，没有亲身经历的人会忽略掉，或者认为是卡夫卡的梦幻，而有亲身经历的人会感觉到，描写的就是真实。卡夫卡并非预言天才，他能够写出他没有经历过的权力的任意性，那是因为，一切的乌托邦设计都旨在通过理性化、通过有意识地对社会整体存在的控制，消除个人的弱点和道德败坏，以保证社会全体的福祉，其人道的目的性和思想的清晰性具有很大的诱惑力，不过实施起来困难重重，人性中自然而不可预测的、变化无常的那一方面被压制在僵死的框架中，个体的主动性和积极性丧失殆尽，这样的统治，会产生噩梦般非真实的状况和舞台上的仪式化的状态。卡夫卡的噩梦变成为现实。卡夫卡作品中的"法"和现实集权统治的"法"都是人们无法得知而又逃脱不了的，它根据自己的法则统治着人，连人们的隐私生活也不放过。卡夫卡深入思考绝对化了的理性对人产生的影响和后果，并以此责问这种理性化。卡夫卡虚构的反世界与集权统治的现实之间，本质上结构相同。这并非卡夫卡有先见之明，而是卡夫卡从自己的生活的现实浓缩出一种普遍的悖谬，这种悖谬也是集权主义所固有的，那就是当理性主义与权力相结合又被完全地运用到与人有关的事物上时，最终会废止自己并给人类的生存带来严重的危害。②

华沙大学教授绍尔兰德(Karol Sauerland)认为卡夫卡描写了一种理想的权力机器，在这机器统治下，不但被逮捕者不知道自己为何被逮捕，逮捕他的官差也不知道。上级机构对下级的受贿不加干预，让他们既能够受益，又感觉到自己有权

---

① Wilhelm Emrich, *Franz Kafka*. Koenigstein/Ts: Athenaeum Verlag, 1981. pp. 259—97.

② Jiri Stromik, Kafkany-kafkaeske Situation in totalitaeren Alltag. In: Hans Dieter Zimmermann ed. Nach erneuter Lektuere: Franz Kafkas *Der Process*. Wuerzburg: Verlag Koenigshausen & Neumann, 1992. pp. 269—84.

力。被逮捕的人,不知到何处上诉,因为上级机构不知隐藏在何处,被审讯的人不知身犯何罪而无法辩护。理想权力机器不需有成文法,因此个体从不知自己可能触犯哪一条法令。审讯是秘密的,辩护人不准许在场,约瑟夫·K不屈服于这权力机器,他总想洗清自己的罪名,并且不知轻重地想公开讨论公开的腐败状况,因而他从一开始便是罪加一等,只是他自己不知道而已。被告想得到帮助只能找与法庭有关系的人,比如法庭差役的妻子和律师的女仆。个体最终被弄得身心疲惫,像律师家里的一条狗。人们无法看透理想的权力机器,约瑟夫·K在初审中,以为听众分为两派,到最后才突然看出,听众原来全是权力机器的官员。权力机器不承认个体的私人存在,法庭无所不在,连教堂里的神甫也隶属法庭。理想权力机器的许多特征是神才有的特征,正因为这样,才有不少学者当它是神。在理想权力机器面前,个体唯一能做的就是像信徒对神一样,谦卑、顺从、听命,明白任何抗争都是徒劳,然而抗争又是必定发生的,因为个体无可避免地会触犯法,为了生存,他们学会谦卑,也学会用诡计。①

法国哲学教授、文艺批评家、政治家罗杰·加洛蒂(Roger Garaudy, 1913—)1963年出版了《无边的现实主义》一书,此书包括《毕加索》、《圣·若恩·佩尔斯》和《卡夫卡》三篇论文。加洛蒂结合社会学和哲学观评论《审判》。他认为卡夫卡经历的世界是异化的世界,是冲突的世界,双重人的世界,也是人对这种双重性失去知觉的世界。构成卡夫卡内心世界的是沉没于这个异化世界的感觉,和唤醒昏睡者过一种真正生活的强烈愿望(375)。他作为人的任务是揭穿既定秩序的骗局,唤起每个人对一种活生生的法的愿望(376)。《审判》中约瑟夫·K是这些双重人的典型,他的社会职务使他在虚伪和异化的世界上有一定的权力,与此同时,他在真正的世界里接受了一个委托,他也有一定的权力。不过他真实生活内心里的原罪感从他被逮捕时控制了他的日常工作和生活,他找法官,为了证明自己无辜。从社会观点看,他是无可指责的,在一个被既定秩序所限定的世界里,他有足够的安全。然而有一天,他拷问起自己存在的合法性,这样他的生活就产生了裂缝,裂缝不断扩大,直到像一个深渊,逐渐使整个现实成了问题。他成为被告。法,既是政治和社会世界的内在法则,又是上帝秩序的宇宙,执行法的人,无论是法官还是神甫,都是一种权力或宗教的代理人,他们作为专横而迟钝的官僚,继续管理着已经毫无内容的神圣事物。在异化的无名游戏里,无论是做法官还是刽子手,都只是蹩脚演员。卡夫卡在描写人类社会和宗教的虚伪秩序时,企图重新发现被遗忘的和已经丧失的生活意义(380)。社会及其法律、宗教及其教义和仪式,只是已经冷却的灰

---

① Karol Sauerland, Die ideale Machtapparat und das Individuum. In: Hans Dieter Zimmermann ed., Nach erneuter Lektuere: Franz Kafkas *Der Process*. Wuerzburg: Verlag Koenigshausen & Neumann, 1992. pp. 235—50.

烬,必须在他们之外重新找到最初的火苗,恢复生动的完整性,使每个细节都因此重新获得意义和生命力。卡夫卡作品里被分割的、分散而孤独的、被降低到只是碎片、渣滓和死人的人使卡夫卡发出的每一声痛苦的叫喊,都和这种恢复生动的、母性的完整性抱负产生了共鸣。所以人们不会把《审判》的寓意理解为一种人的根本无能力,也不会理解为否定人的主动性及其努力的成效。《审判》中的法"你来,它就接受你,你去,它就让你走"被加洛蒂理解为人的主动性公式。卡夫卡用一个永远结束不了的世界,永远使我们处于悬念中的事件来对抗一种机械生活的异化。他既不模仿世界,也不想解释世界,而是力求以足够的丰富性来重新创造它,以摧毁它的缺陷,以满足我们为寻找一个失去的故乡而走出这个世界的要求(417)。《审判》中"法"的寓意可以转换成医学或精神病学的用语,转换成宗教或神秘主义的用语,然而这类解读的任何一种都不能表现作品的意义。加洛蒂认为,卡夫卡的作品属于揭示性的神话,它不从属于诠释,而是从属于幻觉和经验;把现实变成神话,变成未存在的密码,是超验性的实际感受,这不涉及对另一个世界的宗教式怀念,而是要赋予我们对它的无限性的敏锐意识,和一切真正的艺术家一样,卡夫卡是无限性的见证人,艺术里的真实是一种创造,即通过人的存在来改变日常现实的面貌。和同时代的立体派画家一样,他有意识地颠倒次序以揭示最平常的事物的内在诗意。①

(四) 马克思主义批评

乌克兰学者德·弗·扎东斯基(Д. В. Затонский,1922—)认为,整个文学史上还没有一个进步的传统是建立在悲观、软弱、绝望、公开承认自己不能认识世界也无力改变世界的基础上的。因此他无法设想卡夫卡成为一个生机勃勃的艺术传统的创始人。卡夫卡古怪而悲惨的命运乃是控诉现代资本主义社会、控诉现代资产阶级文化的证人的供词②。他指出《审判》里描述的法庭是一种实实在在的、客观存在的势力,是与人为敌的势力,是压迫人、奴役人的势力。他认为这种势力就是卡夫卡所看到的资产阶级世界③。约瑟夫·K 过着双重的生活,一方面他"只是人",一个受侦训、受迫害的人,而另一方面,他又是官僚的一分子,一个有秘书替他抵挡种种意外事故的大官僚。世界与约瑟夫·K 为敌,而他本人又是这世界的一部分,正是对世界的这种从属感,使他在自己眼中成为不干净的人,仿佛他成了犯罪的同谋,于是他有负罪感,这种感觉在他内心越来越强烈。表面上看来,被捕后的约瑟夫·K 照常工作和生活,但是某些重要的变化毕竟是产生了,他第一次认识

---

① 罗杰·加洛蒂:《卡夫卡》,见叶廷芳编:《论卡夫卡》,北京:中国社会科学出版社,1988年,第375—421页。
② 同上书,第84页。
③ 同上书,第436页。

到自己是人,他从内心观察自己。被捕前,他过着普通人的生活,执行所有公务的、社会的、家庭的职责,只看到自己外表的一面,他并不认识自己,不了解自己的孤独、怯懦,只有当他发生了事情,跳出没有个性的官僚们的行列时,他才变成人,变成被抛回到"自我"的、与自我单独在一起的人。现在他自由了,可怕地、完全无望地自由了,周围是一片黑暗和寂寞。人们劝他放弃自由,律师胡尔德说:"带枷锁往往比自由强",牧师说:"即使由于自己的职务而被拴在法的门前,也比生活在自由世界里有意义得多。"然而约瑟夫·K没有背叛自己,而是去反抗他从此认识到的现实的不公正。他说:"欺骗成了世界秩序的基础了。"他想同法庭的腐败斗争,在他消极的反抗里,含有不少悲剧的庄严。然而约瑟夫·K在寻找到自己的人格后,并没有去观察世界,他只是观察自己的内心,并且纯粹是通过自己去观察世界的。小说描写的世界是一个完全涂满主观色彩的世界,一个通过自己的痛苦、无望和罪恶去看的世界,因此它才如此朦胧模糊、变幻无常、充满象征幻想的色彩,而又见不到一线光明。有了负罪感的约瑟夫·K最后只能近乎自愿地让人杀戮。①

前东德文学研究者也一致认为《审判》描写的是资本主义社会的人们的状况,但卡夫卡没有指出解脱的道路。前捷克、波兰的研究者在困难的环境下也敢于指出,《审判》对于社会主义社会也有现实意义。

(五) 心理学批评

三四十年代对《审判》的心理学批评集中于卡夫卡与父亲的关系,认为那是卡夫卡与父亲的权威冲突的文学体现。又有将约瑟夫·K比作精神病患者,认为他患有妄想症,以为自己被跟踪而惶惶不可终日,是失去安全感的现代人的代表,小说描写的情境是他极端矛盾的内心的投影。后来最著名的心理学批评当属美国弗吉尼亚大学教授索克尔(Walter Herbert Sokel, 1917—   )的专著《法兰茨·卡夫卡——悲剧与反讽——论卡夫卡的艺术结构》(1964)。在这部书中索克尔全面论述了卡夫卡的作品。他认为卡夫卡主要作品中唯一真正难解的是《审判》,原因有二:法庭全然的模棱两可和主人公约瑟夫·K全然的矛盾心理。索克尔认为卡夫卡的作品和生活之间的差别不大,他通过书写将内心世界客观化。索克尔的论点是,卡夫卡将他的自我与父亲的关系扩大化普遍化,在作品中以各式各样的方式描写这个无权无力的自我与一些其大无比的力量之间的关系。他从三个层面描写约瑟夫·K的罪责:第一,他被惩罚,因为他与世间的事务纠缠不清,他叛逆,还因为他的自我异化;第二,他出卖了自己的叛逆,置自己不顾,终于死得像条狗;第三,K对周围的女孩子不好,对自己的生活不忠。索尔克十分详细地以心理学解释自己提出的论点,他认为卡夫卡作品中的主人公压制自己内心的真实,但真实却灾难性地爆发出来,谴责、判决并毁灭了

---

① 德·弗·扎东斯基:《卡夫卡真貌》,原载苏联《文学问题》1964年第5期。见叶廷芳编《论卡夫卡》,北京:中国社会科学出版社,1988年,第422—484页。

他。这是惩罚性幻想,这种幻想性的作品构成了卡夫卡创作成熟后各阶段的基础。《审判》是卡夫卡最长最雄心勃勃的惩罚性小说,被捕是中心情节和象征。主人公对童年的自我依恋由于受到压抑而被忘却,但是从来没有真正被克服,他由于一次灾难性的事件而被捕,被捕这件事是长期存在于他身上的不可见的状态的显现,尽管这种真实状态与他有意识的愿望相悖,但它还是冒出来了,以一种让人认不出的伪装显示自己。K 的处境显示了人作为自己头脑的囚犯,显示人处于不安定状态中。读者会以主人公的视角理解事情的发展,但那不是作品隐含的真实,在两者的矛盾中,包含着卡夫卡作品最根本的立足点、作品的结构基础和作品使人不安的力量的秘密。主人公隐约感觉到的潜意识的要求被他的意识层面压制着,他的动机是对自己隐瞒真实情况,他也对外界隐瞒,对读者隐瞒,约瑟夫·K 轻而易举地压制了任何使他不安的因素,很少有意识地去注意它,然而约瑟夫·K 的意志总是受挫,真实状况通过意识的受挫而显露出来。索克尔认为卡夫卡所有的作品都把真实和客观现实等同于家庭,在《审判》中,约瑟夫·K 对家庭的依恋也在他的惩罚中起了作用,他感到家庭的压力使他如此亡命地卷入审判的奇案。所有作品中的权威性代表的特征,都是从《判决》和《变形记》里的父亲派生出来的,正是父亲的形象,证明了主人公的意识不过是幻想。按照索克尔的说法,父子间的冲突在卡夫卡作品中占统治地位,德国表现主义盛行时也正是父子两代人之间的矛盾到了白热化的时候,索克尔把卡夫卡纳入表现主义的大框架中是很自然的事。[①]

(六) 传记批评

埃利亚斯·卡内蒂(Elias Canetti, 1905—1994)1969 年发表的文章《另一次审判——卡夫卡致菲丽斯的信》结合卡夫卡的生平解读《审判》。《审判》的写作背景是 1914 年 7 月 12 日卡夫卡与未婚妻菲丽斯·鲍威尔解除婚约的事件,这是他生命中一次巨大的危机。一个半月前,他们在柏林正式订婚,订婚时卡夫卡觉得自己像个被捆绑着的罪犯,他有罪恶感是因为他觉得自己对菲丽斯而言是个威胁,没法容忍他作为自己的人会觉得他没有生命力。觉得被捆绑是因为他觉得婚姻会给他的写作带来威胁。卡内蒂将卡夫卡的内心的危机直接转嫁到作品去,认为约瑟夫·K 就是卡夫卡本人。了解卡夫卡的生平,就能够看出一个无能为力的弱者,拼命想逃脱各种形式的权力的控制,卡内蒂认为这种顽强的精神和不懈的努力令人感动。他说,在所有的作家中,卡夫卡是对权力了解最透彻的专家,他经历并描写了权力的各种形态和权力的各个方面。他集中表现的主题之一就是凌辱,在《审判》一书中,凌辱来自上面某个机构,法庭一被发现就立刻缩回,隐入神秘之中对人进行凌辱,约瑟夫·K 无论如何努力也无法接近它,努力的脆弱,反映出一切挣扎

[①] 综述自索尔克:《弗兰茨·卡夫卡》,载《论卡夫卡》644—676 页。《反抗与惩罚——析卡夫卡的〈变形记〉》,载《论卡夫卡》238—254 页。及《弗兰茨·卡夫卡》,载《论卡夫卡》,第 644—676 页。

都毫无意义,被追索的每一个踪迹都显得模模糊糊,因为被控告的人一再设法寻找法庭,他才变得有罪。凌辱是存在于人与人关系中的基本主题,这主题也表现在小说的许多细节中。他对父亲的斗争从本质上讲是反对专制权力的斗争。在与权力对峙时,如果顽强性不起作用,那他就逃避。他通过缩小躯体逃避权力,这种销声匿迹的方法也表现在小说人物的名字上。在《审判》和《城堡》中,名字被简化成一个字母 K,在给菲丽斯的信中,签名越缩越小,最后完全消失。①

结合生平解读《审判》者全都认为,由于和菲丽斯解除了婚约,卡夫卡有负罪感,《审判》是卡夫卡的自我审判,法庭是自我设置的法庭,正因为法庭设于自我之中,所以它不容逃脱,审判是 K 思想上的自我审判。

(七)符号学批评

慕尼黑大学教授格哈德·诺伊曼(Gerhard Neuman,1934—)结合卡夫卡的生平与文学的关系研究作品,认为卡夫卡诗学的基本张力来自生活与文学的冲突。卡夫卡为文学而生活,文学在他那儿又与生活有不可逾越的鸿沟,卡夫卡一生不断为写作而斗争。他的目光一方面注视着作为文学的现代主体,这个主体否认生活,一方面注视着被功能性的世界准则支配着的主体。生命过程与写作过程结合在一起。《审判》中约瑟夫·K 在三十岁生日前被逮捕,生日和命名是赋予人身份的社会仪式,《审判》中社会仪式借着语言引发了规训的反仪式,也即审讯仪式。出生成为主人公生活于其中的世界的双重性的符号,主人公的出生是私人又是公开的事件。约瑟夫·K 最初把逮捕当着喜剧看,最后还问两个刽子手是哪个剧院的,可以看出强制性仪式与舞台仪式结合在一起了,一方面是强制性的法,一方面是自由的语言游戏。这构成这部小说的基本结构。语言的意义场在空间和时间中组成,法庭作为迷宫,寻找法作为过程,二者同《审判》可以说是一部符号学的小说,符号场展开在强制机器与自由创造和生成之间。有两种符号领域相互渗透和重叠,一是文字符号,比如法庭的法典,它同时是黄色读物。一是图像世界,比如照片、法官的画像、面相等等。有两种意义场,一是司法领域的,一是性领域的,二者最初看起来似乎对立,事实却是相互参透相互影响。小说从第一章开始就展开了一种意义建构和意义解构的游戏,到了大教堂那一章,符号学和阐释学的主题就明显交缠在一起,整部小说受制于这一主题。约瑟夫·K 为了给意大利客户当导游,必须学意大利语,而意大利人乡音太重,K 听不懂。语言和符号的习得以及文字与符号的难解在此体现得很清楚。②

(八)后结构主义批评

德勒兹(Gille Deleuze,1925—1995)和居塔里(Felix Guattari,1930—1992)早

---

① 参考 Elias Canetti, Der andere Prozess. *Kafkas Brief an Felice*. Muenchen, 1969.

② Gerhard Neumann, Der Zauber des Anfangs und das "Zögern vor der Geburt". In: Hans Dieter Zimmermann ed., *Nach erneuter Lektüre. Franz Kafkas Der Process*. Wuerzburg: Koenigshausen & Neumann, 1992. pp. 121—42.

在 1975 年就在他们合著的《卡夫卡——为弱小文学说话》中用欲望和性及法谈论到《审判》。他们认为:"法官和其他官僚并非父亲的替代品,相反,父亲是所有这些力量的浓缩,他自己臣服于他们,也要求儿子臣服。"(16)并非俄狄浦斯制造了精神病,而是精神病,也即那已经被压制下去的欲望,想与压制交流,而生产了俄狄浦斯。(16)"判决和判决的宣布造就了法,它借助于一种宣判的内在权力的力量。"(60),整个诉讼过程中贯穿着性和欲望的多种呼之欲出的可能性,使小说显示出情欲的力量。法本身就是一种欲望,压迫者和被压迫者都有欲望,执法者不找罪行,而是被罪行所吸引。(69)①

进入 20 世纪 80 年代,出现关于《审判》的后结构主义视角的批评。汉斯·希贝尔(Hans H. Hiebel,1941—)的《法的符号——弗兰茨·卡夫卡作品中的权与法》是一典型的例子。希贝尔结合拉康的心理分析观点、福柯的权力理论和德里达的延异观点详细分析《审判》。父权、象征世界、欲望、主体的分裂、规训与惩罚等等概念被运用到作品分析中。

希贝尔认为,正如福柯所说,恐惧是一切病的中心,所有心理病理上的保卫行为和退缩行为都和恐惧有关联。约瑟夫·K 的恐惧掀开了审判的序幕,幻想式出现的法庭是揭开恐惧、负罪感、软弱不安和空虚的机构,控告、定罪、辩护、判决都以直喻的方式出现。又如拉康的理论所认为的那样,名字在小说中具有重要意义,第一章审讯以叫约瑟夫·K 的名字开始,K 因被命名而被带进社会和家庭的象征秩序,进入他者言说的世界,进入判断的世界,因着命名,家庭结构中的位置也被指派给他了,他接受了以父之名说出的禁令,放弃对父亲的反抗,陷入罪恶感和悔恨感之中。审讯时法庭差役把 K 和房东太太分开,可以联系到象征性的阉割,即切断母子关系。逮捕意味着被带离开母亲,被别人说出名字来,意味着被审讯、被加以罪名。命名在教堂一章中也很明显,神甫叫约瑟夫·K 之名而引他就范,神甫代表父权。《审判》中没有出现父亲,而有叔叔,叔叔提起家族的荣誉,叔叔就是变相的父亲,他把 K 引到律师那儿,想让 K 摆脱无意识的干扰(H197)。又如同拉康所说,真正的主体,无意识主体只能通过父权,也就是他者显示。约瑟夫·K 分裂为意识主体和无意识主体,分裂为既被震惊又不震惊的人。人作为人,是欲望,欲望是人被引入语言秩序后产生的后果②,进入语言秩序意味着压抑、分离,俄狄浦斯情结,欲望于是产生,永不放弃。欲望和象征秩序同时存在,卡夫卡的人物总是努力追求禁止的东西,而被超我监管着的本我,是追求不到的。

法庭和欲望、法和性纠缠在一起,情欲和法紧密相连,当约瑟夫·K 对比希娜小姐有所动作时,兰兹上校敲打墙壁,上校是父亲权力的代表。法庭差役的妻子被

---

① Gille Deleuze and Felix Guattari, *Franz kafka. Pour une Litterature Mineure*, Paris, 1975.
② 拉康文集 II 154, H. 223。

法律学生背走送到法官那儿去,她的袜子也是法官送的,法官代表父辈,同时是K的情敌,欲望的能指同时也是父辈禁忌的能指。律师的女管家列妮引诱约瑟夫·K,她为具有父权的法庭捕捉被告,约瑟夫·K被引诱,那是人的欲望的表现。但是欲望同时就是禁忌。

约瑟夫·K辞退律师,自己写辩护书,从心理学上看,这表示他有意识地分析自己,他之所以会这么做,也是受了超我力量的强制。他构思辩护书时,在抵抗和顺服之间摇摆,此时他分裂为意识上做决定的主体和无意识的胡思乱想。意识层面上想推掉罪责,而无意识层面的不安和力量却在捣乱,所以他必须把一生中的一点一滴都写进辩护书。自我分裂逐渐移位,法庭,也就是无意识,逐渐浮到意识层面,K此时完全承认法庭的力量。K对无意识有许多经历,但是他把握不住它,只有一辈子延搁,这是不可逆转的延宕(differance)。延宕在小说中"法之门前"的故事里表现得很清楚。乡下人在门前等待,直到死亡来临,人的存在就是等待,等待戈多,只是延宕,就像山鲁佐德(Scheherazade)在推延死亡。门是为他而设的,即使他早些知道也没有用。守门人告诉乡下人的话"可能,但现在不行"就是延搁的公式。约瑟夫·K和乡下人都处于在延宕中,它延缓了死亡的即刻到来,但是生命之中驻扎着死亡,被告们看出K的唇上有死亡的阴影而恐惧万分。

法庭不仅仅是幻想式的,也有实际社会内涵。约瑟夫·K在初审中说的话充满自信,语义把文本引回社会象征的层面,K觉得自己处身于社区的政治集会,法庭此时变为国家和官僚机构,个人面对国家监控机构时势必成为被告。国家社会的直喻和内心现象的直喻经常是相同的。卡夫卡将被规训和被控制的社会的隐喻同无意识的自我压制连接在一起。在权力的金字塔中,主仆关系可以相对转换。经验世界和幻想世界在守卫被打那一幕里完全结合,显示世界既是现实的,也是超现实的,意识与无意识的分别已经不存在。

希贝尔认为卡夫卡描写的是一种统治模式,这种统治不在于直接的压迫,而以被统治的统治者、被监管的监管者为前提,K与另一被告布罗克的关系就是这样。第九章《在大教堂》里,K被银行受命陪同意大利客户参观本城名胜和大教堂,K心情和身体都不好,但不去又不行,他不出差就等于自己承认害怕。心理上和精神上病态的折射和社会机构的规训合为一体。K与银行副行长的对立源于社会地位的竞争,副主任是同类型的他者,他者是造成精神错乱的原因,竞争则是造成各种社会监管和控制运作的原因。想象和现实结合起来,审判回到经验界和社会界。

大教堂里点燃着永远之光,但很讽刺的是,教堂是整部小说里最为阴暗的地方,它象征终极之地、最后审判的法庭、死亡和解脱。神的目光就在这一切之上,他代表大写的他者,以神甫的身份出现,叫出K的名字,神甫的布道和他叙述的守门人的故事由宗教和文学母题组成的网构成。他也是超我的形象代表,从无意识显身出来,代表象征性的父亲,以父之命提出控诉,要求儿子忏悔,他说:"人家认为你有罪。"这时的 K 仍然一无所知,仍然处于分裂状态。最初的命名和最初的压抑结合在一起,这是进入象征世界、进入语言世界必要的压抑,也就是将未象征化的特征压抑掉。神甫叫约瑟夫·K,K 回答了,这表明约瑟夫·K 承认自己的名字,承认父亲的权威。儿子只能以反叛同时又背负着罪的忏悔来实现这个戒命。卡夫卡非常形象地描写了象征性父亲作为纯粹的能指所产生的效应。

最后一章,K 穿着黑色礼服等待刽子手到来,正式的审判此时开始,这是 K 在第一章里已经在无意识中意识到的。K 和两个刽子手同心同德共赴刑场,K 还用力将那两位向前拉,不过那两位也不松手。这表示内在力量和外在力量互相纠缠在一起,主体与客体已不可分。死亡实际上已经开始,K 已经疲惫,他的生存意志已经消失,现在死刑替代了法官和法庭。K 的死亡并非身体的死亡,而是他与内在和外在力量斗争的结果。法自我揭露为权。约瑟夫·K 对法庭的态度从最初的有意识的否认变为无意识的否认,从最初无意识的承认变为有意识的承认。K 的自我分裂一直持续到最后。

约瑟夫·K 和小说中的寓言"法之门前"里的乡下人一样,在诸多法规之后寻找法,守门人守护着它,就像守护着永远敞开然而进不去的乐园。这一悖论是卡夫卡作品的印记。①

【关键词】

卡夫卡风格　宗教批评　哲学批评　社会学批评　马克思主义批评　传记批评　符号学批评　后结构主义批评

【推荐阅读书目】

1. 叶廷芳编:《论卡夫卡》,北京:中国社会科学出版社,1988 年。
2. 《弗兰茨·卡夫卡》
   Wilhelm Emrich, *Franz Kafka*. Frankfurt am Main 1957.
3. 《弗兰茨·卡夫卡:形式和意义》
   Hans H. Hiebel, *Franz Kafka: Form und Bedeutung*. Wuerzburg, 1999.
4. 《重新阅读:弗兰茨·卡夫卡的〈审判〉》
   Hans Dieter Zimmermann ed. *Nach erneuter Lektüre: Franz Kafka "Der Process"*. Wuerzburg, 1992.

---

① 总结自 Hans H. Hiebel, *Die Zeichen des Gesetzes. Recht und Macht bei Franz Kafka*. München: Wilhelm Fink Verlag, 1989. pp. 180—213.

【参考文献】

1. 《另一次审判——卡夫卡致菲丽斯的信》
   Elias Canetti, *Der andere Prozess. Kafkas Briefe an Felice*. München 1977(5. Auflage).
2. 《在法的门前》
   Jacques Derrida, *Prejuges. Vor dem Gesetz*. Wien, 1992.
3. 《弗兰茨·卡夫卡长短篇小说的阐释》
   Michael Müller ed. *Interpretationen. Franz Kafka. Romane und Erzählungen*. Stuttgart, 1994.
4. 《艺术家弗兰茨·卡夫卡》
   Heinz Politzer, *Franz Kafka. Der Künstler*. Frankfurt/M, 1965.
5. 《卡夫卡：前往地狱的单行道》
   Elfie Poulain, Kafka. Einbahnstrasse zur Hölle. Stuttgart：Metzler Verlag, 2003.
6. 《通往理解卡夫卡的道路：作为现代诗史文献的〈审判〉》
   Urs Seiler, *Wege zum Verständnis von Franz Kafka. „Der Process" als Dokument moderner Epik*. Berlin, 1998.
7. 《意义的运动与转向：存在于卡夫卡长篇小说中的人类身体诗学》
   Robert Sell, *Bewegung und Beugung des Sinns. Zur Poetologie des menschlichen Körpers in den Romenen Franz Kafkas*. Stuttgart, 2002.
8. 《弗兰茨·卡夫卡. 悲剧与反讽. 论其艺术结构》
   Walter Herbert Sokel, *Franz Kafka. Tragik und Ironie. Zur Struktur seiner Kunst*. Muenchen/Wien, 1964.
9. 《卡夫卡的性爱神话：一种关于女性的美学结构》
   Reiner Stach, *Kafkas erotischer Mythos. Eine ästhetische Konstruktion des Weiblichen*. Frankfurt/M, 1987.

【网络资源】

http：//www.kafka.org/
http：//www.geocities.com/univbelkafka/
http：//www.franzkafka.de/franzkafka/home/
http：//victorian.fortunecity.com/vermeer/287/

【作品推荐译本】

1. 《卡夫卡小说全集》(一)，韩瑞祥译，北京：人民文学出版社，2005年。
2. 《审判 城堡》，钱满素、汤永宽译，北京：国际文化出版公司，2006年。
3. 《诉讼》，章国锋译，见叶廷芳主编：《卡夫卡全集》第3卷，石家庄：河北教育出版社，1996年。

第十七章 乔伊斯的《尤利西斯》：从"天书"到乔伊斯产业

詹姆斯·乔伊斯(James Joyce,1882—1941)是 20 世纪西方最富有创新精神的小说家,他的名字与卡夫卡、普鲁斯特、艾略特的名字一起,已经成为西方现代主义文学的标志。1982 年,在庆祝他诞辰一百周年的活动中,《纽约时报书评专版》发表署名文章,把他和爱因斯坦相提并论;2000 年,美国《时代周刊》等媒体在评选 20 世纪"最伟大的 100 本小说"时,他的《尤利西斯》赫然高中魁元,应该说,他的成就在现代文学中具有划时代意义。

乔伊斯出生在都柏林一个小税务员的家庭中。幼年家境贫寒,生活常不如意,大学毕业之后,就与女友一起旅居欧洲,从 1902 年起,除偶然因事短期回访都柏林之外,他的大半生都是在巴黎、波拉、的里雅斯特、罗马、苏黎世度过的。

乔伊斯的创作以小说为主,重要的作品有短篇小说集《都柏林人》(1914)、长篇小说《艺术家青年时期的画像》(1916)、《尤利西斯》(1922)和《芬尼根守灵夜》(1939),此外,还有一部生前未出版的长篇作品《斯蒂芬英雄》,以及一部诗集《室内乐》(1907),一个剧本《流亡者》(1918),《乔伊斯文集》(1959)和《乔伊斯书信集》(1957,1966)等。

在谈到《尤利西斯》时,乔伊斯曾经对他的一位崇拜者说:"我在书中设置了数不尽的谜团,足够那些教授们忙乱几百年了。"[①]乔伊斯并没有开玩笑,他果然按自己的构想做了。《尤利西斯》问世后,它与传统小说迥异的形式和内容,其中无数迷雾般的怪词怪语、联想暗示以及形形色色的文字游戏,不仅让一般读者摸不着头脑,就是专家学者也感到茫然无绪,难于卒读。于是,读书界、学术界一片哗然,有人热烈赞扬,更有人愤怒抨击。从那时以后,学者们开始钻研,《尤利西斯》遂逐渐开始被破解,后来,读解和研究的人越来越多,研究的内容也越来越深入。今天,对这部作品和乔伊斯的批评已经像莎士比亚批评一样,变成了一门专门的学问甚至一种产业;乔伊斯的作品被改编成影视作品和音乐剧;还有专门研究他的期刊和杂

---

① Richard Ellmann, *James Joyce*, Oxford University Press, 1959, revised ed. 1982, p.521.

志;世界各地经常有若干以他为专题的国际学术研讨会;人们还把《尤利西斯》所写的6月16日定名为"勃鲁姆日",每年这一天前后,世界许多地方都要举行各式各样的纪念性学术活动。一个作家能够引起国际社会如此高度重视,在中外文学史上着实不多见。乔伊斯和《尤利西斯》批评可以说走过一条从极少数人问津到逐渐发展为巨头的轨迹。

一、天书:从瞠目结舌到破解

《尤利西斯》于1922年2月2日在巴黎出版后,立即引发了轩然大波。面对着一部与传统小说完全不同,看起来毫无章法,读起来不知所云的天书,批评家们简直无所措手足。于是,恶评迭起。一篇题为《〈尤利西斯〉的丑闻》的文章说,这部书有三分之二是杂乱无章的,居然有整章没有标点符号和其他说明,叫人根本摸不着头脑,作品的内容全是些无聊和淫秽的东西,充斥着腐败变质的材料,可以说是斯文扫尽。作者无疑是一个乖戾的疯子,他所创作的不过是茅厕文学而已。① 另一位论者说,这一蓝皮本的书看起来像一本电话簿,它不是要卖给读者的,而是为收藏家准备的,那些买它的人不过是为了收藏获利。② 有人说,乔伊斯是欧洲社会道德的叛徒;③有人说,乔伊斯是使整个都柏林蒙受羞辱的无耻之尤。④ 这些具有攻击性的言论大致代表了西方社会对这部作品最初始的一般反应。创作界的反应也很差,作家们对这部作品充满反感甚至敌意。弗吉尼亚·沃尔芙说,这是一本"没有教养的"书,一本"自学成材的工人"写的书,仿佛"一个惴惴不安的本科生在搔痒痒";埃德蒙·高斯说,这本书写得"乱七八糟,趣味、文体、所有一切都臭极了";保尔·克洛岱尔说这是一本"恶魔般的"书;纪德说这本书是一个"假冒的大作"。⑤ 第一篇在学界产生较大影响的评论是爱尔兰作家尚恩·莱斯利爵士在伦敦《评论季刊》上发表的文章,但这篇评论的基调仍然是较为负面的。莱斯利抱怨说,《尤利西斯》在总体上是无法阅读的,也是让人不愿引用的,书中的内容"与高雅的趣味、美好的道德格格不入",它的主要目的是要"愚弄读者甚至优秀的批评家",它完全是"没有道德观念的",混乱的,没有形式的。⑥

---

① "The Scandal of *Ulysses*", *Sporting Times*, No. 34. Robert H. Deming: *James Joyce: The Critical Heritage I*, Routledge, 1970, pp. 192—93.

② "A New Ulysses", *Evening News*, 8 April 1922, 4. Robert H. Deming: *James Joyce: The Critical Heritage I*, Routledge, 1970, p. 194.

③ James Douglas, "Beauty—and the Beast", *Sunday Express*, 28 May 1922, 5.

④ *Dublin Review September* 1922, clxxi, pp. 112—19. 一篇未署名的文章。

⑤ Richard Ellmann, *James Joyce*, Oxford University Press, 1982, pp. 528—30.

⑥ Shane Leslie, *Ulysses*, *Quarterly Review*, October, 1922, ccxxxviii, pp. 219—34.

《尤利西斯》从1915年开始构思到1922年出版,经历了7年时间。1918年,美国杂志《小评论》开始连载这部尚未完成的作品,从1918年3月到1920年9—12月,《小评论》分23期连载了这部作品的1—14章。由于庞德的协助,伦敦的《自我主义者》也于1919年2月到1919年12月连载了部分章节。尽管在7年的创作过程中,乔伊斯总在不断增删修改已经写成的章节,但全书的基本轮廓和形式结构从一开始就是明确的①,只不过这些形式、结构和技巧的特征都隐匿在看似杂乱无序与谜团般的文字中。乔伊斯有意要让批评家和学者们用较长的时间和精力去破解他设置的迷宫,他认为这才是艺术家取得不朽的唯一途径。但这些精巧的设计隐藏得相当深,他又不能完全不让批评界了解他的意图,于是,他采取了十分精明的做法,通过朋友和亲人缓慢地向外界泄露他的创作意图。1918年夏乔伊斯初识弗兰克·勃金不久,就和他谈论了尤利西斯作为一个完满的文学形象的话题,并向他透露了自己正在写《尤利西斯》的信息:"我正在写一本以尤利西斯的漫游为基础的书,《奥德赛》是这本书的基本框架。只不过我这本书的时代是现在,书中所有人的漫游不超过18个小时罢了","我的这本书是一部现代的《奥德赛》,其中的每一章都和尤利西斯的漫游相对应"②。1920年9月间,他把《尤利西斯》的创作提纲寄给了友人卡尔洛·里纳提(Carlo Linati);1921年11月前后,又将《尤利西斯》的创作提纲借给了认识不久的拉尔博。③ 这两个提纲虽然不尽相同,但都包含了一些十分关键的词语,对理解这部作品的题旨、结构、人物具有重大提示作用。这两个提纲后来都公诸于世,第一个提纲即所谓的"里纳提提纲"(Linati Schema),第二个提纲即所谓的拉尔博提纲(Larbaud Schema)。④ 第二个提纲很快就在乔伊斯友人的小圈子里流传,并为拉尔博于1921年12月7日在巴黎莎士比亚书局文人聚会上所做的公开讲演以及后来所写的评论提供了可靠的材料,使他可以对《尤利西斯》奥德赛式的结构、人物、主题和各种独特的技巧做出明晰的阐发,从而对后来的《尤利西斯》读解和批评产生了重大影响。⑤ 这两个提纲也为斯图亚特·吉尔伯特(Stuart Gilbert)于1930年出版的《乔伊斯的〈尤利西斯〉》(*James Joyce's Ulysses*)

---

① 例如,与《奥德赛》对应的结构、时间和人体器官与艺术类型在各章中的对应和象征、一天的故事、百科全书式的内涵、两个民族(以色列和爱尔兰)的史诗、内心独白(意识流)手法和不同文体的运用等都始终没有改变。Cf. Stuart Gilbert ed., *The Letters of James Joyce I*, pp. 146—47; Richard Ellmann: *James Joyce*, 1982, p. 521.

② Frank Budgen, *James Joyce and the Making of Ulysses*, Oxford University Press, 1989, pp. 15—18, 20; Cf. Richard Ellmann, *James Joyce*, Oxford University Press, 1959, Revised ed. 1982, pp. 435—36.

③ Frank Budgen, *James Joyce and the Making of Ulysses*, Oxford University Press, 1989, pp. 15—18, p. 20; Cf. Richard Ellmann, *James Joyce*, Oxford University Press, 1959, Revised ed. 1982, p. 519.

④ Cf. Don Gifford: *Ulysses Annotated*, University of California Press, 1988, p. 12.

⑤ Cf. Richard Ellmann: *James Joyce*, 1982, pp. 520—23.

提供了重要依据,而这本书对于广大读者理解《尤利西斯》是极为重要的一本参考书,也是乔伊斯批评中公认的一部经典之作。

吉尔伯特是乔伊斯的密友之一,曾在乔伊斯的支持下对《尤利西斯》的法译本作过校订。由于他对《尤利西斯》的热情和理解获得了乔伊斯的信任,乔伊斯曾向他解说《尤利西斯》的结构和一些章节。正是在乔伊斯的具体帮助下,他率先出版了研究此书的第一本专著。这部专著最先向学术界较为详细地阐释了《尤利西斯》在总体上暗藏的荷马式结构,与《奥德赛》加以对照,逐章指出了相关的主题、母题、颜色、关联等,并对一些晦涩的文句做了注释。同时,此书也指出乔伊斯一些重要观念的来源(譬如,贝拉尔的《腓尼基人与奥德赛》和辛奈特的《佛教秘义》等)。吉尔伯特这部著作对后来大量《尤利西斯》读解类著述影响甚大。①

吉尔伯特这本书之后,《尤利西斯》在学界已经不再是"天书"了,批评家们开始循着吉尔伯特的指点,从各个层面对其加以深入探讨。与此同时,一些学者继续从读解的角度进一步钻研,产生了一批重要成果。三四十年代影响颇大的有两部著作:弗兰克·勃金(Frank Budgen)的《乔伊斯和〈尤利西斯〉的创作》(*James Joyce and the Making of Ulysses*,1934)和哈利·列文(Harry Levin)的《乔伊斯导读与评点》(*James Joyce: A Critical Introduction*,1941)。六七十年代又出现了两本十分重要的笺注性著作,即美国学者韦尔登·桑顿(Weldon Thornton)的《〈尤利西斯〉中的暗示:注释性条目》(*Allusions in Ulysses: An Annotated List*,1961,1968)和唐·吉福德的(Don Gifford)的《〈尤利西斯〉注释》(*Ulysses Annotated: Notes for James Joyce's Ulysses*,1974,1988)。

勃金也是乔伊斯的密友之一,1918年乔伊斯寄居苏黎世,一面教书,一面创作《尤利西斯》,曾与勃金朝夕相处,并向他讲述了《尤利西斯》大部分章节构思的情况。勃金这本书既记录了一位艺术家与一位小说家之间的交往和友谊,又提供了这部小说创作中许多鲜为人知的第一手材料,既有传记成分,又从一个艺术家的眼光解析了这部作品形成的过程,正如著名乔学者克莱夫·哈特在这本书"导言"中所说的那样:"《尤利西斯》复述了《奥德赛》的故事,而勃金这本书则复述了《尤利西斯》的故事。"②毫无疑问,这本书对读者读解《尤利西斯》具有重大参考价值。列文的《导读与评点》是第一部美国学者解析与评点《尤利西斯》的专著。这本书不仅包含了对《尤利西斯》的解析和评点,而且对乔伊斯做出了明晰的评价,将其置于与乔叟、莎士比亚、弥尔顿等英国文学大师同列的位置,为美国后来的乔学确定了基调。

---

① Cf. Stuart Gilbert, *James Joyce's Ulysses*, Vintage Books, 1952.

② Frank Budgen, *James Joyce and the Making of Ulysses and Other writings*, Oxford University Pr. 1972, p. xix.

韦尔登·桑顿和唐·吉福德对《尤利西斯》逐章逐句做了细致的笺注，在语言文字、典故征引以及篇章结构上用力甚多。这两本注释既有重叠又有区别。桑顿的注释紧扣文本，尽力发掘文本中具体字句的暗示与涵义；而吉福德的注释则较多关注文本间的指涉，尽力提供更多关于语境的阐释。桑顿的注释规模适中，比较适合初读《尤利西斯》的读者；而吉福德的注释则规模宏大，内容详实，不仅对普通读者有用，也为研究者提供了更多的便利，特别是其1988年的修订本，修订增补多达1000余处，这本书既对双关语、笑话、掌故、方言、俗语、外来语、混成词等种种语词给予明晰的解说，又对文中涉及的宗教、历史、哲学、文学、神话传说、民俗民风、歌谣俚曲、地名人名等给予了详细的阐释，在《尤利西斯》注释类著作中占有重要地位。这两部工具书都采用逐章逐条加以剖析的结构，可谓《尤利西斯》读解类著作中的双璧，读者可以同时使用，当能相互补充，相得益彰。[1]

此外，哈利·布莱迈尔（Harry Blamires）的《勃鲁姆日书》（*Bloomsday Book*, 1966）也是一本非常实用的导读性著作。此书用简洁朴实的语言对《尤利西斯》的18章做了逐页梳理，把作品中的人物、事件、象征、语言游戏、征引等综合在一起加以解析，作者明确地说此书是为一般读者写的，按照他的预期，读者在这本导读的指引下，"首次阅读《尤利西斯》所获得的理解将是他在没有本书指引下数次阅读才能获得的"[2]。作者在30年后出版了此书的修订本（第三版），更名为《新勃鲁姆日书》，这个新的本子不仅在内容上做了个别的修订，而且标注了三个当今通用的版本（盖勃勒1986年修订本、牛津大学1993年"世界经典"本、企鹅1992年"20世纪经典"本）的相应页码。这个新版本为读者提供了更多的便利，对读者的导引作用远远超越了他30年前的预期。

这类破解性的著述对《尤利西斯》的读解功不可没，从一定意义上说，没有它们开创性的努力，《尤利西斯》对广大读者来说，今天依然是无法理解的天书。

二、批评：从表层走向深入

《尤利西斯》问世之后，对这部"天书"真正有认识的只是与乔伊斯有交往的一个小圈子里的人，当然这些人也都是卓尔不群、颇有建树的作家和批评家。作为早期的批评，他们的文章或讲演今天看来自然还不能说十分深入，但却筚路蓝缕，对后来的批评起了引领和催生的重要作用。

---

[1] Cf. Weldon Thornton, *Allusions in Ulysses: An Annotated List*, University of North Carolina Press, 1968, 1982; Don Gifford & Robert J. Seidman, *Ulysses Annotated: Notes for James Joyce's Ulysses*, University Of California Press, 1974, 1988.

[2] Harry Blamires, *New Bloomsday Book*, Routledge, 1996, p. xi.

第十七章　乔伊斯的《尤利西斯》：从"天书"到乔伊斯产业

庞德是当时少数懂得这部小说革命意义和价值的批评家之一。他指出，乔伊斯继承的是福楼拜的传统，但却大大超越了福楼拜。《尤利西斯》有许多形式上的创造，例如，采用了荷马史诗的结构框架、奏鸣曲的形式和父子小说的线索等，这些重大的革新正是"我们的艺术向前发展的关键所在"，他说，"《尤利西斯》未必是每一个人都能赞赏的书，但却是每一个严肃的批评家必须阅读的书"①。庞德作为现代主义文学的大宗师，在 20 世纪 20 年代的巴黎，对包括乔伊斯在内的许多现代主义作家曾给予积极的扶持和热情的指导。他是现代主义纲领的制定者和推动者。没有他的提携，《尤利西斯》能否诞生当是一个问号，而他的评论尽管简短，却指明了《尤利西斯》在现代主义文学中的革命性意义。

从另一个角度指出《尤利西斯》革命意义的是美国著名批评家埃德蒙·威尔逊。他不仅对《尤利西斯》的结构、语言等形式因素做了比较细致的分析，而且着重指出这部作品在人物内心世界刻画方面的创新。威尔逊说，乔伊斯不仅能像福楼拜那样对外在世界做逼真的描写，而且能对人物的内心世界做逼真的描绘。《尤利西斯》是天才的创造，它"对普通人的意识做了最忠实的透视"。在《布法尔与佩居谢》中，福楼拜是通过"列数人有限的低劣和平庸"来表现人性的卑贱委琐，而在《尤利西斯》中，乔伊斯却通过内在心理的描写囊括了人所有的低劣和平庸。乔伊斯是小说创作的"大师"，他创造了新的文学形式，为小说创作确立了可使其无愧于和诗歌、戏剧同日而语的最高标准。②

作为与乔伊斯双峰并峙的现代主义大师，T. S. 艾略特早期的批评显然具有重大意义。他在 1923 年 11 月《日晷》上发表的《〈尤利西斯〉、秩序和神话》一文中指出了《尤利西斯》在方法与结构上的重大革新：即其对《奥德赛》结构的借鉴、文体的创新和每一章中象征的运用。他认为，运用神话结构把"当代性与古典性加以持续对照"将会对"杂乱无章、百无聊赖的当代史做出全景式的审视"，从而赋予它秩序与形式，使其产生意义。他指出，乔伊斯对篇章结构这种操控和布局的杰出才能是后来者必将学习与借鉴的。《尤利西斯》使我们明白，在传统的叙述方法之外，我们还可以采用神话方法，而神话方法的采用，将使"现代世界的艺术创造成为可能"。③艾略特拈出《尤利西斯》中的象征与神话结构作为现代主义小说的重要因素加以推崇，起到了一石二鸟的作用，既标榜了现代主义，又凸显了《尤利西斯》。

还有一些批评家从另外一些角度评说了《尤利西斯》的创造性。玛丽·考勒姆

---

① Cf. Ezra Pound, " James Joyce and Pecuchet", Robert H. Deming: *James Joyce*: *The Critical Heritage I*, Routledge, 1970, pp. 263—67.

② Cf. Edmund Wilson, *"Ulysses"*, *New Republic*, xxxi, No. 396, 5 July 1922, pp. 164—66.

③ Cf. T. S. Eliot, *James Joyce*:*Two Decades of Criticism*, Seon Givens ed. Vanguard, 1948, 1963, pp. 198—202.

指出了《尤利西斯》鲜明的自传性,她认为,《尤利西斯》"是乔伊斯的自白,是一本最真诚、最狡黠地写就的自传性作品"。它史无前例地写出了两个男人的内心世界,它向我们展示了一个作家的全部生活和内心历程,这是前无古人的,连卢梭也没有完全做到。[①] 吉尔伯特·塞尔德斯指出,《尤利西斯》的问世表明小说创作将开始一个"新的转向",这部作品把亨利·詹姆斯和福楼拜创作的那类小说发展到了顶峰,它不仅是乔伊斯本人艺术生涯的顶峰,也是我们这一代人精神生活的顶峰。乔伊斯在这部作品中"用近乎完美的技巧对小说的形式和结构所做的创新将对未来的作家产生难于估量的影响",这部小说中还有数以百计的创新点可供后人借鉴,后来的小说家们将没有人能够完全避开它的影响。正是在这个意义上,乔伊斯是最令人畏惧的,也是最令人赞赏的。[②]

庞德、威尔逊、艾略特等人的上述批评尽管未必深入,但它们着眼于《尤利西斯》的革命性与创造性,指出了这部作品与传统小说若干迥异之处,为其在现代主义小说史上经典地位的确立铺平了道路。

30年代之后,特别是从《尤利西斯》在美国解禁到七八十年代,这部作品的批评开始向纵深发展。在篇幅上,这一时期的批评不再是概括式、综合式的短评,相反,却出现了许多长篇的深度批评,批评的范围也大大拓展,从早期较多侧重形式开始向全方位评论挪移,批评家们开始从语言、文体、形式、结构、主题、政治、心理学、社会学等多侧面、多角度切入讨论,从而使《尤利西斯》批评获得了飞跃式的进展。

这一时期,对《尤利西斯》的形式、结构、文体和语言的深入探讨成为批评的一个热点。就叙事结构而言,一些批评家把《尤利西斯》看作一个巨大的空间结构,指出其运用意识流等技巧造成叙事的碎片化、空间化,对传统叙事结构是一个重大变革,例如欧文·斯坦伯格(Erwin Steinberg)在其《〈尤利西斯〉中的意识流及其他》(*The Stream of Consciousness and Beyond in Ulysses*,1973)中就将《尤利西斯》看作爱森斯坦电影式的蒙太奇结构,指出乔伊斯运用意识流手法描述人物的心理过程,形成断裂的叙事碎片,是一种全新的叙事实验。而约瑟夫·弗兰克(Joseph Frank)在其《现代文学的空间形式》(*The Spatial Form of Modern Literature*)一文中则把《尤利西斯》看作一首意象主义诗歌,指出其总是要不断"打破读者对叙事连续性的正常期待,迫使他们从空间而非时间去观察叙事结构中诸种成分的并置"[③]。相反,卡伦·劳伦斯(Karen Lawrence)则从时间性的角度来分析《尤利西斯》的叙

[①] Mary Colum, "The Confessions of James Joyce", *Freeman*, v, No. 123, (19 July 1922), pp. 450—52.

[②] Gilbert Seldes, "Ulysses", *The Nation*, 30 August, 1922, CXV, No. 2982, pp. 211—12.

[③] Joseph Frank, *The Widening Gyre: Crisis and Mastery in Modern Literature*, Indiana University, Press, p. 10.

事结构,她的讨论集中在这部作品的文体变化与读者的反应上。在《尤利西斯文体的奥德赛》(*The Odyssey of Style in Ulysses*,1981)中,她试图从一种新的时间的角度来读解这部作品,她提出作品中文体的变化是一种修辞的实验,具有某种总体的方向,而这些文体上的变化在断裂的发展过程中迫使读者在自己的阅读期待中做出相应的调整。她认为,任何"拓扑性"和"目的性"的阅读都是无济于事的,这部作品从根本上是"反启示的",乔伊斯"提出了种种意义的可能性,但却拒绝给出某种终极的启示"。[①] 休·肯纳(Hugh Kenner)早在其 1955 年出版的《都柏林的乔伊斯》中就率先提出乔伊斯把戏仿、反讽等修辞手段作为重要创作技巧的事实,30 年后又在其《尤利西斯》(*Ulysses*,1980,revised,1987)等著作中通过具体的文本分析,进一步论述了这部作品的文体变化。他指出,《尤利西斯》前半部(前 10 章)采用了"初始的文体",主要是大段的"内心独白"、"场景突转"和"无情的反讽"。而后半部(后 8 章)补入后,整部作品的文体就必须遵从"父子相逢"的荷马式结构,因此是"强制的",这就必须强调一种同时关注两个人物行动的"叙事模式"。肯纳借用了戴维·海曼的"安排者"(arranger)的说法[②],通过文本细读,说明这个"安排者"是一种"插入的意识",既不是作者,也不是叙述者,甚至根本就不是一个"声音",因为它并不"讲话",读者完全听不到它,只能看到它冷漠的行动或表演。肯纳认为,这个"安排者"对整个小说具有巨大的操控作用,它"也许是《尤利西斯》中最激进的、最令人沮丧的创造"[③]。雷·戈特弗里德(Ray K. Gottfried)的《尤利西斯的句法艺术》(*The Art of Joyce's Syntax in Ulysses*,1980)集中讨论《尤利西斯》的句法,通过对其句法结构的精细分析,特别指出乔伊斯如何运用了亚里士多德所谓的"隐德来希"(Entelechy)法,即如何通过本原的能动过程,实现句法中潜在的可能性。戴维·莱特(David G. Wright)则在《尤利西斯的反讽》(*Ironies of Ulysses*,1991)中对小说中反讽的运用逐章做了全面细致的讨论。他强调,大量反讽构成了这部作品崭新叙事结构中重要的组成部分和显著特征。罗伯特·马丁·亚当斯(Robert Martin Adams)则对《尤利西斯》中的象征做了深入的探讨,他的《表层与象征:〈尤利西斯〉的一致性》(*Surface and Symbol*:*The Consistency of James Joyce's Ulysses*,1962)是《尤利西斯》问世 40 年来对这部作品的诸多评论中相当精彩的一部。作者钩沉索隐,对世纪之交都柏林与本书有关的档案记录、报章杂志、回忆访谈等方方面面的材料做了认真细致的爬梳,发现了不少鲜为人知的新材料,并将这些新材料与文本相互比勘,从而将作品的表层与其深层的象征区别开来。在《尤利西斯》研究中,这部书不仅以材料搜求与文本分析见长,更重要的是它

[①] Karen Lawrence, *The Odyssey of Style in Ulysses*, Princeton University Press, 1981, p.7.

[②] David Hayman, *Ulysses*:*The Mechanics of Meaning*, Prentice-Hall Inc. 1970, p.70.

[③] Hugh Kenner, "Arranger", *Ulysses*, 1980, revised, Johns Hopkins University Press, 1987.

对作品深层的象征结构做了颇有价值的讨论,指出乔伊斯的独到之处正在他编织了巨大的象征网,并在这一象征的网状结构中对人物的内在与外在世界做出了自然主义的描绘。

安东尼·伯吉斯(Anthony Burgess)的《詹姆斯·乔伊斯语言导引》(*Joysprick: an Introduction to the Language of James Joyce*, 1973)、科林·麦卡伯(Colin MacCabe)的《詹姆斯·乔伊斯和文字革命》(*James Joyce and the Revolution of the Word*, 1978)等都是以《尤利西斯》等作品的语言实验为中心内容的代表性批评著作。伯吉斯本人是英国当代著名小说家之一。他这本讨论乔氏语言的著作,以广大普通读者为对象,文笔生动,语言平易,具有亲和性,是人们阅读乔伊斯最佳的入门书之一。《詹姆斯·乔伊斯和文字革命》着力挖掘乔伊斯语言实验的革命意义,在这一层面上将其与莎士比亚等量齐观。20余年后作者在修订版中又增加了新的材料与见解,特别强调了乔氏语言革命的政治内涵,从而受到了伊格尔顿、洛奇等著名英国批评家的高度赞誉。

除著述之外,这一阶段也出现了一些重要的批评文集。克莱夫·哈特和戴维·海曼(Clive Hart & David Hayman)合编的《尤利西斯批评文集》(*James Joyce's Ulysses: Critical Essays*, 1974)和伯纳德·本斯托克(Bernard Benstock)的《〈尤利西斯批评文集〉》(*Critical Essays on James Joyce's Ulysses*, 1989)是其中最有影响的两部。就这两部文集而论,前者显然更胜一筹。这部文集选收了18位一流乔学家分论《尤利西斯》18章的文章,这些文章不限于一般的读解,而是通过精细的阅读,从文体、色调、视点、叙事结构、象征意义等不同角度,着重论述了这部作品在形式、技巧、结构等方面的特征,并兼顾了内容与意义方面的分析。从总体上看,每一章的论述都有独到之处,而全书能集众家之长,道人所未道,是《尤利西斯》批评文集中前无古人、后启来者的一本经典之作。[①]

讨论乔伊斯和《尤利西斯》的现代性是这一时期批评的另一个热点。从现代或现代主义角度论述乔伊斯和《尤利西斯》较早的有威廉·廷达尔(William Tindall)的《乔伊斯解释现代世界的方式》(*James Joyce: His Way of Interpreting the Modern World*, 1950)。这部著作集中分析《尤利西斯》和《芬尼根守灵夜》,从人性、家庭社会关系、现代人的心理、语言与文字、神话与象征等不同层面讨论了乔伊斯对现代世界与传统完全不同的解释方式,极富启发性。后来有海沃德·埃里希(Heyward Ehrlich)编选的《詹姆斯·乔伊斯和现代主义》(*Light Rays: James Joyce and Modernism*, 1984),此书选收了在拉特格斯大学召开的乔伊斯百年诞辰学术研讨会的部分论文,同时又补充一些其他学者的文章。全书把乔伊斯置于现

---

① Clive Hart & David Hayman, *James Joyce's Ulysses: Critical Essays*, 1974; Bernard Benstock, *Critical Essays on James Joyce's Ulysses*, 1989.

代文学、哲学、心理学、音乐、绘画的语境中,集中讨论其现代特色。为此书撰文的不仅有像莫里斯·贝雅(Morris Beja)、休·肯纳(Hugh Kenner)、扎克·波温(Zack Bowen)、莫顿·勒维特(Morton P. Levitt)、埃尔曼等著名的乔学家,还有像莱斯利·费德勒(Leslie Fiedler)、伊哈布·哈桑(Ihab Hassan)等以研究现代主义和后现代主义闻名的批评家,更有像诺曼·奥·布朗(Norman O. Brown)这样的现代主义心理分析学者和约翰·凯奇(John Cage)这样的现代主义音乐大师。事实上,关于这一论题的讨论一直延续到当代。

三、当代性:批评的新动向

20世纪后半叶出现的种种批评流派和理论热不仅使乔伊斯和《尤利西斯》批评在规模上进一步扩大、在深度与广度上进一步开拓,也为过去20年来的乔伊斯和《尤利西斯》批评带来了新气象,批评家们运用这些不同的理论工具对乔伊斯和这部作品提出了新的读解。

在弗洛伊德心理分析理论的影响下,有大量的著作从心理分析的角度论述乔伊斯和《尤利西斯》。这类著述中重要的有谢尔登·勃利维克(Sheldon Brivic)的《弗洛伊德与荣格之间的乔伊斯》(*Joyce between Freud and Jung*,1980)。勃利维克从弗洛伊德和荣格的心理分析理论立论,分析乔氏《尤利西斯》等作品。后来作者继续就这一领域做深入探索,相继写出了《创造者乔伊斯》(*Joyce, the Creator*,1985)、《符号的面纱:乔伊斯、拉康和知觉》(*The Veil of Signs:Joyce, Lacan and Perception*,1991)和《乔伊斯的觉醒中的女人》(*Joyce's Waking Women:An Introduction to Finnegans Wake*,1995)等,成为从心理分析角度研究乔伊斯的重要批评家之一。勃利维克把乔氏笔下的人物及其行为全部置于弗洛伊德、荣格、拉康等人的心理分析框架中,从爱欲、创造、阉割、原型、符号等角度解析,获得了新的意义。譬如,他认为,作为《尤利西斯》"情节"的高潮,勃鲁姆与斯蒂芬"父子相遇"行为的完成来自勃鲁姆的"性心理动力",倘若6月16日那天没有勃鲁姆与莫莉做爱的性行为,勃鲁姆就不会产生成为斯蒂芬"精神之父"的心理动力。[①] 理查·布朗(Richard Brown)的《乔伊斯和性》(*James Joyce and Sexuality*,1985,1989,1990)集中探讨了乔伊斯对性的立场。全书以四章的篇幅结合《尤利西斯》等文本阐述了现代的爱与婚恋、新的性科学、性美学等问题。作者指出,莫莉和勃鲁姆二人分别实现与未实现的通奸是《尤利西斯》中颇有意义的事件,这体现了乔氏赞同自由恋爱未必一定要实践婚姻的现代观念;作者分析了勃鲁姆及乔氏对两性差异

---

① Brivic Sheldon, *Joyce between Freud and Jung*, National University Publications,1980. pp.168—82.

的强调,指出勃鲁姆性格中的"女人气",并讨论了《尤利西斯》等文本中"第三性"即"雌雄同体"等问题。① 莫德·艾尔曼(Maud Ellmann)在《〈尤利西斯〉中的鬼魂》(1990)一文中以第 9 章斯蒂芬关于莎士比亚与哈姆雷特的思考以及第 15 章关于勃鲁姆在红灯区幽灵般游历的戏剧性文字为依据,从哲学与弗洛伊德、琼斯等人的心理分析理论出发探讨了父亲的鬼魂、死亡、欲望、自我等与斯蒂芬、勃鲁姆以及戏剧的关系,指出第 15 章中隐含着"歇斯底里起源于游走的子宫"的说法,还认为"《尤利西斯》是一本写鬼魂的书,那里的鬼魂如同地狱里饥饿的精灵在吸食自我的血"②。

最近的这类著作以琼·金保尔(Jean Kimball)的《乔伊斯和早期心理分析家》(*Joyce and the Early Freudians: A Synchronic Dialogue of Texts*, 2003)以及路克·舍斯顿(Luke Thurston)的《詹姆斯·乔伊斯和心理分析问题》(*James Joyce and the Problem of Psychoanalysis*, 2004)为代表,前者从互文性的角度讨论乔伊斯在的里雅斯特期间购买并阅读过的弗洛伊德、荣格和琼斯等心理分析家的三篇早期之作③与《艺术家青年时期的画像》、《尤利西斯》等小说之间的关系,作者侧重的是文本之间的"对话",进一步发掘了从心理分析的理论与方法探讨乔伊斯文本的可能性。同时还对乔氏使用"暗示"等修辞手段做了弗洛伊德式的分析。后者的重点却不在文本,而在作者本人。舍斯顿讨论拉康、弗洛伊德等人与乔伊斯的关系,以拉康的理论为依据,分析乔伊斯的创作,他提出,尽管乔氏本人不愿承认心理分析对他的影响④,但他的创作本身却将他置于完全可以进行心理分析的文学大家的行列中。这些著作不仅对乔学者,而且对文学理论家和心理分析家都是很重要的参考书。

与心理分析的角度密切相关的是女性主义的角度,这一时期也出现了大量从女性主义角度研究乔伊斯和《尤利西斯》的论著。乔伊斯曾经说过他"恨知识女性"⑤的话,但知识女性对乔伊斯及其作品却情有独钟。在对《尤利斯西》等作品的女性主义批评中,女性批评家的专著、编著、论文占据了相当大的比重。博妮·凯姆·司各特(Bonnie Kime Scott)的《乔伊斯和女性主义》(*Joyce and Feminism*, 1984)从当代女性主义批评的视角挖掘了乔伊斯作品不同层面的意义,为当代乔伊斯批评提供了一个女性主义的框架。此书不仅论述了诸如哈利叶特·肖·威弗、

---

① Richard Brown, *James Joyce and Sexuality*, Cambridge University Press, 1990.
② Derek Attridge ed. *James Joyce's Ulysses*, Oxford University Press, 2004, p. 96, 86.
③ 这三本小册子是:弗洛伊德的《达·芬奇的童年记忆》,荣格的《父亲在个人命运中的意义》和琼斯的《哈姆雷特问题与俄狄浦斯情结》。
④ Cf. Richard Ellmann, *James Joyce*, Oxford University Press, 1982, p. 393, 436, 466, 472, 510.
⑤ 这是乔伊斯对玛丽·考勒姆说的,批评家们熟知乔伊斯对女性的这一观点。Cf. Richard Ellmann, *James Joyce*, p. 529.

第十七章 乔伊斯的《尤利西斯》：从"天书"到乔伊斯产业

阿德里安·莫妮耶等对乔伊斯支持甚多的女性，而且还论述了诸如玛丽·考勒姆、瑞贝卡·韦斯特、弗吉尼亚·沃尔芙等人对乔氏所作的女性主义批评。① 苏塞特·汉克与埃琳娜·温克勒斯(Suzette Henke & Elaine Unkeless)编选的文集《乔伊斯作品中的女人》(Women in Joyce)把焦点设置在乔氏所创造的女性人物上，从当代和女性主义的视角给予了解析，提出乔氏笔下的女性形象具有象征与原型的意义。凯洛琳·海尔勃朗(Carolyn G. Heilbrun)在本书简单的"后记"中认为，乔伊斯并不是一个大男子主义者，他对女性的认识受时代与现实的制约，他不可能把女性看作"人性的一种范式"，只能按照世俗的眼光来描写女性，他看到了当时都柏林现实中女性生活的艰辛与不足，但却不可能对这一现实做出深刻的剖析与批判，这种局限性在一定程度上减损了他的伟大。② 汉克后来又写出了《乔伊斯和欲望的政治》(James Joyce and the Politics of Desire, 1990)一书，将心理分析与女性主义的角度结合起来，侧重讨论乔书中的语言、欲望和性差异的政治，说明乔伊斯怎样瓦解了支撑西方父权制文化数千年的语言确定性，产生了较大的影响。

对乔伊斯笔下女性的评论较多集中在莫莉·勃鲁姆的形象上。戴维·海曼在《经验的莫莉》一文中指出，莫莉是生活创造的那种被动的女性，"她的声音"被擦消了，她的象征意义被减弱了，她只不过是勃鲁姆(乔伊斯)愿望与恐惧的投射。在勃鲁姆的眼中，她只是一个令人销魂的、懒散的、放荡的女人，一个爱打情骂俏的、有着裸露癖的女人，一个泼妇，一个充满肉欲的动物。他认为莫莉应该具有更大的生命力与意义，那种说她懒散和淫荡的观点是不公允的。③ 达西·奥勃莱恩在《莫莉·勃鲁姆的决定因子》一文中认为，乔伊斯塑造的莫莉之所以只有一维的动物性，来自乔伊斯本人与诺拉私生活中那种欲望、负罪感以及性受虐狂纠缠在一起的复杂的心理模式，那种对女性既鄙视又恐惧的态度其实来自爱尔兰天主教的清教传统。④ 温克勒斯在《世俗的莫莉》一文中从不同的角度讨论了莫莉人格中的世俗性，指出那些看似男性的性征譬如言语中要强、性行为中的控制与进攻性等其实恰恰体现了她的女性性。而莫莉这类女性性也并没有超越世俗和传统的规范。⑤ 海瑟·库克·凯娄发表在1990年《20世纪文学》冬季号上的一篇专文既不赞成把莫莉看成具有原型意味的妻子、母亲形象，也不赞成将她看成一个淫荡、邋遢的可怕女性形象，而认为莫莉不过是

---

① Cf. Bonnie Kime Scott, *Joyce and Feminism*, Indiana University Press, 1984, pp. 1—8, 120—32.

② Suzette Henke & Elaine Unkeless, *Women in Joyce*, University of Illinois Press, 1982, pp. xi—xii., 215—16.

③ Thomas F. Staley & Bernard Benstock, ed. *Approches to Ulysses: Ten Essays*, University of Pittsburgh Press, 1970, pp. 103—36.

④ Ibid., pp. 137—55.

⑤ Suzette Henke & Elaine Unkeless, *Women in Joyce*, University of Illinois Press, 1982, pp. 150—68.

一个真实的普通女人,她对美好生活的理解与渴望与常人并没有两样。① 詹妮弗·韦克发表在《乔伊斯季刊》上的文章则认为,无论从原型意义上的母亲、妻子抑或从好女人、坏女人的模式来解析莫莉都是不恰当的。他主张从消费文化的丰富性来看待莫莉。按照她的观点,整个爱尔兰是一个消费者,莫莉也是一个消费者,作为一个家庭主妇、一个女性,她在家中尽管未必勤劳,也不生产,但却是一个消费主体,她付出的脑力和心力尽管意义不是很大,但却不无价值。②

有相当一批著述讨论乔伊斯以及《尤利西斯》和意识形态、政治、民族、种族、资本主义、殖民主义的关系,其中不乏马克思主义、新历史主义、后殖民主义的角度。布鲁斯·纳德尔(Bruce Ira Nadel)的《乔伊斯和犹太人》(*Joyce and Jews: Culture and Texts*, 1989)通过大量的材料论述了乔伊斯和犹太历史、文化的亲和性,并对形成这一亲和性的原因做了深入的探索;奈尔·戴维森(Neil R. Davidson)在《乔伊斯、〈尤利西斯〉及犹太身份的建构》(*James Joyce, Ulysses and the Construction of Jewish Identity*, 1996)中指出,乔伊斯从青年时代起就了解并同情犹太民族的苦难,对犹太民族的文化精神充满了想象,这种想象力构成了他创作《尤利西斯》等作品的内在动力。戴维森还进一步从历史、传记、时代特征等方面讨论了乔伊斯对犹太精神之所以有深刻理解的原因。詹姆斯·费哈尔(James Fairhall)的《乔伊斯和历史问题》(*James Joyce and the Question of History*, 1993)以《尤利西斯》和《芬尼根守灵夜》为主要文本,从新历史主义等理论视角讨论乔伊斯如何从一个艺术家的立场来对待历史问题。作者把文学文本置于历史语境中,截取爱尔兰历史中从凤凰公园谋杀案到第一次世界大战这段展示爱尔兰民族独立斗争的多事之秋,通过乔伊斯对待民族主义、殖民主义、阶级、性别等问题的独特态度,说明他试图从必然把握自由的历史意识。德莱克·阿特里奇(Derek Attridge)编选的《半殖民的乔伊斯》(*Semicolonial Joyce*, 2000)选收了11位乔学者讨论乔伊斯对待爱尔兰民族解放斗争既爱又恨的复杂立场,将他和他的作品置于西方殖民主义的历史语境中,具有鲜明的后殖民主义视角。

此外,西姆斯·芬尼根(Seamus Finnegan)的《詹姆斯·乔伊斯和以色列人以及流亡中的对话》(*James Joyce and the Israelites and Dialogue in Exile*, 1995)、约瑟夫·瓦兰特(Joseph Valente)的《詹姆斯·乔伊斯和正义问题》(*James Joyce and the Problem of Justice*, 1995)、艾玛尔·诺兰(Emer Nolan)的《詹姆斯·乔伊斯和民族问题》(*James Joyce and Nationalism*, 1995)、文森特·程(Vincent J.

---

① Heather Cook Callow, "'Marion of the Bountiful Bosoms': Molly Bloom and the Nightmare of History", *Twentieth Century Literature 36*, Winter, 1990, pp. 464—76.

② Jenifer Wicke, "'Who's She When She's at Home?' Molly Bloom and the Work of Consumption" *JJQ* 28.4, Summer 1991, pp. 749—64.

Cheng)的《乔伊斯、种族和帝国》(*Joyce, Race, and Empire*, 1995)、特莱沃·威廉斯(Trevor L. Williams)的《乔伊斯的政治读解》(*Reading Joyce Politically*, 1997)凯思·布克尔(M. Keith Booker)的《尤利西斯、资本主义和殖民主义》(*Ulysses, Capitalism, and Colonialism: Reading Joyce after the Cold War*, 2000)、帕特里克·默吉(Patrick McGee)的《马克思之后的乔伊斯》(*Joyce beyond Marx: History and Desire in Ulysses and Finnegans Wake*, 2001)等都是近年来较有影响的著述。这些著述或从民族、种族,或从资本主义、殖民主义等角度读解乔伊斯,从标题一望可知,即使那些标题不甚明确的,也具有鲜明的意识形态性。譬如《詹姆斯·乔伊斯和正义问题》虽然作者拈出了"正义"这一关键词,但他其实是就这一中心问题,从民族、种族、阶级、性等不同的角度对乔伊斯做政治和伦理化的解读。《乔伊斯的政治读解》从乔伊斯提出的"都柏林是一个瘫痪的城市"的命题出发,通过细读其作品,就爱尔兰和英国的关系、阶级差异、宗教霸权、家庭与性别关系不平衡的权利结构等角度,深入探讨了乔伊斯的政治立场,指出了乔伊斯深厚的人文主义关怀。《马克思之后的乔伊斯》虽然是一个乔学者的论文集,其中既有旧作,也有新论,总体上似乎缺乏一部专著的严谨和周密,但其马克思主义的立场却是一以贯之的。作者始终坚持要把乔伊斯置于政治经济和生产的总体语境中来分析,引导读者从文化唯物主义的立场来理解乔伊斯,从而看到乔伊斯对资本主义的种种价值观所持的批判态度。作者的政治信念异常坚定,对作品的分析也十分恳切,特别是最后从社会与文化革命理论对《守灵夜》所做的长篇剖析,对人们从一个崭新的视角理解乔氏这部作品提供了十分有益的启迪。

此外,还有大量著述从形式、艺术的角度讨论乔伊斯和《尤利西斯》。例如,乔学者扎克·波温的《乔伊斯作品中的音乐暗示》(*Musical Allusions in the Works of James Joyce*, 1974)和《勃鲁姆古老甜蜜的情歌》(*Bloom's Old Sweet Song*, 1995)就是从音乐与文学的角度研究乔伊斯的经典之作。特别是后者,它不仅从《尤利西斯》等小说的情节、结构、人物、主题、文体等角度分析乔伊斯对音乐的应用,考稽作品中与音乐有关的暗示的源流,而且结合作品,就音乐与现代主义、音乐与宗教仪式、音乐与喜剧等方面做了有力的理论阐发。乔伊斯的作品不仅暗含了文学与造型艺术的种种关系,而且引发了许多造型艺术家的兴趣,开启了他们的想象:有的借用乔伊斯的观念创作作品;有的受其小说中某一点的触动产生灵感而创作作品;有的为乔伊斯和他的作品做漫画和插图。2004年勃鲁姆日前后在都柏林举办的展览,以"艺术中的乔伊斯"为题,展出了60多位国际知名艺术家的作品,其中有马蒂斯为《尤利西斯》作的插图,有曼·雷的乔伊斯画像,有凯奇为乔伊斯所作的音像作品,有约瑟夫·博伊斯从《尤利西斯》获得灵感所作的绘画与雕塑。在形式和风格上则是五花八门,有观念艺术,有装置艺术;有立体派,有抽象表现派;

有用猪油和鸟食塑造的艺术家半身像；有表达乔氏观念和思想的电动滚百叶窗和流淌着白兰地和红葡萄酒液汁的床。整个展览显示了乔伊斯对当代造型艺术的巨大影响。展览之后，作为艺术家的乔学者克丽斯塔-玛利亚·海伊丝（Christa-Maria Lerm Hayes）出版了《艺术中的乔伊斯》（*Joyce in Art: Visual Art Inspired by James Joyce*, 2004）。这部著作不仅收入了这次展览的精品，而且对其做了理论的探索，成为从造型艺术研究乔伊斯的一部最新最有代表性的力作。[①] 托马斯·波克达尔（Thomas Burkdall）的《乔伊斯的电影和小说》（*Joycean Frames: Film and the Fiction of James Joyce*, 2000）是从影视研究乔伊斯的一部代表性作品。此书从电影语言、电影理论、造型艺术、现代主义等多个层面切入乔氏作品，把乔伊斯和爱森斯坦等电影大师相提并论，对文学与影视研究均有借鉴意义。[②]

四、插曲：版本之争的丑闻

《尤利西斯》批评中一个不能不提的事件是关于这部作品的版本之争。应该说，《尤利西斯》的版本之争是其批评中一个十分重要事件。1984年德国乔学者汉斯·盖勃勒（Hans Gabler）在对《尤利西斯》的版本做了大量细致的研究之后，与另两位学者出版了一个新的"校勘本"，盖勃勒在前言中称这个本子订正了1922年原本以及后来的各种版本中大约5000多处错漏，包括文字与标点的错误以及漏排的文字和段落等。譬如，第15章中，斯蒂芬看到他母亲幽灵的那一段文字原版及后来的版本就漏掉了。这个校勘本1984年由纽约花环出版集团（Garland Publishing）出版，随即在学术界产生了很大影响，学者们开始参考、出版社争相出版这个新的"校勘本"，然而在其问世后的翌年，一位名不见经传的年轻学者约翰·基德（John Kidd）就对盖勃勒这个"校勘本"发动了猛烈攻击。基德认为，盖勃勒在校勘中带领他的一些学生主要依赖电脑对不同的版本加以比较，而没有能够真正地以原稿为底本去校勘，这种德国学派的校勘法自身是有缺憾的——不仅把原先不错的改错了，而且更多地引进了新错误。基德把盖勃勒对《尤利西斯》的这种校勘称作"丑闻"，他的批评引起了乔学界的广泛关注和热烈讨论，并且引发了乔学者对乔伊斯留下的大量笔记和手稿研究的兴趣，从而把对乔伊斯版本学的研究导向发生学的研究。[③] 例如，曾经与盖勃勒一起编辑"校勘本"的爱尔兰乔学者丹尼斯·罗

---

① Cf. Christa-Maria Lerm Hayes, *Joyce in Art: Visual Art Inspired by James Joyce*, Lilliput Press, 2004.
② Cf. Thomas Burkdall, *Joycean Frames: Film and the Fiction of James Joyce*, Routledge, 2000.
③ 1978年，花环出版社出版了250套63大卷《乔伊斯档案》（*James Joyce Archive*），后来，《乔伊斯季刊》（*James Joyce Quarterly*）又连载了各卷原本没有引出的卷号与名字，这样就为乔伊斯创作发生学研究进一步提供了可能。

斯与另一位乔学者约翰·奥汉龙就声称从乔伊斯的一个笔记本的部分资料中发现了他创作《尤利西斯》新证据,公布了乔伊斯最初构思勃鲁姆这个主要人物形象的某些思考,并提出《尤利西斯》是乔伊斯为《画像》精心设计的姊妹篇的观点。① 罗斯后来还出版了一个所谓的"读者版"(A Reader's Edition)的《尤利西斯》,对其做了大量的删改,特别是增加了许多原先没有的标点符号。按照他自己的解释,他的目的是要把《尤利西斯》从"学术象牙塔中偷运出来",使其真正回到"市场"和读者大众中,因此,他这个版本的《尤利西斯》是"人民的《尤利西斯》",是普通读者的《尤利西斯》。这个"读者版"的《尤利西斯》问世后像盖勃勒的"校勘本"一样引发了激烈的争论。②

事实上,在乔伊斯留下的大量笔记、手稿、《尤利西斯》1922年的原版以及后来的种种版本中都存在着不少难于确定的因素,需要花大力气去研究,因此围绕上述两个版本的争论几乎成了一场混战,加上"乔伊斯遗产委员会"(James Joyce Estate)就版权等问题的介入,使问题变得更复杂起来。从总体上说,乔学界对盖勃勒的校勘本尽管存在不同的看法,但依然认为它对《尤利西斯》研究具有较为重要的意义;而罗斯对《尤利西斯》的删改大多出自他自己的"创造"(小部分依据了盖勃勒的校勘),他的创造似乎较多离开了乔伊斯的本意,因此,学界对他的这个本子在总体上似乎还不认可。但无论如何,有关这部作品与乔伊斯其他作品在版本与发生等问题上的争论将会进行下去,换句话说,关于《尤利西斯》等乔伊斯作品的版本学与发生学的研究在21世纪的乔学与《尤利西斯》批评中必将依然是一个重要的领域。

乔伊斯和他的《尤利西斯》从20世纪20年代初出现在世界文坛的地平线上之后,对世界文学史产生的影响之大无法用语言描述,对他和他的《尤利西斯》等作品的批评已经形成一个巨大的产业。在新世纪里,乔伊斯和《尤利西斯》等作品的影响无疑还将在这份批评产业的不断膨胀中进一步增大。

【关键词】

荷马式结构　意识流　神话与象征　两个民族的史诗　勃鲁姆日　互文性　心理分析　女性主义批评

【推荐阅读书目】

1. 伽斯特·安德森:《乔伊斯》,白裕承译,上海:百家出版社,2001年。

---

① Cf. Danis Rose and John O'Hanlon, *The Lost Notebook: New Evidence of the Genesis of Ulysses*, Split Pee Smythe, 1989.

② Cf. *New York Review of Books*, Vol. 44, No. 14, Vol. 45, No. 1, 1997—1998.

2. 彼得·寇斯提罗:《乔伊斯传》,林玉珍译,海口:海南出版社,1999年。
3. 陈恕:《〈尤利西斯〉导读》,南京:译林出版社,1994年。
4. 刘象愚:《〈尤利西斯〉第十一章的赋格结构》,载《外国文学评论》,1998年第1期。
5. 郭军:《"历史的噩梦"与"创伤的艺术"——解读乔伊斯的小说艺术》,载《外国文学评论》2004年第3期。

【参考文献】

1. 《乔伊斯的〈尤利西斯〉》

   Stuart Gilbert, *James Joyce's Ulysses*, Vintage Books, 1952.

2. 《乔伊斯和〈尤利西斯〉的创作》

   Frank Budgen, *James Joyce and the Making of Ulysses and Other Writings*, Oxford University Press, 1972.

3. 《〈尤利西斯〉中的暗示:注释性条目》

   Weldon Thornton, *Allusions in Ulysses: An Annotated List*, The University of North Carolina Press, 1968.

4. 《〈尤利西斯〉注释》

   Don Gifford, *Ulysses Annotated*, University of California Press, 1988.

5. 《新勃鲁姆日书》

   Harry Blamires, *New Bloomsday Book*, Routledge, 1996.

6. 《詹姆斯·乔伊斯》

   Richard Ellmann: *James Joyce*, Oxford University Press, 1959, 1982.

7. 《尤利西斯》

   Derek Attridge, ed. *Ulysses: A Casebook*, Oxford University Press, 2004.

8. 《剑桥詹姆斯·乔伊斯指南》

   Derek Attridge, ed. *The Cambridge Companion to James Joyce*, 上海:上海外语教育出版社,2000年;Cambridge University Press, 2nd Edition. 2004.

【网络资源】

http://www.ipl.org/div/litcrit/bin/litcrit.out.pl?ti=uly-29

http://www.online-literature.com/james_joyce/ulysses/

【作品推荐译本】

1. 《尤利西斯》,金隄译,北京:人民文学出版社,1994,1996年。
2. 《尤利西斯》,萧乾、文洁若译,南京:译林出版社,1994年。
3. 《尤利西斯精选集》,刘象愚编选,北京:北京燕山出版社,2004年。

第十八章　福克纳的《喧哗与骚动》：
对秩序和意义的希冀

威廉·福克纳(William Faulkner,1897—1962)原名威廉·卡思伯特·法克纳(William Cuthbert Falkner),1897年9月25日生于美国密西西比州尤宁县的新阿尔巴尼镇(New Albany),1902年随全家迁往该州的奥克斯福镇(Oxford),1962年7月6日卒于此地。一战期间曾在加拿大皇家空军服役训练,后常以参加过战争而自诩。战后进入密西西比大学,一年后辍学,干过邮局职员等杂活,曾任密西西比大学邮政局长。1925年移居新奥尔良,为当地一家报纸撰文,结识了一些文人,接触到弗洛伊德的心理分析理论以及詹姆斯·乔伊斯(James Joyce)的意识流创作手法,与名重一时的作家舍伍德·安德森(Sherwood Anderson)成为莫逆之交。由于经济缘故,三四十年代为好莱坞撰写电影脚本。从1955年起,他还代表美国政府到日本、瑞典、委内瑞拉等国短期出访,晚年任弗吉尼亚大学驻校作家和密西西比大学名誉教授。

福克纳没有接受过连续的正规大学教育,但他从小喜爱文学,阅读了许多英美文学经典以及雨果、巴尔扎克、塞万提斯等外国作家的作品。他的文学创作生涯始于20世纪20年代中期,多部重要小说以及短篇创作在30年代就已发表,文学事业在50年代达到巅峰。福克纳一生共创作19部长篇小说和75个短篇小说,此外还有诗歌、童话、散文、剧本和电影脚本的创作。文学评论、杂文、散文、演讲词和公开信等收在身后出版的《早期散文与诗歌》(*Early Prose and Poetry*, 1962)、《杂文、演说词与公开信》(*Essays, Speeches and Public Letters*, 1965)、《福克纳-考利档案》(*The Faulkner-Cowley File*, 1966)、《福克纳杂录》(*A Faulkner Miscellany*, 1974)、《威廉·福克纳书信选》(*Selected Letters of William Faulkner*, 1977)等集子中。

福克纳曾荣获多种文学奖项,1939和1949年两度获欧·亨利奖,1949年获诺贝尔文学奖(1950年颁发),1950年获美国艺术与文学学院的霍威尔斯小说奖(五年一届),1951年连续获美国的全国图书奖和普利策奖,1955年和1963年获普利策奖,1962年获美国艺术与文学学院金质奖章。

福克纳著述涉猎题材广泛，但作品大都以他的家乡美国南方尤其是"南方腹地"(The Deep South)为背景，以虚构的约克纳帕塔法县为主要场所。"约克纳帕塔法世系"(Yoknapatawpha Cycle，包括15部长篇小说和大部分短篇小说)时间覆盖从美国独立战争之前直到二战以后，集中展现了南方的浪漫主义传统、英雄主义和骑士精神，揭示了"约克纳帕塔法"神话中南方悲剧的真正根源。

福克纳的创作手法深受西方现代派文艺思潮的影响。他大胆尝试各种创作技巧，勇于实验，形成了独特的文学风格，如意识流、多角度、时序颠倒、对位式结构、象征隐喻。福克纳的语言独特奇妙，特别擅长使用南方方言，并采用多种非常规写作技巧传递作品主旨。

福克纳的许多作品在出版后曾受到冷遇，早期作品或被打入冷宫，或受到不适当的吹捧。尽管有些作品博得了同行的高度赞扬，但仍不免遭受出版商和读者冷遇或奚落的命运。然而到了今天，福克纳和他的"约克纳帕塔法王国"已经当之无愧地成为20世纪美国文坛最为璀璨的明星。

一、"福克纳现象"与"福克纳研究工程"

福克纳首次见诸于文字的作品是1924年出版的诗集《大理石牧神》(The Marble Faun)，他的文学导师兼好友菲尔·斯通(Phil Stone)为本书撰写了序言。可以说斯通是福克纳的第一位批评家，最早发现福克纳式幽默的也是他。不过这本小书并没有引起批评家足够的注意。

从菲尔·斯通开始，早期批评家很快注意到了福克纳艺术创作中的普遍性，但当时的批评大多局限于对他出版的每部新书进行就事论事的评述。尽管1930年以前的批评文章不多，但总体而言早期批评是良性的，为后来的批评奠定了基础。研究者普遍认为，1929年是福克纳的丰收年，30年代是福克纳的多产时期。1929—1942年的14年间，通常被认为是福克纳文学创作的高峰期，其间作家共创作了11部长篇小说、一部诗集和两部短篇小说集。这一时期的批评更多理解和赞扬，但批评形式还是书评和短评。1934年是福克纳文学批评的重要一年，因为这一年奥布里·斯塔克(Aubrey Starke)编撰了一部密西西比小说家的目录索引，在前言介绍中，他把福克纳的著作称为"一个美国喜剧"。因此，斯塔克的重要性不仅在于出版了第一个福克纳目录索引，还在于首先看到了福克纳作品的连续性及与美国文学传统的内在关联，这是最富洞察力的早期福克纳研究之一。

到了30年代，福克纳在美国文学圈子里已开始有些名气，个别批评家还极力推崇他，但他的作品在国内销路并不很好。马尔科姆·考利(Malcolm Cowley)对他称之为"福克纳现象"的问题进行了深入的思考。他认为，作为文学家的福克纳

第十八章 福克纳的《喧哗与骚动》:对秩序和意义的希冀

在美国文学史上遭遇了奇特的命运。学院派批评家对福克纳的"腔调可以说都是傲慢无礼的",而他的"每一部长篇小说在其独特的样式内部都是一部出色的作品……。他创造了……一个虚构的县,……这是别的美国作家都没有尝试过的一项持续的有想象力的工作。……纽约市公立图书馆那庞大的书目柜里几乎没有他的名字……(他的书)在四马路旧书铺里也很难找到。"[①]还有研究者注意到一个有趣的现象,说福克纳的名字先是出现在脚注中,然后出现在段落中,接下来出现在整章中,到了50年代,他的作品终于成为一本书讨论的话题。再后来,恐怕福克纳研究系列巨著也很难说得尽这位伟大作家的风采。这一文学事实可谓美国文学史上一个有趣且值得深思的现象。

同样有趣的是,福克纳的文学才能在遥远的欧洲却得到了认可,以下几个文学事实可以提供佐证。早在 20 世纪 30 年代的法国,让-保罗·萨特(Jean-Paul Sartre)与安德烈·马尔罗(André Malraux)就撰文推崇福克纳,英国作家理查德·休斯(Richard Hugh)也对《喧哗与骚动》倍加赞赏,二战后的意大利、50 年代的日本、60 年代的前苏联和东欧对福克纳的介绍和研究也产生过浓厚的兴趣,二战后法国文学界对福克纳推崇至极,使他最终成为诺贝尔文学奖的候选人。然而,在美国本土,直到 1939 年,乔治·马里恩·奥唐奈(George Marion O'Donnell)在"福克纳的神话"(Faulkner's Mythology)一文中才第一次提出了有关福克纳的严肃批评。[②] 尽管文中些过分强调"象征"在作品中的地位,但不啻为福克纳研究的一篇开拓性著述。同年 1 月 8 日,福克纳与马乔里·金南·罗林斯(Marjorie Kinnan Rawlings)以及约翰·斯坦贝克(John Steinbeck)一起被选入美国艺术与文学学院。[③] 这两个文学事件标志着福克纳开始在美国本土受到重视,也预示着对这位伟大作家的"研究工程"即将启动。

1946 年,马尔科姆·考利出版了《袖珍本福克纳文集》(*Portable Faulkner*)。当时所有的福克纳作品都已绝版,甚至连一篇严肃讨论福克纳的文章都见不到。该书的序言中第一次出现了"约克纳帕塔法世系"的说法,后被学界广泛使用。李文俊指出:"这本集子的结构与序言显示出福克纳的作品有一个他自己的天地,他的各部作品都是他的'约克纳帕塔法世系'的一个组成部分。这使美国人开始认识福克纳是一位有特点与个性的重要作家。"[④]这部文集推动了对福克纳成就的重新评价。可以说,真正有价值的福克纳评论始于 1946 年。美国著名的文学批评家、

[①] 李文俊:《福克纳传》,北京:新世界出版社,2003 年,第 132—133 页。

[②] George Marion O'Donnell, "Faulkner's Mythology", *Kenyon Review* I, Summer, 1939, pp. 285—99.

[③] 李文俊:《福克纳传》,北京:新世界出版社,2003 年,第 107 页。

[④] 李文俊:《威廉·福克纳》,见吴富恒、王誉公主编:《美国作家论》,济南:山东教育出版社,1999 年,第 630 页。

新批评派代表人物之一的克林斯·布鲁克斯(Cleanth Brooks)撰写了几部研究福克纳的专著,如《威廉·福克纳:约克纳帕塔法王国》(*William Faulkner: The Yoknapatawpha Country*,1963)、《威廉·福克纳:"约克纳帕塔法"及其他》(*William Faulkner: Toward Yoknapatawpha and Beyond*,1978)和《威廉·福克纳浅介》(*William Faulkner: First Encounters*,1983)。在《美国南方文学》(*The Language of the American South*,1985)福克纳专论里,他对福克纳的文学成就作了一个总体概述,拓展了福克纳批评的力度,形成了后来众多学者参与的"福克纳研究工程"。

还有研究者从不同视角考察福克纳作品。如劳勃特·宾·华伦(Robert Penn Warren)1946年撰文从"其影响范围,哲学分量,风格的开创,人物的刻画,幽默和悲剧张力"[①]赞誉福克纳;艾伦·泰特(Alan Teter)则认为福克纳是亨利·詹姆斯(Henry James)之后美国最伟大的小说家;美国诗人、批评家康拉德·艾肯(Conrad Aiken)也曾撰文高度评价福克纳,尤其对他的文体作了生动的描述,说他的行文就像当年"杰姆·欧罗巴爵士乐队经常散发的那种热带的充溢的喧闹,好比蔓草丛生、野花怒放的丛林展现在你眼前,壮丽而无穷无尽地纠缠在一起,闪闪发光,似蛇般蜿蜒蠕动,滑溜着一圈圈打盘,而叶和花又永远幻术般交替变换。"而且,即便如此,"也未必比福克纳的文体更叫人头晕目眩。"[②]总之,福克纳这个默默无闻的幕后角色来到了美国文坛的中心,逐渐进入了批评家的视阈。对他作品的解读,也从早期的简短书评、单一主题逐渐进入更为宏大的视野。

二、《喧哗与骚动》的诠释与批评

《喧哗与骚动》(*The Sound and the Fury*,1929)是进入创作成熟期的福克纳的第一部重要小说,书名取自莎士比亚悲剧《麦克白》(第五幕第五场)中麦克白的著名独白:"明天,明天,再一个明天,一天接着一天地蹑步前进,直到最后一秒钟的时间;我们所有的昨天,不过替傻子们照亮了到死亡的土壤中去的路。熄灭了吧,熄灭了吧,短促的烛光!人生不过是一个行走的影子,一个在舞台上指手画脚的拙劣的伶人,登场片刻,就在无声无臭中悄然退下;它是一个白痴所讲的故事,充满着喧

[①] 威廉·范·俄康纳:《威廉·福克纳》,见威廉·范·俄康纳编:《美国现代七大小说家》,张爱玲等译,北京:三联书店,1988年,第155—156页。

[②] 康拉德·艾肯:《论威廉·福克纳的小说的形式》,见李文俊编:《福克纳评论集》,北京:中国社会科学出版社,1987年,第71页。

哗与骚动,却找不到一点意义"。① 该书的创作始于 1928 年春天,当时福克纳在着手写作有关康普生家族的三个短篇:《清晨》(*Twilight*)、《夕阳》(*That Evening Sun*)和《正义》(*A Justice*)。这三个短篇最后成为一部巨著,成就了他最伟大的小说《喧哗与骚动》,也奠定了他在美国文学界乃至世界文学史上的地位。

《喧哗与骚动》的出版表明一位伟大作家的诞生。小说受到众多批评家的关注与赞扬,被赞誉为天才之作。多数研究者认为这显然是一部"现代小说",特别强调乔伊斯的影响。最初评论多集中在小说中内心独白、意识流及合并字等写作技巧的应用方面,后来逐渐对小说的主题、风格、内容也展开了多视角的论述。其中维克多·斯特兰德伯格(Victor Strandberg)的研究表现了宽阔的视野,他从六个角度分析福克纳的总体创作,即倒置原则(The Principle of Inversion)、福克纳的"英雄交响曲"(Faulkner's 'Eroica')、爱之死(Liebestod)、身份象征(Symbols of Identity)、从弗洛伊德到马克思(From Freud to Marx)、福克纳的上帝(Faulkner's God)②。从批评视角与诠释内容来看,对《喧哗与骚动》的解读,大体可概括为主题学研究、叙事结构分析、原型批评等几个主要视角。

(一) 主题学研究

福克纳小说的大部分主题在早期批评中就已显现。F. L. 罗宾斯(F. L. Robbins)在分析《喧哗与骚动》时说福克纳具有伟大的创造性天才,对诗意情感非常敏感。他认为小说的主题是白人家庭的崩溃和堕落和黑人的活力和生气的对比。③ 有批评家把《喧哗与骚动》视为家族没落故事,并与其他家族故事进行类比参照。莱尔·萨克森(Lyle Saxon)在《纽约先驱论坛报》(*New York Herald Tribune*)赞叹这是一部非凡的小说,对于一个美国南方家庭的描写跟任何一位俄罗斯小说家一样地无情。还有论者认为,"这一部书也可以当作一个家庭温暖消逝,自尊和互谅荡然无存的描绘来读。这是个南方的故事,二十世纪的故事,而关于家庭没落这一点,这部小说有它与西方文学许多老传说类似之处。"④

早期批评家中最重要的是伊夫林·斯科特(Evelyn Scott),她认为这是一部"独特的"小说。在福克纳评论中,斯科特第一次引入了一个主题,这个主题一直到

---

① 莎士比亚:《麦克白》,见《莎士比亚全集》第八卷,朱生豪译,北京:人民文学出版社,1978 年版,第 386—387 页。原译文"idiot"译为"黑人",这里改为"白痴"。后半部原文为:Life's but a walking shadow, a poor player. / That Struts and frets his hour upon the Stage. / And then is heard no more; it is a tale/ Told by an idiot, full of sound and fury. / Signifying nothing. See George Gordon, ed., *Six Plays of Shakespeare*, Stockholm/London: The Continental Book Company AB, 1946. p. 437.

② Victor Strandberg, *A Faulkner Overview: Six Perspectives*, Port Washington, N. Y.: Kennikat Press, National University Publications, 1981.

③ F. L. Robbins, "Novels of the week", *The Outlook*, 16 October 1929, p. 268.

④ 威廉·范·俄康纳:《威廉·福克纳》,见威廉·范·俄康纳编:《美国现代七大小说家》,张爱玲等译,北京:三联书店,1988 年,第 162 页。

现在仍为批评家所沿用,即她把班吉看作是基督的象征,而不是基督式的人物。[1] 1939年,让-保罗·萨特在《新法兰西评论》上发表《福克纳小说中的时间:〈喧哗与骚动〉》一文,从时间哲学的角度来评论《喧哗与骚动》,认为这是小说的真正主题。马尔科姆·布拉德伯利(Malcolm Bradbury)对这种批评趋向进行了概括,"早期的30年代看到了福克纳在其情趣和重心方面发生的变化——他的主题的暗澹化,对现代贫瘠和现代罪恶的日益关注,对妇女们堕落的和肮脏的性行为或是她们的旺盛的生育力给男人们带来的毁灭性的命运,以及南方清教主义和人种混杂的历史所结出的恶果的日益关注。"[2]早期福克纳主题批评的视角呈现出多样性的特点,显示出批评家的透视力度和广度。

后来的研究者在早期批评的基础之上,对小说进行更为深入全面的诠释。台湾学者朱炎则从传统与现实的角度提升了小说的主题:"表面上看,痴人狂喧是在表现康普生一家或美国南部社会的堕落;实质上,它也是福克纳本人的心路历程——一篇有关一个诗人怀抱着美的神龛,与无情的时间、性的泛滥和现实的狂飙作殊死搏斗的现代史诗。"[3]约翰·皮尔金顿(John Pilkington)认为《喧哗与骚动》属于创作于"'迷惘的一代'的荒原上的小说"。[4]克林斯·布鲁克斯在《威廉·福克纳浅介》一书中把该书视为一部关于现代的书,并说明小说中的现象并不局限于美国南方,它是全国性的,也是世界性的。马尔科姆·布拉德伯利在《现代美国小说论》(The Modern American Novel,1992)中也呼应了小说中的现代问题,"当他转向小说创作的时候,关于历史的失败、西方世界的衰败、现代性的堕落、现代存在的自我陶醉,对感觉变得敏锐的需求和对颓废艺术的要求的思想都成为推使他为艺术确定一种现代定义并发现出一种现代问题的动力的一部分。"[5]《喧哗与骚动》中的现代性问题受到了关注,福克纳由此被冠以现代主义作家的头衔。

在小说的众多主题中,最受批评家关注的当属人性复活的信念和悲剧意识。福克纳的诺贝尔文学奖演说中有这样的话:"我深信人类不但会苟且地生存下去,他们还能蓬勃发展。人的不朽,不只是因为他在万物中是唯一具有永不衰竭的声音,而因为是他有灵魂——有使人类能够同情、牺牲、忍耐的灵魂。"事实上,《喧哗与骚动》正是对他这一说法的生动脚注。通过小说中塑造的艺术形象,作家对人的存在的永久价值、荣誉感、同情心、忍耐及牺牲精神作了深刻的诠释。威廉·

---

[1] Evelyn Scott, *On William Faulkner's The Sound and the Fury*, New York: Jonathan Cape and Harrison, 1929, p.7.
[2] 马尔科姆·布拉德伯利:《美国现代小说论》,王晋华译,太原:北岳文艺出版社,1992年,第115页。
[3] 朱炎:《美国文学评论集》,台北:联经出版事业公司,1976年,第79页。
[4] John Pilkington, *The Heart of Yoknapatawpha*, Jackson, MS: University Press of Mississippi, 1981, p.110.
[5] 马尔科姆·布拉德伯利:《美国现代小说论》,王晋华译,太原:北岳文艺出版社,1992年,第109页。

范·俄康纳认为:"福克纳的长篇小说和短篇小说的主题和基督教的基本道德观念很有关系,其中如自尊心,互敬,谅解别人如同谅解自己,刚毅,以及谦虚与骄傲和慈善间适当的平衡工夫等。"① 而且,"福克纳的主题和《圣经》的主题一样既简单且复杂并且保持一贯"②。这与他的人生信念一致:"现代的堕落只是暂时的,在人的生命里存在着超验的忍耐力量,诅咒能够被解除,历史,无论是过去的还是现在的,仍然具有变为永久性神话的可能性。"③ 法国作家阿尔贝·加缪(Albert Camus)、法国批评家克洛德-埃德蒙·马涅(Claude Edmund Magne)和美国文论家克林斯·布鲁克斯,都提到过福克纳"忍耐苦难与战胜苦难"的思想。当代美国著名批评家、美国文论芝加哥学派的第二代代表人物韦恩·C·布思(Wayne C. Booth)特别强调小说的道德问题和教化作用,他曾以福克纳为例说明作家的神圣职责。④福克纳本人也曾经说过,"我希望,我唯一从属的流派,我希望从属的流派,是人道主义的流派"⑤。

也有学者从小说结尾那只有一个主语与谓语的句子(They endured.)里读出了福克纳对人类命运的终极关怀:"从字面上看,这是对迪尔西及其黑人同胞的写照,但何尝不可以理解为对全人类命运的概括描述。……这样的思想,福克纳是一直在考虑与关注的。"⑥ 而在昆丁的死亡意识——对死亡的渴望和超越中,也见出现代人的荒谬、失落、苦闷、孤独与绝望。笼罩在现代人身上的死亡阴影和他们苦苦挣扎的身影回应了弥漫在现代生活中的"上帝死了"的声音。由此得出结论,康普生家族的衰败堕落在于心灵的死亡和人性的衰竭。梅尔文·巴克曼认为,"这个家庭被忧郁症、酗酒、白痴、自杀和性乱行为以及乱伦的威胁团团围住。但是,对家庭的摧毁最终在于爱的毁灭。"⑦ 迈克尔·米尔格特(Michael Millgate)指出:"《喧哗与骚动》……首先是人性的失败,是对爱的排斥,这些不仅破坏了整个家庭,而且还毁掉了其中的每位成员。"⑧

早期批评家就已经开始关注《喧哗与骚动》中的悲剧意识,阿博特·马丁(Ab-

---

①② 威廉·范·俄康纳:《威廉·福克纳》,见威廉·范·俄康纳编:《美国现代七大小说家》,张爱玲等译,北京:三联书店,1988年,第191,192页。

③ 马尔科姆·布拉德伯利:《美国现代小说论》,王晋华译,太原:北岳文艺出版社,1992年,第117页。

④ 程锡麟、王晓路:《当代美国小说理论》,北京:外语教学与研究出版社,2001年,第37页。

⑤ James B. Meriwether and Michael Millgate, eds., *Lion in the Garden: Interviews with William Faulkner*, 1926—1962, New York: Random House, 1968, p.141.

⑥ 李文俊:《威廉·福克纳》,见吴富恒、王誉公主编:《美国作家论》,济南:山东教育出版社,1999年,第639—640页。

⑦ Melvin Backman, *Faulkner: The Major Years, A Critical Study*, Blooming: Indiana University Press, 1966, p.30.

⑧ Leland H. Cox, ed., *William Faulkner: Critical Collection*, Detroit, Michigan: Gale Research Company, 1982, p.463.

bott Martin)的"找不到一点意义"("Signifying Nothing")是最早涉及这一现象的评论文章之一。文中提出,书中充满希腊悲剧,这书可能使作者非常伟大,但不一定非常受人欢迎。① 关于福克纳的悲剧格调,奥唐奈的看法具有代表性:"威廉·福克纳的神话表现在带有明确传奇色彩的创作中;当他接近悲剧时,那是一种韦伯斯特式的悲剧。他的艺术像韦伯斯特的一样,充满了痛苦。"② 也有研究者从凯蒂这一角色解读小说的悲剧意识,"她内心对欲望与羞耻、爱与恨、忍耐与骄傲的理解不仅代表了康普生家庭及南方的毁灭,也预言了现代人的历史性毁灭。……事实上几乎与一种现代思想合流,这种思想借用处于希腊神话意识中心的悲剧观念,即把对预先知道的不能改变的命运的反抗视为悲剧的观念,将悲剧看作是对有关人类生存的冷酷历史决定论的抵抗。"③

尽管有些研究者从小说结尾读到了希望,但总体而言还是强调小说带有强烈的悲剧色彩。卡维尔·柯林斯认为,在小说的最后一部分,读者可以从迪尔西那儿看到一条较好的生活道路,"因此,读者感到小说的悲剧气氛减轻了。但是无论如何,这个故事仍是个悲剧,因为迪尔西的出现绝不可能抵消康普生家人感情全盘崩溃的毁灭效果。"而且,"全书从头到尾,在细节上,诸如使用色彩或避免用色彩,铃响或铃不响,对白和说明所使用的许多话语,在悲剧意义上,都与耶稣受难周的祷告书吻合一致。"④

(二) 叙事结构分析

英国老作家理查德·休斯曾为该书英文版作序,对福克纳的写作技巧大为赞叹。他认为,尽管福克纳的创作设计错综复杂、难以理解,但这是"最聪明、最简捷、唯一能言而达意的方法"。⑤ 对《喧哗与骚动》的叙事结构的批评主要突出以下三个方面:叙事结构的独特性、双重结构模式、基督教神话线。

有批评家注意到了小说中叙事结构的独特性,尤其是作家的"倒退"叙事方式。福克纳传记作家戴维·明特(David Minter)认为,"这部小说进一步退回到福克纳的童年和他幼年心目中的家庭形象、退回到过去、深入内层。同时,他采用虚构小说的技巧和策略挖掘、挪动和改变那些等待他去开采的种种回忆,使这部小说有了惊人的突破。……题材上向后倒退,形式和风格上则向前创新。这部小说的倒退

---

① Abbott Martin, "Signify Nothing", *Sewanee Review* 38, January 1930, pp.115—16.
② 乔治·马里恩·奥唐奈:《福克纳的神话》,见李文俊编:《福克纳评论集》,北京:中国社会科学出版社,1987年,第18—19页。
③ 刘易斯·P. 辛普森:《南方小说》,见丹尼尔·霍夫曼主编:《美国当代文学》(上),北京:中国文艺联合出版公司,1984年,第225页。
④ K.S. 豪斯等:《美国小说评论集》,田维新等译,北京:美国驻华大使馆新闻文化处,1985年,第272页。
⑤ 虞建华:《20部美国小说名著评析》,上海:上海外语教育出版社,1989年,第225页。

原则中有几条主线,其中有两条十分重要:首先,康普生家的三兄弟颇像福克纳家中的子女结构。其次,以回忆和重复为形式结构的原则。"①因此,福克纳的叙述方式使读者感觉好像是坐倒车。批评家奥尔加·维克里(Olga Vickery)综观小说的整体叙事安排,认为尽管"前三章中零零碎碎的真相回荡着喧哗与骚动,却不代表任何意义。然而,在同样的事件里,同样的无序和混乱中,却出现了迪尔西的胜利与和平,这不仅赋予了她自己的生活而且为整部小说增添了意义。"②布拉德伯利从时间的角度考察小说的结构,认为福克纳的结构和其他著名的意识流大师存在着极大差异:"他结构作品不是通过时间或是历史发展的顺序而是通过对这样的时序进行挑战并产生出象征性共振现象的极端序列。他的技法具有一些和乔伊斯或是普鲁斯特所完全不同的原则。"③尽管这些评论强调的重点不尽相同,但它们有一个共同之处,就是特别注意到了小说的结构安排,并从叙事的角度赋予小说以主题意义。

研究者普遍认为,在《喧哗与骚动》里,福克纳不仅借鉴了詹姆斯·乔伊斯的意识流创作手法,人物的思绪总是处于从过去到现在的一个连续不断的时间平面之上,而且还使用小说的表面故事和某种外在模型或结构相结合的双重表述形式。这种虚实二重平行结构在描绘现实生活中人物事件的同时,还辅之以一条基督教神话线与之呼应。他们认为,小说四章标题1928年4月7日、1910年6月2日、1928年4月6日、1928年4月8日分别与复活节前夕、圣礼拜六(Holy Saturday)、耶稣受难日(Good Friday)、复活节(Easter Sunday)的时间相吻合。作家使用年月日时间概念作为各个部分的标题,有着深刻的含义,因为康家故事背后衬托的大背景就是耶稣受难,主要事件发生在受难日、圣礼拜六和复活节。时间这一概念在福克纳的作品里是一个十分敏感的话题,作家采用各种文学手段力图凸现时间关系或宣判时间的死亡。意识流创作技法成为作家实现这一文学目的的重要手段,但他同时赋予这一技法许多新的内容。

小说中人名地名的谐音和有意无意的历史与文学典故,令一些研究者产生了丰富的联想,许多评论强调小说与基督教神话的内在同构关系。维克里指出:"像耶稣、圣弗朗西斯、摩西、华盛顿、拜伦这些名字,不仅增添了丰富的历史和文学典故,而且传达出昆丁世界的本质。班吉是作为'便雅悯——我老年生的儿子,给弄到埃及做人质'被接受到这个世界里的,凯蒂是作为夏娃或死神小姐姐被接受到这

---

① 戴维·明特:《骚动的一生——福克纳传》,顾连理译,上海:知识出版社,1994年,第108页。
② Olga W. Vickery, *The Novels of William Faulkner, A Critical Interpretation*, Baton Rouge: Louisiana State University Press, 1964, p.49.
③ 马尔科姆·布拉德伯利:《美国现代小说论》,王晋华译,太原:北岳文艺出版社,1992年,第113页。

个世界的。"①另一方面,"把迪尔西描述为一个道德规范,应该强调的是,她并没有提出任何体系抑或行为或信仰的准则,只是强调她参加复活节礼拜。她的态度以及复活节礼拜本身都没有任何罪恶和惩罚的暗示,只是涉及到受难及其结束。"②克林斯·布鲁克斯也持类似观点:"康普生家族问题不是原始性而是堕落,不是非理性而是缺乏信仰。例如康普生太太,如果能有迪尔西的简单的信仰就会好得多。"③小说的宗教意涵通过叙事结构的安排得以展现。

更多研究者关注小说的现代派叙事手法,意识流、拼贴画、内心独白、多角度、时序倒置、角色颠倒等字眼在批评文章中多次出现。因为意识流等现代派写作技巧,《喧哗与骚动》给批评家带来了极大挑战。巴兹尔·达文波特(Basil Davenport)认为这是一部具有独创性给人留下深刻印象的书,风格不同于以往的意识流派。阿博特·马丁认为福克纳使用詹姆斯·乔伊斯的方法比乔伊斯本人更为成功,因为福克纳小说的整体更为艺术,更为明确。④小说前三部分都是非正常的心理活动:白痴班吉思路混乱,只能凭借感官直觉来感悟周围发生的事情,他呈现给读者的是连续的现在时;昆丁带有不同于正常人的、非常规思维的病态表现,具有偏激的情绪,似乎患上了偏执型的精神分裂。他这一部分属于原始的心理活动,意识和潜意识交互出现;杰生部分是正常的意识层次,但呈现给读者的是自私卑下的低级的动物性心理。

在福克纳评论中,意识流、多角度、时序倒置的运用使得时间意识逐渐凸现为一个重要的批评视角。在萨特之后,从时间的角度阐释《喧哗与骚动》叙事方式的批评家不乏其人。布拉德伯利把时间观与小说的主题联系起来,他认为:"《喧器与愤怒》里的中心故事便是关于昆丁企图遏止住历史和主观的时间、企图在心理的腐蚀和时间的流逝之外来维持凯蒂之贞洁的尝试;……由此引起了四个层次上的连锁反应;白痴班吉用连续的现在时态所讲的故事以一种无时间概念的记忆形式使故事及其形象总是处在一种现在的状态之中;昆丁则以一种因果关系的形式把这一形象转变成心理的和历史的悲剧;杰生则是以一种经验主义的方式待之,把凯蒂的失节看作是他爬不到上层社会中去的原因;而迪尔西所提供的又是一种持久性的连接。"⑤奥尔加·维克里也从时间的角度定位小说的主人公,他认为昆丁和班吉"两人都无法正视时间对他们的侵袭,前者是感觉不到时间的存在,后者则是惧

---

①② Olga W. Vickery, *The Novels of William Faulkner*, *A Critical Interpretation*, Baton Rouge: Louisiana State University Press, 1964, p.40,49.

③ 克林斯·布鲁克斯:《乡下人福克纳》,见李文俊编:《福克纳评论集》,北京:中国社会科学出版社,1987年,第243页。

④ Abbott Martin, "Signify Nothing", *Sewanee Review* 38, January 1930, p.115.

⑤ 马尔科姆·布拉德伯利:《美国现代小说论》,王晋华译,太原:北岳文艺出版社,1992年,第114页。

怕时间的存在,因此,他们也无法面对凯蒂的'正常'成长给他们带来的心理挑战。"①

研究者大都赞同《喧哗与骚动》和《我弥留之际》这两部小说最为典型地表现了福克纳运用意识流刻画人物心理的尝试,认为小说具有强烈的现代主义色彩。也有批评家认为,尽管《喧哗与骚动》运用了多种现代派写作手法,从内容与气质上与现代派文学有着深刻的联系,但它与传统现实主义文学发生着更为密切的关联,而"福克纳与传统现实主义作家另一不同之处是他根据现代哲学、现代心理学对'人'的更深入的理解,采用了一系列新的小说技法,使自己的作品更充分地表现出现代人和现代生活的复杂性"②。这一视角赋予小说心理现实主义的特点,使福克纳又被视为现实主义作家。

《喧哗与骚动》刚刚出版时,《纽约时报书评》就有一位佚名作者发表文章,认为福克纳对于不正常人物的描写使他超越了俄罗斯作家。③威廉·范·俄康纳指出:"库珀(Cooper)天真无邪的角色也在福克纳小说里再现,另外加上荒诞故事的特质。而且,至少在某一方面,福克纳与麦尔维尔(Melville)很相像:这两位作家都能够从一个充满希冀和期望的传统里接受精神遗产来创造纯洁无瑕的天真形象,同时他们也都能够从自身的怀疑精神和深邃的思维中创造出梦魇式的恐怖形象。"④维克托·斯特兰德伯格在《福克纳概观:六个视角》一书中也把福克纳的倒置手法放在首位论述。因而,有批评家认为,这部小说从弱智者的视角出发,力图从一些畸形变态的现象里捕捉到某种富含人性本质的内容,一反福克纳作品中常见的神话意象,而对社会现实和心理现实赋予了更多的笔触。也许,莎士比亚的麦克白独白与小说最为平行之处就是"人生是白痴所讲的故事",谁也听不懂道不明,而这个世界到处充满着喧哗与骚动。

(三)神话原型模式

杰西·麦圭尔·科菲(Jessie McGuire Coffee)曾经总结过福克纳小说与《圣经》的互文关系。她发现,福克纳对《旧约》21部书的183处进行了参照,对《新约》13部书的196处进行了参照,在《圣经》34部书里共有379处参照。⑤由此,一些研

---

① Olga W. Vickery, *The Novels of William Faulkner, A Critical Interpretation*, Baton Rouge: Louisiana State University Press, 1964, p. 31.

② 李文俊:《'约克纳帕塔法'的心脏——福克纳六部重要作品评析》,见董衡巽等著《美国现代小说家论》,北京:中国社会科学出版社,1987年,第215页。

③ *New York Times Book Review*, 10 November, 1929, p. 28.

④ 威廉·范·俄康纳:《威廉·福克纳》,见威廉·范·俄康纳编:《美国现代七大小说家》,张爱玲等译,北京:三联书店,1988年,第194页。

⑤ Jessie McGuire Coffee, *Faulkner's Un-Christlike Christians: Biblical Allusions in the Novels*, Ann Arbor, Michigan: UMI Research Press, 1983, pp. 129—30. 小说中有的参照可以在《圣经》不同的书里找到,因此对《旧约》和《新约》参照的数量总和要比小说里多。

究者认为福克纳的文学创作与圣经文化传统有着密切的关联,神话原型模式自然成为他们批评的重要视角。

有人认为福克纳试图借助神圣的基督之爱衬托康普生家族的自私、受挫、失败、仇视的现实,而且这种神话模式极大地加强了小说的反讽色彩。在《喧哗与骚动》里,"康普生一家的自私自利、生活中没有爱、遭受挫折和失败,与基督临死时告诫门徒的'你们要彼此相爱'形成强烈的对照。"①麻省理工学院文学教授卡维尔·柯林斯(Carvel Collins)就是持这一观点的代表。柯林斯对福克纳尤有研究,在多篇论述中指出福克纳运用神话和宗教主题来结构《喧哗与骚动》。他认为:"基督遗爱人间的动人日子与康普生家人所过的苦难日子之间讽刺性的对比,大大丰富了我们对生活悲剧在美学上的认识。"②

很多批评家都注意到小说中浮现的诸多圣经意象,其中"水"、"火"、"树"、"林木"等尤为明显。梅尔文·巴克曼(Melvin Backman)认为,"污渍似乎用来作为凯蒂性感和性乱行为的预兆。然而,它的象征意义似乎还要重要,福克纳似乎在把凯蒂沾有污渍的内裤与撒旦和伊甸园里的禁树联系起来,似乎把她的污渍与原罪联系起来。具有矛盾意义的是,凯蒂对班吉而言是生命之树,而对昆丁来说,则证明她是致命的智慧树"③。水在基督教世界中具有净化灵魂的作用,既预示着生命的肇始,又象征着生命的归宿。奥尔加·维克里如此阐释昆丁的形象与水的密切关联:"影子意象与水的意象融合在一起的次数表明,投水自杀是昆丁用来调和他的两个世界、把影子与现实合并起来并缓和其冲突的一种方式。不管水可能具有什么样的纯洁暗示,但对昆丁而言,它主要是湮没感觉的象征。"④

相当一部分研究者把迪尔西身上的光芒归结为宗教信仰的光照。朱炎指出:"迪尔西的基督信仰,经过多年的苦难和日常琐务的锻炼与升华之后,已经变得成熟而芳醇,而她的歌声也因之成了她经由坚信、谦虚和爱而得救的信仰的心声。"⑤很多人都认为,作家把康普生家族的希望寄托在边缘人物身上,寄托在神圣的宗教信仰之上。因此,福克纳的救赎和希望是超越人类的外在力量,是需要上帝的抚慰和恩赐的信仰光芒。

---

① 中国大百科全书外国文学编辑委员会编:《中国大百科全书·外国文学卷》(一),北京·上海:中国大百科全书出版社,1982年,第324页。

② K.S. 豪斯等:《美国小说评论集》,田维新等译,北京:美国驻华大使馆新闻文化处,1985年,第270页。

③ Melvin Backman, *Faulkner: The Major Years, A Critical Study*, Blooming: Indiana University Press, 1966, p.19.

④ Olga Vickery, *The Novels of William Faulkner, A Critical Interpretation*, Baton Rouge: Louisiana State University Press, 1964, p.42.

⑤ 朱炎:《美国文学评论集》,台北:联经出版事业公司,1976年,第136页。

福克纳研究论文和专著日益丰富,涉及到哲学、美学、结构、心理、技巧、互文、主题、神话原型等多重视角,一种可以称之为"福学"的超越文学领域的文化研究正在逐步形成并确立起来。柯林斯一语概之,"《声音与疯狂》太复杂了,了解了那种复杂性,在美学上的报酬非常可观。……《声音与疯狂》似乎要在读第三遍时才能发出它最大的光辉。读第一遍时,大概只能注意到非常沉痛而动人的表面故事而无法了解隐伏其中的要点。读第二遍时,要慢一点,卖弄些学问,此外还得稍稍考察基督教的原始资料和其他的对比关系。然后,大约过了一段时间后,理想的第三读才会掀开小说比较丰富的内容。"① 福克纳本人也曾借用华莱士·斯蒂文斯(Wallace Stevens)的诗歌《看乌鸦的十三种方式》(*Thirteen Ways of Looking at A Blackbird*)来比喻解读文学作品的方式:读者运用了看乌鸦的所有十三种方式,才能看见完整无缺的全部内容,从而得出了自己看乌鸦的第十四种方式。② 也许,解读永远的福克纳,需要的不仅仅是三遍阅读或观看的十三种方式。说不完道不尽的福克纳为读者增添了无穷的文学想象体验,而每次的阅读和欣赏也都会在读者面前呈现出一个迥然不同的福克纳。

福克纳是伟大的,他的伟大就在于他试图在喧哗与骚动中透出有序和意义;福克纳又是不朽的,这种不朽就在于他本身的这种多重可读性。

【关键词】

福克纳现象 约克纳帕塔法世系 意识流 拼贴画 内心独白 多视角 时序倒置 神话原型

【推荐阅读书目】

1. 戴维·明特:《骚动的一生——福克纳传》,顾连理译,上海:知识出版社,1994年。
2. 李文俊编选:《福克纳评论集》,北京:中国社会科学出版社,1980年。
3. 《威廉·福克纳导读》
   Edmond L. Volpe, *A Reader's Guide to William Faulkner*, New York: Farrar, Straus, 1969.
4. 《威廉·福克纳:从杰佛逊走向世界》
   Hyatt H. Waggoner, *William Faulkner: From Jefferson to the World*, Lexington: University of Kentucky Press, 1959.

---

① K.S. 豪斯等:《美国小说评论集》,田维新等译,北京:美国驻华大使馆新闻文化处,1985年,第273页。

② James B. Meriwether and Michael Millgate, eds., *Lion in the Garden: Interviews with William Faulkner*, 1926—1962, New York: Random House, 1968, pp. 273—74.

【参考文献】

1. 《威廉·福克纳的〈喧哗与骚动〉》
   Evelyn Scott, *On William Faulkner's The Sound and the Fury*, New York: Jonathn Cape and Harrison, 1929.
2. 《园中之狮：与威廉·福克纳的会面，1926—1962》
   James B. Meriwether and Michael Millgate, eds., *Lion in the Garden: Interviews with William Faulkner, 1926—1962*, New York: Random House, 1968.
3. 《福克纳的非基督式基督徒——小说中的圣经典故》
   Jessie McGuire Coffee, *Faulkner's Un-Christlike Christians: Biblical Allusions in the Novels*, Ann Arbor, Michigan: UMI Research Press, 1983.
4. 《约克纳帕塔法的心脏》
   John Pilkington, *The Heart of Yoknapawpha*, Jackson, MS: University Press of Mississippi, 1981.
5. 《威廉·福克纳批评文集》
   Leland H. Cox, ed., *William Faulkner: Critical Collection*, Detroit, Michigan: Gale Research Company, 1982.
6. 《威廉·福克纳的重要岁月：批评研究》
   Melvin Backman, *Faulkner: The Major Years, A Critical Study*, Blooming: Indiana University Press, 1966.
7. 《威廉·福克纳的小说：批评阐释》
   Olga W. Vickery, *The Novels of William Faulkner, A Critical Interpretation*, Baton Rouge: Louisiana State University Press, 1964.
8. 《福克纳概观——六个视角》
   Victor Strandberg, *A Faulkner Overview: Six Perspectives*, Port Washington, N. Y.: Kennikat Press, National University Publications, 1981.

【网络资源】

http://en.wikipedia.org/wiki/William_Faulkner
http://www.mcsr.olemiss.edu/~egjbp/faulkner/faulkner.htm
http://www.english.ucf.edu/faulkner
http://worldcat.org/identities/1ccn-n79-3304

【作品推荐译本】

《喧哗与骚动》，李文俊译，上海：上海译文出版社，1984年。

第十九章 布尔加科夫的《大师和玛格丽特》：文本与阐释的多重空间

米哈伊尔·阿法纳西耶维奇·布尔加科夫（Михаил Афанасьевич Булгаков，1891—1940）是才华横溢，命运多舛的文坛奇才，文学大师，20世纪最受欢迎的俄国小说家和戏剧家，同时又是世界文坛上最神秘的作家之一。

布尔加科夫出生于乌克兰基辅市一个神学教授家庭。自幼喜爱文学、音乐、戏剧，深受果戈理、歌德等的影响。1916年基辅大学医疗系毕业后被派往农村医院，后转至县城，在维亚济马市迎接了十月革命。1918年回基辅开业行医，经历了多次政权更迭，几度被征为军医，后被邓尼金分子裹胁到北高加索。1920年起弃医从文。1921年辗转来到莫斯科。1920年开始在《汽笛报》工作，发表一系列短篇、特写、小品文，揭露并讽刺不良社会现象，以幽默和辛辣的文风著称。1924—1928年间发表中篇小说《孽卵》（*Роковые яйца*，1925）、《魔障》（*Дьяволиада*，1925）,《狗心》（*Собачье сердце*，1925），剧本《卓伊金的住宅》（*Зойкина*，1926），《火红的岛屿》（*Багровый остров*，1928）。1925年发表长篇小说《白卫军》（*Белая гвардия*），描写1918年基辅的一部分反对布尔什维克的白卫军军官的思想和行动。1926年小说改编为剧本《土尔宾一家的日子》（*Дни Турбиных*），引起轰动和争论。1930年，在斯大林的亲自干预下他被莫斯科艺术剧院录用为助理导演。在30年代末—50年代初的俄罗斯文坛，布尔加科夫几乎销声匿迹，大部分作品受到严厉抨击，被禁止出版和公演。他生活贫困潦倒，精神十分苦闷，1940年重疾而终。其他作品有剧本《莫里哀》[*Кабала Святош*（*Мольер*），1936]、传记体小说《剧院情史》（*Театральный роман*，1937，1965年发表）等。60年代后作家重新复活，引起极大轰动。

在遭受批判和被禁的压力之下，布尔加科夫写出了传世之作《大师和玛格丽特》（*Мастер и Маргарита*，1928—1940），12年间几易其稿。1966—1967年小说首次以删节本的形式在莫斯科杂志连载，旋即被译成西方多种文字，风靡世界。布尔加科夫从一个文学弃儿旋即变成了可以入选文选的作家。《大师和玛格丽特》在塔甘卡等剧院常年上演，在德国、波兰、南斯拉夫被搬上银幕。1988年，十卷本《布尔加科夫全集》问世，增补了曾被删节的部分。随后作家的两卷本散文（基辅，1989）、五卷本文集（莫斯科：艺术文学出版社，1989—1990）、《戏剧遗产》两卷本——20年代和30年代剧作（圣彼得堡：艺术出版社，1989，1994）陆续出版，为布尔加科夫研究提供了文本准备。如今，对布尔加科夫的研究早已成为一门显学。

在20世纪的俄罗斯作家中，布尔加科夫属于最无可争议的经典作家。1966—1967年，他的长篇小说《大师和玛格丽特》被尘封26年之后首次在《莫斯科》杂志发表删节本，犹如石破天惊，成为震撼20世纪世界文坛的重大事件。时任加利福尼亚大学教授的俄侨诗人、批评家和翻译家格列伯·斯特卢威（Глеб Струве）称其为"布尔加科夫的回归"，这部早期不为人知的杰作是俄罗斯"地下文学"的范例。[①]此言为当代布尔加科夫学的发展提供了主要推力。几十年间国际布尔加科夫学获得蓬勃发展，已成为文学研究的一个方向。1985年，南斯拉夫权威的俄罗斯文学专家尤瓦诺维奇（М. Jovanovič）在布尔加科夫文集的前言中断言："现在在临近世纪终结的时候已经很清楚，分析普鲁斯特、乔伊斯和卡夫卡小说的时代已经过去，马尔克斯的《百年孤独》和布尔加科夫的《大师和玛格丽特》则成为提交给我们时代的遗嘱和'世纪之书'。"[②]英国学者卡提斯（J. A. E. Curtis）宣称，《大师和玛格丽特》是一部"包罗万象的杰作，在俄罗斯和西欧文学中很难找到任何一部作品可与之媲美"。[③]

在苏联国内，作品却曾引起激烈论争。在文学的意识形态研究中，小说无法被纳入当时通行的党性、人民性、阶级性、历史主义方法等理论体系，作家的"神秘性"成为分析其作品的障碍。在20—30年代，作家曾被冠以"白卫军"和"内部侨民"的罪名而遭排斥，此时论者在小说中又发现了"摩尼教的异端邪说"，指斥作家将魔鬼学说"世俗化"，写作"撒旦之书"，是"同恶妥协"，同被批判的还有在30年代"不合时宜"的抽象的人道主义。严厉的批评使人感觉小说的声誉似乎并非缘于卓越的艺术成就，而是因为作者对官方文化的立场及其悲剧命运。[④] 此外，布尔加科夫还

[①] G. Struve, The Re-Emergence of Mikhail Bulgakov//*Rus. rev.* Stanford, 1968. Vol. 27, N 3. pp. 338—343. См. Т. Г. Юриченко, Булгаков в русской критике за рубежом //*Михаил Булгаков*: *современные толкования. К 100-летию со дня рождения. 1891—1991.* Сб. обзоров/Отв. ред. Т. Н. Красавченко; М. : АН СССР ИНИОН. 1991. с. 87.

[②] C. Jovanovič. Предисловие и комментарий к изданию: Булгаков Михаил. Дела. Београд, 1985. с. 5. *там же.* с. 150—51.

[③] J. A. E. Curtis, *Bulgakov's last decade: The writer as hero.* Cambridge Univ. Press, 1987. XI, p. 129. См. И. Л. Галинская. *Наследие Михаила Булгакова в современных толкованиях*, М. : ИНИОН РАН, 2003. с. 113.

[④] М. М. Дунаев. Истина в том, что болит голова//*Златоуст.* 1991. № 1. с. 310, 316.

被列入19—20世纪的以小说为基本体裁的"批判现实主义"作家的行列。也有论者肯定其创作在俄罗斯与世界讽刺文学发展中的重要成就[1],这一批评视角遮蔽了诸多敏感问题而显得合乎时宜。而对作品的基督教解读、布尔加科夫与斯大林的关系等问题几乎则全都移交给地下出版物和国外的布尔加科夫研究。

随着作家遗孀对档案材料的披露和作家书信、著作、文集的陆续出版,对布尔加科夫的研究掀开了新的一页。[2] 80年代,关于布尔加科夫个性及其诗学、散文作品和戏剧创作史的研究著作大量涌现,从饱含激情的解读转向具有学术价值的阐释,布尔加科夫作为苏联文学大师的地位得到充分肯定。《大师和玛格丽特》丰富的内涵为批评者提供了巨大的阐释空间,社会语境的深刻变化也为各种阐释提供了可能。研究方法主要有传记研究——作家档案、小说手稿及创作史研究;小说谱系及原型研究;小说文本分析;文学地方志或小说地形学。在后者研究基础上开辟了作家故居博物馆和游览专线,"布尔加科夫的莫斯科"因而具有了奇幻的魅力。布尔加科夫的影响早已超越了文学框架进入到社会意识范畴,在大众文化体系中的牢固地位使小说成为一部祭祀之书。

一、传记研究:布尔加科夫学的起点

传记研究主要涉及小说手稿及其内容、作品版本变化同作者思想转变的关系。丘达科娃(М. О. Чудакова,1937—)和雅诺夫斯卡娅(Л. Яновская,1940—)是这一方向的主要代表。作家档案遗产的披露有助于发展其创作的历史文学观,并首先提供了传记批评方法的可能性。布尔加科夫研究的领军人物丘达科娃做了大量修复性和开创性的工作,名著《米哈伊尔·布尔加科夫传记》(1988)是第一部关于作家的学术传记,也是布尔加科夫学的奠基之作。丘达科娃研究作家档案、手稿版本、同亲友们的谈话,作家藏书、阅读环境及其时代,修复了《大师和玛格丽特》的前几稿。她在直观的形象性层面上分析小说,注重文本的重拟经验,研究的重点在于通过研究不同版本的变异考察作家创作构思的演变。她认为在小说的各个版本中,人物世界的动态变化是由作者的经历和体验引起的,其命运在生命的最后十

---

[1] И. Золотуский. Исповедь Зоила. М., 1989; В. Петелин, Родные судьбы. М.: 1976. и др.

[2] 80年代出现了一批专门研究布尔加科夫的学者。1984年,在莫斯科成立了以布尔加科夫命名的"凤凰"俱乐部,专事有关布尔加科夫创作的书目整理、讲座、造型艺术和演出等文化推广活动。80年代末,圣彼得堡成立布尔加科夫文学戏剧学会(即布尔加科夫研究会),举办了多次布尔加科夫学术研讨会并出版会议论文集,所探讨的问题突破了对剧作家布尔加科夫的研究范围。1991年出版了国际书目《米哈伊尔·布尔加科夫,1891—1991。传记、散文、剧本、戏剧、音乐、电影艺术》,文集《米哈伊尔·布尔加科夫与现代世界》、《现代世界中的米哈伊尔·布尔加科夫戏剧》。据2002年出版的图书目录《基督教与18—20世纪的新俄罗斯文学》统计,从1967—2000年间,仅在俄罗斯国内,有关布尔加科夫的研究著述就有200多种。

年被戏剧般地定型了。这一点在1930年3月写给斯大林的信和布尔加科夫关于自己从来都不是苏联作家的话所证实。关于约书亚和沃兰德的小说本身,提问题的范围同彼拉多和约书亚所参与事件的超时间性质等方面都打上了作家传记思考的印记。

雅诺夫斯卡娅不同此说。这位从60年代起就研究布尔加科夫的创作的学者修复了《白卫军》、《狗心》和《大师和玛格丽特》的全本,她的《米哈伊尔·布尔加科夫的创作道路》(1983)第一部关于布尔加科夫的学术专著,阐释风格浪漫而富于激情。她认为只有布尔加科夫不同寻常的个性才是《大师和玛格丽特》艺术氛围的基础,其作品艺术形象的特征来自他的童年印象。沃兰德的形象那时就在他的想象中形成了。据作家的姐姐回忆,有一次他说自己一整夜没睡,因为被撒旦接见。作者从文献事实逻辑出发得出结论:"布尔加科夫处理的不是神学问题,而是自己的艺术使命。"[1]此外,作者还在《关于米哈伊尔·布尔加科夫的札记》(2002)[2]中从版本和文献的角度研究小说的命运。

对布尔加科夫这位命运多舛、与时代息息相关的作家而言,传记研究尤为重要。它为后来的学术研究奠定了坚实的基础。

二、小说谱系及原型研究:互文性问题

正是布尔加科夫对世界文化语境的关注,对永恒形象和神话思维模式的运用,即"高度的互文性"成就了他的小说。小说的用典引起研究者们的充分重视。他们发现,作家以永恒的形象和神话模式为原型,在小说中汇集了某些文化与历史宗教传统:古希腊罗马的多神教、犹太教、早期基督教的成分、西欧中世纪的魔鬼学说、斯拉夫神话观念(以东正教为中介,但是比正统宗教更接近民间创作)、隐含在圣经引文之下的同义异说、《浮士德》的变体、关于傻瓜伊万的俄罗斯传说等等。丰富的文学联想使传统更显得错综复杂,每一传统都会引起某些文化语境的特定联想。故而小说的诸多因素、人物和情节在每一文化层面上都拥有比较独立的意义。此外,欧洲与俄罗斯的经典作家(如但丁、歌德、霍夫曼、果戈理、陀思妥耶夫斯基、安德烈耶夫、布宁等)也被认为是布尔加科夫文学、哲学和美学结构的渊源。

拜尔扎(И. Бэлза,1942—)著有《〈大师和玛格丽特〉的谱系》、《米哈伊尔·布尔加科夫的总谱》(1991)[3]等论文。他研究的主导性原则是历史起源的原则,即通过对布尔加科夫艺术体系的形成产生直接影响的具有文学与文化意义的

---

[1] Л. Яновская. *Творческий путь Михаила Булгакова*. М.: Сов. писатель, 1983. с. 248.

[2] Л. Яновская. *Записки о Михаиле Булгакове*. Тель-Авив, 1997; М.: Параллели, 2002; Текст, 2007.

[3] И. Ф. Бэлза. Партитура Михаила Булгакова//*Вопросы литературы*. 1991. No 8.

第十九章 布尔加科夫的《大师和玛格丽特》：文本与阐释的多重空间

"事件"来考察布尔加科夫的作品。他认为,作家的创作和现实生活没有直接联系,文学作品的艺术世界带有间接性。沃兰德的名字出自歌德的《浮士德》。在某种程度上,斯克里亚宾(А. Н. Скрябин)的《撒旦诗篇》成为沃兰德形象的"创作动机"。"总谱性"就成为撒旦舞会上那场交响音乐会的表现形式。另一常用的表现形式是布尔加科夫在描写玛格丽特永远离弃的哥特式独家住宅时所采用的"建筑术"。将各种艺术形式(文学、音乐、建筑)整合为新的民族层面,形成小说同世界文化的谱系联系,这意味着通过布尔加科夫的创作保存了同历史的对话。

语文学博士伽林斯卡娅(И. Галинская)的两部著作《名著的奥秘》(1986)和《现代阐释中的米哈伊尔·布尔加科夫的遗产》(2003)均重点研究小说古代章节的文化渊源即互文性问题。她认为,德国作家穆勒(G. A. Müller,1866—1928)的著作《本丢·彼拉多,第五任犹太总督和拿撒勒的耶稣的审判者》"提供了关于彼拉多之罪的法律心理根源的历史资料和很多传说。"[①] 大师(在古代教会典籍就那样称呼识字老师,亦即精通福音书情节的人)在《大师和玛格丽特》中化身为尘世、圣经和宇宙"三个世界"的理论的创造者。至于大师的原型,她在公认的作家本人、约书亚和果戈理之外又加上18世纪乌克兰哲学家斯科沃罗达(Г. С. Сковорода,1722—1794),她发现二者在肖像和传记方面的相似。[②] 犹大之死的情节可能来自(中世纪法国南部的)游吟诗人的诗学。[③] "原稿是烧不毁的"的格言,确切地说,是原稿被点燃而没有烧毁。她在亚尔毕人的故事——关于多米尼加僧侣德·古斯曼(de Gusman,1170—1221)、未来的多明我修会奠基人和天主教圣徒的传说中发现了这一情景模式。

库施琳娜(О. Кушлина)和斯米尔诺夫(Ю. Смирнов)在论文《〈大师和玛格丽特〉小说诗学的若干问题》(1988)中指出,布尔加科夫逐渐以圣经为渊源,将带有固定语义学底色的传统形象放在特殊的条件或者是经典模式的现代情节层面,使之具备近似神话的多义性。[④] 他们在小说的耶路撒冷事件中考察"黑弥撒"的语义学。小说中三次出现他心爱的美国作曲家文森·尤曼斯(Vincent Youmans)的狐步舞曲"阿利路亚"。它们作为现代黑弥撒的成分服务于魔鬼。而撒旦舞会的语义学与复活节仪式相反,后者是按照"生命—死亡—再生"的公式建构的,前者对于大多数舞会参加者而言则有着相反的结构:"死亡—生命—死亡"。[⑤]

捷尔卡洛夫(А. Зеркалов,1927—2001)的专著《米哈伊尔·布尔加科夫的福

[①][②][③] G. A. Müller, *Pontius Pilatus, der fünfte Prokurator von Judäa und Richter Jesu von Nasareth*. Stuttgart, 1888. см. И. Л. Галинская, Криптография романа "Мастер и Маргарита" Михаила Булгакова. *Загадки известных книг*. М. 1986. с. 73,77,108.

[④] О. Кушлина, Ю. Смирнов. Некоторые вопросы поэтики романа "Мамтер и Маргарита"//*М. А. Булгаков-драматург и художественная культура его времени*. Сост. А. А. Нинов, М., 1988. с. 302.

[⑤] Там же. с. 289.

音书——长篇小说〈大师和玛格丽特〉的古代章节研究经验》(2003)①主要从社会哲学进路阐释小说。作者通过小说文本的直接来源——经典福音书、塔木德书、古代历史学家及晚近作者的著作研究《大师和玛格丽特》的耶路撒冷章节,认为这是理解小说的密码,而彼拉多是小说的关键人物。在专著《米哈伊尔·布尔加科夫的伦理学》(2004)②中,他从1937年的文学、政治和日常现实的层面更加广泛深入地研究布尔加科夫创作的伦理特征,其时正值小说最后一稿的写作时期。作者认为,这部"恶魔小说"是一个谜,谜底既在于20世纪30年代的社会语境,也在于小说的书面渊源——从《约伯记》、果戈理的《可怕的复仇》、歌德的靡非斯陀到陀思妥耶夫斯基的伊凡·卡拉马佐夫的魔鬼。

雅勃拉科夫(Е. Яблоков,1956—)的专著《米·布尔加科夫散文的风格》(1997)将布尔加科夫的全部创作作为一个拥有稳定的结构特征的统一的"布尔加科夫文本"之整体来考察。他认为,文本作为被表现的艺术世界有着外在的一面(形象)和潜在的内在的一面(意义)。当它们结合的时候,文学文本创造"超文本",作家的创作由此成为世界文化"互文"的一部分。布尔加科夫同其他任何作家一样,制作出创作的特殊"字模"(матрица),它独立于其现实生活的任何客观原则,却直接关系着艺术风格的借用。借助那种字模开始创作道路后,作家创造了在题材类型和情节进程、主人公"外形"极其稳定的"类型"中描写的"不变式"体系,创造了丰富着"互文"诗学结构概念的文学文本。布尔加科夫的散文风格,首先是作家的创作同艺术文化的两个变种——在神话诗学传统和现代老作家方面——的互文关系。③

需要说明的是,除了在小说里,布尔加科夫本人从未公开透露过关于谱系与原型的资料。很多学者发现了小说的文学性。捷尔卡洛夫指出:"布尔加科夫用备好的砖砌成了一座房子,他用收集到的第一和第二种见解筑起了'第三种见解'的大厦。大胆率性是靠巧妙的接受刻意而为的。"④在小说中,所有这一切都是通过怪诞、讽刺、污浊的莫斯科日常生活渗透出来的。神话人物在日常生活中获得了现实身份,在现代性之下狂欢化地乔装打扮,但在民间文化和世界艺术中具有稳定的谱系根源。神话故事和文学经典与现实情节形成一种同构关系,现实层面被历史的追光照亮从而获得了意义。

---

① 捷尔卡洛夫(А. Зеркалов)为著名幻想小说家亚历山大·伊萨科维奇·米列尔(Александр Исаакович Мирер, 1927—2001)的笔名。*Евангелие Михаила Булгакова*, М.: Текст, 2003. 在作者生前分别于美国和南斯拉夫出版,去世后首出俄文版。

② А. Зеркалов. *Этики Михаила Булгакова*. М.: Текст, 2004. 240 с.

③ Е. А. Яблоков. *Мотивы прозы М. Булгакова*. М.: Издательский Центр Рггу, 1997. с. 5.

④ А. Зеркалов. *Евангелие Михаила Булгакова*. Ардис, Ann Arbor, 1984. с. 24.

三、小说文本分析：以结构符号学方法为主导

  文本分析包括形式（体裁、结构和叙事手法）与内容（主题与人物）两个方面。《大师和玛格丽特》独特的文体风格决定了形式分析的重要作用：在艺术形式中反映出作家关于世界的概念，即"被译成密码"，小说的内容（意义）层面——主题与人物特征及其平行关系都在这包罗万象的结构中得以确定。

  迄今为止，对小说体裁的界定仍是众说纷纭。卡斯帕罗夫的"神话小说"之说得到了科尔图诺娃（М. Колтунова）、米娜科娃（А. Минакова）[①]、科萨列娃和斯米尔诺夫等很多学者的认同。此外，还有"哲理小说"（В. Я. Лакшин[②]，И. Виноградов）、"散文中的抒情哲理诗篇"（Е. Сидоров）、"局部模仿古代的说教小说"（Г. Макаровская，А. Жук）、"自由的梅尼普"（М. Немцев，А. Улис，А. Казарскиный）等界说。就艺术手法而论，各位学者同样见仁见智：如"幻想现实主义"（М. Горкий，В. Свидельский）、"浪漫主义"（М. Ладыгин）、"俄国现实主义传统和象征主义的结合，并走向现代主义"（А. Казаркин，Дж. Кертис，Г. Режепп）、"魔幻现实主义"（А. Кораблев）、"古典现实主义"（Вс. Сахаров）……总之，有多少学者，就有多少种定义。拉克申认为，其原因在于"一切都被作者的创作意识改铸成某种统一的、令人震惊的新的东西"[③]，小说"没有屈从于完全匹配现有的范畴，这让它成为30年代苏联文学的一种综合现象"[④]。

  《大师和玛格丽特》是形式主义方法研究的沃壤，从直观图解向复杂的符号文本的形式层面的转向是布尔加科夫研究的必然趋势。60年代以来，很多视角迥异的研究著作都首先把《大师和玛格丽特》作为一种美学现象，从小说的诗学结构切入来探讨布尔加科夫独特的创作个性，从作家形象构思的艺术模式出发来证明自己观点的学术合法性。洛特曼（Ю. М. Лотман，1922—1993）走向文本结构分析的艺术符号学成为大部分布尔加科夫研究著作的基础。

  结构主义流派认为，历史与文化间的对话具有永恒的意义。列斯吉斯（Г. Лесскис)在《〈大师和玛格丽特〉（叙事风格、体裁、结构艺术）》(1979)一文中研究布尔加科夫的"双体小说"时指出："构成《大师和玛格丽特》的两部分小说中的叙事

[①] А. М. Минакова. Об одном мотиве в филосовской прозе Булгакова//*Творчество Михаила Булгакова в литературно-художественном контексте*: Тезисы докладов Всесоюзной научн. конф. Самара,1991. с. 12—13.

[②] В. Я. Лакшин. О прозе Михаила Булгакова и с нем самом, см. В. Я. Лакшин, *Вторая встреча: Воспоминания, портреты, статьи*. М. : 1984. с. 306.

[③] В. Лакшин. Мир Михаила Булгакова//*Литературное обозрение*. 1989. № 10. с. 23.

[④] С. В. Проза. М. Булгакова в оценке польской критики//*Вестник Московского ун-та*. Сер. Филология. 1989. № 10. с. 23.

方式,按可信性实现的原则形成对应关系,其中大师的小说是打上标号的部分,而关于大师的小说则是没打标号的部分(在这些概念的语义学和符号学意义上)。"①因此,符号学术语作为语言学的命名单位在他笔下获得了文学研究的意义。小说中各种形象的稳定性从中得以强化。一个类推是:约书亚-伽-诺茨里是大师在那样一种悲剧命运的基础上构想出来的,它由使世界和声化的"善的意志"的律令(在康德伦理学"范畴学的绝对律令"的意义上)所规定。"约书亚以双重身份出现——实体的、人的和神秘的、先验的",并且"第二种身份是所有作品的主角,而他的对手就是沃兰德。"②这种评价导致关于约书亚个性的悲剧性矛盾的思考,因为"实体"与"先验"的不相容,决定了他永远都不能成为一个和谐的个性。其他形象的相似性也因为结合了符号学模式的成分而模式化了。将约书亚和大师作为同样的悲剧主人公直接比较,是很多研究《大师和玛格丽特》的著作的特征。

卡斯帕罗夫(Б. Гаспаров,1935—2005)在《文学主题》(1994)一书中列出专章"布尔加科夫的小说〈大师和玛格丽特〉的主题结构考察",分析"柏辽兹"、"别兹多姆内"、"莫斯科"、"火灾"、"外汇"、"沃兰德"、"大师"等七个专题。"主题"作为艺术文本的结构要素被作为作品分析的基本"单位"。他断言这是一部神话小说:"小说文本作为'真正的'版本被确定下来……神话变成现实,然而现实却变成神话。在《大师和玛格丽特》中这是通过情节联系的方式实现的:同样的现象在各种时间和情态结构、在过去和现在、在日常现实性和超现实性中同时存在。他认为,叙事对象的连续性和节奏感与其评价的连续性和节奏感紧密相连,善与恶、伟大与渺小、崇高与卑下、激情与嘲笑显得彼此不能分离……神话价值最原初的含混和多义性完全符合神话无穷再现的特征。"③卡斯帕罗夫用神话小说的这一特征说明拒绝确定小说唯一的绝对的价值和完整的主题思想的理由。应该说,卡斯帕罗夫的结构主义方法在作品研究中开辟了一定前景,但由于更多地关注叙述者,作者—创造者受到忽视,其研究视域必然受到限制。

乌里斯(А. Вулис,1928—)提出的"镜象"原则与卡斯帕罗夫的"主题结构"非常接近。他在《镜子可以反映什么?》(1987)一文中认为"《大师和玛格丽特》的结构是镜像作用,其原则包含在另一幅艺术图景的构成中——这一图景全部或部分地再现主要画面的重要细节,并创造与其一致的画面。"在人物层面这一原则表现为"形象的镜像对称","其目的在于把主人公成对地结合起来"。④

---

①② Г. А. Лесскис. Мастер и Маргарита (манера повествования, жанр, макрокомпозиция)//*Известия АН СССР*. Сер. Литературы и языка. Т. 38. № 1. 1979. с. 54, 56.

③ Б. М. Гаспаров. Из наблюдений над мотивной структурой романа М. А. Булгакова "Мастер и Маргарита"//Б. М. Гаспаров, *Литературные лейтмотивы*, *Очерки по русской литературе ХХ века*. М.: Наука, 1994. с. 30.

④ А. Вулис. Что может отразиться в зеркале? //*Вопросы литературы*. 1987. № 1. с. 180.

第十九章　布尔加科夫的《大师和玛格丽特》：文本与阐释的多重空间

当下洛特曼学派的代表、塔尔图大学教授别洛博罗夫采娃（И. Белобровцева）的博士论文《布尔加科夫的小说〈大师和玛格丽特〉：文本组织的结构原则》（1997）是近年来一部相当深刻的专著。研究者详查细考，在实践中避免使用诠释法。她认为，作家建构其"游戏广场"，定出总的游戏原则。她在所有层面上确定了人物和小说成分的二重性，相对性因此渗透到作品的整体评价："游戏是作为布尔加科夫价值哲学的一个重要概念被确定下来的。"[1]在此基础上，作者和她的同事库里尤丝（С. Кульюс）合著了《布尔加科夫小说评注》（2007）[2]。全书用相应的章节研究小说的创作史和出版史，介入文本结构和补充语义学领域的诗学与历史文化代码；研究小说的基本文献，布尔加科夫的档案，特别是小说的备用材料和草稿；别洛博罗夫采娃与布尔加科夫的遗孀叶琳娜·布尔加科娃的谈话等等。这是迄今最为全面细致的一部评注，堪称理解布尔加科夫主人公及其形象世界的百科全书，是用结构主义方法把静态的文学文本结构和动态的文学创作史研究相结合、从分析走向综合的范例。在此，作者和叙述者同样受到关注。

雅勃拉科夫在专著《米哈伊尔·布尔加科夫的艺术世界》（2001）中分析《大师和玛格丽特》时，主要运用分层和"X线体层照相"的方法。他认为，作品的每一个结构层次（人与世界，情节，空间与时间，日月等大自然的象征意义等等）只是改变"文化范畴"的"文化符号"，它们具有自己的边界和功能。此外，他还分析了小说中的"切头术"主题（即头颅离开躯体）和"颅骨酒樽"的主题。[3]

洛特曼的文化符号学理论经历了符号—文本—文化—符号域的辩证发展过程。在后期思想的精华符号域（семиосфера）理论中他指出，艺术文本可以用空间关系的形式表达非空间的"世界图景"，这是他有关文本空间模拟机制的核心所在。人类与生俱来思维逻辑中就有着将地理空间概念观念化的趋势。在《符号域》一书中，他以《大师和玛格丽特》为例，分析了其中"家"和"住所"的象征意义。布尔加科夫笔下的家是一个内在的、封闭的空间，带有安全、和谐的文化意义；"住所"尽管有"家"的面貌，但其实是"伪家"，意指破坏、混乱和堕落。因此。在布尔加科夫的小说中"家"和"住所"是一组反义词，其主要特征——住人的地方，变得不重要了。"家"及"住所"成为文化空间的符号元素："这表现出人类文化思维的特征：现实的空间成为了符号域的图像形式，成为了表达各种非空间意义的语言。同样，符号域

---

[1] И. З. Белобровцева. *Роман М. Булгакова "Мастер и Маргарита": Конструктивные принципы организации текста*. Дисс. докт. филол. н. Тарту, 1997. с. 96.

[2] И. З. Белобровцева. С. Кульюс. *Роман М. Булгакова "Мастер и Маргарита". Комментарий*. М.: "Книжный клуб 36,6", 2007.

[3] Е. А. Яблоков. *Художественный мир Михаила Булгакова*. М.: Языки славянской культуры, 2001.

也按照自己的形象改变了人周围的现实空间。"①

还有一些研究者和音乐家讨论《大师和玛格丽特》同音乐作品的关联。他们试图确定的不仅是音乐与文学作品之间的主题联系,而且是功能与结构的联系。尼诺夫(А. Нинов)认为:"布尔加科夫的小说是按照戏剧音乐的表现原则建构的;绘声绘色地点缀着幻想性的事件,把各个时代和不同文化的主人公结合起来。与他的任何前辈相比,布尔加科夫都更完整而一贯地在小说中体现了莎士比亚的理念:"整个世界就是一个剧场"……起源于基督受难的宗教历史神秘剧的、在杂耍剧场中被从未有过的表演实现的莫斯科滑稽表演,具有空前的启示性,还有,最积极地参与到大师的命运及其长篇小说中沃兰德和随从们的超自然法术——这些仿佛不是混杂了卑下与高尚,悲剧与可笑的剧场。"②克里莫维茨基(А. Климовицкий)考察小说的音乐结构特征,米里欧尔(Е. Миллиор)讨论同肖斯塔科维奇的第四交响曲结构的平行,拜尔扎、斯米尔诺夫、普拉捷克(Я. Платек)和马伽梅多娃(Д. Магамедова)等关注布尔加科夫提及的各种音乐主题和作品。

小说中的小说是《大师和玛格拉特》的独特结构之一。研究者们发现了耶路撒冷和莫斯科章节的某些关联。库施林娜和斯米尔诺夫在《长篇小说〈大师和玛格丽特〉中的诗学问题》中指出:"在互映的莫斯科和耶路撒冷篇章中处理的是同样的永恒问题,照亮重要的、永恒的东西。"③科尔图诺娃(М. Колтунова)在时空体(Хронотоп)④的层面上发现了在历史和现实章节之间的叙事关系。米娜科娃(А. Минакава)、伽林斯卡娅、拉克申、索科洛夫(Б. Соколов,1957—)、丘达科娃等很多学者都划分出小说的三重结构:圣经(或耶路撒冷、或历史传说)、当代的莫斯科和魔鬼(或神秘)世界。涅姆采夫(В. Немцев)在《米哈伊尔·布尔加科夫:浪漫主义者的形成》(1991)一书中将由三个叙述者呈现出来的三个背景同三个层面进一步联系起来——"当代"章节中的讽刺小品、古代章节(大师的小说)中的历史小说和客观的、仅仅是叙述者的小说。相应地,主人公是沃兰德、约书亚和大师。涅姆采夫认为,所有的主人公都在结尾的一幕统一起来:"在当之无愧的主人公得到救赎的结局,其余的人将要面对苦难,如果他们仍然没有追随的话。"⑤在此规则之

---

① 尤里·洛特曼:《在思维的世界里》,见《符号圈》,圣彼得堡:艺术出版社,2000 年,第 320 页。转引自康澄:《文化及其生存与发展的空间——洛特曼文化符号学理论研究》,南京:河海大学出版社,2006 年,第 66 页。

② М. А. Булгаков-драматург и художественная культура его времени, Сост. А. А. Нинов. М. 1988. с. 35—36.

③ О. Кушлина, Ю. Смирнов. Некоторые вопросы поэтики романа "Мастер и Маргарита", там же. с. 285.

④ 时空体 Хронотоп (cronos-время, topos-место)——空间与时间的统一体。

⑤ В. И. Немцев. Михаил Булгаков: становление романиста. Самара: Изд. Саратовского уни-та. Самарский филиал, 1991. с. 106.

第十九章 布尔加科夫的《大师和玛格丽特》：文本与阐释的多重空间

外,涅姆采夫见出了小说开头的柏辽兹之死和得以进入结局的伊万·别兹多姆内的命运。这一见解对解释布尔加科夫艺术手法的折中性很有助益：每一位叙述者都把自己对事件及参加者的表现和描写方法带进了小说。科罗廖夫（A. Королев）认为在圣经的受难周和沃兰德造访莫斯科的一周之间存在意义的召唤。他发现莫斯科与耶路撒冷地形相似,事件也相符：“两个城市呈现在永恒的地图上的一个神秘的点位……在这种情况下作者的思考就一直在追索绝对的现实,不仅是布尔加科夫的莫斯科 30 年代的日常生活,而且是千年遥远的现实……幻象一部分是由布尔加科夫以文献语言创造出来的,此外上面有明显的忏悔印记。”①

小说中人物的平行性同样受到关注。索科洛夫在《布尔加科夫的长篇小说〈大师和玛格丽特〉：创作史札记》（1991）和《布尔加科夫百科全书》（1996）中执意重复三位一体或四位一体②（如：彼拉多—沃兰德—斯特拉文斯基—里姆斯基；阿弗拉尼—法戈特—费多尔·瓦西里耶维奇—瓦列努哈）；科罗廖夫强调莫斯科和耶路撒冷形象、事件（沃兰德与柏辽兹的争论和彼拉多与约书亚的争论）、主人公形象（莫加雷奇和犹大）的平行；卡斯帕罗夫则在小说主题结构的基础上令人信服地证明,所有的主人公实际上都因主题而相互联系：这世界上的每一个人,无论他叫什么名字,生活在什么时代,都要经历自己的十字架道路,去到自己的各各他赎罪,都会死去并复活。

四、域外布尔加科夫研究：多元阐释景观

域外对布尔加科夫的发现和肯定要早于苏联国内。1929 年,意大利斯拉夫学之父伽托（E. Lo Gatto）就高度评价布尔加科夫具有"非凡的才华,敏锐的洞察力和感受力"。布尔加科夫早期散文和戏剧创作在 20—30 年代就已经被译成世界各种文字并在很多国家上演。迄今为止,在世界各地用各种文字出版的相关学术著作、书评、札记、评注乃至仿作数以万计。据不完全统计,仅仅在 1990 年代,在西方相关的研究论著就达 200 余种。从 1995 年起,北美布尔加科夫研究会开始在堪萨斯出版定期刊物《布尔加科夫学会通讯》。布尔加科夫学术研讨会经常在俄罗斯和欧美各国举办。同在俄罗斯一样,域外布尔加科夫研究的重心也在于长篇小说《大师和玛格丽特》。

---

① А. Королев. Москва и Ершалаим：Фантастическая реальность в романе М. Булгакова "Мастер и Маргарита"//В мире фантастики：Сб. Литературно-критических статей и очерков. М.：Мол. гвардия：1989. с. 83.

② Б. В. Соколов. Роман М. Булгакова "Мастер и Маргарита"：Очерки творчекой истории. М.：Наука, 1991. с. 46；Булгаковская энциклопедия. Сост. Б. Соколов. М.：Локид-Миф, 1996. с. 312—16.

在同属斯拉夫语系的东欧，布尔加科夫研究当首推哲学美学研究。波兰的研究清晰地呈现出三条路向：通过作家的生活和命运及其时代，研究其创作的传记研究；倾向于确定布尔加科夫是散文家还是戏剧家的体裁美学研究；在作家的作品中分析其体裁风格特征的文学理论研究。这三种倾向经常交汇在一起。南斯拉夫学者尤瓦诺维奇在专著《米哈伊尔·布尔加科夫的乌托邦》(1975)中指出，在果戈理的传统中发展的长篇小说的"日常生活"描写与克尔恺郭尔的哲学具有共性。俄罗斯作家和丹麦哲学家都从自己的立场出发，批判地接受非理性的现实，在对"非理性——永恒的绝对的声音"的服从中，看到了克服日常陈词滥调的途径。在《大师和玛格丽特》的相同考察中，他看到了"从日常活动的悲哀影响中拯救人的可能性"。① 布尔加科夫否定现实的最大效应，是用永恒不朽来与其对照（永恒的"沃兰德"在此起到了特殊的作用）。研究者发现，各个时代的"日常现象"，首先就是"无个性"和"庸俗"。他认为小说与歌德的《浮士德》存在原则上的辩论关系；从人生哲学上看，沃兰德是接受世界，靡非斯陀是要改变世界；同样与魔鬼订约，玛格丽特是为了爱情，浮士德是为了世界的知识。小说中的人物与陀思妥耶夫斯基的《卡拉马佐夫兄弟》也有很多相似之处。

西方学术界对《大师和玛格丽特》的阐释主要从社会政治和哲学美学两个维度进行。最初的英语研究中的社会学阐释具有简单图解作品的倾向，认为小说是对斯大林体制十年(1928—1938)或者是关于俄罗斯历史的寓意讽刺叙事，这种庸俗社会学的政治解码纯系无稽之谈。后来的哲学美学研究成就斐然。加拿大学者莱特(A. C. Wright)出版了布尔加科夫的第一部英语传记。他认为小说的思想反映在个人的精神世界与现实之间的冲突中。人努力从善的知识中解脱出来，这个过程导向诺斯替教以及对恶的膜拜，"而由此一步抵达摩尼教二元论善恶观的异端邪说。"② 英国学者莱丝丽·米尔恩(Lesley Milne)著有《〈大师和玛格丽特〉：胜利的喜剧》(1977)和《布尔加科夫评传》(1990)。施瓦尔茨(А. Шварц)③于1988年发表的《米哈伊尔·布尔加科夫的生与死：文献记事》④以资料翔实取胜，书中广泛采纳了叶琳娜·布尔加科娃(Е. С. Булгакова)的日记、口述和作家亲友的访谈。

美国学者埃瑞克森(E. E. Ericson-jr)认为，布尔加科夫虽然塑造了非正统的伪经形象约书亚基督，但仍然在基督教传统的框架内，因为关于彼拉多和约书亚的小说出自大师笔下，无论如何不能将作家布尔加科夫和大师混为一谈。很多批评者因此判

---

① C. Jovanovič. Utopia Mihaila Bulgakova. Beograd, 1975, S. 87.

② A. C. Wright, *Mikhail Bulgakov: Life and interpretations*. Toronto etc., 1978. VIII, p. 165. см. И. Л. Галинская, *Наследие Михаила Булгакова в современных толкованиях*. М.：ИНИОН РАН, 2003. с. 110.

③ L. Milne, *The Master and Margarita: A comedy of victory*. Birmingham, 1977.

④ А. Шварц. *Жизнь и смерть Михаила Булгакова：Документальное повествование*，Нью-Иорк，1988. с. 137.

第十九章 布尔加科夫的《大师和玛格丽特》：文本与阐释的多重空间

定作家的世界观在基督教正统的界限之外，埃瑞克森不予认同。美国学者戴维·彼特(D. M. Beattie)认为，历史想象的形式决定了布尔加科夫小说的叙述形式，《大师和玛格丽特》结尾是对约翰《启示录》(16：8；9)的巧妙戏拟。他断言，在布尔加科夫笔下，历史同跑马场等同起来。在表现这种绝境时，几乎完全是遵循启示录的模式。①

新西兰学者巴列特(E. Barrett)《在两个世界之间：〈大师和玛格丽特〉批评概观》(1987)是1967—1990年期间英语布尔加科夫研究的优秀著作。他通过伪经诺斯替教和摩尼教的渊源来解读作品，认为这是一部"后象征主义的宗教小说"，是"充满黑色幽默的悲喜剧"。作者认为沃兰德不是约翰《启示录》中的撒旦，而是诺斯替教的信使；他分析沃兰德同靡非斯陀的关系，分析双体小说的三重结构：沃兰德的小说、无家汉的梦、大师的长篇小说。② 华盛顿大学教授纳托夫(N. Natov)讨论小说中关于地狱的隐喻，良心谴责的地狱和对罪的追忆是小说中的另一种地狱形态。人类生存的永恒主题——恶的诱惑与对恶的抵抗在小说中找到了新的阐释。作家基于宗教意识写下一系列精彩的情节，创造了非经典的世俗化的"布尔加科夫的福音书"，创造了自己独特的伪经。

很多学者将布尔加科夫纳入欧洲的浪漫主义传统，1973年，汤姆逊(E. M. Tomson)称其为伟大的浪漫主义哲学家。卡蒂斯(J. A. E. Curtis)认为作家是"最后一个浪漫主义者"，其浪漫主义有别于包括象征主义者在内的20世纪大多数浪漫主义者，比较而言，他更接近阿克梅派。小说的浪漫主义因素表现为"浪漫的讽刺"、"把与作者的见解和经验相符的作家主人公纳入文本之中"、"描写在死亡的边缘接受上帝审判的主人公"。③

英国学者爱德华(T. R. N. Edwars)在《三位俄罗斯作家与非理性：扎米亚京、皮里尼亚克、布尔加科夫》(1982)一书中将这几位作家放在陀思妥耶夫斯基否定"技术乌托邦"传统中的俄罗斯作家系列。布尔加科夫具有"隐秘而有力地否定苏联当下"的特征。作家在小说中确定，莫斯科的日常生活如此荒谬，理性地理解她是无意义的，她必定与另一种荒谬相遇。小说的中心思想确定人超验的精神性，所有的叙事线索都汇聚于此。在大师的小说的帮助下，布尔加科夫得以研究伴随着基督被钉上十字架的事件的意义。这是对陀思妥耶夫斯基和托尔斯泰等19世纪俄罗斯作家最重要的主题的发展。④

---

① D. M. Beattie, *History as hippodrome: The apocalyptic horse and rider in the "Master and Margarita"*//Russ. rev. Stanford, 1982. Vol. 41, N 4. pp. 373—99. Там же, с. 111.

② A. Barrett, *Between two words: A crit. Introd. tu 〈The Master and Margarita〉*. Oxford, 1987. p. VIII.

③ J. A. E. Curtis, *Bulgakov's last decade: The writer as hero*. Cambridge Univ. Press, 1987. XI, p. 256.

④ T. R. N. Edwards, *Three Russian writers and the irrational: Zamyatin, Pil'nyak, and Bulgakov*, Cambridge etc., 1982. p. 146. Михаил Булгаков: современные толкования. К 100-летию со дня рождения. 1891—1991. Сб. обзоров/Отв. ред. Т. Н. Красавченко; М.: АН СССР ИНИОН. 1991. с. 113—14.

法国和意大利的布尔加科夫研究起点是建立在俄罗斯国内研究的基础上,其核心问题在于批评方法的适当更新。他们发展了巴赫金的传统,也同样借用了符号学、心理学、文化学和政治学的方法。从传统的学院的"文本批评"、精神分析和心理传记阐释到文学比较研究在法国都具有特别的意义。小说主人公在世界文学中的源头和先驱(从中世纪到浮士德)都是研究的广阔领域。

法国的布尔加科夫研究方法多样。布尔加科夫研究专家、巴黎大学教授玛丽安娜·古尔(Marianne Gourg)的博士论文《〈大师和玛格丽特〉:长篇小说及其世界》(1987年答辩,后成书出版)是一项引人注目的成果。她发现在俄罗斯文学中"布尔加科夫的双重处境",其"文化边缘状态"在30年代文学进程中是非常罕见的,在对过去十年的先锋派的关系上显得明显保守;在很大程度上,布尔加科夫同世纪之交的颓废派和象征主义运动相关。但他不是神秘主义者。古尔还分析了小说同巴赫金概念中的狂欢化传统、同俄罗斯古典文学传统(格里鲍耶陀夫、普希金、果戈理、陀思妥耶夫斯基)、以霍夫曼为开端的浪漫主义散文以及在互文性层面上的象征主义传统(别雷、索洛古勃、勃留索夫、梅列日科夫斯基)、同黑塞、同法国传统和所谓的"黑色小说"传统的关系;小说诗学、对幻想成分和怪诞因素、戏剧和电影技巧的运用,从浪漫构思向戏剧形式的转变,以复杂的时空关系和"游戏"的专名学为基础的新型小说,神话成分和小说构思相结合的伸向无限的"镜像"结构。

1989年,《斯拉夫评论》杂志出版专刊,纪念《大师和玛格丽特》在巴黎歌剧舞台上演和布尔加科夫的作品在俄罗斯首发。其中刊载了五位法国学者的文章。普罗旺斯大学教师弗朗索瓦萨·弗拉曼在文中探讨小说的开放性和未完成性,最终不过是形式上变成无家汉之梦的"表现体系"的建构,分析对于20世纪初俄罗斯知识分子具有共同"精神功能"的典型的宗教哲学根源;认为布尔加科夫在宗教思想方面是批判胜于神学、托尔斯泰主义和诺斯替主义胜于基督教。

1984年著名俄罗斯专家、日内瓦大学教授乔治·尼瓦(Georges Nivat)在意大利举办的布尔加科夫研讨会上作报告《〈大师和玛格丽特〉与"游戏的人"》从不同角度分析小说,出发点是各种各样的游戏规则,只有一个人物——大师不受游戏限制("因为创造力衰竭,他不游戏,他高于游戏,他知道没有什么比小说中表现出来的基督的仁慈更加伟大而崇高……")。在他看来,游戏是布尔加科夫作为拯救世界的手段提出来的。魔鬼的随从们是对的:不要信任不喜欢游戏的阴郁的人们。让人们重新成为孩子,游戏的人!其实,约书亚已经谈到这一点了。[①]

意大利早期的研究更关注拉克申开启的布尔加科夫的人道主义、高尚的伦理开端。70年代对小说的研究日趋学术化。在关注作者的唯心主义、作品的基本风

---

① См. М. О. Чудакова. Михаил Булгаков и судьба его наследия во Франции и Италии//Михаил Булгаков: современные толкования. К 100-летию со дня рождения 1891—1991. М.: АН СССР. 1991. с. 216—17.

格与叙事特征,"小说中的小说"的渊源,同经典福音书和伪经的相互关系之后,出现了作家同历史、政治意识形态问题的研究。罗马萨比因扎大学(Università La Sapienza)卡罗·苔斯塔(Carlo Testa)在《大师和玛格丽特:狂欢化小说》中将小说作为一种"狂欢化"的结构来研究;作为文化原型的狂欢是小说运动的力量。《大师和玛格丽特》是乌托邦小说,在最后的结论中宣告"艺术对于生活的最高价值"。

佛罗伦萨大学的帕格尼尼(S. P. Pagnini)的报告《作为神话传说的〈大师和玛格丽特〉的形态学》[①]用普罗普的方法在小说中找到了神话传说的品质。在这里,主人公是很现实的,情节则不可信,小说中所有发生的事情都是虚构的,而他的叙述则是适宜的;故事内容和小说风格的不协调产生了幽默的效果。

巴扎列理(E. Bazzarelli)在报告《〈大师和玛格丽特〉中作为存在主义和美学原则的解脱》[②]中,认为解脱的主题渗透了小说的整个结构——从玛格丽特、弗莉达到大师莫不如此。普遍的解脱是虚幻的,支撑的结构却变得越发坚固——布尔加科夫"悲观的"逻辑就是如此。解脱来自彼岸力量,对主人公而言就是死亡的代价。在这里构成了小说的悲剧——得胜的不是解脱,而是死亡。作者考察了布尔加科夫小说同古代悲剧的相似之处:净化(catharsis)渗透小说的氛围,滋养了小说的形象,创造出希望、幻想、爱、诗歌的氛围,成就了他的诗化小说。

米兰大学的艾丽萨·卡托林(Elisa Cadorin)在报告《〈大师和玛格丽特〉中的绝对时间、相对时间与心理时间》[③]中指出,小说超过 60 处提到时间,主要表现为三种形态:绝对时间丝毫无涉并且不会影响人的命运;相对时间是建立在因果关系基础上的、由人们设置的;每个主人公都有自己的心理时间。沃兰德与随从生活在绝对时间里,有时进入相对时间;柏辽兹的作协生活在相对时间里(有时进入心理时间)。大师和玛格丽特是极少数被拣选进入绝对时间的人。其他人遇上绝对时间但不承认其规则,便以精神病和失去安宁告终。

波洛尼亚大学的劳拉·费拉里(Laura Ferrari)在报告《〈大师和玛格丽特〉中的精神分裂症情节》[④]中同意那种观点,即恶的力量是闯入 30 年代莫斯科"粗俗、平庸、贫乏"生活的非理性和幻想力量的化身,并认为把小说作为"精神分裂症臆语的隐喻"来解读是可能的;几乎所有人物都患有各种各样的病症。无家汉伊万经历了全部使其复活的病症体验,换句话说,伊万的演变是"世界上的自我意识"的演变;唯一超越疾病寓意的是将要成为艺术家的大师;他很久以前就走过这条路,须知艺术是在世界上拥有"自我"意识(这符合存在主义区别于"虚假"的人的"真实"的人的概念)的个人

[①] S. P. Pagnini, Морфология Мастера и Маргариты как волшебной сказки//Atti del convegno "Michail Bulgakov" (gargnano del garda, 17—22 settembre 1984). Milano, 1986. Там же. с. 223—24.

[②][③][④] М. О. Чудакова. Михаил Булгаков и судьба его наследия во Франции и Италии. *Там же*. с. 224,225,226.

"话语"。作者还将精神分裂症的寓意与成人仪式的步骤进行了比较。

德语的布尔加科夫研究创造了自己的解读传统。首先,经过包括打上社会学印记的几个阶段,把布尔加科夫从狭隘的事实功利的观念中解放出来,对他的个性和创作进行非政治化的解读,将其作为拥有全人类价值的文化审美现象来接受。其次,越来越多的学者摆脱过去将布尔加科夫作为讽刺作家、唱出痛苦音调的艺术家、恶毒讽刺与揭露的诗人的概念,在承认布尔加科夫抗议压制个性和同一化的体系是其世界观与创作的主要成分的同时,发掘其作品中艺术世界建构的生机勃勃的反熵成分,发现布尔加科夫对"生活物化"的抗议贯穿着乐观与希望。

芭芭拉·切林斯基(B. Zelinsky)评价布尔加科夫的《大师和玛格丽特》是苏联小说中最不苏联的一部。她为作品下了新的定义:像舞台世界一样组织艺术世界的全新风格,是散文的戏剧化,是以戏剧创作之笔写就的长篇小说,是剧场小说,作家的叙述者-导演的身份是完全独立的。[1]

玛格莱特·费希勒(M. Fieseler)的著作研究《白卫军》和《大师和玛格丽特》的主题、风格与结构特征。在她看来,布尔加科夫接受并采用的某些手法,应归为艺术"陌生化"的手法(什克洛夫斯基的术语),令熟悉的情节产生"全新的"阅读。她同时研究作为获得小说结构统一的重要手段的主题系统。《大师和玛格丽特》的主题实现了重要的结构功能。作家把两个不同的小说事件联系在一起,取得了陌生化的效应。借助对耶路撒冷事件的传统福音书版本的意想不到的偏离,通过遥远的过去时代迫切的问题与事件,在异国的外衣下表现现代性;在莫斯科的舞台上陌生化效应产生于幻想主题的印象,以及为讥讽现代性现象而描写的现实语境中。[2]

在东德,直到 80 年代末都是在马克思-黑格尔解释的历史事件规律性的精神中来阐释作品,布尔加科夫的主人公是历史事件的参与者。60—70 年代布尔加科夫是作为编年史作者、公然不同情革命的编年史家被接受的,但在作品中所有实践的发展都让读者相信"旧"世界毁灭和"新"世界胜利的必然性。

卡谢克(D. Kassek)认为布尔加科夫是早期苏联文学中最伟大的讽刺作家。[3]她研究作为主要文学风格传统的巴赫金关于"怪诞现实主义"和"狂欢化"的论点,作家没有意识到的超乎文学之外的渊源;《大师和玛格丽特》中各个层面的紧张对立因素(疯狂的楼房里的开放世界与封闭世界;地下室与格里鲍耶陀夫之家;光明与黑暗;太阳与月亮等等);以及小说中具有颠覆价值的狂欢的笑。

---

[1] B. Zelinsky, Bulgakov—"Der Meister und Margarita"//*Der russische Roman*/Hrag. Von Zelinsky B. Düssel-dorf, 1979. S. 330—53. А. В. Дранов, Протест, полный оптимизма и надежды (Немецкие литературоведы о творчестве Михаила Булгакова). Там же. с. 155—56.

[2] M. Fieseler, Stilistische und motivische Untersuchungen zu Michail Bulgakovs Romanen "Belaja gvardija" und "Master i Margarita". Hildeshim etc., 1982. 100 S. Там же. с. 158—59.

[3] D. Kassek, Gedanken zum Karnevalesken bei Bulgakov//Michail Bulgakov: Vaterialien zu Leben u. Werk/Leipzig, 1990. S. 33—41. Там же. с. 169.

第十九章 布尔加科夫的《大师和玛格丽特》：文本与阐释的多重空间

罗尔伯格(P. Rollberg)①考察弗洛连斯基的哲学观与《大师和玛格丽特》的联系。与丘达科娃不同，他认为布尔加科夫不断寻找的出路是：创作是自我解放的直接行动，其开端就是语词。在这个语境下就很清楚，为什么在专制制度下文学对作家和读者会有那么大的意义。艺术语词是反对社会中熵的作用的进步因素。

《大师和玛格丽特》研究的历史只有 40 年，却是众声喧唱，余音共鸣。各种批评方法在这里汇聚，相应的理论概念得以拓宽。事实上，在具体的研究中，各种方法也存在交叠，很难做严格区分。批评的狂欢促使布尔加科夫学日趋繁荣，《大师和玛格丽特》这部现代经典亦在与批评的互动中不断获得意义的延展。一方面，小说意义空间的丰富性需要研究者考察每一个概念问题，这必然导向意义的探索；另一方面，试图对小说进行局部分析或分成独立的层面，将部分绝对化，又与小说的内在结构相矛盾，必然导向对问题的片面理解。从本质上说，布尔加科夫在小说中创造的新型的艺术体系不仅是一种变换结构形式的美学现象，更重要的，是确立了善与爱这一人类生存之本真的精神价值。

【关键词】

传记研究　原型研究　互文性　结构符号学　形式主义批评　"镜像"结构　时空体　怪诞现实主义　狂欢化　梅尼普体　形态学

【推荐阅读书目】

1. 莱斯莉·米尔恩：《布尔加科夫评传》，杜文娟、李越峰译，北京：华夏出版社，2000 年。
2. 《布尔加科夫文集》（四卷本），北京：作家出版社，1998 年。
3. 《米哈伊尔·布尔加科夫传记》
   М. О. Чудакова. *Жизнеописание Михаила Булгакова*, М., 1988.
4. 《米·布尔加科夫的长篇小说〈大师和玛格丽特〉评注》
   И. З. Белобровцева. С. Кульюс. *Роман М. Булгакова "Мастер и Маргарита". Комментарий*. М.: "Книжный клуб 36,6", 2007.

【参考文献】

1. 《米·布尔加科夫的长篇小说〈大师和玛格丽特〉评注》
   И. З. Белобровцева. С. Кульюс, *Роман М. Булгакова "Мастер и Маргарита". Комментарий*. М.: "Книжный клуб 36,6", 2007.
2. 《〈大师和玛格丽特〉的谱系》
   И. Ф. Бэлза. Генеалогия "Мастера и Маргариты" //*Контекст*.1978. М., 1978.

---

① P. Rollberg, Annäherung an Bulgakovs Metaphysik//Michail Bulgakov: Vaterialien zu Leben u. Werk/Leipzig, 1990. S. 42—57. Там же. с. 171.

3. 《米·阿·布尔加科夫——剧作家及其时代的艺术文化》

   М. А. Булгаков-драматург и художественная культура его времени. Сборник статей /Сост. А. А. Нинов. М.: Союз театральных деятелей РСФСР, 1988.

4. 《米哈伊尔·布尔加科夫：现代阐释。百年诞辰纪念：1891—1991》

   Михаил Булгаков: современные толкования. К 100-летию со дня рождения. 1891—1991. Сб. обзоров/Отв. ред. Т. Н. Красавченко; М.: АН СССР ИНИОН. 1991.

5. 《当代阐释中米哈伊尔·布尔加科夫的遗产》

   И. Л. Галинская. Наследие Михаила Булгакова в современных толкованиях. Сб. науч. тр. М.: РАН ИНИОН. 2003.

6. 《文学主题，20 世纪俄罗斯文学论纲》

   Б. М. Гаспаров. Литературные лейтмотивы, Очерки по русской литературе XX века. М.: Наука, 1994.

7. 《米哈伊尔·布尔加科夫的伦理学》

   А. Зеркалов. Этики Михаила Булгакова, М.: Текст, 2004.

8. 《米哈伊尔·布尔加科夫的福音书》

   А. Зеркалов. Евангелие Михаила Булгакова, Ардис, Ann Arbor, 1984.

9. 《大师和玛格丽特（叙事风格、体裁、宏观结构）》

   Г. А. Лесскис. 《Мастер и Маргарита》Булгакова (манера повествования, жанр, макрокомпозиция)// Известия АН СССР. Сер. Литературы и языка. 1979. Т. 38. № 1.

10. 《米哈伊尔·布尔加科夫传记》

    М. О. Чудакова. Жизнеописание Михаила Булгакова, М., 1988.

11. 《布尔加科夫百科全书》

    Б. Соколов. Энциклопедия Булгаковская. М.: Локид-Миф, 1996.

12. 《米·布尔加科夫散文的主题》

    Е. А. Яблоков. Мотивы прозы М. Булгакова. М., 1997.

13. 《米哈伊尔·布尔加科夫的艺术世界》

    Е. А. Яблоков. Художественный мир Михаила Булгакова. М.: Языки славянской культуры, 2001.

14. 《米哈伊尔·布尔加科夫的创作道路》

    Л. Яновская. Творческий путь Михаила Булгакова. М.: Сов. писатель, 1983.

【网络资源】

http://www.masterandmargarita.eu/en/01bulgakov/overbulgakov.html

http://cr.middlebury.edu/public/russian/Bulgakov/public_html/biblio.html

http://www.bulgakov.ru/

http://bw.keytown.com

【作品推荐译本】

《大师和玛格丽特》，钱诚译，北京：外国文学出版社，1999 年。

第二十章　加西亚·马尔克斯的《百年孤独》：美洲的魔幻与真实

加夫列尔·加西亚·马尔克斯(Gabriel García Márquez, 1927—　)是当代拉丁美洲文坛的翘楚。他出生于哥伦比亚共和国的滨海小镇阿拉卡塔卡。1947年考入波哥大大学法学系，同时开始文学创作。翌年辍学，起初在报社当记者；后来流亡巴黎，成为专业作家。1982年，因为"他的小说以丰富的想象编织了一个现实与幻想交相辉映的世界，反映了一个大陆的生命与矛盾"，加西亚·马尔克斯被授予诺贝尔文学奖。

加西亚·马尔克斯迄今创作了五部长篇小说和多部中短篇小说集。他的小说创作可分为三个时期：早期(1947—1955)为模仿和探索时期，主要作品有短篇小说集《蓝宝石般的眼睛》(1955)；中期(1956—1967)为魔幻现实主义时期，也即"马孔多"时期，主要作品有长篇小说《百年孤独》(1967)、中篇小说《没有人给他写信的上校》(1961)和短篇小说集《格兰德大妈的葬礼》(1962)；后期(1968—　)为现实主义时期，主要作品有中篇小说《一件事先张扬的凶杀案》(1981)和《追忆忧伤娼妓》(2004)以及反独裁小说《家长的没落》(1975)、爱情小说《霍乱时期的爱情》(1984)、历史小说《迷宫中的将军》(1989)、纪实小说《绑架轶事》(1996)等。

虽然加西亚·马尔克斯是位在世的当代作家，但有关评论却已然浩如烟海。这一方面体现了加西亚·马尔克斯在当代世界文坛的地位，另一方面则是其作品繁复、淆杂的表征。他模仿过卡夫卡、福克纳、海明威(Ernest Hemingway)等现代作家，亦与索福克勒斯、塞万提斯、巴尔扎克(Balzac)等古典作家有剪不断的渊源。拉什迪(S. Rushdie)称他是"创造奇迹的天使"[1]，富恩特斯(C. Fuentes)说他的小说是"拉丁美洲的《圣经》"[2]。无数评论家对他赞不绝口，尊之为魔幻现实主义大

---

[1] S. Rushdie, "Angel Gabriel", *Gabriel García Márquez: Testimonio de su vida y ensayos sobre su obra*, Juan Gustavo Cobo ed. Bogotá, Siglo del Hombre ed., 1992, p.318.

[2] C. Fuentes, "Gabriel García Márquez", *Gabriel García Márquez: Testimonio de su vida y ensayos sobre su obra*, p.13.

师;而他却一直以现实主义作家自居,谓"每一句话都有案可稽"①。

于是,矛盾出现了。

一、最初的批评

最早评论加西亚·马尔克斯的是他的朋友兼同事罗哈斯(H. Rojas)。其时,加西亚·马尔克斯和埃克托尔·罗哈斯同在《宇宙报》工作。当前者把中篇小说《枯枝败叶》②的初稿交给后者时,后者作出了高度的评价:

> 加西亚·马尔克斯正在对他的长篇小说《我们割了饲草》(即将问世)作最后的修改。本人有幸先睹为快并深信这是迄今为止哥伦比亚作家做出的最大努力。它必将为我们的当代小说掀开崭新的一页……③

其中的溢美之辞遭到了另一位朋友——古斯塔沃·伊巴拉(G. Ibarra)的反诘。伊巴拉在仔细读完书稿之后,得出了完全相反的结论。而且,出乎加西亚·马尔克斯意料的是,他在小说中看到了索福克勒斯的影子,认为《我们割了饲草》与《安提戈涅》如出一辙。然而,加西亚·马尔克斯当时一门心思系在欧美现当代小说,根本无视古希腊文学的存在。风气使然,同时代作家几乎都是厚今薄古之辈,视古典如无何有之乡。

幸好,加西亚·马尔克斯在矢口否认的同时,潜心阅读了希腊悲剧。他惊讶地发现,他与索福克勒斯虽无任何瓜葛,精神气韵却惊人的相似。他不明白其中的奥妙,于是开始刨根究底,并从此把视阈扩展至整个西方文学。

1965年,正当加西亚·马尔克斯躲在墨西哥家中潜心创作《百年孤独》的时候,智利评论家路易斯·哈斯(Luis Harss)以非凡的洞识力锁定了他。④ 哈斯的目的很简单:为当代拉丁美洲最伟大的十个小说家树碑立传。由于范围太小,他的标准也便近乎苛刻。哈斯选定的作家有:危地马拉作家阿斯图里亚斯(M. A. Asturias)、古巴作家卡彭铁尔(A. Carpentier)、阿根廷作家博尔赫斯(J. L. Borges)和科塔萨尔(J. Cortázar)、墨西哥作家鲁尔福(J. Rulfo)和富恩特斯(C. Fuentes)、乌拉圭作家奥内蒂(J. C. Onetti)、巴西作家吉马朗埃斯·罗萨(J. Guimarães

---

① 在加西亚·马尔克斯和西班牙语读者看来是长篇,初名为《我们割了饲草》,1955年正式出版时易名为《枯枝败叶》。

② García Márquez, "La creación artística en América Latina y Caribe", *Uno más uno*, México, 4 de agosto de 1984.

③ Rojas, "El regreso del viejo amigo", *El Universal*, Cartagena, 15 de mayo de 1949.

④ 哈斯将它归功于富恩特斯的推荐。

Rosa)、巴拉圭作家罗阿·巴斯托斯(A. Roa Bastos)和秘鲁作家巴尔加斯·略萨(M. Vargas Llosa)。哈斯置加西亚·马尔克斯于上述作家之间并对他进行了不同凡响的解读。这足以使当时的加西亚·马尔克斯感到汗颜,因为在这些人当中,只有他还名不见经传。其他九位无不声名显赫。卡彭铁尔和阿斯图里亚斯是魔幻现实主义鼻祖,后者还于1967年获得了诺贝尔文学奖;博尔赫斯和科塔萨尔早已被欧美读者定于一尊;鲁尔福虽然作品不多,却含金量极高,是当今世界以少胜多的典范;奥内蒂发表了七部长篇小说,是乌拉圭文坛当之无愧的泰山北斗;吉马朗埃斯·罗萨是公认的巴西现代小说之父;富恩特斯和巴尔加斯·略萨虽然年轻,却少年得志,前者有《最明净的地区》和《阿尔特米奥·克鲁斯之死》,后者则是《城市与狗》和《绿房子》两部巨著的作者。正因为如此,哈斯对加西亚·马尔克斯不无保留,论述也多少有点儿语焉不详。他是这样评价后者的:

> 加夫列尔·加西亚·马尔克斯是一股散绳(这也是文章的标题——引者注),他知道,"文学的关键是语言"。因此,他竭力寻求语言的"纯净"与准确。《没有人给他写信的上校》自始至终体现了这种追求……他是如何实现这种追求的呢?这的确是一个谜,一个难以究诘的问题。也许他继承了哥伦比亚的某种传统。①

哈斯还大量援引加西亚·马尔克斯本人的话,说"他否定了这种推测",说"他的风格与哥伦比亚文学传统毫无关系,因为它来自于一位普通的老人:他的外祖母"。"老太太天资过人,'她就是这么言说的'。时至今日,他依然能够听到一个遥远的声音,它激活着他童年的记忆。它来自魔幻的世界……马孔多。"②

后来,"像外祖母那样叙述"成了加西亚·马尔克斯的口头禅,同时也成了无数批评家言说魔幻的"关键词"和切入点。现在看来,这句话至少包含了两层意思:一、回到童年,像孩童那样相信一切;二、返璞归真,像古典作家那样重视故事情节。但是,除了语言,哈斯当时几乎无话可说。好在翌年出版的《百年孤独》证明了哈斯的选择。

然而,和《百年孤独》的诞生过程一样,开始的评价并不一致。时任南美出版社《第一版》周刊的主编阿根廷作家马丁内斯(T. E. Martínez)回忆说,"那是1967年秋末。几个月前,南美出版社文学部主任弗朗西斯科·波鲁阿(F. Porrúa)收到了一部来自墨西哥的书稿。书稿不分章节,只有一些明显的空白。且不说纸张和邮包何等简陋,关键还在于作者头上高悬着两个沉重的判决:其一是西班牙巴拉

---

①② L. Harss, *Los nostros*, Buenos Aires, ed. Sudamericana, 1966, pp. 381—419.

尔出版社的断然拒绝,理由是作品没有市场;其二是大作家吉列尔莫·德·托雷(Guillermo de Torre)的批评,他曾告诫书稿的作者放弃写作。"他还说,"我们这儿很少有人听说过他,更没有人见到过他。所能找到的有关材料也只有路易斯·哈斯的《我们的作家》。"① 不过,传记作家萨尔迪瓦尔(D. Saldívar)在《加夫列尔·加西亚·马尔克斯:回归本源》中否定了马丁内斯的说法,他说早在1966年,南美出版社就通过哈斯与加西亚·马尔克斯取得了联系。萨尔迪瓦尔言之凿凿,称波鲁阿曾有意出版《没有人给他写信的上校》,结果被加西亚·马尔克斯婉言谢绝了(另说南美出版社对他的"老一套"不感兴趣);二人于是达成协议:等待下一部,也即《百年孤独》。萨尔迪瓦尔甚至断定加西亚·马尔克斯通过经纪人卡门·巴尔塞尔(Carmen Balcells)"接受了南美出版社的预付金——五百美元"②。

无论过程如何,重要的是《百年孤独》犹如一粒横空出世的明星,一旦诞生便举世瞩目、好评如潮。首先是出版商的滚滚红利,其次是"魔幻现实主义"论者的欢呼雀跃。

二、《百年孤独》:是幻想?是现实?

早在《百年孤独》诞生之前,拉美评论界就已围绕"魔幻现实主义"展开讨论。一般认为"魔幻现实主义"一词最初见诸德国艺术批评家弗兰兹·罗(F. Roh)的《魔幻现实主义·后期表现主义·当前欧洲绘画的若干问题》。③ 此外,意大利未来主义作家马西莫·邦腾佩利(M. Bontempelli)也曾偶用"魔幻现实主义"作为未来主义的代名词。第一位应用这一术语的拉丁美洲作家是乌斯拉尔-彼特里(A. Uslar-Pietri)。他在论述40年代委内瑞拉文学时说:"……占主导地位的是把人看做现实状态和生活细节的神奇之所在,并使他具有永恒的魅力。这意味着对现实进行诗化或否定。由于缺乏别的名字,姑且称之为魔幻现实主义。"④这些所指与后来所谓的"魔幻现实主义"显然没有关系。

作为拉美文学特有概念的"魔幻现实主义"产生于1954年。是年,全美文学教授协会在纽约召开年会。会议期间,哥斯达黎加旅美学者安赫尔·弗洛雷斯(Angel Flores)教授作了题为《西班牙语美洲小说中的魔幻现实主义》⑤的讲演,认为按

---

① T. E. Martínez, "El día en que empezó todo", *Testimonio de su vida y ensayos sobre su obra*, pp. 23—27.

② D. Saldívar, *García Márquez: El viaje a la semilla*, Madrid, Alfaguara, 1997, pp. 432—58.

③ F. Roh, *Realismo mágico, post-expresionismo, problemas de la pintura europea más reciente*, Madrid, Revista del Occdente, 1927.

④ Uslar-Pietri, *Letras y hombres de Venezuela*, Caracas, FCE, 1948, p. 3.

⑤ A. Flores, "Magical Realism in Spanish American Fiction", *Hispania*, Vol. 38, New York, 1955, pp. 187—92.

时代、题材界定西班牙语美洲文学的小说是一种缺乏想像力的表现,因而迫切要求用"魔幻现实主义"命名富有幻想色彩和现代意识的新人新作。翌年,美国《西班牙语文学》杂志全文刊登了弗洛雷斯教授的这篇文章。从此,"魔幻现实主义"一词在拉丁美洲流行起来。弗洛雷斯之所以迫不及待地起用"魔幻现实主义"这一术语,无非是要对当时已然"炸"开的拉丁美洲(尤其是西班牙语美洲小说)进行一次分门别类。他果敢地选择博尔赫斯做"魔幻现实主义大师",并指后者与比奥伊·卡萨雷斯夫妇合作的《幻想文学集粹》(1940)为"魔幻现实主义宣言",并为之配备了响当当的鼻祖:卡夫卡(理由是博尔赫斯翻译了卡夫卡的作品)。这样一来,魔幻现实主义便理所当然地成了当代西班牙语美洲幻想小说的代名词。

然而,智利作家兼评论家费尔南多·阿莱格里亚(Fernando Alegría)对"魔幻现实主义"进行了完全不同的界定。他从卡彭铁尔和阿斯图里亚斯切入,给弗洛雷斯的定义来了个一百八十度大转弯①。阿莱格里亚以卡彭铁尔的现身说法为依据,用"魔幻现实主义"指涉那些表现美洲神奇的作家作品。在卡彭铁尔看来,"神奇是现实突变的产物,是对现实的特殊表现和非凡的、别出心裁的阐释与夸大……但这种神奇的产生首先需要一种信仰。无神论者是不能用神的奇迹治病的,堂吉诃德也不会全心全意的进入《阿马迪斯·德·高拉》和《白骑士蒂朗特》的世界"②。同样,阿斯图里亚斯界定美洲"魔幻现实"的砝码也是山区印第安人或印欧混血人种的奇特"信仰"。他说:"简而言之,魔幻现实是这样的:一个印第安人或混血儿,居住在偏僻的山村,叙述他如何看见一朵彩云或一块巨石变成一个人或一个巨人……所有这些都不外乎是村人常有的幻觉,谁听了都觉得荒唐可笑、不能相信。但是,一旦生活在他们中间,你就会意识到这些故事的分量。在那里,尤其是在宗教迷信盛行的地方,譬如印第安部落,人们对周围事物的感觉知觉能逐渐转化为现实。当然那不是看得见摸得着的现实,但它是存在的,是某种信仰的产物。"③

对"魔幻现实主义"的不同界定导致了研究加西亚·马尔克斯的不同向度。首先,不少批评家如巴尔加斯·略萨④、安赫尔·拉马(Angel Rama)⑤、琴·弗朗科(Jean Franco)⑥等眷注加西亚·马尔克斯,尤其是《百年孤独》的"想象成分",从而与弗洛雷斯殊途同归。巴尔加斯·略萨在其博士论文的基础上花了三年时间完成了这部长达六百多页的专著《加夫列尔·加西亚·马尔克斯:弑神者的历史》。专

---

① F. Alegría, "Carpetier y el realismo mágico", *Revista de Humanidades*, New York, 1960, No. I.
② Carpentier, *El reino de este mundo*, México, Publicaciones Iberoamericanas, 1949, pp. 2—3.
③ Lowrance, "Conversaciones con Asturias", *El Nuevo Mundo*, Paris, 1970, No. I.
④ Vargas Llosa, *García Márquez, historia de un deicidio*, Barcelona, Monte Avila Ed., 1971.
⑤ A. Rama, "El puesto de García Márquez", *Eco*, Bogotá, 1983, No. 255.
⑥ J. Franco, "García Márquez y el Nóbel", *Areito*, New York, 1983, No. 32.

著有两大部分组成。第一部分为《真正的现实》,第二部分为《虚幻的现实》。巴尔加斯·略萨认为《百年孤独》是一部将现实和幻想推向极致的"全小说"①。他拿《百年孤独》比照人类历史,同时用"魔幻"、"神奇"、"神话"和"幻想"概括作品的艺术想象。其中,"魔幻"者除了吉卜赛人的"魔术"(首先是墨尔加德斯,他居然提前一百年写下了马孔多的命运,其次是磁铁、冰块之类),还有皮拉尔的扑克牌"巫术"或毛里西奥的黄蝴蝶、何塞·阿卡迪奥的火药味等等。"神奇"者则首推尼科拉尔神甫,他居然用巧克力水使自己离开地面、悬浮空中;其次是弗朗西斯科大人,他曾经两次战胜魔鬼;再次之是俏姑娘蕾梅迪奥斯,她最终披着床单离开地面、飞上了天空。巴尔加斯·略萨认为诸如此类的想象都与犹太—基督教文化有关。"神话"主要指加西亚·马尔克斯对前人的反讽和戏仿,涉及卡彭铁尔、富恩特斯、科塔萨尔等。"幻想"则是指"纯粹的艺术想象",如带尾巴的孩子、不胫而走的物体、四处蔓延的失眠症和健忘症,等等②。

其次,恩里克·安德森·因贝特(Enrique Anderson Imbert)③、麦克·亚当斯(A. J. Mac Adams)④、何塞·路易斯·桑切斯·费雷尔(J. L. Sánchez Ferrer)⑤、胡利奥·奥尔特加(Julio Ortega)等将加西亚·马尔克斯与博尔赫斯相提并论,并不加区分地置之于"魔幻现实主义"麾下。比如,奥尔特加在评述"魔幻现实主义"时,将博尔赫斯、鲁尔福、科塔萨尔、福恩特斯、巴尔加斯·略萨和加西亚·马尔克斯混为一谈,认为无论加西亚·马尔克斯还是博尔赫斯等人的作品,"都是建立在国际后现代主义一般场域"的"自身类像"。⑥ 墨西哥评论家门顿(Seymour Menton)甚至把"魔幻现实主义"当作战后世界范围内的一个"幻想文学流派"来加以审视,认为《百年孤独》的做法是把现实倒个个儿。他从作品首版封面上"孤独"的倒装"E"字切入,把加西亚·马尔克斯的"魔幻现实主义"定位在不同的"视角"上。他援引加西亚·马尔克斯的话说:"只要你懂得审视,习常中绝对充满了神奇。日常生活中魔幻比比皆是,只不过人们早就习以为常、见多不怪了。"⑦

---

① Vargas Llosa, *García Márquez, historia de un deicidio*, pp. 479—615.
② Ibid., pp. 536—38.
③ Anderson Imbert, *El realismo mágico y otros ensayos*, Caracas, Monte Avila ed., 1976.
④ Mac Adams, *Modern Latin American Narratives, The Dreams of Reason*, Chicago, The University of Chicago Press, 1977.
⑤ Sánchez Ferrer, *El realismo mágico en la novela hispanoamericana*, Madrid, Anaya, 1990.
⑥ Ortega, "Postmodernism in Latin America", *Postmodern Studies I: Postmodern Fiction in Europe and Americas*, Amsterdan, Rodopi, 1988. p. 25.
⑦ Menton S, *Historia verdadera del realismo mágico*, México, FCE., 1998. p. 56.

与此同时,另一些人如马尔克斯·罗德里格斯(A. Márquez Rodríguez)[1]、亚雷纳(A. Llarena)[2]等则执着于区别"魔幻现实主义"与"神奇现实"(或神奇现实主义)。马尔克斯·罗德里格斯从拉美作家所处的人文环境入手,认为加勒比因为有黑非洲人种的加入,其"艺术表征形式明显不同于内陆地区"[3]。

然而,大多数人倾向于视"魔幻现实主义"为一个不同于一般幻想文学的拉丁美洲现当代小说流派。其中胡安·巴罗索(Juan Barroso)[4]、维·布拉沃(V. Bravo)[5]等评论家在总结"魔幻现实主义"的历史讨论的基础上,提出了更富有包容性的见解。巴罗索认为"魔幻现实主义是题材问题……当题材是美洲现实时,作品必然会提供神奇现实。"[6]而布拉沃则认为二者("魔幻现实主义"与"神奇现实主义")无论同与不同,都不能改变这样一个事实:"对美洲人文自然的神秘与魔幻的本土性重构"[7]。

加西亚·马尔克斯不拘牵,他坚持说:"我生长在加勒比,熟悉这里的每一个国家、每一个岛屿。也许正因为这样,我才如此深感力不从心。我感到无论怎么搜肠刮肚、苦思冥想,也写不出半点儿比现实更令人惊奇的东西。因此,我力所能及的只是用诗的鳌足有意无意地移植现实。仅此而已。在我拼写的每一部作品中,每一处描述都有事实依据,每一句话都有案可稽。"他例举加勒比和拉丁美洲的种种神奇,以说明其言不虚。他甚至时常慨叹"现实是最伟大的作家","我们的现实向文学提出了一个十分严肃的问题,那就是为什么语言那么贫乏"。[8] 不少评论家也支持加西亚·马尔克斯的说法,并进行了大量附议。何塞·费尔南多·布拉沃在《拉美当代小说中的神奇现实》中把拉丁美洲说得神乎其神,谓"这个神话般的大陆有着丰富而夸张的自然景观"[9]。

---

[1] Márquez Rodríguez, *El barooco y lo real maravilloso en la obra de Alejo Carpentier*, México, Siglo XXI, 1982.

[2] Llarena, *El realismo mágico y lo real maravilloso: una cuestión de verosimilitud*, Maryland, Hispanomerica, 1997.

[3] Márquez Rodríguez, pp. 3—71.

[4] Barroso, *"El realismo mágico" y "lo real maravilloso" en El reino de este mundo y El siglo de las luces*, Maimi, Universal, 1977.

[5] Bravo, *Magias y maravillas en el continente literario: para un deslinde del realismo mágico y lo real maravilloso*, Caracas, Casa de Bello, 1995.

[6] Barroso, p. 65.

[7] Bravo, p. 221.

[8] García Márquez, *Uno más uno*, 4 de agosto de 1984.

[9] J. F. Bravo, *Lo real maravilloso: en la narrativa latinoamericana actual*, Lima, Ed. UNIFE, 1984, p. 20.

三、当代国际批评视野中的《百年孤独》

作为"当代最重要的小说"①,《百年孤独》自然而然地被纳入了不同理论的批评视野。首先是围绕《百年孤独》与后现代主义的讨论。詹姆逊(Fredric Jameson)在其颇有争议的《关于电影中的魔幻现实主义》中谈到了加西亚·马尔克斯等人的魔幻现实主义,认为魔幻现实的"后现代本质""并不是一种随着背景而改变的现实主义。它本身已经存在,是一种具有魔幻或梦幻效果的现实"。这表面上看来与他后来发表的《后现代主义,或晚期资本主义的文化逻辑》形成了矛盾。但詹姆逊从卡彭铁尔和加西亚·马尔克斯的叙事方式和现身说法整合出"魔幻现实主义"等于当今拉美"现实主义"的观点,从而认为《百年孤独》等拉美当代小说提供了"一种新的叙事模式",它们作为后现代主义(电影消费主义文化)的反动,或可成为取代"后现代主义叙事逻辑的形式之一"。② 另一方面,萨莫拉(L. P. Zamora)在《鬼魅现身:美洲当代小说的魔幻现实主义》一书中把"魔幻现实主义"定位为对反西方现代性的"深度批判"。她在《百年孤独》等"魔幻现实主义"小说的鬼魅世界中找到了解构西方现代性的方式:鬼魅的出现"预示着魔幻现实主义的基本认知——知识的局限"③。这是因为:一、鬼的世界处于生和死、现在和过去、灵魂和肉体、时间和空间之间,它与西方现代文明"预知一切、控制一切"的定向完全对立;二、鬼的出现否定了现代性关于自主意识和自我实现的心理学假定;三、鬼的出现扰乱了现代性的线性历史基础;四、鬼是一种隐喻,存在于不确定"之间"。有鉴于此,萨莫拉认为"魔幻现实主义"是一种典型的后现代主义,"因为它拒绝二元论和技术理性、现代性和物质主义"④。同类批评还有很多,其中比较重要的有迪安·欧文(Dean Irvine)的《后殖民主义、后现代主义与〈百年孤独〉中的魔幻现实主义》⑤,阿罗克·巴亚(Alok Bhalla)的《加西亚·马尔克斯与拉丁美洲》⑥等。

其次是后殖民理论。最早比较系统地将加西亚·马尔克斯等"魔幻现实主义"作家同后殖民理论联系在一起的当推斯利蒙(Stephen Slemon)。他从"魔幻现实主义"这个"矛盾修辞"中引申出现实主义和幻象主义两个概念,进而得出"魔幻现

---

① Jorge Amado:"Dos palabras sobre Gabo", *Gabriel García Márquez: Testimoniso de su vida y ensayos sobre su obra*, p. 1.

② F. Jameson, "On Magic Realism in Film", *Critical Inquiry*, Chicago, p. 311.

③④ Zamora, "Ghostly Presenes: Magical Realism in Contemporary Fiction of the Americas", *Mattoid*, Geelong, pp. 119—49.

⑤ Irvine, "Postcolonialism, Postmodernism, and Magic Realism in 'Cien anõs de soledad'", *Ariel*, Charlottetown, 1998. pp. 53—80.

⑥ Bhalla, *Garcia Márquez and Latin America*, New York, Envoy, 1987.

实主义"即将两种完全对立的叙事模式融合在一起的话语体系。这种话语体系具有鲜明的"后殖民特质",它至少表现为以下三个层次:一、地域的寓言;二、重构的历史;三、界限的消解。一如马孔多之对于整个美洲,第一个层次意在"通过局部接近(后殖民文化的)整体";第二个层次是"通过历史的透视和隐喻方式书写殖民地文化和后殖民地文化";第三个层次则侧重于"模糊边缘和中心的距离"①。但贝克(Suzanne Baker)对此不以为然。他基于后殖民书写所蕴涵的反殖民主义倾向,认为《百年孤独》等"魔幻现实主义"作品提供了诠释(印欧)"双重认同"和"双重历史"的可能性。② 其他重要后殖民批评有杜里克斯(J. P. Durix)的《模仿、类型和后殖民话语:解构魔幻现实主义》③,埃斯科托(Julio Escoto)的《回述魔幻现实主义》④等。

也有不少学者反对用后现代主义或后殖民主义之类的"模糊"概念评说"魔幻现实主义"。如米诺罗(W. D. Mignolo)曾于1997年发表题为《后殖民:殖民遗产和后殖民理论》的论文,对有关后殖民批评提出异议,认为与其说"魔幻现实主义"是后殖民文学,毋宁说它是"去(反)殖民文学"⑤。萨尔迪瓦尔则干脆用"后现代现实主义"取代后现代主义和后殖民批评,意在使《百年孤独》摆脱西方批评模式。⑥

与此同时,一些学者仍坚持用后现代主义或后殖民理论释读《百年孤独》,如林达·赫琴在《百年孤独》等"魔幻现实主义"小说中读出了"更强的批判火焰"和"本土化"、"反中心"(包括西方中心主义和拉美集权)、"不妥协"的显著特点。但更多学者已经倾向于放弃后现代主义和后殖民理论,以便将焦点集中到更为具体的内容和形式上来。相关网站曾就《百年孤独》组织讨论并发布了大量文章,其中不乏女权主义、叙事学批评等。

诸如此类,不一而足。它们不仅意味着加西亚·马尔克斯研究已经成为一个国际课题,而且标志着它正在朝深度和广度发展。

---

① Slemon, "Magic Realism as Postcolonial Discourse", *Canadian Literature* 116, Manitoba, 1988, pp. 9—24.

② Baker, "Binarisms and Duality: Magic Realism and Postcolonialsm", *SPAN* 36, Buena Vista, 1991, pp. 84—85.

③ Durix, *Mimesis, Genres and Post-colonial Discourse: Deconstructing Magic Realism*, New York, Macmillan, 1998.

④ Escoto, "Cuenta regresiva al realismo mágico", *Revista de Estudios Hispánicos*, Washington, 1981.

⑤ Mignolo, "Razón postcolonial: herencias coloniales y teorías postcoloniales", *Postmodernidad y Postcolonialidad*, Frankfurt, p. 51.

⑥ Saldívar, "Postmodern realism", The Columbia histry of the American novel, New York, 1991.

【关键词】

魔幻现实主义　现实主义　后现代主义　后现代现实主义　后殖民理论　神奇现实　戏仿　反讽　解构　重构　隐喻　类像　矛盾修辞　女权主义批评　叙事学

【推荐阅读书目】

1. 《加西亚·马尔克斯研究资料》,张国培编,天津：南开大学出版社,1984年。
2. 《加西亚·马尔克斯研究》,林一安编,昆明：云南人民出版社,1993年。
3. 朱景东：《马尔克斯》,长春：长春出版社,1995年。
4. 陈众议：《拉美当代小说流派》,北京：社科文献出版社,1995年。
5. 陈众议：《加西亚·马尔克斯评传》,杭州：浙江文艺出版社,1999年。

【参考文献】

1. 《加夫列尔·加西亚·马尔克斯——生平与创作》
   Juan Gustavo Cobo ed., *Gabriel García Márquez：Testimonio de su vida y ensayos sobre su obra*, Bogotá, Siglo del Hombre Ed., 1992.
2. 《我们的作家》
   L. Harss, *Los nostros*, Buenos Aires, Ed. Sudamericana, 1966.
3. 《加西亚·马尔克斯——回归本原》
   D. Saldivar, *García Márquez：El viaje a la semilla*, Madrid, Alfaguara, 1997.
4. 《西班牙语美洲小说中的魔幻现实主义》
   Flores, "Magical Realism in Spanish American Fiction", *Hispania*, Vol. 38, New York, 1955.
5. 《加西亚·马尔克斯：弑神者的历史》
   Vargas Llosa, *García Márquez, historia de un deicidio*, Barcelona, Monte Avila Ed. 1971.
6. 《卡彭铁尔与魔幻现实主义》
   Alegría, "Carpetier y el realismo mágico", *Revista de Humanidades*, New York, 1960, No. I.
7. 《后现代主义在拉丁美洲》
   Ortega, "Postmodernism in Latin America", *Postmodern Studies I：Postmodern Fiction in Europe and Americas*, Amsterdan, Rodopi, 1988.
8. 《魔幻与神奇：魔幻现实主义与神奇现实之甄别》
   Bravo, *Magias y maravillas en el continente literario：para un deslinde del realismo mágico y lo real maravilloso*, Caracas, Casa de Bello, 1995.
9. 《后殖民主义,后现代主义与〈百年孤独〉中的魔幻现实主义》
   Dean J. Irvine, "Postcolonialism, Postmodernism, and Magic Realism in 'Cien anōs de soledad'", *Ariel*, Charlottetown, 1998.
10. 《魔幻现实主义作为后殖民话语》
    Stephen Slemon, "Magic Realism as Postcolonial Discourse", *Canadian Literature* 116, Manitoba, 1988.

11.《后现代现实主义》

Saldívar,"Postmodern realism", *The Columbia history of the American novel*, New York,1991.

【网络资源】

http://en.wikipedia.org/wiki/Gabriel_García_Márquez

【作品推荐译本】

1.《百年孤独》,黄锦炎等译,上海:上海译文出版社,1989年。
2.《百年孤独》,吴健恒译,昆明:云南人民出版社,1993年。

附录

关 键 词

1. 阿克梅派(Акмеизм)

20世纪初俄国的现代主义诗歌流派之一。主要诗人包括古米廖夫(Н. Гумилев)、戈罗杰茨基(С. Городецкий)、阿赫马托娃(А. Ахматова)、曼德尔施塔姆(О. Мандельштам)等。"阿克梅"来自希腊语,意为"顶峰"。阿克梅派反对象征主义诗歌的神秘主义,尤其反对其意象的模糊,反对象征主义者把形象作为不可见的形而上学实体的象征。他们呼吁运用明确、清晰、精确的意象,主张"返回"物质世界。他们宣扬"为艺术而艺术"的原则,拒绝对现存的社会进行批评,主张通过对人的意志、本能的启迪使人逐渐"完善"。作为一种有组织的运动,阿克梅派从1912年活跃到一战之前,此后,诗人们各自继续创作。

2. 阿维洛伊主义(Averroism)

来源于中世纪晚期阿拉伯思想家阿维洛伊(Averroes,1126—1198)。阿维洛伊以其对亚里士多德作品的注释而著称于世。他的主要思想包括:一、上帝与世界都是永恒的;二、科学的永恒性;三、新柏拉图主义流溢说的存在体系;四、个体的人并不在其个体中得到不朽,只有与普遍的理智(Universal active intellect)融合在一起,人才能获得不朽,等等。他的思想与天主教正统,尤其是同样注释亚里士多德的托马斯·阿奎纳的思想颇多龃龉,因此,在12世纪多次被天主教世界指斥为异端邪说,其遭受攻击的主要观点有:物质的永恒性、双重真理论、个体有朽等等。西格尔·布拉邦特被看作是中世纪末最著名的阿维洛伊主义者。

3. 奥卡姆的威廉(William of Occam)

奥卡姆的威廉是14世纪唯名论者、逻辑学家、圣方济各会修士,他提出了一个后世称为"奥卡姆剃刀"(Occam's Razor, Ockham's Razor)的原理。这个原理是:"如无必要,勿增实体"。威廉使用这个原理证明了许多结论,包括"通过思辨不能得出上帝存在的结论",其推论是上帝与人类政治秩序的分离。根据这种推论,人类社会可以摆脱上帝的束缚,按自己的规律发展。在这一点上奥卡姆的理论成为现代思想的渊源之一。

4. 包法利主义(le Bovarysme)

19世纪末,已有论者强调《包法利夫人》这部小说的心理学和哲学层面。法国评论家于勒·德·戈尔蒂埃发明了"包法利主义"这个名词,把它定义为"人所具有的把自己设想成另一个样子的能力";即是一个人幻想过一种与现实完全两样的生活,像爱玛一样幻想改变这种生活强加给人的命运,迷恋于另一种完全不同的命运,这种人所犯的心病就叫做"包法利主义"。施康强先生认为:"包法利主义"的存在先于包法利夫人,而且是超国界的。中国文学史上有无数"心比天高,命比纸薄"或"始乱终弃"、"红颜薄命"的故事。它也延伸到当今世界,青年男女对明星、对"大众情人"的崇拜,其实也是"包法利主义"的一种变体。

5. 悲剧(tragedy)

为起源于古希腊的一种戏剧形式,其主要形式和特征在亚里士多德的《诗学》中得到了完整的说明。亚里士多德认为，悲剧有六种要素，即情节、人物、思想、台词、音乐、场景。前三种是模仿的对象，后三种是模仿的媒介。他认为，其中最重要的是情节，因为只有情节才能呈现人类命运的"所以然"和因果关系。自亚里士多德开始，悲剧的"情节中心说"在欧洲统治了差不多两千年。在西方悲剧发展过程中，重点从情节转移到性格是现代戏剧出现以后的事情（中间莎士比亚属于例外）。在亚里士多德的悲剧理论中，性格处于第二重要的地位。在亚里士多德对于悲剧人物性格的论述中，最重要的是"悲剧人物的四要素"和"过失说"。所谓悲剧人物的四要素是：人物的性格必须善良，必须适合人物的身份，必须近似真实，必须首尾一致。所谓"过失说"是指，由于悲剧是表现好人的毁灭，所以理想的悲剧人物必须有过失，即其应该是犯错误、有弱点的好人。这些都服从于亚里士多德对于悲剧效果的要求，即通过怜悯与恐惧而产生净化。在亚里士多德之后，最有影响的西方悲剧理论出自黑格尔和尼采。

6. 悖论（Paradox）

原是古典修辞学的一格，指的是"表面上荒谬而实际上真实的陈述"，也可以称它为一种"矛盾修辞"，即在文学语言中把相互矛盾、冲突或"异质"的东西强行组合在一起，从而产生一种特殊的修辞效果。17世纪英国玄学派诗人最喜好"突兀地将最不相干的事物联系在一起"，英美新批评派特别看重这种诗的方法，称"诗人要表达的真理只能用悖论语言"（克林思·布鲁克斯《悖论语言》，《"新批评"文集》，赵毅衡编选，北京：中国社会科学出版社，1988年）。艾略特在《荒原》中一开始就运用了这种悖论式的修辞手法："四月是最残忍的一个月"，它一下子逆转了人们对"四月"（春天）的认知，也为全诗定下了基调。这样充满悖论性质的诗句，体现了一种艾略特式的对生与死的玄学思辨，同时也暗含了诗人在情感上的某种悲痛。

7. 表现说（Expression theory）

在文学四要素中强调作品与作家的关系，即认为作品是作家情感的自然流露。表现说的基本倾向是，文学本质上是诗人、作家的内心世界的外化，是情感涌动时的创造，是主观感受、体验的产物；以外部现实作为对象，但诗并不存在于对象本身，而存在于审视对象时的作家、诗人的"心境"或"心理状态"；诗人可以描写平凡的事物，但要使事物以不平凡的色彩呈现出来。古希腊的柏拉图提出了诗歌创作的灵感说，尽管具有神秘主义色彩，但其含义却是把文学视为心灵的表现。康德把文艺创作看作是人类的情感活动。表现说产生于19世纪初兴起的欧洲浪漫主义文学思潮中，英国诗人华兹华斯提出"诗是强烈感情的自然流露"，柯尔律治认为"写诗是出于内在的本质，不是由任何外界的东西所引起的"，雪莱指出"诗是最快乐最良善的心灵中最快乐最良善的瞬间之记录"。20世纪的精神分析学创始人弗洛伊德更是提出了特色极为鲜明的表现说文艺观，他认为文学不过是人的潜意识的升华，是作家所作的白日梦。这就把人的与外界没有直接的关系的深层意识视作了文学艺术本源。

8. 勃朗特三姐妹（Brontë Sisters）

指夏洛特（Charlotte 1816—1855）、艾米莉（Emily 1818—1848）及安·勃朗特（Anne 1820—1849），英格兰约克郡苦寒山区清贫牧师之家天才的三姐妹文学家，她们的作品以真切情深，清新自然闻名。她们自幼相伴读书习文，成年后先以柯勒（Currer）、埃利斯（Ellis）、阿克顿（Acton）·贝尔（Bell）三个男性的笔名出版诗歌合集，后又相携开始小说创作。世人常视之为一个文学家群体，其实她们都各有独特风格。

9. 勃鲁姆日(Bloomsday)

《尤利西斯》中的第一号人物勃鲁姆于1904年6月16日在都柏林的游荡构成了这部作品叙事结构的中心线索,为纪念《尤利西斯》的诞生,扩大它的影响,后人将这一天命名为"勃鲁姆日"。于是,这一天就成了乔学界的一个重大事件,每年这一天前后,世界各地都要举行各种纪念性、庆祝性的学术活动。

10. 不一致性(inconsistency)

黑格尔在《美学》中还提到:人们常常"用抽象的方式单把性格的某一方面挑出来,把它标志成为整个人的唯一准绳。凡是跟这种片面的统治的特征相冲突的。凭知解力来看就是始终不一致的。但是……这种始终不一致正是始终的一致。"

如果说亚里士多德是将导致悲剧的原因归结为两种"过失",即"无意的失误"(如俄狄浦斯)或者"自觉的错误"(如美狄亚);那么黑格尔最为肯定的应当是一种"自觉的失误"。所谓"自觉",是说人没有推卸责任的余地;所谓"失误",则是要在片面的人类价值中否定纯然的"善"和"恶"。这在黑格尔关于莎士比亚悲剧的讨论中得到了充分展开。而如果不能理解这一点,常常会视之为莎士比亚思想中的矛盾或者"不一致性"。

11. 超验(Transcendent)

在哲学范畴的超验主义是指超出经验世界的界限而进入超经验的领域,是思维或意识的一种活动性质,源自德国康德(Immanuel Kant,1724—1804)的先验论哲学体系。运用于文学批评则指作品的内容范围常常超出作家本人的生活经验而出自其想象力和灵感的创造。英国湖畔派诗人及批评家柯勒律治(Samuel Taylor Coleridge,1772—1834)曾受此哲学思想影响。19世纪30至50年代美国新英格地区曾形成一派超验主义文学运动,代表人物有爱默生(Ralph Waldo Emerson,1803—1882)、霍桑(Nathaniel Hawthorne,1804)、梭罗(Henry David Thoreau,1817—1862)等。艾米莉·勃朗特虽身处僻远闭塞之地,其小说、诗歌创作却恰与这一文学运动遥相呼应。

12. 程式化表述(Oral Formulaic Theory/Parry-Lord Theory)

一种通过词语的固定搭配,或固定的"程式"(formulas)进行叙事的手法。

13. 重构(reconstruction)

重构相对于解构而言,是解构之后的建构。假使解构是一种消极的否定,那么重构当是一种积极的再认识、再建构。

14. 东正教(православие)

即"正教",为基督教的主要教派之一,主要信仰地区为中南欧国家。东正教思想是俄罗斯文化的核心内容。东正教等级观念较天主教略淡,因信奉地区较少受欧洲文艺复兴运动的影响,所以保持了传统基督教的非理性色彩。其教义除了某些具体细节外,在价值形态上表现为更强调耶稣的肉体性和人的神性,在俄罗斯新派神学中更发展成一种以人为关注点的理念。陀思妥耶夫斯基的思想继承了已有的东正教观念,并通过艺术形式进一步丰富之,并成为此后新派神学的重要资源。

15. 读者反映批评（Reader-Response Criticism）

认为从读者通过阅读所产生的印象，从作品语言所激发的读者意识活动，才能找到作品的含义，批评的任务就是记录读者在阅读过程中依时序发展的对文本的理解。像《呼啸山庄》这类内涵复杂的作品，吸纳这一批评方法，无疑会大大拓展批评的空间和视角。

16. 多视角（multi-perspective）

"多视角"是作家用来揭示作品的多重意义、展现人物多重性格的叙述手段。《喧哗与骚动》的四个章节分别从康普生家的三个子女和黑人老佣的视角揭示康普生家经历的变化过程。由于声音的多元性，哪一个都不是唯一真实的，需要读者去参与，去判断，这就加大了作品描述的力度，拓宽了小说的广度。

17. 恶（зло）

作为自然派作家，陀思妥耶夫斯基所关注的一个重要对象就是现实之恶。但他所描写的并不仅限于生活中所发生的黑暗事件，而是将对"恶"的关注深入到人的灵魂深处。首先，恶不是由上帝所造，这是陀思妥耶夫斯基为上帝辩护的"神正论"的基础，即人不是天生具有恶的倾向，恶是与自由联系在一起的。上帝赋予人以自由意志，目的是让人类完成创造世界的使命，人拥有自由的同时便拥有了选择的权力，而人类在选择的过程中便产生走向上帝反面的欲望，从而导致恶的发生。这就是陀思妥耶夫斯基所感叹的，人之所以不幸，是因为他不知道他是幸福的。

18. 俄国形式主义/形式主义批评（русский формолизм）

俄国形式主义是1915—1930年间在俄国盛行的一股文学批评思潮，其组织形式有以雅可布逊为首的"莫斯科语言学学会"和以什克洛夫斯基为首的"彼得堡诗歌语言研究会"，其成员多为莫斯科大学和彼得堡大学的学生。俄国形式主义主张，文学研究的主题是文学性，艺术内容不能脱离艺术形式而独立存在，陌生化是艺术加工和处理的基本原则。"陌生化"是俄国形式主义提出的核心概念，也是形式主义文论中最富有价值而且至今仍有启迪意义的思想。所谓陌生化就是将对象从其正常的感觉领域移出，通过施展创造性手段，重新构造对象的感觉，从而扩大认知的难度和广度，不断给读者以新鲜感的创作方式。什克洛夫斯基还将陌生化理论运用于小说研究领域，从视角变异、语言变形和移位的角度研究陌生化，根据叙事文本中时序结构与叙述结构的关系探讨对常规的背离。

19. 俄狄浦斯情结（Oedipus Complex）

出自弗洛伊德（Sigmund Freud）的《释梦》(1900)。以下是有关这一思想的主要段落："如果《俄狄浦斯王》感动一位现代观众不亚于感动当时的一位希腊观众，那么唯一的解释只能是这样的：它的效果并不在于命运与人类意志的冲突，而在于表现这一冲突的题材的性质。在我们内心中一定有某种能引起震动的东西，与《俄狄浦斯王》中的命运——那使人确信的力量，是一拍即合……实际上，一个类似的因素包含在俄狄浦斯王的故事中：他的命运打动了我们，正是由于它有可能成为我们的命运——因为在我们诞生之前，神谕把同样的咒语加在了我们的头上，正如加在他的头上一样。也许我们所有的人都命中注定要把我们的第一个性冲动指向母亲，而把我们第一个仇恨和屠杀的愿望指向父亲。"后来，在《陀思妥耶夫斯基与弑父者》(1927)中，弗洛伊德进一步指出："很难说是巧合，文学史上的三部杰作——索福克勒斯的《俄狄浦斯王》、莎士比亚的《哈姆莱特》和陀思妥耶夫斯基的《卡拉马佐夫兄弟》都表现了同一主题——弑父,而且,在这三部作品中,弑父的动机都是为了争夺女人,这一点也十分清楚。"通过这一系列论述,弗洛伊德指出了一个超验的和超历史的"事实":"俄狄浦斯情结"为所有人所共有,作为隐秘的欲望和狂暴的激情,它是人们心理成长过程中必经的一个重要阶段。这一概念的提出,不仅为后来以心理分析理论为基础的文学批评方法奠定了基础,而且深刻影响了现代人的思想和生活。虽然弗洛伊德的这一理论受到了众多的质疑和严厉的批评,但"俄狄浦斯情结"作为现代最有影响的批评术语,已经不能为任何文学批评家所回避。

20. 反讽/讥讽(irony / ironie)

反讽被认为是支配着现代理解力的主要方式。反讽式的陈述或者描绘,总是包含着与直接的感知正好相反的含义。在西方文论史上,反讽通常被视为现代艺术的主要特征之一。

21. 反人格论(anti-personality)

在心理学中,人格是探讨个体与个体差异的领域。人格的英文 personality 来源于古希腊语 persona。一是指一个人在人生舞台上所表现的种种言行,人遵从社会文化习俗的要求而做出的反应。即人格所具有的"外壳",就像舞台上根据角色的要求而戴的面具,反映出一个人的外在表现。二是指一个人由于某种原因不愿展现的人格成分,即面具后的真实自我,这是人格的内在特征。所谓人格,是指一个人在社会化过程中形成和发展的思想、情感及行为的特有统合模式,这个模式包括了个体独具的、有别于他人的、稳定而统一的各种特质或特点的总体。别尔嘉耶夫批评托尔斯泰是反人格论,是对托尔斯泰的思想"和个性的意识格格不入"的否定,实际上是对托尔斯泰思想的误解。

22. 泛灵论/泛神论(Pantheism)

在哲学范畴,这是将神与整个宇宙视为同一的一种理论,认为宇宙本身即具有神性,神是万物的内因。"泛神论"这一名词最先是由英国哲学家托兰德(John Toland, 1760—1722)提出,其实东西方古代都有属于此类的哲学思想。中世纪的泛神论具有宗教神秘色彩,与正统基督教教义相冲突,是宗教改革中的一种策应力量。在近代哲学家眼中,它已通过自然主义渐渐达到唯物主义。艾米莉·勃朗特从她的朴素的宇宙观、自然观出发,在其创作中表现出了与这类哲学思想的沟通,也为塞西尔等批评家所涉及。

23. 非个性化(Impersonal)

艾略特是以反浪漫派诗风的姿态走上诗坛的,在《传统与个人才能》中,他提出了和19世纪浪漫主义诗观判然有别的一种诗观:"诗不是放纵感情,而是逃避感情,不是表现个性,而是逃避个性(escape from personality)。自然,只有有个性和感情的人才会知道要这种逃避是什么意义",并且声称"一个艺术家的前进是不断地牺牲自己,不断地消灭自己的个性"。他完全不认同浪漫主义的"自我表现"说,他用化学上的催化剂作比喻,认为诗人其实是一个媒介,使各种经验在他那里发生一种反应和转化,"诗人的心灵实在是一个贮藏器,收藏着无数种感觉、词句、意象,搁在那儿,直等到能组成新化合物的各分子到齐了"。他这种"非个性化"诗学,在《荒原》中有充分的体现,也对西方现代诗歌和诗歌批评产生了广泛的影响。

24. 分辨派(chorizontes)

指通过"分析",论证荷马并非两部史诗的"统一"或"单一"作者。公元前3至前2世纪的荷马史诗研究成果斐然,然而对于荷马史诗的作者问题,当时的主流观点是"统一"的,即认为《伊利亚特》、《奥德赛》均出于荷马一人之手。但公元前3世纪的学者克塞农(Xenon)和赫拉尼科斯(Hellanikos)发出了另一种声音,他们先后对《奥德赛》的作者归属提出异议,认为无论从内容还是形式上来看,它与《伊利亚特》都很不相同,因此不可能由创编《伊利亚特》的诗人所作。克塞农和赫拉尼科斯就是最早倚重分析的"分辨派学者"(chorizontes)。凭借理性分析的分辨派在后世逐步取代了从情感出发的统一派,德国学者沃尔夫(Friedrich August Wolf)的专著《荷马史诗导论》使得分析派在整个19世纪都在西方荷马研究领域强势占据着绝对的统治地位。然而分析派自身分裂而走向低谷,负面作用凸现出来,统一派趁机借助与分辨派同样的方法(强调与历史"接轨")和同类型的资料实施反击,在20世纪初东山再起。但是今日的统一派与分辨派也并非完全泾渭分明,在许多问题上两者都取得了共识。

25. 讽刺(satire)

是一种文学手法,用于暴露对象的缺点和可笑之处,常采用夸张或反讽(irony)等方式,从而产生幽默的效果。拙劣模仿、作戏、毗邻、并置、并列、对比、类似、类推等也经常用于讽刺手法中。如果说反话(反讽)就是讽刺的话,是一个很大的错误。严格来说,讽刺是一种俗称类型;而反讽则是一种比较具体的修饰手法。

26. 疯癫(Madness)

在心理学上指失去理智,精神失常。在塞万提斯的时代,疯癫被看作是身体上的疾病在灵魂上的表现,或是灵魂受魔鬼支配。堂吉诃德的疯癫在于读骑士小说入了迷,以致把现实生活也当成了骑士小说,于是披盔戴甲出去历险,把客店当成城堡,把风车看成巨人,自封为游侠骑士,为着一个现实中不可能实现的目标而奋斗。在常人看来,堂吉诃德是个十足的疯子,而堂吉诃德却把自己看作正义的化身,颇有"世人皆醉我独醒"的味道。有学者认为,堂吉诃德提供了一种世界观,即所有的东西都可能有不止一种的解释方式。于是,堂吉诃德的"疯癫"反而能看作是一种睿智。奥尔特加认为,堂吉诃德把风车当作巨人的疯癫象征了人在其存在的混沌中所做的坚持不懈的努力。

27. 丰富性(variety)

黑格尔在《美学》中提出人物性格应当具有"丰富性"、"明确性"和"坚定性"等三个条件。"丰富性"是指人物性格要有"主导情致",但又不能是"单一情致的抽象品",不能单一地表现"主导情致",不能使"主导情致"成为性格的全部内容。黑格尔在这里引证了莎士比亚那些"聪明伶俐"、充满"天才式幽默"的小丑,称赞莎士比亚对人物的"丰富性"表现得最突出:"纵使主体的全部情致集中在一种单纯的……情欲上……莎士比亚也不让这种抽象的情致淹没掉人物的丰富的个性。"

"明确性"与"丰富性"相辅相成。即:性格应当丰富,但又不能杂乱模糊,不能使人弄不清人物的主要特征,而应有一个突出特征和"主导情致"体现于性格当中。而"坚定性"实际上是说:"一个真正的人物性格必具有勇气和力量,使意志作用于现实、掌握现实",亦即根据自己的意志去行动并对自己的行为承担责任。在相关论述中,古希腊悲剧和莎士比亚的创作始终是黑格尔最主要的例证。

28. 符号学批评(Semiotics / semioligy)

符号学发端于瑞士语言学家索绪尔和美国哲学家皮尔士的语言学和逻辑学,并且得益于二战后兴起的信息论、现象学、阐释学、分析哲学、西方马克思主义等多种学派,发展为一门跨学科的热门知识。将符号学原理大规模用于文艺领域的最早代表,是德国哲学家卡西勒及其美国女弟子苏珊·朗格,前者把艺术和神话看作是人类生活的符号世界的一些"扇面",后者剖析了各种艺术符号的具体特性。随着形式主义与结构主义的发展,西方兴起了一股探讨符号学与文艺批评的热潮。俄国形式主义者雅各布森强调文学的"自主性",要求"结构地"观察文学文本,并要求悬置对于文本的注意,转而考察符号本身。要求用符号学定义文学的特异性。他提出文学符号学最关键的一个概念:"诗性即符号的自指性"。法国文学批评家托多洛夫(Tzvetan Todorov)进一步提出,文学性就是"符号指向自身,而不是指向它物的能力。"在他们两位的促动下,人们对于文学主题及其被视为结构符号系统的象征性意指作用的研究迅速发展起来。在前苏联,出现了注重文本结构和文化代码研究的塔尔图-莫斯科学派,在美国,出现了注重解释文学作品词语的新批评,在德国,有注重研究文学作品内在联系的文艺学,在法国,兴起了以结构主义为主流的新评论。

29. 符号域(семиосфера)

符号域范畴是1984年由洛特曼首次提出,被视为其文化符号学的核心和理论基础。他认为,文化在一定的时空环境中自我组成,脱离这个时空,文化便不复存在。这个组成既是符号域的自我实现,同时也是借助符号域的存在。洛特曼认为:"任何一个单独的语言都处于一个符号空间内,只是由于和这个空间的相互作用,这个语言才能实现其功能。并不是单独的语言,而是属于这一文化的符号空间,应该被视为一个符号单位、一个不可分解的运作机制。这一空间我们定义为符号域。"一切看似混沌杂乱的符号系统在符号域中都是有组织的、不同层次上受限制的符号构成,因此才有了在洛特曼符号域理论中占突出地位的"界限"概念,以及"中心"与"边缘"、"匀质"和"异质"说等等。语言及文本的本质特性、结构原则和意义生成决定了文化的特征和机制,进而也决定了整个符号域的基本面貌。符号域的基本特征为不匀质性(неоднородность)、不对称性(асимметричность)及界限性(ограниченность)。

30. 福楼拜问题(le problème de Flaubertle)

"福楼拜问题"已成为文学史、文学批评史及福楼拜研究中一个重要的专有名词。热奈特、巴尔特等结构主义者和符号学家在对福楼拜作品的探究中发现了名之为"福楼拜问题",即作品的"无意义"问题,其内涵为:"整部作品意义的缺失或暂时缺失"。热奈特牢牢抓住了福楼拜作品中那些自身没有目的但专门破坏叙述、行动和结构的东西,那些"无缘无故的和无意义的细节"。《包法利夫人》不断地为那些极妙的无缘无故的描写所打断。这就是热奈特所理解到的"福楼拜问题"的实质。巴尔特发现:福楼拜的一系列无功能的细节描写必将会破坏意指作用,即破坏能指与所指之间的会面、结合,这种破坏,也就是巴尔特所谓的"无意义的终极意义"了。换言之,由于福楼拜的无意义细节"改变了符号的三重组合(即能指+所指+所指物)的意向",具备了一种与传统逼真法则相冲突的"真实的效果",破坏了叙述与结构,倒获取某种终极意义了。

31. 福克纳现象(Faulkner Phenomenon)

美国文学史上的一个独特现象。福克纳的许多作品在出版后曾受到冷遇,早期作品或被打入冷宫,或受到不适当的吹捧。福克纳批评家马尔科姆·考利(Malcolm Cowley)对他称之为"福克纳现象"的问题作了思考和研究,认为作为文学家的福克纳在美国文学史上遭遇了奇特的命运。在美国文学圈子里,福克纳的名字先是出现在脚注中,然后出现在段落中,接下来出现在全章中,到了 50 年代,他的作品终于成为一本书讨论的话题。而在遥远的欧洲,福克纳却得到了一些文学家的认可和赏识。

32. 弗洛伊德模式(mode of Freud)

这里说的弗洛伊德模式是指对弗洛伊德的精神分析理论中性本能理论的应用。弗洛伊德的精神分析理论有精神层次理论、人格结构理论、释梦理论、心理防御机制理论和性本能理论。弗洛伊德的精神分析理论虽然一直受到质疑,但是它对于整个心理科学乃至西方人文科学的各个领域均有深远的影响。弗洛伊德认为人的精神活动的能量来源于本能,本能是推动个体行为的内在动力。人类最基本的本能有两类:一类是生的本能,另一类是死亡本能或攻击本能,生的本能包括性欲本能与个体生存本能,其目的是保持种族的繁衍与个体的生存。弗洛伊德是泛性论者,在他的眼里,性欲有着广义的含意,是指人们一切追求快乐的欲望,性本能冲动是人一切心理活动的内在动力,当这种能量(弗洛伊德称之为力比多-libido)积聚到一定程度就会造成机体的紧张,机体就要寻求途径释放能量。

33. 复调小说(полифонический роман)

复调小说是巴赫金对陀思妥耶夫斯基小说形态的命名。这种小说形态不同于源自史诗的独白型小说,它不是由作者的意识所统辖的艺术世界,而是一个由众多具有独立价值的声音所构成的对话世界;因此,复调小说中的主人公由情节功能转化为思想功能,也使得小说从对故事的描写转化为对思想的描写,或者说,事件仅仅成为展示思想的语境;复调小说的基本结构是多重对话,作者与人物、人物与人物、人物与缺席者等的对话,并且对话始终处于未完成状态。巴赫金将复调小说归因于陀思妥耶夫斯基对艺术世界具有特殊的理解才能,但并未从本体论上解释这种才能的成因,这也为后来的批评家留下了阐释的空间。

34. 浮士德(Faust)

Johannes(或 Georg)Faust,是医生、占星家和巫师,约 1480 年生于克尼特林根,约 1536—1540 年受洗于布莱斯高。1507 年后可能在海德堡大学学过神学,1513—1532 年先后到过艾尔福特、班贝格、纽伦堡等德国诸城,均遭驱逐而未能久留。他与人文主义学者多有联系,可能对文艺复兴时期的自然哲学(自然魔法)有所了解。在他生前,就有传闻说他是魔法师,能召唤幽灵。后来突然死亡。据传是被魔鬼抓走。第一部以浮士德为题材的民间故事书《误入歧途的魔法师和巫师浮士德博士的故事》于 1578 年在莱茵河畔的法兰克福出版,作者佚名。此前已有手抄本的浮士德故事书(1575)流传于民间。据考证,两者都有一个共同的、未能传世的底本。浮士德故事书把各种关于魔法师的故事连贯起来,书中已有海伦这一神话人物和浮士德渴求知识这一主题。但其旨在警示世人应坚信圣经而拒斥魔法和自然科学。该书作者被视为反教皇的路德宗信徒。此后,不断有人对该书内容进行增删(1599,1674,1725)。莱辛之前的第一部浮士德剧作是英国的马洛创作的《浮士德博士的悲剧故事》(1604,可能产生于 1589),其情节与 1575

— 295 —

年的浮士德故事很相近。此后,浮士德的故事成为德国乃至欧洲文学、戏剧、音乐和电影的重要题材。

35. 《浮士德》语文学(Faust-Philologie)

此处所说的语文学是研究文本的科学。1830年前后,语文学作为德国大学课程得以最终确立。广义上,它是基于某一民族的语言和文学来研究该民族的文化发展和特点的科学,涵盖古代(古代语文学、古典语文学)和近代语言及文学(现代语文学)的所有领域,并构成历史、神学和考古学等相关学科的基础。其重要任务之一,就是确立符合作者本意的真实文本。进行文本批评需要研究一个文本的全部手稿或者印刷稿,亦即首先要确定一个流传下来的文本,然后以评判和甄别的态度将此文本与原件相对照。为此必须确定文本的受损情况,并通过相应推测消除或改善之。进而要追问由此产生的文本的真实性和统一性。文本批评工作体现于相应文本的"考订版"里(Kritische Ausgabe)。精细的文本批评是进行文本阐释的前提。据此,"浮学"广义上即"浮士德研究"(Faust-Forschung),狭义上专指"《浮士德》语文学"(Faust-Philologie)。

36. 怪诞现实主义(гротескный реализм)

是巴赫金关于拉伯雷小说研究的原创术语。广义上,指各种表现形式的民间和诙谐文化所固有的特殊类型的形象观念(如节床活动、诙谐祭祀、小丑傻瓜、巨人侏儒及各色各样的江湖艺人)和种类繁多的戏仿体文学;狭义上指拉伯雷小说。巴赫金认为:拉伯雷的小说源于中世纪和文艺复兴时期的民间诙谐文化,其间蕴含着丰富的世界观性和乌托邦性,正是这种二重性使拉伯雷狂欢式的表现形式一方面具有了现实主义的内涵,另一方面又呈现出怪诞的表征。也正是居于这种内涵与表征的共融,巴赫金创造性地提出了怪诞现实主义命题,并以拉伯雷小说为个案对这一命题进行了创造性的论证。巴赫金给怪诞作出这样的界定:怪诞是一种以生活的物质——肉体因素为内核的、诙谐的、具有双重性的形象观念,它通常以极度夸张的方式出现,并因为这种夸张总超出人的惯常的接受心理而引起人们的惊异和惊奇感。

37. 荷马式结构(Homeric Structure)

《尤利西斯》的谋篇布局与荷马史诗《奥德赛》相对应。《奥德赛》24章分作三部分,第一部分4章写忒勒马科斯出发寻找父亲奥德修斯的过程;第二部分8章写特洛伊战争之后奥德修斯回归的冒险历程;第三部分12章写奥德修斯回到故乡伊塔刻岛与儿子一道铲除骚扰妻子的求婚者,与忠实的妻子团聚的故事。《尤利西斯》以18章三部分与之对应。第一部分3章写斯蒂芬从清晨到11时左右的活动,暗含着寻找精神之父的线索;第二部分12章写勃鲁姆一天在都柏林四处的游荡,与奥德修斯10年回归的漂流过程大体相当;第三部分3章写勃鲁姆带着斯蒂芬回到家中的情形,与奥德修斯回到家乡的情形大致仿佛。《尤利西斯》以勃鲁姆在1904年6月16日一天的活动与奥德修斯10年的漂泊相对应,不仅包含着形式上的类似,也包含了"父子相寻"、"回归"等主题上的类似。《尤利西斯》的这一结构被称作"荷马式结构"。

38. 后结构主义(Poststructuralism)

后结构主义是20世纪60年代在结构主义根基上逆生出来、70年代开始广泛进入人文学科,迄今已深刻影响和改变了西方学术和思想面貌的一种理论思潮和思维方式。它利用结构主义提供的基本命题继续推行,对符号、知识、主体性等范畴作了新的阐释,形成对整个西方思想传统的质疑；消解中心、游戏意义、颠覆主体，从而成为后现代主义的基础理论部分，同时也是许多反后现代主义理论的话语资源。后结构主义跨越了仍然在进行中的很长一段历史，涉及到众多批评理论家及其作品，如德里达的《人文科学中的结构、符号和游戏》(1966)、福柯的《疯癫与文明》(1961)、罗兰·巴尔特的《符号学要素》(1967)、此外，雅克·拉康、朱莉娅·克里斯蒂娃、德鲁兹和瓜塔里等一批法国批评理论家也都在许多地方表达了后结构主义思想。因此，也有人认为，后结构主义是指 1962—1972 年间出现的一批用法语写作的批评著作，用"法国后结构主义"特指正宗的后结构主义。

39. 后现代现实主义（Postmodern realism）

后现代现实主义是哥伦比亚评论家萨尔迪瓦尔的一种提法。萨尔迪瓦尔从加西亚·马尔克斯切入，认为拉丁美洲现代文学的形式的混杂性、体裁的模糊性、现实的多维性、认知的多元性等等，显示了后现代环境下拉丁美洲的生存状态和文学环境。作为一种术语，它尚未进入国际主流批评话语；作为一种理论，它也尚未得到学术界和文学批评界的普遍关注。

40. 后现代主义（Post Modernism）

后现代主义文学是第二次世界大战之后西方社会中出现的范围广泛的文学思潮，于 20 世纪 70—80 年代达到高潮。无论在文艺思想还是在创作技巧上，后现代主义文学都是现代主义文学的延续和发展。主流学术界曾经不区分"现代"和"后现代"两个概念，但由于二战之后文学发展的特征已经远远超过了传统的"现代主义"所能涵盖的范围，因此将后现代主义文学看作一个独立的文学思潮，和古典主义、浪漫主义、现实主义以及现代主义并举。后现代主义，一方面是对现代主义的发展和延伸，继承了现代主义反传统的文学实验；另一方面又是对现代主义的反叛和决裂，表现了后现代作家摈弃现代主义文学的内容和形式的企图。

41. 后殖民理论（Postcolonial / Postcolonialism）

1978 年爱德华·萨义德的《东方主义》问世，开创了"后殖民"研究，使之成为继后结构主义之后的又一波批评浪潮。至今，对后殖民理论，无论是定义还是评价，都远不是一个业已了结的公案。殖民主义盛行于从西方的全球扩张到第二次世界大战后各殖民地国家纷纷独立时期，这时，西方对殖民地国家进行了政治、军事、经济、文化的全面占领和控制。新殖民主义流行于冷战时期社会主义对前殖民地国家与西方关系的描述，即殖民地国家独立之后，西方用经济和文化方式继续对前殖民地国家进行统治。后殖民主义话语是冷战快结束的 80 年代开始从西方发端兴盛而流向全球的时髦话语，90 年代后期趋于成熟，影响波及西方人文社会科学研究各领域。它对从殖民时期以来直至今天西方对殖民地影响和控制的合理性进行了本体论上的质疑。然而，在分类学和方法论上，殖民主义和新殖民主义都是政治话语，而后殖民主义则是一种学术话语，它提出的问题切中了思想和文化的关键之处。可以说，后殖民主义理论是用一种新的观点和方法，去分析资本主义殖民扩张以来殖民者和被殖民者之间的关系，以及这种关系在殖民时期和后殖民时期的演化。

42. 互文性/文本间性（Intertexuality）

作为一个重要的批评概念，互文性出现于 20 世纪 60 年代，随即成为后现代、后结构批评的标志性术语。互文性通常被用来指两个或两个以上本文间发生的互文关系。它包括：一、两个具体或特殊的文本之间的关系(一般称为 transtexuality);二、某一文本通过记忆、重复、修正,向其他文本产生的扩散性影响(一般称作 intertexuality)。在《语言的欲望》(1980)之中,克里斯蒂娃将文本界定为"一种互文性的文本排列;在一个给定的文本空间里,来自其他文本的不同话语相互交合"。罗兰·巴尔特也大体上赞同这一观点,他甚至认为所有的文本都是互文性的,"任何文本都是以往之引文的新的组合"。所谓互文性批评,就是放弃那种只关注作者与作品关系的传统批评方法,转向一种宽泛语境下的跨文本文化研究。这种研究强调多学科话语分析,偏重以符号系统的共时结构去取代文学史的进化模式,从而把文学文本从心理、社会或历史决定论中解放出来,投入到一种与各类文本自由对话的批评语境中。

43. 怀疑主义 (scepticism)

又称"怀疑论",指对客观世界和客观真理是否存在、能否认识表示怀疑的哲学学说。怀疑论者把怀疑当作认识一切事物的原则和对待一切事物的出发点,并形成了一种理论体系。彻底的怀疑论是同不可知论和虚无主义结合在一起的。在旧的社会理想已经动摇崩溃,而新的社会理想尚未牢固确立的那些社会发展时期,怀疑论流行得最为广泛。怀疑论早在古希腊罗马哲学中就已产生,在文艺复兴时期其代表人物有法国哲学家蒙田,到了 18 世纪,以不可知论的形式出现,其主要代表人物是英国的休谟和德国的康德,在现代西方哲学的一些流派中也流行着怀疑主义的思潮。

44. 基督的理想(идеал во Христе)

基督是陀思妥耶夫斯基思想的核心概念。陀思妥耶夫斯基对基督的信仰是先验的,无条件的。他曾宣称:"如果有谁向我证明,基督脱离了真理,并且的确是真理也脱离了基督,那我宁愿与基督而不是与真理在一起。"其实这并不是一种神秘主义观念,因为陀思妥耶夫斯基坚信基督的信念始终保存在普通民众的内心深处,并且终有一天,基督将会向迷途的世界显现,从而拯救所有人的灵魂。因此,陀思妥耶夫斯基在其创作中将基督的"虚己"性——上帝通过道成肉身,虚其神性,并以受难的方式警醒和拯救世人——作为艺术功能体现在其作品的某些特定人物身上,如《白痴》中的梅什金、《卡拉马佐夫兄弟》中的阿辽沙等。

45. 经典(canon)

源自希腊词 kanon,原意为"规则(rule)"。西方经典一词用来意指那些在西方文明形成过程中最有影响的哲学、神学、历史和文学作品,以及在更为宽广意义上的音乐和视觉艺术作品。例如,索福克勒斯的悲剧《俄狄浦斯王》就是这样的经典作品之一。传统上,这样的经典作品常常会被编纂为作品集。较早的例子有哈佛大学校长艾略特(Charles W. Eliot)编纂的《哈佛经典》(Harvard Classics,1909),较近的例子有著名学者哈罗德·布鲁姆(Harold Bloom)编纂的《西方正典》(The Western Canon,1994)。由于标准不同和观点不同,何为经典常常是一个问题。对于经典编纂的一个主要质疑是:谁具有评判和选择的权力?

46. "镜像"结构("зеркальная" композиция)

在西方文艺理论史上,以镜为喻的理论有很多。古希腊学者多以镜比喻艺术模仿,有所谓"影子的影子",艺术和真理隔了三层之说。文艺复兴时期,理论家们开始以镜喻心,如达·芬奇说"画家的心应该像一面镜子……真实地反映面前的一切,就会变成好像是第二自然"。启蒙运动中以镜喻文艺作品,如约翰逊称赞莎士比亚的戏剧是"生活的镜子"。之后,柯勒律治又在《论诗或艺术》中把自然比作镜,认为镜中映现理智的因素。叶芝在《诗歌的象征主义》中进一步把世界比作反映主观的各种感情之镜,如此等等。中国文论中的镜喻更注重主体性因素,但大体也未超过西方文艺学家思考的范畴。综观文艺理论史上的镜喻理论,不外是在主体与客体之间变换,强调镜像的反映认识功能。乌里斯(А. Вулис)认为"《大师和玛格丽特》的结构是镜像作用,其原则包含在含有另一幅图景的艺术图景的构成中——这一图景全部或部分地再现主要画面的重要细节,并创造与其一致的画面。"在人物层面这一原则表现为"形象的镜像对称","其目的在于把主人公成对地结合起来"。

47. 间离效果(alienation effect)

布莱希特所用的术语,德文为 verfremdungseffekt,英文亦译作 dislocation 或者 estrangement effect。戏剧中的"间离效果",是要防止公众沉迷于"戏剧的世界"(world of the play)、将戏剧幻想为真实的生活,从而接受戏剧情节的诱导、放弃自己的判断。所以布莱希特进而提出"史诗剧"(epic theatre)的理论,以取代"情节剧"(dramatic theatre)。巴赫金对史诗和小说的区分可以说明布莱希特的主旨,即:读者可以进入小说的世界,却无法进入史诗的世界。

48. 结构符号学(структурная семиотика)

以洛特曼(Ю. М. Лотман)和乌斯宾斯基(Б. А. Успенский)为首的塔尔图-莫斯科符号学派(Тарту-Московская школа)形成于20世纪60年代初。洛特曼一方面继承俄国形式主义和布拉格学派精细分析文学文本的传统,另一方面又把符号自主性与符号意识形态的研究结合起来,把结构主义的方法(要求共时性描写)和历史主义的方法(关心文化的形成以及文化系统的历史性比较)结合起来。他还利用当代系统科学成果,从整体上对文艺现象进行多角度的探讨,从而形成了一种恢宏的结构符号学,即"结构诗学"。洛特曼从符号学立场出发,把整个人类文化看作统一整体,而文学艺术则是社会信息代码系统的组成部分。据此,他便可以利用符号手段,进行多层次分析处理。在《艺术文本的结构》、《诗的文本结构》中,他开始把诗的文本看作一个多层系统,认为它由字词、图形、格律音韵等因素组成,而文本就是通过这些因素之间的撞击和张力,不断产生新的含义。当然,文本意义不仅是内在的,它同时也存在于与更广泛的意义系统——例如与其他文本、与文学规则及标准以及整个社会——的联系之中。洛特曼的理论具有自由、多元、动态、开放的特征,其诗学观对结构与后结构理论产生了重要影响(参见罗婷:《符号学》,见赵一凡、张中载、李德恩主编:《西方文论关键词》,北京:外语教学与研究出版社,2006年)。

49. 结构主义(Structuralism)

是20世纪60年代初以法国巴黎为中心、继而在欧美知识界形成的一股企图改造传统人文学术的革新思潮。结构主义文学批评是结构主义思潮的一个组成部分,是继英美新批评和法国现象学之后在欧美盛行的文学批评流派,是运用结构主义的观点和方法,对文学作品的内在秩序和结构模式进行研究的批评方法。主要代表通常会追溯到法国结构主义人类学家列维-斯特劳斯、文学批评家罗兰·巴尔特。其理论基础是索绪尔的语言学理论,俄国形式主义也从文学研究的指导思想、研究方法上为结构主义文学批评提供了借鉴。俄国民俗学家普洛普的《民间故事形态学》(1928)一书大大刺激了结构主义者对叙事作品结构分析的兴趣和思考。比利时专家布洛克曼分析道,结构主义一手标榜科学精神,提倡系统分析、共时方法和深层阐释,另一手则对传统哲学持强烈批判态度,并具有"否定主体、否定历史、否定人文主义"这三项显著特征。结构主义文论对于作者、读者、社会生活等几个方面关注甚少,它着重研究的是文学作品的层面,注重对作品结构做客观分析,被分析出的作品元素往往用某些符号来表示,这就使它在文学符号学领域有举足轻重的地位。结构主义叙事学是结构主义文学批评中最富有成果和价值的部分,也是形式主义批评的重要组成部分。结构主义思潮从70年代开始衰落,但迄今在国际上还有强大的影响。

50. 解构主义(Deconstruction)

所谓解构主义60年代缘起于法国,解构主义领袖雅克·德里达不满于西方几千年来贯穿至今的哲学思想,对那种传统的不容置疑的哲学信念发起挑战,对自柏拉图以来的西方形而上学传统大加责难。他以《文字语言学》、《声音与现象》、《书写与差异》三部书出版宣告解构主义的确立,形成以德里达、罗兰·巴尔特、福柯、保尔·德·曼等理论家为核心并互相呼应的解构主义思潮。解构主义称自己是一种针对形而上学的批判、一套消解语言及其意义确定性的策略。这些批判理论与策略包括:反逻各斯中心主义(anti-logocentrism)、延异(différance)、替补(supplementarity)、互文性(intertextuality)。打破等级森严的二元对立,提出概念之间"并无等级和中心,仅有差异"的观点。它发现了能指之间的互指、多义和无限延异的关系,充分认识到文本的开放性和互文性,为此也强调了读者和批评家的重要作用。但解构主义所运用的逻辑、方法与理论,大多是从形而上学传统中借用的。因此可以说它不过是一种典型的权宜之计,或是一种以己之矛攻己之盾的对抗策略。

51. 精神分析(Psychoanalytic Criticism)

见"心理分析"。

52. 卡夫卡风格(Kafkaesque)

由于写作风格的特殊,卡夫卡的名字已经演变为一个形容词:卡夫卡风格的或卡夫卡式的(kafkaesque)。文学意义上这个词表达卡夫卡作品散发出来的一种特殊气氛以及这种气氛在读者心灵上引发的感受和联想。这个词如今已经成为日常用语,被应用于现实生活中发生的事件和现实中的某些状态,它指人们受到某种强大而随意的力量的控制和摆布,发现自己处在一种不能以理性和逻辑去解释的荒诞神秘的境况中,内心充满恐惧、焦虑、迷惑、困扰和愤怒,但又无可奈何,找不到出路;那任意摆布人的力量是出自那样庞大复杂的机制,它无所不在又无所寓形,人受到它的压迫却又赴愬无门。这个词由整个欧洲到北美洲、南美洲一直到亚洲的日本都已经收入词典,日常生活中人们常遇到荒谬不可思议以及像噩梦般的事件和状态,比如,当人们卷入一件小事,而在这似乎无关紧要的事件中感到无比困惑,并且在这事件中越陷越深,终致精疲力竭,却还不知道到底是哪一个部门、哪一条律法、哪一股力量在左右着这件事时,这种状况就是卡夫卡式的状况。

53. 凯尔特人(Celt)

原为三千多年前居于欧洲中、西部的部族,其后裔现散居爱尔兰、威尔士、苏格兰、以易冲动、富艺术气质为民族特点,艾米莉·勃朗特之父帕特里克(Patrick)·勃朗特原为爱尔兰人,学者多有从此血缘关系研究她及其姐妹的气质、创作原本及作品风格者。

54. "客观对应物"(objective correlative)

语出艾略特《哈姆雷特》一文:"用艺术形式表现情感的唯一方法是寻找一个'客观对应物';换句话说,是用一系列实物、场景,一连串事件来表现某种特定的情感;要做到最终形式必然是感觉经验的外部事实一旦出现,便能立刻唤起那种情感"(艾略特:《哈姆雷特》,王恩衷译,见王恩衷编《艾略特诗学论文集》,国际文化出版公司,1989年)。艾略特自己在《荒原》中,就有意识地运用了这种方法,比如在第一章《死者葬仪》中,他运用荒地上的"丁香"、慕尼黑社交生活的叙述、《旧约》中的古老意象,伦敦桥上的情景等等这一系列"客观对应物",不是直抒胸臆,而是隐晦曲折地表达、暗示其诗思,产生了含蓄、耐读的艺术效果。英国批评家马库斯·坎利夫(Marcus Canliffe)在谈到艾略特的诗时说"他的诗苦涩,但并不枯燥,毋宁像某些香槟酒具有的那种味道"(《美国的文学》,北京:中国对外翻译出版公司,1985年)。

55. 客观说(Objective Theories)

在原则上把艺术品从外界参照物中孤立出来看待,把它当作一个由各部分按其内在联系而构成的自足体来分析,并只根据作品存在方式的内在标准来评判它。客观说强调的是批评的客观性和科学性,关注文本细读。这一批评方法在18世纪末、19世纪初刚开始出现,在20世纪的各种形式主义批评学派的实践中获得充分发展。

56. 狂欢化(карнавализация)

在《陀思妥耶夫斯基诗学问题》(1963)和《弗朗索瓦·拉伯雷的创作与中世纪和文艺复兴时期的民间文化》(1965)等著作中,巴赫金将狂欢化定义为狂欢节式的庆祝、仪典和形式的总和。在一定程度上,它反映出人类的原始制度和原始思维。Carnival(狂欢节、狂欢)一词来自拉丁文,由 caro, carnis(肉体)与 levare(更替)组合而成,意味着在紧随其后的四旬节期间要禁欲、戒除肉类等。狂欢节即是省略舞台、消解演员和观众之间界限的一种游戏。就其本质而言,处于游戏中的每一个人都成了"出场人物",他们追求戏剧的外延——以狂放的方式去体验生活。在此,生活的现实逻辑——常规或者秩序通过"亲昵"、"俯就"和"粗鄙"等方式受到了颠覆。伴随狂欢节的笑的,则是对崇高事物(权力、真理和秩序)的拆解过程。狂欢节上形成了一整套表示象征意义的具体感性形式的语言。这一语言表现了意蕴深邃的狂欢节世界观。它的主要精神是:颠覆等级制、主张平等的对话、坚持开放性、强调未完成性、变异性、快乐的相对性和双重性、反对孤立自足的封闭性、反对思想僵化和教条。其核心是交替与变更的精神、死亡与新生的精神、摧毁一切与更新一切的精神。狂欢的世界观可以渗透到狂欢式之中,而狂欢式转为文学的语言,这就是"狂欢化"。巴赫金认为,狂欢化作为特定的文化过程或方式对人类文化-文学的演化和进步具有重要意义:一是它突破不同的体裁、不同的思想体系和风格之间的文化壁垒,消除文学要素之间的对立,使其获得开放性;二是它作为人类特定的"世界感受",帮助人们克服心理上的"恐惧"去完成与世界和他人的"交往",使之完成社会的建构,同时在肯认"相对"状态的基础上去反对"偏向"、"秩序"和"权威"。"狂欢化"理论以其对文化-文学历史的深刻把握,对文学、文艺学和社会学均具有阐释力,且为西方后现代所借鉴。

57. 浪漫主义(Romanticism)

浪漫主义运动始于18世纪末,到19世纪上半叶达到鼎盛,文学与艺术中的浪漫主义运动主要是颠覆 17、18 世纪的新古典主义。浪漫主义作家将情感置于理性之上,着重表现自己的主观理想,抒发强烈的个人感情,偏好中世纪的和异国的题材,用传奇性的故事和奇幻诡谲的景象来对抗平庸丑恶的现实。其中名家有拜伦、海涅、雨果等。而哲学上的浪漫主义运动则主要是出于对 18 世纪启蒙主义运动的反思,其中,狭义的浪漫主义可以理解为德国观念论的开始,包括,席勒、费希特、谢林、F. 施莱格尔和黑格尔,在广义上可以将其源头上溯至强调"自然"的卢梭,向后延展到叔本华、尼采等人。

58. 类像(simulacrum)

类像,又译拟像、仿像、幻象等,是法国当代著名思想家让·鲍德里亚(Jean Baudrillard, 1929—)用以分析后现代社会、生活和文化的一个关键性术语。他利用"仿真"、"超真实"、"内爆"、"超美学"等建构起一个完整的后现代话语系统。类像理论把后现代社会和文化显示为一个极度真实,但又没有真实本源、真实所指,且不断自我复制并自行运作的虚拟世界。在这里,传统形而上学的所有概念和范畴都被重新定义或改写。真实与虚假、主体与客体、主观与客观、符号与所指、美与丑、善与恶全部"内爆",相互之间边界模糊,混沌不清。一切理性批判和意识反省再也不能顺利进行,主体只能在这种"超真实"的世界中沉溺于大众传媒和高新技术对类像无穷无尽的复制与再生产。按鲍德里亚的预言,技术和客体将主宰一切,理性主体的历史性将终结。

59. 历史意识/历史感(the historical sense)

这里理解艾略特诗学及其《荒原》的写作的一个重要概念,语出艾略特的重要诗论《传统与个人才能》(Tradition and The Individual Talent);"历史的意识又含有一种领悟,不但要理解过去的过去性,而且还要理解过去的现存性,历史的意识不但使人写作时有他自己那一代的背景,而且还要感到从荷马以来欧洲整个的文学及其本国整个的文学有一个同时的存在,组成一个同时的局面。这个历史的意识是对于永久的意识,也是对于暂时的意识,也是对于永久的和暂时的合起来的意识。就是这个意识使一个作家成为传统性的。同时也就是这个意识使一个作家最敏锐地意识到自己在时间中的地位,自己和当代的关系"(卞之琳译,见《艾略特诗学论文集》,王恩衷编,北京:国际文化出版公司,1989 年)。正是这种"历史感",使艾略特对西方历史和文明以及个人与传统、诗与时代的关系有了更开阔、深入的把握,使他有可能在他的《荒原》及其他诗中"以文学历史之舌说话"(康拉德·艾肯语)。

60. 理性(ration)

在古典主义者那里泛指人类所特有的"良知良能",一种先天的判断能力。实是资产阶级的利益、愿望在思想理论上的反映。古典主义者将理性看作创作评论的最高标准,强调抛弃个人情欲,服从君主专制的道德律令。而在启蒙思想家那里,理性是与人的自由平等的天性和科学知识密切相关的,所以他们以"理性"为原则,要求建立合乎人的天性的"理性王国",并不遗余力地宣传科学文化知识。浪漫主义者则反对理性,将一味感情用事的堂吉诃德搬出来奉为楷模。

61. 两个民族的史诗(Epic of two races)

乔伊斯对犹太民族怀着深厚的同情心。他立意把《尤利西斯》写成"两个民族的史诗",这里的"两个民族"指爱尔兰民族与犹太民族。在他看来,这两个民族都经受了太多的苦难,它们有自己的长处,也有缺点。乔伊斯把自己对这两个民族的爱恨都写进了这部作品,特别明显地体现在兼有爱尔兰与犹太双重身份的主人公勃鲁姆的形象中。

62. 灵知主义(Gnosticism)

一称"诺斯替主义",来自希腊语 γιγνοσκειν,意思是"认识",指通过认知活动得到的知识。灵知主义并非按其希腊语的本意——一种追求真知的运动,它是一种与神秘主义相关的哲学-宗教运动,其目的是为了个体得到拯救。灵知者在与神的关系中靠的是上帝启示的灵性,所以,灵知主义所认识的神是一个启示的上帝。因此,灵知主义的"认识"(Gnosis)是指通过人身上属灵的知使自我达到超越自然状态的高度。灵知主义主张一种隐秘的智慧(esoteric wisdom)。在思想史上,灵知主义曾与基督教正统进行过长期的斗争,最后被天主教会当作异端封禁。灵知在 2 世纪后半叶达到鼎盛,3 世纪之后逐渐衰落。灵知主义学派众多,学说各异,但其最主要的主张是一种二元论思想,即:物质世界是绝对的恶,精神世界是绝对的善,为了克服二者的分裂,就要靠上帝的救赎。从广义上,人类思想史上具有二元论倾向的学说大都可以看作灵知主义。

63. 洛特曼文化符号学(семиотика культуры М. Лотмана)

洛特曼(1922—1993)是俄国杰出的文艺学家、文化学家、艺术理论家和符号学家。他创建的文化符号学在当今世界产生了深远的影响。洛特曼以结构主义语言学、信息论和系统论为其文学符号研究的主要理论基础,继而把符号分析应用于整个俄罗斯文化史领域的研究。他对语言文本和行为文本进行了类比研究,从而为文化史和历史的共时性结构研究提出了元语言学理论模型。

洛特曼的研究可大致分为两类,即对文学文本的系统性结构理论的建设以及按照其文化符号学观点对俄罗斯中世纪以来的历史文化所做的一系列个案分析。从研究对象上看,他提出的符号学范围相当广泛,包括语言、社会现实、历史精神心理、文化表现等研究对象,这些内容共同构成了他的文化符号学(参见赵蓉晖:《洛特曼及其文化符号学理论》,载《国外社会科学》2006 年第 1 期)。

64. 逻各斯(logos)

含"话语"、"理性"、"规则"之意。欧洲古代和中世纪常用的哲学概念。一般指世界的可理解的规律,因而也有语言或"理性"的意义。希腊文这个词本来有多方面的含义,如语言、说明、比例、尺度等。赫拉克利特最早将这个概念引入哲学,在他的著作残篇中,这个词也具有上述多种含义,但他主要是用来说明万物的生灭变化具有一定的尺度,虽然它变幻无常,但人们能够把握它。在这个意义上,逻各斯是西方哲学史上最早提出的关于规律性的哲学范畴。亚里士多德用这个词表示事物的定义或公式,具有事物本质的意思。西方各门科学如"生物学"、"地质学"中词尾的"学"字(-logy),均起源于逻各斯这个词,"逻辑"一词也是由它引申出来的。

希腊传统的斯多亚学派看来,逻各斯分内在和外在,也就是有智慧和语言的区别,语言直接传达智慧和真理;在犹太-基督教传统看来,上帝是以言辞创造世界的,上帝的言辞就是世界万物的起源,正如旧约所说,上帝说有光,于是就有了光。把希腊哲学的逻各斯概念和犹太-基督教的"道"联系起来的是亚历山大的斐洛。斐洛认为,希腊哲学和犹太教的思想是同根异枝。旧约箴言和诗篇等多处赞美了上帝的智慧,而创世纪也记载了上帝以言辞创造的伟业,因此上帝的智慧就是内在的逻各斯，上帝的言辞就是外在的逻各斯。据此，德里达认为西方文化是逻各斯中心主义，即语音中心主义。

65. 马克思主义（Marxism）

马克思主义是人类优秀文化遗产的产物。它主要是批判地继承德国古典哲学、英国古典政治经济学和英、法空想社会主义而创立的崭新的无产阶级思想的科学体系。作为无产阶级思想体系的马克思主义，主要包括马克思主义哲学、马克思主义政治经济学和科学社会主义三个相互联系的有机整体。马克思主义哲学包括辩证唯物论、唯物辩证法、辩证唯物主义认识论、唯物史观。唯物史观的发现，使了解人类社会发展的历史过程成为可能。马克思、恩格斯运用辩证唯物主义和历史唯物主义，研究作为人类社会发展基础的各个时代的生产关系，揭示了资本主义生产方式的性质及其运动规律，提出资本主义不可避免地要让位于社会主义。为社会主义从空想变为科学奠定了理论基础。马克思主义是无产阶级认识世界和改造世界的思想武器。它的主要特征是科学性和革命性的结合，理论和实践的统一。

66. 马克思主义批评（Marxist Criticism）

文学领域的马克思主义批评，在西方通常被分为1930年代和1960年代两个阶段；前者所表达的主要是一种现实主义的文学观，后者则更趋多样，更多涉及传播过程的研究。比如美国马克思主义批评家詹姆逊关于意识形态和"政治无意识"的理论，英国马克思主义批评家伊格尔顿关于文学生产模式的理论等。伊格尔顿的著作《威廉·莎士比亚》、卫曼的著作《莎士比亚与剧场中的通俗传统：戏剧形式及其功能的社会研究》等，是当代西方的马克思主义批评在莎士比亚研究方面的代表之作。

67. 矛盾修辞（Oxymoron）

Oxymoron（矛盾修饰法）来自于希腊语的 oxusmoros，oxus 意思是 sharp（尖锐的），moros 意为 foolish（愚蠢的），合起来意为 pointedly foolish（聪明的愚笨）。这种修辞法把词汇意义相对立、互相矛盾的反义词搭配在一起，以深刻地揭示事物之间既矛盾对立又协调统一的关系。就 oxymoron 的内部语义关系来看，多数情况下属反义搭配。如：a wise fool（聪明的傻瓜），living death（虽生犹死）。oxymoron 语言精练，是一种比较富有特色、富有语言感染力的修辞格。斯利蒙从"魔幻现实主义"这个"矛盾修饰"中引申出现象主义和幻象主义两个概念，进而得出"魔幻现实主义"即将两种完全对立的叙事模式融合在一起的话语体系。这种话语体系具有鲜明的"后殖民性质"。

68. 梅尼普体（Мениппея）

巴赫金认为小说体裁有三个基本来源：史诗、雄辩术和狂欢节。由此形成了欧洲小说发展史上的三条线索：叙事、雄辩和狂欢体。巴赫金认为古希腊罗马文学中的"梅尼普体"是狂欢化体裁的源头。他精辟地总结了梅尼普体的特征：最大胆而不着边际的幻想和象征，神秘的宗教因素，亦庄亦谐的讽刺，广博的哲理，精神心理的躁狂实验，强烈的对照与矛盾的结合，社会乌托邦成分，现实的政论性，狂欢化，对终极问题包罗万象式的表达……最重要的是，梅尼普体吸收了交谈式演说体、自我交谈和筵席交谈，它们的共同之处在于：在所呈现的生活和思想两方面，都具有外表的和内在的对话性。梅尼普的讽刺和苏格拉底对话都属于庄谐体。庄谐体有三个共同特点:十分尖锐的时代性;形象是建立在经验和自由虚构的基础上;拒绝单一和统一,充分体现杂体性和多声性。庄谐体的深刻根源是民间狂欢节文化,是深刻的狂欢式的世界感受。这种狂欢式的体裁传统深刻影响了中世纪的谐谑文学和讽刺摹拟文学,到文艺复兴时期达到了顶峰,它的代表就是拉伯雷和塞万提斯的创作所体现的狂欢化体裁传统。巴赫金认为陀思妥耶夫斯基非常熟悉欧洲文学狂欢化的几个基本来源,他的复调小说正是受到这一传统的深刻影响,是这一文学体裁传统的继承和变体。参见"狂欢化"。

69. 模仿说(Imitation theory)

最古老的艺术学说,主要认为艺术的本质在于模仿或者展现现实世界的事物。"模仿"是希腊语 mimesis 的译文(因此把这种理论称为"艺术的模仿说")。Mimesis 有时也被译为"再现"(representation,因此这种理论也被称为"艺术的再现说")。模仿说为柏拉图与亚里士多德首倡,在浪漫主义兴起之前一直在艺术理论中占主导地位。这种学说包含一种深层的形而上学内容,所关切的是认识事物是如何成其所是的,同时还认为艺术具有一种认知作用。然而,关于"模仿"与"再现"的确切含义以及与再现本质相关的种种问题,一直存在许多争论。有些作家认为模仿就是描绘自然界的可见形式,有些作家则认为模仿需要理想化的描述。对模仿说提出批评的基本论点是:并非所有艺术形式都是模仿或再现。譬如,音乐在本质上就不是再现性的。当代抽象画与模仿或再现理论更无多少关系。尽管如此,模仿说仍然有人为其辩护。N.古德曼就曾发展了一种颇有影响的学说。他认为再现意味着外延。根据这一观点,艺术作品与其再现之物间的关系,类似于描述与其描述对象之间的关系。

70. 魔鬼(Devil)

犹太教和基督教教义中与上帝为敌的众魔之王。英语 Satan 是《旧约》中希伯来语"对头"一词的音译。《新约》中撒旦是恶魔之王,是伪装成光明天使而顽强对抗上帝和基督的顽敌。他能进入人的身体,通过人作祟,因此,可以根据某人的行事待人称他为撒旦。撒旦能通过小鬼附在人身上,使人痛苦或患病。罪人的肉体要交给撒旦而毁灭以保存灵魂。耶稣选派 70 人四出传道,制服了撒旦,他们回来后耶稣看见撒旦从天上坠落,像闪电一样(《路加福音》10:18)。据《启示录》说,当复活的基督从天上复临地上掌权时,撒旦被一条大链子捆绑一千年,然后被释,不久遭受最终失败,陷于永久的惩罚。

71. 魔幻现实主义(Magical Realism / Magical Realism)

20 世纪拉丁美洲小说创作中的一个重要流派。发轫于 30—40 年代,50—70 年代盛行,至今不衰。魔幻现实主义这一术语最早是由德国艺术批评家弗兰兹·罗在 1925 年《魔幻现实主义·后期表现主义·当前欧洲绘画的若干问题》中提出来的。在拉丁美洲,最先起用这一术语的是委内瑞拉作家乌斯拉尔-彼特里。他在《委内瑞拉文学与人》一书中将它界定为对人的"本质描写"和某种文化积淀的演示。魔幻现实主义把神奇魔幻的神话传说和拉丁美洲现实生活描写结成一体,变现实为魔幻而又不失其真。吸收西方现代派文学的技巧技法,尤其受超现实主义和意识流文学的影响,大量运用象征、意识流、荒诞、变形、神秘等手法。作品主题多义,寓意深刻,情节离奇,人物性格怪异,结构复杂多变,常用框型式、跳跃式、时空错乱式、蒙太奇式的结构。主要代表作家和作品有:哥伦比亚作家加西亚·马尔克斯的《百年孤独》(1967)和《家长的没落》(1975),危地马拉作家米·安·阿斯图里亚斯的《总统先生》(1946)和《玉米人》(1949),墨西哥作家胡安·鲁尔福的《佩德罗·帕拉莫》(1955)，秘鲁作家马利奥·略萨的《城市与狗》(1962)、古巴作家阿莱霍·卡彭铁尔的《这个世界的王国》(1949)、阿根廷作家胡利奥·科塔萨尔的《跳房子》(1963)、智利作家何塞·多诺索的《淫秽的夜鸟》(1970)等。

72. 内心独白（internal monologue）

内心独白法，也叫"自白"法，就是通过人物"自言自语"或默想的描写来表现人物内心活动的方法。这种方法，能够把人物心灵最隐秘的部分直接袒露出来，使读者能准确、深入地理解和体验人物的心灵状态，引起读者的共鸣，从而产生强烈的艺术感染力。

73. 女性主义批评/女权主义批评（Feminist Criticism）

女性主义批评是当代西方的重要批评流派，特别针对以男性权力为主导的文化传统。针对这一传统所产生的支配性符号及其对女性的塑造，提出"女性写作"、"女性阅读"等问题，力图重新寻找自己的性别身份，质疑男权社会对于"经典"的传统理解，并从"弱势"的立场上剥离出曾被湮没的意义。因此女性主义批评与新历史主义批评相似，常常借助英语文学中最具经典性的莎士比亚剧作，发掘自己"言说的权力"。詹妮·阿德曼的著作《窒息母亲：莎士比亚作品中母系根源的幻想》、肖瓦尔特（Elaine Showalter）的论文《阐说奥菲丽亚：女性、疯癫和女性主义批评的责任》等，是其中的典型。

74. 拼贴画（paste-up）

以各种材料拼贴而成的装饰艺术。在西方，拼贴画属于现代派艺术范畴。西方的拼贴画常把偶得材料，如报纸碎片、布块、糊墙纸贴在画板、画布或其他质地上，有时与绘画结合而成。20世纪初期，P. 毕加索和 G. 布拉克把拼贴画技发展为立体主义艺术的一个重要方面。文学家也利用这一艺术形式展现作品的立体感。至60年代，拼贴画成为流行艺术的一种重要形式。

75. 骑士精神（knighthood）

骑士是中世纪欧洲封建主阶级最低一层的等级，产生于封建主进行战争和镇压人民的需要。骑士阶层在发展过程中，逐渐建立了其独有的一套规范，信条是"忠君、护教、行侠"。欲成为骑士者需经过严格的军事训练，正式成为骑士时要举行庄严的仪式。骑士要把自己的"荣誉"看得高于一切，要对自己的主人忠心耿耿，要竭力捍卫基督教的神圣地位，还需懂得音乐和作诗。除此之外，骑士还要对自己的女主人效忠，由此发展为对贵妇人的爱慕和崇拜。骑士以为自己的心上人赴汤蹈火，博得美人芳心为最高荣誉。所有这些就构成了所谓的"骑士精神"。

76. 骑士小说（chivalric or romance）

骑士文学反映骑士阶层的文化，主要体裁有抒情诗和骑士小说（又称骑士传奇）。后者最先兴盛于法国北方，后流行于英、德等国，16世纪兴盛于西班牙。骑士小说的故事大多出于虚构，主要描写骑士为自己爱慕的贵妇人赴汤蹈火，降妖除魔，或为捍卫基督教大战穆斯林军队，歌颂骑士精神。其中以不列颠王亚瑟和他的圆桌骑士的故事为题材的骑士小说最广为人知。骑士小说因其内容怪诞、违背教义而遭到神学家、人文学者和其他知识分子的强烈批评，却广受群众欢迎，盛极一时。

77. 日内瓦学派（Geneva School）

流行于20世纪60—70年代的"日内瓦学派"，又称现象学批评或意识批评，后一种称谓在美国较为普遍。欧洲的批评界则不大接受"日内瓦学派"的称谓。也有将其称为主题批评,而主题批评家则个个不同,鲜见对"日内学派"或主题批评的总体描述。一般认为,"日内瓦学派"的批评家有马塞尔·莱蒙、阿尔贝·贝甘、乔治·普莱、让·鲁塞、让·斯塔罗宾斯基和让-彼埃尔·理查尔。"自由阐释文本"是"日内瓦学派"的特征,而"方法论的共同点"则付诸阙如。

作为"学派"来看的日内瓦批评,首先被看作是现象学文学批评,即将胡塞尔现象学的哲学理论运用于文学批评的实践活动。实际上,日内瓦的批评并不固守于某一种哲学,由于时代的氛围和批评家的个人兴趣而接受了多种思潮的影响。日内瓦的批评家都取一种批评本位的思想,认为批评就是阅读,阅读而后阐释,阐释中投射着个人的经验。可以说,日内瓦的批评是一种最具文学性的批评,日内瓦的批评家也是最具文学性的批评家。他们对文本的自由阐释给读者一种美的享受。

78. 人文主义(Humanism)

14世纪后半叶起源于意大利、而后扩展到全欧洲哲学、文学、人文主义是文艺复兴运动的一种基本立场,主张将人重新还原到自然与历史中去,并从这种角度重新理解人。"人文主义"一词来源于拉丁文 Humanitas,在西塞罗和瓦洛的时代,这个词指人的教育,而在希腊语中,对应的词是 παιδεια,也是指教育。在古代人看来,只有通过人文技艺(liberal arts)对人进行教育,人才能与动物相区别。人文主义者主张以古希腊和古拉丁的文化为典范,与经院主义哲学分庭抗礼。他们认为,通过复兴古典文化,能后重新获得被中世纪丢掉了的自由精神,这种自由精神能够证明人类理性的自觉是合理的,它让人们看到自己处于自然与历史之中,并可以建立自己的王国。薄伽丘、彼特拉克等都是这个时期著名的人文主义者。

79. 人身上的人(в человеке человек)

陀思妥耶夫斯基宣称:"在充分的现实主义条件下发现人身上的人。这主要是俄国的特点。"评论家把"发现人身上的人"视为其主要诗学原则,但对什么是"人身上的人"众说不一,有人认为是揭示人的内在心理状态,有人认为是描写潜意识中的人。其实这句话与"我只是最高意义上的现实主义者"一语出自同一则作家日记,也就是说,最高意义上的现实主义就是发现人身上的人,即灵魂状态的人,或曰人与上帝相逢的空间之中。陀思妥耶夫斯基之所以说它主要是俄国的特点,则是指此种手法既不是西欧的现实主义描写,也不是被称为"浪漫主义"的斯丹达尔式的心理描写,而是对决定人的善恶选择机制的灵魂存在状态的描写。

80. 三一论(Trinity)

指圣父、圣子、圣灵三位一体,文中提到中世纪末意大利神秘主义哲学家菲奥雷的约阿西姆(Joachim of Floris)(1145—1202)则将"三一论"历史化,他将人类历史分为三个阶段:圣父时代即律法时代、圣子时代即福音时代和圣灵时代。教会统治的时代只是圣子时代,它日后将会被圣灵王国取代。约阿西姆声称,1260年是第三个时代的开始。约阿西姆的思想曾在意大利和法国的方济各会中产生过较大的影响,1260年,宗教法庭判约阿西姆的追随者为异端。约阿西姆是基督教灵知主义的代表人物之一。20世纪政治学家沃格林将他看作现代"历史哲学"的始作俑者。

81. 思想知觉化(transmuting ideas into sensation)

这是艾略特从以邓恩(John Donne,1572—1631)为代表的17世纪英国玄学派诗人(metaphysical poetry)那里的一个发现,"丁尼生和勃朗宁都是诗人,而且他们也都思考;但是他们不能像闻到玫瑰花香一样立刻感受到他们的思想。思想对于邓恩来说是一种经验,它调整了他的感受力……"对一般人来说,恋爱或阅读斯宾诺莎,"这两种经验毫不相干,与打字的声音或烹调的气味也毫无关系;而在诗人的心智中,这些经验总是在形成新的整体"(《玄学派诗人》,樊心民译,见《艾略特诗学论文集》,王恩衷编,北京:国际文化出版公司,1989 年)。《荒原》中的许多场景和意象,如第一章的开头部分,就体现出这种"思想的知觉化"。

82. 莎士比亚问题(problems of Shakespeare)

莎士比亚的作品得到了比较完整的保存,但是关于他的生平和创作活动,却没有太多的记载。因此是否确有莎士比亚其人,始终被一些研究者怀疑和争论。这就是所谓的"莎士比亚问题"。其中几种比较极端的看法,是将培根、马洛或者伊丽莎白女王视为莎剧的真正作者。持相反观点的研究者,则通过种种文献的考辨,论证莎士比亚的真实存在。V

83. 社会主义现实主义(социолистический реализм)

社会主义现实主义是 20 世纪出现的一种重要的文学艺术的创作和批评方法。在 1934 年全苏第一次作家代表大会通过的苏联作家协会章程里作了如下的表述:"社会主义现实主义,作为苏联文学与苏联文学批评的基本方法,要求艺术家从现实的革命发展中真实地、历史具体地去描写现实;同时,艺术描写的真实性和历史具体性必须用社会主义精神从思想上改造和教育劳动人民的任务结合起来。社会主义现实主义保证艺术创作有特殊的可能性去发挥创造的主动性,去选择各种各样的形式、风格和体裁。"社会主义现实主义创作方法是历史地形成的,具有深刻的社会历史内容。50—60 年代以降,苏联文艺界围绕社会主义现实主义问题展开过广泛而持久的争论,试图使之摆脱教条化,提出社会主义现实主义应当是"开放的美学体系",是"真实地描写生活的历史地开放的体系"的观点。但是社会主义现实主义在苏联式的政治文化体制中没有得到正常的发展而夭折。

84. 社会学批评(Sociological criticism)

社会学批评是一种研究文学的社会学方法,其特点在于建立并描述社会与文学之间的关系。它作为一种自觉的理论起始于 19 世纪的法国。此时文学批评对社会学方法的借鉴,主要是以实证精神探寻文学作品产生、发展及其特定形态的社会、历史和民族的根源。法国的丹纳著有《英国文学史》(1864—1869)、《艺术哲学》(1865—1869)等,提出文学和艺术创作发展的种族、环境、时代三要素的理论;德国的舍雷尔著有《德国文学史》(1883)等,倡导以生活、教养、遗传三种因素研究诗人、艺术家的创作。俄国的别林斯基提出艺术是"现实的创造性再现";普列汉诺夫提出文学"服务于社会"的功能。法国的朗松提出了"文学史与社会学"的关系问题。匈牙利的卢卡契在《小说理论》(1920)中把文学体裁的演变与社会历史进化联系起来。20 世纪的马克思主义文学批评立足于社会实践与生产关系,发展出"理论的和批判的"文学社会学。女权主义方法也是社会学批评的重要形式。

85. 神话(mythos)

希腊词"神话"一般指"故事或传说",是关于神的叙事。自古希腊开始,神话始终是西方文学创作的源泉。值得注意的是,神话最初是一种特殊的言说方式,在某种意义上也是"逻各斯"(logos)。希腊词"神话学"(mythología)就是由神话和逻各斯这两个词组成的。不过,自柏拉图起，muthos 开始成为不那么可靠的、甚至是虚假的叙述，而 logos 则带上了更多"理性的"和"哲学的"色彩。这种状况，一直延续到近现代才有所改变。早在 18 世纪，维科在《新科学》就提出，神话是一种"诗性智慧"，只是他的著作直到 19 世纪末才开始产生影响。从 19 世纪开始，人们越来越倾向于科学地看待和研究神话。从语言学家马克斯·缪勒，到人类学家弗雷泽，再到心理学家弗洛伊德和荣格，神话得到了不同角度的深入探讨。20 世纪后半期，结构主义人类学家列维-斯特劳斯和结构主义符号学家罗兰·巴尔特为神话研究开拓了新的方向。在这些不同领域研究的基础上，产生了现代最有影响的文学批评流派之一——神话批评或神话-原型批评。加拿大批评家弗莱(Northrop Frye, 1912—1991)是神话-原型批评理论的集大成者，他的《批评的解剖》(1957)被视为神话-原型批评学派的"圣经"。在弗莱看来，神话是"文学的结构要素，因为文学总的来说就是'移位的'神话。"在某种意义上，一切文学最终都能够追溯到"俄狄浦斯的神话"。

86. 神话与象征(Myth and Symbol)

艾略特最早在其《〈尤利西斯〉、秩序和神话》一文中指出，乔伊斯在《尤利西斯》中采用的与《奥德赛》对应也就是与古代神话的对应，这种方法将当代性与古代性相对照，相关联，必将为后人树立榜样。除了与荷马史诗《奥德赛》的结构对应之外，乔伊斯还将每章中的时间与人体器官、艺术类型相对应，形成了这部作品的象征结构，许多批评家都就这一形式特征做过讨论。

87. 神话原型(mythic archetype)

《喧哗与骚动》中辅有一条基督教神话线，即《圣经》中耶稣基督的降生、被钉十字架、复活这一宗教意象。福克纳试图借助神圣的基督之爱衬托康普生家庭的自私、受挫、失败、仇视的现实，而且这种神话模式极大地加强了小说的反讽色彩。

88. 神奇现实/神奇现实主义(real maravilloso)

神奇现实既是一种现实，也是一种理论，它是古巴作家卡彭铁尔提出来的。他在《这个世界的王国》的序言中全面阐明了"神奇现实"理论，认为神奇现实决不等同于神话志怪或幻想故事，而是加勒比地区乃至整个拉丁美洲的活生生的现实。这与加西亚·马尔克斯的说法有异曲同工之妙。有评论家以此为依托，把魔幻现实主义和"神奇现实"理论混为一谈。但也有不少评论家坚持视二者为不同流派，比如认为前者侧重于反映加勒比黑人文化，后者倾向于表现拉丁美洲的混血文化。

89. 神人与人神(Богочеловек и Человекобог)

"神人"在基督教神学中特指耶稣基督，因其是神性与人性的合体，即上帝的道成了肉身，住在人类的中间。道成肉身或曰神人的功能是：神格化为人身，以自身的受难替人类承担罪孽，并警醒人类自我贬抑、谦恭、笃信，从而在人类与上帝之间重建联系，使人类最终得救。这本是陀思妥耶夫斯基的终极理想。但现实中的人往往意识不到神人的存在，而试图摆脱神的意志，树立起唯一的个人意志，从而自我成神，即"人神"。这种倾向被陀思妥耶夫斯基认为是人类困境的根本原因，对上帝信仰的失落导致人的堕落。《罪与罚》中的拉斯柯尔尼科夫、《群魔》中的基里洛夫等是"神人"思想的代表。

90. 生命哲学(philosophy of life)

生命哲学是广泛传播于西方各国并贯穿于20世纪的哲学流派,一种试图用生命的发生和发展来解释宇宙,甚至解释知识或经验基础的唯心主义思潮。从19世纪末至20世纪初流行于德、法等国。它是在A.叔本华的生存意志论和尼采的权力意志论、达尔文的生物进化论和H.斯宾塞的生命进化学说,以及法国M.J.居约(1854—1888)的生命道德学说的影响下形成的。德国哲学家W.狄尔泰最早用"生命哲学"一词来表示他的哲学。生命哲学家不满意黑格尔所主张的严酷的理性,不满意自然主义或唯物主义所依据的因果决定论,认为这些思想是对个性、人格和自由的否定。他们要从"生命"出发去讲宇宙人生,用意志、情感和所谓"实践"或"活动"充实理性的作用。认为必须提高意志、情感的地位,才能穷尽"生命"的本质。但他们夸大生命现象的意义,把生命解释为某种神秘的心理体验,从而使这种观点带有浓厚的主观唯心主义特色。

91.《圣经》(Bible)

犹太教和基督教的圣书。基督教《圣经》包括《旧约》(Old Testament)和《新约》(New Testament)。天主教版本《旧约》略长一些,因为有几卷书或有些章节,天主教予以承认,而基督教(新教)则列为外典。犹太教《圣经》仅有被新教徒称为《旧约》的那一部分。至于各卷的编排次序,犹太教正典与基督教正典大有差异,而新教正典与天主教正典则大致相同。《旧约》共三部分,主要是以色列如何形成民族而占有上帝应许之地的叙述,以及王国的建立和发展并传达众先知向百姓发出的信息。

同《旧约》一样,《新约》也是汇编多卷而成,包括早期基督教的各种著作。四卷福音书记叙基督徒记忆中的耶稣生平、为人和学说。《使徒列传》叙述基督教的历史,从耶稣复活到保罗生平的结束。书信即使徒书,是早期基督教会一些首脑主要是使徒保罗所写的信件,运用教会所传的信息去解决早期基督教会中的各种问题。《启示录》是早期基督教运动中许多启示著作在正典中的唯一代表。

92. 时空体(Хронотоп)

时间与空间(cronos-время, topos-место)的统一。巴赫金在对长篇小说进行历史诗学的研究中引进的概念。在《长篇小说中的时间形式和时空体》(1937—1938)等著作中提出,具体的时空体构成了时代、个人和艺术作品的决定性的或主要的特征。"在文学中的艺术时空体里,空间和时间标志融合在一个被认识了的具体的整体中。时间在这里浓缩、凝聚,变成艺术上可见的东西;空间则趋向紧张,被卷入时间、情节、历史的运动之中。时间的标志要展现在空间里,而空间则要通过时间来理解和衡量。这种不同系列的交叉和不同标志的融合,是艺术时空体的特征所在。""时空体作为形式-内容范畴(在相当程度上)也决定着文学中人的形象,这个形象向来在实质上是时空体的。"时间和空间永远交织在一起,但二者结合的某种方式与其他方式相比,对于解释具体的世界观更为重要。时空体既界定了体裁和风格,也划分了主要文学类别内部的各种亚范畴。艺术上的时空体是巴赫金根据物理相对论的时空体所创造的艺术批评概念,并以此解读陀思妥耶夫斯基的小说。后者就是一种"门槛"式的时空体,时间在其中不是渐进的,而是突变的,即事件均发生在门槛意义上的时间之中,门槛型的空间与处于门槛上的时间相交叉,借以表现人的危机、堕落、复活、更新、彻悟等精神变化,并进而以这种紧张形态增强其艺术感染力。

93. 史诗(poem)

史诗是一种庄严的文学体裁，内容为民间传说或歌颂英雄功绩的长篇叙事诗，它涉及的主题可以包括历史事件、民族、宗教或传说。史诗一般分作两种，一种为"传统史诗"或"原始史诗"，主要是以口头流传的形式世代相传，随着时间而增添情节，最后被整理、加工，以文字记载成为一部统一的作品。如荷马的《伊利亚特》和《奥德赛》。另一种为作家以特定的观念目的有意识地编写而成的"文人史诗"，如维吉尔的《埃涅阿斯纪》和约翰·弥尔顿的《失乐园》。

94. 十四行诗(sonetto/sonnet)

又译"商籁体"，为意大利文 sonetto，英文、法文 sonnet 的音译，出自普罗旺斯语 Sonet。是欧洲一种格律严谨的抒情诗体，原系中世纪民间流行并用于歌唱的一种短小诗歌。最初流行于意大利，14 世纪的诗人彼特拉克写了有 317 首十四行诗的《歌集》，献给他的爱人劳拉。他把韵式改成：ABBA，ABBA，CDE，CDE 或 ABBA，ABBA，CDC，CDC。由两节四行诗和两节三行诗组成。彼特拉克的创作使其臻于完美，又称"彼特拉克体"；后传到欧洲各国。16 世纪前期的英国诗人怀亚特和萨里把该诗体引入英国诗坛，萨里又把十四行诗的韵式改成：ABAB，CDCD，EFEF，GG。莎士比亚也采用此韵式，后人称"莎士比亚体"(Shakespearean)或"伊丽莎白体"，由三节四行诗和两行对句组成。当时另一英国著名诗人斯宾塞的十四行诗也有很高成就；他的韵式是：ABAB，BCBC，CDCD，EE，称斯宾塞体。每行中的音节，英、意、法语分别为 10、11 和 12 个。后来的弥尔顿、华兹华斯、雪莱、济慈、歌德、勃朗宁夫人等诗人都写过一些优秀的十四行诗。

95. 时序倒置(inverted-time narrative)

文学创作中采用的一种方法，不是按照正常的时间顺序展开故事情节的叙述，而是有意打乱时空次序，从而营造独特的艺术氛围。有批评家认为《喧哗与骚动》的中心故事是关于昆丁企图遏止住历史和主观的时间、企图在心理的腐蚀和时间的流逝之外来维持凯蒂之贞洁的尝试。由此引起了四个层次上的连锁反应：白痴班吉用连续的现在时态所讲的故事以一种无时间概念的记忆形式使故事及其形象总是处在一种现在的状态之中；昆丁则以一种因果关系的形式把这一形象转变成心理的和历史的悲剧；杰生则是以一种经验主义的方式对待之，把凯蒂的失节看作是他爬不到上层社会中去的原因；而迪尔西所提供的又是一种持久性的连接。这种"时序颠倒"的写作手法在人物心理上形成了巨大的反差，从而更好地展现作家着力塑造的"喧哗与骚动"这一艺术世界。

96. 实用说(Pragmatic Theories)

强调艺术的直接教益性功用。古罗马时期贺拉斯的"寓教于乐"开了西方实用说之先河。作品和欣赏者之间的关系，在早期的实用主义批评那里颇受重视，后来又在注重读者作用的批评流派那里得到进一步弘扬，但强调批评过程中读者的作用并将其推向极致则是 20 世纪后半叶接受美学和读者—反应批评的一大功劳。在后现代主义文论那里，读者本人有着对文本的能动的甚至创造性的解释权，而一部未经读者—欣赏者阅读欣赏的作品只能算是一个由语言符号编织起来的"文本"，只有经过读者的阅读和解释它的意义的建构才能得到完成，因此读者—欣赏者的参与实际上便形成了对作品的"二次创作"。虽然艾布拉姆提出这一关系时接受美学尚未在理论界崛起，但他的理论前瞻性却为后来文学理论的发展所证实。

97. 实证主义（positivism）

法国哲学家孔德(1798—1857)提出的学说，强调只研究具体的事实和现象，将对自然现象的认识基于具体的经验，把玄学和神学看作是不完善的知识系统。"实证"一词含"实在"、"确定"、"精确"之义。孔德系统研究了社会发展的动力，倡导根据科学知识来重新组织人类社会，其学说奠定了现代社会学的基础。在文艺上，他强调艺术要探索人，认为个人的社会性取决于生理条件，主张以人的病理状态作为道德研究的基础，这对19世纪的自然主义文学产生了深刻的影响。

98. 双重人格（Двойник）

双重人格是陀思妥耶夫斯基对现实人格的一种基本理解。从其早期小说《双重人格》（或译《同貌人》）起，作家就一直在试图揭示人内心深处两种力量的争斗过程。在陀思妥耶夫斯基看来，人由于拥有了上帝赋予的自由意志，因而具有了对善与恶的两种基本选择，而这两种选择往往是处在未定状态之中，人因此也就具有了双重人格。并且每个人内心深处的双重人格都是时常处于对话状态，彼此纠葛，从而使人成为一个难解之谜。《罪与罚》中的拉斯柯尔尼科夫如此，《卡拉马佐夫兄弟》中的伊万更是双重人格的典型代表。

99. 统一（unitary）

指荷马为《伊利亚特》的"统一"（亦即"单一"）作者，与"分辨"形成对比。早期学者对荷马史诗的校勘研究达到了相当高的水准，但还是不可避免地存在时代的局限性。当时顶尖的亚历山大学者阿里斯塔耳科斯立足于文本分析，但遗憾的是，他和他的学生们囿于传统形成的权威，并没有将这种分析的方法贯彻到底。他们的研究从感情角度立足于维护荷马的威望，坚定地相信《奥德赛》和《伊利亚特》出于单一的一个人之手，而这个人就是荷马，三者是不可分割的。统一学派在早期的荷马学界比较流行，但分辨派凭借精密的分析研究后来居上，直到19世纪都牢牢占据主流地位。统一派在20世纪初期东山再起，也利用最新的语言学和考古成果与分辨派分庭抗礼，解答了分辨派理论无法回答的问题。但是在现代，统一派与分辨派也不是泾渭分明的，在某些问题上两派也达成了共识。

100. 托马斯主义（Thomism）

一种源于托马斯·阿奎纳思想的哲学，托马斯主义大致可分为三个阶段，最近一阶段开始于19世纪中期，一直延续到今天，1879年，教皇列奥十三世（Leo XIII）呼吁回到传统哲学，并将注意力集中在托马斯主义哲学上，20世纪最杰出的托马斯主义者为埃特纳·吉尔松（Etienne Gilson）与雅克·马里坦（Jacques Maritain）等人。

101. 为艺术而艺术/纯艺术（Art for Art' sake / L'art pour l'art）

这个美学理论认为艺术可以不依赖于社会生活、道德、政治、科学，宣扬艺术与政治无关，断言形式就是审美价值本身。"为艺术而艺术"的理论基础所依据的是德国康德的学说。康德宣称，审美判断带有"纯粹的"、无利害关系的性质，就是说，是同道德和政治没有联系。"纯艺术"的拥护者断言，艺术家和他创作"不依赖"于时代的实际需求，他们竭力使艺术脱离社会生活。这个理论是1840年在法国开始形成的。"为艺术而艺术"一语是法国唯心主义哲学家库增引用，浪漫主义作家戈蒂耶在创作中提倡与实现的。戈蒂耶一味追求作品的形式结构美，节奏音乐美和空间色彩的描写。

102. 维多利亚时代文学(Victorian Period Literature)

通常指以维多利亚女王继位为始、以其殁而终的此一历史时期(1837—1901)的英国文学。这既是英帝国经济、政治、军事、文化的鼎盛时期，又是英国文学、特别是英国小说发展的黄金时代，出现了从狄更斯(Charles Dickens，1812—1870)、萨克雷(William Thackeray，1811—1863)至哈代(Thomas Hardy，1840—1928)一系列小说大家。他们的作品大多与当时社会问题相关联，此一时期的文学批评，除注重传统的小说娱乐功能之外，还注意其社会意义及道德教育价值。由于受当时主流社会刻板、保守时风的影响，对批评对象所涉内容、语言，如表现男女之情及运用俚语、秽语等诸多方面多有禁忌。

103. 文本细读(close readings)

文本细读是20世纪"英美新批评"所采用的术语。其基本特征是强调文学创作本身的"功能性"、而不是"修饰性"作用(functional not decorative role)，"在文学作为文学的结构中处理文学的意蕴"；因此文学作品中的隐喻、意象、韵律和词句，都"成为展示意义的积极力量"。与之相应，以往的批评被认为过多地从外部寻找文学所表达的"善"和"真"，使文学"成为哲学或者科学"。在莎士比亚研究领域，可以从斯珀津《莎士比亚的比喻》一书了解到文本细读的典型方法。

104. 文化唯物主义(Cultural Materialism)

英国所谓的文化唯物主义，在美国亦被称为"文化诗学"(cultural poetics)，更普遍的称谓则是"新历史主义"。也曾有西方学者辨析"新历史主义"与"文化唯物主义"之间的区别，认为"文化唯物主义更关注当代文化的实践，而新历史主义的焦点在于过去；文化唯物主义往往公开……自己的政治意图，新历史主义则倾向于掩饰这一点；文化唯物主义的理论和方法部分地来自威廉斯(R. Williams)的文化批评……和马克思主义文化分析的英国传统，……新历史主义则……直接承袭了'后结构主义'的理论和哲学模式；文化唯物主义接受……相当宽泛的'文本'材料，而新历史主义主要致力于……书写的文本。"参见"新历史主义批评"。

105. 文学渊源批评／文学手稿批评(la critique génétique)

20世纪80年代，法国国立科研中心(CNRS)和巴黎高等师范学院(ENS)联合建立"现代文学手稿文本研究所(ITEM)"，同时，巴黎第八大学的一些文学批评家在手稿试验室里对福楼拜、雨果等作家的手稿进行艰辛的探讨，在不到20年的短短时间里，形成了一个新的批评流派：文学渊源批评／文学手稿批评。渊源批评雄心勃勃：要充分利用和开发欧洲各大图书馆近200年来收藏的现代手稿这批宝贵的文化遗产；通过分析手稿，了解前文本产生的机制，澄清作家的创作行为和作品产生的程序；并确定这种批评的概念、方法和技术。渊源批评非常重视证据，重视第一手的材料，即使是创作念头，也要以手稿(即使只有寥寥数语)为据。

106. 无韵诗(blank verse)

指不压韵的抑扬五音部诗行，是英语中卓越的戏剧诗和叙事诗形式，又是意大利语和德语戏剧诗的标准形式。这种诗体的丰富多彩在于诗人改变每行诗中的重音和"停顿"的位置技巧，把握变动的音调质和语言的感情色彩，并把诗句组成意群和章节。无韵诗于16世纪和其他古代诗律一起被引入意大利，从无韵的希腊和拉丁英雄诗变通而来。后成为意大利文艺复兴时期诗剧的标准格式。莎士比亚用无韵诗写出英国最伟大的诗体戏剧。无韵诗一度受到贬低，后又因弥尔顿的《失乐园》(1667)而恢复其先前的宏伟气派。从才智运用上说，弥尔顿的诗歌是繁复的，却又是灵活的，他使用了倒置、拉丁化词和各种重音、句长、停顿变异和分段法，以取得描写和戏剧的效果。无韵诗在德国、瑞典、俄罗斯和波兰的诗体戏剧中也使用得很普遍。

107．戏仿（parody）

戏仿又名"滑稽模仿"、"戏拟"，在《牛津英语大词典》(OED)中，对"parody"这一词条作出了如下两个解释：一是指导致了滑稽效果的模仿（imitation），可以用于诗（verse）或文（prose），也可用于戏剧或音乐剧；另一种含义是指拙劣的模仿。解构主义哲学家们的阐释是，戏仿（Parody）成为仿拟的特殊形态，从修辞意义上说，就是戏谑性仿拟。即在自己的作品中对其他作品进行借用，以达到调侃、嘲讽、游戏甚至致敬的目的。戏仿的对象通常都是大众耳熟能详的作品。如香港电影导演兼演员周星驰在《大话西游》和《功夫》等影片中大量使用了戏仿，引用的来源有《西游记》、李小龙的影片、《黑客帝国》等等。戏仿之风从电影艺术开始，已经蔓延到文学和其他艺术领域。如后现代作品中对传统文类（如神话、童话、侦探、言情、科幻等）或文本（各种经典作品，如莎剧）的借用，既可能是对现代生活的解构，也可能是对这些文类和文本本身的解构。

108．戏剧性（theatricality）

就是那些强烈的、凝结成意志和行动的内心活动，那些由一种行动所激起的内心活动；也就是一个人从萌生一种感觉到发生激烈的欲望和行动所经历的内心过程，以及由于自己的或别人的行动在心灵中所引起的影响；也就是说，意志力从心灵深处向外涌出和决定性的影响从外界心灵内部涌入；也就是一个行为的形成以及心灵的后果。《红与黑》通过行动揭示人物心理。心理支配行动，是行动的内在依据，而行动则是心理的外在表现。司汤达在塑造人物过程中，十分重视人物行动的描写，通过行动透视人物的心理，使人物心理自然流露出来。小说中的对话完全通俗朴素，就像我们日常说话一样，充满活力，闪耀着自然的光彩。而且，很有个性，内涵极其丰富，具有引人入胜的戏剧性。

109．现代小说（modern novel）

薄伽丘第一次用"小说"的概念来指用散文体叙述的故事。塞万提斯在其《警世典范小说集》的序言中就称自己是第一个用西班牙语写小说的人。他通过这套小说以及《堂吉诃德》等的创作，从骑士小说（或称骑士传奇，还不是严格意义上的"小说"）中发展出现代意义上的小说。其贡献在于开创了小说特有的体裁，从小说的结构，作者与读者的关系，创作与阅读的关系，创作与文学批评的关系，语言的运用等诸多方面，进行了有别于骑士小说的创新，对后世的小说创作影响深远。

110．现代主义批评（modernist criticism）

现代主义批评是西方国家对陀思妥耶夫斯基进行阐释的普遍模式。西方现代主义批评家和作家将陀思妥耶夫斯基视为现代主义文学的鼻祖之一，因为他在作品中展现了一个上帝威权受到挑战的世界，而由于上帝中心的消失，人成为失去凭附的群氓，世界成为充满危机的衰败世界，人类的本质于是无法确定。在作品中的表现形态就是人物内心世界的分裂、人物为犯罪所进行的强辩、家庭的偶合性等。因此，西方的批评家将其看作"存在主义"艺术表现，而忽略了作家对美好人性及理想社会的坚信。美国批评家韦勒克对此一针见血地指出：他们"只看到陀思妥耶夫斯基关于灾难和衰败的启示录式的幻象而忽视了他的乌托邦思想和乐观主义"。

111. 现实主义（realism）

一种文学艺术的创作方法和思潮。在文学艺术史上，现实主义与浪漫主义是两大主要思潮。现实主义提倡客观地观察现实生活，按照生活的本来样式精确细腻地描写现实。作为一种文艺思潮和流派，现实主义产生于19世纪50年代的法国。画家库贝尔和小说家尚弗勒里初次用"现实主义"这一名词来标明当时的新文艺。福楼拜的《包法利夫人》(1856)开了现实主义的先河，使文学现实主义达到全盛期，引发了后来左拉的自然主义文学。现实主义作家关注材料的准确性。他们在写作之前进行深入调查。现实主义小说有许多对地点、物品和人物性格进行得十分细腻的描写。自然主义作家还十分重视人物的遗传因素，以及环境对人物心理的影响。福楼拜的《包法利夫人》不仅标志着19世纪法国小说史的一个转折，而且在世界范围影响了小说这个文学体裁在此后一个多世纪的演变和发展过程。

112. 新柏拉图主义（Neo-Platonism）

始于柏拉图作品，并以某种特别的方式对其进行解释，在基督教时代，新柏拉图主义者们一般将上帝与整体性联系在一起，著名的比如普罗提诺的"流溢说"。本文提到的新柏拉图主义是指15世纪由美第奇（Medicis）建立的佛罗伦萨学园（Florintine Academy）中占主导地位的学说，其中，马西留·斐奇诺是当时最著名的新柏拉图主义者。

113. 新分析论（neō analysis）

20世纪上半叶兴起的一种主要借助于"分析"研究荷马史诗的理论。荷马学界的"统一派"与"分析派"，在20世纪后已趋向融合，界限变得模糊。20世纪30年代，希腊学者卡克里底斯（J. T. Kakridis）首创"新分析"（neō analysis）一语，尝试着采用一种全新的切入角度，旨在通过对一些"典型"场景的分析，对《伊利亚特》作出新的阐释。新分析论者用了细致分析的方法，却得出了支持"统一"的结论；新分析论者也重视研究荷马的思想轨迹，尊重诗人的主观能动性。但是新分析论也有着难以克服的缺点，理论上的亮点与漏洞都显而易见。总之，新分析论者敢于大胆设想，有自己独特的学术眼光，只是他们的分析有时仍稍欠绵密，论证流于粗疏，不够严谨。

114. 新古典主义（Neoclassicism）

欧洲的文艺在经过巴洛克时期以后，推崇古希腊罗马的艺术观，以那时的文学艺术名作为永恒的典范。一般认为文学上的这股潮流兴起于17世纪的法国，并波及欧洲其他国家。以后凡以古希腊罗马艺术为典范的作品都可冠以"新古典主义"或"古典主义"的名号。新古典主义的代表在法国有笛卡尔、高乃依，在西班牙有莫拉廷、霍维亚诺斯等人。新古典主义崇尚理性，要求模仿古代，强调规范化的艺术形式，与18世纪兴起的启蒙运动密切相关。

115. 新教（Protestantism）

基督新教是于16世纪宗教改革运动中脱离天主教而形成的新宗派，或其中不断分化出的派系的统称。也称作抗议宗或抗罗宗或誓反宗。词源来自德文的 Protestanten。原指1529年神圣罗马帝国举行的帝国议会中的少数反对派，该派诸侯对于会议通过支持天主教压制宗教改革运动各派的决议提出了强烈的抗议,后即以其泛称宗教改革各新教派。以人因信蒙恩称义,推崇《圣经》权威,认为信徒皆可直接与上帝相通为其特点。新教反对神职人员阶层的特权,强调"一切信徒都有教牧的职权"。新教是欧洲西北部英格兰和美洲英语地区的主要宗教,经过19世纪的传教运动,已经传遍世界各地。

116. 心理分析/心理学批评/精神分析(Psychoanalytic Criticism)

心理分析是西方20世纪的文学批评方法之一,强调文学文本背后的"隐念"和无意识,强调性的冲动、升华和压抑对人的潜在作用等等。其始作俑者弗洛伊德首先将莎士比亚的《哈姆莱特》和索福克勒斯的《俄狄浦斯王》用于心理分析,提出所谓的"俄狄浦斯情结"亦即"恋母情结"之说,试图以此解释哈姆莱特复仇和"延宕"的深层原因。后来恩斯特·琼斯等人继续深化这一思路,代表性的成果有《俄狄浦斯情结:对哈姆莱特奥秘的一种解释》、《对〈哈姆莱特〉的心理分析研究》、《俄狄浦斯与哈姆莱特》等。

117. 心理小说(le roman psychologique/psychological novel)

心理小说以分析人物的意识层和潜意识层的情感、意识、思想、活动、态度为主,或直接以人物的意识活动来结构作品。心理小说的开创者为19世纪的法国作家斯丹达尔。他擅长心理描写,全神贯注于人的心理现象,把其他一切都置之度外。其心理描写反映了19世纪心理学的发展水平,即表现意识层面的心理思维,限于头脑和感情的理性分析,没有涉及潜意识层面的生理状态。因而,他的心理描写非常冷静和理智,充满逻辑和理性,显出人物性格力的特点和现实态度。在内容层次上分为社会和爱情心理两个层次,描写时代的普遍心理状况和精神面貌,细致分析爱情心理的微妙变化和发展进程。他对人物内心紧张的表现已具有现代意识的特征。为此,他被称为"现代小说之父"。

118. 新历史主义批评(New Historicism)

新历史主义批评是当代西方的重要批评流派,力图抛弃结构主义以来的"共时性"方法,主张在美学、文化和历史的张力之中研究不同的文本。因此"文本的历史性"(the historicity of texts)和"历史的文本性"(the textuality of history),构成了新历史主义批评的基本立场。其中的核心价值,就在于要将"通常只限于文学文本"的阅读活动转向"一切文本性的历史踪迹"。这就是说,"阅读"不仅是针对文学文本,也包括全部社会的、历史的、意识形态的内容;作品的生产和消费,被认为是多种利益、多种价值相互转换和妥协的结果。美国批评家格林布拉特是新历史主义批评的主要代表之一,莎士比亚的作品常常是其主要素材,除去以往的多种相关著作之外,他在2004年又出版了《莎士比亚如何成为了莎士比亚》(Will in the World: How Shakespeare Became Shakespeare)一书。根据他对莎士比亚剧作的分析,也许可以说新历史主义批评的重点并不在于文本自身,而在于文化和历史所能给予文本的生命和意义。

119. 新批评(New Criticism)

20世纪20—50年代英美批评界影响较大的一支批评流派,得名于美国约·兰塞姆所著论文集《新批评》(1941)。这部文集赞扬T.S.艾略特等人的批评见解和以文字分析为主的批评方法,称之为"新批评",以别于19世纪以来学院派的传统的批评。20世纪初英国作家休姆和美国作家庞德所提出的强调准确的意象和语言艺术的主张是新批评派理论的开端。20年代艾略特和理查兹分别以象征主义的诗歌主张和文字分析的批评方法奠定了新批评派的基本理论,而成为它的主要代表人物。新批评派的主张主要有:一、从象征派的美学观点出发,把作品看成独立的、客观的象征物,是与外界绝缘的自给自足的有机体,称为"有机形式主义";二、认为文学在本质上是一种特殊的语言形式,批评的任务是对作品的文字进行分析,探究各个部分之间的相互作用和隐秘的关系,称为"字义分析"。象征主义为他们提供了美学理论,字义分析是他们进行评论的具体方法。艾略特的《传统与个人才能》(1917)从反对浪漫主义的角度提出"非人格化"的学说。针对浪漫主义者关于诗歌是诗人感情的表现的观点,他认为主观的感受只是素材,要想进入作品,必先经过一道非人格化的、将个人情绪转变为普遍性、艺术性情绪的过程,将经验转化为艺术的过程。

120. 新小说(Le Nouveau Roman)

20世纪50—60年代盛行于法国文学界的一种小说创作思潮。虽然严格说来"新小说派"的作家们并不承认不是自己是一个创作团体而只是一种创作倾向,但评论界还是根据其间存在的一些共同的理念和特征,将某些作家归为"新小说派"。如阿兰·罗伯-格里耶、娜塔丽·萨洛特、米歇尔·布托尔、克洛德·西蒙、罗贝尔·潘热和玛格丽特·杜拉斯等。"新小说派"的基本观点认为,20世纪以来小说艺术已处于严重的停滞状态,其根源在于传统小说观念的束缚,墨守过时的创作方法。因此,他们主张摒弃以巴尔扎克为代表的现实主义小说的写作方法,从情节、人物、主题、时间顺序等方面进行改革。"新小说"的创作在70年代后渐趋消退,作为文学流派逐渐走向了消亡。但1985年"新小说"派代表克洛德·西蒙获得了诺贝尔文学奖,这标志着"新小说"已经得到了西方学界的认可,从而使它成为法国乃至世界现代文学史中的一项经典。新小说派的艺术特征:一、注重对事物的客观描绘,不注重塑造人物和构思情节,制造出一个更实体、更直观的世界以代替既有的心理的、社会的、意义的世界,所以要用一种充满惊喜的物质描绘的"表面小说"去消解人为赋予世界的意义。二、打破时空界限,打断叙事的连续性,大量运用场景、细节、断片,难以再找到完整的、有连贯线索的故事,作品往往采用多边的叙述形式和混合的手段,把过去、现在、未来、回忆、幻想、梦境和现实交织参杂,任意跳跃。三、探索新的语言方式,常使用语言的重复、不连贯的句子、跳跃的叙述和文字游戏,把语言试验推向了极端。

121. 形态学(морфология)

俄罗斯著名民间文艺学家弗·雅·普罗普的《民间故事形态学》(1928)是整个叙事学领域里的一部里程牌式的著作。普罗普曾专门强调过,"形态学"这一术语与语法学无关——它借自歌德,歌德将其运用到植物学和骨学,其中包含较为广泛的本体论内涵:"自然领域与人类创作领域是分不开的。有某种东西将它们连结在一起,它们有某些共同的规律,这些规律可以用共同的方法进行研究。"在序言中,普罗普指出,形态学是关于形式的学说,在植物学中,形态学指的是关于植物的各个组成部分、关于这些组成部分之间的相互关系以及它们与整体的关系的学说。他认为,借鉴植物学的研究方法,可以创立"故事形态学"这一术语。植物形态学将世界上成千上万种植物分门别类,故事形态学也将起到同样的作用:把丰富多彩的故事分门别类,使之呈现出"奇妙的一致性"。普罗普打破了传统按人物和主题对童话进行分类的方法,认为故事中的基本单位不是人物而是人物在故事中的"功能",由此从众多的俄国民间故事中分析出31个"功能"。作者富于独创性的结构形态分析方法,后来被20世纪中期欧洲盛极一时的结构主义理论家们奉为精神源头,其影响远远超越了民间故事研究领域,成为人文学科众多分支学科的经典,对格雷马斯、托多罗夫、布雷蒙等人的研究产生了直接而深远的影响。

122. 叙事学(Narratology)

"叙事学"也称叙述学,是受结构主义影响而产生的研究叙事的理论。于20世纪60年代中期产生与结构主义发展势头强劲的法国,很快扩展到其他国家,形成一种国际性的文学研究潮流。"叙事学"一词在1969年由托多罗夫在《〈十日谈〉语法》一书中提出。经过40年的发展历程,可分为"经典"与"后经典"两个派别。经典叙事学旨在建构叙事语法或诗学,对叙事作品之构成成分、结构关系和运作规律等展开研究,并探讨在同一框架内作品之间在结构上的不同。普罗普的《民间故事形态学》(1928)被认为是开结构主义叙事学先河之作,托多罗夫的《文学叙事的范畴》(1966)、热奈特的《叙事话语》(1972)等都是叙事学的代表性著述。后经典叙事学在20世纪80年代中后期至90年代风行一时。它将注意力转向了结构特征与读者阐释的相互作用的规律,以及具体叙事作品的意义,注重跨学科研究,关注作者、文本、读者与社会历史语境的交互作用。

123. "耶鲁学派"("Yale School")

所谓"耶鲁学派",指20世纪70年代至80年代初,在美国耶鲁大学任教并活跃在文学批评领域的几个有影响的教授,包括保尔·德·曼、哈洛德·布鲁姆、杰夫里·哈特曼和希利斯·米勒。从根本上来看,耶鲁大学的这些学者们并没有理论上的紧密关系,这个所谓的学派完全没有共同的理论基础。在"耶鲁学派"的内部,只有米勒竭力宣传他们四个人(后来还加上德里达)是一个整体,其余的人都没有公开地承认相互之间有任何理论上的关联。在德里达以及德·曼和他的同事们合作出版的《解构与批评》(*Deconstruction and Criticism*, New York: Seabury Press, 1979)中,德里达详细地解释了"解构"作为一个策略和方法的功效,所以,这部书不仅客观上加强了人们把耶鲁学者们视为一个团体的印象,而且给这个团体增添了一个新生力量——德里达,并且规定了一个特定的性质——"解构主义"。从此,德·曼被认为是德里达在美国的代言人,而"耶鲁学派"也被认为是所谓的"美国解构主义"。

124. 伊甸园(Garden of Eden)

神话中的乐园(提香油画:亚当和夏娃)。《旧约·创世记》所载上帝最初所造的男人亚当和女人夏娃在违抗上帝诫命而被驱逐以前所居的地上乐园。"伊甸"一词原意为"平原"。据《创世记》说,伊甸园位于以色列之东,有几条河自该园流向世界的四方。类似的故事也见于苏美尔文献,由此可见地上乐园之说乃是古代中东神话中的主题。伊甸园的故事是一段神话,神学家用它来说明人类如何从天真无邪、快活无忧的状态到目前的体验到罪恶、苦难和死亡的处境。

125. 意识流(Stream of Consciousness)

"意识流"是19世纪末首先出现在心理学中的一个新概念。1890年,心理学家威廉·詹姆斯在其《心理学原理》一书中率先使用这一新术语,用不断的"流"这个隐喻来描述人意识中感觉、印象、思绪、想法等运动的轨迹。后来,这一概念常常被文学批评家移用来说明乔伊斯等现代作家创作中的实际情形。但值得注意的是,文学中的"意识流"手法与心理学中的"意识流"概念有一定区别,即前者的"流"往往是跳跃式的、非逻辑的、不符合语法与句法的,而后者的"流"

却是连续的、逻辑的、符合语法与句法的。此外，文学中的"意识流"这个概念往往与"内心独白"（Interior monologue）交叉混用。一般认为，《尤利西斯》的最后一章是采用意识流（或内心独白）手法的典型例子。采用意识流手法的著名作家有普鲁斯特、杜亚丹、沃尔芙、乔伊斯、福克纳等。

126. 隐喻（metaphor）

隐喻的希腊文词源包括两个部分，meta 的意思是"超越"，pherain 的意思是"传送"。即：将一个对象的特征"传送"到另一对象，使之得到"超越"其自身的某种意义。修辞学中的一切比喻，都被认为是隐喻的变体，而"隐喻"作为对字面意义转向比喻意义的基本程序之概括，又是西方文论中的一个重要课题。在浪漫主义时代被特别强调的"想象"，其实也就是隐喻的过程。想象把自己纳入人类语言机制的方式，正是凭借隐喻；进而从"隐喻"、"象征"到整体的"神话"，成为解析文化意义的符号线索。

127. 宇宙意志论（Voluntarism）

产生于19世纪20年代，流行于19世纪下半期至20世纪初的西欧哲学理论。视意志为整个宇宙的本体，是一种非理性的神秘的生命力，无所不在，永不死灭，世间万物都是意志的表现。这派理论的代表人物是德国的叔本华（Arthur Schopnhauer，1788—1860），他的后继德国人尼采（Friedrich Nietzshe，1844—1900）根据此思想及其"权力意志论"，建立了"非道德主义"的理论体系。

128. 喻指（allegorize）

以"比喻"或"借喻"的方式揭示事物或所述内容的实质。

129.《原浮士德》（Urfaust）

启蒙运动时期，浮士德故事成为德国作家最喜欢的题材之一。莱辛构思的浮士德戏剧是浮士德文学史上的转折点；浮士德不再被罚下地狱，而是由于自己对知识的强烈追求而获得了拯救。随后，在狂飙突进时期又产生了不少浮士德剧作，例如 F. 穆勒写有两部浮士德戏剧（1776/1778），F. M. 克林格尔写有长篇小说《浮士德的生平、业绩和下地狱》(1791)。青年歌德也创作了自己的浮士德作品即《原浮士德》（这一标题为后来的出版者所加）。它大约产生于 1772—1775 年，只是一些零散的戏剧场景。它将知识悲剧与格莉琴悲剧松散地结合在一起，从思想内容和风格上看，还完全属于狂飙突进时期的时代精神。它在歌德生前未曾发表。歌德仅在法兰克福和魏玛宫廷给一些朋友朗读过其中的某些部分。1887年，日耳曼学家 E. 施密特从一位当年听过歌德朗诵的魏玛宫廷女官的遗物中发现了记录朗诵内容的笔记本。这一发现对于研究《浮士德》的创作过程具有重要意义。

130. 原型研究／原型批评（Archetypal criticism）

20世纪50—60年代流行于西方的一个十分重要的文学流派。其创始人是加拿大的弗莱（Northrop Frye），理论基础主要是荣格的精神分析学说和弗雷泽的人类学理论。在批评实践中，原型批评试图发现文学作品中反复出现的各种意向、叙事结构和人物类型，找出它们背后的基本形式。批评家们强调作品中的神话类型，认为这些神话同具体的作品比较起来是更基本的原型，并把一系列原型广泛应用于对作品的分析、阐释和评价。神话-原型批评的目的，就是在这一文学传统或文学整体中，了解一部文学作品所处的背景和所据有的相应位置。可以看到，这种批评,将不再局限于封闭的文本研究和狭隘的浪漫主义的作家研究,而是扩展到人类学、文化学的层面,试图给文学一个完整和全面的阐述。原型批评在20世纪60年代达到高潮,对文学研究产生了极大影响。70年代以后,原型批评的理论与方法随着结构主义的兴起而影响渐微。

131. 约克纳帕塔法世系（Yoknapatawpha Cycle）

"约克纳帕塔法"是福克纳虚构的一个南方郡县,他的大部分小说的场景就设定在此。"约克纳帕塔法世系"包括15部长篇小说和大部分短篇小说,时间覆盖从美国独立战争之前直到二战以后,可以说是整个美国南方社会生活的浓缩,集中展现了南方的浪漫主义传统、英雄主义和骑士精神,揭示了南方悲剧的真正根源。

132. 哲学批评（philisophical criticism）

指从哲学视角解读卡夫卡的作品。其中,影响最大的是存在主义哲学,海因茨·伊达指出卡夫卡作品和海德格尔哲学之间许多对应之处,阿尔贝·加缪在论文《卡夫卡作品中的希望与荒谬》中用卡夫卡的《审判》来说明现代人身处的荒谬矛盾的境况,美国女作家欧茨以道家的无和空的概念结合心理学考察卡夫卡的作品,德国克劳斯·叶济奥可夫斯基教授结合康德的哲学阐释《审判》,等等。

133. 真实/文学真实（Truth/Literary Truth）

文艺的基本创作方法之一,侧重如实地反映现实生活,客观性较强。它提倡客观地、冷静地观察现实生活,按照生活的本来样式精确细腻地加以描写,力求真实地再现典型环境中的典型人物。世界各国的文学艺术自始就在不同程度上具有现实主义的因素和特色,并随着社会历史条件而发展变化。19世纪现实主义作家更专注于冷静地观察、研究社会现实,力求把当时社会黑暗现象如实揭露出来。这就使他们特别注重细节描写的真实性,甚至要求文学具有"科学真理的精确性"。斯丹达尔认为作家应该描写"关于某一种情欲或某一种生活情境的最大量的细小的真实的事实"。巴尔扎克强调"只有细节才形成小说的优点"。福楼拜更主张"伟大的艺术应该是科学的、客观的",认为"艺术家不该在他的作品里露面,就像上帝不该在自然里露面一样"。

134. 中国文化思想（Chinese cultural thought）

中国文化思想是几千年来形成发展的中华民族的思想基础,老子、孔子、庄子等先哲开创了我国古代思想的先河,他们开创的思想、学说、理念和方法经过千百年的发展演化,长期影响着中国社会。中国文化思想在世界观上讲天人合一,天人和谐；在人生观、价值观上讲以人为本,尊重人,注重自身修养,提出"厚德载物,自强不息"。中国文化思想不追求域外的超越,它相信,人们应该并且可以依靠自己的力量,这个世界上实现自己的终极追求。因此,中国文化思想既充满深刻高远的哲理,又是务实的、切问近思的,总是将其深远的哲理落实在具有实践价值的思想中,如提倡忠、孝、节、义、热爱祖国,热爱人民；尊老爱幼,家庭和睦；真诚待人,合作共事等等。同时,它具有兼容并包的海量,善于融会古今中外各种有价值的思想。

135. 传记批评/传记研究（Biographical Criticism）

由法国19世纪文学批评的代表圣伯夫（Charles Augustin Sainte Beuve,1804—1869）首创。传记批评的宗旨就是"知人论世",探索文学与人之间复杂而又难以割裂的关系,强调作家创作的主观性,倾向于通过被确定为只反映其传记的作品塑造艺术家的文学批评肖像,或通过追索作家个人经历用以印证其作品。这种批评方法在20世纪初受到来自多方面的挑战。普鲁斯特在构思《追寻逝去的时间》时首先对圣伯夫发难,提出从作家的社会生活(包括书信和与人的交往)来了解作品是无谓之举。韦勒克和沃伦的《文学理论》(1942)一书提倡文学内部研究,传记批评作为文学外部研究的一支受到指责。当结构主义和后结构主义兴起后,为了确保批评家和读者阐释的自由,作者面临被放逐的命运,罗兰·巴尔特的"绝对零度写作"理论甚至向作者宣判了死刑。然而传记批评不但存活了下来,而且还兴旺发达,西方文学批评史中不少名著是"知人论世"的典范。如萨特关于热内、波德莱尔和福楼拜的三种传记,理查·艾尔曼的《叶芝:其人与面具》(1948)、《詹姆斯·乔伊斯》(1959,修订版1982)和《奥斯卡·王尔德》(1988)等。V

136. 自然派(натуральная школа)

19世纪俄国中期的批判现实主义流派,由别林斯基命名,创始人为果戈理,代表作有《狂人日记》、《外套》、《死魂灵》等。其创作宗旨是:尊重现实的自然状态,把现实中丑恶的一面通过艺术表现呈现给世人,从而客观地揭露和批判俄国在农奴制笼罩下的黑暗现实。这一流派的代表作家还有屠格涅夫、涅克拉索夫、冈察洛夫等。陀思妥耶夫斯基的创作就是从遵循自然派原则开始的,他的一句名言是:"我们都出自《外套》。"但陀思妥耶夫斯基在描写人类灵魂状态的意义讲,已经超越了自然派的原则。

137. 自然研究(Naturforschung)

歌德属于终生严肃地从事自然研究的极少数德国作家之一。对自然的细致观察和深入研究充斥着他的日常生活,尤其是晚年生活。他的研究和涉猎领域广泛,研究的时间(1780年起)长达半个多世纪且著述丰富。它们不仅包含在歌德生前发表的作品中,而且也包含在他未曾发表过的各种材料中:不计其数的实验报告、备忘录、文献摘引、示意图、研究提纲和插图,大量讨论自然研究问题的往来书简、日记和谈话。歌德生前,仅有席勒、威廉·洪堡等几个人意识到了他的自然研究和自然观对其文学创作乃至精神发展的重要意义。他们认为,如果歌德没有从事过自然研究,他的创作将会呈现出截然不同的面貌。歌德的自然研究和自然观尤其体现在《浮士德》第二部,这也是导致人们长期误解、拒绝和责难《浮士德》的主要原因之一。歌德为此说过,人们"以最可耻的方式抵制"他的自然研究,因为他们"从来都不愿意承认,科学与诗艺是可以彼此协调的"。随着20世纪早期魏玛版《歌德文集》逐渐出齐,人们呼吁对歌德的自然研究著作进行全面的重新研究和评价,从而开启了歌德研究的一个重要领域。如今,人们完全承认,歌德的自然研究与其思想发展具有互动关系,对歌德的诗歌创作产生了重要的积极影响。此外,以20世纪初的相对论和量子力学对经典物理学的颠覆为契机,歌德在自然科学史上的功绩也逐渐得到了应有的承认。

138. 自然主义(Le Naturalisme)

作为一种文艺思潮和创作方法出现于19世纪60年代的西欧文坛,盛行于19世纪七八十年代。它的理论基础是奥·孔德的实证主义和当时流行的机械唯物论的实验科学。泰纳认为根据作家对现实的观察,按照科学的方法对生活做符合实际的描写。左拉主张用科学实验去证明自然法则和社会法则,用遗传的道理来阐明一切,把小说家的任务和医生的职责等同起来。自然主义艺术家根据社会达尔文主义的精神,用生存斗争以及其他生物规律性来解释社会冲突。

自然主义艺术家否定了现实主义的典型化原则,把艺术作品变成对生活片断的照相,从而保持了这段生活的最小的细微末节。左拉十分赞赏斯丹达尔心理描写的造诣和暴露黑暗的胆识,称斯丹达尔为自然主义小说之父。

139. 自由（свобода）

陀思妥耶夫斯基认为,基督教的主要思想之一就是"承认人的个性及其个性自由"。而在别尔加耶夫看来,"在陀思妥耶夫斯基那里,关于人及其命运的论题首先是关于自由的论题。"所谓个性自由,并非指人可以超越一切伦理规则,行使绝对的自由;真正的自由应当是戒律下的自由,无约束即无自由。人的自由意志是由上帝赋予的,但人如果仅仅看到自身的自由意志,却看不到上帝意志的存在,则会走向"自由的滥用",否认基督的真理。因此,人只有信奉基督的准则,才会感受到灵魂的真正自由。这就是福音书中说的:"你们必晓得真理、真理必叫你们得以自由。"

140. 自传（autobiography）

卢梭的《忏悔录》具有自传的性质。在它的影响下,法国浪漫主义作家们的小说几乎都是程度不同的自传。从文学体裁的角度来看,它们对文学的影响主要表现在三个方面,也可以说是促进了三种体裁的繁荣:首先是回忆录,例如夏多布里昂的《墓外回忆录》和纪德的《如果种子不死》等;其次是内心日记,这在许多作品中随处可见,成了一种普遍使用的手法;最后是小说化的回忆录或者自传体小说,最著名的有缪塞的《一个世纪儿的忏悔》、普鲁斯特的《追忆似水年华》等,这一点在小说的发展史上具有特别重要的意义。

但是卢梭的《忏悔录》又是一部与众不同的自传。法国文学史上的传记和回忆录历来颂扬王公贵族的丰功伟绩,而卢梭的《忏悔录》却是在坦白一个平民的经历,特别是还要如实记叙一些卑劣的言行,因此就体裁而言是一种大胆的革新。《忏悔录》既是回忆录,也是内心日记;既是自传,也是小说,在传记文学中是一部史无前例的杰作。

141. 宗教批评（religious criticism）

从宗教视角解读文学现象、作家作品的一种方式,是最早的关于《审判》的批评角度。卡夫卡的至交布洛德无视卡夫卡对宗教的模棱两可倾向,将正面的宗教观强加给卡夫卡,把卡夫卡当作一位神学家和哲学家;他是现代圣徒,指路者,他所指的道路通向人间的犹太国。他把卡夫卡的小说当作某种宗教寓言。20世纪20年代另一位评论家威利·哈斯虽然也同样从神学观出发批评卡夫卡的作品,但他对布洛德肯定性的宗教观提出质疑,认为卡夫卡是一位宗教怀疑论者。20世纪30年代,犹太宗教哲学家马丁·布伯尔在论文《两种信仰方式》中以卡夫卡的作品作为救世论的例子。1957年,他还在华盛顿心理治疗学院做了题为《罪与负罪感》的报告。如今宗教批评已经转为研究卡夫卡与犹太教的关系。

142. 宗教哲学批评（религиозно-философская критика）

宗教哲学批评是俄罗斯本土对陀思妥耶夫斯基进行深入阐释的一种批评模式。宗教哲学批评家们把陀思妥耶夫斯基诠释为一个宗教家,一个毕生在探索人类出路的先知。他们对陀思妥耶夫斯基的基本理解可以概括为两点:一、对上帝存在及人类神性的肯定,即,人类只要皈依上帝就能激发起自身所固有的神圣本质,从而在"神人"耶稣的感召下走向天国。二、对西方理性主义、个人主义及"人神"化倾向的否定,即,人试图靠其理性能力自我成神而背弃上帝的行为,是导致这个世界陷于危机的根源。宗教哲学批评模式深入发掘了作家的思想内蕴,但也往往忽视作家的艺术表现与宗教教义是有区别的,因而这种批评尚无法揭示作家的艺术本质何在。

143. 最高意义上的现实主义(реализм в высшем смысле)

陀思妥耶夫斯基所自称的创作类型。他说:"人们称我为心理学家;不对,我只是最高意义上的现实主义者,即,我描绘的是人灵魂深处的一切。"首先,陀思妥耶夫斯基并不承认自己是现实主义者,因为他描写的不仅仅是现实情景;其次,也否认他所描写是的人的心理状态。因为,他认为自己描写的是人的本质存在状态——灵魂。人的所有现实表现和心理动态,从根本上说是人在灵魂深处——即上帝与人相会之处——的表征,仅仅表现人的日常行为和心理过程可称是现实主义,而对灵魂的揭示就是最高意义上的现实主义。

144. 罪与罚(Преступление и наказание)

在陀思妥耶夫斯基的作品中,"罪"与"罚"均不是世俗法律意义上的犯罪与惩罚,真正的犯罪是对上帝的背弃,如拉斯柯尔尼科夫的杀人,本质上是通过杀死老太婆来证明他可以跨越一般伦理规范的门槛,成为自我的主宰,即人神。而真正的惩罚则是当人意识到自身的神性存在时对自身罪孽的反省,这种反省伴随的是发自灵魂的痛苦。陀思妥耶夫斯基对痛苦给予很高的评价,其原因正在于,人追求痛苦,说明人能够在自身产生"罚"的力量,也就说明人正在走向救赎。拉斯柯尔尼科夫在杀人后的恐惧与痛苦就是如此,这也就是他最终能够皈依福音书的根本原因。

后　　记

　　这本教材是众多学者历时五年通力合作的结果。其间因为选题、作者等多方面的因素,编写方案一再调整,最终成就此书。

　　由于文学经典意义的丰富性和研究视角的多样性,在学术史上早已形成"横看成岭侧成峰,远近高低各不同"的多元阐释景观。但多年来传统教材体例的单一化却无法将如此丰富的图景和多种批评方法呈现出来,这多少限制了读者的思维方式,因此希望通过诸位资深学者的共同努力提供一部兼具"客观化教材"、"开放性索引"和"研究性资料"性质的著述,为更新外国文学教学理念,拓展思维空间尽绵薄之力。

　　出于对选题的深刻认同,各位方家都以积极的热情参与了这项"前人栽树"的工作,但遇到的问题远远超出了预想。在浩瀚的批评著述中择选其要,收集查阅原文资料和写作的难度远非传统教材可比。学者们多年的学术积累和国内外密切的学术往来为解决这一难题提供了必要条件。此外,还有个人需要面对的种种现实困境。五年的时间对古希腊以降几千年的文学经典而言或许只算是瞬息片刻,但在每个个体生命中又漫长得足以融进那么多的生生死死和风风雨雨:患癌症卧床十几年的谢莹莹老师为本书撰写了卡夫卡一章,张玲老师在丈夫张扬先生患病住院至去世前后,含悲忍痛梳理《呼啸山庄》的学术史;人民文学出版社的夏敏老师因为第二次癌症手术不得不放弃巴尔扎克一章的书写;余虹老师当年为本书命名时灵光一闪的精彩瞬间还记忆犹新,如今人已驾鹤西去;同时,也还有新的生命孕育并成长起来……一部教材能够汇聚如此厚重的生命容量,已经远非"心血"和"汗水"的字样可以涵纳。在此谨向所有的作者致以最崇高的敬意和谢意。一切都将逝去,惟文字与精神永存。愿在生生不息的大化流行之中,将学术的本源精神传播开去。如此,所有的奉献与牺牲便都有了意义。

　　衷心感谢许多举贤荐才、鼎力相助、帮助收集资料、审阅文稿和因故合作未果的专家学者,如北京大学刘意青教授,中国人民大学杨慧林教授,社科院外文所周启超研究员、董衡巽研究员、叶廷芳研究员,北京外国语大学王军教授、厦门大学杨仁敬教授、武汉大学罗国祥教授、江西师范大学杨正和教授。感谢我的研究生夏磊、卢慧亮、张天翀、陈文娟、白阳、张晨等,他们做了很多基础性的工作。感谢北京大学出版社张冰编审,在风雨过后为本书架起了通向读者的彩虹。

本书为中国人民大学 211 工程项目"文学研究的国际视野与当代中国文化建设"的子课题。

梁　坤

2008 年 12 月